历史小说

U0728966

一代女皇

刘芳芳◎著

武则天

(上册)

中国铁道出版社有限公司
CHINA RAILWAY PUBLISHING HOUSE CO., LTD.

图书在版编目（CIP）数据

一代女皇 : 武则天 : 上下册 / 刘芳芳著 .—北京 : 中国
铁道出版社有限公司 , 2024.8
ISBN 978-7-113-31269-5

Ⅰ . ①—… Ⅱ . ①刘… Ⅲ . ①武则天（624—705）—
传记 Ⅳ . ① K827=421

中国国家版本馆 CIP 数据核字（2024）第 103080 号

书　　名：一代女皇：武则天
　　　　　YI DAI NÜHUANG : WU ZETIAN

作　　者：刘芳芳

责任编辑：张　丹　　　　电　　话：（010）51873064
封面设计：尚明龙
责任校对：安海燕
责任印制：赵星辰

出版发行：中国铁道出版社有限公司（100054，北京市西城区右安门西街 8 号）
网　　址：http://www.tdpress.com
印　　刷：三河市宏盛印务有限公司
版　　次：2024 年 8 月第 1 版　2024 年 8 月第 1 次印刷
开　　本：710 mm×1 000 mm 1/16　印张：30.75　字数：586 千
书　　号：ISBN 978-7-113-31269-5
定　　价：158.00 元（上下册）

目录

【第一回】

娇娃飘然降凡尘，武氏辗转入宫门

世间活计三样苦：打铁、撑船、磨豆腐。当年挑着豆腐担子走街串巷，起早贪黑，做辛苦小买卖的武士彟，压根儿也没料到，出身于社会底层的自己，如今会官至大唐工部尚书。天命之年又娶上前隋宰相、皇族宗室杨达的女儿。对于武士彟这样的寒门新贵来说，似乎没有什么可愁的了。但在血统论大行其道的隋唐时代，武尚书当前最迫切需要的，是让夫人杨氏给老武家生一个血统高贵的儿子。

年过四十的杨氏已生有一个女儿，此时又到了怀胎期满、珠玉临盆的时候。武府老老少少都知道，最焦急不安的是老爷，这会儿他正背着手，在外厅里来回踱步，不时地叫人探问内堂产床上的情况。虽不是第一次生养，武夫人仍然高一声低一声地呻吟着。

此时虽已接近立春，京城长安仍看不到春天的影子，大小树木都阴郁着脸站立着。墙角处、花池边，都还堆着积雪。昏黄的天空没有一丝生机，偶尔只见一两只灰色的鸟雀弹跳到坚硬的空地上，叽叽喳喳寻觅一番，然后又倏地飞升而去。

已到掌灯时分，天仍黑得早，不知从几时开始，室外已飘起了片片雪花，灯光从门窗内照出来，显得更加昏黄。室内炉火熊熊，下人们轻手轻脚，忙这忙那。院子走道上的雪不时有人去打扫一遍。万事皆备，只等夫人临盆的那一刻。生子生女，深深牵动着尚书老爷的心，也牵动着武府上上下下人的心。

管家武金走过来，低眉顺眼地说道："老爷，又变天了，您先用些饭吧，天这么冷，喝点汤好暖和暖和身子。"

武士彟摆摆手说道："我现在还不太饿，等等再说。武金，外面雪下得怎么样？勤打扫着些，免得雪后路滑。"

"是，老爷，我已吩咐下去了。"武金边答着话，边把太师椅挪到火炉边，

"老爷，您坐着说话。年后这场雪下得有点稀奇，下午还是晴天，热得都有人穿着单褂，临黑天又落起雪来。雪片又大又轻，一会儿就盖住了脚印。老爷，常言道瑞雪兆丰年。咱武家今儿又添丁增口，我觉着是好兆头啊！"

武士彟两眼出神地坐在那里，不置可否地"嗯"了两声，他的心不知道上哪里去了，对武金的话，仿佛听到又没有听到。

这时一个丫鬟端着托盘，推开门轻轻走进来。武金接过上面的盖碗端过来："老爷，这是银耳大枣汤，我让她们熬得浓浓的，不甜也不淡，您尝尝。"

武士彟喝了半碗就不喝了，他把汤递给武金，摆摆手，武金和丫鬟知趣地退出了。

武士彟想得很多，心平静不下来，于是踱到八仙桌旁拿起《论语》，轻轻地吟诵了起来。

从卖豆腐到做木材生意，以及后来领兵打仗，出将入相，武士彟历练多年，每临大事时便会读上几段《论语》，这已成为他平静心情的最有效的方法。

并州文水（今山西文水）是武士彟的老家。想当年，武家祖祖辈辈好几代，都靠租种人家的田地过活，十分贫寒。到了武士彟兄弟这一代，家境才逐步改观。他们兄弟头脑活络，不甘心于现状，种地的种地，做小买卖的做小买卖，一天也闲不住。武士彟专管走村串巷，赶集上店卖豆腐。武家的豆腐做得又白又嫩，深受乡邻的喜爱，销路很好。再加上老三嘴甜腿勤，精于计算，没过几年，就攒下了不少本钱。后来他们又和朋友许文宝一块贩卖木材，南北大集，互通有无。他们钱多了，买卖也做大了，走得也更远了。

隋朝末年，隋炀帝杨广昏庸无道，置国计民生于不顾。这个著名的败家子整日花天酒地，时常突发奇想，到处大兴土木。因而木材——这个建筑的主要用料，需求量大增。武士彟他们瞅准时机，狠狠地赚了一笔，成了暴发户。于是他们在乡间建房买地，过起地主老财的日子。但事实上，在隋炀帝的残暴统治下，到处怨声载道，民不聊生，盗贼蜂起，天下不太平，普通人家有钱也未必守得住。武士彟用手里的钱，不断地交结仕宦，曾在太原鹰扬府谋得队正的小官，等同如今一名管理百十个兵卒的小官。虽位卑言轻，但好歹也是皇家军官。从此，武士彟完成了从农民到商人，又至官人的彻底转变，但促使武氏家族名满天下的好运还在后头。

隋大业十一年（615年），时任并州河东巡抚大使的唐国公李渊，军务政务繁忙，常奔走于并州、河东两地，连通两地的官道正从文水的武家庄过。善于捕捉人生际遇的武士彟，果断地辞去队正的官职，在家门口的道旁开设茶肆饭店，常有意无意地躬立道旁，拦住李渊的马头，诚心诚意地请唐国公下马歇息一番。武士彟不但免费招待，还不时地从自己马厩里挑上几匹骏马送给唐国公。苦心到底没有白费，第二年，李渊改任太原府留守，武士彟就随之抛家舍业，到太原留守衙门当了一名行军司铠参军，官至正七品，比起鹰扬府的小队正，无疑又高升一步。

李渊的势力越来越大，被天下人普遍看好。武士彟凭着商人的精明，再一次押对了宝。及至晋阳起兵，武士彟的官阶一步一步地得到擢升。他曾不无讨好地对李渊说："夜曾梦见唐公入西京，骑苍龙升为天子。"及至李渊登基，开大唐朝一代伟业，武士彟以功拜光禄大夫，封太原郡公，以后勤部军需官的身份跻身于十四名太原首义功臣之列，并得到了钦赐的免死牌，即使犯了罪，也没有人可以杀他。武家算彻底转了运，摘掉了戴了几辈子的穷帽子。

后来武士彟的大哥武士陵随他一起参加太原起兵，被封为宣城县公，官拜司农少卿。二哥武士逸，封安陵县公，官至齐王府户曹。武家一门三公，一跃成为新朝显贵，不乏传奇色彩，成为并州文水老家街头巷尾的话题。

武士彟也是个干事业的人，勤于王事，公而忘私。他的原配妻子相里氏病危，当时他正随李渊在并州视察，离家也只是半天的路程，但他没有回家，而是忠诚地守护着皇上。后来李渊得知这件事，被他的忠诚所感动，特地下诏表彰这位老部下，将他提拔为三品工部尚书，封为应国公。

李渊意犹未尽，接着操心起武爱卿的婚事来了。三品大员，岂能长期打光棍？于是李渊打算为他娶一位出身名门望族的女子做妻子，借以提高武氏的社会地位。李渊翻了《氏族志》，向周围的皇亲国戚询问商议，再三斟酌，选中了前朝皇族的宗室，曾任过宰相的杨达的女儿。隋亡后，杨达已过世，杨姓家族的社会地位也大不如从前，但毕竟乃天下名门，血统高贵，正符合寒门新贵的择偶标准。但美中不足的是杨氏已年过四十，不是二十岁左右的黄花闺女。于是李渊召见武士彟，将杨氏的情况介绍一番，武士彟连忙跪地磕头谢恩，直觉眼圈潮湿，感动得直想哭——须知杨氏是秦王李世民的妹夫的堂妹妹，娶了她，就是和当今皇室攀上了亲。

武德三年（620年），由唐高祖李渊亲自做媒，李世民的同母妹妹桂阳公主主婚，四十四岁的武士彟和杨氏成了亲。通过这场婚姻，武氏血统焕然一新，社会地位也扶摇直上。至此，武氏完成了从富有到高贵的人生飞跃。

年过四十的杨氏不负期望，结婚不久就怀孕了，只可惜头胎是个女儿。眼看杨氏马上临近妇女的绝育期了，武士彟陡生一种紧迫感，心想时不我待，须抓紧时间，一定让杨氏为武家生下个儿子来。

等再次怀孕时，杨氏自己也惴惴不安，成天烧香拜佛，祈求生得贵子。一天她曾依稀梦见一黑龙盘在前窗，首尾相见。不一会儿，又见天女散花，人言大罗天女来也。她说给丈夫听，武士彠也颇觉稀奇，让杨氏不要声张，差人叫一些算卦先生算了几次，亦言必生贵子。后来武士彠又悄悄地去白马寺摇了一卦，求得一签，上写："君臣具体，朋友同志，市易有利，天地丈夫。"内中有"丈夫"两字，武士彠放下了一半心，觉得生儿子的可能性很大。

　　雪花刚开始还缓缓地飘落，此时却铺天盖地地下了起来。院子里走道上的雪已来不及打扫，雪遮盖了一切。雪夜显得莽莽苍苍，格外明亮。武士彠放下《论语》，出去看了看天气，又退回屋内，再一次感觉到沉不住气。他不停地宽慰自己，夫人一定会顺利产下麟儿，想我从卖豆腐开始，每到一定的阶段总有好的转机，好运气如影随形，每每天遂人愿。杨氏头生已是位千金，这次该是一个儿子了。

　　"我佛保佑！"武士彠喃喃自语，禁不住冒出一句，继而又猛拍一下脑门，样样考虑周到，怎么就忘了这一件大事，"武金，上佛堂，设香拜佛。"

　　武金听了老爷这句话，急忙行动起来，吩咐下人先去佛堂掌灯准备，又急忙帮老爷穿上貂皮大衣，戴上羊皮帽子。忙乱中，自信处事周到的管家武金为没有想到拜佛这件事而深感内疚。一时间准备停当，武士彠在武金的照料下，一行人挑着灯笼，冒着风雪向后院的佛堂走去。狂风夹杂着雪花及雪粒直扑人的脸，几乎让人睁不开眼，也呛得人喘不过气来。照路的灯笼被家人小心地护持着，还是不停地晃动。如此雪夜前去拜佛，除了让人生出临时抱佛脚的感想外，也让人觉得这不是拜佛的时辰和天气。

　　武家的佛堂设在后院的西厢房。进了佛堂，武士彠顾不得脱下皮大衣，甚至连雪花都没来得及拍净，就神情肃穆地走上前，跪在垫子上。他点上三炷天竺香，并手夹着，连叩三个头，虔诚地求佛保佑，保佑夫人能为武家生一位聪明英武、安邦定国的好男儿。至少他能平安地像自己一样，人生仕途顺达，承继爵位，而后子孙绵延，永享富贵。

　　武士彠道完了心声，望着庄严的佛像。佛祖依然丰润饱满，似笑非笑，那么的遥远，又那么的接近。武士彠出神地望着，一阵眩晕，他看见佛好像知悉了自己的心愿。这样的感觉一出，武士彠禁不住热泪涌出，心里充满了感激和虔诚。

　　正在这时，佛堂紧闭的门被人猛然推开，武士彠一愣，回头一看，原来是报信的丫鬟。

　　武士彠顾不得佛祖了，上前一步，抓住踉跄欲倒的丫鬟："怎么样，生了吗？"

　　"老……老爷，生了、生了，大人孩子都平安。"

　　武金也一把抓住丫鬟的胳膊，急切地问："生的可是公子？"

　　"是……是千金小姐。"

一言甫毕，武士彟心中一下子失落了许多，又一下子解脱了许多。他转过身，郑重地向佛祖作了一个揖："我佛保佑！"说完，一挥手，带头走出佛堂，一行人匆忙地赶回前院。

武士彟踢起地上的雪花，踢得老高，嘴里还念叨着："罢罢罢，女儿就女儿吧。人生哪能总是一帆风顺的，好事不能都摊到，老天爷虽没遂人愿，但老天爷这一两年从来没有亏待过武家。绝对不能因为生个女儿，就怨天怨地。"

卧室里已忙过了那一阵子，丫鬟产婆们正在收拾残局，人们进进出出，有条不紊。武士彟走到床前，伸出手轻轻地撩开妻子额前的乱发，杨氏睁开眼，见是老爷，就露出愧疚的笑容。

"老爷，您这个宝贝女儿可太倔了，产婆倒提着她，几巴掌都没拍出哭声来。"杨氏轻轻地说着。

武士彟摆了摆手，意思让杨氏少说两句，多歇一会儿，他要静静地看看女儿。这小家伙真是皇家一脉，生得方额广颐，一脸的福相，仿佛来到人世间就注定永享富贵。将来在人群当中，一定显得卓尔不群。

"老爷，你喜欢吗？"

武士彟点点头，脸上露出笑容，虽然这笑容中还隐藏着少许的遗憾。武士彟轻轻地给女儿掖好被子。这时，这位千金却突然睁开眼睛，闪着亮亮的眼仁。她盯了武士彟一下，又把目光撒向周围。而后，悠悠地合上了眼皮。

武德八年（625年），到了女儿出生满一周年的日子。京都长安祥和安宁，青砖铺就的街道上，行走着许多红男绿女。武府的大门前，家人李三、王中骑在门旁的大板凳上，一边看门，嘴里还唠着闲话。

"哎，王中老哥，今天是咱二小姐的周岁诞辰，怎么不见贺喜的亲戚来？"

"三儿，你不知道，当官有当官的难处，有当官的讲究。尤其是咱老爷，为人处世特别稳重，连他过生日，都悄悄地，任谁也不通知。这里面有一说，平日，咱要给大人孩子办生日，不愁来人多，就愁置不好酒席，愁钱不够花的。到咱老爷这份上，正好相反，他愁来的人多嘴杂。古话说，伴君如伴虎。你大张旗鼓，请客送礼，结交别人，一旦为皇家探知，必心存猜忌，怕臣下拉帮结派、图谋不轨。所以说，咱们老爷根本就没张扬，只在府内自己摆几桌庆贺。"

"乖乖，这真是当官不自由，自由不当官。还是咱兄弟们逍遥快活。待会儿咱兄弟俩好好喝几杯。"

"行，我酒量也不次于你。哎，三儿，你听听，正南街面上闹喧喧的，还有喝道声，莫不是个大官来了？是不是上咱们府里来的？快把板凳撤了，站好预备着。"

说话间，南横街真的跑过来几十匹骏马，骑手们拥着一位青年将领，不一会儿就到了武府门前。这青年将领身着一袭银白色的绣龙丝袍，个头中等，面皮微黑。此人正是秦王李世民，时人谓之"真太子"。他足智多谋，战功显赫，在天下享有很高的威望。王中伏地叩头迎候，李三腿快，早飞奔到内院报信去了。门房也立即被李世民的侍卫所取代，王中头前带路，引李世民大踏步地朝客厅走去。客厅门口，武士彟忙不迭地跑出来迎接。客厅里酒宴已经摆好三桌，此刻来不及撤走。李世民环顾四周，笑问："士彟，摆酒设宴请的是谁，莫不是知道我要来，专门请我吧？"

"回秦王，今日乃小女诞生一周年，家里随便弄几桌便酒，以示庆贺。"说着，武士彟即令家人撤下桌子。

李世民摆摆手说："不用了，借书房说说话就走。"书房里，李世民屏退左右，望着武士彟说："你听说过扬州赵郡王李孝恭那边有什么事没有？"

"回秦王，我没有这方面的耳风。"

"据密报，李孝恭依仗自己是扬州大都督，掌握江淮、岭南兵政大权，图谋反叛。皇上命我来，意思想让你去接任扬州大都督，以弹压叛乱，安抚人心。"

"士彟愿以死报答圣上。扬州都督乃四大都督之一，位高权重，士彟恐难当此重任啊。"

"派你去，就考虑到你有这方面的能力。皇上已准你有先斩后奏之权，毋论皇亲国戚，凡有不轨，即定斩不饶。"

"什么时候动身？"

"圣旨明天上午到，你下午即可动身。先不必带家眷，兵贵神速，其他事我都已安排好了。你处理一下家事就行了。"

"士彟即刻去工部尚书衙门，先交代一下公事。"

"工部尚书衙门也不用去了，今天是令爱的周岁诞辰，好好在家贺贺吧。来，带我去看看令爱。"

说来武家和李世民还有些亲戚关系，不是外人，武士彟便引秦王到了后堂屋，看望武家尚在褓褓中的二女儿，也就是后来的武则天。

后堂屋里，一家人正围着武则天抓周。武则天赤着脚在红地毯上躺着，周围堆放着标志她以后人生选择的物品，有胭脂、剪子、书籍、毛笔、勺子和吃的东西等等。武则天的小手摸来抓去，把东西搅得乱七八糟，就没有抓上一件，众人一起起哄，有叫拿这个的，有叫拿那个的，场面十分热闹。李世民也站在边上兴致勃勃地看着，他解下腰上的羊脂天宝玉佩，放在武则天的身后。武则天好像脑后长了眼睛似的，突然转过身来，抓起玉佩，仔细地端详，发出咯咯的笑声。

武士彟忙走上去，掰开她的手，把天宝玉佩拿过来，双手捧给李世民，说："殿下，孩子小，让您见笑了。"

李世民刚要接过玉佩，武则天却不愿意了，小手伸着，眼盯着秦王手中的玉佩，哇哇地哭叫起来。

武士彟忙叫杨氏把孩子抱走。李世民走过去，把玉佩塞到武则天的手中。武士彟也没法阻拦了。

"这个小姑娘有眼光，此乃皇上亲赐的天宝玉佩，我送给你吧。来，让我抱抱。"李世民伸手接过了武则天。

武士彟和杨氏忙双双跪下，代武则天叩谢秦王李世民。

武则天长得十分耐看，宽宽的额头，大大的眼睛，微翘的下巴，既美丽又大方。她穿着细绸绣花小夹裤，露出一截雪白、肥嫩、坚实的小腿肚子。

李世民抱着孩子，连声夸赞。武则天也伸出小手，想摸秦王头上的紫金冠。李世民笑着，轻轻地捉住了她不安分的小手。

武士彟首次外放，果然不负重托。到任伊始，就有条不紊、行之有效地开展工作。"开辟田畴，予以刑礼，数月之间，歌谣载路"，出色地完成了皇上交给他的任务。在朝野和扬州大都督府辖区，都赢得了极佳的口碑。

贞观元年（627年）正月，名将罗艺在泾州反叛，其弟利州都督罗寿坐诛。同年十二月，前任利州都督李孝常在长安密谋发动叛乱，事情泄露被诛杀。接连两任利州都督从事谋反活动，引起了朝廷对蜀门重镇利州的高度重视。为了剿灭叛乱余党，彻底安抚利州，朝廷一纸调令，又把武士彟派到利州。武士彟只得和心腹幕僚一起，携家带口，在沿途地方武装的护送下，乘船溯江而上，昼夜兼程，迤逦向利州进发。

贞观六年（632年）武士彟改任荆州都督时，武则天不得不再次离开童年玩耍的伙伴，离开熟悉的环境，随父亲转赴他乡。她好不高兴，在离开利州去广元寺烧香时，武则天望着庄严的佛像，问父亲："爹爹，是佛祖大还是皇上大？"

"自然是佛大，连皇上都要敬仰佛祖的。"

"为什么佛祖总是佛祖，而皇上却换来换去，姓刘的换成姓杨的、姓杨的又换成姓李的。我外公家也曾是皇族。"

"孩子，这话可不能乱说，传出去要杀头的，对我们来说，李家皇上是唯一的。况且我们武家沐浴皇恩，要不是太上皇高祖爷，咱们还在文水乡间辛辛苦苦地做小买卖呢。"

武则天点点头，她眨着聪慧的大眼睛，仿佛明白了父亲的话，又仿佛有许许多多的不解。

"爹爹，当大都督是很威风，那么多的人听您的话，那么多的人听您派遣。可您还要听皇上的话。这不，一道圣旨，又要去遥远的荆州，我真不想走。爹爹，我要跟您学怎样做大都督。"

"孩子，你志向高远啊，只可惜是个女儿身。不过爹爹会教给你怎样处理政务的。但你要记住，韬光养晦，才是大境界，见人不要轻易地言及心事啊。"

阳春三月，风和日丽，绿草茵茵。在通往荆州的官道上，行驶着一辆骡车。除了一个赶车的车夫和一个童仆外，还有一位身着青色长褂的男子。他大约四十来岁，身材不高，容颜丰润，眼神迷离，胡须飘如燕尾。他有时在骡车上坐着躺着，看田园农事，云卷云舒。有时下车步行，拂花弄草，吟诗咏唱，怡然自得。这时，从南至北飞来一人字形雁阵，叫声清亮激越。该男子仰脸观望，若有所思，遂口占一诗：谁与天地齐，得向丹青书？偶有雁阵过，敢笑我不识。

这人如此潇洒自由、消闲娱情，似乎不带一丝一点人生烦恼事。他就是人称通晓天机未来、看破天下、名闻朝野的大星相家袁天罡。天罡祖籍四川成都，尝自称相术胜于汉之严君平，著有《九天元女六壬课》一卷。相传袁天罡曾与李淳风共作图谶，预言历代变革之事，至六十四图，袁推李背止之，世人称之为《推背图》。

"先生，前面是曹村街，快到荆州地界了，咱们歇歇脚吧。人吃些饭，喝些水，骡子也松松肚带，加些草料。"赶车的车夫等袁先生把诗吟完，乘着他的余兴，请求休息。

"好啊，赶路歇脚，张弛两得。曹村街可有你相熟的车店饭馆？"袁天罡边走边问。

"有，有。街东头有家刘家大车馆，老字号，环境、饭菜都不错。俺这些跑车拉脚的，都在那歇息。"

"有上房吗？单人单间的。"童仆问。

"有，古雅得很。不过俺没住过，只是打门口走过。"车夫扬鞭催骡，嘴里边吆喝牲口，边回答童仆的问话。

三个人说着，走着，临近曹村，只见街口站有十几匹骏马和数名官军。

"前面出了什么事？"

"有盘查的。"

袁天罡拍拍马车夫的肩，催促道："你走你的，不要管这么多。"袁天罡心里有数，他此次是奉旨上京，连路费都从国库支出，一路上料无大碍。

"嗨！从哪儿来，到哪里去？姓什么叫什么？"一名官军挺胸凸肚走上前来。

"我们从川内来。这位是袁天罡先生，我是他的仆人。我们到京城长安。"童仆上前应道。

"什么？袁天罡？可是算卦的袁天罡？"

袁天罡闻言微微一笑，不置可否。

"来啦！来啦！"这个官军向身后的其他战友招呼道，"可把他老先生等来了。"

这些官军是荆州大都督武士彟派来，专门在此等候袁天罡先生的。天纲见无法推辞，遂换乘官马，和童仆一道奔向荆州城。一半天的工夫，即驰到武府。看来武士彟也不想声张，闻报后只是和几个亲随官僚在大门口迎接。

武士彟笑容满面，亲自上前扶袁天罡下马，寒暄道："袁先生鞍马劳顿，一路上辛苦了。"

"山人何德何能，劳大都督亲侍鞍马。罪过罪过。"

"既然来到我的地盘，袁先生就不用客气。来人哪！先伺候袁先生到上房换换衣服，休息休息。"

晚上，武士彟设宴款待袁天罡，一班人喝酒作乐，谈些江湖轶事、人情掌故，酒足饭饱后又观看轻歌曼舞，气氛相当融洽。第二天，武士彟亲引袁天罡到内堂，想请他给家人看相。袁天罡推辞说道："大都督事业如日中天，武家前途不可限量，这卦就不算了吧。"

武士彟忙令家人献上一份厚礼，袁天罡看了只笑了笑。武士彟说："向闻先生精于星相，兼通谶纬，又能望风占气。士彟能见上先生一面亦属不易，望先生给我家人都看看，也为他们将来的人生指点一二。"

袁天罡碍于情面，难于推托，只得点点头。首先走到杨氏的跟前，凝视片刻，又问了生辰八字，说："夫人骨相非凡，前者孕形于内，胎隐于中，端为迎龙合德，胎临青龙。更逢三合六合，主当必生贵子，只是不知为何，隐然未孕。"武士彟听了袁天罡一席话，觉得蛮有道理，细一琢磨，又觉得袁天罡也不过如此，说话和一般混饭吃的相士一样，其词若明若暗，多两可之辞，便于附会。但武大都督涵养颇深，未置一词，且听袁大相士下面怎样说。

袁天罡看了看相里氏所生的武元庆和武元爽，也没问生辰八字，只是淡淡地说："此二公子，官强而又连龙福，造化大要兴隆，卜其生长难易。小悔犹微风摇千顷，花鲜不残败。"

武士彟听不大明白，拱手问道："敢请袁先生明言。"

袁天罡说："二位公子官位可至刺史，然结局大不妙啊。"

武士彟不以为意，他本人对这两位前妻所生的公子哥儿也没有什么好印象，向来认为两人没什么大出息，袁天罡却说他俩官位可至刺史，还有什么结局大不妙，真是大放厥词。

接着是杨氏的长女，大相士也是念了一番经文，什么"鸳鸯求仕，舍旧图新，所求遂意，终不脱古剥之神"。而后淡淡地说："令爱将嫁得地位高贵的丈夫，然日后生活不甚理想。"

　　武士彟闻言，露出苦涩的一笑。他走过去，把正在桌边翻书看的二女儿拉过来。二女儿身着男儿的服装，上穿金黄的绸衫，下着灯笼白马裤。健康的小脸上透着聪明劲，在她富有弹性的身体中，似乎有一种过剩的力量。"袁先生，请你给小儿细看一下。"武士彟因为盼子心切，时常把二女儿当男孩儿带，衣着服饰均取男式。今天也让二女儿着男装，主要是耍个小聪明，想试试袁天罡的相术，看看这位号称天下第一的大星相家能否如九方皋相马，遗其外表，取其神理。

　　袁天罡对着女扮男装的二女儿，端详片刻，又端起杯子连喝几口水，又点头又摇头，似乎大费踌躇，再问武则天的生辰八字。说："这位小公子神采奕奕，骨相非凡绝伦，要说出他的命相，可不是一件容易的事哟！"

　　"先生不但算命，而且算天，想必小儿的卦象也没有多么复杂。"武士彟望着袁天罡，笑眯眯地说。

　　袁天罡摆手说："且慢，容我细细算来。"遂口中暗念，指上轮磨："隐私潜伏，欲萌而未觉，待天地合体，阴阳假神，浑然天成，厥夫朱雀写字，青龙吟诗，刚果严厉，包括中华，乃聪慧前程，从兹定矣……"袁天罡念了一番道爷腔，又对武士彟说："敢请小公子走走给我看。"

　　武则天在内堂上走了两圈，一双稚气的大眼睛望着袁天罡。

　　袁天罡瞠目结舌，半天才说话："这位小郎君龙睛凤颈，日角星瞳，真真贵人之相啊！其生辰八字，一派是火，五行之气，无所相平。五火相拥，想必以后要锻炼天下。只可惜是个男孩，若是个女孩，将来必定能君临天下。"

　　袁天罡的一番话把武士彟惊呆了，看看袁天罡不像是信口胡说，忙令家人和随从全部退下，然后抓住袁天罡的手，问："方才的话，莫不是戏言？"

　　"怎么是戏言！"袁天罡甩掉武士彟的手，说，"都督大人，山人相命从无戏言，只可惜小公子是个男孩。不过贵公子有如此罕见贵相，将来也必定是赫赫有名的风云人物。数十年来，山人不知为多少王公贵人看过相，似小公子这样的富贵相，实在是第一遭见到。在下辱称星相家，有机缘能看到这样的贵相，实在是三生有幸啊！"袁天罡发出由衷的惊叹，说出诚恳的语言。

　　武士彟将信将疑，脸色吓得苍白，这二女儿正是个女儿身。袁天罡所言果真应验，莫不是武家要出个皇帝？可自盘古以来，称王称帝的都是男人，哪有女子的份。看来大星相家的话也不可全信。

　　老于世故的武士彟自然不会向袁天罡刨根问底。他对袁天罡说："袁先生，此话可不能乱说，我身为荆州都督，深沐皇恩，您说的'君临天下'的话，可是大不敬的，若传到皇帝那儿，保不定要灭九族，你我都难逃罪责啊！"

　　"大都督，山人也只是就相论相，有一说一，有二说二。若算出谁将来必君临天下，就是当今圣上也奈何不了他。人生有定数，得失天地知。我说的话我负全责，大都督不必要为此多心。"

"好，好。敢问袁先生何日上路？"武士彟不想多说什么，这会儿一心想把袁相士打发走，免得惹是生非。

"我下午出城，晚上到城外歇息，山人不习惯住深宅大院。再说，皇上召见，也不敢耽误时间。只是……"袁天罡指了指大都督送的黄白二物说，"这些身外之物，我一概不要。我轻来轻去，无所牵挂，不需这些东西。"

武士彟见袁天罡说得真诚，也不勉强，中午留他吃完饭，即派人护送他出了城。

贞观九年（635年）新年刚过，武士彟通过吏部的老关系，安排两个赋闲在家的儿子武元庆、武元爽去京城长安做官。官职不大，只是按察司属下的小官，但总算对两个不成器的儿子有了安排。二月二日，即送两个儿子上京赴任，当父亲的武士彟一直把儿子送到荆州城外廿里铺，千叮咛万嘱咐，才满怀着重重心事，洒泪而别。回来时，在府门口上台阶时，他不小心跌了一跤，昏晕在地。跟随的人忙扶他起来，抬到内堂。家人急找城中名医来诊视。医生诊了脉，说是跌挫了腰，风痰上涌。开了十几味药，医嘱床上休养一个月。可武都督躺了几天就沉不住气，不顾左右的劝阻，强打精神，到衙门议事，批阅文件，处理政要。

四月，太上皇李渊在长安垂拱殿撒手宾天。诰文传到荆州，武士彟哀伤无比，如丧考妣。想想太上皇对武家的好处，想想自己从一个小地主、木材商，成为大都督，不禁无限地追思皇恩。他"奉号恸，因议成疾"，新病叠旧疾，竟一卧不起，每每呕心吐血。医生们想尽了招数，但所开之药，如石投水，了无效验。

二十八日清晨，武士彟与身边的人说："我这几日神思恍惚，如离人间，先皇身影笑貌无不历历在目。看来我来日无多，可即刻上书，迅报朝廷，另委荆州都督。个人事小，朝廷事大，不要只围着我转，速去办理吧。"

身边的幕僚答应着走了。武士彟又示意杨氏到床前，嘱说："夫人名门闺秀，下嫁我武门，士彟惭愧。天不与寿，我只能先走了。我走后，千斤重担只有压在你的肩上。宜回文水老家，依靠数亩田地过活，女儿的婆家，也不必非是名门望族，只宜好人家男儿，能善待其一生足矣。唯二女儿心高气傲，我放心不下啊。"

武士彟又叫过二女儿，拉着她的手说："我儿是个女子，衣不解带，侍我半月，想想就要永诀了。孩儿是个明白事体的人，凡事不需我盼咐。我走后，你也不要过于悲哀，好生照顾你阿娘，看护好姐妹。至于你两个哥哥，他们俩才识浅显，只看眼前的东西，缺乏长远的目光。我死后，他俩也许会惹是生非，累及你和你阿娘、姐妹。你一定要克己制怒，能让则让，能忍则忍。"说着，又执了二女儿的手，悲咽不已，二女儿怕伤了父亲的心，只得含泪宽慰。

"我二十年经商，二十年为官。所谓钱者，是只可凭借的东西，不是终极的追求。为官一任，上解皇忧，下惠黎民。我儿才高志远，人物显众，可惜错生为女儿身。人一生一世，转瞬即逝，一定要站得高，看得远，精心设计，长于谋划，才不至于虚误此生……"武士彟说完，久久地凝视着爱女，似有无限的心事。晚上，武士彟呕血而死，终年五十九岁。武则天和家人自是拊膺顿足，放声大哭。

荆州都督府即着人千里驰驱，飞马报与朝廷。刚办完太上皇奉安大典的李世民，接到奏报，当读到"先皇驾崩，诰文到日，都督奉号恸，因议成疾。时常泪水涟涟，追思先帝皇恩"一句时，不禁大为感动。为表彰忠心为国、勤政爱民的武士彟，给朝臣们树立一个学习的榜样，皇上诏命武士彟谥号曰"定"，追封为礼部尚书，特令并州大都督李勣（即名将徐茂公、徐世勣）为其主办丧事，一切丧葬费用均由国库支出。

武士彟丧礼的排场在文水可谓空前的。发丧那天，光看热闹的四乡八邻，就挤满了武家庄的田间官路。整个武家庄，到处是支锅造饭的，各家各户，门前屋后，都排满了饭桌板凳。全并州府的大小官僚，俱来送葬。写满缙绅哀言的挽联，在武家大门外左右排开。光动用的侍卫就达数百人之多。

下午申时整，只听得鞭炮声在各处炸响，二十一对杠夫一声齐喊，油漆得黑黝黝的棺木顿时离地。孝眷随即在路上排成长长的一队，形成一条白色的长龙。五十对彩伞分列两旁。百十个僧人，披着袈裟，拍动那金铙铜钹，声震原野。一百个道人，均着青衣道冠，吹起苇管竹笙，响遏行云。有纸糊的八抬大轿、纸扎的开路的童男童女，至于酒盏茶注、宝刀雕弓、金箱银柜等陪葬的大小器具，更是应有尽有。坟墓设在武家的祖坟里，占地半亩多。砌成后，高约数丈。远远望去，极其醒目。然而，再盛大的葬礼，再巨大的坟墓，也是和死亡联系在一起的。随着武士彟灵柩的下葬，文水武氏也不可避免地从生命辉煌走向败落。尽管武士彟毕生挣下的万贯家产还在，生前的相知故交等社会关系还在，然而，衰落的气息无可避免地从武家大院中散发出来。

和杨氏母女几个住在一起的，有武元庆、武元爽，以及堂兄弟武怀良、武怀亮、武怀运、武怀道。这些人都已成了家，但都是一些刻薄势利的小人。发丧之日，毫无主心骨，事事无头绪。安葬之后，便欲分家。

分家的结果是，几个堂兄弟各分得二十亩良田，一栋房屋。杨氏母女因无男子支撑门户，不愿分家另过，还住在大院里，但分灶另吃。其余家私，包括文水、长安的当铺、房产，悉被元庆、元爽两兄弟瓜分一空。

两兄弟工于心计，还亲笔起草文书，誊写数份，让各人签字画押，为日后凭据。

当年，武士彟续娶杨氏，主要是看中杨氏的高贵血统，在他生前，自然会给予杨氏及两个血统高贵的女儿以更多的爱护。有热就有冷，其母卑微的武元爽、武元庆兄弟自然受到一些冷遇。如今，武士彟去世了，当年的卑贱者翻身做了主人，当年备受冷落的仇恨就翻腾出来，全部倾泻到这四位高贵者身上。杨氏居住的房屋被越换越小，仆人越来越少，供应的粮米时常断顿。母女四人还不时受到武家其他女眷的冷嘲热讽。

在这样万般无奈、冷酷的生活中，长女带着可怜的嫁妆匆匆嫁给了官职低微的越王府曹贺兰越石。出嫁那天，喜事办得竟不如平常人家，少女武则天实在按捺不住气愤的心情，在婚礼上竟操起木棍直冲武元庆，弄得武元庆下不来台。

武元庆一怒之下，随即叫人去唤了后街的王媒婆来，吩咐道："家中有位小姐，今年十四岁，要你去说一门亲事。"

"不知老爷叫老身到哪一位老爷家说亲？"王媒婆讨好地问。

"不论是什么家庭，你快快地办成就是了。"武元庆没好气地说。

隔了一天，王媒婆找上门来。杨夫人正同武则天一起在后园凭栏看花，丫鬟引媒婆来到两人跟前，王媒婆忙给夫人小姐见了礼。

杨夫人问："你是哪家来的？"

王媒婆说："我不是别家来的，是那边的武元庆大老爷叫来与二小姐说亲的。"

杨夫人心里很气愤，心道，这事怎么不和我先说说。但她毕竟是大家闺秀，没有表现出来，只是微微点了点头。

王媒婆不明事理，只是一味地打量着二小姐，口里还发出啧啧的赞叹声："那就是这位小姐咯。不是我媒婆夸口，这四乡八里，官宦有钱人家的小姐我不知见过多少，从不曾见过小姐这般标致的，那位胡相公竟有如此造化。"

"你说的哪家胡相公？"杨夫人问。

"就是前梁街上卖猪肉的胡三的公子，他家可有钱了，干了几十年肉案上的买卖，光肉铺就开三大间哩，是前梁街的第一富户。"

这时，丫鬟递过茶来，王媒婆刚想去接，二小姐冲上来，劈手打过去，茶碗摔破在石阶上，王媒婆被唬得瞠目结舌。

"你给我滚，滚得远远的，再让我见到你，打断你的老狗腿！"武则天手指着媒婆，怒吼着。

一个赫赫有名的大都督的掌上明珠，竟然沦落到要嫁给一个屠夫。武则天愤怒之余，对世态炎凉有了深深的感触。她当年生活在都督府里，享受着无比周到的呵护与照料，平日里心高气傲，人见人赞。父亲死后，眼见着门可罗雀，许多以前的朋友不但不过问，还落井下石。武则天看到了人性丑恶的一面，对那些事不关己、高高挂起的世人，产生了强烈的反感。所谓的儒家信条、孔孟之道，"君君、臣臣、父父、子子"，在现实生活中，在武则天的心里，又一次被证实不过是一个美丽的幻觉，是一个欺骗别人的工具，而真正的人生充满着风霜刀剑。世上既没有人可以原谅一切，也没有什么永远的温情。她不止一次在心里暗暗发誓，有朝一日，一定要做人上人。

杨氏也一心想为女儿择一佳婿。于是她带着两个女儿，迁到熟悉的京城长安，住在亲戚的家里，忍气吞声地过着寄人篱下的生活。在苦闷中，不断地寻找机会，捕捉希望，期望能隆重嫁出两个亭亭玉立的女儿。要知道，给女儿找一个好婆家，也是改变目前处境的唯一途径。

但她们所依赖的男人已去世，家道中落，人微言轻，哪一个大户人家愿意娶这落毛的凤凰？杨氏时常望着心性高傲的二女儿婀娜的腰身、如丝的秀发陷入深深的迷惘。

自唐武德九年（626年）"玄武门之变"以来，李世民凭借过人的胆识和才能，通过对前太子党羽的大清洗和对秦王府幕僚的大升迁，逐渐坐稳了皇帝的宝座。太上皇高祖李渊的去世，更加奠定了他作为皇帝的坚实基础。此时，天下大定，风调雨顺，国泰民安，出现了历史上著名的"贞观之治"。

贞观十一年（637年），长孙皇后去世。长孙皇后是位母仪天下的好皇后。她从小爱读书，讲究礼数，即使在仓促匆忙之时，也忘不了言行举止的周正。她一生崇尚节俭，吃穿使用的东西，够用就行，从不铺张浪费。李世民打心眼里尊敬她。有一次李世民和她讨论赏罚的事，皇后推辞说："我是一个妇人，怎么敢跟皇上议论政事。"任凭李世民怎么问她，她也不开口。

当时的谏议大夫魏徵，性格刚直，好直言劝谏，不给李世民留一点面子。一天朝罢回来，李世民气哼哼地说："朕非杀了这个不识时务的人不可。"

"谁惹着陛下了？让陛下如此生气。"长孙皇后奉上一杯热茶，关切地问李世民。

"魏徵这小子，每次在朝廷上议事，非顶撞朕不可，常常让朕不自在，没有面子。"李世民把茶杯往桌上一撂说，"当皇帝也不自在。"

长孙皇后到里屋，换上皇后的朝服，站在庭院里一动不动。

李世民不知为何，忙问："皇后你这是怎么啦？"

皇后说："妾听说主上圣明，臣子忠心。现在陛下圣明，所以魏徵能直言相告。我在后宫为陛下家人，怎么能不郑重地祝贺。"

李世民听她这一说，才不再生魏徵的气。

皇后爱读书，常和李世民一起讨论古时候的军国大事，李世民获益匪浅。皇后临崩时，正值贤相房玄龄因小过失被遣回家。皇后说："玄龄侍陛下久矣，一向小心缜密，没有什么大错，千万不可不用他。妾的宗亲娘家人，因为和妾沾亲带故，才有了官爵禄位。不是自己的本事挣出来的，容易颠覆。想保住他们，就不要交给他们兵权大事。妾死后，愿陛下亲君子，远小人，纳忠谏，屏谗慝，省作役，止游畋，妾死则无遗憾了。"

长孙皇后曾经把妇人自古以来的好事、坏事，编成三十卷的《女则》，宫女把它们呈给李世民。李世民览之悲恸，对近臣说："皇后此书足以垂范百世，朕不是不知天命而做这些无意义的悲痛。只是回到后宫再也听不见规谏之言，失去一亲密助手，所以难过啊。"说完，即令人把房玄龄召回，官复原职。

长孙皇后下葬以后，李世民仍然十分思念她，于是在宫苑中盖了一座望楼，以望长孙皇后的昭陵。有一次他和魏徵一起登上望楼，让魏徵往西北方向观看昭陵，魏徵看看说："臣目力昏，什么也看不见。"

李世民用手遥指说："西北方向不就是吗？"

魏徵说："臣以为陛下望献陵耳，要是说长孙皇后的昭陵，我早已在心里看见了，还用得着登望楼吗？"

李世民听了魏徵的话，为之泣下，遂下令把望楼拆了。

悲伤归悲伤，人死毕竟不能复生。虽然长孙皇后是不可多得的好皇后，堪称天下妻子的楷模，但时间毕竟会抹平一切。长孙皇后去了，贤德规谏的好人走了。李世民同时也失去了后宫的谏言和拘束，心理上也一下子放松了。没过多长时间，好色贪乐的一面就开始释放出来，遂不顾魏徵等人的反对，下旨广选天下美女、才女充实掖庭，以备自己临幸。

征美令刚一布告天下，对时刻等待机会的武则天来说，不啻是一声悦耳的春雷，她感到一个千载难逢的机会来了。十四岁的武则天暗暗发誓：我一定要进宫，我一定要光宗耀祖，那里才有更多的机遇和挑战，在那里才有可能一朝闻名天下知。

晚饭后，武则天走到母亲杨氏的房里，亲自打来一盆热水，给阿娘洗脚。她准备先做通母亲的思想工作。杨氏一边享受着二女儿温柔的小手揉搓着自己的双脚，一边看着渐已长大容貌姣好的女儿，不禁发出一声叹息。

"阿娘，您又叹什么气？"

"孩子，你父亲去世，也有三年了，你我母女三人，也流落到长安近三个月了。想想过去，看看现在，为娘为以后的日子发愁啊！你能嫁一个好婆家也行啊！只是如今……"

"阿娘，我已相中了一个婆家，不知阿娘中意不中意。"

"你自己能相什么婆家？"杨氏在床前坐直身子问道。

"阿娘先答应了，我才敢说。"武则天笑着望着母亲。

"我儿说话常出其不意，这会又跟娘要什么花招？"

"阿娘……"武则天欲言又止，起身往脚盆里加了一些热水，一边细心地给娘搓脚，一边说，"阿娘，您知道当今圣上下旨广选天下美女吗？"

"圣上选美，与我们有何相干？"

"阿娘，我想进宫。"

"进宫？"杨氏不禁一愣，继而又笑了，"孩子，你人还小，不懂世事。宫里有什么好啊！宫女一千，怨魂九百九。如果宫里好，为娘老早就入宫了。好人家的女子，谁愿去当那个活寡妇啊。这事人家躲还来不及，我儿快别再有这些想法。"

"阿娘，当年外祖家也是天下显赫的士族，只因远离了皇权，才逐渐衰落。如今，爹爹去世，朝中已无可托庇的靠山。两位窝囊废兄弟，只知道吃喝玩乐，我看不消三年五载，爹爹挣下的万贯家产，就会被坐吃山空。爹爹辛辛苦苦赢得的一世功名，也将付诸东流。我武氏一家，恐怕不久又要沦落到祖父当年的地步，挑着担子卖豆腐。我是女子，又不能通过科考获取功名，只有通过入宫这一步，才能重振我武氏家族。否则，别无他法。"

"孩子，入宫又不是人人都能得到宠幸，这一步也是难上加难啊！有人入了宫，到老也见不上皇上一面。"

"阿娘，事在人为，我有信心赢得皇上的宠幸。"

"为娘知道孩儿有志气，只是，为娘舍不得你啊！"

"阿娘放心，只要您点头同意，我有办法处理这些事，咱们按计划一步一步来。"

杨氏见女儿已铁下心进宫，半晌没有再说话，她想一个人独自想一想，就挥手让女儿端开脚盆，回房休息。望着女儿轻快自信的步履，想想自己夫君早逝，又没有支撑门户的儿子，而眼前的女儿小小的年纪就如此刚毅果敢，杨氏不禁流下了两行热泪。

九月的一天，天气已见凉爽，长安城中的一条青石马路上，行走着三顶小轿。头前开路的小太监迈着小碎步，一摇一摆，犹如女子一般婀娜多姿，腰间的出入宫牌，叮当乱响，十分醒目。最后面的一顶小轿，轿帘被轻轻掀开一角，一张美丽的少女的脸，若隐若现。少女的大眼睛一眨一眨，充满着对新生活的好奇和渴望。前面快要到皇宫了，只见皇宫的外墙高达数丈，城楼上巡哨的卫兵显得很微小。从城垛上望过去，一座座宫殿重重叠叠，缥缈如仙境。

今天是武则天第一次进宫，通过母亲杨氏多方面的联络，终于得到宫闱局的批准，母女俩一起去宫内探望杨氏的表妹——杨妃。杨氏期望能从杨妃那里打开一条通道，让女儿的美貌上达于圣听。

守宫的禁卫军都是经过特殊挑选的，个个人高马大，八面威风。见宫门口来了三顶民间小轿，即挺胸凸肚走上前去，挥手拦住轿子，喝问："停轿！干什么的？"

小太监走过去，摇了摇拂尘说："队正，里面是杨妃的表姐杨氏和她女儿，来朝见杨妃，已请示宫闱局放行。"

"批文呢？"

小太监从袖筒里掏出批文递过去，小队正接过来，对了对值班日志，果然不假，遂摆手说道："轿子抬一边去，人步行入宫。"

这不愧是帝王家，武氏几乎看花了眼。一根根殿柱上雕龙画凤，寿星台上，排列着一盆盆名花瑞草、复道回廊、金虬玉兽随处可见。金钉攒玉户，彩凤舞朱门，处处金碧辉煌，楼阁崇高。再往前走，进入内庭，走道上轩窗掩映玉栏朱楣，回环四舍，夺人双目。工巧之极，闻所未闻，见所未见。武则天四处张望，这一切使她更加坚定了自己的选择，她在心里暗暗对自己说：有朝一日，我一定要成为这里的主人。

杨妃已为李世民生了一个儿子，在众多的妃嫔里，算是一个很有地位的人，然而后宫寂寞，人同寒床妇。今天难得有亲人来访，杨妃十分高兴，亲自到台阶前迎接表姐、外甥女。杨妃嗜酒如命，连句寒暄话都来不及和表姐说，旋即令人在自己的宫里摆开宴席。

皇家的宴席就是和民间不一样，三个人吃饭，竟张罗了上百道菜。十几个宫女环绕伺候，有捧巾帕的，有端着茶的，有执拂尘的，有拿漱盂的。武则天面对满桌的美味佳肴，却没有胃口。她轻轻地饮了半口酒，筷子也没动几下。

"这外甥女有多大了，出落得如此美貌动人，找人家了吗？"杨妃看来挺能喝酒，一杯酒下肚，兴致勃勃地问道。

"回贵妃的话，小女十四岁了，尚未议婚配。"杨氏答道。

"姐姐，说话别那么客气讲究，叫什么贵妃？叫我莲妹妹就行了。宫里怎么一回事，你还能不知道。"杨妃说着，又自顾自饮了一杯酒，语气也伤感起来，"听说姐姐要来看我，我很高兴。虽说也给圣上生了孩子，做了母亲，但我时常想念宫外的生活，想念咱们的少女时代，那无忧无虑在一起玩耍的日子多好啊。"

杨氏点了点头，抹抹眼泪说："韶华易逝，岁月难再，屈指算来，你我姐妹也有十几年没见喽。"

"老姐姐，自从姐夫去世后，你如今过得怎么样？"

杨氏接过宫女递来的巾帕拭了拭眼角，说："自从先夫去世以后，家道一日不如一日，现在我带着两个孩子在京城堂兄家寄住。今天来这里，一是看看老妹妹，二是想让贵妃妹妹给你这个外甥女找一条生路。"

"好说好说，你想孩子怎么样？"杨妃一副大包大揽的样子，答应得很痛快。

"皇上近日已下了征美令，我想趁此机会，让她进宫，她自己也愿意来。"杨氏小心地把想法说出来。

"进宫？"杨妃放下筷子，说，"姐姐，你别是老糊涂了吧。你又不是不知道宫里的情况，这事你可要考虑成熟，万不可心血来潮啊。"

杨氏点点头，说道："这事我都考虑了。宫里有妹妹你照顾着，料孩子也坏不到哪里去。"

杨妃给表姐杨氏端上一杯酒，沉吟道："只要你老姐姐和外甥女都愿意，这事就包在我身上，再说，我也希望能有咱自家的人在宫里，能相互照应。我看这外甥女，要人有人，要貌有貌。好！这事我答应了。来来，先喝酒吃菜……"杨妃热情招呼着，很快乐也很伤感地喝着酒，一会儿就已酩酊大醉。武则天担心地望着贵妃，生怕她酒喝多了忘了这件事。

告别杨妃后，不久，杨氏母女三人又回到了文水老家。日子一天天过去了，皇宫那边还是没有消息。杨氏和武则天心里常常惴惴不安，不知杨妃是否忘了这事。事情到底进展得怎么样了？为了平复焦急等待的心情，武则天这天就女扮男装，骑马到西边的土山上去散心，她时而按辔徐行，时而打马飞奔。此时正是秋收刚过，原野上散发出清新、潮湿的泥土气息。圆圆的草垛宛如巨大的蘑菇，散布在村口路边。偶尔可见几个拾粪的老人和玩耍的孩子。

武氏靠在土山的一根树干上，望着遥远的地平线遐思……这时，天边无声地飞来一只苍鹰，它时而均匀地扇动翅膀，时而又忽然在空中停住。武氏少女的心一时间充满了强烈的渴望，恨不得化成苍鹰，飞到广阔的天空中，飞到她朝思暮想的皇宫里……

直到中午她才回家，刚一进村，就听见鼓乐喧天，家门口的北横街上挤得水泄不通。武元庆等几个兄弟飞奔过来，把她团团围住，有"扑通"跪下磕头的，有不停作揖的。

那武元庆小心地扶住武氏的胳膊，亲切地说："小妹，你到哪儿去了？一家人找你找翻天了。我这会儿刚从长安回来，带来天大的喜讯。"

"哎！前面的人让开。"武元庆吆喝着，扶着武则天，像捧一件宝贝似的，满脸堆笑。

武氏面无表情，她知道什么时刻到了，但她极力不在脸上显露出来，心里却发出一声深长的叹息。这是非同一般的叹息，它把几年的耻辱，几年的重荷，全部从精神上卸下来。然后再从心里发射出一种带有光芒的暖暖的红潮，疾速地流遍全身。

"小妹，你被征选入宫了。我在长安最先听说了这事，简直高兴死了。我和宫里的总管大人带着圣旨一起来的。小妹……"武元庆不住地撩起裰角，抹抹眼角，好像已伤感得说不下去，"咱武家又有出头之日喽！"

众人拥着武氏走过来，街面上的人们自动闪开一条通道。武家门口更是热闹非凡，一帮官家的鼓乐手正在摇头晃脑，起劲地吹吹打打。锣声、唢呐声响成一片。门前停靠着的香车宝马，亦打扮得绚丽灿烂。十几个虎背熊腰的皇宫侍卫守候在车轿旁，安静地看着热闹的人群。

等候已久的小太监顺着众人的指点，打量着女扮男装的武氏，将信将疑地说道："不会弄错了吧？"

"没错没错。"武元庆急忙答道。

"没错就行。快，快换衣服，到客厅接旨。"

客厅里，也已布置一新，全套的酸枝木座椅挪到了墙角。屋里宽敞明亮，只有靠北墙，放着一方石长桌，桌上摆一对淡蓝色的瓷瓶，地上铺着紫红的地毯。穿戴一新的武则天跪在前面，往后武家亲眷们依次排开，有杨氏、武元庆、武元爽等人。

宣读圣旨的大太监站在前面，严肃地看了看周围，见一切准备停当，方从袖筒里掏出圣旨，舒展开来。然后清清嗓子，尖声细气地念起来："朕自登基以来，勤于国事，未尝片刻安乐，今祖德洪庥，皇威遐畅，四海驰平，兆民胥悦，朕心已安。特下诏遴选美人，随侍左右。闻故爱卿武士彟之次女，年已及笄，人物出众，贤淑文静。着即日进宫。钦哉毋忽！贞观十一年秋月。"

"谢主隆恩！"众人一片应答之声。

圣旨宣读完以后，武元庆用双手毕恭毕敬地接过来，放在金香盒里，交给管家。然后小心翼翼地问大太监："总管大人，不知小妹什么时候入宫？"

"你耳朵聋了吗？不是说即日进宫吗？"大太监拿手掸了掸袖子说，"一会儿就走，皇家的事谁敢耽搁。"

"那也得先吃饭吧。"

"不吃饭怎么赶路？吃过就走，饭菜都给我弄得好好的。出了差错你八个武元庆也负责不起。"大太监盛气凌人地说。

"是，是。我早吩咐下去了，就怕大人您嫌乡下饭食差。走，我们到后堂叙话。"武元庆亲热地挽起大太监的胳膊，往后堂走去。

后院杨氏的房里挤满了武家的女眷们。这些平日连门都不登的婶子大娘，现在一下子变得亲切起来，不断地嘘寒问暖。武元庆的老婆更是喋喋不休地说着，拉着杨氏的手，一口一个"亲娘"地叫着。一会儿说蚊帐旧了，让管家速去置办新的；一会儿又摸摸被子，嫌棉花少，太薄，不够暖和，急令丫鬟去她家里抱她结婚时的压箱被。

唯一伤心哭泣的是杨氏夫人，她虽然同意了女儿的决定，千方百计地进宫找表妹杨妃帮忙说情。但当这一天终于到来的时候，又不禁为女儿的未来担心。这位饱经沧桑、从小生在王侯家的前朝宰相之女，怎么能不知道那九重宫阙里是一个什么样的地方。虽然吃的是山珍海味，穿的是绫罗绸缎，但那三宫六院、繁花似锦的外表下面，何尝不是险恶难测的大漩涡？虽然造化铸就了个别幸运儿，成为人上人。可自古至今，又有多少花季少女淹没在那里，有多少红颜薄命的悲剧在那里上演。等待自己女儿的究竟是怎样的命运呢？想到这儿，杨氏的嘴唇痛苦地颤动着，泪水顺着她苍老的脸颊不停地往下流。

"我的命怎么这样苦呢……一个好女儿又要走了……夫君啊，我苦命英武的夫君啊，你怎么死得这么早啊……以后又有谁来照顾我啊……又有谁知道我的心啊……"

在杨氏哭得昏天黑地的同时，女儿却在一旁细心地收拾自己的东西。平日喜爱读的《史记》等书籍，都被捆扎起来，打成包裹，让丫鬟往大门口的车上运。做完了这一切，她才打来一盆热水，拿一块手巾，洗洗拧干水，给阿娘擦脸拭泪。她笑着对悲泣的杨氏说："见天子焉知非福，何须作儿女悲态？"

酒足饭饱，大太监站在大门口，一边满意地看着武元庆指使家人往车上搬送礼物，一边用牙签剔着牙，等待赶路。武府门前人头攒动，大人们交头接耳地说着话，指指点点，小孩子们在人缝里蹿来蹿去，嗷嗷乱叫。车轿旁，两个擎着通明集羣凤尾扇的宫女，举扇举得手有些酸，举起又放下，放下又举起。鼓乐队早已在前头排好队，吹打一阵，歇一阵，不时回头看着大门口。

大太监有些烦了，把牙签一扔，上来就想说一说武元庆。这时众女眷簇拥着武则天出门了。只见武则天头戴紫金凤冠，鬓旁珠翠连环，身穿玫瑰紫绣凤朝服，雍容华贵，夺人双目。

她款步走到大门口台阶前，停了停，面对着热闹的人山人海，突然仰天大笑起来。

"哈哈……"

这奔放的少女的笑声，是那么自然和发自肺腑，那么富有磁性，它像一团温柔的火焰，又像疾风扫过落叶，感染着现场的每一个人，直透大唐王朝深秋的天空。大太监也被这笑声惊得不知所措，失去了傲气，现出了奴才相。他忙上前一步，低眉顺眼地扶住武氏，一步一步地走下台阶。车马起动，鼓乐远行，等待着她的将是怎样的命运呢？

李世民是一代名帝，有经天纬地、治国安邦的才能，成就了富国安民的"贞观之治"。李世民先后三次放出宫中的怨女，每次三千人，三次约有万人，赢得了一代名君的好名声，世人争传太宗盛德。

李世民的父亲高祖李渊，晚年恣意声色，广选佳丽，加上原隋宫里的美女，后宫足有万人。当中有不少得到高祖宠幸，生孩子的有二十多个，没有生孩子的更是不可胜数。这些美女见高祖年老，都争着想办法结交王子们，好为自己的日后做打算。其中太子李建成，就和婕妤张艳雪、尹瑟瑟私通。当初，高祖起兵晋阳时，都是秦王李世民谋划的，高祖许诺说事成后立李世民为太子，将佐们也请求立李世民为太子。李世民却一再地推辞，这事才罢了。后来太子李建成不成器，喜欢喝酒和女人，要不然就提笼架鸟，不务正业。齐王李元吉也整天胡闹一气，屡屡犯错。两个人皆不得高祖的宠爱。而李世民功名日盛，举国尊敬。李建成内心不安，于是与李元吉合谋，想倒李世民的台。两个人曲意结好众妃嫔，让她们在高祖面前替自己说好话，而李世民却不巴结妃嫔。于是诸妃嫔争着在高祖跟前说建成、元吉的好话，指摘李世民的缺点。

一天，李世民陪着高祖一块儿喝酒，想想母亲窦氏过早地去世了，不禁有些伤心，唏嘘泣下。高祖见了有些不高兴。诸妃嫔则趁机在一旁说："陛下年纪大了，应该娱乐娱乐。而秦王却故作此态，正是憎恶我们。陛下千秋万岁后，我们老的老小的小，必然被秦王算计，无复孑遗矣。太子建成仁和孝顺，只有他才能保护我们啊。"高祖听后，点点头，脸上露出凄凉的神色，自此以后就不想再换太子了。

当时李世民、李元吉都住在宫殿里，可以到处走动，太子令，秦王、齐王的文书政令，和皇帝的诏书并行。办事的不知先办哪件，后办哪件。只好先拿到谁的就办谁的。有一次李世民以淮安王李神通有功，批给他几十顷土地。婕妤张艳雪也想要那块土地，高祖就许给了张艳雪。李神通却不愿意让，说秦王先批给他的。张艳雪则哭着找高祖。高祖气得把李世民大骂一顿，又对裴寂说："这孩子整天带兵在外，让那些书生教坏了。不是过去的那个儿子了。"

唐武德九年（626年），李世民经过精心谋划，带着长孙无忌等几员干将，发动"玄武门之变"。杀死了亲兄弟李元吉和李建成，逼迫老皇帝李渊交出了皇权。李世民下令把那些不顺眼的妃嫔，挑出三千人放出宫。此举不但把曾经说他坏话的一帮女人全部撵走，清理了门户，还赢得了世人的一致称赞。

贞观二年（628年），天久旱无雨，严重影响了田地的收成，各地出现了动乱的苗头，农民们急得像热锅上的蚂蚁，又祭神又挖渠，奏效不大。各地有关旱情的奏报雪片般地飞来，搞得李世民很头痛。这天，刚一上朝，他就提起了这事。

"众位爱卿，如今天下大旱，有些地方几近颗粒无收。民以食为天，如此下去，势必造成社稷动荡，影响皇朝永固。不知诸位爱卿有什么好办法，解决这个问题。"

文臣武将们，你看看我，我看看你，都不肯吱声。心想，人间岂能管天上事，老天不下雨，我等凡夫俗子，有什么好办法？

李世民见半天没人答应，很生气，把脸拉得老长。

右卫大将军潞国公侯君集走出来说："皇上，不如到泰山封禅，您亲自祈告苍天。"

"封禅？不是年上才封的禅吗？"李世民看着侯君集有些气不打一处来，"你只知道打打杀杀，说话不假思索。哪有一年封两次禅的？"

侯君集吓得忙退下去，再也不敢吱声了。

这时，中书舍人宗正卿李百药走上来（此人曾受诏修《五礼》，并撰有《北齐书》五十卷）。他迈着方字步，手抱笏板，站在玉阶下，深施了一个礼，说："皇上，各地为平复旱灾，方法用尽，咸不奏效。臣以为是阴盛阳衰，不行正气。以至于天不刮风，天不下雨。"

"什么阴盛？你给朕说说怎么个阴盛法。"李世民欠起身子问。

"恕臣直言。臣观后宫怨女过万，阴气郁结，上达于天，足以致旱。"李百药答道。

李世民一听李百药这番无稽之谈不由心头火起，但他毕竟是一代名君，当下强按住怒气说："历代帝王，都是三宫六院，多达万人。这妃嫔制度又非由朕而起，怎么到朕这里就阴气郁结？李爱卿言过其实了。"

"皇上息怒，容臣细说。后宫妃嫔，虽已送出三千，但前隋及太上皇遗留的宫女仍有近万人。老旧之物，已不堪复用，久置必致阴郁。我皇年轻有为，聪明神武。宜吐故纳新，简放旧女广招新美女，才能大行正气，风调雨顺，国泰民安。"

李百药不愧为李爱卿，一席话说得皇上心花怒放："说得好。为了天下风调雨顺，百姓丰衣足食，李爱卿即刻代朕草诏，先放宫女三千，追年末再放三千。同时布告天下，大规模地选美。"李世民说完，借口还有别的事，下了龙椅，急急离去。他之所以走得那么快，是怕魏徵再说什么不好听的话，败坏他刚刚的好心情。

李世民喜欢女人，尤其是喜欢漂亮的女人，因而后宫里美女如云。

武则天的入宫不过像一颗石子投入水潭，只是泛起些微涟漪罢了，并没有什么惹人注目的地方。她和众多刚入宫的美少女一样，每天起来，先梳洗打扮，早膳后就到书院里学习礼乐。一晃眼两个多月过去了，日子千篇一律，枯燥乏味。别说是皇上，就连一个正儿八经的男人都很难见到。除了常来常去的几个面白无须的太监，全是女人，连每天教习礼乐的老师都由宫里的女官来担任。

与武则天同居一室的是徐惠，她也是名门之女，乃大臣徐孝德的女儿，右散骑常侍徐坚的小姑。据说她生下来五个月就能说话，四岁即诵《论语》《毛诗》，八岁就写得一手好文章。在文采方面，武则天武氏自知比她逊色多了，常常主动地向她讨教问题。晚上，武氏都躺下了，徐惠仍然手不释卷，研读经史直到深夜。一觉醒来，武氏再也睡不着觉，她望了望如豆灯光下徐惠的侧影，不禁叹出一口气来。

徐惠转过身，揉了揉发涩的眼睛，问："武姐姐，你醒了吗？半夜三更，叹什么气呀？"

反正长夜无眠，武氏索性围着被子坐起来，和徐惠拉起家常来："惠妹妹，我来皇宫有两个多月了，你也来两个月了，却连皇上的面都没见过。你说，为什么皇上还要召我们进宫？"

"当他的妃嫔呗，别的还能干什么。"

"他让咱们枯守在这院子里，不闻不问，这是什么道理？"

"皇上还需要讲什么道理。武姐姐，你就耐心地等着吧，听说有地方动乱了，皇上正操心那事呢。等一分出身来，第一个就来看你武姐姐。"徐惠合上书本，走到武氏的床边，调皮地说道。

"我有什么好看的，琴棋书画，样样不通。哪像你惠妹妹，多才多艺，又娇又嫩。"

"武姐姐也不老啊，十四五岁，含苞欲放，正是需要阳光雨露的时候。只要一见面，皇上一定会宠幸你的。姐姐生得明眸皓齿，玉润金辉，眼中藏着一双明珠，胸前又塞着两团白雪……"武氏一听，又气又笑，一把把床前的徐惠拽上床来，两个青春少女嘻嘻哈哈闹成一团。闹够了，同钻进一床被子里，相互揽着，说起知心话来。

"惠妹妹，你父亲徐孝德乃朝廷重臣，门户显赫，上哪儿找不到一个好女婿，你为什么要来这深宫里受罪？"武氏问徐惠。

"岂不闻'率土之滨，莫非王臣'。皇上宣了诏，我能不来吗？都是那些嘴碎的人传说我有些才名，才走到这一步。不过，既来之，则安之。等学习一结束，到皇上身边后，我还想利用平日所学，辅佐当今皇上呢！"徐惠说着话，见武氏正在愣神，似乎没在听她的话，就摇摇她，说："武姐姐，你也是名门之女，为何也到皇宫里来？"

武氏拂了拂徐惠额上的秀发，长叹了一口气，才说道："说来话长。我从小就不喜刺绣女红，刚满周岁就随父亲上扬州，后又上利州，转荆州，所谓天地宽而眼界大，实在不甘心嫁一个凡夫俗子，所以才来到了皇宫。"

"武姐姐真是天下少有的奇女子，不嫁人则罢，要嫁就嫁给天下第一人。妹妹我遍涉经史，也没有这般气概啊！"徐惠望着目光坚毅的武氏，由衷地称赞道。

两个人在被窝里越说情绪越高，越说感情越好。武氏干脆提议说："惠妹妹，我们几乎同时奉诏进宫，又同居一室，朝夕相处两个多月，情趣相投，相处甚洽，如不嫌弃，不如你我结为姊妹，以通金兰之好。"

徐惠高兴得一把掀开被子："姐姐说得是，正合我意，不如趁今晚月亮正圆，完成这个心愿吧！"

两个少女翻身起床，穿戴整齐，从橱柜上找出几根天竺香点上，悄悄地打开门，溜到院子里，把天井里的石桌当成香案，然后一起面对着月亮跪下。

"文水武氏今上达于天，下知于地，今与长安徐惠结为姊妹，永世通好，若有二心，天地不容。"

"长安女徐惠恭请圆月作证，我与文水武氏结为姐妹，当以同怀视之，如有二心，天诛地灭。"

此刻，月亮正升在清冷的天空中，白晃晃的一片晶莹，了无秘密。她到底用什么来为两个起誓的少女作证？是用她那怜悯和哀愁的眼睛，还是用她那青烟般无语的清辉？

这天，李世民在朝堂上与众文武议事，讨论关于泉盖苏文屡次发兵侵犯边境的事。李世民坐在龙椅上，手端着腰上的玉带，说："这个弹丸小国，竟敢屡次侵犯我大唐边土，真是不知天高地厚。想想朕自太原起兵，提三尺长剑，扫荡四海，诛灭诸侯，二十年来无有敌手，还在乎这小国？朕也多少年没有上马临阵了，很不自在，这次朕决定率大军亲征，让那泉盖苏文也知道我大唐马上皇帝——李世民的厉害。"

长孙无忌走上来，作揖说："皇上乃万金之躯，且年事已高，不宜亲征。遣一大将率部前去拒敌即可。"

"朕才四十六岁，何言年事已高？朕身体也好得很。"李世民说着，推开龙案，甩了甩胳膊。

众朝臣都笑了。褚遂良走过来，施礼说："陛下有个好身体，实为我大唐的福气。但为社稷百姓着想，万万不可御驾亲征。如今，仅骚乱我边境，尚不必对此大动干戈。不如再等他两年，一边训练兵士，一边养精蓄锐。而后一举图之，不愁辽东不定矣。"

"房爱卿，你觉得这事怎么处理？"李世民问房玄龄道。

房玄龄走过来，施了一个礼，说："遂良公所言极是，的确还不到对高句丽大规模用兵的时候。陛下少安毋躁，这个仗早晚都要打。不灭了泉盖苏文，辽东无宁日。"

商量好这事以后，散朝的时辰也到了，众大臣纷纷往外走，唯独徐孝德站着未动。

李世民问："徐爱卿站着不走，有什么事吗？"

"陛下，小女入宫已月余，臣妻时常挂念，嘱臣抽空问问陛下。再者，小女少不更事，有不到之处，万望陛下看老臣的薄面上，谅解小女。"

"噢，爱卿想说的是这事，"李世民笑着说，"这你尽管放心，朕会高看她一眼的，不会让她吃亏的。退朝了，你早点回家休息吧。"李世民暗道，这两天忙于国事，竟忘了徐孝德的女儿了。亏徐爱卿提醒，不如马上把她召来，今晚就让她侍寝。

散学后，武氏就拉着徐惠跑到后苑里去玩，这里是后宫一个宽阔、幽静的去处，松柏如盖，玉池澄碧，茂林修竹，还有一大块草地，散养着十几头梅花鹿。

两个人坐在草地上，时而热烈地聊着，时而沉静地观看周围的景致。武氏站起来，抬腿踢了踢旁边的松树，显得百无聊赖。徐惠也跑过去，蹲在一头梅花鹿的身边，抚弄着鹿头，她忽然自己笑起来，招手让武氏过去。

"惠妹，有什么好笑的？"

"武姐姐，书上说，鹿血可以给男人助性，是真的吗？"

"是真的吧。我来宫前，阿娘给我讲了许多男女方面的事。她也说鹿血能让男人更兴奋。"武氏认真地说。

"等哪天武姐姐见了皇上，先敬上一大碗鹿血让皇上喝，保证武姐姐能如愿以偿，得到皇上的宠幸。"徐惠调皮地说。

武氏却没有笑，她紧抿着嘴唇，往前走了两步，又转回身来说："惠妹，你比我蒙皇上召见的机会多。你父亲朝上为官，皇上成天见着他，自然会想起来你的，而我就不一样了。惠妹，如果哪天皇上召见时，一定要在他跟前提到我，多为我美言几句。咱们俩能都挤到皇上的身边才好，可以在诸事上互相照应，又永不分离。"

徐惠点点头，说："武姐姐，你放心吧，我不会忘记这事的。我不会忘记那晚上的月下起誓。"

"真是我的好妹妹。"武氏上来搂着徐惠，两个人互相揽着腰，边说边往回走。

两人刚走到苑门口，只见相熟的两个宫女和四五个太监跑过来。太监边跑边喊："前面是不是徐惠徐才人？"

徐惠站住了脚步，问："这么急找我，有什么事？"

"皇上召见。快，快随我去沐浴更衣。"太监着急地说。

这一刻终于到来了，虽然召见的是徐惠，但在武氏的心里，却有按捺不住的喜悦，事情进展果真和她预料的差不多。晚上，一个人独居一室的武氏几乎没睡好觉。她在为下一步谋划着，她甚至想好了每一个细节、每一个动作和每一句话。

但是四五天过去了，徐惠却没回来过一次，也没有托人捎回信来。只听宫人传言，皇上让徐惠写了一篇文章，文中的"挥翰立成，词华绮赡"，博得龙颜大悦，当即封徐惠为婕妤。婕妤，属正三品的待遇，后宫佳丽成千上万，婕妤的编制，一共才设九人。这是多少宫女梦寐以求的位置啊！

武氏觉得心里隐隐作痛，好像一条虫子在啃噬着她的心。她木然地靠在后苑的松树上一声不响，脸色和嘴唇变得苍白，微微有点要晕倒的感觉。初冬的凉风掠过树枝，吹落树上残存的黄叶，这些叶子也好像在躲藏什么，一片跟着一片地向土沟、水渠里翻滚，躲在背风处，躲在少女武氏看不到的地方。

她从怀里掏出那块羊脂玉佩，细细地观看着，抚摸着。渐渐地，她咬着牙，抿起嘴唇，脸上露出坚毅的神色，心中重新燃起理想的火花。她微微抖了抖，同时不禁低低"哦"了一声，仿佛一个新的思想闪光似的掠过她的全身。一丝秘密的、谁也看不见的微笑，使她的嘴唇自然地分开了。

冬至这天，武氏和往常一样，和众多的新入宫的美女一起，坐在书院里，听内廷教习讲课。突然，门外一阵脚步声，大门被推开，先进来两对手持拂尘的太监，口称"皇帝驾到"。接着，身宽体胖的李世民在妃嫔和太监的簇拥下，走到书院，慌得众美人和教司就地找空隙跪倒，齐声诵道："皇上万岁万岁万万岁！"

李世民扬扬手，旁边的太监即代传口谕："免礼平身。"

李世民看了看这些美人，然后走到书桌边，翻了翻所看的书，问跟前的一个美人："在这里生活，还习惯吗？"

"臣妾非常习惯在这里生活。"那美人道了个万福，回答说。

李世民微微一笑，然后问身后的徐惠徐婕妤："哪一个是故爱卿武士彟的女儿武氏？"

"请陛下自己找，看能不能找出来。记住，哪个最漂亮，就是哪一个。"徐婕妤调皮劲又上来了。

"好，容朕细观，看看是怎样一个佳人。"李世民从西往东找，找一个点点头，又摇摇头，找了一圈，也不敢肯定。他仰天大笑起来，说："都长得跟花朵一样，朕实在是找花了眼，找不出哪一个是武氏。"

其实徐惠早偷偷把武氏拉到了自己的身后，见李世民不肯找了，才把武氏推出来，说："陛下，你看看这个女子长得怎么样？"

李世民打眼一看，嘴张得老大。眼前的这位女子穿着湖蓝色的朝服，眉尖微微挑起，透露出俊爽聪明；一对明亮的眼睛非常深透，放射出一股热烈的光。整个人的神态就像牡丹花瓣半开微展，十分巧妙惹人怜爱。"美容止，美容止。"李世民忍不住啧啧称赞起来，意为漂亮到这儿就停止了，没有比她更漂亮的了。

李世民显出了难得的兴致，他对身边的一个太监说："传令下去，朕今晚要和二位美人一起用膳，别忘了叫厨子做一道'浑羊殁忽'。"

武氏直接跟李世民走了，连要回房间梳洗打扮一番，李世民也不让。徐惠也拉着武氏的手说："姐姐，我那里什么都有，梳洗家什样样俱全，咱们到那儿再说。你现在的模样就挺俊。"

李世民对武氏说："干脆你以后就叫武媚吧，又好听又通俗又切合实际。"武氏在一旁抿嘴而笑，微微斜睨着她的黑葡萄似的眼睛。李世民见了，心摇神驰，未饮先醉，又习惯性地拍了一下自己的大腿，传令道："传膳，朕要同两位小美人痛痛快快地喝几杯。"

太监宫女们排成队，迈着小碎步，端着碗碟过来了，不一会儿，宽阔的长桌上排满了菜肴。一共一百七十种菜：有鹁子羹、鸳鸯炸肚、鲜虾蹄子烩、炒白腰子……

每上一道菜，旁边站着的一名御厨就朗声报上菜名，最后一道名菜是李世民亲自点的"浑羊殁忽"。李世民有意在她们俩人面前卖弄卖弄，就对御厨说："你把'浑羊殁忽'的来历做法，介绍给徐婕妤和武媚听听。"

御厨上前一步，先后向李世民、徐惠、武氏作了一个揖，这才开口道："此菜是小人的家传绝活儿，是小人祖上创的。这道菜传男不传女，到小人这一辈，始被召入皇宫，专门为皇上服务。技随人身，现如今，只有皇宫里才能有这道名菜。为保密起见，小人只简略地介绍一下做法：先将用五味调拌好的猪肉和糯米饭，放到去毛和内脏的子鹅腹内，再将子鹅放到去皮和内脏的羊肚里，用线缝好羊肚后放在火上烤，待熟后只吃子鹅肉。这道菜热时最佳，请皇上御用。"

"好，朕先和两位美人干一杯。"李世民端起眼前的酒杯，一仰脖先干了，然后亮亮杯底，说，"真是玉液琼浆，此乃乌弋国进献的龙膏之酒，不当皇帝哪能喝到如此好酒。请两位美人务必干杯。"

皇上金口一开，徐、武俩人不好打酒官司，分成几小口也都干了。顿时，两个人都面若桃花。徐惠用两只手摸着发红的脸蛋，连连告饶，李世民哈哈大笑，用筷子给她俩各攒了一大块"浑羊殁忽"。

酒过三巡，菜过五味。李世民望着宽大豪华的宫殿、周围环侍的宫女太监，以及长桌上数百个碟碟盏盏，又望着左右大美人，感觉良好，不禁诗兴大发，提议说："朕闻徐婕妤八岁时仿《离骚》作《小山篇》，其言曰：'仰幽严而流盼，抚桂枝以凝想。将千龄兮此遇，荃何为兮独往。'小小年龄，即风雅若此。今美景良宵，不可无咏。咱们各作一首诗，怎么样？朕先来作一首。"

李世民手击桌面，咏道：

大手持觞长吁吁，谁知花心色更奇。
英雄犹如再发枝，此乐当为我第一。

武氏马上拍手，赞叹道："陛下武安天下，文定乾坤，真是古今少有的奇男子！"

李世民听了很高兴，又问徐惠："徐婕妤，朕作的诗怎么样，略略品评一下如何？"

徐惠笑而不语，只是伸出两个大拇指左右晃了晃，不知是赞美还是揶揄。李世民摸不着头绪，只得笑了笑，说："徐婕妤，不要光笑，该你了。"

徐惠略略思索，即咏道：

美人乘醉意何如，雪态花阴半有无。
一缕清香拂斜月，慢吟声接喜帐主。

"好，好！咏得太好了，不愧为女才子。"李世民心悦诚服地赞叹道。然后又转向武氏，说："媚娘，该你了。"武氏自知在文才方面，不是徐惠的对手，但眼下势在必行，只得勉强作了一首，诗曰：

冬日暖阁坐玉人，大道扬沙似我心。
开怀畅饮龙膏酒，铜肝铁心皆为文。

李世民听了此诗，微微点点头，又仔细地打量一下武氏，说："其诗中隐约有英豪之气，巾帼不让须眉。不错不错。"

徐惠精通文理诗赋，知道人如其文。听见此诗后不禁一凛，她似乎觉出了武氏人格的另一面，于是坐在位子上默默无语。

"既然写了'开怀畅饮龙膏酒'，武媚和朕单独干一杯。"李世民端起酒杯说。

两人撇下徐惠，喝了个交杯酒。李世民用巾帕擦擦沾在胡子上的酒，满意地说："此酒其黑如漆，绵甜可口，不知是用什么酿造的。"

没等旁边的太监回奏，武氏就抢着说："这是南方的黑糯米酿造，里面又加一些香料等。"

"你怎么这么清楚？"李世民好奇地问。

"臣妾往年常随先父武士彟走遍巴山蜀水，所以就知道。"武氏说。

"对了，朕依稀记得在你小时候，曾到你家去过，"李世民拍拍脑壳说，"当时是不是你过周岁？你爹武士彟就赴扬州上任。"

"皇上记性真好，是我过周岁，我这有个羊脂玉佩，皇上还认得吗？"说着武氏从怀里掏出一个荷包，小心地打开它，呈到李世民面前。

李世民仔细端详那块玉佩，捧住武氏的双手，兴奋地说："是它，是它，就是它。你当时哇哇大哭，非要这块玉佩不可，说起来犹如昨天发生的事一样。"

徐惠站起来说："皇上是遇见故人了。在媚娘百日时就已定下了娃娃亲，今日良辰美景，可速传司寝司帐，行合卺之礼。"武氏手捂着嘴，哧哧地笑。李世民索性把她拉到自己的身边，抄起筷子撺一块炒白腰子，塞到武氏的樱桃小嘴里。这时沉静内秀的徐惠已悄悄地离开了。

膳后，李世民携武氏乘辇入紫宸殿后的一座寝宫内。此寝宫俗称为拿头殿。朱红镶金的窗棂，用玉板明花纸糊窗，间缀双金花，外罩一层黄油绢幕，油浸过的纸、绢本来可以透光。现在是冬天，则用油皮罩在窗外。

殿内遍铺红黄色的厚地毯，寝处屏幢帷幄几重，床上茵褥重叠，上盖纳失失（一种皮褥），纳失失上贴以金花，再熏以异香。司寝官早已把李世民的柏木床重新点缀一新，四周用波斯进献的金玉珠翠点缀。寝宫内炭火熊熊，温暖如春，胳膊粗的红蜡烛点了十几支。

酒阑人散，携手归房。司寝官催请武氏洗浴，李世民摆摆手不让。屏风后，宝帐里，酒后的武氏愈加娇媚横生。那眼波飘过来时，光彩溢目，照映左右。李世民双手捧着武氏的脸蛋说："远看是仙，近之是妖。"

武氏眼光看住李世民的眼珠，含笑带嗔地问："能迷住陛下吗？"

"能，能。"李世民用力地点了点头。

武氏想起了母亲杨氏多次教授的动作，于是冲着李世民微微嘟起樱桃小口。

李世民心花怒放，他觉得他又找到了每日都要寻找的快乐。他迅速地吻住了那张娇嫩的小嘴。

武氏激动得脸上泛红，心里扬扬得意，她知道人生最富有意义的时刻开始了。冷静而风骚的小姑娘闭上了眼睛，承受着那双历经腥风血雨、决定乾坤命运的大手的抚摸。随着那双手的运动，小姑娘觉得长久占据在心底的空虚，渐渐消失，她听见了自己的心怦怦在跳，这崭新的跳动跳得她好难过好难过……云消雨散，李世民躺下来，就想睡觉。武氏推着他说："陛下，和臣妾再说一会儿话吧，那么快就睡了，未免薄幸。"

李世民转过身，笑着摸了摸武氏，说："朕日理万机，所缺的就是睡眠。再说，明天天不亮朕就要上早朝，所以先不陪你了啊。"

"陛下，您太自私了，臣妾由一个少女一瞬间过渡成一个少妇，您还没给臣妾一个名分呢。"

"明天再说吧。"

"不嘛，明天陛下事多，说不定就忘了。"

李世民让武氏叨扰得有些心烦，他拉了拉床边的一个拉铃，内侍马上跑过来，关切地问："陛下有什么吩咐？"

"武士彠之女武媚，封为才人，马上册封。"李世民说完又对武氏说，"你也去吧，朕要睡觉，不想说话了。"

武氏只得提着衣服，退出了宝帐，到偏殿去了。

被临幸后的武氏独居一室，浮想联翩。自己费了这么大的心力，才挣到"才人"的地位。虽然一侍寝，即享受正五品的待遇，这是许多男儿付出半生血汗才能挣到的官位。但"才人"在后宫的地位并不显要，甚至远远比不上徐惠，那个黄毛丫头一天之内升为正三品婕妤，凭的是什么，不就是喜欢诌几句诗吗？论相貌，按床第，承姿色，根本比不上自己。武氏深深感到通往显贵权力顶巅的道路是多么的崎岖险要。即使这个才人的封号，如果不靠父亲武士彠的名声，恐怕也是很难挣得的。前路茫茫，长夜漫漫，武氏难以入眠，好在自己年纪还小，来日方长。看以后的机会吧，只要有心，不愁升不到更高的地位。

虽然李世民的诗写得不怎么样，但他是马上皇帝，喜欢骑射。天下太平以后，他常常出外游猎，他自己也说："少尚威武，不精学习。"闲暇的时候，他便张弓挂矢，用特大号的箭，以门扇为靶，射箭取乐。太宗长于骑射，也希望大臣们精于此道。文臣萧以文得宠时，太宗赐他弓箭，但他不大喜欢射箭等体育运动，把皇上赐的弓箭挂在墙上，个把月都不摸一回。李世民知道后，特地把他召进宫，当着众大臣的面，让他试射。皇命难违，他只好硬着头皮奉旨射箭，使出了吃奶的劲才勉强拉开了弓。一连射了十来支箭，却没有一支箭射到不远处的箭垛。李世民和文武百官看后都哈哈大笑。其中大书法家欧阳询才思奔涌，忍不住写了一首诗笑话他：

急风吹缓箭，弱手驭强弓。

欲高翻复下，应西复更东。

十回俱著地，两手并擎空。

借问谁为此，新人萧侍郎。

一天，闲来无事，李世民带着一群妃嫔到后苑闲玩，令人牵出自己心爱的宝马"狮子骢"。这真是一匹骏骑，它紫红的皮毛像丝绸那样闪闪发光，被马倌梳洗得一丝不乱。狮子骢的前胸宽阔，后臀微翘，动感十足。鬃毛又密又长，形如狮鬃。从侧面看，它的背上和腿上隐约显现出更紫更红的圆圈。四蹄也如钢铸一般。马尾像瀑布一般拖下来。它往众人面前一站，马脸朝天，充分显示了一种名驹的高贵气质。李世民得意地走过去，伸手想去抚摸它。没等李世民搭上马身，狮子骢忽然咴咴乱叫，发起了脾气。它暴跳如雷，前蹄跃起老高，丝毫不给李世民面子。此马大概是圈养久了，憋得难受，或是见这么多后宫佳丽叽叽喳喳，心烦意乱。狮子骢后蹄险些踢到了李世民，吓得唐俭等卫士赶忙挡在李世民的身前。马倌吓得脸色煞白，举鞭呵斥狮子骢。狮子骢见状，更加暴跳如雷，连咬带踢，想挣掉辔头。李世民直搓手，急问左右怎么办。唐俭也摇头说等等再看。这时，武氏款步而来，对李世民说："臣妾能制之。"

李世民望了望这位小美人，问："你小小年纪，能有什么办法？"

武氏对曰："妾有三件宝贝可以制伏它。一开始用铁鞭猛抽；如果还不服气，就用铁锤砸；再不服气，可用匕首断其喉。"

李世民听了，淡淡地说了句："算你有志气。"就撇下狮子骢转身走了。众人又迤逦随他往苑外走。

走在路上，默然无语。她本想一鸣惊人，以"过人见识"取悦于李世民，但看来适得其反。李世民虽然是皇帝，后宫佳丽如云，但他和普通人一样，心中总有一个理想化的女人。这个女人就是长孙皇后，如今，斯人已去，但李世民心目中仍然摆脱不掉长孙皇后的影子。徐惠才貌双全，颇有长孙皇后的遗风，于政事多有建言。

贞观二十二年（648年），徐惠上书言事，对当前的政治、经济、军事发表了一番见解，劝谏太宗李世民"抑志裁心，慎终如始，削轻过以添重德，循今是以替前非，则令名与日月无穷，盛业与乾坤永大"。太宗李世民见了奏书以后，仿佛看到了故皇后长孙氏的影子，眼圈都湿了，对徐惠大加称赞，赏赐黄金、白银、丝帛等许多东西。但徐惠贤而有度，恬然不受。李世民从此愈加宠爱徐惠，把她从婕妤提拔为充容，官属正二品。

有一天，南方飞马送来鲜荔枝，李世民想起了徐惠，叫人把她召来。太监飞跑至徐惠的住处，催徐惠去见皇上，徐惠看了一会儿书，又照照镜子，用胭脂粉扑扑脸，在屋里拾掇这拾掇那，转了好几个圈子，才去见李世民。

等了这么长时间，才等来徐惠，李世民一脸怒气，把荔枝抛在地上说："你的架子真大，朕叫你吃荔枝你都敢迟迟不来。"

徐惠笑而不答，径直走到书案旁，拿起羊毫笔，轻舔墨砚，挥笔写了一首诗，诗曰：

朝来临镜台，妆罢暂徘徊。
千金始一笑，一召讵能来。

徐惠把诗递给李世民。李世民读了诗，怒气全消，上前一把托起这个小才女，放在膝上，亲自剥开荔枝，塞到了徐惠的嘴里。徐惠矜持而幽默的性格给年近五十的李世民留下了深刻的印象。

"陛下，开春以来，就没见您临幸武媚了。媚娘挺思念您，托臣妾给陛下说说。"徐惠受人之托，见李世民高兴，伸出小手摸了摸李世民的虬须说道。

"武才人徒有妩媚的外表，小小年纪，竟想出了如此狠毒的驭马术，让朕颇感失望。"

"陛下原来是为了这事。武才人的确性格刚毅，从其诗作中也可以看出来。人固然温顺不足，然忠心可嘉，常常对妾说起陛下的鸿恩。即使驭马之术，也不见得是她心里的想法，无非是见陛下发问，为引起陛下的注意，才临场发挥而已。"徐惠为了武氏，不住地在李世民面前替她说好话，诚心诚意地替武氏开脱。

"武才人现在每天都做些什么？"李世民问。

"陛下曾说过武才人诗文不及臣妾，如今武才人除了学习宫中规定的功课外，还加学诗文辞章，以不辜负陛下的殷殷期望。"

"也难为她了。"李世民轻轻地抚摸着徐惠的小手，"这样吧，明天下朝后，朕在太极宫和太子、诸王一起观看歌舞《秦王破阵乐》，你把武才人也叫过来吧。"

【第二回】

一代雄主憾归天，绝世才人入空门

太极宫是兴建最早、较为正式的宫殿。其正门为承天门，前殿叫太极殿，北门叫玄武门。玄武代表北方，从星相学来说，玄武是北方七个星宿（斗、牛、女、虚、危、室、壁）组成的星相。在神话传说中，玄神司主北方，是一种龟蛇合体的水神。著名的"玄武门之变"就发生在这里。太极殿以北，包括两仪殿在内，接连数十座宫殿构成的内朝，是皇帝、太子、后妃们生活的地方。内朝划分为东西两路，东路称为东宫，是太子居住和读书的地方；西路称为掖庭宫，是皇帝与后妃们居住的地方。其中两仪殿是内朝的主殿，居中轴线上，为皇帝听政的地方。

太极殿高大宽阔，每逢元旦、冬至、大赦天下等重大节日，皇帝都要在这里举行盛典。今天的大型歌舞《秦王破阵乐》就在这里表演。

富丽堂皇的太极殿内早早布置一新。窗户已拉起深黄色的帷幔，上百支巨烛在宫殿四周点缀着，灯影晃动，给人以迷离恍惚的感觉。李世民坐在面南背北的正座上，两边一字排开几十张桌子，左边前排是诸王和朝廷重臣，后排靠近李世民的地方是几十个妃嫔，右边坐的是文臣武将。条桌上，瓜果梨枣、酒肉饭菜已经上齐。申时整，李世民传旨，先吃饭饮酒，再演《秦王破阵乐》。众显贵齐端酒杯，恭祝李世民洪福齐天，万岁万岁万万岁。乐队演奏着伴酒的轻柔音乐。

李世民看了看身边，发现太子承乾没有来，心里颇不高兴，于是问身后的侍宴官："东宫太子哪里去了？"

"太子昨晚就出宫了，到现在还没回来，臣已派多人外出寻找了。"侍宴官躬身答道。

李世民沉吟了一下，吩咐说："可令晋王李治监酒。"

晋王李治还不到二十岁，长得俊美儒雅。他的眼睛看起来非常柔和，腮帮上隐约闪现出丝绒般的汗毛。圆圆的下巴，微微上翘，一口整齐的牙齿衬托着微红的嘴唇，说话、行动都带着一副谦恭、温厚的样子。

李世民有十四个儿子，其中，长孙皇后育有三子：即长子承乾、四子魏王李泰、九子晋王李治。按照立长子为东宫的通行做法，李世民刚一即位，就立八岁的承乾为太子。无奈这位太子是扶不起的阿斗，没有一点儿太子相，整日和一帮手下胡闹取乐，今天的宴会他没有来，大概又到宫外鬼混去了。魏王李泰奉旨去外查了。李世民因此令晋王李治监酒。

等酒过一巡后，李治起身巡酒，察看有谁赖酒了。当走到妃嫔的桌前时，李治被一只脚绊了一下，险些栽倒。性格和蔼的李治不但不生气，还连连道歉，因为他把人家的绣花鞋也碰掉了，于是手脚忙乱地替人穿上。

"有劳晋王了。"一个优美的、银铃般的声音传过来，犹如天上的仙乐，飘进李治的耳朵里。

少年李治这才注意绊倒他的这个人。她长相圆润，黑亮亮的眼睛一闪一闪，透露着大胆神秘的美，线条挺括的鼻子，以及头上高高的望仙髻，叫人打眼一看，如仙女下凡。李治几乎看呆了。

那美人启唇一笑，说："才人武媚见过晋王。"

李治一听，羞红了脸，忙转身离开，回到自己的座位上。他落座后心神不宁，不时地往武氏这边瞟。

今晚的《秦王破阵乐》，取材于李世民为秦王时，破叛将刘武周的故事。李世民继位后，命乐师吕才谱曲、魏徵填词，自己亲自设计舞蹈动作。共有一百二十八名乐工，披甲执戟，按照设计的动作图，日夜排练。全剧共有三变，每变四阵，共五十二遍。乐曲在清商乐的基础上吸取龟兹乐的旋律，气势恢宏，声韵慷慨。

演出已经开始了，李世民一边饮酒，一边沉浸在剧情里。大臣们也不停地喝酒吃菜，享受着太平之乐。

一曲终了，李世民即令李治让各人都喝一杯酒，再行演奏《玉树后庭花》《伴侣》。李治挨着桌子监酒，酒量大的一饮而尽，酒量小的虽然已不胜酒力，但圣旨难违，只得灌下肚去。临到妃嫔席，也照样如此。好在众妃嫔不乏行家里手，盖因后宫寂寞，人多饮酒，所以酒量也很大。李治监酒在这里也没碰到多少麻烦。只是到武氏那里碰到了难题，那武氏端杯浅尝了一口，又双手递给李治，说："请晋王代饮一杯。"

李治望着武氏的眼不敢直视，他又一次红了脸，嘴里咕哝着：接吧，堂堂的御宴监酒官岂可为人代酒；不接吧，实在挡不住武氏魅力四射的眼波。

旁边的妃嫔们看着晋王发窘的样子，都捂着嘴吃吃地笑。李治回头看看众大臣和父皇，似乎都没在意这边。他怕这尴尬的场面弄大了，忙两手捧过武氏手中的酒杯一饮而尽。由于慌乱，酒下得不顺，呛得他直咳嗽，又引起了妃嫔们的一阵笑声。武氏急忙从怀里掏出一块绣花巾帕递过去，笑而不语。李治抓过巾帕，擦着呛出的眼泪，快步逃开了。

众妃嫔的笑声吸引了李世民和众大臣的目光。李世民对魏徵等人说："晋王厚道仁慈，见女人都脸红啊。"

长孙无忌接口说："锻炼锻炼就好了，岂有一辈子见女人都脸红的道理？"

"最近太子承乾的学习怎么样，他整天跑出宫去干什么？"李世民问太子太傅张玄素。

"回陛下，太子天性不爱读书，屁股坐不住板凳一会儿，常常日上三竿，也不起床，到了书房就哈欠连天。臣屡次劝谏，成效不大。微臣失职，有愧于陛下，望陛下处罚。"张玄素愁眉苦脸回奏道。提起太子承乾，张玄素就没有高兴的时候。

"此子自小顽劣，不能怪爱卿教得不好。等太子回宫后，可慢慢打听他出宫所为何事，禀告于朕。"李世民发话说。

说起太子承乾，可是大大的有名。别说张玄素教不好他，就连魏徵、于志宁都拿他没有办法。承乾先天患足疾，走路一跛一跛的，人又长得瘦小，实在缺乏帝王之相。更为重要的是，他还缺乏帝王之志，他被立为太子后，年龄越大越不像话，干的荒唐事是宫内宫外人人皆知。李世民也是有苦难言。

作为太子，承乾身边不乏燕女赵姬，可他偏偏不喜欢女人，整天宠爱一个十二三岁的乐童。两人同吃同睡同玩乐，他还给这个小厮起了个昵称叫作"称心"。作为太子，也就是皇位的接班人，理应钻研治国方略，讲习威仪，为将来统治国家打基础。可承乾不管这一套，整天宫里宫外的胡闹。他常常扮成突厥可汗，和那帮穿着胡服讲着胡语扮成胡兵的手下一起厮混。他们或在后苑里扎起帐篷，野外露营，开篝火晚会；或出宫，盗取民间牛羊，然后在野地里就地烧烤，大块吃肉，大碗喝酒，玩得不亦乐乎。

一日早晨，张玄素老早到了书房，太子承乾却迟迟不来。他一连派太监催了三四遍，到巳时承乾才睡眼惺忪地打着哈欠来了，来到后连招呼都不打，倒头就趴在书桌上睡着了。张玄素气坏了，把手中的铁尺往桌子上一拍，吓得太子承乾一下子坐直了身子。"太子，您这么不听话，让老臣怎么教！您这样怎么对得起皇上？怎么对得起黎民百姓？皇上让臣问您，您昨晚干什么去了？"张玄素勉强摆出师长的架子。

李承乾没好气地说："我昨晚去东郊偷人的狗去了。"

"太子，宫中什么美味佳肴没有，您想吃狗肉，让御膳房做就行了，何必行鸡鸣狗盗的勾当。"张玄素说。

"我高兴。偷来的狗肉香。"李承乾斜睨着眼，一副满不在乎的模样。

"您看您，还穿着突厥服，又破又脏，堂堂大唐未来的天子穿这一身衣服，成何体统。"

"就这体统。当天子也不如我现在舒服。有朝一日，我有了天下，当率数万骑兵在沙漠草原上奔驰，然后解发为突厥，委身于思摩。这破大唐天子，谁想当谁就当去。我还不稀罕呢。"

张玄素听太子承乾竟说出这等不忠不孝的话来，把手中的铁尺又往桌子上一拍："太、太子，您竟敢说出这等话，臣一定要禀告圣上。这太子太傅，臣也不打算干了。"

李承乾腾地跳起来，指着张玄素骂道："老不死的，竟敢两次在我跟前拍桌子，来人哪！"

屋外跑进来几个户奴，点头哈腰地问太子："太子殿下，有什么指示？"

"把这个老家伙给我掀倒，用牧羊鞭给我狠狠地打。"

几个户奴面面相觑，不敢动手，不知是演习还是动真格的。

"愣什么，还不动手？"李承乾手叉着腰，吼道。

三个户奴上去把年迈的张玄素掀倒，摁在地上，一个户奴从腰里解下牧羊鞭，狠狠地朝张玄素抽去……

屋外的太监见状，也不敢进来劝，只得悄悄溜出去，飞速向李世民报告。等李世民赶来时，张玄素几乎被打了个半死。太子承乾和几个户奴也已先行逃回东宫。

张玄素花白胡须沾满了血污，可怜一代名儒竟遭到如此毒手。李世民看了也过意不去，亲自扶起张玄素，为他戴正帽子，整理衣服，急令太医就地诊治。

"陛、陛下，臣不才无力教授太子，有负皇恩。臣愿引咎辞去太子太傅之职。"张玄素颤巍巍地奏道，昏花的眼睛里含着泪水。

"爱卿不要再说了。好好地养养身体，朕会妥善地安排你的。"李世民抚摸着张玄素被鞭子抽伤的双手，传旨赏张公御酒两瓮、锦帛二十匹、黄金二十两。又吩咐对太子承乾殴打太傅一事不可外传。的确，太子是国家未来的皇帝，理应品德端正仁孝，对老师温良恭让，虚心接受老师的教诲。现在太子承乾不但对老师的劝谏置若罔闻，还明目张胆地在课堂上打老师，传扬出去，岂不被天下人耻笑，何以有太子的威仪？

回去后，李世民十分愤怒，嫌恶之心顿生。承乾的所作所为令他这个做父亲的万分伤心。打又不能打，当面训斥吧，不知训过多少次了，毫无作用。这件事使李世民开始考虑更换太子了。

此念一出，虽深深埋在心里，但觊觎皇位的人立即觉察出来。四王子李泰更是暗地里偷着乐。他绞尽脑汁，极力想在父皇面前表现自己。你李承乾不是偏好男色吗，我李泰连女色都不近；你不是好偷鸡摸狗干荒唐事吗，我李泰却喜欢文学；你不是将老师打个半死吗，我李泰却礼贤下士，虚怀若谷。

这天，李泰来给李世民请安，并随身带来几十卷新书。李世民摸摸装帧一新的著作，问："此《括地志》是何人所著？"

"回父皇，这是儿臣新近编纂，不敢专美，特送一套给父皇。"李泰偷眼看看李世民。此《括地志》确实是李泰组织人编写，他期望以此巨著能讨得李世民的欢心。

李世民翻了翻，果然大加称赞，并留李泰一块儿吃晚饭。席间，李世民不停地给四子李泰搛菜，喜爱之情顿生。"泰儿，这段时间，辛苦啦，要爱惜身体啊！"

"是，父皇。儿臣年轻，身体好，多干些事是应该的。"李泰毕恭毕敬地回答说。

"你大哥承乾不学好，耽于玩乐，最近还欺师灭祖，全无体统，令朕失望。朕还得把希望寄托在你的身上啊。"李世民感慨万千，一下子把心里的想法说了出来。

李泰心中狂喜，但他极力不表现出来，他仿佛没听懂李世民的话，只顾往自己脸上涂粉："高祖和父皇出生入死，挣下这万里江山，儿臣不敢不勤恳恭俭。即使每日身居王府，亦诚惶诚恐。"

李世民赞许地点点头，说："朕明日无大事，想去魏王府看看。"

"儿臣自当恭候父皇驾临。"李泰起席离座，恭敬地说道。

第二天，李世民如约来到魏王府。魏王府打扫得干干净净，客厅里也摆上了一摞摞书，所有豪华淫巧的东西都藏到了库房。院子里、厅房里也显得朴素大方。李世民果然大为高兴，中午也没走，在魏王府吃了一顿饭，还传旨赐魏王李泰黄金十斤，锦帛百匹。皇上幸魏王府的消息立即传到了东宫。在左右的鼓吹下，李承乾坐不住了。太子平生最讨厌李泰虚伪的样子，如今李泰想谋取太子的宝座，这还了得？李承乾于是也不玩闹了，忙拉起一帮人马，准备自卫反击战。

贞观十七年（643年），李承乾联络了对皇上心怀不满的叔叔、汉王李元昌和吏部尚书侯君集等人，密谋刺杀李泰，然后发动宫廷政变，一举夺得王位。这想法颇像李世民当年的"玄武门之变"。不过，安排好的刺客纥干承基却成了叛徒，深夜跑到李世民那里告发。李世民正在睡觉，一听，气得双手乱抖，围着龙床直转圈。他可不想让自己干的事，再让儿子重演。于是，当即传侯君集进宫，出其不意地抓住了他。再派禁卫军将其他叛乱者悉数拿下。李承乾被废为庶人，软禁在高墙大院里。李元昌被逼自尽了事。三下五除二解决了这场未遂政变。

太子之位空缺，李泰大喜过望，觉得太子之位非己莫属，于是就开始按捺不住，整日扬扬自得，见了晋王李治，就吓唬他："你和李元昌关系不错，现在李元昌败灭了，你的好日子也该到头了，你不担忧吗？"

李治天性胆小懦弱，听了这话，果然开始害怕了，整日愁眉苦脸的，好几天都吃不下饭，长吁短叹。李世民看到了，很奇怪，遂问道："你这几天愁眉苦脸的，为了什么？"

李治开始不吱声，被李世民问急了，才说李泰吓唬他。李世民听了，颇感失意，后悔曾说出立李泰为太子的话。

立个太子怎么这么难！李世民心里十分烦闷，想亲自问问李承乾，于是，驾临右领军府，看望幽禁在那里的李承乾。承乾已失去了往日的威风，孤家寡人，人显得更瘦小了。他一瘸一拐来到李世民的跟前。

李世民看见长子承乾弄成这个样，一阵心酸，却又表情严肃地问："你为什么做这大逆不道的事情？"

李承乾倒不在乎，坦然地说："儿臣自幼就被立为太子，还有什么奢求？只不过是遭到李泰这个伪君子的巧言暗算，儿臣才不得不联系朝臣，以图自安。儿臣如今也自知罪过不可饶恕，深为自己的不智之举内疚。父皇怎么处置，儿臣都甘愿承受，只是遗憾的是，阴谋者李泰竟能得逞。"李承乾的话，无异又在背后捅了李泰一刀。李世民虽未尽信，却进一步认识了李泰虚伪的面目。回宫后，李世民躺在床上，想了一夜，决定把太子之位传给九子晋王李治。

第二天，李世民来到两仪殿。叫其他朝臣退出，独留下长孙无忌、房玄龄、褚遂良和晋王李治。然后李世民大哭起来，说："我的两个儿子，一个弟弟，都做出这样不成器的事，太令我失望了。"说着，李世民就流下了两行长泪。

长孙无忌抹抹眼泪，问李世民："皇上，您打算怎么办？"

"我想立晋王为太子。"李世民说出自己的打算。

长孙无忌以手击掌，大声说："谨奉诏，有异议的，臣请皇上允许我斩了他！"

李世民忙拉过李治，把他推到长孙无忌的跟前，说："你国舅已经许你了，快拜谢！"

李治被父皇李世民的话弄得有点糊涂，过了好一会儿，才知自己成了太子，慌忙听从父皇的话，给舅舅长孙无忌深深施了礼。

李世民又说："公等已同我意，不知外面议论如何？"

长孙无忌说："晋王仁孝，天下属心久矣。乞陛下问百官，如有不同意的，就算臣负陛下，杀我也没有话说。"

其实，皇帝和几个重臣都一致同意立李治为太子，文武百官谁敢说个"不"字？就这样，性格懦弱的李治登上了储君之位。当然，李治也不是李世民理想的皇位继承人。李泰一句话就可以吓得他几天吃不下饭，将来怎么能君临天下、领导百官？可是不立李治又立谁呢？玄武门之变的鲜血不能再流了，兄弟互相残杀的悲剧也不能重演了。爱子之心，人之常情。李世民杀了自己的哥哥弟弟，却不想让自己的亲生儿子再出意外。

事后，李世民也曾对长孙无忌等人道出自己的苦衷："我如果立李泰，储君之位可径求而得，但是，泰儿一旦继承皇位，承乾、治儿也别想活了。现在立晋王治，泰儿和承乾可无恙也。"

贞观二十二年（648年）七月，太白星出现在白天。引起朝野和百姓的不安，上下议论纷纷。太白昼现，自古以来，就被当作是改朝换代和更换天子的征兆。如武德九年（626年）六月，太白经天，秦王李世民即发动"玄武门之变"，杀太子建成、齐王元吉。七月八月，太白星屡次昼见，高祖李渊惶惶不安，傅奕密奏说："太白见秦分，秦王当有天下。"李渊见天意如此，遂于八月让位于李世民。

这次太白昼见，李世民正好身体不适，正在炼制天竺方士给自己的长生不老的丹药。李世民一边传旨不准传播谣言，一边召太史于卧床前，责令太史立即对这一罕见的天文现象做出解释。太史就地在李世民的床前摆开了摊子。

李世民见弄得满地都是，没好气地问："叫你说说就行了，你弄这些乱七八糟的东西干什么？"

太史忙跪在地上给李世民磕头，解释说："考证疑事，必用卜筮。昔古人用此卜畋猎、卜出入、卜征伐、卜风雨、卜年、卜吉等，每临大事，必卜筮之而后行……"

"好了，好了，你就赶快卜筮吧。"李世民大概丹药服多了，肝火上升，不耐烦得很，动不动就生气。

"让微臣先致祷辞，方为灵验。"太史两手合掌，念念有词。

祷完后，太史就正式开始卜筮，卦一出就拿笔写在纸片上："四师二巫，阴盛上行也。天神降福，困极而享也。少阴居中，同类相匿，巫象也。一阳虽微，不能自振……

"四阴在上，偏胜于阳，一中两下，人位强盛也。初抑后通，还复我庐，有善根，为主生意不绝……

"诗曰：彩云易散固难留，寂寞黄昏事可愁。唯有阴功暗相助，也须憔悴带心忧。

"诗曰：疾风知劲草，板荡识忠臣。借此匡扶力，乾坤复又新。"

太史卜完后，把纸片呈给床上的李世民，说："卦辞已出，恭请陛下过目。"

李世民接过来，翻翻这张，翻翻那张，看了半天也没看明白，气得他把纸片往地下一扔，对太史怒声道："你写这么些字，朕一句也看不懂，你不是存心气朕吗？你直接说说不就行了吗？"

太史跪地磕头，惶恐地说："臣不敢说。"

"咦，有什么不敢说的，说，朕赦你无罪。"李世民有些奇怪，不觉从床上坐起来，催促道。

"此星相乃为'女主昌'的征兆。"太史说完，怕李世民迁怒于他，又接上一句，"这是卦辞上说的。"

李世民一惊，不觉地从床上下地，问太史："能不能算出'女主'是谁？"

"臣不能算出具体是谁，不过太史令李淳风精于掌相学，或许能指出一二。"太史答道。

"李淳风已跟朕告假，去巴蜀会友去了。太史馆速派人把他召回。另外，此事不可外传。你下去吧。"李世民打发走太史，他要独自想想周围的人，有哪个是咄咄逼人，藏在暗处的女性窥位者。

过了几天，褚遂良拿了一本《秘记》见李世民，说是从皇宫北门外小市场地摊上买的。褚遂良指着《秘记》上的一段话，对李世民说："陛下看看这一句，'唐三世后，女主武王代有天下。'臣看了这句话触目惊心，特奏知陛下。听说民间早已传开了。陛下，不可不查。"

李世民看看《秘记》，心神不宁，对褚遂良说："此事等李淳风来了再说，你可速着人在民间搜买此书，但只可偷偷买，不能骚扰百姓，以免以讹传讹，使流言不胫而走。"李世民不想把事闹大。他想静静地在暗地观察，找出那个"代有天下"的人。

"陛下也不必过于惊慌，自古以来，没见过女人主天下的，说不定纯粹是谣传。"褚遂良劝慰李世民。

"凡谶言卦辞，多模棱两可。焉知女主武王不是男人？说不定是什么别称。"李世民心情沉重地说。

"这……"褚遂良献言道，"陛下可分别设宴款待文臣武将，使各言小名，或有收获。"

李世民点点头，说："先宴武将吧，此等人不比你们文人。他们大都身怀武艺，手握重兵，常临阵打仗，滋长雄心。朕最不放心的就是他们。"

第二天，李世民就迫不及待地传旨，晚上在太极殿设宴，款待京城正二品以上的现职武将。

席间，李世民嫌不热闹，令大家行酒为其助兴，用各自的小名，以作酒令诗的题目。

这真是一个好主意，各位武将的大名个个都冠冕堂皇，小名却千奇百怪，什么小咬、毛千、狗子、添一，应有尽有，惹得众武将哄堂大笑。李世民一边随着笑，一边细心地品味小名的含义，轮到左武卫将军、北玄武门宿卫官李君羡时，他自报小名说："我叫'五娘'，三四五六的'五'，姑娘的'娘'。"说着又作诗一首：

> 我有一头驴，送与女人骑。
> 五指紧扣辔，娘子风习习。

李君羡的小名和诗作自然引起武将们的哄堂大笑。李君羡满满地干了一杯，也开怀大笑。

李世民心里却翻起了波澜，"五娘，武娘，武将女人"，一遍遍地在心里嘀咕着。但李世民毕竟是一代英主，没有在脸上表现出来，而是开玩笑地对李君羡说："何物女子，乃尔勇健！"

宴散后，李世民立即调来李君羡的资料，真是巧得很，李君羡是洛州武安人，封武连县公，连沾两个"武"字，而其小名又叫"五娘"。李世民不禁一拍大腿，原来"女主武王"是你小子。你小子又典掌禁军，宿卫玄武门，岂不是悬在我李世民头上的一把刀？不过，李君羡在宴上谈笑自若，不像反叛的样儿，对我一向也忠心耿耿。当年攻打刘武周、王世充时，他每战必单骑冲锋陷阵，战功卓著，又不善言辞，实为一介武夫，怎么会伐我的天下？李世民琢磨了半夜，才决定先免了李君羡的禁卫军职，改调华州刺史，派密探监视李君羡的行动。

第二天，李君羡就糊里糊涂地赴华州上任去了。李世民派的密探也紧随其后。但是后来，密探没探出什么，却有一个御史劾奏，称李君羡与一个自称通晓佛法，能不食而生的民间异人有来往，有结交妖人、图谋不轨的举动。接到劾奏，正巧，太白星又在白天出现。李世民也不派人调查、核对真假，自觉杀之有名，遂于贞观二十二年（648年）七月，着人调李君羡回京城，一举捕杀之。可怜一代勇将李君羡，只因牵连到"武"字，就稀里糊涂地做了刀下屈死鬼。要怪也只能怪他的爹娘，不应该给他取这么一个稀奇的小名。

杀了李君羡，李世民并没有彻底放下心，他心里还在疑惑。李君羡小名虽叫"五娘"，但毕竟是一个男子，不能叫"女主"。那么，这个野心家是谁呢？年老多病的李世民感觉时间不多了，他要在离开人世之前，找出这个"代有天下"的人，为子孙后代扫清阴霾。

不久，李淳风被召回京城。李世民秘密地把李淳风接到两仪殿，拿出那本《秘记》，指着那句话问李淳风："李爱卿，此书所说的'武主'真有其人吗？"

李淳风奏道："臣仰观天象，俯察历数，得知这个人已在陛下宫中，而且是亲属。从现在开始，不过三十年，她当君临天下，杀大唐李氏子孙几乎殆尽。现在也没有什么办法阻拦她，其兆已成矣。"

"把那些有嫌疑的人全部杀掉不就行了吗？"已觉心寒的李世民咬牙切齿地说。

"天之所命，不可违也。"李淳风摆摆手说，"杀得再多，也杀不到她的头上，徒伤无辜。不过，三十年后，这个人也老了，会生出仁慈之心，为祸或浅。如果现在真杀了她，老天说不定会派出更怨毒的人，那时，恐怕陛下的子孙一个也不剩啊。"

李世民点点头，闷闷不乐。自此以后，整日吃不好饭，睡不好觉，身体一日不如一日。但他还是拼命地吃天竺方士的长生丹，想多活几十年，以自己一代英主的人气，压倒那个觊觎大唐天下的女妖精。

这一年，李世民病重，随即下诏，把军国机务大事委托皇太子李治处理。于是，生性懦弱的李治开始独力挑起大唐天子的重担。

每天李治都在东宫听政，结束后就跑到大明宫李世民的寝殿，侍候病中的李世民。李治是个孝子，父皇的吃药用膳，无不亲自动手。李世民望着儿子忙碌的身影，常常感动得直吁气。都言皇家无人情，可治儿对自己却充满着爱戴和亲情。

"治儿，你整日散朝后就守在朕的身边，难为你了。朕这有的是侍候的人，你还是出去玩玩吧。"李世民强撑病体，有气无力地劝道。

"父皇，你好好养病吧。儿臣在这守着心里安宁，让儿臣出去玩，也玩不出什么好心情来。"李治推辞不愿出去。

"那你每天这样来回跑，也很辛苦。"李世民说，"这样吧，叫人腾出旁边偏殿，你搬过来住。"

转眼又是一个春天，李世民的寝殿——长生殿里，虽然弥漫着浓重的垂暮气息，但御苑内外，却春光烂漫。温暖慵懒的空气从苏醒的土壤上轻轻掠过，新鲜的嫩草伸出娇黄的叶片；云雀和仙鹤在高高的殿檐上发出清脆的啼鸣。一群群身着艳装的妃嫔们，或奔跑在后苑的草地上，或泛舟于太极宫的海池上。冬天过去，脱下厚厚的棉衣，似乎也卸下了一层累赘。少女们的动作格外轻快。

武氏独自徘徊在翠微宫外，漫不经心地呆看几朵刺玫瑰的花蕾。"美丽的玫瑰花，你会做到花王和花后吗？快快生长，快快绽放吧。看，那边的红鸡冠花正向这边弯腰行礼。"武氏百无聊赖，轻轻地念叨着。这时候，视线里仿佛有了奇异的变化，玫瑰花的花蕾开始轻轻地颤动起来，显示它越来越深的绯红色。它真的要神速地绽放了。正在这时，一只金晃晃的石竹蝶，翻动翅膀飞过，把它满翅的花粉，从容地撒在玫瑰花蕾上。

"真有意思。"武氏专心地看着，自言自语。一时间，人生的烦恼好像被眼前漂亮的玫瑰和可爱的石竹蝶给赶走了。

"什么真有意思？"一个男子的声音突然在武氏的耳后温柔响起。

说话的气流，撩拨得她脖子麻酥酥的。

武氏调皮地转过身来。他来了，终于在这里遇上他了。武氏盯着面前的男子，眼神里含嗔带怨。

李治没有看错，正是那个女子，当年在《秦王破阵乐》歌舞晚会上，她绊了他一跤；她当着众人的面，央求他代酒。"你认识我吗？我是太子李治。"李治自我介绍道。

"不认识。"武氏噘着嘴摇摇头，忽然又抿嘴一笑，"我认识那个监酒的晋王李治。"

李治的脸泛起一圈红晕，他甚至低下了头，但诱惑是不可抗拒的。二十多岁的武氏，丰盈娇美，有一种成熟女人的逼人气息。李治站在那里，清晰地感受到她的灼人魅力，不知说什么话才好。

"太子，听说你搬来翠微宫住了。"武氏先找话说。

李治抬起眼皮，望着那一对柔美热情的大眼睛，沉浸在自己的感觉里，几乎忘了回答武氏的问话。

"太子，我有些口渴了，能到你的寝宫里喝些水吗？"

"能，能。"李治激动得慌忙答应着，话音都有些变调。武氏走在前头，绕过小花坛，直向翠微宫大门口走去。李治紧随其后。

翠微宫里，东宫的太监们见太子和一个美人进来，忙端上水果和香茶，然后知趣地退去。一男一女单独在屋子里，空气中立即充满特殊的气息。

屋里朦胧的亮光，好似增添了她的美丽，也增加了她的胆量，她的眼睛也开始熠熠发光。

"太子。"武氏看着李治，轻轻地呼唤。

李治的心"扑通扑通"直跳，颤抖着嘴唇一步一步靠过来。武氏伸出手臂，毫不犹豫地把他揽到自己的怀里，用一只手抚摸着李治的脸。

时间悄悄地流动，两个人都不出一声，都用力把对方拉向自己，仿佛要拉进自己的身体。武氏充满爱意地看着李治，轻轻地抚摸着他的头发，慢慢地说："虽同住皇宫，却三年没有见你了，你有些瘦了，却更成熟了。"李治这时抱住武氏，把脸贴在她柔软、丰满的胸脯上，心里感动得直想哭，自母后长孙氏过世以后，已经很久没有听见女人温柔关切的话语了。

武氏轻轻地推开李治，说："我要走了。"

"我不要你走。"李治拉住武氏的衣襟，恋恋不舍。

"明天的这时候我再来，你就在寝殿里等着，不，在寝帐里等着，不要让仆人阻我哟。"武氏妩媚地笑着说。

走到殿门口，武氏又突然狂奔回来，抱住李治，热烈地吻着，难分难舍。李治被吻得春情激荡，但等他急促地拥紧武氏时，武氏又丢下他，惊鸿般地逃开了。

李治被弄得痴痴地，一会儿暗自笑出声来，一会儿以手击掌，在屋里转圈，无法表达自己兴奋的心情。

第二天下午，李治早早令人置下一桌酒菜，果然一个人坐在寝殿里，静静地等着。太阳落下时，武氏才姗姗来迟，李治迫不及待地扶武氏入座。

"你是个大傻瓜。"武氏上来就用手指点着李治的额头说。

"我，我怎么了？"李治摸不着头脑。

"你知道我的名字吗？到现在还没见你问我呢。"

李治不好意思地摸了摸头，问："姐姐，你叫什么名字？"

"不跟你说，看你有什么办法。"武氏笑着，指指自己的衣袖说，"我的名字在这里，你自己动手来取吧。"

李治心神摇曳，武氏的放肆让他也完全放开了。他松了一口气，一步冲上去，试图抱起她，无奈武氏太丰腴，自己力量又弱，抱了两次都没有抱起来，自觉得大失男子汉的面子。

"你看门口谁来了？"武氏指着门口，惊讶地问。

李治吓得一哆嗦，忙转脸向门口看，可门口却什么也没有。这时，武氏已经笑着跑向寝床，边跑边甩掉身上的衣服。鞋子、袜子、衣服散落一地。李治开始惊呆了，继而，又迫不及待地奔向寝床……

十八岁的李治就这样深深地迷上了比自己大的武氏。在备尝风霜、充满心机的武氏眼里，李治不过是一个感情冲动、腼腆有加的大男孩。李治性格懦弱，迟迟没有完成心理上的"断乳"，在错综复杂的宫廷生活中，他常常感到力不从心。他渴望回到童年的时光，渴望回到母亲的怀抱。因为在那里，他才觉出温暖、安全、无忧无虑。可是，母亲长孙氏已去世，他也已长大成人，无法回到那备受女性宠爱的童年了。于是，本能促使他眷恋比自己年龄大、成熟、意志坚定的女人。武氏正好具备了这一切，她热情、机智、美貌。在她的身上，李治的人生激情和欲望得到了最大的释放和满足。她是一个活着的母亲、现实的情人，是一个难以舍弃的心理和肉体的双重温床。

"你会永远爱我吗？"他俩照例开始海誓山盟。武氏首先问李治。

"爱，爱你到永远。"李治以手作笔，在武氏光滑的手上画着这几个字。

"我真不想离开你啊！"

"我也是。"

"你是太子，将来君临天下，会忘记我的。"

"不会的。我当了皇帝后，册封你为贵妃。"

"可我是皇上的才人。"武氏开始触碰实际问题。

李治捂住她的嘴，这句话触到了李治心中的隐痛，他不让她说，想避开这个话题。

"这是避免不了的事。"武氏掰开李治的手说，"皇上的病一日比一日重，如果有一天驾崩，我还免不了出宫为尼。"

"你放心，办法总会有的，我绝不会放弃你的。"

"我要你起誓。"武氏搂着李治说。

"好，我起誓。"李治抓抓头，想了想说，"他日若放弃武姐姐，我李治必遭天谴。"

"这才是我的好男人。"武氏高兴地抱着李治，又一次抱在一起……

穿戴整齐，收拾停当后，两个人才开始饮酒用膳。夜幕已经降临，通红的烛光，映照着一对云雨缠绵的青年男女。武氏满意地看着这位未来的大唐天子，心里满溢着憧憬和幸福。

贞观二十三年（649年）三月，病榻上的唐太宗李世民病入膏肓。疾病把他昔日伟岸的躯体折磨成风中的残烛，仿佛须臾间就要熄灭。他躺在床上，双眼无神地望着周围，好像第一次感觉到，殿堂是那样空旷，内心是那样孤寂。他呻吟了两声，想示意什么，几个服侍的太监和值班大臣急忙走过来。

"传，传旨。命太子……李治听政于金液……门。"李世民有气无力地吩咐道。

金液门是太极宫的前殿太极殿重要的一个门户。听政于金掖门意味着李治进一步接受皇帝的大权，百官都将决事于皇太子。年轻的李治第一次独力处决大事，颇感力不从心，冷汗直冒，但幸好有舅舅长孙无忌做后盾，还不至于出什么大差错。一连几天下来，李治感到身心疲惫，这天一下朝，就密令贴身太监独孤及把武氏叫到翠微宫。

一会儿，武氏过来了，她走路过快，微微有些气喘。李治接着她，爱抚地摸着她的手，把她扶到座椅上："武姐姐，为什么这么急？"

"我是怕你着急。"武氏嘴里呼出热烈的气息，胸脯高高耸起，嘴唇微微张开，变得温润起来。

"武姐姐。"李治又叫一声，把嘴贴上去。

"听说殿下这几天临朝听政了。你看人都瘦多了。"武氏轻轻推开李治，双手爱抚地摩挲着李治的脸庞。

"我真不习惯那场面，这事那事，搅得我有些心烦。武姐姐，就是在当朝的时候，我心里也常想着你。"李治说着真心话。

"你不能老叫我'武姐姐'，你是一国储君，当朝听政的太子，怎可随便称呼。"

"知道了。但我们两人单独在一起的时候，我还是想叫你'武姐姐'，我喜欢这样叫，我叫惯了，顺口。"

武氏笑着，牵着李治的手，轻轻地往寝帐里走，那轻手轻脚偷偷摸摸的样子，惹得李治春情激荡，他拥着武氏，一步就跨到了床上……

空气中弥漫着幸福、香甜。她大胆的表露让他激动不已。两个人兴奋地拥住对方，气喘吁吁，有时几乎透不过气来。无疑，在这阴森高大的神秘皇宫里，此刻的他们是最幸福、最快乐的一对……

武氏平躺在床上，李治一边抚弄一边亲切地看着她，两个人半天默默无语。

"太子，"武氏轻声地叫着。然后问，"皇上现在怎么样了？后宫里都在议论着他的病情。"

李治叹了一口气，手枕在头下躺下来说："皇上不豫，所以命我监国听政。据太医说，可能支撑不了一个月了。"

武氏沉默了一会儿，又问："一旦皇上驾崩，你将如何处理？"

"有长孙无忌等几位老臣安排，我自己还没想过呢。"

"新君登基，事关重大，一定要虑事周到。"武氏抓住李治的手，两眼盯着他充满柔情的进言。

"难道还有什么意外不成？"李治笑着说。

"太子，你温和仁孝，多喜看人的好处。皇帝的位置乃至尊宝座，多少人在暗地里窥视它。远的不说，单说前朝建成、元吉，本朝承乾、李泰，妄想皇位，蠢蠢欲动，徒遭祸害。你作为储君，不得不防啊。"武氏郑重地说。

李治被武氏说得心里发毛，不知怎么办才好，只得紧紧抱住武氏，把头埋进武氏的怀里。

武氏推开他，说："太子，你振作起来，不要害怕，姐姐教你两件事，你只要做到了，可保你平安登上大位。"

"什么事？"李治腾地坐起身来，急忙问。

武氏跳下床，往左右看看，见空无一人，这才把帷帐掩上，悄悄地对李治说："李勣乃两朝名将，久握兵权，威扬京都，值此大事之际，宜削其兵权，贬迁别州，以防万一。再者，一旦皇上驾崩，以羽檄发六府甲士，保卫殿下入京师。"

"前一件事我明白。只是发六府甲士，是否多此一举，宫内宫外禁卫过万，足够使用。"李治说。

"不对，"武氏解释说，"此禁卫俱是皇上时代的禁卫，你从前没有领导过他们，不明就里，且人心难测。因此必须外发六府甲士，方保无虞。"

李治点点头，他激动地握着武氏的手说："你的主意太好了，我一定照办。"

"此事在行动之前，千万不要说出去。兵贵神速，事在保密。另外，无论什么时候，也不要对别人讲是我教你的。"武氏叮嘱说。

"你放心吧。武姐姐，等大事定了以后，我一定想方设法把你接到我的身边。"

武氏却苦笑着摇了摇头，说："怕我们再也不能见面了。皇上驾崩后，循例我要到感业寺出家为尼。"

"我知道这些。我的话也不是白说的，你放心地等着好了。"李治急忙地表态说。

五月，李世民病重。李治觉得不能等了，在病榻前密奏李世民。

"父皇，儿臣准备调李勣为叠州都督，不知您同意不同意？"

李世民挣扎着睁开眼，他身体虽让天竺方士的丹药搞垮了，但头脑尚还清晰。他颤声问道："为……为何贬李勣？"

"李勣乃两朝名将，拥兵自重，居守京师，值此多事之秋，宜远迁别州，以防万一。"

李世民哼哼着，又问："此事，是谁……谁给你出的主意？"

"是儿臣自己考虑的。"李治握着李世民的枯手，慌忙回答说。

"我儿有长进了。朕……朕也正有此虑。李勣才智有余，然……你与之无恩，恐不能怀服，朕今……黜之，若其即……行，等朕死后，你用他为……仆射亲自任命，若徘徊……顾望，可杀……之，可着……着人宣旨，以朕的名义，调……调李勣任叠州都督。"

第二天，李勣就被派往叠州上任去了。威武风光的大将军怎么也想不通，自己会不明不白地遭到贬迁。他更想不到的是，这一切皆源于后宫一个女人的主意。

己巳，太宗李世民病危，他自觉挨不过今天了，不禁潸然泪下。在可怕、冷酷的死神面前，英武盖世的李世民一下子变得十分渺小。他强撑着自己，问李治："长孙无忌、褚……遂良……何在？"

"正在外殿侍候。"

"速……速召入殿内。"

李治急忙令太监传旨。太监一溜小跑，把两位老臣带了进来。李世民的枯手频频招着，示意长孙无忌、褚遂良过来。

"皇上……"两位老臣含泪呼唤道。

"太……太子仁孝，善辅导之。"

长孙无忌、褚遂良频频磕头，以表忠心。

李世民又对李治说："无忌、遂良在，汝……勿忧天下。"

说着李世民又挥手让无忌、遂良两个退下，用尽最后的力气，叮嘱李治："天下大……大事，事无大小，亦……亦决于你。无论何时，均须朝……朝纲独揽，不……可使大权旁落。有疑……难之事，才可听……听大臣之言。我儿须勤政爱……爱民，视天下为莫大之……产业，用心经营，传……之子孙，受用无穷……"

说着，李世民抓住儿子的手，良久不肯松手，他似乎对这个性格懦弱的儿子心存忧虑，《秘记》上的预言又在他耳畔回响，大唐的江山能不能代代相传？李治那柔弱的肩膀能不能挑起大唐天子的重负？那个"女主武氏"到底在哪里？李世民在即将告别人世之时，仍心有不甘。他在床上挣扎了几下，似乎想起了什么。眼睁得老大，看起来很吓人。

李治看看父皇不行了，慌忙凑过去："父皇，您难受吗？"

"吾气息奄奄，情虑耗尽，再无力护你即皇位。我死后，宫中妃嫔，无子女者，悉令出……宫为尼，特别是那个武……"

李世民一口气没提上来，话说了半截，就崩逝了。

心情紧张的李治，根本就没听清父皇说了什么话。他急忙给父皇试气，摇晃着："父皇，父皇，你怎么了，你不能走啊！"

李治大哭起来，慌得左右太监踉踉跄跄地飞奔出去，叫长孙无忌和褚遂良。

长孙无忌和褚遂良见李治伏身大哭，急令太医来视。太医奔过来，把把脉，摇摇头说："先皇已过世了。"

长孙无忌和褚遂良交换了一下眼神，两个人上去架着李治，说："现在还不到哭的时候，皇上崩逝，天下震动，太子必须立即即皇位，以安天下。"

李治这才醒悟过来，他抹抹眼泪，说："褚爱卿立即檄发六府甲士，来宫中卫护，长孙舅舅留朕身边，指挥操办大事。"

无忌和遂良又交换了一下眼神，露出对新皇帝赞赏的目光，一齐用力点点头，说："对，谨遵皇上吩咐，臣等立即去办！"

夜里，庞大的皇宫里一改往日的寂静，人声、脚步声，不绝于耳，人人各司其职，彻夜未眠。一队队六府甲士迅速开进了皇宫，在褚遂良的有效指挥下，各占据要害部门，与宫内的禁卫军并排。敕令所有的警卫力量安置妥当后，未有李治、褚遂良、长孙无忌的联合手令，一律不准随便调动。六府甲士和带队的武官，半夜被集结到皇宫，都不知发生了什么事。甲士们都是第一次入宫，深感皇上的信任和气氛的严肃，个个都精神抖擞，恪尽职守地警卫在各处。

天色微明时，早早得到通知的文武百官全部集结在朝门外。辰时，赞礼官引文武百官依品级鱼贯地进入殿门。太极殿两旁车骑兵卫比平时多了一倍，在各色旗帜下长长地排成两行。百官见了，无不震恐肃敬，不敢喧哗失礼。文武百官自诸王以下六百石吏依次按礼制，东西向分班排列。这时，长孙无忌、褚遂良等内侍簇拥着李治乘舆，从偏门走出来，诸王和文武百官自觉地跪了下来。赞礼官拉长了声音吆喝："太子诏令全体平身，令唐临为御史台官来回巡检。"

唐临一听，即出班，在殿中往来巡视，监督礼仪。李治安排得十分妥当，唐临是东宫少保，为李治的心腹之臣，故让他做监察御史，维持朝堂的秩序。

长孙无忌站在李治的旁边，正式宣布：先皇已于昨夜崩逝，即奉先皇遗旨，扶太子李治登临大位。接着，令符宝官进呈神玺，置于御案之上。

因为李世民刚刚崩逝，灵枢尚停于后，不宜礼乐，故登基典礼显得有些沉寂，只悄悄进行。

太监接着把早已做好封存的大裘冕，开箱取出，给李治穿上。李治在太监的服侍下，把这些大礼服穿戴整齐。他看了看自己，几乎想咧嘴笑，时而感觉有些滑稽，时而又感觉良好。

"请新皇登临大位。"赞礼官唱道。

李治在长孙无忌和太监的扶送下，健步登上九阶玉阶，然后转到龙案前，稳稳地坐在御座上。

"叩拜。"赞礼官又唱道。

紧接着一片衣履的摆动声，诸王、群臣一齐跪倒，三跪九拜，叩地有声，齐声贺道："吾皇万岁，万岁，万万岁！"

"众爱卿免礼平身。给长孙、褚爱卿旁边赐座。"李治见舅舅和褚遂良忙了一夜，脸色憔悴，怕他俩坚持不住，忙令人拿凳子赐座。长孙无忌却挥手让太监把凳子搬走了。

长孙无忌从怀里掏出拟好的一道诏令，递给一个太监，让他上传于李治，并小声地对那个太监说："皇上宣读前，先盖上玉玺大印，千万不能忘了。"

太监点点头，捧着诏令从旁边转了上去，放在龙案上，小声地说给李治听。李治扫了两眼拟好的圣旨，也不去细看，就摸过龙案上的玉玺。玉玺用玉制成，通体碧绿，方圆四寸，镌五龙交扭，以黄金镶补缺角，刻有虫鱼篆字"受命于天，既寿永昌"。这正是自秦嬴政以来，名扬天下的传国玉玺。它迭经离乱，在李世民当政，开创贞观盛世，天下归心之后，才由隋炀帝的萧皇后携子怀玉而归。连高祖李渊都没有福气摸一摸。

李治把传国玉玺拿在手里，左看右看，玩赏起来。长孙无忌见状，叩首奏道："请皇上行玺。"

李治这才醒过神来，慌忙把玉玺对了对上下正反，在印盒里饱蘸红墨，然后在圣旨上盖上了第一枚大印。接着，指令褚遂良宣旨。褚遂良跪地拜接圣旨，然后面对文武百官、诸王，朗声宣读：

上天眷命，皇帝圣旨：

贞观二十三年五月己巳中时，先文武圣皇帝太宗因病不幸崩逝，享寿五十年。朕奉大行，即皇帝位于枢前。特大赦天下，赐之武官勋一转，民八十岁以上粟帛，给复雍州及比岁供军所一年。太宗大行皇帝圣枢定于壬申日发葬，所有百官军民等服丧服二十七日，停止娱乐婚嫁。大行皇帝太宗谥曰文，葬于昭陵，谨奉太庙，位列祖宗。故兹诏示，彼或恃此，非理妄行，国有常宪，宁不知具，宜令准此。

褚遂良念完圣旨，群臣诸王再次伏地磕头。

李世民死后，停殡于宫中二十二天。小敛、大敛等宫中治丧活动结束后，梓宫被发引出宫，送往墓地。在那里，李世民终于得到安息，加入了祖宗之列。

从皇宫往北走，过了通天坊、金波桥，有一座庞大的寺院，它就是皇家专用寺院——感业寺。感业寺周围绿水环绕，花木繁茂，苍松翠竹比比皆是，是京城中最幽静的地方。正面是六扇木大门，上悬一黑匾，上镂先皇御书"感业寺"三个金字。

进入院中，是青石甬道，两边皆苍松翠柏。甬道直通大雄宝殿，殿前有月台，上设古铜鼎彝等器。宝殿左右各有偏殿两座。分别为灵霄殿、升平殿。再往后又有千佛阁、藏书楼。僧舍分东西两大僧舍。除此以外，还有众多的池、阁、亭、台。在感业寺的最北边，建有桑菜园，是供寺中的尼姑们劳动的地方。

太宗李世民的丧礼仪式结束后，后宫里未生子女的妃嫔们，不论老的小的，一律循例被打发进感业寺。感业寺里立即美女如云，有贵妃、淑妃、德妃、贤妃诸夫人；昭仪、昭容、昭媛、修仪、修容、修媛、充仪、充容、充媛诸女嫔；婕妤、美人、才人各九人；宝林、御女、采女各二十七人，为八十一御妻。以及原来年老色衰，已被除册的，总计有二百人之多。剃度在升平殿举行，三个剃度师已经进行了两天，还没剃度完，先皇李世民妃嫔们柔美的头发，已被装了整整三大箩筐，升平殿内外，一片哭泣声。

武氏因品级低，还没有轮到剃度。此刻，她坐在禅舍里，等待着那个时刻的到来。这时，禅舍的门被人敲响了，武氏心里一惊，几个月来，她从盼望有人敲门，到现在害怕敲门声，但这一时刻终于到来了。她穿上鞋，过去打开了门。

"武才人，轮到你剃度了，速去升平殿。"一个老尼站在门口冷漠地说。

武氏此时的心里，像打翻了五味瓶，甜、酸、苦、辣、咸一起都涌上来了，说不出的滋味。停了一会儿，在老尼眼光的催促下，才用巾帕擦擦眼圈，向升平殿走去，那身子竟有千百斤重，脚又像是踩在棉上似的，软耷耷地，仿佛是走在受刑的路上。

升平殿里供奉着文殊菩萨，他端坐在巨大的莲花宝座上，似笑不笑，法相庄严。武氏坐在剃度椅上，望着他，充满了复杂的感情，就像对李治的感情，充满怨恨和期待。大慈大悲的菩萨，您视野里有无数的苦难和不平，您为什么不来拯救我？假如您在等待，您又打算等到哪一天？

剃度师的剃刀在牛皮上"噌噌"地磨着，声音吞噬着武氏的心。但当剃刀在她头上即将挥起的时候，她突然又变得无比坚强，面带微笑，轻松地等待着。剃度师惊讶了一下，她在感业寺里给人剃度了二十几年，剃度过无数的妃嫔，当一头秀发面对无情的剃刀时，她们无不失声痛哭。而眼下的这个女子，却笑容满面。

剃刀还是无情地、不断地挥起，一缕缕柔美的秀发，在"沙沙"声中，纷纷坠落，飘然而去，像身外的东西，终将脱离凡俗的肉体，又像最后消失的阳光，代表着光明与黑暗的更替。

剃度完了，一个全新的外表跃然出现。没有了烦恼丝、方额广颐的她，一点媚人的味道也没有了，打眼看去，倒像一个端庄的尼姑。一个尼姑手捧一套全新的僧服走过来，帮武氏换上。住持手拿度牒，口称佛号，向武氏宣问五戒。

"第一戒者，不杀生命，能持否？"

"能持！"

"第二戒者，不偷盗财物，能持否？"

"能持！"

"第三戒者，不听淫声美色，能持否？"

"能持！"

"第四戒者，不饮酒茹荤，能持否？"

"能持！"

"第五戒者，不妄言造语，能持否？"

"能持！"

武氏一一答应着，住持便把度牒递过，让她画押，然后宣布一个新尼姑的诞生："兹有文水信女武媚，心向菩提，身远尘世，自愿皈依佛道，入感业寺为尼。五戒三宝，业已剃度，法号曰慧通，特度牒证验。"就这样，武氏开始了法号叫慧通的尼姑生活。

感业寺的尼姑虽然是一群不寻常的尼姑，吃喝穿用等开支由皇家全额拨付，但尼姑毕竟不是妃嫔，一切都要自己动手，尤其令她们不习惯的是"第四戒者，不饮酒茹荤"。这些妃嫔在宫廷中过惯了衣食无忧的生活，许多人因为后宫无聊，染上了酒瘾。如今，在充满清规戒律的感业寺，都觉得难以忍受。但感业寺不像别的寺庙，受不了清苦就可以蓄发还俗。它是皇家的专用寺庙，禁卫森严，高墙壕沟，形同监狱。看来，包括武氏在内的这一群先帝的妃嫔要为先皇守一辈子贞节，难以有出头之日了。

即使监狱里也不容许犯人吃饱了睡，睡饱了吃。感业寺的女尼们还要参禅念经。白天一般都安安静静地过去。但一到晚上，禅舍就热闹起来，失去看管的尼姑们开始吹拉弹奏，吟诗作唱，寻欢作乐。

这天是入寺以来第一个中秋节。尼姑们无视住持的禁令，在禅舍的院子里召开了一次赋诗会。主持人就是法号叫慧通的武才人。众尼姑围坐在一起，地上铺着席子，上面放满了月饼瓜果。只可惜没有酒，只好以水代酒。

武才人站在前面，说："姐妹们，又是一年中秋到，在这个月圆之夜，每个人都要忘记烦恼，尽情欢乐。大家先欣赏月亮，然后各作诗一首，最后评选出最具代表性的'雄诗'和'雌诗'。"

武氏的话音刚落，众尼姑就应和起来。

其中一个叫永智的尼姑站起来问："何谓'雄诗'？何谓'雌诗'？"

"你都三十多了，还用问我？"武氏笑着说。

众尼姑也大笑起来，手指着永智，齐声喊道："自己琢磨！自己琢磨！"

月亮升起来了，照彻万象，天空和地上一片青白色，禅舍的四周显得特别寂静，偶尔有夜鸟相唤的声音在树冠中飘下。

"好了，"武氏打破了寂静，说，"先饮一杯水酒，然后开始作诗。"

众尼端起面前的水杯，一饮而尽，然后摩拳擦掌，搜肠刮肚，跃跃欲试。

那个叫永智的先作头一首：

心随月君行，荏苒又中秋。
虽改艳妆束，犹存真风流。

众人纷纷叫好。其中一个女尼，一把摸向永智，嬉笑着说："好尼姑，让我摸摸你的真风流在哪儿。"引得众人大笑，互相嬉闹，不可开交。

有一个叫一凡的尼姑，献了一首诗：

三十一年错错错，飞禽归去了无巢。
忍将佳人坠玉楼，不向斜阳叹白头。

刚一吟完，就博来众尼的一片批评，说她的诗太消极，有弃世的思想。一凡把头埋在怀里，任凭众人的劝解，不抬头，也不说话，众人无奈，不去管她了。

下面是武氏作诗，她站起来，提提腰，说："我来吟一首带劲的，冲冲一凡的晦气。"

浑似狻猊出东海，回天转日还复来。
书剑万里走洪波，玉龙高耸银绶带。

众尼一听，齐声叫好，其中一个叫智新的出来评价说："观慧通师父的诗，气势不减媚娘当年，隐约有升腾之气。若有一天天遂人愿，祈请将我等提携出去，以不负今晚的大好月光，姐妹深情。"众人和智新也有同感，都望着武氏，说道："祈请慧通师父提携我等！"

武氏心里一惊，忙打岔说："大家喝酒，来，再干一杯。好酒，真是好酒，千杯也不醉，撑得肚子疼。"

众尼姑一直喧哗到半夜，才各自散去。第二天早课时，大家都不想起床，惹得住持大怒，但法不责众，再说这一帮昔日的妃嫔们也是不好惹的。住持独把武氏叫到执法堂："慧通，你为何领人半夜不睡，喧扰佛地？"

武氏望着住持，微笑不语。住持摸不着头脑，又强作镇静，厉声问了一遍："说，你为何这样做！"旁边的执法，也手拿戒尺，跃跃欲动。

武氏轻蔑地看了一眼执法手中的戒尺，说："青灯古佛，姐妹们一时还不习惯。"

"习惯？哼哼。"住持阴笑着，高叫，"执法，集合本寺众尼，重责慧通五十戒尺，以儆效尤。"

"你敢！"武氏眼睛里射出一股逼人的光，令住持不寒而栗，好一双能杀人的眼睛。

"我是住持，我怎么不敢？"住持有些心虚，躲避着武氏的目光。她干了二十来年住持，还头一次碰到这种人。

"住持？哈……哈哈哈……"武氏大笑着，转身走出执法堂，扬长而去。

"你！你……"住持气得瞠目结舌，拔腿想追过去。

执法拉住她，小声说："住持，算了吧，听说此人和当今皇上有些瓜葛。再者，她在众尼中威望很高，惹着了她，恐犯众怒。前天晚上，就有人一砖头砸在我的窗户上。现在，我连夜路也不敢走了。"

"岂有此理，岂有此理！"住持望着武氏远去的身影徒叹奈何。

新皇帝李治的中秋节过得也颇不容易。地方上传来的告急公文说："八月癸酉，河东地震。乙亥，又震。"

长孙无忌和褚遂良几个大臣聚集在宫中，召开御前会议，讨论着目前国家面临的一系列问题。李治坐在御座上唉声叹气："朕一即位，就河东地震。累及众公卿在中秋月圆之夜不得回家团聚。难道是朕无福于天下乎。"

"皇上可别这么说。"已被新迁为太尉的无忌劝慰说，"河东地震，乃天地使然。况先皇崩逝，神人震动，波及山川。今宜速遣使存问河东，以慰人心。"

"朕无德，致河东百姓遭此变故。今日是中秋节，河东大地又如何面对一轮圆月，朕心实在是伤悲啊。"李治抬起龙袖，擦了擦眼泪。

"我皇真乃仁慈之主也。"开府仪同三司李勣（此时已被高宗从叠州召回，并委以新职）上前说道，"河东百姓遭此罹难，缺吃少穿，皇上可速下圣旨，赈济灾民。"

"这赈济灾民的标准怎么定？"李治问道。

"河东地震，墙倒屋塌，两年内也未必能恢复元气。宜给复两年的救济粮。赐压死者家属绢帛三匹。"李勣奏道。

"就依爱卿所言，即刻拟诏。卿可为宣慰使，组织粮米绵帛，三日内起程，赶赴河东赈灾。"李治吩咐道。

"遵旨！"李勣说完，拿着笏板，转身下殿，办他的正事去了。

"皇上，"褚遂良拱手说，"年前的事还很多，新皇登基，例应改元，还有册封皇后、后妃、诸王。请皇上下旨，早定大事。"

"嗯……"李治沉吟了一下，说，"太尉总揽全局，事无巨细，先和太尉府商量定夺。这些琐事，朕就不过问了。这一阵子，朕睡眠不足，常犯头疼。"

褚遂良一听，忙谏道："改元册后，乃国家大典，何言琐事，望陛下说话要注意分寸。"

"好了，众爱卿都回去早早安歇吧，明天还要上早朝。"李治有些不胜其烦，站起来，甩手入后宫去了。

后宫里，王皇妃早已命人置下酒菜，等候李治。李治吃了两口，连酒都不喝，就到寝帐里躺下了。

"皇上，"王皇妃轻轻地叫道，"你累了吗？"

"哎，朕实在是累了，安葬先皇以后，大事一件接一件，河东这次又再次地震。这会儿，又要忙册后改元的事。"

"册后？"王皇妃一直想问的就是这个问题，"改元册后的事已经议定了吗？"

"尚无定议。"李治闭着眼，答应着。

"臣妾在东宫就是皇上的正王妃，理应跟随皇上入主西宫。"王皇妃推着李治的肩膀说。

"朕累了，再说吧。"李治翻身朝里睡去。

"不行，皇上今天得答应我！"王皇妃不依不饶，拉扯着李治。

王皇妃是西魏大将王思政的玄孙女，父母皆为李唐王室的姻亲。她的曾祖母就是高祖李渊的妹妹——同安公主。王皇妃从小生活在王侯之家，娇贵非常，养成了唯我独尊、自以为是、蛮横无比的大小姐脾气，为人行事从来都是率性而为。

"你干什么？"李治恼怒道。

王皇妃一见李治发怒，马上大哭起来，一把鼻涕一把泪，嘴里还不停地絮叨着："我出生于世家大族，婚姻……乃先皇钦定。也不曾辱没于你……你为太子时，我就是太子妃。你如今当了皇上，我理应封后……你作为一国之君，要讲究良心道德……"

李治一听她这一套就烦，头痛得更厉害了，脑子里嗡嗡的，像要炸了一样。他气得翻身下床，披着衣服，走出了王皇妃的寝殿。殿外好一片月色，又新鲜又明亮，一切都变得那么透明。李治信步朝前走去，不停地用手揉揉太阳穴。贴身太监独孤及和十几个侍卫在旁边跟着，小心地戒备着周围。

李治不知不觉来到了翠微殿前。殿前的花坛里，隐隐飘来玫瑰花的暗香，李治深深地吸了一口气。玫瑰还是当年的玫瑰，根枝却更粗大了一些。虽已是仲秋，它仍然有鲜美硕大的花朵，而且还是那么滋润，香气是那么清新。它在月光下微微地颤动着，使人回想到十分宝贵的过去。

"独孤及，"李治转脸问身后，"你知道现在谁住翠微殿？"

"回皇上，自从咱们搬走后，一直空着。"

"今晚就住这儿吧，你叫人打扫打扫，备些酒菜。"李治吩咐说。

"是。"独孤及躬身答应，着人去办了。

翠微殿里，李治一杯接一杯地独自饮着酒，已经喝得颈项鼓胀，醉眼蒙眬。独孤及惶惑地走过去，轻轻地唤道："皇上，早点歇息吧，明天还要早朝呢。"

"什么？我是皇上？我能做到一切事事如意吗？"李治脚步踉跄地起身说道。

"皇上，"独孤及跟在李治的后面，面带笑意地说，"皇上，您是想武媚了吧？"

李治把一只手搭在独孤及的肩上，脚步踉跄，半个身子的重量都压了过去。独孤及全力支撑住。

"独孤及，朕从小就由你照顾着，你最了解朕的心，怎样才能尽快地娶得武姐姐？你快想想，朕实在离不开她啊。她是那么迷人，那么体贴朕的心，比花花解语，比玉玉生香……"

"皇上，媚娘乃先皇才人，已例迁感业寺，天下尽知。如今正值国葬之年，万万不可造次，以免舆论哗然，于新君不利。等过了三年，为先皇守孝期满，再行定夺。"

"三年？多么漫长的等待啊！朕三宫六院，犹可解渴。她青灯古佛，日盼夜盼，不知会流多少眼泪，不知会骂朕多少遍'负心人'。"李治不禁喟然长叹。

"皇上，先皇忌日时，循例您要到感业寺拈香，那时不就见面啦？您若怕她等得心急，老奴可以先行探望，以慰芳心。"独孤及献言道。

"好！独孤及，就依你的话办，你明天就去感业寺，要悄悄地，就说给你娘拈香。"

独孤及笑了，心想，我娘都死了三四十年了，还拈哪门子香。

"行行，皇上，您怎么说，老奴怎么办。不过明天不能去，明天咱们还要去萧妃那里，喝小王子的生日酒，过一天去吧。再急，也不在乎这一天两天。"独孤及说着，扶李治往寝帐里走，"皇上，快歇息吧，已二更天了。明天还得早朝呢。"

八月十七日早晨，感业寺洪亮的钟声照例响起。大雄宝殿内，住持早早地等待着众尼姑来做早课，但三遍晨钟后，仍没有人来。空旷的大殿里，只有案台前几个红蒲团上打坐的老尼。"怎么回事？人都到哪儿去了，难道一夜之间，凭空消失了不成？"住持说完，就慌慌张张地和执法一起，带着几个弟子奔出大殿，赶往东禅舍。那里住着今年新剃度的尼姑们。

"快开门！上早课啦。"住持和执法连敲了几个舍门，都无人答应，用力推门也推不动，里面都紧紧地闩着。住持急了，顾不得"第五戒者"，开始破口大骂："你们这些千刀割，万刀剐的，什么时候了，还不起床！"

然后住持挽了挽袖子，卷卷裤腿，后退几步，飞奔过去就要踹门。刚到门口，门忽然打开，一大盆隔夜的脏水迎头泼来，水淋淋地弄了住持一身，满脖子满脸都是。仲秋的早晨已经清冷，地上都下了霜，冻得住持直打哆嗦。这时，禅舍的门一齐打开，各个门里齐刷刷地露出一排光头，随之爆发出一片大笑声。

"你，你们！"住持气得张口结舌，说不出话来。

"姑奶奶怎么了？"光头们收住笑声，变了脸色。各从禅房里一步步围过来，各人的左手里拿着剥了皮的桑木棍，在右手掌里轻挑地拍打着，斜着眼，带着一副江湖样。"姐妹们今天要拿您老人家练练棍法！"

住持和执法都吓得变了脸色，她俩望着露出白茬的桑木棍，头皮发麻，步步后退。眼看一顿棍棒，在所难免。这时武氏从人群背后站出来，向众尼喝道："不得无礼！"

"慧通，快来护卫师父！"执法像遇到了大救星，急忙向武氏招手。武氏仔细打量着一身湿淋淋的住持，然后拱手道："住持师父，何事惹得您如此尴尬？"

"她……她们不上早课，反欲行凶。"

"早课？"武氏笑着说，"姐妹们在宫中享福惯了，不习惯早起。且冬天将至，人人贪恋暖被窝。我看，这早课就免了吧。"

"这……早课乃我感业寺自开寺以来的规定，代代相传，从无耽搁，岂能因你们贪睡而废？"

"那……"武氏沉吟了一下说，"我倒不怕早起，不怕念经，只是这一群小师父不好惹啊！"

"招打！"众尼姑又亮了亮桑木棍，齐声咤道。

住持吓得一缩脖子，慌忙说："随你们，随你们。"转身以手掩面，狼狈而逃。身后落下了武氏和众姐妹止不住的笑声。住持回到卧室里，换下了衣服，洗了把脸，把毛巾往盆里一摔，气呼呼地说："这里一定有人在暗中指使！"

"就是，肯定有人指使。"执法端上一杯热茶献上去说，"你看那桑木棍，长短大小一样，都削去了皮，露出白茬，明摆着，早就准备好的。"

"准是那个武媚策划的。"住持愤愤地说，"她还充好人，救我俩。"

"那怎么办？师父。"执法说，"还能当真不上早课了？"

住持一拍桌子，说："不行，我要立即去宫里，找主管寺里工作的提督公公，非把那个姓武的制服了不可，不然，这住持实在干不下去了。"

下午，武氏正和众姐妹一起说着美容健身之道，住持推门而入："慧通，请你到我房里去一下。"

"什么事？"

"你家里来亲戚看你了。"

"亲戚？"武氏疑惑道。

"快点走吧。"住持和颜悦色地说，"别让人家等急了。"

"武姐姐，你不能去。"永智等人劝道，"不知她们设的什么陷阱？"

"谅她们也不敢。"武氏说，"众姐妹稍安毋躁，我去去就回。"

"武姐姐，让我跟你一起去。"永智说。

"好，你去了在门外等我。"

进了住持的寝室，武氏一眼就认出来人是谁，她惊喜地说："是你，公公。"

独孤及微微点点头。说："武才人，别来无恙？"

"托公公的福，一切尚好。"

"我来之前，就听说你领人罢课的事，望你看在杂家的面子上，照顾住持一下，她可是我的老朋友啊。"

"是吗？"武氏笑着问住持。住持红着脸，点了点头。

"大水冲了龙王庙，一家人不认一家人。现在好了，不说不知道，一说就知道。"独孤及打着哈哈说。

"那……"武氏向住持拱拱手，"师父，我这边向您赔礼了。"

"没关系，没关系。"住持笑成个弥勒佛，说，"独孤公公找你还有重要的事，你们说话吧，我到门口看看。"

住持刚一出门，永智就拉住她闹起来，嚷嚷着："我姐姐呢，快让我进去看看。"

武氏忙跑出来，对永智说："妹妹，我没事，真来了一个亲戚，你先回房去吧。"永智看看武氏，一切正常，答应着走了。

"武才人，皇上派我来看你，让我捎来了一件东西。"独孤及把床上的一个小包解开，拿出一个五寸见方的红色锦盒，呈给武氏。

"啊！"武氏打开锦盒，禁不住地叫了一声，里面是一只纯金的大黄蜂，闪闪发光，做得惟妙惟肖，生动自然，几乎连大黄蜂身上特有的茸毛，也能感觉出来。

"公公替我谢谢皇上！"武氏的心开始颤动起来，她紧抿着嘴唇，眼盯着那个大黄蜂。

"武才人，皇上想你啊！"

"想我，那他还把我丢在这清冷的寺庙里。"

"皇上的性格你是知道的，目前还不能直接跟你相会，尚要避人耳目。相信不久，皇上会妥善地安排你的。"

"你回去告诉皇上，让他不要辜负当初的盟誓。我武媚可是夜夜睡不好，相思泪不知流了多少。"

"我会禀报的。"独孤及点了点头，"我出来半天了，要赶快回宫。今天的事，不要对任何人说。这对你、对皇上都有好处。"

"公公稍等，我也有件东西，请你捎给皇上。"武氏说着，从袖子上刷地撕下一大块绢帛，铺在桌案上，右手食指放在嘴边，猛咬皓齿，指上的鲜血喷涌而出。她暗咬牙关，在绢帛上写下：

一身即许君，生死誓追随。
滴血裂绢帛，望夫价万斤。

二十个大字，字字鲜血淋漓，力透绢帛。独孤及骇然不已，禁不住单膝跪地，双手来接。

"公公请起。"武氏神色自若，把写好字的绢帛交给了独孤及。

"武才人真女中丈夫也。我独孤及佩服之极，日后有用得着老奴的地方，可尽管吩咐。"

"多谢公公。"武氏说，"我先走了，等会就不送你了。"

"不用，不用，您走好。"独孤及边说边把武氏送出了禅房。

高宗李治即位时，已有四位王子出世。长子李忠，为后宫刘氏所生；次子李孝，为后宫郑氏所生；三子李上金，为后宫杨氏所生；四子李素节，乃萧妃所生。前三位王子的母亲，都是地位低下的普通宫人，唯有李素节的母亲萧妃是王府良娣，地位仅次于王妃。

四王子李素节刚满四岁，相貌十分漂亮，且嘴甜心巧，长着一对会说话的大眼睛。所有的王子中，李治最疼爱他，几天不见就想得慌。小王子也天资聪颖，小小年纪便能吟诵古诗赋五百余首。这天，李治在两仪殿批阅了一下午各地奏折，觉得又累又乏，就扔下朱笔，来到了后宫萧妃的住处。

"父皇，父皇。"小王子李素节奔跑着，过来迎接李治。

"皇儿。"李治一见四王子，浑身轻松了一大半，他一弯腰，把儿子抱在了怀里。

"素节，今天又学了些什么？"

"回奏父皇，是《汉武帝求茂才异等诏》。"

"会背了吗？背给朕听听。"

"遵旨。"小素节摇头晃脑一五一十地背起来。

李治见小素节背得很流利，一点也不打磕，大为高兴，从腰上解下玉佩，挂在素节的脖子上说："朕把这玉佩赐给吾儿，等会儿朕还有文房四宝赐给你。"

"谢父皇，"素节甜甜地说，"儿臣也有礼物献给父皇。"

"哟，你有什么好礼物？"李治好奇地问。

"一只金杯，给父皇喝酒用。"

"是谁给你的？"

"不，是儿臣自己做的。"素节闪着慧黠的大眼睛，对李治说。

"你自己会做金杯？朕倒要看看。"

"待一会儿，等吃饭喝酒的时候，儿臣现做现送。不过只送您一只哟。"

"好，好，一只足矣。"李治很好奇小王子要送给自己什么样的金杯。

"快下来，让你父皇歇歇，父皇劳累一天了。"萧妃忙把小王子接下来，放在地上。

"萧妃，朕要在你这儿吃晚饭。你给朕做什么好吃的？"李治兴致勃勃地问。

"回皇上，没有什么好吃的。臣妾打算亲手做几道小菜，让皇上过上一次平民小家的日子。"萧妃躬身答道。

"怎么又想起'平民小家'了？"

"平民小家，儿女绕堂，同吃同住，其乐融融。"萧妃似乎话里有话。

"噢，朕是有些日子没来了。国家大事一件接一件，弄得朕疲惫不堪啊。"

"皇上，快入座吧，先喝点清茶。我下厨去做，一会儿就完事。"萧妃扎上围裙，忙去了。

一会儿工夫，菜就端上来了。四菜一汤，分别是：辣炒土豆丝、炒菠菜、芹菜拌粉丝、鸡刨豆腐，汤是面筋的菜汤。

第一次面对这么少的菜，李治心里充满了好奇，他觉得口津渗出，食欲大增，笑着问萧妃："酒呢？"

"酒是民间的糯米酒，绵甜可口，只养人不伤人。臣妾着人酿好后，已在床下放半个月了。"萧妃转身从床下摸出一个罐子，抱到桌子上，拆开封盖，就要往碗里倒。

"且慢。"李治拦住说，"酒是好酒，且等吾儿的金杯来盛。"又问李素节："皇儿送朕的金杯呢？"

"父皇稍候。"素节坐在桌后，两手在底下掰弄着。接着，他拿出一个圆口、小儿拳头那么大小的黄澄澄的杯子，递给李治说："此乃金杯也！"

李治接过来一看，哈哈大笑，原来金杯是橙子皮做的。

"吾儿聪慧过人，实慰吾心。来，朕就用皇儿的金杯喝酒。"李治这一顿饭吃得很舒心。当晚，就留宿在萧妃处。

萧妃屏退宫人，亲自服侍李治洗脸洗脚。在床上，又细心地给李治脱衣服。她动情地说："妾真愿和皇上一起，到宫外去过农家的日子，你耕田我织布，双飞双栖，形影不离，那才是人生的大享受啊！"

"我李唐万里江山，难道不能满足你的心。你真愿意出宫为民？"

"臣妾只是不愿与皇上分开，只想夜夜偎着皇上睡。"

"这些'农家乐'的话可别再说，传到王妃的耳朵里，她又得教训你。"

"她不生育，见臣妾为皇上生下两女一子，就忌恨臣妾。"萧妃脱下衣服，双臂搂住了李治，"皇上，听说中秋节那天，您和王妃吵架了，所为何事？"

"还不是册封皇后的事。"李治厌烦地说，"诸大臣尚未议奏，叫朕怎么先放言，谁当皇后，谁不当皇后。"

"王妃虽为皇上正妻，然久不生育，在民间，也属'七出'之内，又如何能当皇后，母仪天下？"萧妃边说边用玉手抚摩着李治。

"她不能当皇后，你当？"李治说。

"臣妾虽才识浅陋，位居王妃之下，却为皇上连生了两位公主，一位王子。上不负国家社稷，下不愧黎民百姓。强似那不开怀的王妃。妾当皇后，又有何不可？"

"朕也有此心，且最爱四子素节，但立后的事，关系重大，还需群臣议奏通过，不是朕一句话就可以定了的。"

"议归议，但最后决定权在您。皇上，您心里可得有数啊。"萧妃侧起身子，扳着李治的肩膀说。

"你不愿出宫为民啦？"李治故意问道。

"皇上！"萧妃娇嗔地轻叫了一下。

"好了，不说这事了。"

次日临朝，褚遂良出班奏道："陛下，改元册后的事，业经诸大臣议定，且在礼部备了案，请陛下圣裁。"

"讲。"

"拟改元为永徽，'永徽'意思是'江山永固，社稷美好'。册王氏妃为皇后。封李忠为太子，李孝为许王，李上金为杞王，李素节为雍王。"褚遂良奏道。

"这……"李治沉吟了一下，才说，"其他的我没意见，只是王妃久不生育，似不宜立后。忠虽为长子，可惜是宫女刘氏所生，也不宜立为太子。"

长孙无忌见状，出班奏道："王妃出身于世家大族，原本是皇室宗亲，乃由先皇太宗亲许给皇上，不可擅废。王氏虽暂未生育，然将来犹未可知，且其躬亲孝行，后宫尽知。先皇临崩，曾执臣之手说'吾佳儿佳妇，托付你等，拜托拜托'。至今言犹在耳。若不立之为后，恐失天下人之心。"

没等李治说话，王妃的舅舅，中书令柳奭也上前奏道："忠为嫡长子，依礼制当立为太子，以安诸王之心。其母虽贱，臣却有变通之法。"

"变通之法？"李治望着这位国舅大人，好奇地问。

"可先将忠立为王氏妃的螟蛉子。这样，王氏妃也可正大光明地册封为皇后，忠也可正大光明地立为太子。"亏这位国舅大人想出了这个主意，正所谓急中生智。也难怪，他的盛衰荣辱乃至整个家族的利益都寄托在王氏妃的身上。如果王氏妃倒了台，一荣俱荣，一损俱损，自己的官位也就难保了。

"中书令所言极是，这真是两全之法。皇上可先行颁诏，过继忠为王氏妃螟蛉子。"长孙无忌又奏道。他是中书令柳奭的好友，两个人经常在一块儿喝酒下棋，谈天说地。

"这……"李治的脑子晕晕忽忽，一时没有好主意，就说，"这些事改天再议吧。"

这时，宰相韩瑗、于志宁一齐上来奏道："陛下，改元册后迫在眉睫。现在都十一月了，离新年还有个把月。一切礼制应用之物急需提前准备，不能再等了。请陛下即刻下诏，批准褚宰相所奏。"

"请陛下即刻下诏，准褚宰相所奏！"几位元老派大臣一齐跪地奏道。

李治只好说："就依众爱卿所奏。改元永徽，册封王氏为皇后，封子孝为许王、上金为杞王、素节为雍王。至于忠过继给王氏当螟蛉子，封为太子的事，又不是那么着急，还是等等再说吧。先筹办改元册后的大典。"

众大臣一看局面已经这样了，也不好再逼李治，就散朝走了。

新年终于来临了，当含元殿洪亮的钟声响了三遍的时候，改元册后的大典随之举行。李治头戴皇冠，身着衮服，坐在承天门上，接受文武百官和外邦使节的朝贺。皇宫外，更是人声鼎沸，官家组织的游行庆典活动正在热闹地进行。京城长安的街道上，居民的家门口，全都挂着彩灯。到处洋溢着喜庆的气氛。

坐在高高的承天门上，李治心中充满了感慨。自从自己登基以来，灾祸不断，先是河东接连地震，十一月乙丑晋州又地震。突厥车鼻可汗乘机率兵犯境。整整一个冬天，京城和邻近州郡都没有下一场雪。朝野内外，有人趁机传播一些不利于皇上的谣言。每天，李治都要兢兢业业，几次视朝，听取各部、府及文武大臣们的奏事，亲自批阅似乎永远也批不完的有关政治、军事、司法、财政、教育等方面的奏章。过度的劳累，使得李治时常头晕，精神上更是疲惫不堪。能聊以自慰的，就是长孙无忌等先皇老臣忠心耿耿、于政事勤勤恳恳，很好地处理了先皇葬仪、新君登基、赈灾、派兵遣将打击突厥等各方面的军国大事。李治的王朝也渐渐赢得了人心。

"陛下。"独孤及过来打断了李治的沉思，站在背后小声地说，"马上要在大明殿赐宴群臣、外宾使节。到时您可要少喝点。外邦的吏使敬酒，您不要当真喝下去，略略沾沾唇就行。"

李治点点头，说："皇后要赐斋感业寺，不如你领人送去。顺便给武媚捎一些绢帛钱两。过年了，她在寺庙里，心情肯定不好。"

"皇上，今天事多如麻，老奴抽不开身呀！"

"不要紧，待会赐宴时，我不喝酒就是，你也快去快回。"

"我去，皇后要起疑心的。"独孤及踌躇着说。

"她不一定顾得上这事。就是问，你就说朕让去的，也代表陛下给佛上香。"

"嗯。"独孤及见旁边的赞礼官直往这瞅，怕多说一声影响礼仪的话，忙答应一声，快步走下承天门。

除夕之夜的感业寺里，武氏彻夜未眠，和永智躺在床上说着体己的话。这时，有脚步声传来。有人"咚咚"地敲着门。

"慧通，快开门，皇后赐斋来了，正停在寺门前，赶快去迎接，动作快点。"是执法的声音，她又转到别的禅舍叫去了。永智一下子跳下床，快速穿好衣服，着急地说："姐姐，快起，皇后赐斋，不去不行啊。"

"皇后赐斋？哼……"武氏鼻子抽了一下，冷冷地说道。她有心不想去，又转念一想，小不忍则乱大谋，于是慢悠悠地起来穿衣服，和永智一起赶到寺门口。

寺门口已齐刷刷地跪了好几排人，武氏和永智也找了个空当，在后面跪下来。

"皇后懿旨。"这时一个太监拉长声音，宣读道：

永徽元年正月丙午，皇上册命某为皇后。是故皇英嫔虞，帝道以光，普天同禧。特赐斋感业寺，以示节仪。

武氏听太监读旨的声音有些耳熟，偷眼一看，原来是独孤及。赐斋的事，用不着他来啊，难道是……武氏的心怦怦地跳开了。等接迎仪式一结束，她就急急忙忙赶回禅舍。

永智拿着斋饭，蹦跳着从门外走来："武姐姐，你怎么不拿斋饭就走了。我把你的一份捎来了。这可是宫里的手艺啊，我好久没吃过御膳了。"

"你先吃吧。"武氏打了一盆水，仔细地洗起脸来，又在俏白的脸上轻施了一些胭脂。

"吃饭了，还打扮。"永智在一旁咕哝着。

这时，一个小尼姑跑进来，说："慧通，住持师父叫你赶快到她房里去。"

"知道了。"武氏口里答应着，手忙脚乱地从箱子里拿出一个青布包。

"武姐姐，住持叫你干什么？"永智问。

"回来再说。"武氏头也不回地跑走了。

住持的禅房里，独孤及正和住持坐在床上，两个老相好正手拉着手低语着，见武氏进来，独孤及忙起身说道："武才人好。"然后指了指桌上的一个箱子："这是皇上专门赐你的。"

"谢谢公公，又劳你大驾了。"

"武才人不必客气。"独孤及说，"这几个月，实在太忙了，没能来看望你，还请武才人谅解。"

"我知道的。"武氏点点头，从怀里掏出青布包，对独孤及说，"你把这个交给皇上。告诉皇上，武媚时时刻刻在等待着他。盼望能早点回到他的身边。"

"皇上也很想念你，多次想来，只是事太多，脱不开身，也不能轻易出宫。皇上希望你多保重身体，安心等待。"

"我能理解皇上的心。"武氏揉揉眼睛，问独孤及，"皇上的身体还好吧，头疼好了没有？"

"还是老样子，一熬夜就犯。"独孤及说。

"叫人多给他按摩按摩，对皇上的头疼有好处。我在宫里的时候，时常这样伺候皇上。"武氏叮嘱着独孤及。

"咱家一定转告武才人的美意，这会儿皇上正在大明宫里赐宴，我得赶紧回宫了。"

"那就不留你了。"武氏接着又说，"公公以后不要再叫我武才人，更不要在皇上面前这样称呼我。"

"那叫你什么？"

"我的法号叫慧通，你叫我慧通就行。"

不觉间，已到三春时节，宫里宫外，百花盛开，百鸟争鸣，到处青翠欲滴，好一派熟透的春光。翠微殿前的小花坛里，玫瑰花又蹿了二尺多高，斜枝纵横，开满了碗口大的鲜花，娇艳照人，绚丽夺目。

早朝时，李治和群臣交换了一下意见，决定在五月先帝的忌日那天到感业寺拈香。午饭后，李治信步往翠微宫走去，最近几天，他都在翠微宫午睡。

"独孤及，你说后天去感业寺会怎么样？"李治躺在寝帐里，老琢磨这事，总是睡不着，就和歪坐在旁边小榻上的独孤及说话。

"您是皇上，想怎么样，就怎么样。"独孤及睡半醒地答应着。

"和她会面时，要秘密些，免得让后宫和长孙无忌他们几个知道。"李治说。

"知道了他们又能把您怎么样？天下都是您的，别说一个小小的尼姑。"

"倒不会怎么样。"李治揉着鼻子说。

"皇上放宽心吧，老奴已把事都安排妥了，绝对不会出什么岔子。"

"独孤及，你说我一个堂堂的大唐天子，富有四海，后宫里美女佳丽成千上万，怎么就单单喜欢她呢？"

独孤及睁开眼睛，笑了一下，说："各有因缘莫羡人。皇上和她就能合得来。要不然，就是皇上前辈子欠她的。"

"独孤及，她写血书时，手指头咬了多大一块？"

"皇上，这件事您都问了好多遍了。我不是说过了吗，当时我心慌，没太注意。您自己也可以想想，一二十个字，一气写下来，需要多少血，那手指头上的伤口能小得了吗？"独孤及说着，也睡不着觉了，坐起身子问寝帐里的李治，"万岁，上次她叫我给您捎回来的那个小包，里面裹的是什么？那天挺忙，在宴会上交给您，我一直都忘了问了。"

"是一缕头发。"李治伤感地说，"她这是责怪我啊，我虽贵为天子，却让自己心爱的人，在寂寞的寺庙里，对着青灯苦熬。"

【第三回】

感业寺再续前情，两仪殿红袖添香

盼星星盼月亮，李治终于盼到了太宗的忌日。这一天上午，通往感业寺的街道上，全程戒严。主要路口、桥梁以及各个制高点，都布满了禁卫军。四五队先导人马开过去之后，皇帝李治才坐上御车，缓缓而来。

感业寺门口，已密密麻麻跪满了接驾的尼姑。

"吾皇万岁，万岁，万万岁！"

李治巡视着这些玄衣青帽的尼姑们，说了句"免礼平身"，可是没有一个人敢起来。尼姑们早已得到赞礼官的指令，皇上进了寺门后，才能起来。李治皇帝见没有人起身，以为大家没听见他的话，刚想再说一句，赞礼官就导引他向寺门走去。两边也立即围过来身材高大的侍卫，李治只好迈步向寺门走去。

一番官样的拈香祭奠先皇的仪式结束后，住持立即代表感业寺，伏地跪请李治到禅房喝茶休息。

李治满意地点了点头，冠带飘摇地向禅房走去。禅房在大雄宝殿的旁边，先期而来的独孤及带着几个贴身侍卫早已守候在门口。李治走进来，独孤及立即在他身后把房门关上了。李治小声问："人呢？"

独孤及向禅房深处指了指："在里间屋。"

隐隐约约，禅房深处，有一个素丽的倩影。李治禁不住有些慌乱，胸部猛烈地起伏。他定了定神极力地约束住自己，好一阵子，才在自我挣扎中平静下来，慢慢向里走去。武氏羞怯的脸上布满了红晕，她在他踏进里屋的一瞬间，抬头看见了他。漫长的等待、刻骨的相思，一时间都化在各自的一双眼睛里。她深情地望着他，四只手紧紧握在一起。她再也控制不住自己，嘴唇抖动着哽咽起来，豆大的泪水大颗大颗地从眼睛里溢出来。

李治心情更加激动，眼里慢慢溢满的泪水，顺着面颊流了下来。

"武姐姐。"

"皇上！"

紧接着是紧紧地拥抱。独孤及见状，快步走过来，轻轻地把里屋门带上。

好一阵子，李治才慢慢地推开武氏，仔细地打量着她。她光溜溜的头上，耳朵透明发亮，皮肤仍然像少女一般娇嫩，脸上却显出二十多岁女人拥有的成熟魅力。

武氏让他看得不好意思，忙低下头，用手背擦了擦腮上的泪水，这时李治说道："武姐姐，朕十分挂念你。"

"想死了，怎么不来接我？"武氏噘着嘴，"你看看，我都变成一个尼姑了，又老又丑。"

"你不老，也不丑。"李治好像怕武氏自己伤自己的心，忙用手掩住她的嘴，急切地说。

武氏把李治的手塞进自己的嘴里，眼睛斜睨着李治，牙齿慢慢地用力咬着李治。

"都怪朕，都怪朕。"李治任凭她咬着，伤感地说着，"让你受委屈了。"

武氏其实没有真咬李治，她伸出温柔的手指，帮他擦干脸上的泪痕，万分疼爱地说："我不怪你，你虽贵为天子，却也有自己的难处啊。"

"武姐姐，朕已打算好了，一等三年服孝期满，朕就接你回宫。"李治急忙保证说。

"皇上，"武氏感觉时间太紧了，于是她呻吟地叫了李治一声，拉着他的手伸到了自己的怀里。"皇上，你可知，没有你，我是多么的孤独寂寞啊。"

"朕以后……会……会时常……来看你的。"李治抚着武氏双唇，武氏用浑身的青春烈火把他团团围住。

之后就是一阵平静。她和他像两片落叶，躺在水面上，自由地随微波飘荡，静静地享受着释放后的轻松，两个人谁也不愿说一句话。

"咳！"独孤及在外间咳嗽了一声，然后轻轻地呼唤着，"皇上，是时候了。"

两个人忙起来，又紧紧地抱在一起，脑子里都急切地搜寻着最想说的话。

"皇上，我真的离不开你了。"

"朕也是，这短短的一会儿，是朕这一年最最快乐的时光。"

"我似乎专为你才来到了这个世上。"

"只有在你身边，朕才意识不到自己是皇上。"

"皇上！"

"武姐姐。"

"皇上，时间到了。"独孤及小声地又催了一遍。

武氏恢复了理智，她拿过宽大的尼姑服草草地裹住身子，然后细心地给李治穿衣。她的手像母亲的手，轻轻地给李治穿上内衣，套上他的衮服。用手指给他理了理头发，戴上皇冠。做完这一切，她后退半步，打量了一下，满意地点点头，说："真是我的俏郎君。"

她又拥上去，撅起嘴唇，深情地与他吻别，然后打开门，把挪不动脚步的他轻轻推了出去。

紫宸殿里，李治正坐在书案前，忙于政务，从感业寺回来后，就一直政务缠身。今天，快马奏报，左翊卫郎将高偘大败突厥于金山。李治心情稍稍好些，令人拿些瓜果点心，边吃边批改各地的奏章。

这时，独孤及走过来，小声说："雍王李素节来了，在门口玩耍呢，让不让他进来？"

"快让吾儿进来。"李治抛下朱笔，站起来伸伸酸疼的腰背。

小王子素节跑了过来，抱住他的腿，仰着脸叫道："父皇。"

"今天怎么没在学馆读书？"

"去了，已经放学了。"小素节乖巧地说，"少傅说，人要劳逸结合，才能健康长寿。父皇，您也歇歇吧，不能老是这样操劳。"

"好，就依皇儿的话。"李治牵着素节的手说，"走，父皇带你到外边耍耍去。"

"父皇，我要去西海池泛舟。"素节仰着小脸说。

"行，那咱们就去西海池泛舟。"

雨过初晴，太极宫内的西海池边，空气无比凉爽，到处弥漫着池水和花草的清香，柔嫩的柳枝静谧地低垂着。

"母亲，父皇来了。"李素节挣脱李治的手向前跑去，李治这才看见前面的假山后，萧妃正坐在船上，手扶着船桨等着自己。

"皇上，"萧妃站起身施了一礼说，"是臣妾怕您劳累过度，特意叫素节叫您来的，请皇上不要见怪。"

"不怪，不怪，朕正想出来散散心呢。"李治一步跳上小船，揽着素节坐下来。

"叫他们划吧。"李治对萧妃说。

"不，我划吧，就我们一家三口多有意思。"萧妃解开缆绳，轻轻地划动船桨，小船荡开平静的水面，缓缓地向西海的深处驶去。

独孤及一看，没办法，只得和几个侍卫跳上另一只小船，紧紧地跟在后面。

"皇上，立太子的事怎么不听人说了？"萧妃边划船边有意无意地问。

"朕让他们搁置一段时间，以后再议。"

"王皇后的背后真有人啊，说当皇后就当上了皇后。"萧妃酸酸地说。

"哎……"李治长叹了口气说，"面对先皇的那几个老臣，我也没有办法啊，没立你为后，朕也知道对不起你，所以想极力安排素节为太子。"

"那怎么还把他封为雍王？"萧妃不满地说。

"封王和立太子是两码事。封王并不能代表他不当太子。"

"那李忠就没有封王，明摆着他要当太子。"萧妃把手里的桨放下，任凭小船随风摆荡。

"这都是几个老臣的主意。"李治有些烦躁地说。

"什么老臣的主意，我看是王皇后的主意。这朝政大事到底是皇上说了算，还是她皇后说了算？"萧妃气愤地说。

"当然是朕说了算。"

"臣妾以为也未必。妾观满朝文武没有几个不是王皇后的人。中书令柳奭，是她的舅舅，于志宁的儿子与她娘家的侄女联姻，还有……"萧妃扳着指头数，数着数着就断线了，愤愤地说，"纯粹是外戚干政。"

"你怎么乱说话，怎么说是'外戚干政'，传出去还得了？"李治责备萧妃说。

"你当初许我当皇后，怎么不能兑现？是你乱说，还是我乱说？"萧妃眼盯着李治嚷嚷着。

"别说啦。好好划船，玩玩多好。一见面就提些烦心事，我都已经够烦的了。"李治也生气了。

萧妃一看，不敢再多说，就把满腔的怒气都用在胳膊上，小船箭一般地朝前划去。

永徽元年（650年）九月癸卯。左翊卫郎将高偘押着俘虏车鼻可汗，胜利班师回朝。上午长安通往皇宫的西大街上，热闹非凡，路两边早早站满了欢迎的人群。午门外，更是鼓乐喧天，旗帜鲜明，数百羽林军分成四队，排列在长长的甬道两旁。高宗李治金盔金甲，第一次戎装打扮端坐在临时搭建的平台上。两边文官英秀，武官抖擞，侍坐左右。

巳时整，高将军红袍银甲骑着高头大马，在羽林军的护卫下，押着囚车，从长安城外迤逦而来。沿途群众的欢呼声一浪高过一浪。囚车里，车鼻可汗戴着脚镣手铐，被枷锁铐住动弹不得，只有那双龙虾眼还骨碌碌地乱瞅，富贵繁华的长安城让他感叹不已，既好奇又胆战。

临近午门，车鼻可汗被军士从囚车里拉出来。两个身材高大的军士各架着车鼻的一只胳膊，把他脚不沾地地提到李治的脚下。高偘单腿跪地，叉手奏道："臣高偘战突厥于金山，大获全胜。现擒突厥蛮首可汗车鼻在此，恭请我皇圣裁。"

李治满面春风，连连夸奖道："高爱卿，你统帅三军将士，英勇善战。如今，春去秋来，终于平定突厥，生擒蛮首。朕心里大为快意。高爱卿先在旁边坐一会儿，待后另有封赏。"

高偘叉手谢恩，赞礼官过来，引他到座位上坐下。这时李治指着脚下的车鼻可汗说："荒远蛮酋，不自量力，如今被擒，咎由自取，你敢不服气吗？"车鼻也没听懂李治说什么，心里害怕李治杀他，忙又是点头，又是作揖。李治嗤之以鼻，命令军士："先把这个蛮酋押送刑狱，等候处置。朕先和众卿一起为高将军摆酒庆贺。"

这是李治登基以来，朝廷的首次用兵，且大获全胜。李治异常高兴，觉得自己也是内修文治外用武功的一代帝王。席间，他不顾独孤及的暗示，一杯接一杯地和文武百官碰杯猛喝，一时间，君臣都喝得酩酊大醉。

庆功宴结束，独孤及搀扶着李治一摇一摆地向寝宫里走。李治嘴喷着酒气，对独孤及说："朕登基一年多……多了。这皇帝还干得不错吧？"

"那是，那是。"独孤及一边嘴里答应着，一边用力地扶住欲倒的李治，"皇上，你脚下小心点。"

"朕没醉，这点小酒能把朕怎么样。今……天的献俘仪式真过瘾，可……可惜朕的武姐姐没有来……来……看看朕的文治武功。"说到这儿，李治又想起了什么，抓住独孤及，"朕现在就去看武姐姐。"

"皇上，这大白天的，去感业寺不好吧？"独孤及劝道。

"我是皇上我怕谁？"李治醉眼一睁，命令独孤及，"赶快安排车，朕一刻也不能等了。"

"皇上！"

"快去安排，再多说一句撵你滚！"

独孤及一看，没有办法了，只得安排一辆车，叫上二十多个大内高手，便衣护送李治去感业寺。乘骑快马先到一步的侍卫，悄悄地打开感业寺的后门，李治和众侍卫轻手轻脚地进了感业寺。

"独孤及，这会儿武姐姐可能正在午……午睡，咱们直……直接去她……房里。"李治让车子颠簸得酒劲上冲，似乎醉得更厉害了。

"还是去住持禅房吧，直接去找武媚影响不好。"独孤及说。

"行，照你说的去做。"

幸亏是大中午，大多数人都在午睡。武氏被悄悄叫到住持的禅房里。李治一见武氏来了，马上扑过去，但是脚底没扎稳，闪了一个趔趄。武氏忙用手扶住了他："皇上，你怎么现在来了。"

"现在来不……不行吗？朕……朕是皇……上，想怎么……样……就怎么样，谁能管……管住朕。"李治喷着酒气，对武氏说道。

"皇上，你先上床躺一躺。"武氏这才注意，李治喝多了酒。她把李治扶到床上，端来一杯水让他喝。

"朕不喝，朕要和……和你"李治嘴里咕哝着，眼皮就睁不开了，一转眼的工夫，就打起了呼噜。

武氏见状，只得给他盖上一个被单，出来问独孤及："皇上这是在哪儿喝的？"

"在太极殿喝的。今天左翊卫郎将高偘俘突厥车鼻可汗班师回朝。皇上一高兴，多喝了几杯。"

"公公，你作为皇上的随从宦官，理应劝皇上少饮酒。更不能在皇上醉酒的时候，带他出宫。"

"慧通师父，不是老奴不劝皇上，是劝阻不了啊。"独孤及看主子李治睡着了，心里委屈，身子又急得团团转，"这……皇上又睡着了，这一觉得睡到什么时候，下午还得上朝听政呢。"

"你们出来时宫闱局都有记录，时间长了，肯定有人追查。"武氏想了想，对独孤及说："你叫人把车马赶到门口，叫两个侍卫抱着皇上坐在车里，马上回宫。"

"是。"独孤及一下子有了主心骨，急忙走出门外叫车。李治被几个侍卫架上车，放在车里另两个侍卫的怀里。独孤及向禅房里的武氏躬了一下腰，就指挥人马急速地赶回宫了。一行人拉开距离，所幸一路上并没有碰到什么麻烦。车到玄武门时，宫闱局丞拦住了车，他打开车门，见高宗李治被两个侍卫抱在怀里，大吃一惊，张口结舌地询问独孤及："这……皇上怎么啦？"

"皇上喝醉酒了，你就别管这么多了，在簿册上记下何时回宫就是了。"

局丞将信将疑，哆哆嗦嗦地在簿册上写下："圣上及内侍总管独孤及、侍卫二十人未时回宫。"

车进二重门时，只见前面门洞口珠辉玉艳，站着一群人，独孤及一看，大吃一惊，慌忙下马，缩手缩脚地跟在马车的阴影后边。前面站着的正是王皇后一行人。

这时王皇后一行人朝独孤及这边走过来，独孤及见躲不过，只得硬着头皮迎上去，趴在砖地上磕了一个头："独孤及叩见皇后娘娘。"

"独孤及，你不在宫里侍候皇上，跑出去干什么？"王皇后边说边往车里看，"车上拉的是什么？"

"回皇后娘娘，是……是皇上在里面。"

"皇上？"王皇后忙上去把门打开，见两个大男人抱持着李治，颇感意外。

"启奏娘娘，皇上睡着了。"没等王皇后发问，一个侍卫急忙说道。

"皇上不是在太极殿宴饮吗？出宫干什么？"王皇后探头细细察看。两个侍卫张口结舌，不知怎么回答才好，频频地用眼神示意独孤及。

独孤及走过去，又准备跪在地上磕头回奏，王皇后也不理他，命令车夫："把车直接赶到中宫。"

按规定，内廷不准驭马。马匹到了二重门一律放下，由禁卫牵到马厩里。独孤及和众侍卫只得一路小跑，跟在王皇后的马车后面，王皇后也乘着凤辇，随后而来。

到了中宫，李治还在沉沉大睡。侍卫和众宫娥太监把他抬到皇后的寝床上。李治一折腾，酒劲上涌，"哇啦"一声，一股秽物喷涌而出，弄得王皇后身上、床上斑斑点点，不堪入目。李治犹自在醉乡中嘀咕着："武姐姐，快，快来呀。"

王皇后换了一套衣服，又洗了洗，仍觉着脏得恶心，内心的怒火越升越旺，一屁股坐在座位上，叫宫女传独孤及。独孤及打门外进来，伏地叩首："叩见皇后娘娘。"

"独孤及！你给本宫老实交代，你带皇上去哪里了。如有半句瞎话，必被乱棍打死。"

"回皇后，"独孤及双股打战，还不忘替李治扯谎，"皇上乘着酒兴，微服私行，到大街上访民情去了。"

"左右掌嘴！"王皇后怒喝着。

上来一个粗壮的宫女，展开她蒲扇似的大手，噼里啪啦地给了独孤及三五个嘴巴。独孤及被打得嘴歪眼斜，倒吸几口凉气。但他脑子更加清晰，不停地叮嘱自己，不能说，打死都不能说，说了下场更惨。

"你大概带皇上到脂粉堆里访民情去了吧？"王皇后站起身来，围着独孤及转了一圈，"独孤及，你别以为你是皇上的人，本宫不敢怎么你。查明真相，本宫照样可以处置你，带着酒醉的皇上出宫欢娱，其罪当死！"

"皇后娘娘，老奴句句实话，老奴没让皇上下车，只是走马观花地看看。"

"走马观花？你前言不搭后语，定有隐情。来人！再赏他两个大嘴巴。"

"皇后娘娘……"独孤及不知是被打的，还是自觉代人受过，万分委屈，眼泪吧嗒吧嗒地往下落，哭诉道，"老奴勤勤恳恳，侍候皇上，不敢有半点差错，请皇后娘娘明鉴！"

"'武姐姐'是怎么回事，你认识不认识'武姐姐'这个人？"王皇后口气舒缓了一些。

"不认识啊。"独孤及擦了擦眼泪，茫然回顾，"谁是武姐姐？"

"你装得还挺像！"王皇后气又上来了，"皇上在嘴里亲口咕哝的，你能不知道？"

独孤及抓着头皮，扶了扶刚才被打歪的帽子，想了一下，才恍然大悟地说："在西大街北胡同小市场，奴才给皇上买了一只鹦鹉。"

"鹦鹉怎么叫武姐姐？"

"母的，母鹦鹉。"

"'武姐姐，快来啊。'"王皇后学着皇上刚才的嘟哝腔调问独孤及，"这句话又是怎么回事？"

"噢，皇上这是撩鹦鹉玩呢。"

"那鹦鹉呢？飞走了吧？"

"对对，飞走了，它还认生，"独孤及装成吃惊的样子，说，"咦，娘娘是怎么知道的？"

"这点事还猜不出来吗？"王皇后得意地说，"本宫虽然生长在王侯之家，但鹦鹉认生这事，本宫还是略知一二的。"

"娘娘英明！"独孤及竖起大拇指，忙不迭地夸赞着。

王皇后忽然又寒起了脸，拉长腔调说："死罪已逃，活罪难免。趁着皇上没醒，就请公公把中宫所有的马桶痰盂仔细地刷洗一遍。来人哪！伺候公公到后院去干活。"这时，过来几个太监，拉起独孤及就走。

"这……"独孤及嘴里结结巴巴，一路走一路咕哝着，"我堂堂正三品宦官，什么身份？给你刷马桶？"

王皇后望着独孤及的背影，嘻嘻地笑起来。然后她屏退宫人，走到寝帐里，脱掉鞋，爬上了床。

"唉……"望着皇上李治醺睡的神态，王皇后不禁叹了一口气。

李治还算一个诚信守诺的君子，每天晚上，几乎都如约到西宫萧淑妃那里过夜。也难怪，小王子李素节像报时鸟一样，每天定点地来到李治办公的两仪殿，等候父皇回宫。

王皇后无所事事，只得天天去西海池上泛舟钓鱼。这天，她在西海池上恰好碰到了萧妃，萧妃依礼向王皇后问好。王皇后见她脸色红润，笑容满面，心中有气，酸酸地说："妹妹这一阵子因祸得福，春风得意，更加神气了。"

"托皇后娘娘的福，妹妹日子还算过得去。"

王皇后见萧妃一副假惺惺的样子，便耐不住了。"妹妹日日有人相伴，何必做此骄态。"

"皇上自己愿意来，我有什么办法？"萧妃自觉背后有靠山，说话也不怕惹着对方。

"萧妃，你也不要太小瞧本宫了，虽然皇上入西宫勤了点，有什么好得意的？"

"咱们女人图个什么？不就是有男人疼，有男人爱吗？我萧妃重的是情分，不稀罕什么宝绶虚名。"萧妃边说边折下一段柳枝，扬扬得意地在手里摇晃着。

"你……"

"我？我还有事，得赶紧回宫给皇上张罗晚膳去。"说完，萧妃也不打招呼，带着十几个随从扬长而去，气得王皇后干瞪眼，话噎在嘴里说不出来。

王皇后回到中宫，坐在床上直喘粗气："这个妖妃，凭着一身白肉，独霸皇上，不把我放在眼里，我非得想出个好办法，掐断她这根筋不可。"

下午，皇后带着人径入两仪殿。李治正埋头在案上批阅公文。王皇后愤愤地过来，坐在凳子上。"皇后有何要事，匆匆而来？"

"陛下，臣妾有事不解，求问陛下。"

"说吧。"

"陛下连日来入寝西宫，所为何事？"

"这个……"李治心道，睡觉呗，还有什么事。

王皇后见皇上遮遮掩掩，心中越发不痛快："陛下这般遮遮掩掩，莫非把臣妾看为妒妇不成？"

"哪里。"

"我自从嫁给陛下，含辛茹苦，操持着后宫，未敢有一日懈怠。也没有一日一时冲撞过陛下。如何这般厚此薄彼？"说着，王皇后委屈地哭起来。

弄得李治心烦意乱，他把朱笔一扔，伏在案上，两手堵住耳朵，一动不动。王皇后越发气愤，足足闹了一个多时辰方才罢休，悻悻而去。

"独孤及！"

"什么事，皇上。"

"走，出去散散心。"

"上哪儿？"

"上宫外去。你叫几个人，不要多，便衣便服。"

"皇上，天快黑了，去宫外不方便吧。皇上还是去中宫，安慰安慰皇后吧。"

"你别提她的事，快去办。"李治恼怒地说。独孤及挠挠头，无可奈何，只得安排去了。

连同几个侍卫，君臣几个人乘着两辆马车，悄悄地跑出皇宫，独孤及问："上哪儿去，皇上？"

"感业寺。"

此时已进入十月了，天气微冷，天也黑得早了，宽阔的街道上，也没有多少行人。两辆马车，一前一后，顺利地到达感业寺的门口。独孤及首先下车，到门卫上接洽，然后才引着李治往寺里走，路上，李治说："不知她睡了没有，独孤及，直接去她的禅舍吧？"

"不合适吧，她一个屋不知住着几个人，咱还是去住持房里，再找人叫她。"

"没事，她上回跟朕说过，是一个人住的。"

"那……"独孤及沉吟了一下，"好吧。皇上您自己小点声敲门进去。老奴和几个侍卫，藏在对过的花池里。不过，您可快着点，不能回宫晚了。"

"好，就照你说的办，她是第几个门？"李治问独孤及。"从东往西数，第三个门，别记错了。"

禅舍里，武氏已脱去了衣服，围着被子，斜靠在枕头上，烛光如豆，她一边看书，一边轻轻地按摩着脸颊，这时，有人轻轻地敲着门。

"谁呀？"武氏问。

没有人答话，仍是轻轻地敲着门。武氏只得下床去开门，以为是哪个姐妹，又来串门。

门开了，一个青衣小帽的男人，带着一股凉风蹿进来，没等武氏反应过来，他又转手把门关上。

"是我，武姐姐。"

"您怎么现在来了？"武氏拉着李治的手，就往床边走。

"我，我想你了。"

李治嘿嘿地笑着，用手抚摸着武氏。武氏咯咯地笑着，轻轻地挣扎着，嚷着痒。两个人最终纠缠在一起，走进快乐的梦境。

梦醒之后，两个人身轻无力，像杨花在春风里飘荡。李治凝视怀中这丰腴白皙的可人儿，不由得又一次亲吻着。

武氏丰满俊秀的脸上，流动着几颗晶莹的泪水，这少见的情形让李治慌了神，扳着她的肩膀，急切地问："怎么了？武姐姐。"

武氏急忙擦开泪水，露出笑容："没什么，我是高兴的。"

李治摇摇头："不，我知道你心里的想法，只是……"武氏忙用手捂住他的嘴，把香腮贴上去，摩擦着，说："皇上，我真是高兴的，你别有什么想法，从我见你的第一天起，我就在心中立下誓，决不让你有一丝一毫的烦恼。只要你高兴，我什么都可以承受。"

"武姐姐，我知道。"

"皇上，你以后不能随便就来。你是一国之君，要注意安全，上次醉着酒，这次又摸黑天来，带的侍卫又这么少，叫姐姐我多么担心啊。"

"知道了。下午，皇后又吵又闹，我心里烦，就来找你了。"

"当皇帝更不能率性而为，要面面俱到，你也多给皇后一些温存，等我将来入宫的时候，还要依靠她呢，你可不要随便得罪她。"李治像孩子一样点点头，幸福地看着武氏美丽成熟的脸庞。他深深地感觉出，只有在这里，他才找到了自己的慰藉；只有在这里，他才找到了身心同时得到歇息的温床……

"武姐姐，白天的时间容易过，晚上你是怎么打发的？"

"睡觉呗，睡不着就看书。喏，你敲门的时候我正看书。"

"看的什么书？"李治拿起床上的一本书，"是《左传》，你女人家还爱看这个。"

"俗话说以古鉴今，多看点历史方面的书有用处。将来入宫时，可以上书言事，好为你治国安邦、做一代明君，尽一份绵薄之力。"

"真难为你了。"李治边翻书边赞叹着，这时，书里掉下一张纸笺。

"这是什么？"李治拿过来，念着上边的字：

看朱成碧思纷纷，憔悴支离为忆君。

不信比来长下泪，开箱验取石榴裙。

"好，好。"李治赞道，"写得蛾眉顿转，凄楚悲凉。哎……"李治又叹道，"总有一天你会笑逐颜开，脱掉比丘装，穿上石榴裙的。"

"但愿如此！"武氏双手合十，说，"人说皇帝是金口玉言，我武氏快有出头之日了。"

"武姐姐，我要走了。这首诗作我带上啦。"李治把诗笺装进兜里，拿起衣服就往身上套，弄了几下也没伸进袖子。

武氏忙给李治穿衣服，嗔笑道："当了皇帝，连衣服都不会穿了，还想醉卧禅床呢。"

"武姐姐，"李治觍着脸笑着，伸出嘴唇去求吻。武氏拿手指在上面轻拍了一下，又怕拍疼似的，忙用一个甜吻去抚慰它。

"快回宫吧，等想我了再来吧。"武氏轻轻地打开门，伸出头看了看，见四处寂静无声，才把李治放出门。独孤及和几个侍卫也从暗处走了出来。

李治拍着独孤及的肩膀："独孤，难为你跟朕这么些年，忠心耿耿，任劳任怨，朕赏你黄金五斤，绢帛百匹。"

"谢主隆恩。"独孤及习惯地跪下磕头。

"唷，别磕了，"李治拉着独孤及坐下，"再说这车里也磕不下头。"

"皇上，人说名如其人，您字号叫'为善'，您真是一个善人啊。从古到今也是数得着的明君，从不对下人鞭打脚踢，从没有妄杀一个人。老奴侍候您这样的好皇帝，心里觉得实在，觉得踏实。"独孤及诚恳地说。说话间，车子已到了皇宫。二重门内，又聚集着一大群人，大红灯笼下，罗绮珠翠，绣带飘飘。

"坏了，"独孤及忙对李治说，"王皇后来了，怎么办？"

"来了就来了，顶多再闹一场。"李治一下子变得无所谓起来。"我看皇上今晚去陪陪她吧，免得她闹大了追究起来，我们的秘密可就露馅了。"

李治笑了一下，又安慰独孤及说："你甭管了，让朕应付她。"说归说，等下了车，一看见王皇后，李治又紧张起来，他打起精神，挺着胸脯走过去，打着招呼："皇后还没睡，查些什么？"

"皇上哪里去了？深夜不归，让臣妾等得焦急。"王皇后抛过来一个媚眼，娇滴滴地说。

"噢，"李治急忙接下去说，"我到民间看看民情。"

"皇上真乃仁慈之君，日理万机之余，还去民间访贫问苦。"王皇后作了一个揖，以示崇敬。过来拉住李治的胳膊，"皇上，您累了吧，快随臣妾回房歇息去。"

"好，好。"李治心道，今天是怎么啦，王皇后也变得特别的温柔。两人携手登上步辇，并肩坐着向中宫驶去。路上，还说着平日少有的话。

"皇上，臣妾想通了，以后再也不惹您生气了。"王皇后头靠在李治的肩上，幽幽地说道。

"这话让你说对了。皇后母仪天下，难道不能容忍皇上的几个妃嫔吗？"李治拍着王皇后的肩背说。

"皇上，宫里妃嫔这么多，为何单单喜欢那个萧妃子，左一个，右一个，让她生这么多孩子。"

"朕并不是天天上她那里。"

"还哄人？臣妾早已查过起居注了，这十来天，你天天去萧妃处。"

"朕去了是有事。"

"去了当然有事了！"王皇后刚想发火，复又制止了自己，期期艾艾地说，"臣妾知道自己，怎么也斗不过那萧狐狸。"

"别再说了，喏，中宫到了，朕这不是来了吗？"李治扶一把王皇后，并肩走进了寝宫。

王皇后望着筋疲力尽的皇上，心中又气又急，她恨透了那夺走本该属于她的幸福的女人。

从那一夜起，又连着过了四五天，皇上一去不复返。王皇后禁不住又恨得咬牙切齿。她在中宫里无缘无故地打着转，踢板凳、骂丫鬟。

独孤及来了。王皇后看见他，冷冷地问："你来中宫干什么？"

"皇上让老奴来问娘娘一件事。"

"皇上有什么事好问我的？我倒问你，皇上这几天都在哪儿睡觉的？"

"回娘娘，在西宫萧妃处。"独孤及又磨蹭了一下，才说清来意，"娘娘，四天前，皇上是不是丢了一件东西在您这儿？"

"什么东西？"

"一张纸。"

"什么纸？圣旨还是草纸？"

"娘娘真会开玩笑，是一张写着字的纸。皇上说可能丢您这儿了，叫老奴来看看。""没有！"王皇后气哼哼地说。

话音没落，旁边一个侍女说："娘娘，是有那么一张纸笺，我给夹在小书橱上的一本书里面了。"

"你在哪儿发现的？"王皇后问。

"早上在床边地上看见的，可能晚上给皇上脱衣服的时候，掉下来的。"

"拿给本宫看看。"

纸笺很快地拿来了，王皇后一看，是一首情诗，什么"憔悴支离为忆君""开箱验取石榴裙"，作者叫武媚。"独孤及，这是谁写给皇上的诗？谁叫武媚？"

"回娘娘，老奴不知。"

"你整天跟随着皇上，形影不离，你敢说你不知道？又想受罚了不是？"

"娘娘，您打死我，我也说不知道。"

"那么说你知道了，不想告诉本宫？"王皇后嘿嘿地笑了笑，抖抖手中的纸笺，"是那个'鹦鹉'写的吧？本宫早已调查清楚了，这事骗得了别人，还能骗得了我？来人，给我重打二十大棍，打死为止。"王皇后连蒙带吓地吼道。

几个粗壮的侍女从后房找来两根木棍，一脚踹向独孤及，抢棍就打。

"哎哟！"独孤及一个狗啃泥栽倒在地，心道，还真打呀，我这身皮包骨头，能经得起打吗？好汉不吃眼前亏，说吧，说了皇上也不会打我，皇上比皇后仁慈。

"别打了，我说，我说……"独孤及手捂着头，往前弹跳了一下，急忙招道："是感业寺的尼姑武媚写的。武媚以前是先帝的才人。皇上为太子时，两人就情投意合了。"

"皇上去找过她几回了？"

"没去多少次，也就三回两回的。"

王皇后沉吟了一下，对独孤及说："你去吧，叫皇上自己来拿。"

"这……"

"本宫不要这张小纸，皇上一来我就给他。你就这样给皇上说就行了。"

独孤及无奈，只好怏怏地走了。

晚上，李治来了，还带来了好酒好菜。

"皇后，朕来了，"李治赔着笑脸说，"朕今晚上陪你喝一杯。"

"哟，皇上是稀客临门哪，找臣妾有事啊？"

"没事，没事。朕好几天没来了，也该来看你了。"

宫女、太监们在桌子上摆好了酒菜。李治拉着扭扭捏捏的王皇后入了座。他满满地端上一杯酒给她，说："皇后，你辛苦了。"

"臣妾辛苦什么？"王皇后扑哧一笑，心道，这是哪儿来的话。接过李治递来的酒杯，一口干了，用绢巾沾了沾嘴唇，说："皇上，您来拿那张纸的吧？"

"朕今晚主要来看望你。"

王皇后从袖里掏出那张纸，抖了抖，斜着眼看着李治说："想不到你这个老实人，还能把先皇的才人用了。"

"哪里，她是先皇生前赐朕的。"李治狡辩着。

"先皇赐你的，臣妾怎会不知道？皇上别再唬人了，男子汉大丈夫，要敢作敢为。"王皇后偎上去，摩挲着李治的脸，"皇上，您是一国之君，整天像小偷儿一样，偷偷摸摸，夜里出宫幽会，一不体面，二不安全。臣妾以为……"王皇后说着，立起手掌，做了一个砍瓜切菜的动作，"把她给……"

"皇后，你千万不能杀她，只要留了她，朕以后就夜夜宿在中宫，保证不耽误你的事。"李治惊慌地说。

王皇后笑了，连干了两杯酒，才接着说那句话："臣妾是要把她给召回宫里。皇上想哪儿去了。臣妾再惹皇上不高兴，也不敢当一名刽子手杀皇上的意中人。"

李治擦了擦额上的细汗，道："皇后真有如此胸怀，以后，朕一个月分出二十天宿在中宫。"

王皇后听了李治的承诺，十分欢喜，接着说道："臣妾明天就下懿旨，派专人去，赏赐给她一些衣物、食品。"

"皇后，你真好。"李治搂着王皇后谄笑着，"皇后，朕今晚好好陪你，绝不让你失望。"李治拍着胸脯说。

"好，那赶快睡觉吧。"王皇后指挥众宫婢立即侍寝。

躺在床上，王皇后感到从未有过的惬意，简直如坐春风，如沐甘露，内心感慨着："这武妹妹还真是一个幸运星，人还未进宫，就带给我这么多的幸福和快乐。"

"曲径通幽处，禅房花木深。"

在禅舍的最北边，有一个比较偏僻的安静地方，它靠着小池塘，武氏常常到这里读书散步。将近三年的感业寺生活，也是武氏孤独慎思的生活。她的思想正像她二十八岁成熟的肉体一样，历经一番磨难，早已脱尽了稚气。在她的身上，再也找不到昨日那个任性娇气的小姑娘的影子。她真正地成熟了，不再怨恨命运的不济，也不再焦虑未来的日子。她要一步一步、深思熟虑，向中断多年的理想目标挺进……

秋天，绚烂的秋天，她的金色和紫色闪现在最后的绿色里，她将产下自己的果实。人们在领略春天俏丽、欢乐的风格以后，还必将感受到金秋的成熟与丰饶。

武氏坐在池塘边的草地上，看了一会儿书，又仰面躺下来，欣赏着太阳慢慢地落到了西墙头上，又慢慢地变成了一团血色的红晕。这时，突然从升平殿的方向传来浑厚的钟声。武氏侧耳细听，疑惑起来，晨钟暮鼓，不年不节，傍晚天敲钟干什么？一定是有重大的事发生。难道是皇上驾临，他这会来干什么？武氏未及细想，急忙起身，掸了掸衣服，往回走。刚走到一个小路口，迎面碰上了寺里的执法，两个人差点撞了个满怀。

"快，快，慧通，快去前院接皇后的懿旨。"执法气喘吁吁地说。

"接什么懿旨？皇后又给寺里赐斋了？"武氏边走边问。

"不年不节，赐什么斋，是专门给你的懿旨。"

"我的？"武氏浑身一颤，放慢了脚步，心里嘀咕道：难道我跟皇上的私情，皇后都知道了，派人来处置我？也不太可能，后宫佳丽成百上千，她犯不上跑这儿吃我的醋。

"快点走，慧通。接旨的事能磨蹭吗？"执法催促道。

"走！"武氏迈开了步子，心想：也没有什么大事。皇后要问罪我一个小尼姑，只需私下里派两个人就行，何须下道懿旨，弄得上下都知道这么一回事。

武氏赶到禅房。宣旨的太监和几个宫婢正坐着喝茶聊天，丝毫看不出有什么不好的事要发生。

"武媚接旨！"一个领队的太监站起来，展开懿旨，宣读道："懿令感业寺武媚蓄发。"

懿旨简单明了，就一句话，却让武氏一时摸不透皇后真正的意图。没容她细想，又有几个宫婢、太监，抬过一个食盒和一箱子衣服，放在她面前，打头的太监指着说："喏，这都是皇后赏赐的。"

太监宣完旨，立刻就走了。武氏爬起来挪坐在禅房的围椅上，看着食盒和箱子，陷入了沉思。皇后令她重新蓄发这是为何？蓄发自然意味着重新以女人的身份回到红尘中来，然而，皇后要把她这个"还俗"的尼姑打发到红尘的哪一个角落呢？懿旨里没有说明白。可毕竟没有问罪、处置她，而且还有诸多赏赐，看样子通往皇宫的大门快要打开了，压抑已久的武氏就要有出头之日了。

秋尽冬来，冬去春至。在先帝李世民崩逝三年忌日的这一天，一大早，感业寺的气氛就非同寻常，门前的西大街上走过来一队队羽林军，迅速布满全寺，实施戒严。住持临时得到通知，皇上马上要来拈香，务必迅速布置好一切。感业寺里，立即忙乱起来，扫地的扫地、设案的设案。而后全体比丘尼一起到大门口，等候接驾。唯独武氏不去。她正在禅舍里，精心地打扮自己。

寺里的钟声响了，寺门外传来人马的喧闹声和鼓乐声。她知道，是他来了。接着他还要去大雄宝殿，进行一番官样的拈香仪式。她在幽暗的禅舍内，静静地谛听着，她不平静的心在静静地等待着。一个半时辰以后，禅舍外响起杂沓的脚步声。接着一个男子的声音轻轻命令"退下"。门，被轻轻地敲响。

"谁呀！"她憋住笑，故作不知。

"是朕，大唐的皇帝。"

门开了，武氏望见冠带飘摇的大唐天子背后，有黑压压的文武百官和侍卫。她立即屈膝跪倒在地："臣妾武媚恭迎吾皇万岁万万岁！"

"免礼平身。"李治伸出一只手，扶起了她。

"你怎么带这么多人来？"她小声地问。

"今天是你回宫的日子。怎么，你不愿随朕进宫？"李治爽朗地说着。

"现在？"她有些震惊，简直不敢相信这话是真的。她渴望进宫，她知道自己也快进宫了。但当这些突然到来的时候，她反而手足无措了。

"当然是真的了。"李治抿着嘴唇，微笑着，显出男子汉的决断和魅力，"马上回宫。"

"好吧。"短短的一瞬间，她醒悟过来，脑子里有了分寸，她冲着后面的独孤及说："传比丘尼永智。"

"永智是谁？"李治问。

"臣妾的一个小姐妹，臣妾要带她一同回宫。"

转眼的工夫，永智被带了过来，她望着气势非凡的高宗皇帝，茫然失措，跪地参见。"永智，咱们进宫去。"武氏拉起了永智，"这床上有衣服，你马上换上一套。再给你留两名内侍，你让他们整理一下房间，把可以带走的东西带上。"

"武姐姐，我……"永智激动中，仿佛未听清武氏的吩咐。

"就这样了，我先随皇上走了，你随后进宫。"武氏说完，挽起李治就走。

从禅舍前到大门口，内侍们排列着，低头躬身，感业寺的比丘尼们，伏在甬道两旁的地上，恭送他们。寺门外，更是气派非凡。乐队奏着乐、打着鼓。羽林军挺胸凸肚，擎旗的擎旗，拿戟的拿戟，仪仗十分威严。

李治携着武氏的手登上一辆高贵华丽的御用马车。随着太监们悠长的首尾相传的"起驾"喊声，长长的车队开始向皇宫进发。

前面快要到皇宫。黄瓦覆盖的红色宫墙已然在目。垛楼上挎刀持戟的军士往来巡逻，庶民百姓望见宫城敬而远之。这就是大唐王朝的权力中心，它统治着辽阔的万里疆土，进了它的里面，就意味着你已经接近了最高权力的顶巅。

过了承天门，内侍恭请皇上和昭仪换乘步辇。武氏下御车时，紧握了一下李治的手："皇上，明天见。"

王皇后正在中宫里打扮着自己。这几天，她心情舒畅，特别高兴，皇上的阳光雨露，让她仿佛找回了丢失的鲜嫩。她嘴里哼着歌，对着镜子，不停地抚弄着眼角隐约可见的皱纹。

"启禀皇后娘娘，武昭仪跪在门口求见。"一个太监来到王皇后的跟前禀奏。

"哪一个武昭仪？"王皇后拉长了娘娘腔问太监。

"就是皇上刚从感业寺带回来的。这事娘娘不是知道吗？"

"嗯！"王皇后用鼻子应了一声，又把脸转到镜子前，又抹了几下鱼尾纹，对那个太监说："你到门口去，看看她跪的姿势怎么样，再禀告于本宫。"

"是。"太监答应着出去了。王皇后接过宫婢递来的人参茶，慢慢地啜饮着，鼻子里哼哼着，自我感觉良好。王皇后要恩威并施，牢牢地攥住这个媚人的小尼姑，让她当自己的先锋官，跃马持枪打头阵，在后宫这个没有硝烟的战场上，把萧淑妃一类的狐狸精，彻底地打个落花流水。

"娘娘。"那太监从外面走进来，趴在地上，汇报说："这武昭仪跪得还不错，直挺挺的，一动也不动。"

"传武才人觐见。"王皇后命令道。

"武才人？送她来的独孤及公公说，皇上已封她为昭仪了。"太监好心地提醒着王皇后。

"狗奴才，这么多的废话。叫你怎么传你就怎么传。"王皇后抬腿就给了这个太监一脚。大概这温柔一脚端人不疼，太监也习惯了，他嘿嘿地笑着，爬起来向大门口亮开了嗓子："传武才人觐见！"

"传武才人觐见！"话让门口的太监给接了过去。

武氏一听叫她武才人，心里明白了许多。她暗自冷笑了一下，站起身来，掸了掸裙摆上的尘土，向殿里走去。

"臣妾武媚叩见皇后娘娘。皇后娘娘千岁千岁千千岁！"

王皇后没说话，而是仔细察看跪在地上的武氏。眼前的这女子年近三十，虽说人长得不错，保养得也很好，但已失去了少女那特有的鲜嫩的色彩，穿着也朴素一般。她比皇上大了几岁，人说色衰爱弛，她这个样子在美女如云的皇宫内也不会有什么好日子了。于是，王皇后用傲然的口吻问："武氏，先帝在世的时候，你侍候过先帝？"

"回娘娘，臣妾曾做过先帝的才人。"

这坦然的回话却弄得王皇后一愣，她原以为这个武媚定会对那一段历史支支吾吾，避而不谈，没想到她却直言不讳，痛痛快快地承认了。王皇后心想，这个武媚也是个没有脑子的人，话怎么套，她就怎么说。

"武氏，你为先皇的才人，应该知道宫廷的成例，先皇的妃嫔是不可以……"王皇后说着，端起盖碗，借故喝一口参茶，打住了话头。

武氏忍住心头的不快，趴在地上磕了个响头，奏道："臣妾深知娘娘的恩典。就是这会穿着的衣服，也是娘娘赏赐的。臣妾在感业寺接到娘娘令臣妾蓄发的懿旨后，常常为娘娘的大恩大德而感激涕零，日日在佛前祷告，求佛祖保佑娘娘身体健康，长命百岁。所以臣妾一进宫，就直奔中宫来觐见娘娘。"

"嗯。"王皇后微微点了点头，又问，"皇上已经封你为昭仪了？"

"回娘娘，皇上只是口头说说，没有下旨正式册封。皇上说，晚上要来中宫跟娘娘您商议一下，再作决定。"武氏说着，提了提裙子，以示跪的时间太长了，该赐个座位了。

王皇后这才满意地点点头，吩咐左右搬锦凳，给武氏赐座。"来人哪……"王皇后拉着长腔命令道，"传掖庭令和内府令晋见。"

"是！"两个腿快的太监口里答应着，蹿出门办这事去了。这期间，王皇后也不理旁边端坐着的武氏，只是自顾自地饮茶。

不一会儿，掖庭令和内府令分别传到，各自站在一边，听王皇后训话。

"掖庭令！"

"臣在。"

"这位是武昭仪，今年二十九岁，皇上刚刚册封的，曾做过先帝太宗的才人。你把这些都记录在册簿上。"

"臣谨遵懿旨！"

"内府令！"

"臣在。"

"按成例拨付规银，通知尚食局从明天早晨起，安排武昭仪的膳食。"

"臣遵旨！"

看着掖庭令和内府令退去了，王皇后才多云转晴，吩咐宫婢："快给我妹妹武昭仪看茶！"

"武妹妹，从此以后，我们是一家人了，你有什么事找姐姐我就行了。"王皇后拉住武氏的手，亲热地拍打着。

"谢娘娘厚爱。臣妾初到宫中，一切全凭娘娘照顾，一切行动全听娘娘差遣。"武氏离开锦凳，又跪地磕头。

"坐，坐。"王皇后过来，拉起了武氏，"妹妹，虽然你年龄比本宫大，也知道一些宫中的事，但本朝非比前朝，宫廷法禁森严，掖庭令那里，该有的手续一点都不能少，倘若有一点差错，落到那些顾命大臣手中，就不好办了。"

武氏低着头，揉揉眼圈，等再抬起头时，眼睛里竟沁出了一滴眼泪。

"娘娘，臣妾知道自己添了麻烦，入宫有悖于礼法，只是见爱于皇上，见爱于娘娘，才有昭仪的位置。臣妾即使肝脑涂地，也不能报答皇上、娘娘的恩情。"

"妹妹，可别这么说，进门就是一家人，一家不说两家话。"王皇后笑呵呵地拍了拍武氏的肩膀，"来人哪，伺候武昭仪，梳洗更衣，然后传午膳。"

"谢皇后娘娘！"

"姐姐给你准备了一些新衣服，你先挑一套换上，午膳先随意吃些，等傍晚皇上下了朝，我们三人再一起好好吃一顿。"

"谨遵娘娘懿旨。"这武昭仪嘴巴乖巧之极，对皇后娘娘的话言必称是。

下午离天黑还早着哩，高宗李治就兴冲冲地赶到了中宫。人刚到门口，就老远地跟王皇后打招呼："皇后娘娘，朕来了。"

"别人叫臣妾'娘娘'，皇上怎么也叫臣妾'娘娘'。"王皇后说着，迎上去，用手掌轻轻地在李治脸上拍了一下，以示惩罚。"皇上，今日来得这么早？看皇上满面春风，大概有什么喜事吧？"

"皇后高兴，朕自然也高兴。"

王皇后闪后一步，打量着李治："一天不见，皇上就学会说话了，嘴甜得像抹了一层蜜。"

"皇后取笑了。"李治尴尬地笑了笑，"听独孤及说，今晚要在你这儿吃饭。"

"是啊，怎么今天一请，皇上就来了？"王皇后眯着眼问。

李治搓着手，嘿嘿地笑，四处张望："怎么不见武昭仪？"

"正在沐浴呢，皇上您等急了，要不去帮帮忙？"

"别逗了，快叫御膳房做菜吧，多做些花样，朕今晚要尽享齐人之福。"

这时武氏走过来了。刚出浴的她显得皮肤更白嫩了，短头发潇洒地从两边向后梳；嘴唇含笑，鲜艳欲滴，眼角微微有些翘，上面斜描着两撇墨黑的蛾眉；身穿一套低胸的红石榴裙，露着嫩白的脖颈。整个人散发着慧黠多端、成熟性感的魅力。王皇后见了，心里面有些波动，觉得上午有些走眼。但没容王皇后多想，武氏就袅袅地走上来，给皇上、皇后各施了一个礼，口称："臣妾见过皇上、娘娘。皇上万岁万万岁，娘娘千岁千千岁！"

李治满怀喜悦，旨令太监："传御膳。"

不一会儿，尚食令亲自领队，二十多个太监，每人手托六个盘子，排成两路长队上来了。屋里立即香气扑鼻，沁人心田。好家伙，美味八珍全上来了。

"皇上、娘娘、武昭仪，请问喝什么酒？"一个太监请示道。

"喝酉录、翠涛吧。"王皇后说。

"你能喝烈酒，武昭仪未必能喝。"李治说，"换淡一些的鹿胎酒。"

"别，别。就喝王皇后说的酉录、翠涛吧。臣妾过去也能喝些高度酒。"武氏打着圆场说。酒端上来了，三个人先喝酉录，各满满斟上一杯。李治指着酒给武氏介绍说："这是先朝谏议大夫、名臣魏徵所酿，已在窖中储藏十来年了。其酒香气馥烈，甘甜易醉。先帝太宗生前十分喜爱魏徵的酒，曾题了一首诗赐给魏徵，其诗曰：'酉录胜玉兰，翠涛过玉薤。千日醉不醒，十年味不败。'"

王皇后一听，早在旁边撇开了嘴，打断李治的话说："人家武昭仪是先帝的才人，能不知道魏徵的酉录、翠涛，用得着你介绍？"

李治支吾着，说："魏徵贞观十七年就去世了，武昭仪怎会知道？"

"武昭仪贞观十一年入宫，又在宫里整整待了十二年，什么事不知道。"

武氏见两人顶开了嘴，心知李治宽厚，而王皇后却有意去揭自己的伤疤。遂不置一词，端起茶杯，慢慢喝茶。李治见介绍酒不成，又去给武氏介绍菜："这是'筋斗春'，就是炙活鹌子。这是'金粟平饡'，就是鱼子。这是'生进二十四气馄饨'，就是馅料各异，凡二十四种。还有这道菜，其味最美，不可言状，叫'浑羊殁忽'，做法复杂得很，朕平素最爱吃这道菜。"

话没说完，王皇后又在一旁打岔，阴阳怪气地说："不单单皇上您爱吃'浑羊殁忽'，先帝太宗在世时，也爱吃'浑羊殁忽'，对不对，武昭仪？"

王皇后看着武氏的脸，想从中看出什么变化来，可惜武氏耷拉着眼皮，只顾喝茶，表情如木雕泥塑一般，根本叫人瞧不出什么。李治这才觉出有点不对劲，忙端起酒杯说："光说菜了，忘了喝酒了。来，朕和两位美人干一杯！"

王皇后还真不示弱，一仰脖干了整整一杯。烈酒入腹，霎时间，美人面若桃花，炙热诱人。

"来，武妹妹，干了这一杯。"王皇后完成了任务，转而又催武氏。

"妹妹不如姐姐海量，我分两次干了吧？"

"不行，一次！"王皇后不依不饶，端起杯子就要给武氏灌酒。

正在僵持热闹间，一个太监轻步走到王皇后的背后，对着她的耳朵嘀咕了几句。王皇后这才不闹了，放下酒杯，对武氏说："喝了这杯！本宫有点事，出去一下，回来你必须给本宫干完。"武氏笑着点点头，等王皇后一离步，就把杯中的酒全倒进一个叫"丁马香淋脍"的汤菜里。

"什么事？"在外间的大厅里，王皇后问那个太监。

"娘娘，萧淑妃的儿子雍王李素节，在中宫门口，闹着要见皇上呢。"太监贼头贼脑地看看四周，悄悄地说。

"走，看看去。"

到了宫门口，小素节正对阻他进宫的看门太监连踢带打呢。

"住手！"王皇后叉着腰走过去，喝道，"你不回去看你母妃，跑到我这儿来闹什么？"

"回皇后娘娘，我已回去了，阿娘让我来叫父皇到我们西宫吃晚饭。"

"你父皇没在我这儿，天快黑了，快跟侍从一块儿回家吧。"

"你骗人。我找到两仪殿，说父皇到中宫了。刚才御膳房传膳的也说父皇在这。"小素节指着王皇后，叫着。

"大胆，你怎么敢这样指着本宫，来人哪，掌嘴！"

王皇后的内侍闻声而动，就要打小素节，小素节带来的太监忙用身护着。气得王皇后指挥几个太监一拥而上，把西宫的太监揍了一顿。小素节倒没挨着什么，只吓得哇哇大哭，拉着自己内侍的手，哭哭啼啼回西宫，找他娘去了。

萧淑妃正在西宫准备招待皇上吃晚饭。没想到皇上没叫来，儿子却哭着回来了，于是抱住小素节，心肝宝贝地叫着，厉声问随去的内侍怎么回事。这太监忙松开捂住左眼的手，露出被打青的左眼圈给萧淑妃看，带着哭腔说："皇后娘娘也太欺负人了，到中宫门口就打，小王子被皇后指挥的狗奴才踢了好几脚，嘴也挨了几巴掌。小的护着小王子，被打得眼睛都快看不见了。"

"什么！中宫敢打素节。她真是狗胆包天了。"萧淑妃气愤地说着，看见太监的狼狈样，气不打一处来，又上去给他一巴掌，"狗奴才，你和小王子一起找皇上，你领他到中宫干什么？"

"皇上去了中宫，在那用御膳。小的看见，尚食令亲自带人传膳，有一二百道菜呢。"

"好啊！"萧淑妃咬牙切齿，露出坚硬雪白的牙齿，像一头母狼一样，仿佛随时准备去啮人。怒火和妒火燃烧着她的心，她一脚踢翻面前的菜筐，抄过擀面杖。

"来人哪，都跟我到中宫，今晚不闹他个天翻地覆，决不罢休。"

一个贴心的宫婢拉了拉萧淑妃的衣襟，小声劝道："淑妃，在皇宫内操刀拿棍的，怕不合适吧。不如您只带几个人，到中宫闹闹，惊动皇上，皇上最疼小王子，一听说小王子被打，岂能罢休，那时既不招惹是非，又能达到教训皇后的目的。"

"说得对，来人哪，先把小王子扶到床上躺下，延请太医来诊视。你、你、你，还有你，跟我走。"

别人都空着手，萧淑妃却手拎一条铁尺子。几个人气势汹汹地赶到中宫，到门口，却让把门的太监给挡住了。

"皇后懿旨，晚膳、侍寝时间，外人一律不准入内！"

萧淑妃一听"晚膳""侍寝"就更气不打一处来，厉声喝道："闪开！"

"淑妃，皇后有懿旨，小的不敢放您进。"看样子王皇后已经下了死命令，一连过来几个太监，挡住了萧淑妃。

"狗奴才！"萧淑妃抢起铁尺，冷不防给了当头的太监一下子。抽得那太监一下跳起来，胖脸上瞬间现出了一道血印："娘娘，您怎么打人？"

"打人？"萧淑妃咬着牙，把铁尺又抢了过去。几个太监不敢还手，直往后退，一直退到殿门口，那铁尺还是没头没脑地打来。

"关上门，关上门。"几个太监闪进殿内，"哐当"一声把大门关上，从里面紧紧地插上门闩。

"给我砸门！"萧淑妃累得直喘粗气，命令跟随的几个太监。

"开门，开门！"几个太监壮起胆子，连敲带踢地叫门，里面什么动静也没有。

"狠劲砸！"萧淑妃瞅了瞅四周，"这还有花盆，来呀，给我搬起来往门上砸！"

萧淑妃连同几个人搬起花盆，没头没脑地往门上砸。一时间，好好的红漆门被砸得坑坑洼洼，地上堆满了残花、烂盆、泥土，一片狼藉。

里面的几个太监沉不住气了，慌忙商量了一下，决定马上跟里屋的皇后汇报。

"娘娘，萧淑妃拿花盆砸门呢。"一个太监伏在王皇后的耳边悄悄说。

"什么事啊？外面的门咣咣响。"李治也听出外面的门响。

王皇后趁着酒劲，把手中的杯子往地上一摔："来人哪！撤去酒宴！"

"你干什么？！"李治斥道。

王皇后道了个万福："皇上，请御驾速回西宫。萧淑妃打上门来了。臣妾实在不敢留皇上。殿门都让她给砸烂了。"

"什么？竟有如此无礼之事。"李治还不大相信。

"启奏皇上，门快让萧淑妃砸烂了。"一个太监跪奏道。

"这……这后宫闹得成了什么样子。"李治摊着手，气得手打哆嗦。

"皇上仁慈，以致有人蔑视礼制，胆大妄为，令中宫蒙羞。"武氏在旁边悠悠地说道。

李治停顿了一下，又一拍桌子，"来人哪，传朕的旨令，押送萧淑妃回西宫，严加看管，没有朕的旨令，不准出西宫半步。"

"是。"几个李治的贴身太监答应着，蹿出门去。

外面传来吵闹声，一会儿没有了声息，显然萧淑妃抗不过圣旨，被押回西宫了。

"来，皇后、昭仪，咱们接着喝。"李治又令人重新给皇后斟酒。

"算了，不喝了。"王皇后一回身，回寝殿去了，留下一帮人面面相觑。

"皇上，"武氏也站起来要走，"臣妾也不喝了，要去翠微殿歇息了。"

"那我们一起走。"

"皇上还是陪陪王皇后吧。臣妾今天也累了，改天再侍候皇上。"武氏说着，自顾自地走了。

留下李治一个孤家寡人，不知怎样才好。气得他一拳擂在桌上，唉声叹气起来。

后宫家庭琐事，国家军政大事，再累再难，作为皇上也要去面对，也得去处理。李治坐在两仪殿里，案前的文书奏表堆积如山，他焦躁地、一点点地批阅着。独孤及来到他身后，轻声唤道："皇上？"

"什么事？"李治的声音提高八度，明显带着气，也不知是谁惹着他了。

"皇上，"独孤及也习惯了，不惊不诧，继续小声奏道，"武昭仪来了。"

"在哪儿？"

"回皇上，在门口候着。"

"快让她进来。"

武氏笑容满面，袅袅娜娜地进来了。到了跟前，把手搭在李治的肩膀上，柔声问道："皇上，干什么呢？"

一听见武昭仪的名字，李治的一肚子气就消了。他也一只手攀在武昭仪的肩上，愉快地回答道："处理一些各地的奏表。"

"哟！"武氏抚摸着摞得老高的表章，"批阅这么多的表章，皇上累不累？"

"说累也不累，说不累也累。"

"此话怎讲？"

"你一来，朕就高兴，就说不累；你一走，朕情绪低落，这不累也就成累了。"

"皇上真会说话。"武氏凑过去，香腮贴着李治，"只要皇上高兴，那臣妾就日日伴着皇上批阅文件。"

"行啊，这叫红袖添香阅文书。"

武氏随手拿起一件中书省的任命书，上面写着"豆楚风为检校左厢宿卫，领承天门"，就问高宗："这豆楚风是谁？"

"原来也是个禁军将领，新近擢升的。"李治对这话题不感兴趣，问武氏，"昨晚你怎么不让朕与你一起去翠微宫？"

"昨晚故意急你的。"武氏媚笑着，抚了一把李治。

"那今晚？"

"天不早了，现在就回翠微殿吧，把该阅没阅完的奏折带上。"武氏说着，就挑起奏折来，也不管李治同意不同意。

"行，行。"李治春心荡漾，哪有不同意的理。

翠微殿里，用完御膳，武氏先钻进大红缎子被里，等李治过来时，她却脸朝里，一动不动地躺着，好像生气的样子。李治扳了她肩膀几次，她都不回过身来。李治急了，问："你怎么啦，刚才还好好的。"

"唉……"武氏幽幽地叹了一口气。

"良宵美景，你叹什么气呀！"

"皇上，"武氏缓缓转过身来，"后宫礼制不严，尊卑不分，臣妾为皇上感到难堪。"

"你是说……"

"昨天萧淑妃竟手持凶器，带着奴仆，打到中宫，忧扰皇上。这在民间家庭，也是大逆不道的事。先帝太宗在世时，哪个敢如此放肆。"

"是啊，这女人也太张狂了，实在叫朕失望。"

"有了初一，就有十五。赏罚不明，无以立信，更无以立威。对萧淑妃一定要严加处罚，以儆效尤，否则，今天萧淑妃打上来，明天又有刘妃打上来，势必弄得皇上威信大减，后宫永无宁日。传扬出去，也让朝臣小觑，天下人耻笑。"

"对，"李治一拳砸到床上，"是该整整了。不过，怎么处置她，朕一时也没好办法。"

"削减她一半规银，两个月不准出宫门一步。"

"这……"李治以商量的口吻说，"禁一个月就行了。"

"两个月！"武氏搂住李治说，"她如此放肆，不废她名号就已经是天恩浩荡了。"

"好好，照你说的办吧。"李治急不可待地来拉武氏。武氏摁住他的手，从寝帐里伸出头，命令外面的宫婢："传皇上旨令，萧淑妃手持铁尺，冲击中宫，有悖礼制，今削其一半规银，两个月不准出西宫。"

两仪殿里，武氏正帮助李治批阅奏章，她一会儿拿着热毛巾，给他擦擦脸；一会儿命内侍进参茶，亲手喂他喝。弄得李治如沐春风，工作起来也十分带劲。

武氏在整理奏章之余，还伸过头去看，对一些内容重要的奏章，不时发表一些自己的看法。

"皇上，李忠为何未被封王？"武则天问李治。

"因王皇后收忠为螟蛉子，欲立其为太子。萧淑妃又要立其子素节为太子，两下相持不下，所以搁了下来。"

"皇上，"武氏正色道，"忠乃皇上亲子，至今无名号，于礼有悖，也会招惹外界议论。请皇上下诏，先立忠为王，余事以后再说。"

"这，这事先要和诸大臣商议。"

"皇上，你贵为一国之君，立子为王，这点小事还不肯自己做主。长此以往，朝臣中必衍生傲气，此必不利于皇上。且立忠为王，乃皇上家事，下个诏书就行了，何必和这个商量那个商量。弄得小事变大，你论我论，纠缠不休。"

"那……立忠为什么王？"

"可立为陈王。"

"行，等明天再说吧。"

"皇上，如果认准了一件事，就要当机立断，才是至尊无上的天子风度。皇上可即刻下诏，立李忠为陈王。"

"这……"李治犹犹豫豫，这事做起来有些突然，自己自登基以来，还没有单独决定过这等大事。

"皇上，"武氏晃动着李治的肩膀，"当断不断，烦恼不断。"

李治一想，此言不谬，正是因为自己遇事常犹豫不决，留下了当断未断之事，徒增多少无稽烦恼。他攥紧了拳头说："你拟个诏，朕加盖印玺后即刻发出！"

武氏飞快地写了诏书，李治盖上玺印，交内侍办这事去了。

"皇上，晋州数次地震，不知赈灾的事下边办得怎么样了？"武氏翻弄着奏章，问李治。

"已令地方开义仓赈民。"

"忻州地震，洪水泛滥，不知如今的土地耕种得怎么样了？"

李治叹了一口气："自朕登基以来，兵灾、地震、旱灾、涝灾不断，太白又屡次昼见，莫非朕有愧于上天？"

"皇上，"武则天劝慰道，"地震、洪水，乃自然之变化，于皇上无干。皇上所能做的，就是勤政爱民，拯民于水火。眼下应多做些拥恩怀德的事，比如禁止各地进贡犬马鹰鹊等。"

"是啊，朝臣们也这样劝谏朕，朕也已下诏禁进了。"

说话间，一个内侍走进来，叉手奏道："皇上，中宫王皇后着人传话，请皇上傍晚到中宫饮酒用膳，皇后已让御膳房提前准备下了。"

"朕知道了，你下去吧。"李治打发走内侍，苦笑着对武氏说，"几天没去皇后那里，她又来催朕了。"

"皇上，连年来天灾人祸不断。天子尚禁进犬马鹰鹘，皇后难道不知，还如此奢侈！那天，中宫晚膳，一桌竟上百种菜。皇家一顿饭，百姓几年粮。为上者岂能讲求口腹之乐？故臣妾那日不忍动筷。今皇后又设御膳八珍，委实为过，臣妾恳请皇上不要去中宫。"

"你不要说，朕不去就是了。"

"非但皇上不去，还要旨令御膳房，停止皇后今晚安排的御膳。"

"让她吃吧，别再招惹她了。"

"皇上！"武氏偎了过来。

"好，好。"李治挡不住她的温柔，只得让内侍传令："御膳房罢御膳八珍。一顿饭二十碟以内，不得超过定例。"

第二天，李治觉得罢皇后的御膳有些不合适，自觉不大对劲，便抽空去中宫看望王皇后，顺便抚慰一下。

中宫里，王皇后因身体不适，正卧在床上歇息。

"皇后，皇后。"李治凑到床前，有些心虚地小声叫着。

王皇后闭着眼，知道冤家来了，不动也不吱声，只是那滴滴清泪顺着眼角，往下流，一会儿就流满了脸颊。

"皇后，你怎么啦？"李治抓着王皇后的手，让王皇后一甩，给甩掉了。

"皇后，朕来看你了。"

"皇上，你是得了新人，忘了旧人。"王皇后睁开了凤目，幽幽地说道。

"皇后，朕这阵子确实也很忙。"

"皇上别哄臣妾了，你不但夜夜专宠于她，白天也带着她去两仪殿。"王皇后气哼哼地说。

"她……帮朕整理一些奏章什么的。"

"何止帮你整理奏章，还帮你拟诏，发布圣旨哩。"

"哪里的事？"李治心里有鬼，目光躲闪着王皇后的眼睛。

"哼！内宫干政，国家必乱。不知会大臣和臣妾，就册封李忠为陈王，是何道理？"王皇后挺了挺身子，责问李治。

"皇后，册忠为陈王，朕早有此意。"

"那臣妾问皇上，多少天来，为何不来中宫？"

"武昭仪已有身孕了，朕也是多抽点时间，照顾照顾她。"李治也没说假话，武氏确实怀孕了，只是没声张开来。

"什么，她有身孕了？"

"是的，昭仪准备过来禀告皇后呢。"

王皇后一听，坐起身子，头上也出了一层冷汗，身体也觉轻松了，头脑不由得警觉起来，也开动起来。真追悔莫及啊，刚治倒了萧淑妃，没想到前门赶走了虎，后门又引进了狼。那个不再年轻的武昭仪不但梅开二度、夜夜春风，独占了皇帝全部的雨露恩爱，更令王皇后吃惊的是，年届三十的武昭仪竟怀上了龙种。当初，萧淑妃倚仗小王子素节受皇上宠爱，还想让素节当太子。这武昭仪要生下个龙子，还不定怎么样呢，说不定子以母贵，母以子荣。太子、皇后的宝位都让她们母子俩夺了去。那时，后宫哪儿还有我王皇后的立足之地？不行，得赶紧想办法。眼下，和这个摇摇摆摆的窝囊废皇上没有什么好说的，得找自己的娘家人，找舅父中书令柳奭。

"皇上，臣妾身体不适，不能侍候皇上，请皇上谅解。"

"不妨，朕在这坐一会儿就走。"

"快到中午了，皇上还是去翠微宫吧。再说，臣妾这里也没有什么好吃的。"

李治的脸讪讪的，就站起来道："皇后，你歇着吧，改天朕再来看你。"

等李治一走，王皇后即令内侍，速去王府传其母魏国夫人柳氏前来宫内探视。饭后，柳氏夫人乘一顶小轿，在内侍的引导下，急急赶来中宫，进门就来到闺女的床前："皇后，你生病了？"

"母亲来了，恕我不能施礼了。"王皇后歪在床上，有气无力地说。

"可曾令太医前来诊视？"魏国夫人伸出手，摸摸王皇后的额头，又试试自己的额头，"皇后是哪儿不舒服？"

"母亲，"王皇后叫了一句，又打住了话头，挥手令内侍、宫婢退出屋子，然后才小声地说，"娘，孩儿得的是心病。"

"什么心病？"柳氏夫人凑过来问。

王皇后即把后宫内的大小事，一五一十地给阿娘柳氏说了一遍。

"娘，孩儿至今不曾生育，只有走这一步棋了，先收忠为螟蛉子，再立忠为太子，方保孩儿皇后之位无虞。且忠为人忠厚老实，是个知恩图报的孩子，他日即大位，必不负我王家。"

"这事得先和你舅舅商量。"魏国夫人柳氏说。

"那当然，让舅舅在朝臣中活动活动，只有长孙太尉等老臣出面，此事方可办成，此事也必须办成。不然，等那武昭仪生了儿子，事情就棘手了。"

"好，为娘这就去你舅舅府上。"

魏国夫人出了宫，也没回家，即刻奔往弟弟柳奭的府上，把王皇后的话传给了他。其实，即使王皇后不开口，国舅大人中书令柳奭也考虑了这一层。俗话说，一荣俱荣，一损俱损，没有王皇后稳固的后宫地位，就没有她身后整个家族的好事。收忠为螟蛉子，册立太子一事，两年前，就有过动议，虽然不是什么新鲜事，但不宜自己出面，非得动用元老重臣不可。办成这事，不仅可以巩固皇后的地位，同时也打消了武昭仪、萧淑妃日后与皇后分庭抗礼的可能。

柳奭经过周密谋划，先找了太尉长孙无忌这个老朋友，再由长孙打头，找宰相褚遂良、韩瑗、于志宁商量妥定。

这天，一上朝，长孙无忌就出班奏道："万岁，近来兵灾、地震、旱涝不断，老臣以为除却自然之力外，还有内部因素。皇上登基已三年多了，至今未立太子，于礼有悖，于制不合，臣请皇上，即立陈王忠为太子，以安天下之心。"

李治是个没有主见的人，见长孙无忌这么一说，不知怎么应对才好。

"皇上，"褚遂良走上前，躬身奏道，"前者已有此动议，先着皇后收忠为螟蛉子，再立忠为太子。忠为长子，理当册立，皇后无子，忠理当承嗣，如此，可皆大欢喜，朝野安宁。"

"是否等等再说。"李治又想拖。拖拖拉拉，拖黄了为止，又不伤面子。

韩瑗也上来禀奏："皇上，如此大事，当即下诏，上可慰祖宗，下可安黎民，又可平诸王觊觎之心。吾皇圣明，宜早下裁决！"

好像早已安排好了的，几位宰相轮番上阵，于志宁奏道："皇上，两年前改元册后的时候，皇上已亲口许下，立忠为太子，至今言犹在耳。皇上如再犹犹豫豫，拖拖拉拉，恐失天下人之心。"

李治被众朝臣步步紧逼，已没有了退路，一时着急，找不到好的托词，只得应道："众爱卿别再讲了，朕就依众爱卿所奏。于爱卿代朕草诏，封陈王忠为太子，一切应制由于爱卿负责。"

"臣遵旨！"于志宁叩头答道。

答应了众卿，没有了元老集团的聒噪相迫，李治也自觉办了一件大事，人轻松了许多，问道："忠为太子，册典定在何日，礼制如何，众卿可有打算？"

幕后策划人中书令柳奭这才出面，他内心喜悦，不露形色，四平八稳地走过去，叩首奏道："立太子事，乃国家大典，例由太史令卦算吉日。民酺三日，以示我皇恩浩荡。"

众朝臣皆随喜叉手奏道："中书令所言极是，吾皇圣裁！"

李治见众朝臣皆面有喜色，也随之高兴起来，遂传旨道："着太史令晋见。"

不一会儿，太史令赶到，跪在地上："吾皇万岁万万岁！"

"太史令，立陈王忠为太子，何日为吉，可速卦来。"

"皇上，本月丁巳，即是黄道吉日，宜册立太子。"

"咦？"李治奇怪了，问太史令，"你没卜卦，怎么张口就说了出来。"

"回皇上，臣已卜算过了，立太子当在'七月丁巳日'。"

李治笑着看了看长孙无忌等人："原来众卿家都已安排好了。"

永徽三年（652年）七月，也就是武氏生下长子李弘的半年前，唐高宗李治正式册立陈王李忠为太子。接着高宗又任命于志宁兼太子少师，右仆射张行成兼太子少傅，侍中高季辅兼太子少保，侍中宇文节兼太子詹事。王皇后和柳奭这才松了一口气，无不自得地认为，皇后和太子的地位从此稳如磐石，王氏、柳氏这些外戚大家族，从此可以高枕无忧了。

事情过去以后，两仪殿里，武氏不高兴地对李治说："皇上，怎么册立太子的事，也不提前给臣妾说一声。"

"上朝时，众大臣一齐禀奏，搞得朕也措手不及，只得答应了他们。事先朕也没有思想准备。"李治抱歉地说。

"皇上，您把臣妾怀孕的事给皇后讲了吧。"

"是啊。怎么啦？"李治接着说，"朕还跟皇后讲，你还要亲自去中宫报喜呢。这也是礼法。"

"皇上，那臣妾这就去中宫，一则贺喜娘娘收螟蛉子，二则禀告臣妾怀孕的事。"

"好，你去吧，千万不要顶撞娘娘。"

"臣妾知道。"

李治挺高兴，家宅平安，长幼和睦，不但平民百姓祈求于此，作为皇上，也有这些愿望啊。王皇后这一阵子，心情比较舒畅。大夏天的，正躺在卧榻上，享受着宫婢们不疾不徐的扇风。一听内侍说武昭仪求见，忙坐起来寻思，她来做什么？莫非见本宫名位确定，便低三下四来了。

"传武昭仪晋见！"

武氏走得有些出汗，到了王皇后的面前，弯腰低低地拜了一拜。王皇后复又躺在卧榻上，好半天才懒洋洋地问："武昭仪不在两仪殿随侍皇上，到此何事？"

"回娘娘，妹妹给娘娘贺喜来了，恭喜娘娘喜收螟蛉子，恭喜侄子忠册立为太子。"

"不敢当。忠为太子，乃大势所趋，理所当然，本宫觉得没有什么喜不喜的。"王皇后不阴不阳地抛出这几句话，心道，本宫可不吃你这一套哄人的话。

"娘娘，妹妹还有一事禀告。"

"何事？"

"托娘娘的福，妹妹已怀上了孩子。"

"此是好事，怀了多长时间了？"

"有三四个月了。"

"怎么现在才跟本宫说。"

"起先妹妹因无经验不知道，等明白以后，见娘娘这一段时间事多，所以没敢来叨扰。"武氏态度恭恭敬敬，说的话让人听了也十分舒服。

　　王皇后是爱听好话的人，几句话把她说得放松了警惕，紧绷着的脸也舒展开了，示意宫婢给武氏看座。

　　"武昭仪，你以后不要去两仪殿了，免得人说后宫干政。姐姐作为皇后，这样奉劝你，也责无旁贷。"

　　"姐姐指教得对。要不是皇上要求，妹妹绝对不会去两仪殿的。以后，妹妹只安心在后宫养身体就是。"

　　"要让皇上多注意身体，你更应该保重孩子和你自己。"

　　"谨遵姐姐教诲，妹妹怀上孩子后，别无他求。已恳请皇上少去翠微宫，多来看顾姐姐。"

　　太子册立之事，武氏事先不知道，这么大的事，竟轻轻地瞒过了她，让她感到自身的渺小和不足，也深深感到王皇后经营的中宫势力的强大。于是她决定再一次放下架子到中宫去卖乖讨好。王皇后实在没有城府，几句好话听了以后，人就变得温顺，失去进攻的欲望。这样，武氏就可以赢得一个相对安宁的环境，在这段时间内，她可以思考局势，重新调整自己。

　　"明丽，随我到外边走走。"武氏招呼一个贴身的宫婢。这个明丽就是曾在感业寺为尼的永智。武氏进宫后，连同她，一连带进来几个干姐妹。这些人进宫后，都成了武氏的心腹宫婢。

　　"昭仪娘娘，咱们去哪里？"明丽跟在后边问。

　　"闲散之人，信步而行。"武氏头前走着，边走边看，边看边想。几个人就这样散漫地走着，几乎走遍了半个皇宫，明丽急了："昭仪娘娘，您累了吧，我去叫一个步辇来。"

　　"我年届三十才怀上孕，多走一点路，对将来生产大有好处。你要累了，咱们就去前面的宫闱局歇歇脚。"

　　几个人信步走进了宫闱局。宫闱令严明成一看，武昭仪驾到，急忙令人设座看茶。然后恭恭敬敬地侍立在一旁。他也知道这武昭仪的来头和能力。

　　"你也坐吧。"武氏客气地指了指一个空座位。然后轻轻抿了一口茶，才说，"我只是出来走走，顺便歇歇脚。"

　　"谢昭仪娘娘赐座。"宫闱令只把半个屁股坐在凳子上。

　　"你是何时入宫的？"武氏亲切地询问着。

　　"回昭仪娘娘，小的入宫有十来年了，新近才被提为宫闱令的。"

　　"提你当宫闱令一事，我也知道，皇上御批时，我也在身边，皇上还夸你办事细致呢。"

　　"谢皇上，谢昭仪娘娘。"

　　"你是哪里人士？"

"小的是并州人。"

"哟，和我是老乡。"武氏一听显得很高兴，又问，"家里还有什么人？"

"家里还有父母，三个兄弟。小的排行老大，因家庭困难，才入宫的。"

"嗯。"武氏点点头，像变戏法似的，从袖筒里摸出两块金条，抛给宫闱令严明成，"留着补贴家里吧。没事的时候，可去我翠微殿走走。"

"谢昭仪娘娘。"严明成开始不知武氏抛的是什么，慌忙一接，见是金条，喜出望外，跪倒就磕头，"明成一定去看望娘娘。"

武氏装作没事的样子，走到放置册簿日志的文件架旁，左看看，右看看，随手抽出一本日志，翻了翻："你还记录得挺详细呢。"

"回昭仪娘娘，每天人员出入，宫闱要事，均记录在案，以备查考，小的不敢有半点差错。"

武氏满意地点点头："宫闱令认真负责，忠于职守，我会跟皇上说的。"

"谢昭仪娘娘。"严明成跪倒在地，忙又磕了一个头。

出了宫闱局，武氏又到掖庭局那里转了转，和掖庭令拉了一些家常话，同样给了他两根金条。这掖庭令只负责后宫的事务，比宫闱令的职权低多了，不但没有什么大的油水可捞，还成天受那些妃嫔们的气，是个费力不讨好的差事。今见武氏送金条，掖庭令感激涕零，恨不能马上给武昭仪跑跑腿，办点事。但人家武昭仪送礼后，并没要求什么，只是淡淡地一笑，袅袅娜娜地走了。

在临产前的这几个月里，武氏表面上收敛了自己。除了当面奉承王皇后，也不去两仪殿了。只是像一名散财童子，用大把大把的钱财、曲意交结宫婢、太监。她要编织一个属于自己的情报网，把内宫中王皇后等人的一举一动，都纳入自己的视线之内，做到足不出户，宫中大小事务一目了然。

【第四回】

公主无辜遭横祸，昭仪有心害正宫

永徽四年（653年）元月，武昭仪的头胎生了儿子李弘。为照顾自己，武昭仪特意把母亲杨氏夫人和守寡在家的姐姐珍花，接到宫里。

李治见武昭仪给自己生了个大胖小子，非常高兴，有事没事就跑到翠微殿，搓着手，瞧瞧这，瞅瞅那，嘘寒问暖，没一刻消停。生了儿子，武昭仪则开始考虑名分问题了。这昭仪当了快一年了，也该升升位了。昭仪以上是四夫人，即贵妃、淑妃、德妃、贤妃，再往上就是皇后了。当皇后她还不到时候，四夫人编制有限，且名额已满员。武昭仪动开了脑子，何不在四夫人以上再增加编设，另设"宸妃"呢？"宸"表示帝王居位的地方，有时引申为帝王，"帝王之妃"比贵、淑、德、贤名分要高多了，直逼皇后的宝座。

在床上，耳鬓厮磨之际，武昭仪把这个建议给高宗李治说了，李治一听，大为赞赏："朕早有给爱妾晋级的打算，无奈编制已满，如今另设新封号，真是太好了。朕以前怎么就没想出来。"

没过一小会儿，李治又犯愁了，对武昭仪说："后宫新增封号，还得跟皇后和几个老大臣商量一下。"

"那儿子李弘封王一事，还要不要和朝臣、皇后商量一下？"武昭仪冷冷地问。

"这倒不必，朕的儿子按照礼制，都要封王。不过，叫什么王，朕还要向他们咨询一下。"

"不用了。"武昭仪从枕头下摸出一张小纸片，放到李治的怀里，"就封他为代王吧。"

"好、好，代王就代王。"李治见武昭仪不大高兴，又说，"岳母和珍花来到宫里，开销大了，让内府局拨两份例银过来吧。"

"这件事你就不用操心了，你去办臣妾封宸妃的事吧。"

这事说起来容易，做起来还真有些棘手。李治左思右想，怎么也得先过皇后这一关。第二天晚上，李治专门陪王皇后吃了一顿丰盛的御膳，并且留寝中宫。

温存之余，李治终于把心里想说的话，小心翼翼地挑了出来："皇后，如今武昭仪给朕生了一个王子，朕想给她提升一级，封为夫人。"

"什么！"王皇后勃然变了脸色，甩开李治大叫起来，"武昭仪生个儿子，就立为夫人，那许王李孝的母亲郑氏、杞王上金的母亲杨氏呢？都封为夫人，岂不乱了套了？"

"不一样，"李治争辩说，"武昭仪乃名门之后，其父武士彟早年随高祖起兵，还做过荆州大都督。"

"还名门之后，"王皇后嗤之以鼻，"臣妾早知，武士彟一个卖豆腐出身的，不过仰仗高祖皇帝的荫庇，做过几天都督，有什么了不起的。"

"册封也不能光看出身。"李治嗫嚅地说。

"别说了！"王皇后抓过衣服往身上套，"敢情皇上是为了那武昭仪而来。她武昭仪是什么东西？一个先皇的弃妇，当过尼姑，还比皇上大几岁，就值得皇上这么倾心。"王皇后说着，气哼哼地跳下床，站在一旁直生闷气。

"朕不是来和你商量一下吗？何必生这么大的气，说这么难听的话。"李治也气得开始穿衣服。

"皇上，不是臣妾说话不好听，那武昭仪的确不是个好东西。得陇望蜀、欲壑难平、一意媚上，皇上早晚得让她给搞垮身子。"

"王皇后，说话要注意分寸！"李治气得声音都变了腔。他手忙脚乱地趿拉上鞋，怒气冲冲地走了。

户外，前几天的积雪还没有化尽，半轮冷月在寒夜中显得更孤寂，就像此时孤零零的高宗李治。他心烦意乱，长吁短叹，独孤及忙上前给他系紧了氅衣。

王皇后这一关是通不过了，娘舅长孙无忌那儿也不一定通过。李治边走边想，这翠微宫也不能去了，去了交不了差。还是去两仪殿吧，这几天压了许多急要文件没有批阅，中书省都催了好几回了。

两仪殿里，内侍才刚刚点上宫灯，拨旺炉中的木炭，门口的侍卫就匆匆来报："皇上，太尉长孙大人，有急事求见。"

李治暗想他这会来干什么，来得也正好，朕正想去找他，商量一下设立宸妃的事。李治于是命令内侍："速传长孙太尉晋见。"

长孙无忌急匆匆走进来，叩首奏道："皇上。"说着，又向周围看了一下，欲言又止。李治一时没反应过来，长孙无忌只得说："请皇上屏退左右。"

"有什么大事吗？"李治边问边挥手让内侍和宫婢们都出去。

"皇上，"长孙无忌凑近一步，奏道，"驸马都尉房遗爱、薛万彻、柴令武、高阳公主、巴陵公主谋反。"

"什么？"李治惊得差点跳起来，问，"你怎么知道他们几个谋反？"

"这几个人串联，重金交结收买我太尉府一名将领，图谋拥兵反叛，攻打皇宫。幸亏该将领是老臣的心腹，汇报给老臣。"

"那怎么办？"李治紧张地问。

"老臣已派兵马，围住这几个叛党的府第。老臣特进宫见驾，请旨定夺。"

李治一时没有主意，只是抓住长孙无忌的袖子，嘱咐道："你身为太尉，可要把这些事处理好啊！"

"皇上放心，谅他这几个叛党也搅不出多大水花。臣这就回去抓捕他们，待审理清楚了，再汇报给皇上。"长孙无忌说完，急匆匆地走了。

李治的心情比刚才更难受，同胞骨肉，竟要起兵反叛，家国何其不幸！太宗啊，您让我当这个皇上，确实不好当啊，偌大一个朝廷，真不是那么好统治的，幸亏您留下长孙等几个顾命大臣，要不然，儿子我真不知怎么办才好。李治思前想后，长吁短叹，脚步沉重地向翠微宫走去。

翠微宫里，早有人报知了武氏，告诉她太尉长孙无忌深夜进宫这等不寻常的举动。只是武氏的个人情报网尚不够严密、完善。因此，她还不知道长孙无忌此番进宫所为何事。

"皇上，您不是去中宫了吗？怎么这么快又回来了？"武氏走过去迎接李治，用温暖的手握住了李治冰冷的手。

"哎。"高宗李治长叹了一口气。

武氏却"扑哧"一声笑了，手臂攀着李治的肩头，"皇上，您作为一国之君，怎么成天唉声叹气的，难道做皇帝不好吗？"

李治摇摇头，说："你不知道怎么回事。"就脱衣上床躺下了，一双眼望着寝帐顶发呆。

"皇上，莫非长孙无忌和王皇后他们不同意设'宸妃'，那也犯不上生气啊。他们今天不同意，叫他们明天同意；明天不同意，叫他们后天同意。您是皇上，看谁能犟过谁。"武氏劝解着。

"昭仪，册封'宸妃'一事先搁搁再说吧。国家出大事了。"李治握着武氏的手说。

"什么大事？"

"房遗爱和巴陵公主他们几个，联手密谋反叛。"李治遂一五一十地把长孙无忌的原话说了一遍。

武氏像哄孩子似的，拍着李治说："历朝历代，皇亲国戚反叛者屡见不鲜，又不是我朝独有。皇上，放宽心就是。至于怎样处置他们，自有法典条文。皇上也不必要同情他们，犯上作乱，罪有应得。"

李治难受的心，在武氏的劝说和爱抚下，渐渐平静了，不一会儿竟打起了呼噜。

房遗爱等人谋反一案，由太尉长孙无忌全权审理。永徽四年（653年）二月，诛杀房遗爱、薛万彻、柴令武、高阳公主、巴陵公主。但紧接着，长孙无忌又把荆王李元景、吴王李恪也扯进了此案。其实，吴王李恪本身没有参与谋反。但长孙无忌为什么一意孤行，借刀杀人？说起来话长。早在贞观十七年，太宗李世民见李治性格懦弱，为人温和，恐不能守社稷，想废掉李治，改立"英武类我"的吴王李恪为太子。而正是长孙无忌一番固争，才打消李世民改储的念头，保住了李治太子的地位。从此无形中，长孙无忌也和李恪成了冤家对头。房遗爱等人谋反一案事发，长孙无忌为了彻底打倒曾与李治有争位之嫌的吴王李恪，不惜顶着骂名，指使人编造材料，罗织罪名，陷李恪于狱中。

材料上报到李治那儿，李治不愿意骨肉相残，不同意"按律处死"荆王元景、吴王李恪。但长孙无忌本着"除恶务尽"的精神，断然下令刽子手行刑。李恪临死前悲愤不已，大声咒骂："长孙无忌窃弄威权，陷害忠良，宗社有灵，当族灭不久。"

擅自斩杀荆王、吴王后，长孙无忌还上书奏道："老臣不惜冒避弄天子之嫌疑，独自斩杀李元景、李恪。一是为了保帝座稳固，天下不乱；二是不让陛下担杀亲之恶名。"李治看了这段话，也颇觉有道理。但始终觉得不大对劲，犹如丢了魂一般，几天不想吃饭。当初，太宗李世民立李治为太子时，就因为考虑到他仁慈的品德，以后不会乱杀诸王兄弟。这次长孙无忌未经御批，擅自行刑。李治也不好说什么，毕竟他是自己的娘舅，其所作所为也是为了自己的帝座永固。

武氏也劝说李治："图谋造反，十恶不赦。臣妾举双手赞成杀他们。只是长孙太尉私自动手，未免欺君太甚。"

李治摆摆手不让她说："这事就过去吧。死者死矣，又不能再拿活人问罪。长孙无忌到底是为了朕好。"

"那设立宸妃的事，去问问他。"武氏的考虑是，这次处理谋反案，长孙无忌独断专行，毕竟有负于皇上。这个时候提出设立"宸妃"，谅他也不敢公然反对。

正如武氏判断的那样，第二天下朝后，李治留下长孙无忌和几位大臣，询问他们对设立宸妃的意见。长孙无忌默默无言，倒不表示公然反对。只是遭到黄门侍郎韩瑗、中书来济的断然反对。

"妃嫔自有定数，此乃高祖及先帝所定的制度，万万不可更动，今若另设'宸妃'，有违祖宗成例，万万不可！"韩瑗和来济脸色通红，义正词严地谏道，看样子，李治要不收回动议，这二位大臣就准备以死相谏了。

李治一看，势头不对。长孙无忌还在旁边冷着脸不说话。自己也一时找不出理由，公然蔑视祖宗留下的家法制度。只得怏怏地挥手让他们走了，苦恼地回到了后宫。

武氏一看满脸沮丧的李治，就明白了怎么回事。王皇后背后对她的一番怒骂，她也早已知之，看来，面对势力强大的元老集团和有恃无恐的王皇后，不用点毒招，恐怕自己是没有出头之日了。先前，王皇后与萧淑妃势不两立。如今，凭空来了一个武昭仪，整日与皇上共享鱼水之乐，夺走了皇上全部的宠爱。共同的失宠，使王、萧两人同病相怜，开始有了来往，两人也逐渐抛弃了前嫌，由仇敌变成了盟友。常常有事无事在一起密谈，商讨怎样去对付共同的敌人武氏。

"皇后，武昭仪这个女人野心勃勃，你的凤冠早晚会被她夺去。"萧淑妃对王皇后说。

"是啊，这武昭仪还一肚子坏水，当面一套，背后一套。你被禁闭两个月，克扣一半例银，就是她给皇上吹的枕头风。"

"看她肚子又鼓起来了，八成又快生了。"

王皇后点点头，扳起指头数起来："那个代王李弘不定是谁的。她五月进宫，次年一月生子，一共才八个多月就怀孕生子，这可能吗？准是她当尼姑时，挂上哪个人的野种。我看那个代王李弘一点都不像皇上。"

"我看也不像，皇上脸圆，他脸长。"萧淑妃觉得有门，凑过去问，"这事你跟皇上说过没有？"

"还没说。我怕皇上生气，没敢提。"

"得跟皇上说说，说的时候，口气委婉一些，既不让皇上觉得难堪，又能提醒他觉察这事。"萧淑妃考虑得还挺周到。

"听我舅舅柳中书说，为了冲淡连年的天灾人祸，朝廷准备在今年元宵节举行隆重的活动，大宴诸王群臣、外国使节。到时那武昭仪正好临产坐月子，不能出门。你我姐妹一定要紧随皇上，劝说皇上，把这武昭仪的嚣张气焰给打下去。"

"姐姐说得对。"萧淑妃摩拳擦掌，跃跃欲试，说，"到时你打头，我助阵。"

永徽五年（654年）新年刚过，元宵庆祝活动的筹备工作就紧锣密鼓地进行着。礼部和皇宫的各个局、院，人员穿梭般地来往。采购、预制，都忙得不亦乐乎。翠微殿里，武氏的临产期也日益迫近，宫婢、太医、接生婆日夜待命。但武氏不关心分内的事，竟忙里偷闲，差人调来礼部拟定的庆典方案，细细翻阅。

"正月十四，晚，大明宫大宴群臣、诸王、外国使节；正月十五，上午，北校场阅兵，王皇后、萧淑妃随侍。晚，承天门观灯，王皇后、四夫人、九嫔等随侍。"

翻阅到这里，武氏心里泛起一股不舒服的感觉，这是嫉妒心在作怪。要不是临产在即，她怎么也不会放过这等出头露面的机会，怎么也不会让那王皇后、萧淑妃得意扬扬地去陪皇上，去接受百官使节和万众的顶礼膜拜。武氏气哼哼地把方案抛到桌子上，差人叫来了皇帝李治。

"皇上，大宴群臣、校场点兵，不应该让女人作陪。"

"怎么，你去不成，也不想让别人去？"李治笑着说。

"皇上，不是臣妾想去，是不愿意她们破坏庄严的气氛。"这话一说出来，武氏也觉得站不住脚。但情急之下，又只得这样说了。

"昭仪，礼部这样安排，自有他们的道理。且方案诸大臣已经审议通过，发到了各部门。改也不好改了。"

"校场点兵时，四个夫人，为何单叫萧淑妃去。"

"萧淑妃非比其他三妃，已诞二公主和一王子。所以礼部安排了她。"

武氏见事已成定局，无可改变，默默寻思了一会儿，又开始担心王皇后和萧淑妃趁机说自己的坏话，倒自己的台，于是对李治说："臣妾不能随皇上去阅兵观灯，觉得是一大遗憾。等那天臣妾想叫侍女明丽跟皇上去，回来时好讲给臣妾听，以解臣妾之寂寞。"

"嗬，你刚才还说女人不该去，那里哪儿还有她一个婢女站的地方。"李治笑着说。

"让明丽做金扇执事吧，她站在皇上的背后执扇，就等于臣妾在皇上身边一样。"

"行，"李治答应得倒挺爽快，"到观灯那一天，肯定很热闹，就叫明丽回来讲给你听吧。"

"皇上，臣妾知道您这几天挺忙，只要有空，您一定来看看臣妾。臣妾觉得肚子里的动静越来越明显了，八成快要生了。"武氏说着，满脸娇羞，拿起李治的手，放在凸起的肚皮上，"皇上，您摸摸，他（她）在里面乱蹬呢。"

"试不出来啊。"李治摸了两下，没有感觉。

"您把耳朵贴上去试试。"武氏又扳着李治的脸贴到自己的肚皮上。

"嗯，还真有动静。"李治抬起头问，"一共怀了多长时间了？"

"十月怀胎，一朝分娩，到正月十八，正好十个月。"

"那……代王弘儿怎么才怀了八个多月就生了？"

"那是早产。您当皇上，连这事都不懂。"武氏摸着李治的脸，亲昵地说。

"昭仪，你还真能生，进宫没两年，给朕生俩孩子。"

武氏脸贴着李治的脸，说："只要皇上听臣妾的话，夜夜宿在翠微宫，臣妾保证一年至少给皇上生一个。"

今年的元宵节，果然盛大。十四日晚，皇帝在大明殿大宴群臣、外国使节。十五日上午，车驾幸演武场。

十五日晚，驾临皇宫外西大街的灯会。整个大街全部戒严。驾出时，有红纱贴金烛笼二百对，加以琉璃玉柱掌扇，内侍各执红纱珠珞灯笼，分列两旁，御辇院人员推着御辇缓缓前往。驾入灯山，观赏花灯。王皇后和李治并排坐在御辇上，她的玉手紧攥着李治的手，笑得光辉灿烂，好像从来没有这么开心过。御辇旋转一遭后，驾幸承天门。这时游人才开始放行。纷纷奔赴露台下，瞻仰天表，山呼"吾皇万岁万万岁""娘娘千岁千千岁"。欢呼声响彻夜空，连紫微殿里的武氏也听到了。她在屋子里，坐卧不安，恨得直咬牙，嫉妒之火呼呼地从头顶向外冒。李治坐在承天门上兴高采烈，对王皇后说："朕这才知道做皇上的好处啊！"

"臣妾这才知道做皇后的尊严。"王皇后睬着李治，语含幽怨地说。

李治拍了拍王皇后的玉手，然后攥紧了它："皇后，朕这几年，确实对你不太好啊。"

"皇上能体谅臣妾，臣妾就知足了。"

说话间，几个王子公主排着队过来，给父皇李治、母后王娘娘敬酒。李治很高兴，接过杯子一一喝干，满意地对王皇后说："皇后虽然不曾生育，可这些王子公主也都是你的孩子。你应该感到高兴啊。只可惜那代王弘儿尚在怀抱中，不会走路，不能给他父皇、娘娘敬酒啊。"

"臣妾不认那个什么代王弘儿。"王皇后生气地放下杯子。

"怎么？"李治诧异地问，"武昭仪又惹着你了？"

"不是她惹着臣妾了，只是这代王李弘来路不明。"

李治摸不着头脑，急问王皇后："此话怎讲？"

"武昭仪是到宫中八个月生下李弘的。常言道十月怀胎，由此上溯，这孩子是她在皇宫外怀上的。臣妾身为皇后，不得不察，不得不禀告皇上。"

李治笑了："武昭仪说了，弘儿是早产。"

"早产？"萧淑妃在一旁接上了话，"早产是身体不好，不小心闪着了才早产。她武昭仪身体素来无疾恙，又身处皇宫，有人随侍，不磕不碰，怎么会早产？臣妾生了三个孩子，这点经验还能没有。她武昭仪骗得了皇上，还能骗得了我们女人。"

李治给说得糊涂了，一时猜不出谁真谁假。他烦躁地摆摆手："这事先不提，看灯看灯。好好的，你俩又来搅朕的雅致。"

王、萧二人在元宵庆典上的一言一行和那恶毒的诋毁，很快被明丽添油加醋，传到了武氏的耳朵里。武氏当时听了大吃一惊，出了一身冷汗，这真是要人命的造谣。一旦皇上信以为真，自己还不得被打入十八层地狱。

十八日上午，孩子终于呱呱落地，当宫婢报告说是一个公主时，武氏已疲惫交加，昏昏沉沉，她已两天两夜没睡觉了。在这两天里，李治也没来看她一回。

"快……快报知皇上。"武氏脸色苍白，躺在床上有气无力地说。直到下午，李治才姗姗来迟，他看了一眼襁褓中的婴儿，淡淡地问了几句话，就转身走了。当时武氏正在睡觉，醒来后听说这事，半天没说话。看来，皇上真的相信那两个女人的坏话。若不及时采取有效的行动，一旦皇上被她们哄骗得铁了心肠，自己就是再有百倍的努力，也难以恢复往日的宠爱。到那时，十几年的期待与努力，都会化为泡影。

武氏紧急召见太医，接着又接见接生婆。施以重金，让他们有所准备，以应付皇上的突然咨询。

二十五日，武氏在明丽耳边密语了几句，叫她去叫皇上，务必让皇上来翠微殿一趟。

明丽一路小跑，气喘吁吁地来到两仪殿。值门的内侍报告李治："皇上，翠微殿的明丽说有急事禀告皇上。"

"什么急事？"李治生气地问。这几天他很不高兴，开始怀疑武昭仪的不贞，代王李弘在他的眼里，也越来越不像自己的孩子了。

"她跑得气喘吁吁，满脸通红，好像有什么重要的事。"

"让她进来。"

明丽进门就趴在地上，叭叭地磕头，直叫："皇上救命！皇上救命！"

李治又好气又好笑，训斥道："你在这好好的，救你什么命？"

"皇上快去救武昭仪的命，再慢一步人就完了。"

"武昭仪怎么啦？"李治站起来，紧张地问。

"昭仪不想活了，抱着小公主哭呢，说一会儿就去西海池自尽。"明丽边说边打着手势。

"她好好的，自什么尽？"李治也慌了神，慌忙向外走，边走边问明丽。

"婢子也不知为什么事，见她哭天喊地，寻死觅活的，怕出事，所以来禀告皇上。"

果然，等李治赶到翠微殿，里间传来"嘤嘤"的哭泣声，李治三步并两步地赶过去，只见武氏两眼哭得像桃子一样，左手揽着代王李弘，右手抱着小公主，一口一声"我苦命的孩子，我苦命的孩子"。

李治抚着武氏的肩膀："你怎么啦，你说呀，你怎么啦？"

武氏抬起头来，一双大眼睛无限幽怨地看着李治。那长长的睫毛湿湿的，面颊上布满了泪痕，几滴晶莹硕大的泪珠，一直滚落到苍白的嘴唇边，嘴唇还微微战栗着……

"皇上！"武氏叫了一声，双手捂脸，失声痛哭起来。

李治急了，扳住武氏的脸，问："你到底怎么啦？"

"皇上，臣妾冤啊！太冤啦！"

"你冤什么？"李治拿过宫婢递来的巾帛，给武氏擦了擦脸上的泪痕。

"有人见臣妾和皇上情笃意浓，就大造臣妾的舆论，把臣妾往死路上逼。"

"谁造你什么舆论？逼你什么啊？"李治一时弄不明白她说的是什么。

"有人说弘儿不是臣妾在宫中怀上的。这一句话，让臣妾还有何面目活在世上。岂不把臣妾往死里逼。"武氏一边哭诉着，一边抹着眼泪，两眼偷看李治的表情。

"你怀孕八个月就生了孩子，让人怎么能不胡乱猜想。"李治这话还有责问的意思，他早就想来问武氏了，只是碍于情面，说不出口，今天武昭仪先开了口，李治就决定把话挑明了。

"刚怀孕的时候，臣妾不是立即和皇上说了吗，皇上还专门请了太医给臣妾把脉，这才一年多的时间，难道皇上都忘记了吗？"

"没忘记，没忘记。"其实李治早已记不清了，脑子跟糨糊一样，糊涂得很，不过他想，反正当初的太医还在，问问不就真相大白了。

"昭仪，你别生气，真的就是真的，假的就是假的，假的变不成真的，真的变不成假的。朕的内心深处还是相信你的。"

"那皇上怎么好几天了，都不来看看臣妾。"

"朕不是忙吗？来，让朕看看朕的小公主。"

李治心想，不管代王怎么样，眼前的小公主可是自己的。他把孩子抱过来，仔细地打量。哟，这小公主长得还真俊。浑身胖乎乎的，娇嫩富有弹性的四肢，灵活机动，到处乱蹬，李治一下子就喜欢上了她。抱着孩子，哄着叫着，打圈转悠着，早把刚才的不愉快，抛在了脑后。武氏也擦干泪水，换上了一副笑脸，噘着嘴，拉着李治的胳膊央求着："皇上，晚上到翠微殿来睡觉吧。"

"来，来。一定来。朕十几天没来，也想你了。"

"想我为什么不来？"武氏跺着脚说，"不辨是非，明明是诬陷臣妾的话，你也当真。"

"朕也没十分当真。不过听着也怪扎耳的，越琢磨心里越不是滋味。"李治说的倒也是心里话。

"到底是谁在皇上面前说臣妾的坏话？"

"没有谁，说你坏话干什么？"李治躲躲闪闪，他不想把矛盾扩大化。他的心里，也希望后宫和睦，妃嫔们人人相处如姐妹。

"是王皇后和萧淑妃说臣妾的坏话吧。"武氏可不管李治的心情，张口就揭露出来，"她俩最恨的就是臣妾，恨不能把世上所有的脏水，都泼到臣妾的身上。"

"别说了，"李治一听这些事就头疼，他苦恼地对武氏说，"你们怎么就不能好好地相处呢？成天猫撕狗咬的，朕对此已经烦透了。"

"皇上也能看得出来，臣妾从来不和她们一般见识，总是以德报怨。就是王皇后那里，隔三岔五，臣妾就过去请安问好。臣妾总想一大家人，和和睦睦有多好。只是她们不给臣妾面子，臣妾生了孩子，她们也没过来看望一下。"

李治想了想，说："朕叫她们都到这里来，朕给你们开个小会，专门讲讲后宫和睦的问题。"

第二天，李治果然在翠微宫摆下晚宴，传旨让王皇后、萧淑妃等四夫人、九嫔，俱来赴宴。傍晚时分，妃嫔们才拖拖拉拉不情愿地来了，各按名分品级入座。

李治笑哈哈地坐在主席上，热情地招呼着妻妾们。只是众妻妾反应冷淡，有的低着头嗑着香瓜子，有的眼往别处看，一副心不在焉的样子。李治还真有些急了，抬高了声音叫："众位爱妃们！"

对过的几个妃嫔交头接耳。

"谁是他的爱妃，都快一年没上我的床了。"

"就是，我空为贤妃却不如一个小昭仪。咱连见皇上的面，都难上加难。"

武氏一看冷了场，端起酒杯站起来说："众姐妹今晚到我翠微宫来，昭仪感到不胜荣幸。大家一般都不常见面，难为皇上今晚把我们召在一起。来，姐妹们，干了杯中酒。"

也是武氏平时树情敌太多，反应者寥寥无几，各做各的小动作，正眼都不瞅武氏一眼。武氏手端酒杯，一下子僵在那儿，觉得空气好像凝固了一样。

李治一看，忙捅了捅身旁的王皇后，使眼色让她去救场。王皇后这才慢悠悠地站起来，端着酒杯，慢悠悠地说："众姐妹们，端起杯来。"

王皇后的话还真管用，一阵乒乒乓乓的座椅响，连同萧淑妃十几个妃嫔都齐刷刷地站起来，端着酒杯，眼望着王皇后，等待她说祝酒词。

"皇上日理万机，操劳国事，还要过问后宫的琐事，这也是我中宫的失职。来，借此酒为君王增寿，愿吾皇万寿无疆！"

"愿吾皇万寿无疆！"妃嫔们跟着王皇后齐声说道，然后学着王皇后的样子，一仰脖把杯中的酒全干了。

王皇后喝完，得意地看了武氏一眼，朝她亮了亮自己的杯底，还撇了撇嘴。

众妃嫔斜睨着武氏发出一阵开心的大笑。武氏定了定神，紧握手中的杯子，面带微笑，也喝干了杯中的酒，然后平静地坐了下来。但她的心里，好似翻江倒海一般，默默地咬着牙。她再一次领教了王皇后势力的强大，不赶快想法搬掉这块石头，自己就永远没有好日子过。

李治却没有看透这场面上的曲折，他见大家都干了杯，还祝自己万寿无疆，十分高兴，也端起酒杯说："你们都不愧是朕的爱妾，就应该和睦相处才是。来，咱们一家人喝个和睦酒。"

李治说完，一干而尽，他以为别人都跟他一样干杯。但等他眯缝着眼喝完酒，众人都是冷冷地一动不动，只有武昭仪摸着酒杯，想喝又不喝。

"咦，你们这都是怎么啦？连朕的话也不听，连朕的酒也不喝。"

"皇上，我们姐妹们在您眼里，是不是有轻有重？"好像事先安排好似的，有人捅萧淑妃的腰，萧淑妃就首先发问。

"哪分什么轻重，你们在朕的眼里，都是一般重。"

"那皇上为什么厚此薄彼，成天在一个宫里睡。臣妾有两个月没见皇上了，若都是一般重，轮也轮到臣妾的西宫了。"

"这……"这问题还真不好回答，李治张口结舌，不知道说什么才好。

妃嫔们都像开了锅似的议论起来，矛头纷纷指向武昭仪，有的冷嘲，有的热讽。压抑已久的妃嫔们，什么话都往外冒。李治苦心召集的和睦聚会，变成了对武氏的声讨会。武氏坐在位子上，显得倒很平静。李治却坐不住了，使眼色连带手捅，不断地向王皇后求援。但王皇后不为所动，一会儿吃一口菜，一会儿抿一口酒，悠闲自在地看着众妃嫔们的表演。李治哪里知道，皇后娘娘早已安排好了这一切。

"不要再说了！"李治气不过，使劲地一拍桌子，震得酒杯蹦几蹦，妃嫔们才渐渐地平静下来。

"姐妹们，皇上今晚叫咱们来翠微殿是大有深意的。"王皇后一看闹得也差不多了，就站出来，开始她的表演。

李治忙点点头，眼盯着王皇后，鼓励她继续讲。

"皇上希望姐妹们，能够和睦相处，不生闲气，不闹事，让皇上能够安心处理国家大事。最近，后宫里流传着一个谣言，说代王弘儿不是皇上亲生的。我作为皇后，不得不正告大家，这样的话再不能到处乱说了。若传到宫外，我后宫脸面何在，大唐李姓皇族脸面何在？"

一阵痉挛掠过武昭仪的身体，她的内心充满了尖锐的疼痛。她更加咬紧了那早已被她咬得浮肿的嘴唇，拼命地控制住自己。眼前这位王皇后实在太可恶。谣言本是她挑起来的，她却假装好人，一段冠冕堂皇的话说出来，实际是把暗地里传播的谣言，公开和扩大在众人面前。

李治倒很赞赏王皇后的话，他把手一挥，举出一片纸来："这是太医关于武昭仪当初怀孕时的奏章。前天报给朕的，里面写得很详细。代王弘确是朕的儿子。朕在此希望各位爱妾不要信以为真，再不要在这事上做文章了。"

李治的话没说完，各位妃嫔都轻轻地笑起来。李治一时不明白笑什么，也跟着笑起来，以为这事算完结了，就举起杯子："来，为众爱妃能和睦相处干杯！"

王皇后也擎起杯子说："姐妹们，举起杯子。"

王皇后还真有号召力，"哗"，妃嫔们都举起了杯子。

"皇上，希望您能多分些时间，常到姐妹们房中走走，臣妾代表姐妹们谢谢皇上。也谢谢这位默不作声的武昭仪。"王皇后说完，端起杯子率先干了。

随着王皇后的这番话落音，酒桌上开始热闹起来，你劝我喝，我劝你喝。两个年龄小一点的嫔子，一边一个，夹住李治，不住地惹他。与热闹的场面明显相反的是，没有一个人搭理武昭仪，仿佛她是个局外人一般。无奈，武昭仪站起来，到里间看孩子去了。小公主在乳媪的照料下已经睡着了。她小小的苹果似的脸是那样安详、自在、毫无心事，睡梦中，小嘴还下意识地嘬着舌尖。望着孩子，武昭仪心里突然跳出一个想法，但她迅速地把这个想法赶走了。待了一会儿，她忽然哽咽起来，两行眼泪不停地从两腮上流下来，双肩颤抖着，不停地抚摸着孩子的小脸，手势是这么急促还略带点神经质。

"昭仪娘娘，别哭了。"不知什么时候，明丽也进了里屋，站在武氏背后轻轻劝道。武氏仿佛干了什么亏心事似的，听见明丽一说话，吓得一哆嗦。她擦了擦眼泪，又迅速恢复了平静。

"明丽，外面的酒还没喝完吗？"

"要不是皇上在，奴婢敢把她们全都撵出去。"明丽气哼哼地说。

"你不要和她们闹。她猖狂一时，却不能猖狂一世。"

"昭仪娘娘，奴婢已打听了。这王皇后一整天都在串联，今晚这酒席上的一通闹，都是她幕后指使的。"

武氏点点头："明丽，我先睡下了。等会儿她们要是进来，都给我挡住。"

"是，奴婢在门口守住。"

屋外传来喝酒的吵闹声，不一会儿渐渐平息了，皇上又不知被她们拽到哪里去了。武昭仪躺在床上，心潮起伏，怎么也睡不着觉。她为那个可怕的念头而激动，舍不得孩子套不着狼。李治是个性情优柔的人，要让他下决心废去王皇后，仅仅凭自己的能量是不够的。他们毕竟是十多年的结发夫妻。为了最终取得皇后的宝座，必须采取非常之手段，让皇上对王皇后有一个极坏极坏的印象。

武昭仪攥紧了拳头，下定了决心，两只眼在黑暗中闪出熠熠的光……

　　第二天，皇上陪着王皇后来了，还带着一些礼物。李治兴高采烈地指着王皇后和礼物说："你生了孩子，皇后专门来看望你。"

　　武昭仪刚想施礼，王皇后又接着说："这里还有那些姐妹们的一些心意，她们虽然不愿意来，但经过本宫的劝说。还是托我捎礼物来了。"

　　"那就多谢皇后的美意。"武昭仪深深地施了一礼。

　　李治一看两个人见面还行，就说："你们两个说说话吧，朕到里面看看孩子。"

　　武氏亲自给王皇后端上茶，表现出毕恭毕敬的样子："昭仪给娘娘献茶，谢娘娘这一段时间对我的照顾。"

　　"知道就行了。"王皇后接过茶，慢慢地啜一口，"以后你要有自知之明，凡事分个主次轻重，就不会有事了。本宫会时时照应你的。"

　　"谢娘娘，昭仪产后不能出门，还请娘娘多来翠微殿走走。"

　　"好，本宫会常来看望你和孩子的。我还有点事，先走了，别忘了催皇上早去上朝。"

　　"知道了，娘娘。"武昭仪毕恭毕敬，一直把王皇后送到门口。宫内，李治正逗着不足月的小公主玩。小公主人小鬼大，随着李治手势的变化，咯咯地笑着，两个小酒窝一闪一闪，晶亮乌黑的眼珠骨碌碌地转动着。李治很高兴，内心充满了父爱。

　　"皇上，你喜欢这个女儿吗？"武昭仪攀着李治的肩膀，亲昵地问。

　　"喜欢喜欢，太喜欢了。"李治爱抚地用巾帛小心地擦擦婴儿腮边的口水，"朕这个女儿太精神了。额头像你，下巴像朕，等长大了，一定是个聪明漂亮的绝代佳人。"

　　"皇上既然喜欢，政事之余，就多来看看哟。"武昭仪说。

　　"一定一定。"李治又问，"刚才你和皇后谈得怎么样？"

　　"还能怎么样，皇后毕竟对臣妾有意见。当面一套，背后一套，话语多含嘲讽。臣妾是剃头担子一头热，好心换不来好报。哎，做人真难哪。"

　　"朕费了这么多的精力，也不能让你们和好，这究竟是怎么回事？"

　　"皇上，您还不了解女人的心。皇后至今不能生育，看见别人生孩子，心里就不舒服，嫉妒别人，这也是女人的天性。昨晚臣妾成为众矢之的，其实就是皇后在背后捣的鬼。"

　　"朕也知道这事，但她毕竟是皇后，一国之母，朕凡事也都顾忌她啊。"李治手扶着头，叹息着说。

　　"皇上不要伤心，臣妾以后小心不惹她就是，只要皇上懂得臣妾的心，臣妾就满足了。"武氏依偎在李治的怀里，轻轻地摩挲着他的胸脯。

　　"还是你懂得朕的心，不惹朕烦恼生气。等一有机会，朕一定册封你为'宸妃'。"李治感情一激动，又许了个大诺言。

武氏为了那个不可告人的计划能得以顺利实施，开始加紧创造条件。她天天派明丽到中宫皇后处问安。请王皇后来翠微宫玩。王皇后果然以为她已改正，于是有事没事就来翠微宫串门。毕竟，皇后还想要笼络武昭仪，也能从她那儿分得一些皇上的恩宠。每次来，王皇后都要逗逗襁褓中的小公主。这孩子也太可爱了，见了王皇后就咯咯地笑，手舞足蹈，仿佛和王皇后有缘似的。王皇后自己没有孩子，从这个小公主身上，她好像找到了母爱的释放点。

这天上午，武昭仪知道王皇后要来给小公主送双新做的小棉靴。就叫过明丽，俯耳对她交代了一番，然后自己梳洗打扮，穿上氅衣，带上两个宫女，到两仪殿去看皇上。

春寒料峭，王皇后像往常一样，巳时起床。用过早膳后，太阳就老高了，天开始暖和起来。王皇后就开始串门了。她拿着一双亲手做好的虎头小棉靴，如往常一样，轻快地来到了翠微殿。

"武昭仪哪里去了？"王皇后问迎接她的明丽。

"回娘娘，昭仪去两仪殿藏书楼找几本书看去了。"

"哺着孩子，还有心看书。"王皇后随口说了一句，径直走进了育儿室。育儿室没有人，小公主一个人不哭不闹，正在有滋有味地吮吸着手指头。王皇后抱起小公主，把虎头靴给她试了试。嗨，穿在脚上，大小正合适。看自己，费了一天的工夫，做好的漂亮的虎头靴，正好配上小公主，心里别提多高兴了。她抱起孩子，往上举了举，小公主咯咯地笑着。

这时，明丽进来了，转着圈子，好像在找什么东西，又随口说："小公主这几天胃不大好，有些溢奶，昭仪嘱咐说，让她多睡些觉。"

"好的，睡觉。"王皇后把孩子放倒在臂弯里，脚步转着圈子，轻轻地抖动着胳膊，嘴里哼着小曲儿，"好孩子，睡觉觉；小肥猪儿，唤唠唠……"

明丽招招手，把旁边侍候的宫婢叫出门外，让她们在门外侍候，不要影响皇后哄孩子睡觉，又对乳媪说："韦乳媪，你也趁机睡会儿觉，这儿有我照应。到中午饭时，你再起床照看小公主。"

乳媪答应着出去了，她也实在太困了，昨晚上，她值了一夜班，照料小公主。

明丽又回过头来，按照武氏的吩咐装作无意的样子，整理整理这，拾掇拾掇那，隔着珠帘，偷偷地观察着王皇后，一会儿大概小公主睡着了，王皇后轻手轻脚地把孩子放到了小床上，轻轻地盖上了被子，还吻了她一下，这才走出来。她对明丽说："本宫走了，改天再来。你们要好好地照顾小公主。"

"是，娘娘。"明丽答应着，恭恭敬敬地把王皇后送到殿门口。看王皇后走远了，明丽才飞快地跑到两仪殿，在武氏的耳边悄悄地说："王皇后刚走，我看她对咱小公主态度还不错。"

武氏"嗯"了一下，接着说："明丽，你去后苑看看西海池的冰都化了没有，下午我陪皇上去划船。一冬天都在屋里，闷死了。"

"是，昭仪娘娘。"明丽答应着，轻快地跑走了。

武氏走过去，对伏案批阅的李治说："皇上，看完这个奏折赶快过去，明丽说午膳快准备好了。臣妾先走一步，那熬好的药还等臣妾喝呢。"

"你先走吧，朕随后就到。吃过饭，朕就带你去西海池散散心。"李治边看奏章边说着。

武氏快步回到翠微殿，独自一人悄悄地进了育儿室。婴儿床上，小公主正在香甜地熟睡。望着孩子可爱的睡态，武氏心里忐忑不安，血液好像在胸腔里沸腾。她面目严峻，切着牙齿，张着鼻翼，样子变得激动而狂乱，紧皱着的眉头下面，两眼闪着电一般可怕的光。她狠了狠心，把全身的力量和全部的赌注都集中在双手上，这双手十指弯曲，渐渐地逼近亲生女儿的咽喉……

那手又在半路停住了。"不能，不能，哪有当娘的亲手杀亲生女儿的。"她的喉咙里咕咕响着，一个嘶鸣的声音不断地冒出来，提醒着："你是一个母亲啊，禽兽也没有这样的歹毒啊！"

一时间，武氏退缩了，手松弛下来，两片嘴唇痉挛地哆嗦着。但内心又更大更猛烈地翻腾起来，至高无上的权力、地位，潮水般地向她涌来，她伸手迎接，却又被另外一种无形的力量拽着，怎么也够不到。一刹那，至高无上的权力、地位，又潮水般地退去。她低低地自语着，上天，我怎么能放弃这绝好的机会呢？此时不下手，我所渴望得到的，何时又能得到呢？我不吃人，就会被别人吃掉，人生不进则退，上天，我没有错啊，赐给我勇气和力量吧！

她在混乱和紧张的思维中，又仿佛看见皇上正一步步向翠微殿走来，决定命运的时间已经不多了，辛辛苦苦制造的好机会可不能丢失了，犹豫不决从来不能成大事，果敢才是我武媚娘的性格。猛然间，她再一次伸出双手，筋脉贲张，摸在了婴儿的脖颈上。在接触的那一刹那，她果断地把全身的力量都集中在双手上。也许这样才义无反顾，也许这样能减少小公主的痛苦和挣扎……她合上眼睛，狠狠地用着力，用着力，她像铁一样没有知觉。孩子也太小了，刚过满月，来到这个世上才三十多个日日夜夜，筋骨还很娇嫩。整个过程，很短暂，很短暂。武氏甚至没能觉察出孩子临走前的哽咽和抽搐。

除了武氏的内心世界，一切动作几乎都在静悄悄中进行着，甚至连寝帐都没有动一下。

一切又归于寂静。一个出生仅一个多月的小生命，就在这个世界上消失了。如同一阵风，匆匆而来，又匆匆而去。

　　武氏用被子把小公主盖上。然后赶到外间，打了一盆水。把手浸在水里，使劲地、不停地搓洗着，仿佛这样能洗去双手上的罪恶，洗去她心灵上的千斤重负。她来到梳妆台前，轻轻地往脸上扑着粉。在铜镜面前，一遍一遍地笑着，直到这笑容看起来自然，令她满意为止。

　　"皇上驾到……"大殿门口传来一声悠长的吆喝。

　　宫婢们和乳媪纷纷从各处赶来跪在大厅里迎候皇上。李治大踏步地走进殿来，问："午膳准备好了吗？"

　　"回皇上，马上就可传膳。"一个打头的宫婢答道。

　　"昭仪呢？"

　　"刚进门不久，正在梳洗呢。"

　　"好，朕先看看小公主。"

　　武氏轻盈地走过来，挽着李治的胳膊，亲切而温情地问："皇上，您来得这么快，那个奏章看完了没有？"

　　"看了一半，朕就扔下了。通篇都是套话，朕越看越头疼。"李治转而又摸摸武氏的脸，"哎，朕的小公主醒了没有？"

　　"臣妾也刚刚到，还没来得及看，想必也该醒了。"两个人边说话，边往里间走。

　　"咦，还没醒。这小家伙可真能睡。"武氏笑眯眯地，充满爱怜地轻轻揭开了被头。

　　"啊……"武氏大惊失色，扑了上去，把孩子抱在怀里，孩子的一双眼睛突出着，脸色青紫，全身已经凉了。

　　"我的孩子啊……"武氏伸着脖子，一声惨号，失声断气地开始痛哭。眼泪、鼻涕、口涎，一串串往外冒，仿佛把肠肠肚肚都哭出来似的。这哭声绝非做作，而是完全发自真心。当一个母亲看清了女儿的惨状，想想原本活泼可爱的婴儿，一转眼就这样，她真正尝到了失去女儿的人间剧痛。宫婢和乳媪也赶过来，一时也都吓呆了。好半天才跪在地上，围着孩子失声痛哭。

　　"怎么啦？"李治也慌了神，抱过去细看孩子，可怜的孩子已经死了。在孩子细嫩的脖颈上，李治发现有一片红里透黑的手指印。显然孩子是人用手掐死的。

　　李治猛然像一头狮子一样，冲上去，一脚把乳媪踢倒，怒吼着："刚才谁来过？"

　　"回……皇上，"乳媪翻身爬起来，磕头如捣蒜，"只有皇……皇后刚才来过。"

　　几个宫婢也爬过来，头都磕出了血，纷纷向李治说着："只有皇后刚刚来过！"

　　"后……杀……吾……女！"李治一字一句地说着，脸都气歪了。这时，明丽也从外面跑进来，当她弄清情况后，跺脚大骂："是她，是她。就是那个假仁假义、万恶狠毒的王皇后干的。"明丽又转向武氏，跪倒在她的跟前，用巴掌抽着自己的脸，痛不欲生地哭诉着："昭仪娘娘啊……都是奴婢的失职啊……我没有……遵照您的嘱咐，没有看好孩子，让那坏女人……下了毒手……昭仪娘……娘……你杀了我吧！你杀了我吧！"

武氏一把抱着明丽就痛哭，她浑身像害热病一样，全身都在颤抖，一副痛不欲生、孤苦无助的样子。

"来人哪，速传王皇后！"李治气急败坏地吼着。

旁边的一个内侍闻声飞快地跑了出去，奔往中宫。

武氏扑到孩子身上："我的儿啊，你……怎么……这么可怜哪……我的乖啊……你怎么……就这样走了。"哭一声，诉一句，哭得昏天黑地。

李治忙上去，一边伤心地抹泪，一边给她理胸顺气，口里还不停地劝慰着。

"皇上……"武氏也抱住李治，哀哀地叫着，"皇上，这……这到底……是怎么一回……事……"

"太可恶了。"李治嘴里不停地念叨着，"太可恶了，竟敢杀朕的女儿！"

"皇后娘娘驾到……"守门的太监还不知趣地高声吆喝着。生怕屋子里人多说话听不见。

王皇后在路上就向那名内侍问了问，内侍只是说武昭仪的小公主暴毙，皇上请娘娘赶快去。别的，内侍也没敢开口。王皇后也急了，加快脚步，匆匆地赶到了翠微殿，进了门就问："怎么回事？怎么回事？"

屋子里的人都怒视着她，没有一个人回答她。

王皇后真的犯糊涂了，急切地问着李治："皇上，到底是怎么回事？"

"怎么回事……"李治咬牙切齿，一步步逼过来，手指颤抖地指着王皇后，"你，你，你的心太歹毒了。你为什么掐死这么幼小的孩子？"

"我？我……"王皇后头"轰"地一下，如雷灌顶，嘴里结结巴巴，说不出话来，"我怎么能掐……掐死孩子？"

"你，你太可恶了！"李治用尽全力，一巴掌打了过去，王皇后的脸立刻红肿起来，显出条条手指印，嘴角沁出了血。

王皇后恼怒得一时难以自持，一口把血痰吐出来，扭住李治不放："皇上，您怎么……这样冤枉臣妾！您怎么……"

李治被扯得站不住脚，直往后退，眼看就要摔倒在地。这时，武氏像一头母狮子一样，冲过来，抓住王皇后的头发，劈头盖脸地乱打一气……

"你为什么杀死我的女儿，你……你这个心如蛇蝎的女人，我打死你……打死你……"

明丽也跳过来，一跃身，压了上去。两个打一个，扭成一团。王皇后哪是她俩的对手，被打得凤冠都掉了，披头散发，连气带急，没有人声地惨叫着。

独孤及见状，忙凑到李治的跟前奏道："皇上，这样有失体统。让老奴先把皇后带回中宫看押吧。"

"来人哪！把王皇后带回中宫看押，没有朕的旨令，不准出门半步。"李治命令道。眼前的场面确实不像话，皇后再有错，也不能乱打，连奴婢也上去了。

几个内侍跑过来，极力把王皇后从两只母老虎的撕咬中拽出来，拾起凤冠一溜烟地挟了出去。可怜王皇后被打得面目全非，发髻也乱了，脸上被抓得一道道鲜红的血印，霞帔、玉带歪七斜八，人也气晕了过去。

独孤及又俯耳对李治说："皇上，家丑不可外扬，眼下须封锁消息，把小公主下葬，然后再说别的。"

李治心道，还是我的贴身老奴虑事周到，于是下旨："把这宫婢乳媪一干人，全部拿下，交由掖庭令讯问看押。独孤及，你带几个人出宫悄悄地把小公主埋了。月把大的孩子还没名字，死后不宜在宫中过夜。另外，此事要严守秘密，不准外传，不准相互议论。违者按坐泄宫闱罪论处，格杀勿论。"

宫婢们和乳媪一起跪向还在哭泣着的武氏，求情的目光看着她，一齐叫着："昭仪娘娘！"

武氏擦了擦眼泪，瞪着红肿的眼睛，对李治说："皇上，先留她们在这儿吧，还要帮我收拾一下。再说，也不能怪罪她们多少。毕竟皇后来了，谁也不敢阻止。孩子这么小，转眼的工夫就可以下毒手，防不胜防啊。"

"那就交由爱妃处理吧，朕也挺伤心，头脑也嗡嗡的，先回长生殿歇息了。"李治说完，一手揉着头，回他的寝宫去了。武氏一见皇上走了，也不哭了。指挥人把育儿室的全部东西和所有关于小公主的物件，都收集起来，交由独孤及带到宫外处理掉。

独孤及也按照民间风俗，先把小公主用被子包起来，然后裹以苇席，往胳膊下一夹，问武氏："昭仪娘娘，把小公主埋在哪儿？"

"随便找个地方埋了就行了。回来时也不要告诉我。我怕伤心，不想知道她埋在哪里。"

独孤及点点头，夹着死婴，叫几个小太监拿着小公主的衣服、被子等物品。几个人匆匆地出宫去了。

"昭仪娘娘，"明丽脸带泪痕，端着一杯热茶走过来，"娘娘别再伤心了，喝杯热水润润嗓子吧。"

"明丽。"武氏一副疲惫不堪和伤心欲绝的样子，无力地摆摆手说，"翠微殿的水我也不喝了。这翠微殿我也不愿意住了。你带人收拾收拾，咱搬到长生殿去住。”

“搬到长生殿？”明丽不相信自己的耳朵，长生殿是自高祖以来，皇帝的专用寝殿，后宫里包括皇后也不可以到长生殿居住。

“对，搬到长生殿！”武氏肯定地点点头说，“你下午把东西收拾好，搬过去。晚上咱们就在长生殿歇息。”

“是，奴婢遵命！”明丽也有些兴奋，心想这昭仪姐姐还真行，所作所为就是和常人不一样。

搬到长生殿去住，可以更好地控制皇上，号令皇宫；也可在后宫众妃嫔的心里，造成一个不争的事实。她，昭仪武媚，才是后宫真正的主宰者。所有胆敢蔑视昭仪，制造她谣言的人，必将遭到可悲的下场。

武氏着人把金银细软等生活用品装进箱子，抱着代王李弘，一班人扛的扛、抬的抬，搬到长生殿。李治正在床上躺着，因犯了头痛病，不停地唉声叹气。一个太医正施展手法给他不停地推拿，可惜效果不大。李治听见外面吵个不停，直皱眉头，喝问内侍怎么回事。没等内侍回禀，武氏挑开寝帐进来了，撵走太医，自己动手给李治按摩，她葱白般温柔的手特别有奇效，三下五除二，李治觉得舒服多了，这才眯缝着眼，问：“爱妃，外面在干什么？”

“她们正在搬臣妾的东西？”

“搬东西？”李治摸不着头脑，“小公主刚刚暴毙，你又搬什么东西？”

“臣妾搬来长生殿和皇上一块儿住。”武氏噘着嘴说。

“和朕一块儿住？这……这不大合适吧。”李治结结巴巴地说，“宫里的礼制不允许啊。”

“臣妾就要和皇上一块儿住。臣妾的命都快没了，还讲什么礼制不礼制。”

“这话怎么说？”李治爱抚地摸着武氏哭肿的眼圈。

“臣妾和代王弘若不时时在皇上身边，不定哪时又要被王皇后她们算计。”

“朕旨令她们未经你的允许，不准擅进翠微殿。”

“翠微殿臣妾是不能住了。看到那个地方，臣妾就会想到孩子的惨死，睡觉也会做噩梦的。”

“那……那就再找一处地方住。”李治心道，怎么说你住长生殿也不合适呀。

“皇上，”武氏珠泪滚落，无限委屈地说，“皇上要把臣妾赶往何处？”

李治一见，顿生爱怜，忙给武氏擦去泪珠：“好，好，别哭了，和朕一块儿住，一块儿住。”

武氏一把搂住李治的腰，趴在他身上，脸轻轻地摩挲着他：“什么礼制不礼制，您是皇上，金口玉言，您说的就是礼制。谁人敢说个‘不’字。”

李治拍着武氏的后背，边拍边说：“爱妃，让你受苦了，没承想皇后是这样一个狠毒的人。"

"皇上，您应该早早把她看出来。当年她暴打四岁的雍王素节，又恶毒地制造臣妾的谣言，所作所为，没有一点当皇后的样子。此人不除，后宫无宁日，甚至可以说国无宁日。她今天敢杀皇上的孩子，明天就敢危及皇上。"

"危及朕，你是说她敢对朕动手？"李治不相信地说。怎么说王皇后也是自己十几年的结发妻子，敢谋害亲夫、谋害皇上？武昭仪这话有些言过其实。

"王皇后不曾生育，没有子女，了无牵挂。再说最毒莫过妇人心。难保她不生出这等大逆不道的坏心。皇上，应该提防才是。"

武氏云山雾罩地乱说一气，李治虽说不敢相信，但也被她说得心里发毛，忙捂着她的嘴："别说了，别说了，说得怪骇人的。"

"皇上，"武氏拨开李治的手，正色地说，"有些事该处理的要去处理，快刀斩乱麻。躲着问题走，只能让问题越积越多，徒增烦恼。"

"你是说……"李治让武氏绕弯绕得稀里糊涂，脑筋怎么也跟不上她的思维。

"您比如说立臣妾为宸妃一事，皇上说这反对、那反对，事情高低没有办成不说，还给臣妾惹来了大祸，白白地搭上了亲生女儿的性命。"武氏摊着手，气哼哼地说。

"立宸妃一事，后宫和朝臣都有人反对，所以……"李治嗫嚅着嘴说。

"皇上做什么事没有人反对？朝堂上有长孙无忌他们说话，后宫里有王皇后几个人做主。皇上几时独立地处置过什么事？这天下是谁家的天下？"武氏一副气不过的样子。

李治被戗得张口结舌，心头的火也慢慢地被武氏挑唆起来了，腾腾地往外冒。

"普天之下，莫非王土，率土之滨，莫非王臣。可是皇上您想封一个宸妃都封不上，这叫怎么回事呀！"武氏嘴撇得老高，似乎瞧不起这李治皇帝。

"别说了！朕马上传旨，封你为'宸妃'，看哪个还敢说什么！"李治果然中了武氏的计，气哼哼地嚷嚷着。

"内侍，笔墨伺候！"武氏向寝帐外叫了一声，然后扶李治下床，当时就在旁边的桌案草诏。玉玺"叭"地一盖，一时间武氏从小小的昭仪，摇身一变，成了四夫人之首，名位仅次于皇后的"宸妃"。皇后已经被幽闭在中宫，成了一只斗败的、被拔了毛的鸡，后宫里显然成了武氏的天下了。

这册封"宸妃"的仪式也没敢铺张，只是知会了一下长孙无忌等人，在妃嫔中口头宣布了一下。众人一看诏令已下，知道覆水难收，也都不去闹了。武氏把册封的宝绶收拾了起来，压在箱底。她也不看重这个"宸妃"的名分，这只是一个跳板而已，她看中的是皇后的宝座，甚至比皇后宝座更宝贵的东西。这些话她虽然不说出口，却早已深深地藏在内心了。

武氏吓唬皇帝李治，说王皇后心黑手毒，要谨防她暗地下毒手。李治虽然将信将疑，却也被唬得心生间隙，果然不敢再到王皇后和其他妃嫔那里去。整日守着武氏，吃则同桌，卧则同席。至于如何处理王皇后，任凭武氏拐弯抹角、说破了嘴，李治还是打哈哈。事关国体，他想对此事作冷处理，以他的性格，想大事化小、小事化了，不愿意家丑外扬，不愿意在皇宫和朝臣中闹出大的变故。对于王皇后本人，李治尽管愤恨她，却念十几年的结发之情，依然对她有宽恕之心，他甚至有时候不敢相信杀小公主是王皇后所为。为了对武氏有个交代，他只下了一道训令：不准王皇后到别的宫殿走动串门。这就是说，她可以到户外走走，但和别的妃嫔的交流被勒令杜绝了。对这样不软不硬的处理，武氏也只好接受了，也不敢再多催皇上。聪明的武氏清楚地知道，老在皇上的耳边聒噪，只会使皇上生厌。她认为，一个女人擒住男人的最有效的手段，是全身心地吸引他，让他觉得只有你好，你最完美。在他的眼里，你的一举一动，都是那么恰到好处；你的一言一语，都是那么婉约可人。这样，他才会死心塌地、不知不觉地跟你走，你才能随心所欲、毫无顾忌地牵着他的鼻子转。

命运总是垂青那些时刻等待机会、不断追求、不断努力的人。虽然丧失一个亲生女儿并没有马上达到预期的效果，但曙光在前，已露端倪。武氏在暗地里处心积虑，积极备战，她计划在一两年之内，彻底铲除王皇后以及她背后的外戚势力。

夜，夹着凉爽的春风，吹过哗哗作响的御苑林，吹过闪着波光的西海池，也吹过武氏丰腴、俊美的面颊……她以难得的兴致，一个人走出长生殿，欣赏这醉人的春夜。仰望夜空，繁星密布，她不停地寻找着，似乎要找一颗属于自己的星星。她认定那是一颗最大最亮的星星。但星光闪烁，跳跃不定，晃得她眼都痛了，也没有最终认定哪颗星是属于自己的。正在这时，眼前有一片无声的黑影掠过台阶，落到对面的榛树杈上。潜伏片刻，它突然"嘎嘎嘎"地哀叫起来，叫声正冲着武氏，好像是叫给她听的。武氏心里禁不住打了个寒战。借着微弱的灯光，她定睛一看，这不但是一只黑乎乎的夜鸟，还长着一副孩儿面，两只绿眼闪烁着让人惊魂不定的光。武氏一时觉得幽灵鬼怪，像山一样向她压来，吓得她急忙转身，一溜小跑回到了殿里。李治正伏在书案上看书，武氏也没打扰他，一个人爬到了寝床上，脱了衣服盖上被子，悄悄地想着心事。树杈上的那只脸是何其相似，多像那个死去的婴儿的脸。她来干什么？难道来向她的母亲讨还血债不成。不，那不是，那只是一只鸟而已，一只长着人面的猫头鹰。不要胡思乱想了，武氏劝慰着自己，极力调整着自己，她想象着那些辉煌和幸福的时刻，试图来冲洗刚才那些可怕的影像。

"阿娘，阿娘……"一个童稚的声音在武氏的耳畔，轻轻地呼唤着，武氏悚然而惊，急忙寻找声音的出处，枕头下没有，寝帐外也没有。

"阿娘，我在这里。"武氏循声找去，一直走出了殿外，还是没有人。问值日的宿卫，宿卫像木雕泥塑一般任武氏摇晃发问却一动不动。那个声音蕴含着无尽的魔力，吸引着武氏，令她手脚不听使唤，不由自主地往外走。到了承天门就要出皇宫了。一个身材足有一丈八尺高的甲士拦住了去路。

"宸妃，出宫所为何事？"甲士瓮声瓮气地说。

没等武氏回答，一个光着身子的小女孩，跳跃着跑过来，拿着一根树枝，指着甲士说："我请阿娘去看看我的住处，不准阻拦！"

"你是何人？"

"我乃金瓶公主。你身为值门甲士，难道不认识本公主。"小女孩指手画脚地说。

"武宸妃乃万金之躯，岂可深夜随意走出皇宫？"甲士横戟在前，不愿放行。

"阿娘……"小女孩反过来牵着武氏的手，央告着，"阿娘，快让此人退下。咱们好快走。"

武氏似曾相识地看着小女孩，想说话口里却没有一点声音，不由自主地被她牵着向外走，甲士持着戟，左拦不是，右拦不是，眼看着小女孩牵着武氏的手走出皇宫。

街面上灯光惨淡，阴风飒飒。两个人，手牵着手，无声地向前走着。前面就是郊外，是一片荒坟乱草，许多光屁股小孩在隐隐的月光下，嬉闹着，追逐着。小女孩仰脸对武氏说："阿娘，看他们有多么快乐啊。"

武氏点点头，又往前走，见一座巨大的坟茔边，燃着一堆红彤彤的篝火，一个年轻妇人正跪在火边哭泣着。她把大把大把的圆纸锭往火里抛着，扬起的纸灰，腾腾地飞起来，弥漫了武氏一脸一身。小女孩嘻嘻哈哈地看着武氏，一边推着武氏往坟堆前走，一边劝说："哭吧，哭吧，哭了会好受一些。"

武氏不由自主地趴在坟茔边，随着那妇人一道，眼泪哗哗地号啕大哭起来，边哭边极力想弄明白，自己这到底是为谁而哭。

"咦，你凭什么在这哭？"那妇人站起来，白衣飘动，衣带拖地，指着武氏发问。

武氏张着嘴，还是说不出话来，急得她拿眼看小女孩。小女孩正蹲在篝火旁嘻嘻地笑着，往这边看热闹。那年轻妇人跳过来，从裤腰里抽出一根白布带，套在武氏的脖颈上，死命地勒着拖着。武氏被勒得喘不过气来，憋得心脏都快要跳出来。两眼瞪着，越来越圆，白眼珠多黑眼珠少。小女孩开始还拍着手欢笑，最后惊讶地望着武氏，走上来，用冰凉的小手摸着武氏的脖颈，好奇地问："你疼吗，好像没有这么痛苦啊。死是很快乐的一件事。可你如果感到痛苦，你还不该死。"

小女孩话音刚落，白布带叭的一声断了。武氏急不可待，大口大口地喘着气，一边用手揉着脖颈，眼泪哗哗地往下流。那年轻妇人看着武氏，恨恨地把断了的布带抛在地上，转身向黑夜的深处走去。

"走吧，别愣了。"小女孩拾起树枝，牵着武氏，继续向前走去。前面是一座木桥，桥下看不清地形水貌，只能听见哗哗的水流声。木桥年久失修，脚踩在上面，吱吱乱响，不时地还踩到一段朽木。武氏一脚踏空，一只腿陷了进去，吓得她一身冷汗。刚走到桥中间，桥两边的栏杆上，突然翻跳出十来个光屁股的小孩子，嘁嘁喳喳地叫着挡住去路。

"金瓶，你上哪儿去，怎不找我们玩了？"一个打头的男孩，掐着腰问道。

武氏定睛一看，原来是荒坟野地里的那帮孩子，她正想呵斥，却想起自己不会说话，只好干着急，在一旁看他们说话。

"我带阿娘去看我的住处，让她知道住在那里是多么孤独！"被叫作金瓶的小女孩牵着武氏的手说。

"那你什么时候搬过来啊。咱们大伙在一起有多快乐。"

"我不知道，所以叫阿娘来住处看看。"金瓶噘着嘴说，"你们快让开道，小心阿娘撞着你们。"

走不多远，有一片院落，院门上悬挂着一副破旧的匾额，白底黑字，上写"德业寺"三字。武氏回过头来，以疑问的目光看看金瓶，咱们到这儿来干什么？

"阿娘，这边走。"金瓶牵着武氏绕到后门，进了静悄悄的后园。在一片嶙峋的岩石旁的小凹地里，她们停住了脚步。"这里，就是这里！"金瓶带着哭腔指着说。然后她趴在地上，用手奋力地挖土，两只胳膊如飞地抡动着，土越挖越多，坑越挖越深，十指血淋淋的，还是挖个不停。最终挖到一些破席烂被，金瓶停住手，惨白的脸看着武氏："阿娘，我要搬走，搬到刚才的荒坟野地，搬到那片小孩子多的乱葬岗去。"

武氏稀里糊涂，摇了摇头，表示她什么也不明白。金瓶一时间，发怒了，跳着脚，指着武氏骂："你这个老妖婆，干的事不认账了。我死了不怪你，可你也不能把我扔在这小破庙里。你还我命来……"金瓶张开血淋淋的十指向武氏扑来。武氏吓得转身就跑，不料一跤跌在眼前的坑里，她急忙挣扎，却把烂席片弄得满脸都是。金瓶拿起旁边带着污血的破衣烂被，兜头捂在武氏的身上，吓得武氏像被蝎子蜇了一样，号叫起来……

"怎么了，爱妃你怎么了？"李治在旁边吓了一跳，急忙摇动着武氏。

"哦……皇上！"武氏这才醒过神来，冷汗把全身都弄湿了。

"爱妃，你挣脱了被子，朕给你盖上，你怎么惊叫起来？"李治轻轻地拍打着武氏。

"皇上，臣妾做噩梦了。"武氏惊魂未定，拉了拉被头。眼前的被上绣着的鸳鸯，在她眼里显得乌黑青紫，犹如污血一般。武氏猛地把这床被扔了下去，大叫内侍："来人哪，快，快把这床被子烧了，烧了。"

内侍不知道发生了什么事，却还是遵命把被子抱出去了。

"爱妃，你到底怎么了？"李治被武氏一惊一乍，弄得心里发毛。

"皇上，臣妾这是失女之痛啊！"武氏说着，嘤嘤地哭起来，"皇上，女儿大仇不报，冤魂不散了。"

"没有事，没有事。"李治不停地拍打，劝慰着。

"皇上，您好像还不相信杀女儿的凶手是王皇后。可怜的女儿刚才已托梦给臣妾了。凶手正是那王皇后。女儿还托臣妾责问她父皇，为什么不替她报仇。"武氏清醒过来，信口开河地编着话，欺骗李治。

"朕相信是王皇后所为，爱妃别再生气了。"李治也打着马虎眼，答非所问。但他心里还真犯嘀咕了，难道杀小公主真是王皇后所为。

"皇上，您的心太仁慈了，以后不许您再看王皇后的上书，满篇都是狡辩，扰乱圣听。"武氏趁机说。其实王皇后上了好多次书，为自己辩白，李治就收到一篇。其余的都让武氏拦截了。李治看那篇上书时，心里起疑，追问了武氏几个细节，却叫武氏几句话就给搪塞了。到今晚为止，关于王皇后扼杀小公主的骗局越来越完美了。现在唯一清楚整个事件真相的，就是武氏。王皇后也仅仅知道小公主不是她杀的，她只是一个被诬陷者。

"皇上，臣妾这一阵子在宫里不好受，想让皇上带着臣妾出去走走。"武氏又实施了她新的计划。自从受封宸妃以来，没有什么活动，没有出头露面的机会，武氏想和皇上一块儿出宫巡游，以向天下人展示她"宸妃"的地位，借此也告诉朝臣，真正的皇后是她武宸妃。

"上哪儿去玩？城郊也没有什么好玩的。"李治问。

"臣妾想好了，去岐州的万年宫，到凤泉汤温泉沐浴。"武氏抱住李治，脸贴着李治的胸口，托出自己的如意算盘。万年宫乃高祖李渊所造，凤泉汤乃高祖专为窦皇后所命名。能和皇帝李治一道驾临万年宫、凤泉汤，不啻向世人发出一个强烈的信号，武氏就是凤，将来也是当之无愧的大唐皇后。

"嗯……还行。"李治一听这个主意不错。这一段时间，乱七八糟的事搅得自己头昏脑涨，也该出去玩玩了。

"那咱什么时候去，得先和群臣商议一下。"

"明天上朝时，就和朝臣们说说，然后立刻下旨，安排大将军程务挺沿途护卫。后天起程。"武氏话一说出来，好像她早就安排好了似的。

"太仓促了吧，再说还不知太尉他们同不同意。"

"天下是皇上的天下，皇上想出门看看自己的家园。还用得着请示谁吗？再说，走得越早越好，免得那班谏臣在皇上耳边聒噪不止。皇上雷厉风行惯了，那帮朝臣们也就不敢小瞧您了。"

"好！"李治下定决心，对武氏讨好着，"咱们后天起程，朕现在把它确定了。"

第二天，朝堂上，李治小心地把这个动议提出来，出乎意料，没有一个人反对，大臣们也赞成李治出去走走，且多安排兵马护卫，以壮皇帝的行色。谈到安排武氏随皇上出巡时，大臣们都交头接耳，颇有议论，觉得还是王皇后去好，以正天下人视听。

侍中韩瑗出班奏道："皇上，驾临万年宫、凤泉汤，臣以为还是皇后随同为好。免遭天下人议论。"

"议论什么？"李治有些生气，"朕这次主要是出去玩玩，又不是多大的典礼仪式，带谁不一样？都别说了，朕明日起程。程务挺！"

"在！"程务挺叩手应道。

"由你带本部兵马，沿途担任护卫。你先下去，准备去吧。"

"臣遵旨！"程务挺领了旨，一摇三摆，大踏步地出殿了。

长孙无忌拉了拉韩瑗的衣角，示意他下去，站在一边。然后他出班奏道："朝中有老臣在，皇上放心地去吧，只是不要耽搁太久。"

"知道了。"李治晃了晃膀子，觉得还真舒服，也让武宸妃说对了，事事请教诸大臣，惯出他们毛病来了，显不出皇帝的威风。

永徽五年（654年）三月戊午，是个好日子，艳阳高照，和风扑面。武氏得意地和高宗李治并排坐在御车里，宫门大开，甬道两侧排满了羽林军，一行人马浩浩荡荡地开出皇宫，向岐州进发。

且说，高宗李治在万年宫待的这几日，十分自在。不仅不用临朝，还有宠爱的宸妃日夜相伴，以致他都不想起驾回宫了。最后还是在武氏的好言劝说下才回宫了。

回到皇宫，未及休息，武氏就急着把明丽叫到一间屋子里，详细问她这十来日宫内的情况。明丽低声回道："后宫这些日表面还算安宁，王皇后常常去海池泛舟，她的母亲魏国夫人柳氏共来宫中两次，都是悄悄地来，悄悄地走。"

"嗯……"武氏沉吟了一会儿，想，这王皇后定不会善罢甘休，一定又在背后搞什么小把戏，自己的后宫情报网急需扩大，否则，触角不到，一些机会就会白白溜走。

"明丽，你和中宫的那个内侍相处得怎么样了？"

"回娘娘，只说过两回话，还只是在半路上截到的。不过，他收了我一个荷包，火候不到，正事还没跟他提。"

"嗯。这事也不能操之过急，不过，也不能太慢了，一旦和他混得熟稔，就和他谈谈这事，再叫他来见我。"

"知道了。"明丽说。自知还得多要些手段，尽快和那个王皇后的内侍太监王茹联络上。

"明丽，这几日你没事还是去海池边为好，找一个僻静的地方，装作钓鱼，密切注意王皇后的动静，每天回来后向我汇报。"

"是，娘娘。"明丽答应着出去了。这窥视活动干起来还真费脑筋。明丽想：我还是去中宫前殿路口的小花园守着吧，看那王太监出来不。

柳枝低垂，假山一堆连着一堆，明丽拿一本书走走停停，眼瞟着中宫的大门口。等了一个多时辰，只见王茹一个人走了出来，明丽心一喜，急忙走到路边的一棵柳树旁，装作看书的样子。

"咦，这不是明丽吗？跑到这用功来了。"太监王茹手拿拂尘，摇摇摆摆地走过来。

"哟，王大人，"明丽俏笑着，"你这是往哪里去？"

"我到太医房去，给皇后娘娘拿两服药去。"

"这么急吗？不陪妹妹我说两句话？"明丽边说边低头往花园深处走，丢下一个笑眼波。

"不急，不急。"王茹嘿嘿地笑着，快步跟了上去。

两人一前一后，来到假山后一僻静处。明丽手卷着书边，脉脉含情，偷眼看着王茹。

"明丽，你上次送我荷包，我还没送你东西呢。"王茹凑过来，大胆地摸着明丽的小白手。

"谁要你送什么东西。"明丽娇笑着，用指尖轻轻地刮着王茹的手心。

"明丽。"王太监颤声地叫着，揽过明丽就要亲，明丽伸手打了一下。

王茹边摸着明丽，边问："元宵那一日你给皇上执扇，那么多人，你怎么就瞧上了杂家？"

"我看你人眼顺。"

"这宫中有不少宫女太监捉对儿。杂家还是第一次做这事，没想到就碰到了皇上的执事。"

"瞎说，你是第几次？我才是第一次呢。"明丽娇滴滴地说。

"哎，你怎么有空在这看书？"

"我侍候皇上、宸妃，这会没事了，特出来候你的。"

"这武宸妃人真行。"王茹嘴里哑着声，赞道，"居然住在长生殿。我们都说她挺厉害。从太宗时为才人，又出宫为尼，又入宫得宠，走的是非一般人走的路。不知她对下人怎么样？"

"好，太好了，"明丽说，"宸妃简直像个活菩萨，对我们下人常常嘘寒问暖，连我们家里的事，也常问问，碰到有困难的，就出钱帮助。"

"那，你什么时候给宸妃说说，调我去长生殿好了。那时咱俩就能常在一块儿了。"

"常在一块儿又能怎么样？一个宫女，一个太监，也不过你亲亲我，我摸摸你，如此而已。"明丽撇着嘴，笑着说。

"不能光这样说，咱俩相好，毕竟相互之间有个牵挂，有个寄托。"

"行啊，我回去抽机会说说。以后每隔一天，就是单日子，也在这个时辰，我在这儿等你，有什么事，咱多沟通。"

"一言为定，时候也不早了，我得赶紧去太医房拿药去。"王茹扳过明丽，亲了几下，整了整衣襟，先自跑开了。

明丽看他走远了，也走到水池边，撩着水洗了洗手，洗了洗嘴。要不是使命在身，她才不和这些臭太监捉对呢。

晚上，武氏以独孤及处理小公主后事周到为名，请独孤及一道吃饭。明丽来叫时，独孤及正侍候皇上在后苑玩耍。跟其他太监打了个招呼，独孤及赶回长生殿。

"宸妃娘娘，独孤及何德何能，敢陪娘娘您吃饭？"独孤及看见一桌子美味佳肴，旁置两把椅子，浑身不自在，不敢往上坐。

"公公，不要拘谨。坐，坐。"武氏扶着独孤及，把他按到了座位上。

"公公，咱们也算老相识了。这些年来，多亏你处处照应我，我也早想单独请请你呢。"武氏亲自把盏，双手端酒，递予独孤及，"公公，请满饮此杯酒。"

"娘娘！"独孤及惶恐地站起来，心中有些激动，在皇宫这些年了，还没有一位娘娘给自己端过酒，更别说单独请吃一顿饭。自己虽是皇上宠爱的贴身太监，但总归还是个奴才，宫里有头有脸的妃嫔、王亲，有谁把自己真正当一回事啊！独孤及长吸一口气，定了定神，一口把杯中的酒喝干。哈着气，心中自是感慨万千。

"吃菜。"武氏捋捋袖子，展开筷子，又亲自往独孤及面前的碗里攒了几筷子好菜。

"公公，皇上在后苑干什么呢？"武氏明明知道的事，却故意又问独孤及。

"回娘娘，皇上在后苑，逗几只狗玩儿。"

"皇上日理万机，抽空玩玩也是应该的。"

"是，是。皇上这几日连着处理政事，确实有些劳累了，老奴看了，也心疼得不得了，所以劝皇上到后苑玩玩狗，散散心。"

"是啊……"武氏似乎感慨万千，"你我两人作为皇上最亲近的人，理应多替皇上担当些才是。你比如，小公主被害那件事，公公处理得就很不错。"

"娘娘过奖了，一切都是老奴应该做的。"

"哎，公公，"武氏转而问，"你觉得王皇后这人怎么样？"

"奴才不敢擅议宫闱事。"独孤及打了个遮护。心想，这么多年来，自己之所以一直不倒，受皇上的偏爱，就是因为两脚不插是非地，凡事取中间派。对王皇后这么大的事，咱不管知道不知道，真话和假话，一概不说。

武氏也看出了独孤及的心思。她双眼紧盯着独孤及，仿佛要直插他的心窝，她直截了当地说："以本宫看，这王皇后是秋后的蚂蚱，蹦跶不了几天了。顶多一年，少则半载，她就要滚出中宫。你说呢？"

"这……"独孤及不去看武氏的脸，他听出这话音里恶狠狠的。能在一个公公面前，张口把这样的话说出来，肯定是经过深思熟虑的。独孤及觉得这武宸妃简直是在力逼他表态。这几年来的事情也表明，武宸妃所言非虚，早晚这皇后的位子，要叫武宸妃夺了去。晚表态不如早表态，谅也错不到哪里去。于是说："宸妃娘娘，诚如您所说。这王皇后所作所为，已不符合她一个皇后的身份。"

"公公，皇上有心废掉王皇后，这事你知道不？"武氏步步进逼。这些问话也都是她早已考虑好的。她觉得，要想收编这个独孤及，小恩小惠办不到，拐弯抹角办不到。只有和他把话当面挑明了，他才能服气，才肯干。

"这事……"独孤及摇摇头，"皇上没跟奴才说。"

"你能感觉出来吗？"

"感觉……能感觉出来。"在武氏当面鼓，对面锣地逼问下，独孤及不敢再绕什么弯了，只能实话实说。

"我想让公公办一件事，公公能办好不？"武氏觉得火候到了，遂亮出了自己的底牌。

"娘娘但吩咐无妨，老奴一定尽力办到。"独孤及心里嘀嘀咕咕的，娘娘到底是什么意图？话到这地步了，反正让咱干的不是好事，是不干也不行的事。

"想派你去中书令柳奭那儿传个信。就说皇上想给他换个位置，让他主动上表，请求解除职务。这事你能办到吗？"

"这……也是皇上的意思？"独孤及问。

"皇上那你就不用管了。你只要把这件事做好就行了。"

"这……"独孤及沉吟着，"老奴何时去？"

"后天去，这期间，对谁都不要说这个意思。"

"娘娘，"独孤及"扑通"一下跪在地上，手抓住武氏的裙袂，"这事娘娘可都办牢稳了，否则一旦出事，老奴可担待不了啊。"

武氏笑着说："我办的事什么时候失手过？"

独孤及爬起来，酒也不想喝了，饭也不想吃了，呆呆地坐着。

"怎么了公公，你不想去做这事？"武氏凑到独孤及的脸前问。

"不不。娘娘，我正想着到那怎么说呢。"

两天后，独孤及一顶小轿来到了中书府。柳奭一听传报，慌忙大开四门，恭恭敬敬地迎进来。

"公公，什么风把您给吹来了。"柳奭携住独孤及的手，两人并排往客厅里走。独孤及头昂得老高，大模大样的，在宫中是奴才，出来却人人敬着他。皇上身边的贴身总管，哪个敢不尊敬？

"哎……"独孤及叹着气，说，"杂家是无事不登三宝殿。"

"公公想必是手头有些困难了吧？"柳奭笑着说。

"还算能够应付。不过就杂家来看，处境困难的应该是柳大人您吧？"

"上茶，上茶。"柳奭一看来者来头不对，叫上茶来，挥手让下人们都退下，这才问独孤及，"柳奭为何处境困厄，还请公公明示。"

"这事还要杂家说，难道你自己感觉不出来？"

柳奭想，可能他说的就是那事了。王皇后失宠，柳奭也确实感觉了出来，皇上有时对自己爱理不理的。官场上混了多年的柳奭并不直说，还是作揖道："请公公明示。"

"实话给你说了吧，杂家这次来，想给你说个事儿，皇上想给你换个位置。"

"换个位置？什么位置？"

"什么位置，还不知道，可能也不会太次了。皇上的意思是想让你自己上书，请求解除中书令职位。这样，皇上也便于行事。"

柳奭听了，默然无语，来回踱了几步，然后过来握住独孤及的手："多谢公公来告诉我这事。"

"柳大人也不必为此伤心，想必是皇上另有任用。"

"公公不必劝慰，柳奭什么事都明白，还请公公转告皇上，谢皇上还给老臣一点面子。等老臣再把中书府的事料理一下，就上书给皇上，请求解职。"

"柳大人，事情宜早不宜迟，趁着皇上对你还有点那个心，赶快上书吧，时间长了，皇上生厌，恐怕就……"

"公公考虑的是。"柳奭恍然大悟。他本想找长孙无忌他们商量一下再说，看来也没有什么必要了。

"柳大人，杂家使命已完成，就此别过。"独孤及拿起桌上的拂尘，起身就走。

"公公，稍稍留步。"柳奭按住独孤及，出去给下人说了几句，转眼工夫，一个家人捧着一千两白银,飞奔而至。

"柳大人,你这是干什么?"独孤及瞪着眼问。

"公公请笑纳,还请公公在皇上面前多美言几句。在宫内,多照顾照顾皇后,宫外多照顾着点我柳家。"

"柳大人,你的处境,杂家都知道,杂家能帮多少就帮多少。不过,这银子杂家实在不能收。"

"公公?"

"好自为之吧,杂家就此别过。"独孤及拍了拍柳奭的手,转身大踏步而去,心中充满了感慨,这偌大的一个外戚家族,一朝失势,说倒就倒了。

第二天朝堂上,柳奭果然上书,请求解除职务,书曰:

伏惟皇帝陛下:臣柳奭不才,得陛下错宠,谬当委任。初受鸿名,凤夜忧勤,每施一政,举一事,无不合于道。倘有缺遗,但在圣心裁断而已。今圣明垂佑,黎庶合呼,臣心安矣。臣亦老矣,难承圣恩,愿挂冠林下,含饴弄孙,以让能者居之。请速准微臣,除此使额。

太监把表书转递给皇上,皇上李治御目览过,心想武宸妃昨晚还跟朕说,外戚职位太高,于国不利。

朕亦有心撸掉你这个中书令,不想你自己上书了。正好趁此机会,准你所奏。不过,猛一解职,恐大臣们议论,先挽留一下,另授个吏部尚书,算在朝堂上给你留一席之地吧。

"柳爱卿,你忠心为国,朕亦心知,一旦除职,朕亦不舍。不如这样,你去任吏部尚书吧,如何?"

柳奭一听,爵位是低了一些,不过有比没有强,赶快谢恩吧。柳奭出班跪下,猛磕头,轻沾地:"谢主隆恩!"

长孙无忌一看,这叫什么话,事前也不打个招呼,说不干就不干了。唉,这柳奭的去职,也是后宫斗争的结果。事已如此,反对也没有用。于志宁、来济他们频频看向长孙无忌,长孙无忌装作不知道的样子,不置一词,站在那里,木雕泥塑一般。李治在龙椅上不安地欠了欠身子。

下了朝,李治直奔两仪殿,武氏正在那里,帮助整理些奏章文书,见了李治,装作漫不经心的样子,随便问了问朝堂上的情况。李治却显得特别激动,从怀里掏出一个折子,亮亮,说:"柳奭请辞了。"

"皇上准了?"武氏问。

"准了,哪能不准。不过朕觉有点过意不去,又授他吏部尚书一职。"

"应该如此，皇上处理得对。"武氏扶李治在龙椅上坐下。一只手给他捶背，一只手拿过奏章，边捶边看。看完后把奏章随手一扔，奏章准确地落进废纸篓里。

武氏凑过脸来，亲了李治两下，才说："皇上，我大唐自开业以来，历经贞观之治，今圣临朝，愈加域土辽阔，国家富强，百姓安康。抚今追昔，应该更加怀念高祖太宗，怀念太原首义的功臣们。"

"是啊，是啊，爱妃说的是啊。"李治摸着武氏的手。

"皇上不能光嘴上怀念，还得有具体行动才是。"

"怎么具体行动？"

"皇上应该在太庙设堂拜奠，隆重下诏，追封首义的功臣们，如此，方显我朝仁义知礼。臣子们也必敬着皇上，尽心尽职，以报圣德。"

"对呀，对呀，朕怎么没想到这一层。"李治高兴地说，"还是爱妃聪明，虑事周到。这满朝文武，都没有想到这事的。"

"皇上打算怎么追封？何时追封？"

"这事交礼部拟议吧。"

"皇上，臣妾草拟了个追封计划，请您过目。"

李治接过来一看，十三功臣中，屈突通位居第一，赠荆州大都督；武士彠赫然位居第二，赠并州大都督。就说："爱妃，这弘儿的姥爷能到十三功臣中吗？他只是个后勤官，又从来没领兵打过仗。"

"怎么不能列十三功臣？当年高祖表彰功臣时，弘儿的姥爷就赫然位列首义功臣之列。武德时，又历任数州大都督，数次领兵平叛。怎么能说他没领兵打过仗？"

李治一看爱妃不高兴了，忙赔上笑脸，说："随便你，随便你，你想怎么弄就怎么弄，就当朕刚才什么都没说。"

武氏这才满意地笑了，接着又得寸进尺，又打出一张好牌："皇上，臣妾的几个兄弟，都在京城做一些不起眼的小官。臣妾在宫中，得宠于皇上，兄弟却如此官微职小，因此，兄弟们常遭人揶揄，怏然不乐，上达于臣妾。臣妾想给他们变个位置，稍微迁升一下，皇上以为如何？"

"那就升呗，你问问他们愿意做什么官，让吏部放授就行了。"

"臣妾已写好了，请皇上过目。"武氏变戏法似的又掏出一张纸。

李治接过武氏开的单子，轻声念道："武元庆为宗正少卿，武元爽为少府少监，武唯良为司卫少卿。"

"好，"李治说，"让他们好好干，不要辜负朕的期望。"

【第五回】

皇后宫中施禁术，朝臣廷前议宫闱

　　此消彼长，你枯我荣，王皇后的舅舅柳奭的降职和武氏家族的大升迁，一下子形成了鲜明的对比。朝野上下议论纷纷，无不对武宸妃刮目相看。就连长孙无忌，也感受到了她的灼灼热力，一些重要的国事，皇帝好像也不找他做主、商量了，而是径自下旨。长孙无忌也知道，以皇上的能力，绝对想不出这么多主意，幕后主使肯定是那个武宸妃。

　　有人欢乐就有人愁。魏国夫人柳氏面对家族的一连串变故，愁得吃不下饭，睡不好觉，整日唉声叹气，绞尽脑汁，想尽办法想帮助女儿。可一个女人家，一时又能想出什么好办法，无奈之下，便想了一条毒计。

　　这一日，魏国夫人神神秘秘地来到了中宫。

　　"娘，你来了。"王皇后正围被坐在床上，头发凌乱，看样子也没起床，也没吃早饭。她见魏国夫人来了，挪挪身想起来。

　　"我儿，快躺下别动。看我儿瘦的。"魏国夫人说着，流下了眼泪。真的，往日那个丰腴白皙的王皇后，如今变得脸色蜡黄，毫无光泽，两腮也瘪了，颧骨也高了，眼睛深凹进去。柳氏不由得心如刀绞。"我儿，还没吃早饭吧？"

　　"不想吃。"王皇后恹恹地、有气无力地说。

　　"不想吃，也得吃。叫他们做点粥吧。"

　　王皇后点点头。

　　一会儿米粥传了上来，她只喝了几口，又放下了："阿娘，我不想吃，口里没滋没味的。"

　　"那就再歇一会儿。"魏国夫人给女儿掖了掖被子，又挥手把宫婢内侍都赶了出去。见眼前就她娘儿俩了，这才悄悄地说："闺女，咱这会儿有救了，你看阿娘拿来的是什么。"魏国夫人从怀里掏出那六个纸剪的青面白发鬼和一个面人来。那面人捏得方颐宽额，宛若武媚。魏国夫人双手将这些物什捧着给王皇后看。王皇后吓了一跳："阿娘，这是干什么？"

"闺女别慌，这是一个巫婆给我的面人纸鬼。这面人就代表那毒女人武媚。插上这六根银针，牵动纸鬼，念着咒语，每日早晚两次，定叫那武媚魂飞魄散，死都不知怎么死的。"

"这能行吗？"

"行，管用得很。那巫婆用这个，替人报仇，咒死了好多人呢。阿娘操作给你看看。"

"阿娘，这宫中明令禁止歪道邪术。闹出事来，可不是好玩的。我作为皇后，一国之母，更不应该施此手段。阿娘还是把它扔了吧。"

"哎呀呀我儿，这都什么时候了，你还讲究这个。人家武媚的刀都快架在咱脖子上了，你还顾及这些干什么？我儿太仁慈了，太正统了，所以才弄到这步田地。别痴了，孩子，那武媚气势汹汹，目前不是你死，就是她亡。你看不见吗，你阿舅也跟着倒霉了。"

魏国夫人逮着女儿数落了一顿，王皇后默默不语，半天才问："这东西管用不？"

"我刚才不给你说了吗，管用得很。喏，就这样……"魏国夫人举起银针，忽又放下，"闺女，你知道那武媚的生辰八字不？"

"记不清了。那年她进宫时，我命掖庭令记下了她的简历，当然也记了她的生辰八字。我命人去掖庭局查查，就知道了。"

"快去，快去。叫一个可靠的人去。最好把那记录册拿来，免得弄错，也能保密。"

王皇后稍稍有了精神，挣扎着下床，到外面叫一个内侍，咕哝咕哝，那内侍应了一声，如飞似的跑开了。不一会儿，他揣着那记录册转了回来。

魏国夫人和王皇后急忙翻看，果然记有武氏的生辰八字，她俩急忙记了下来，仔细复核一遍，见一字无误，才把记录册送到门外，叫那内侍赶快送回去。

"她跑不了了。"魏国夫人用细笔，仔细地在面人肚脐上写下武氏的生辰八字。然后捏着一根银针，叫女儿仔细看着点，咬着牙，恶狠狠地在面人武氏的头顶、咽喉、心窝、肚脐和双脚的足心六处扎了下去。魏国夫人又用金线拴住六个纸鬼的手脖。手纵了纵，六个小鬼也跟着一动一动。她念道："小鬼老爷，快去拘那武媚魂魄，前来受刑，不得懒惰。"

说来还真准，那青面白发的小鬼果然动了动，又似点头，又似哈腰。看得这娘儿俩心惊肉跳、心花怒放。

"稍等等，马上就能把武媚的魂魄拘回来。"魏国夫人自信地对王皇后说，"然后再转转针，包叫她武媚神思恍惚，头疼脑热，心疼肉疼。如此这般，两三个月，那武媚就别想起床了。再过两三个月，管叫她一命呜呼。"

娘儿俩喜滋滋地操练着，仿佛看见那武氏在长生殿坐卧不安的样子。这真是大快人心之事。王皇后觉得浑身好受多了，肚子也饿了。于是走出里屋，叫唤内侍，速速传膳，要五十道菜，二十味汤，外加一瓮"其色如漆"的龙膏酒。

秋日无风的日子特别使人陶醉，尤其是在雨后初晴，到处是新鲜明爽、芬芳馥郁的空气和玫瑰、月桂的芳香，微凉而并不炎热的阳光洒满大地。武氏躺在那儿，在旁边宫婢的小心侍候下，脸盖着一块花手帕，正晒着阳光，闭目养神。

秋天啊，比春天更富有欣欣向荣的景象，更富有灿烂绚丽的色彩。在这个日子里，武氏心中充满对未来的憧憬和胜利的喜悦。下一步，不动手则已，一动手就除掉那王皇后。到那时，我武媚就正式登上皇后的宝座，再举办个轰轰烈烈的封后大典，而后衣锦归乡，惠及家乡族里。到那时，谁人不称赞？谁人不敬羡？她默默地、喜洋洋地躺着，寻思着，微微闭合的眼帘轻轻地颤动着，渐渐地进入了优美的梦乡里。

她的幸运之花——玫瑰花，在她的周围罗列着，旋转着。她用力深呼吸，一缕稍带凉意的清香，从喉头经过，进入胸部心脏，走遍了全身，浑身有不可言状的轻快。继而她觉得身体已经离了床，一点一点地向上浮……同时她听到几个轻柔的声音叫着："走啊，走啊。"她身体躺在玫瑰花丛里，由花托着，飘飘荡荡往殿外走。到了大殿门口，两个金甲神人低头看了看她，武氏莞尔一笑，始被放行。到了外面，突然间，花朵里钻出几个青面白发的小鬼，嘻嘻地笑着，一齐上来抓住武氏，往肩上一搂，如飞般向前急奔。

武氏想挣扎下来，想张嘴喊叫，嘴、手却不听使唤，蒙眬中，好像翻过一扇窗户，好像落在一间黑暗的屋子里，四周有种不可捉摸的迷雾，头顶炸雷一般有人高叫："武媚，拿命来！"霎时，四周抖动着数枚耀眼的枪头，一齐向她扎来。她躲也躲不及，躲也躲不动，像一只青蛙被蛇吸住一样，只有任其宰割的份儿。枪头扎过来，扎到她全身的要害处，剧痛难当，她全身抽搐，口里发辣发涩，禁不住想暴喊一声，把心中的血都喷洒出来。在忍受痛苦的同时，武氏清醒地自问：这是在哪里？谁竟敢施我以刑罚？正在这时，一连串的钟声响起，惊走了四周的迷雾，武氏重又飘起，顺着一条叮叮咚咚流淌的小溪，顺流而上，转圈抹弯，撞花荡草，溅起一串串水花。飘到一个洞口，她奋力站了起来，只见自己的肉身，仍躺在斜榻上，慌忙附了上去。接着"哎呀"一声大叫。

"娘娘，娘娘！你怎么啦，魇住了？快起来，回屋睡吧，天有些凉了。"明丽在旁边劝说着。

"明丽呀，我怎么浑身这么难受？"武氏躺在斜榻上，想起也起不来。

"刚才还好好的，怎么迷瞪这一会儿就难受了。想是受凉了。"

"不，不是。"武氏极力回想着梦中的情形，觉得有些蹊跷，有些不妙。

"明丽，刚才哪儿有敲钟吗？"

"有，紫宸殿的钟声，今天波斯国的使者来进奉。"

武氏嘴唇动着，想前想后，还是百思不得其解。

难道是那死去的女儿来报复我吗？不，不像，她没有报复我的意思，她在那个世界很快乐，身轻如烟，想到哪儿到哪儿，想干什么就干什么，想快乐就可以快乐。况且我已许下誓愿。等我当了皇后，一定给她重新安葬。我好像走得不远，好像是在宫中的某一地方，究竟是什么地方呢？顺流而下，洞口……

"明丽，你知不知道，咱长生殿下水道的水是从哪儿淌来的，往哪淌儿的？"

"好像是往东淌的，东边皇城外是双庆河。至于从哪儿淌来的，我就搞不清了。可能从西边淌来的，从西往东流。咦，娘娘，你问这干什么？"

"我刚才做了个梦，有人拘我去受刑。回来时就是从下水道顺流而来的。"

"娘娘，这梦里的事还能当真？"

武氏摇摇头，说："不那么简单。"停了一会儿，又吩咐道："明丽，你去找找王茹，让他多留心些后宫近来的事情。去时，给他拿上五根金条。"

"给他一根他就乐得不得了，用得着五根吗？"

"五根。非常时候，正是非常用人之际，还在乎这些小钱？眼光要放得更远些才行。明白吗？"

"娘娘高见，明丽明白了，我这就去办。"

下午，从宫闱局、掖庭局汇来的消息表明，魏国夫人和王皇后一定在酝酿着什么阴谋。武氏努力地思索着：她们拿妃嫔的登记册干什么？难道要查我的祖宗八代，又想制造什么谣言？我的那些事几乎人人皆知，再宣扬又能宣扬到哪里去？让她们宣扬去吧，让我逮住把柄，绝没有好下场。

晚上，皇上李治还没回来，还在前殿里宴请波斯使者。武氏浑身酸疼，早早地上床睡了。睡觉时，她保持着高度的警惕，怕那噩梦接着又来。但眼皮一合上，就梦不由己。一夜无话。早上起床，武氏还是觉得身体难受，忙命人召太医前来诊视。

太医隔着帐子望闻问切。他先把了一会儿脉，看了看舌苔、眼皮，然后问："娘娘，您哪儿不舒服？"

"浑身都疼。"

"主要是哪些部位？"

"头顶、咽喉、心窝、肚脐和足心六个地方。"

"您这病有些奇怪，小臣百思不得其解，不过……"

“不过什么，快说。”

“小臣的父亲生前在乡下行医时，也碰到过这种怪病。换了好几种方子，吃了上百服药也没有给人治好。”

“照你这么说，娘娘的病无药无治。你不会治，还吓唬人。”明丽在旁边叫着，举手欲打。

“姑娘息怒。”太医举双手护住头，又对武氏说，“那病最后还是好了。”

“怎么好的，快说，卖什么关子？”明丽气哼哼地说。

“请娘娘恕小臣无罪，小臣才敢说。”

“这里没有外人，但说无妨。”

“后来这病竟不治自愈。经人说破才知道，这病人原来被人施了巫术，所以非寻常之药可以医治。”

“照你这么说，本宫是被人施了巫术了？”武氏忙坐起身问。

“小臣不敢断定，只是斗胆提醒娘娘。请娘娘体谅小臣的一片心意。”

武氏沉吟了一下，挥手让太医出去了，太医走时，还好心地嘱咐说，多让人给推拿推拿，可以减轻疼痛。

“明丽，你觉得太医的话可有道理？”

“娘娘，既然他说了，咱们就不可不防。不知这作法施术的坏蛋是谁？”

“还有谁，一定是那个心狠手毒的王皇后。”武氏跳下床，边忙乱地往脚上套鞋，边回头问：“明丽，你找王茹问得如何？”

“王茹说，魏国夫人去了。关起门来，和王皇后两人在屋里不知干些什么，还叫人到掖庭局拿妃嫔登记册。”

武氏紧抿着嘴唇，胸口一起一伏。我明白了，她是要抄我的生辰八字。好毒辣的女人，竟敢在宫中施行巫术，这下我让你吃不了兜着走。武氏牙磨得咯咯响，对明丽说：“明丽，我知道了，一定是那王皇后对我施了巫术。”

“那赶紧禀告皇上，抄她的中宫。”

“捉奸捉双，捉贼捉赃。还不能这么鲁莽，得先弄清她的那些小把戏放在哪里，然后瓮中捉鳖。到那时，哼哼……”武氏狞笑着，又安排明丽，“你再去告诉王茹，让他弄清王皇后早晚，喜欢单独待在哪个屋子里，摸准了规律，让他亲自来给我汇报。”

“是，娘娘。”

“明丽，成败在此一举。此事在揭露前，你知我知，不可以让第三个人知道。千万注意保密。不然，她闻风销毁了证据，咱打狗不成，还会被狗反咬一口。”

“放心吧，娘娘。我这就去找王茹。”

夜幕下落，武氏不敢睡觉，索性作起戏来，直嚷嚷这疼那疼，满口胡言乱语，又不许太医近前，闹腾得皇帝一宿未睡，心疼得围着床团团乱转。直到第二天上午，武氏才稍好些，沉沉睡去。

武氏的这一折腾，也传到了王皇后那里，高兴得王皇后手舞足蹈，愈发肆无忌惮，一天催动纸鬼好几回，撮动面人上的银针好几回。对这一套家伙，她也爱不释手，一会儿就得关上门，掀开箱子看看，这儿摸摸，那儿摸摸，忍不住还往面人武氏脸上啐几口。

门外突然有脚步声。

王皇后吓了一跳，急忙把箱子盖盖上，颤声问道："谁？"

"我，王茹。"

王皇后这才把门打开一条门缝："王茹，这会儿来干什么？"

"回娘娘，药还剩两服了，还去太医房拿药不？"王茹边答，边偷眼往里看。

"走，走。"王皇后一边往外轰他，一边说，"本宫的病好了，以后用不着喝那苦药了。"

"恭喜娘娘。那，奴才忙别的事去了。"王皇后"咣当"把门又关死了，还上了门闩。太监王茹在门外呆立片刻，然后走出中宫，顺着墙角溜往长生殿，找新投靠的新主子汇报去了。

当晚，武氏又装疯卖傻闹到半夜，还口吐白沫，倒地打滚。这让李治急坏了，严令太医速速诊治。太医们又是会诊，又是扎针，都没有一点儿效果。还是那个太医说了话，跪地向李治奏道："皇上，可能是有人施了巫术。"

"胡说！巫术乃朕在宫内严令禁止的。谁敢做此大不韪之事？"

的确，各种巫术是朝廷明令禁止的，只要发现有人施巫术，不但巫师巫婆要受到惩罚，连委托人及其家属都要受到严厉的处置。

"皇上，"武氏这才爬过来，披头散发地跪倒在李治的脚下，哭诉着，"皇上，是那王皇后在施巫术害臣妾，请皇上做主。"

"爱妃是怎么知道的？"

"臣妾的魂魄刚才被拘到那中宫，听那拘我的小鬼小判说，等弄倒了我，还要拘皇上的魂魄，加以拷问。"

"什么？此话当真！"李治一听这话，既惊讶，又震怒，没等武氏回话，一迭声叫道："来人哪！"

"奴才在。"独孤及应声而答。

"你带几个人，速去中宫搜查，看有没有施放巫术之类的工具。"

"老奴遵旨！"独孤及转身就往外走。

"慢，"武氏叫着，"明丽，你也带几个人跟着去，务必小心仔细，查个水落石出。"

"奴婢遵命。"明丽一招手，早有几个强壮的宫女跟随她去了。明丽头前带路，一行人，一路小跑，赶往中宫。

此时，天色刚刚微明，空气里弥漫着破晓时的寒气。路上也下了一层薄薄的霜。中宫的殿门也刚刚开启，宫婢、内侍们正在打扫庭院，擦洗门窗栏杆。把门的太监见十几个人气势汹汹地赶来，招手拦住："干什么的？"

独孤及走上前来，扬了扬手里的令牌："我是独孤及，奉皇上旨意，前来中宫巡查。"

"您请，您请。"

那看门的内侍话音未落，明丽便钻进门去，领人直奔王皇后的寝宫。

中宫的内侍宫婢们停下手中的活，惊讶地看着这一群不速之客，其中一个带头的宫婢，上前拦住去路："有什么事吗，容我通报皇后娘娘。"

"闪开！"明丽泼辣辣的，一脸凶相，上前一巴掌扇在那宫婢的脸上，得理不饶人地高叫："我乃奉旨行事，旁人不可阻挡！"明丽一脚踹开王皇后的卧房门，带着她的几个宫婢健妇蜂拥而入。

王皇后还正蒙头睡觉呢，猛地惊醒过来，见屋里进来几个生人，急得大叫："都是些干什么的，滚出去！"

"给我搜，搜，搜……"明丽命令道，几个人这才动手，逮住什么翻什么，一时间，鸡飞狗跳，乱七八糟。

"来人哪！"王皇后气急败坏，满处找衣服。她拿着件褂子，抖抖索索地拿胳膊往袖子里伸。

"娘娘。"皇后的几个贴身宫婢气不过，挽胳膊，卷袖子，来到王皇后的床前，听候旨令。

"把这几个奴才，给，给本宫赶出去！"

"滚，滚！"王皇后的几个宫婢上来就扭打明丽等人。哪知道，除了明丽之外，武氏的这几个宫婢都身怀武功，是她特意从宫外找来，专门豢养的。王皇后的宫婢哪是她们的对手，三下五除二，便被打出了宫门，哼哼唧唧站不起。

"反了，反了。"王皇后在床上号叫着。

"下来吧你……"明丽可不管什么礼数规矩，上去一把把王皇后拉下床来。可怜王皇后仅穿着净身小褂，狼狈不堪地栽下床来。她兀自在地上挣扎着，没有人声地号叫着。

"明丽不得撒野！"独孤及看见明丽还想跟着踹几脚，慌忙喝住。还是独孤及老成持重，过来把王皇后托上床，找被子盖上，找衣服给她穿上。王皇后像找到了娘家人，抱住独孤及痛哭，一边急切地叫着："公公，快阻止她们！快阻止她们！"

"娘娘……"独孤及拍打着她，抚慰着她，后面的话却没说出口。

"明姑娘，这儿有一个箱子，锁上了。"一个宫婢从床那头猛地拉出个箱子来。

王皇后一见，下死命地、奋不顾身地扑上去，紧紧地搂住那箱子，口里嚷嚷着："这是我的木夎，里面装的是御赐的宝绶，谁都不能动，谁动杀谁的头。"

这几句话还真唬住了那几个人，都愣愣地不敢动，一齐把目光投向明丽。明丽不怕，明丽连皇后都敢打，还怕这一套，她笑嘻嘻地走过来，转着圈子欣赏着这红木箱子。

"哟，还是个描金文具，封锁甚固。想必是百宝箱，想必里面也装着祖母绿、猫儿眼、玉箫金管等诸般异宝，请拿来给奴婢瞅瞅。"王皇后还是死命地搂住那箱子，任凭明丽手掰脚踢，就是不松手。

这时，从外头匆匆地挤来一个内侍，手里拿着金黄的圣旨。

"圣旨到！"众人慌忙都跪下来，明丽也得跪下来，独独王皇后趴在她那宝贝箱子上不动。耳听得那内侍宣道："中宫王皇后并宫中一切人等，见旨后速让来使搜捡宫内。所到之处，不得阻拦。有违背者，按抗旨论处。钦此。"

原来那武氏怕王皇后耍蛮，独孤及、明丽等不好行事，所以又向李治讨得一道圣旨，着身边的一个内侍拿着，如飞地赶来。

明丽命令她手下的几个宫娥："圣旨已经下来，你们几个，赶快开箱搜查！"

那几个会武术的宫婢在明丽的催逼下，斗胆上前抓着王皇后，捉腿的捉腿，架胳膊的架胳膊，凌空把王皇后举了起来，明丽这才上去把那箱子抢了过来。

箱盖一掀开，一切都大白于天下。明丽一见面人纸鬼等，眉开眼笑，拉独孤及过来看。

"公公，你见证了！诸位都见证了！"

王皇后躺在半空中，哼哼直喘，怒目圆睁，咬碎了钢牙，一字一句地说："我生不能取武媚的命，死了也变成厉鬼，啮她的心。"

"还嘴硬。"明丽上去又要抡巴掌，被独孤及挡住了。他命令那几个宫婢："把皇后放下来，回去复旨。"

几个宫婢把王皇后往床上一撂，一班人马携着那箱子，急急而去。走了老远，耳边还萦绕着王皇后那痛苦、无奈的哭泣声。明丽直接把箱子端到了李治的眼前，打开箱盖，指着那纸鬼面人："请万岁龙目御览。"

武氏也走进来，拿起那面人，掀开褙子，面人的肚皮上，写着些密密麻麻的小字。她凑到眼前，仔细察看，果然上面写着自己的生辰八字，下面写着自己的名字。六根耀眼的银针，各插在头顶、咽喉、心窝、肚脐、双脚脚心六处。在武氏眼里，银针插在那里，还兀自微微颤动呢，武氏气得七窍生烟，大叫："皇上！"

李治正细细察看着那青面白发的纸鬼，听见武氏喊叫，忙应道："爱妃。"

"还爱妃？我都快让人害死了。您自己瞧着怎么办吧。"

"这，这确实不像话。"李治嘴里嘟哝着，又拿过面人来瞧。

"独孤及，宫中暗行巫术，按我大唐刑律，当如何处置？"武氏又转向独孤及吼道。

独孤及心道，你不找掖庭令问，找我问，我怎么就该知道。但也不敢说不知道，不敢不回答，只得上前拱手回道："轻则废去名号，幽囚别院；重则斩首示众。其他关联人员，如巫师巫婆等，一律斩首弃市。"

武氏令独孤及答话，就是说给李治听的。独孤及一说完，她便斜眼瞅着李治，那意思是，你当皇帝瞧着办吧！

空气仿佛静止了，一根针落地的声音都能听得见。众目睽睽之下，李治醒过神来，把手中的面人放回箱子里，对面前的武氏说："爱妃，你放心。少安毋躁。朕先着人查出那施法的巫婆是谁，谁把这些纸鬼面人带进宫来的，然后再慢慢处置王皇后不迟。"

"要查就直接查魏国夫人，这两天她频繁出入宫禁，准是她带进来的。"武氏见李治又要打马虎眼，干脆绕过李治直接命令道："独孤及！"

"老奴在。"

"你和明丽一起，带几个人去王府，拷问魏国夫人，查出那巫婆神汉，查出后，一并收监。"

"皇上。"独孤及两眼看着李治，轻轻地唤道。虽说你武宸妃如今风头正健，但这么大的事，皇上不点头，谁敢去办。

李治无奈，摆摆手说："去吧。"后又叮嘱道，"独孤及，只可查问收监那巫婆神汉，不可对魏国夫人无礼。"

"皇上，魏国夫人乃幕后指使，怎可轻易脱了干系？"武氏不依不饶地说。

"一步一步来嘛。"李治不满地看着武氏，又吩咐独孤及，"为杜绝中宫再生事端，敕禁魏国夫人入宫。"

"老奴遵旨！"独孤及领旨带人出去了。明丽也带着那几名宫娥，紧随着独孤及一道去了。

"皇上，这王皇后到底怎么处置？"武氏追问道。

李治挥手让众内侍宫婢退下，才把心里话说给武氏听："一而再，再而三，王皇后也确实不像话了。朕现在废后之心已经铁定，下一步，得争取几位元老重臣的同意，让他们正式地认可你。凡事不能操之过急啊。"

永徽五年（654年）七月，皇上李治带着武宸妃走娘舅家。名义上是临幸，实则是游说拉拢长孙无忌。去之前，武宸妃和李治一块儿商量了半天，精心准备了许多礼物。

一大早，宫门大开，一队队羽林军和内侍骑着高头大马，头前打道。李治和武氏同坐一辆御车，后面又有装满各种礼物的十架大车，一行人马迤逦向太尉府进发。

"爱妃，你觉得今天去太尉府，会顺利吗？"李治问武氏。

"看情况再说，那长孙无忌老奸巨猾，绝非善类。"

"朕觉着没问题。"李治自信地说，"虽然他是朕的舅舅，官居太尉。朕自登基以来，却是第一次去他家，又加上带了这么多礼物，他肯定很激动，很高兴。到时候，把那事一提，肯定他得点头答应。"

"凡事不可那么乐观。"武氏坐在旁边，面无笑容，她在思考着到太尉府可能面临的种种局面。

"爱妃，到时候我们怎么说？"李治又把武氏所教的话忘掉了。这一段时间，李治的头疼病又犯了，记忆力大不如从前，凡事回头就忘。本来，武氏凡事都要插一杠子。但插归插，论处事和说话能力，武氏确实比李治高一等，久而久之，养成了李治事事都听武氏的习惯。

"你说话呀，到时候该咋说为好？"李治拥了拥做思考状的武氏。

"怎么说？你这样说。不孝有三，无后为大，那王皇后不能生育，我能生育，不就行了吗？"

"对对对。'不孝有三，无后为大。'朕这样说，准成。"

窗外是一派升平气象。虽御驾出行，李治却诏令不许五城兵马备道，所有百姓商业人等，自由通行。只见宽阔的大街上人来人往，菜馆、布店、药铺等，商铺一个挨一个。空气中洋溢酒气肉香，和烟味、汗味，混合成一种特殊的温暖气息。李治看在眼里，闻在鼻子里，感觉很愉快，感叹着："真太平气象也。"

车队转过一条街，拐个弯就是太尉府。太尉府前更是装扮一新，红灯高挂，红毡铺地，两廊奏乐。一班上百人的乐队，见御驾过来了，一声令下，先奏《普天乐》，再奏《知行歌》。老长孙太尉已在府门口，领着合族家人，老老少少，排班接驾。

李治在御车里，早已瞧见，得意地回头对武氏说："怎么样？朕说得怎么样？又不是外人。咱要提那事，他能不答应？"

"皇上驾到……"

总管太监早已先行到达，见车驾来临，遂挺胸挺腹，吆喝着。随着话音，各色人等，大人小孩，上前两步，掸掸衣襟，撩衣跪下。独有长孙无忌迎上前去。

车马驻停，在太监的搀扶下，李治和武氏，手拉手，一前一后地下了车。

"臣长孙无忌携妻刘氏，子成、威、循，恭候圣上！"

李治刚想说"免礼平身"，还未说出口，只听得四下里一齐唱道："吾皇万岁万岁万万岁！"

李治马上和武氏一道，举起双手，频频向众人招手致意。两个人满面春风，健步登上太尉府的大门台阶。在长孙无忌的陪同下，直向大客厅走去。甬道上，李治左观右看，寻找着话茬："朕几年没来了，爱卿府上变化真大，门楼也变宽了。咦，那边什么时候盖了两层楼？"

"回皇上，去年盖的，乃是臣的藏书楼，加上阁楼上下共三层。藏书不多，大约有十来万册。"

"十来万册还不多？"李治惊讶地说，"朕的御书楼才不过二十万册书。"

两个人一路寒暄来到了客厅，李治和武氏分坐在八仙桌的两侧。紧接着，丫鬟端上两碗香茶，长孙无忌上去接过来一碗，恭恭敬敬地端给李治。旁边的武氏马上觉得心里不痛快，但表面却和蔼可亲，颇有礼貌地接过丫鬟手中的茶。

"国舅不要客气，请坐。"李治说。

"谢皇上赐座。"长孙无忌这才找个矮板凳，一边坐了下来。

"咦，怎么没见朕的那几个御表弟？"李治两眼四处寻找着。

"外男无诏，不敢擅入。"长孙无忌答道。

"都是一家人，还讲这么多繁文缛节，快让他们进来，让朕瞧瞧。"一时间，长孙无忌的三个儿子被宣了进来。李治满意地看着他们，频频点头，好似十分喜欢他们，问道："三位御表弟现居何职？"

这三个御表弟初次见了皇上，惶惶然不知所以，听见皇上问话，更是张口结舌，一时回答不了。还是长孙无忌代为奏道："臣的三个犬子只是在长安府吏部当些不入品的小官。他们还年幼，臣想让他们多锻炼锻炼。"

"怎么，朕的表弟还不入品？"李治皱了皱眉头，隔着桌子和武氏嘀嘀咕咕，交换了一下意见。然后下旨道："朕封你们三个为朝散大夫，官居从五品。怎么样？"

这朝散大夫是光领薪俸不干活的散官，一般赐给有德行有名望的文官，虽然是个荣誉官职，却毕竟是五品大员，且天子亲赐，一下子给了三个，不能不说是皇恩浩荡。长孙无忌慌忙离座，率三个儿子叩头谢恩，那三兄弟更是欢喜得不得了。

"来人哪！"李治高声叫着，"把朕和武宸妃带来的礼物呈上来！"旁边的一个太监应声而去。登时几十名太监肩扛手抬，排着队往大客厅里运，整整十驾马车的东西，弄得大客厅里满满当当，连插脚的地儿都没有。

长孙无忌坐在旁边，看着人进进出出，也不作声，等一切都搬运完了，才对李治说："万岁，臣寸功未立，何以克当如此浩荡之天恩？"

"这都是武宸妃的意思。她入宫有三四年了，早就说来看看国舅，只是没抽出什么空。"说完，李治又命令旁边的独孤及："独孤及，把礼单给国舅念念。"

"遵旨。"

待独孤及念完，武氏叫道："长孙太尉。"

"臣在。"

"这是本宫和皇上的一点心意，请你好生收下。"

"谢主隆恩，谢宸妃娘娘。"长孙无忌上来，接过了礼单，又退回原来的座位上，不吱声。

都是名利中人，哪能不心热。只是长孙无忌明白这丰厚赏赐背后所包含的内容。他故意装聋作哑，除了谢恩之外，不言其他。李治一看，那么多的赏赐还不能打动他，自己又不好立即提出来。于是他抛出武氏安排的第二套方案。

"长孙爱卿，朕多少年没来府上了，武宸妃也是第一次来。朕中午就在你这吃饭。你准备了没有？没有就叫御膳房送来。"

长孙无忌上前，叩首奏道："臣早已有所准备，这就命排开盛宴，款待皇帝陛下以及武宸妃。"

长孙无忌果然做了两手准备，往堂下一拍巴掌，人就上来了，先把那些箱子口袋提出去，又搬来一张紫檀木大方桌。再一袋烟的工夫，菜就上来了。

"哎，朕那三个御表弟怎么没过来，都让他们过来。"李治大声地说，"又没有外人，都过来热闹一下吧。"

既然皇上发话了，长孙无忌也不好说什么，只得把三个儿子和妻子都叫上桌。

"哎，这才是团团圆圆。来，喝酒！"李治率先端起杯子，率先来了个一口闷。

其他几个表弟，连同无忌的妻子，纷纷举杯干杯。武氏端起杯子，站起来，眼看着长孙无忌说："这第一杯酒，本宫先敬长孙太尉。太尉身受先皇顾命之重任，悉心奉国，鞠躬尽瘁，公而忘私，我大唐永徽年间方有中兴之业，致治之美。本宫最佩服的就是无忌太尉，来，请太尉干此一杯！"被武氏这高帽一戴，长孙无忌也不好说什么，只得伸手接过这一杯酒，一饮而尽。

李治一看，也过来给长孙无忌敬酒："长孙爱卿，朕的这些政事都多亏你操持，朕亦敬你一杯。"说完双手端着酒杯，呈给长孙无忌。

慌得长孙无忌急忙离座跪在地上，双手来接酒杯："皇上给老臣端酒，折杀老臣，非死不能报万一。老臣喝下这杯酒，望皇上能体察臣之忠诚，理解老臣平日悉心规谏之语也。"说完，长孙无忌端起杯子一干而尽。

听了这话，李治也不禁有些感动，伸着大拇指对武氏说："忠臣，忠臣。"

酒过三巡，李治便依照武氏所教的话说："长孙爱卿，朕想给你说个事。"

"什么事？皇上，您说吧。"长孙无忌装作不知。

李治挠了挠头皮，才说："常言说得好，不孝有三，无后为大，王皇后不能生育，武宸妃已诞三子，朕意欲……"说到这里，李治打住了，眼看着国舅的脸，希望他能顺着接下去。

"来，皇上，喝酒。咱们光喝酒，不提政事。"长孙无忌端起杯子，一干而尽。李治无奈，也只得举杯同饮。

李治本待再提这立后之事，谁料这长孙无忌却一直顾左右而言他，让李治无从开口。

盛宴还在摆下去，却越摆越没趣。武氏只得拉着李治，对长孙无忌说："天也不早了，酒也喝得差不多了，本宫和皇上也该回宫了。"

"别急嘛，时候还早。"长孙无忌假意挽留。

"走啦，没有事的时候再来吧。"

武氏和李治两人起身离座，迈步向外走。长孙无忌一家人慌忙跟着去送，一路上都沉默寡言，一直送到大门口。接着，都唰啦一下跪倒在地。

"长孙无忌率合族人等，恭送皇上，恭送宸妃娘娘还宫。愿吾皇万岁万岁万万岁！"

"愿吾皇万岁万岁万万岁！"其他人也跟着一起唱道。

"众爱卿免礼平身，朕在此别过。"说完，皇上和武氏一起上了御车，把车帘一放，传旨起驾，快快地踏上了归途。车里，两个人沉默了好久，李治才开口道："这长孙无忌不知为何，高低不领会朕的意思。"

"他不是不领会您的意思，他只是在用假痴不癫之计。"武氏又气哼哼地看着李治说，"您看您把这些大臣们惯成什么样？君不是君，臣不是臣。他长孙无忌根本不把您这个皇帝放在眼里。"

"哪能这样说？他毕竟是朕的舅舅。你沉住气，等朕再找他说说。估计没有多大问题。他就是一块石头，朕也决心把他焐热了。"

来到皇宫，两人下了御车。武氏那个气劲又上来了，走的时候，浩浩荡荡，满满十大驾马车礼物。回来时，两手空空，还受主人一番戏弄。

"爱妃，天也不早了，朕也喝了不少酒，就不去两仪殿了，咱俩直接回长生殿休息去吧。"李治摸着武氏丰润白皙的肩头说道。这时候，宫闱令凑上来，汇报说："皇上，宸妃娘娘。武老夫人来了。"

"来多久了？"武氏问。

"上午就来了。卑职派辇车专门送她去了长生殿。"

两人这才乘上辇车回到长生殿。殿前小花园内，武老夫人正带着两个小外孙玩耍。

"皇上。"武老夫人见了李治，刚想跪倒磕头，武氏手疾眼快，扶住了她。"阿娘，都是自家人，不必行此大礼。"

武老夫人谢恩后站起身来，又问道："你们去太尉那里，事情说得怎么样了。"

"别提了。"李治摆摆手，"走，到殿里再说。"

到了殿里，武老夫人简单地听了一下李治讲述事情的经过，对武氏说："你爹活着的时候，和长孙无忌关系挺好的，还一起在羽林军中共过事，他不会太没有人情味吧。哪一天，阿娘我亲自去一趟，探探他的口风。保不准他跟你俩不好说，跟我好说呢。"

"去就去吧，去时再多带点东西。"武氏说着，又一下子想起来谁，问李治："皇上，许敬宗家住哪，他原来给您当过太子右庶子，和您心贴得很近。让阿娘也去找找他，让他在群臣当中也活动活动，毕竟都是老人们。"

"许敬宗和长孙无忌都住在一条街上。不过许敬宗现在不行了，他曾经做过礼部尚书，后来给人参掉了，现在任卫尉卿。职微言轻，恐怕他说话作用也不大。"

"许敬宗如果支持我当皇后，就恢复他的礼部尚书职位。这也给群臣们一个强烈的信号。"武氏说，"过去群臣们都习惯看长孙无忌的脸色行事，现在得给他们改改。让他们知道到底是谁说了算，是太尉还是皇上。"

"那等明天我也去找许敬宗？"武老夫人问。

"去。等会我让内府局准备两份礼物，你明一早就去，上午去长孙府，下午去许敬宗那儿。"武氏心里已有了主意。如果长孙无忌坚持不同意，那就从外围入手，从长孙的对立面入手，逐步逐步地孤立他。最终我不但要坐上皇后的位子，还要扳倒这棵盘踞朝堂几十年的大树。

第二天一早，武老夫人就坐着一顶轿子，带着一辆马车和几个随从，赶到太尉府。长孙无忌也刚早朝回来，正吃早饭，听人传报武老夫人来了，已心知她为何而来，于是吩咐奴婢道："先让她在客厅里稍待，我等会再过去。"

长孙无忌慢腾腾地吃完早饭，踱到客厅里。他满处瞅不见武老夫人，只见地上又摆着四五个箱子，于是问奴婢："杨氏夫人呢？"

"到后面去找刘王妃说话去了，说马上就过来。"

"过去找她来。我马上还得去衙门办公，没有多少时间来等她。"

"是。"那个宫婢答应一声，奔向后堂。不一会儿，武老夫人转回来了。武老夫人虽年过古稀，却不太显老。她是健壮、体胖的老妇人，今天早上着意打扮了一番：头上挽个大云髻，旁插珠翠，双颊有两片红，眼角的皱纹又白又细。武老夫人进вижу看见长孙无忌坐在太师椅上，没等他起身打招呼，已先自亮开了嗓子："哟，长孙太尉，无忌大人，你好吗？咱老姐弟俩有好多年没见了。"

长孙无忌招呼武老夫人喝茶，又冷着脸问旁边的奴婢："这几个大箱子，是谁拿来的？"

没等奴婢回话，武老夫人忙从袖套里掏出礼单，说："是我备下的一点薄礼，见笑了。"

长孙无忌咂嘴道，"你还给我拿什么礼物，按理应该我看你才对。也怪我太忙了，武兄去世这么多年了，我都没抽空去府上看看。"

一说到"武兄"，武老夫人眼泪像断线珍珠一样就流了下来，拿出巾帕不停地擦着眼窝，说："先夫早亡，一晃二十年了。二十年来，又有谁知道我们孤儿寡母的苦处。家不像家，户不像户，整天文水、京城奔波。我东拼西借，好不容易把三个女儿都拉扯大，让她们嫁了人。可怜我那大女婿死得早，可怜我那大女儿年纪轻轻就守了寡。"

"也不能这么说，你看武媚进宫几年就当上宸妃了。人也能生，一连生了三个皇子。"长孙无忌说。

"是啊，就数我这二女儿命好，我这后半辈子都靠着她了。"

"武嫂子，你这礼物我不能要。等会你还带回去，留着自己养老吧。"

"咳，还差这点东西？现在不比往日了，我现在不愁吃不愁穿。过去想来看看你，还看不起呢。"

"这样吧，老姐姐，"长孙无忌站起来，"你先在这稍坐，中午也在这吃饭，我还得去衙门公干，那么多的事还等着我处理呢。"

武老夫人过来把长孙无忌按倒在座位上："我说两句话就走，不会耽误你多少工夫。"

"嗯……"武老夫人沉吟着，那话一时又说不出口，只得再绕着圈子说，"咱俩说起来也都是亲戚。先皇的亲妹妹桂阳公主是我的堂嫂子，你又是先皇的内弟。现在我又是当今皇上的岳母，你又是国舅，咱更是亲上加亲才是。"说着，武老夫人偷看长孙无忌的脸色。无奈，这长孙无忌似无感觉，不动声色，端着茶碗，有一口没一口地啜着。

"我的二女儿在宫里，虽说人已三十多了，但毕竟还年轻，在你我面前还都是晚辈，她爹又死得早，凡事还请无忌太尉多担待担待。"武老夫人盯着长孙无忌，百般试探，无奈对方还是面无表情。

"皇上考虑到王皇后不能生孩子，武妃已生了三个皇子，想……"武老夫人说到这里，咳嗽一声，以提醒对方。她端起杯子，抿了一口茶，接着又说，"皇上想改立武妃做皇后。按理他们俩说立就立呗，下个旨不就行了吗？我说不行，这么大的事，得和长孙国舅说。这不，昨天他小夫妻俩专门来到府上……"话说到这里，那长孙无忌还是木雕泥塑一般，不动声色。

这时，长孙无忌站起来，说："这件事事关重大，也不是我一句话所能做得了主的，也不是你想象得这么简单。今天你来了我很高兴，礼物呢，你还带回去。我呢，还得去衙门，不能在这陪你了。"说完，长孙无忌又对门外吆喝道："来人哪！"

"老爷，什么事？"几个婢女内侍一起跑进来。

"把武夫人的这几个箱子还给装回车上去。送武夫人回府。"

长孙无忌将自己面前的茶杯略略一端说："今日俗务缠身，改日定当到府上登门造访。"

主人家下了逐客令，武老夫人只得站起来，还不死心地说："无忌太尉，你可得把这事放在心上。"

长孙无忌不置可否地笑了笑，把武老夫人送到门口。

出了大门，武老夫人垂头丧气地钻进轿子。那长孙无忌目中无人，不买她这个老太婆的账，她回去怎么跟女儿和皇帝女婿交代。想着想着，轿子到了前面的十字路口。武老夫人掀开轿帘看看外面，突然想起了什么，急忙命令轿夫："往前面左拐，到卫尉卿许敬宗府上去。"

说起许敬宗，却也有名。他本是杭州新城人，其父许善心，曾为前隋朝廷的礼部侍郎。敬宗文笔好，自幼好写文章，举秀才，初授淮阳郡司法书佐，后任谒者台奏通事舍人。官从六品，属中书省。可见他在隋朝仕途还算顺利。隋朝末年，天下大乱，其父许善心在江都被宇文化及所杀。杀了许善心，宇文化及犹不满足，还要斩草除根，叫人抓来许敬宗，当场就要杀他。许敬宗死到临头但他不想死，"扑通"一声跪倒在地，匍匐到杀父仇人宇文化及的脚下，苦苦哀求宇文化及给他留一条生路，只要不杀他，让他干什么都行。宇文化及哈哈大笑，赦免了他，事情传扬开来，许敬宗这贪生怕死的举动颇为世人所不齿。

到以后，许敬宗看到宇文化及式微，便趁一次兵败的时机，趁乱跑了出来，投奔到瓦岗寨首领李密的帐下，与魏徵一齐同为元帅府记室管记。后来，李唐兴起。李世民为了剿灭群雄、统一天下，高瞻远瞩，到处寻找能人，于是许敬宗以文才被召补为奉府学士。其后他一帆风顺，至李唐王朝建立时，许敬宗作为功臣，获选为十八学士之一，与杜如晦、房玄龄、于志宁、虞世南等知名人士并列，享尽了人生的风光。

贞观八年（634年），许敬宗历任著作郎、中书舍人、给事中，率领一帮文人专修国史。贞观十年（636年），许敬宗却意外地栽了跟头。当时长孙皇后驾崩，朝中大办丧事，百官缞绖举哀，他却忙里偷闲说俏皮话，当众取笑状如猕猴的率更令欧阳询。这正巧让巡查御史瞧见了，立即弹劾他"大不敬"，左迁洪州都督府司马。后来，许敬宗托人说情，才又返回京城做官。不久又以修撰武德贞观两代实录之功，被封为高阳县男，权检校黄门侍郎。贞观十九年（645年），唐太宗李世民逞一时之勇，不顾朝臣的反对，亲征高句丽，诏皇太子于定州监国。许敬宗被任命为太子右庶子，与左庶子高士廉一起辅佐太子，掌管机要，后来又奉命赶到军中，以中书侍郎的身份，负责草拟天子的诏书。唐军在驻跸山大胜敌军，李世民一时踌躇满志，令许敬宗于马前草拟诏书。许敬宗倚马可待，当场写了洋洋千言，文采飞扬，辞藻华丽。李世民直咂嘴，大为欣赏，当场夸奖了他一番，赏赐甚丰，此事为一时之美谈。

到了高宗李治时代，许敬宗又官升一级，被封为礼部尚书。永徽初年（650年），许敬宗为了获得一笔丰厚的"彩礼"，财迷心窍，竟然将亲生女儿许配给"蛮夷"首领冯盎之子。为了一点钱财，竟将亲骨肉远嫁蛮荒之地，这哪里还有人伦之情？一时间，京城里舆论大哗，朝臣们纷纷上书给李治，弹劾这个"仕林败类"。李治也觉着这许敬宗不大像话，于是一道诏令，贬许敬宗为郑州刺史。

过了两年，许敬宗得以重返京城，任卫尉卿，虽然官也是个高官，但比起往日那礼部尚书，显然是低多了。其时许敬宗已经年逾六十，但犹雄心不灭，总想再往上爬爬。无奈，有一个重要人物不欣赏他，总处处压着他。这个人就是皇上的首席重臣、权倾朝野的太尉大人长孙无忌。长孙无忌对许敬宗的鄙夷是人人尽知的事，平常，几乎是正眼不瞧他。人前人后，只要一提起许敬宗，长孙无忌就露出鄙夷的神色。可以说许敬宗是长孙无忌最厌恶的人之一。在长孙无忌当政的时代，许敬宗还想升官，简直就是白日做梦。在失望之余，许敬宗也对长孙无忌以及他的元老集团产生了强烈的反感。整天盘算着怎样有出头之日。他当面对长孙无忌摇尾乞怜，背后却不断地钻营，寻找着机会。谁承想，机会今天就来了。

武老夫人一行人，一车一轿拐往许敬宗府上，刚到大门口，正巧许敬宗从里面走出来，见家门口来了一顶轿子并一辆马车，车轿的上面绣龙描凤，旁边还跟着两个带刀的羽林侍卫。一时愣住了，这来的是谁？只见轿夫把轿子缓缓地放下，里面走出一个雍容华贵的老太太。许敬宗一时没认出是谁，忙迎上去，恭恭敬敬地行了个礼："老人家，您这是……"

"您是许敬宗许大人吧！"武老夫人上去就热情地握住许敬宗的手，"怎么，你不认识我了？"

"想不起来。"许敬宗疑惑地摇摇头，心想，这是谁呀，怎么看着这么面熟。

"我是武士彟家里的杨氏啊，怎么，多少年不见就忘了我了？"

"噢……"许敬宗恍然大悟，忙紧攥着武老夫人的手，不停地拍打着，热情地说："原来是杨大姐，哎呀呀，你还是显得那么年轻，啧啧啧，都不敢认你了。你这会从哪里来，又到哪里去？"

"我从皇宫里我二闺女那里来，专门来看看许大人。"

"欢迎欢迎，哎呀，太欢迎了。"许敬宗拉住武老夫人的手，就往家里走，心道，这来的可是大大的贵客，她女儿武宸妃在后宫里如日中天，满朝文武谁不知道。不过，我许敬宗和这武老夫人素无来往，她到我这干什么？

"许大人，你这个门楼修得还真不错。"

"小女出嫁那年修建的。"

"许大人，刚才看你出门，是想上哪儿？"

"不上哪儿。本来想去办事，您老人家来了，我就不去了。"

说话间走进了客厅，此番来许敬宗家，不比长孙无忌家，武老夫人也神气了，不等人让，进门就一屁股坐在当中的太师椅上。

"老太太您喝点什么，红茶还是龙井？"许敬宗恭恭敬敬地问。

"先别忙。"武老夫人手一挥，招呼自己的跟班，"把马车上的三个箱子抬进来！"

早有人把三个箱子抬到门口，等抬进客厅，许敬宗才搓着手，不好意思地问："武老夫人，您这是何意？"

"喏。"武老夫人又把那张礼单从袖筒里掏出来，放在桌子上，朝桌子那边的许敬宗方向推推。许敬宗赶紧双手接过来，恭恭敬敬地小声念叨着："天生旃檀香大士一尊、青玉小案一张、游仙枕一具、金丝宝带一围、罗斛香十包每包十根（炉中焚之，香闻十里）、哔叽缎一百端、火浣绒一百匹、温凉玉杯一对、暖玉黑白棋一副、黄金五斤白银一千两……"

念到"黄金白银"时，唬得许敬宗不敢往下念了，忙离座拱手叩礼说："下官何德何能，竟让老太太如此厚爱。"

"唉，许大人。你和先夫当年都一起在朝为官，咱也都是相识的，可以说是世家通好。听陛下说，你住在这，我没事就来看你了。"

不等许敬宗答话，她又接着说："那天在宫中，皇上还夸你呢。说你是忠节之臣，才华之士。当礼部尚书，虽然没干几天，但办事头头是道。尤其是你制定的君臣典礼、男女仪制，又详细，又贴切。"

"想不到圣上还想着老臣。说实话，礼部尚书我干得正合适，写写画画的。现在我当卫尉卿，根本是人不尽其才，不是我的老本行，觉得挺别扭的。"

"听皇上和宸妃娘娘说，要恢复你礼部尚书的职位呢。"武老夫人神秘地说道。

"什么？皇上想重新起用我？"听到这里，许敬宗两眼放光，禁不住站起来，抓住武老夫人搁在桌子上的手，进一步问道，"老夫人，皇上什么时候说的，在哪儿说的。"

"皇上昨天晚上说的。宸妃娘娘说你这人有才，皇上就说，有机会，还让你做礼部尚书。"

"哎呀，太好了！"许敬宗兴奋得坐不住，站起来来回踱着步子，脸上喜滋滋的。

"敬宗，我今天来，就准备给你说说这事的。"

"武夫人有何见教？"

"王皇后最近在宫中大搞巫术，这事你知道不？"

"不知道，这宫闱秘密，我怎么会知道。"许敬宗说，"怪不得柳奭辞去了中书令，改任吏部尚书。"

"吏部尚书？只怕再过两天，他吏部尚书也当不成了。"武老夫人意味深长地说。

"这是为何？"许敬宗一听，急忙凑过来，压低声音问。

"王皇后的皇后快当不成了。皇上想改立你侄女，那王皇后连个孩子都不能生。不能生倒也罢了，你安安稳稳地在中宫待着就是，谁知她又拿妖作怪的，让皇上烦了，想废掉她，改立宸妃娘娘。"

"立宸妃娘娘为正宫国母，我许敬宗举双手赞成。"

"唉。"武老夫人却又叹了一口气。

"这么好的事，武夫人又叹什么气？"见武老夫人叹气，许敬宗大为不解，急忙问。

"有阻力呀。许大人这里好说，不见得别处好说，尤其是那个一人之下，万人之上的国舅……"

"你是说长孙太尉不同意？"

武老夫人点点头，脸上布满了愁云，半天不言一语。

"武夫人，你别发愁，等我去给长孙太尉说，凭下官的三寸不烂之舌，还怕说不动那长孙太尉？保管马到成功，让他顺顺当当地同意宸妃娘娘当皇后。"许敬宗一时心血来潮，不免夸夸其谈。等话说完，心里又有些打鼓，这长孙无忌能听我的吗？

"你何时去？"武老夫人急忙追问道。

"我……"许敬宗硬着头皮，沉吟着，紧接着又坚决地说，"我晚上就去。宜早不宜迟，不能拖拉。"

"许大人，此去若是不成功该如何是好？"

"料也无妨，我没考虑过不行的事。"

"许大人，万一不行，也不要气馁。再去做做别的大臣的工作。你放心，后面有皇上和宸妃娘娘撑腰，你大胆地干就行了。其实老身此次便是奉旨而来，你明白我的意思不？"

"下官明白！"许敬宗坚决地说："请皇上、宸妃娘娘放心，我许敬宗粉身碎骨也要把这事办成。"

"行，一言为定！"武老夫人见事已办好，便起身告辞，"我先回去了。明天我派人来问问情况。"

送走了武老夫人，许敬宗急忙返回了客厅，迫不及待地打开了箱子，果然，金银耀眼，绸缎夺目，喜得他抓耳挠腮，合不拢嘴。凭着多少年的经验和感觉，许敬宗知道，虽然自己年事已高，但政治生命却即将掀开新的一页。新崛起的武宸妃前途无量且对他青睐有加，围绕废立皇后的斗争演变，他许敬宗将成为得利的第一人。根据目前的形势，皇后桂冠最终也将落到武宸妃头上。事实上，对他许敬宗而言，谁当皇后都行，关键自己要站在胜利者一边。当前要迅速地与没有外廷官员支持的武宸妃组成统一联合阵线，和她里外呼应，向长孙无忌为首的元老重臣发起挑战，当武宸妃的急先锋。只要这步棋走对了，这个宝押上了，一旦武宸妃做了皇后，自己何愁不升迁。

主意一定，许敬宗便关起门来，一个人苦思冥想，设计着一步步计划。晚上，吃过晚饭，他就坐了一乘小轿，赶往太尉府。路不远，转眼就到。无奈太尉长孙无忌原来就不欣赏他，如今他居然还给武宸妃当说客。一气之下，长孙无忌叫卫士把他给赶出了太尉府。

回到家里，许敬宗痛定思痛，想想自己的一生是那么的不如意，不禁灰心丧气，长吁短叹。自己也算一代文士，当过著作郎，主编过武德、贞观两代史，定过律法，编过西域地理图，天下文士谁不赞叹？

老管家从门外跑进来，气喘吁吁地说："老……老爷，皇宫里来人了。"

"来的是谁？"许敬宗一边问，一边往外走。

"一个女的，不认识，领一大帮人，说是'宸妃宸妃'的。"

"宸妃来了。"许敬宗回头对小妾青草说，"还愣着干什么，赶快接驾。"

等他赶到门口，那女人正在宫婢和侍卫的簇拥下，在门口等着呢。老许急忙跪倒，磕了个响头："臣许敬宗接驾来迟，罪该万死，宸妃娘娘千岁千岁千千岁！"只听得那女人"扑哧"一笑，说："你这个老头子，还真有趣。也不看清是谁，就瞎拜一气。我不是'宸妃娘娘'，我是娘娘身边的宫女，名叫明丽。"

一行人进了屋子，明丽也不用让，一屁股坐在椅子上，一口气喝光杯子里的水，抹抹嘴，就问："许大人，事情办得怎么样了，宸妃娘娘让我来问问，到长孙无忌那里效果如何？"

"别提了。"许敬宗低着头，哭丧着脸，唉声叹气。

"怎么别提了。"明丽笑了，弯着腰看许敬宗哭丧的脸，"莫非碰了一鼻子灰，被人骂了个狗血喷头？"

许敬宗急忙抬起头来，奇怪地问："你怎么知道的，莫非长孙无忌家里有宫中的耳目？"

"目前倒还没有。不过宸妃娘娘早已经料到了。娘娘特别叫我来安慰安慰你。老大人，你受委屈了。我代表宸妃娘娘真诚地感谢你。来人哪，抬上礼物来！"

几名侍卫和宫婢把礼物抬了进来，放在地上。明丽拉着许敬宗过来看。指着一一介绍："这是一百匹宫缎，这是二十瓮御酒，这是两千两银子，还有些零碎的东西，你照着礼单上看就行了。"

许敬宗看得眼花缭乱，心里发堵，嘴唇哆嗦着："老臣寸功未立，娘娘却一而再，再而三厚赏老臣……"许敬宗老泪纵横，双膝发软，扑通一下跪倒在地，斩钉截铁地说："请您转告武宸妃，许敬宗愿以老迈之躯为武宸妃效犬马之劳，以报答娘娘的知遇之恩！"

"听许大人这话，我明丽也就放心了，我的任务也就完成了。天也不早了，我得赶紧回去给宸妃娘娘汇报去。"明丽说完，转身欲走，许敬宗拉住了她。

"稍等等，我有一样东西，请交给宸妃。"说完，许敬宗蹿到里屋，拿出两张纸来，递给了明丽。

"许大人，这是什么？"

"我刚才写的两首诗，请宸妃娘娘指正。"

许敬宗首先开了一张名单，名单上都是一些受尽长孙无忌集团排挤的失意人，对长孙无忌一派反感的人。他们分别是御史大夫崔义玄、御史中丞袁公瑜以及自己的亲外甥王德俭和他的同僚李义府。

这王德俭是许敬宗二姐的儿子，最是一个诡计多端的人。许敬宗首先找来了这个外甥商量。一说这事，王德俭一拍大腿，也认为是一个升官发财的好机会。不过他为人太鬼，不愿意首先出头露面，于是跟舅舅说："此事得有人上书给圣上才行。不过，事关重大，还是不出这个头为好。一旦弄不成，反而遭长孙无忌等人的迫害，弄不好一下子把你我贬到边处去。到那时天高皇帝远，谁还记着我们，何时又有出头之日？这个险我们都不能冒。"

"那怎么弄？反正这事得办。"许敬宗急了眼，说，"我已满口答应武宸妃了。昨晚又给我送了这么多金银财宝，你不办，她非得恨你不行，到时，反为不美。"

"舅舅，您别着急，让我再想想办法。"王德俭沉吟了一会儿，说，"有了，李义府将被贬官为壁州司马，敕令还在中书省放着呢，马上就到门下省。这几天李义府急得直蹦，托这个找那个。说晚上要来找我，跟我商量商量，讨个计策呢。等晚上他要来了，我唆使他上书。到时候，事若有成，我们就一起跟上，功劳也都是咱们的。事若不成，我们就装不知道，也不会受什么牵累。舅舅，你看外甥的这个主意怎么样？"

许敬宗满心欢喜，说："就这么办。哎，李义府好好地干他的中书舍人，怎么又被贬到壁州当个小司马？"

"还不是得罪了长孙太尉。只要是不对太尉脾气的人，哪个有好下场？所以干这事要慎重些，不然，让他抓住了小辫子，也一样会被贬到天边去。"

二人计议停当，又备下一桌酒，许敬宗这才醉醺醺地离去。果然，到了晚上，李义府到王德俭家来了。

李义府心里有事，早早地来到王德俭家。两个人打发走家人，关起门来，喝酒吃菜拉知心的话。李义府一上来就干了两大杯，唉声叹气，借酒浇愁。王德俭小眼睛骨碌碌地乱转，细心地捉摸着李义府的心思。

"王兄，你看我这事怎么办？我们朋友一场，又是同僚，你千万千万得给我想个好主意。不然，一等敕令下来，我就完啦。"李义府愁眉苦脸地对王德俭说。

"去就去吧。壁州司马，官虽然小了些，但毕竟那里是你的老家。这回你到家乡去当官，上可以奉养父母，下可以惠及乡里，你王兄我应该给你道喜才是。"

"王兄……"李义府不高兴地叫道，"你这时候还拿我寻开心，家里弟兄好几个，用得着我回老家奉养父母？这些年来我千辛万苦，才在京都扎下了根，在家乡人的眼里，我是京官，随侍着皇上，谁不高看咱一眼。剑南道衙门逢年过节，都去我父母家慰问。我现在一下子被贬到壁州任司马，谁还瞧得起我？我非丢尽脸不可。人都是衣锦归乡，我这是灰溜溜地被贬回老家！"说到这里，李义府更加生气，端起杯子猛地又干了一杯。

"贤弟说得倒也是。"王德俭装出给他想主意的样子，"这……这可是长孙太尉的主意，谁敢到他那给你求情？"

"王兄，你千万给我想个主意，我是实在没招了，现如今就指望你了。"李义府抓住王德俭的手，恳切地说。

"别急，我肯定给你想出个好办法。来，吃点菜。"王德俭拿起筷子，往李义府跟前，满满地夹了两筷子菜。

"王兄，我能吃得下去吗？"李义府苦着脸，又用手拍拍自己的脸，"王兄，你看看我这几天嘴角都起火疮了，我心里是那个急呀。"

"再急也得吃饭。"王德俭笑了笑，问，"义府，你知道谁能管住这长孙太尉？"

"谁能管住？皇上呗。除了皇上，谁能管住他。他是一人之下，万人之上，又是顾命大臣，又是太尉，又是国舅的。"

"这就行了，你找皇上求情，皇上点了头，这贬官的问题不就解决了。"王德俭笑着说。

"现在还能是过去，想见皇上就见皇上？就是见了皇上，他也不一定帮我。"

"皇上不帮你，是你没能讨皇上的喜欢。"

"他在深宫大内，我官小职微，不易见他的面，我怎么能讨得他的喜欢？"李义府想，你号称足智多谋，却净说些不可能的事。

"义府，我这里有个'锦囊妙计'，保证你可以讨得皇上的喜欢。免此贬官之祸，就不知你愿不愿干？"王德俭凑到李义府跟前神秘地说。

"王兄，"李义府紧紧抓住王德俭的手，两眼放光，急忙问，"王兄，快跟我说说什么样的锦囊妙计？"

王德俭这才从容地道出一个惊人的计策："义府，你知道皇上最喜欢武宸妃，想立她为皇后，可又担心朝臣们反对，至今犹豫不决。倘若你能上书皇上，建议立武宸妃为皇后，不但可以转祸为福，还可以加官晋爵，从此青云直上，就看你义府有没有这个胆量了。"

李义府寻思了一下，说："这倒是一个好主意，不过，现今王皇后当得好好的，我这一上书，议论废立皇后，也不是臣子所为，会遭世人议论和唾骂的。"

"义府，你怎么还如此迂腐，官场上有几个干净的人？你清正廉洁，正直无私，怎么就被贬官了？你管它清不清，浊不浊，只要能免祸，能升官，又管她皇后是谁。这时节，武宸妃风头正健，看不见吗，连柳奭都被她弄翻了。你不上书，人家武宸妃也照当皇后不误。"王德俭一番长篇大论，进一步怂恿李义府。

"王兄，这么好的事，你怎么不去干？你光想让我干。"李义府一时被说得心神不定，又怕诡计多端的王德俭哄他，禁不住反问道。

这边王德俭装作生气的样子，站起来，指着李义府说："你不要不识好人心。这么好的主意是我三天三夜才想出来的，本来就打算我自己用，今天你求到我门上来了，我看在同僚加朋友的份上，才跟你说的，你要不信，要不愿意干，也就算了。等明天我来上书，到时候，皇上一高兴，我升我的官，你还去壁州当你的小司马，到时候你可别怨你王兄不仗义，不老早提醒你。"

说完，王德俭故意头昂得多高，一副不屑一顾的样子。李义府咂咂嘴，机会难得，际遇难求，大不了也是一个贬官外放，反正不是杀头的罪。万一皇上看了书一高兴，封个宰相当当，也是说不定的事。主意一定，李义府赔着笑脸对王德俭说："王兄，小弟没有别的意思。这么大的事，搁谁身上，也得琢磨琢磨再做。"

"那你现在想得怎么样了。"

"武宸妃确实现在挺厉害，不过她当过先帝的才人，我再上书建言她当皇后，确实得冒一些风险，首先那朝臣议论就受不了。"

"你马上就要下放回家，还操心舆论的事。"王德俭不屑地说，"等一贬到荒远的壁州，那时候什么议论你都可以不去听了！"一听到这话，李义府沉不住气了，掂起酒瓮，满满地倒上一碗，一口气干掉，把拳头往桌上猛地一砸："王兄，别说了，我干！"

第二天，李义府精心地梳洗打扮一番，换上新朝服，赶到朝堂内的值宿处。表曰：

臣闻制器者，必择匠以简材，为夫者必求贤以正妻。材之不良，无以成其工。妻之非贤，无以致于理。今王皇后无子，所以无才也，所以无理也……臣谨守父子君臣之道，识古今鉴戒之急。毋论治国治家者，均以资于德仪，德仪不修，家邦必坏。故王者以德服，皇后以义使人……今武宸妃乃三王之母，体自坤顺。如芝兰之室，久自芬芳，由是苍生仰德，史册书美……伏以陛下废皇后，请立武宸妃。以厌北庶之心也。

书表写好后，李义府找到专门负责给皇上传书的内侍太监李德昭。又从口袋里掏出两根金条塞到李德昭的手里，说："李公公，托您办点事。"

"哟，"李德昭展开手，仔细地看看，掂掂，还真是金条，于是收了起来，对李义府说："什么事李大人开口便是，还用得着这个？"

"李公公，不必客气，"李义府神秘地把书表递给李德昭，说，"这是紧急重要公文，是皇上现在正需要的，请公公务必马上递到皇上的手里。下官谢过了。"

"按规矩你这书表还得交给门下省看看，分个轻重缓急。不过，谁让咱们是本家，平时又处得不错，这事杂家就给你办了。"

"多谢多谢，"李义府急切地又问，"李公公，何时能送上去？"

"杂家这就送上去，皇上这会也刚刚用过早膳，你这奏表也算头一批。"

"好啊，好啊。那……能不能放在最上边？"

"不好办。"李德昭摇摇头，"得有大小事和紧急不紧急之分，把你这个小奏表放在最上边，怕皇上看了生气。"

李义府一听，狠狠心，从口袋里又摸出两根金条来，塞到李德昭的手里："公公，我这事也很紧。麻烦您，帮忙帮到底。"

"好，今天就豁出去了，把这奏表给你放在最上边。"说着，李德昭把金条掖起来，把李义府奏表放在一叠公文的最上边，然后装进一个黄袋子里，提着就上两仪殿去了。

李治坐在两仪殿里，看着那案上的一摞摞公文直犯困。这时，那李德昭又捧着一摞公文上来了，小心地放在御书案上，嘴里小心地说："皇上。"

"什么事？"

"奴才给您拿公文来了。"

"搁这就行了，这么多的废话。"近一阵子，李治心情不爽，动不动就找人出气。

李德昭公公是个实在人，收了礼就替人办事，他硬着头皮，从那摞公文上边，拿起李义府的奏表呈上说："皇上，李义府说有紧急奏表要皇上御览。"

"哪个李义府？"

"原来给皇上当太子舍人的李义府。"

"嗯。"李治慢悠悠地说。等了一会儿，示意李德昭，"拿来给朕看看。"

李德昭忙把李义府的奏折递过去。李治不看则罢，越看越沉不住气，及至看完全篇奏章，已是热泪盈眶，泣不成声："小……小德昭。"

"奴才在。"李德昭吓得扑通一下跪在了地上。

"小……小德昭，那……那李义府何在？"

"回皇上，他刚才还在值宿处呢，估计跑也跑不远。"

"快，快宣他进殿。"

不一会儿，李义府应宣进殿。叩拜之后，对李治说："万岁宣召，不知有何吩咐？"

"朕已看了你的奏折，是个大手笔。不过，朕问问是谁教你写的？"

"是臣自己想的，并无他人所教。"

"爱卿既然这样想，不知其他朝臣都怎样想的。"

"大部分朝臣也都是一样的心情，都想拥戴武宸妃为皇后，只不过臣捺不住义愤，率先上表而已。相信不久，这样的表章会越来越多。"

"李爱卿真乃朕的贴心忠臣，可惜有个别人反对此事啊。"

"食君禄，即为君分忧。皇上为太子时，臣就追随皇上。臣理应率先站出来。"

"好，好，朝中能多几个你这样的忠臣就好了。"李治欣喜之情溢于言表，问，"李爱卿，你现在在中书省干得怎么样？"

问到这里，李义府"扑通"一声跪了下来，那眼泪"吧嗒吧嗒"就下来了，万分委屈地说："皇上，这中书舍人我马上就干不成了。"

"怎么啦？谁不让你干了？"

"长孙太尉对我有偏见，已议定把我贬到壁州当司马去了。这敕书就快到门下省了，马上就该拿来叫皇上圈阅了。"

"噢，是这件事。李爱卿不用担心，回头朕跟太尉说一声，你还做你的中书舍人。"

"谢主隆恩！"李义府趴在地上磕了一个头。

武宸妃还赏赐了李义府珠玉一斗、白银千两、御酒五坛。

自从李义府公开上表请立武宸妃为皇后后，皇帝李治的心轻松多了，愉快多了，整天嘴里咕哝着"吾道不孤，吾道不孤"。武氏也感觉到，只要一个人公开出来替自己说话，就不愁没有千百个人站起来响应。目前，最主要的是提升替她说话的大臣们的官职地位。一方面是对他们忠心的赏赐，但更重要的是表明"顺我者昌"，立起一两个榜样，不怕没有人来学，不怕没有人来效法。

晚上，武氏一番娇柔，徐徐地对李治吹开了枕头风。

"这李义府、许敬宗真是忠臣，办起事来无不熨帖。对这样的爱卿，应该厚加赏赐才对。"

"不是已经赏赐他们了吗，又是金子，又是银子，还有珠玉。"

"光给这些还不行，还不能让他们死心塌地为我们效命。"

"还给什么？难道还要朕把后宫的嫔子宫女们赏他们几个？"

"这倒不必。臣妾意思是给他们升升官，提提职。光赏赐还不能笼住他们的心。"

"那你打算怎么安排？"

"让许敬宗官复原职，仍任礼部尚书。李义府升为中书侍郎，官至正四品。"

李治皇帝一听就开始犯愁了，这官员的升迁一般都是长孙无忌他们来议办，自己从未插手，更别说选任一位宰相了。再说这许敬宗是被人弹劾掉的，李义府是将贬之人。现在反而给他们升官，就等于公开和他们对着干。

武氏见皇帝头枕着双手，仰看着帐顶不吱声，知道他又犹豫不决起来，于是说："皇上，这天下到底是谁的？"

"当然是朕的。"

"天下既然是皇上的，皇上就是至高无上的人，想做的事，尽可以做，不用去看旁人的眼色。"

"可是朝中那些老大臣均是受托于先帝，哪能事事都由得了我。"

"他们是臣，而陛下是君。自古道君为臣纲，君要臣死，臣不得不死，哪有君受制于臣的道理，更别说封两个官了。"

"……也对。"李治转开了脑子，又觉得不能一下子走得太远，"这样吧，先升李义府的官，等等再说许敬宗的事。做事得一步一步地来。爱妃，你说朕这主意怎么样？"

"行啊。但臣妾觉得快一点最好。越等越急人，越等事越多。"

"你是不是想当皇后想得急不可待了，"李治笑着说，"不当皇后，朕还不是夜夜陪着你。怕你当了皇后，朕连那些妃嫔都见不着面了。"

武氏笑笑，拿手轻轻地拍了李治的脸一下："赶明天你看哪个宫女俊，就招她侍寝，不过得在这长生殿睡，不能在别处。"

"在别处怎么啦？"

"在别处我怕那几个老妖精缠你，什么萧淑妃、刘德妃的，整天一门心思想害人。"

没过几天，果然从内廷里传出圣谕，李义府由中书舍人提为中书侍郎，官阶由从四品升为正四品。此谕一出，长孙无忌一派更是面面相觑，继而表示强烈不满。朝臣们议论纷纷，相互打听，这个行将贬官之人，是通过何种手段邀得龙恩的。

还用打听？许敬宗和王德俭等人，早忙不迭地把这事的前因后果捅了出来，又添油加醋，渲染了一番，说人家李义府如何聪明绝顶，如何能把握皇上的脉搏，才转祸为福升官发财，说得听众们羡慕之心顿生。尤其是那些和李义府一样，平时受尽长孙一派的排斥，对长孙一派充满反感的失意分子，心里更是打起了自己的小算盘，从李义府的身上也看到了自己的希望。这李义府不过喊了一声"拥护武宸妃当皇后"，转祸为福的奇迹就发生了。这件事也清楚地表明，皇上要下决心废王皇后，立武宸妃，表明了皇上与长孙一派的矛盾所在。跟着皇上和武宸妃走，乃大势所趋，谁能把握住时机，谁就能和李义府一样，成为官场上斗争中的赢家。御史大夫崔义玄、御史中丞袁公瑜，包括后悔没有自己上书的王德俭，纷纷聚集在许敬宗的家里，发誓只要时机成熟，就立即开战，以建盖世之奇功。

御史中丞袁公瑜这天打探出一个重要消息，马上就跑来找许敬宗商议："裴行俭暗中说武宸妃的坏话。"

"裴行俭是长孙无忌的心腹干将，弄倒他就等于砍去长孙的一只手。"许敬宗兴奋地拍着袁公瑜的肩膀说："公瑜你干得好。他是在哪儿说的，怎么说的？"

"在吏部说的，当时长孙无忌、褚遂良都在场，本来他们去找柳奭的，柳奭正好不在，于是几个人窃窃议论，裴行俭说，'皇上要立武宸妃为后，国家之祸必自此始'。"

"你听到的？"

"我怎么能听到，他几个人能肯当着我的面说这话？我是听人说的。"

"你听谁说的？"

"听谁说的，大人你就别管了。要知道下官是御史中丞，负责监督百官的言行，嗅觉不灵能行吗？"

"赶快上书弹劾他们，弄倒这几个老顽固，我们的出头之日就来了。"

"此话怎讲？"

"那长孙无忌、褚遂良是谁，一道弹劾能扳倒他们？笑话。如果公开弹劾他们，长孙无忌等人肯定会赖得一干二净，说不定还得反奏我们诬告罪。"

"照你这样说，没法治了？那还叫什么好消息？"

"所以下官来找许大人商量商量。"

许敬宗在屋子里来回走了两圈，说："既然不好公开弹劾，来个暗的，我等会就把这事通报给武老夫人，让她再学给武宸妃听，不过，动得了裴行俭，恐怕还动不了长孙无忌和褚遂良。"

"动不了大的，动小的；动不了老的，动少的。动一个是一个，先打击他们最薄弱的一环。收拾掉裴行俭，等于杀鸡给猴看。"这两个人一嘀咕不要紧，第二天，宫中就传出圣旨，左迁裴行俭为西州都督府长史。这道诏令下得太突然了，简直令人莫名其妙。裴行俭乃隋朝名将裴仁基之子。自幼好学尚武，年轻时便入弘文馆做太学生，不久即任左屯卫参军，备受大将军苏定方的赏识，收为入门弟子，亲自教授兵法。行俭除此六韬之外，还擅长书法，尤工草隶，堪称文武全才，任长安令时年仅三十七岁。长孙无忌最欣赏行俭的才干，常常和他一起探讨治国治军之道，每每为他的远见卓识而折服。

接到左迁的圣旨后，裴行俭立即赶到太尉府，面见长孙无忌。长孙无忌就安慰说："行俭，你不要难过。等等我给皇上说说，看能不能改变圣意。"

"学生倒不难过，况且任职边关，所学兵法也有了用武之地。不过，皇上这左迁的诏令下得太突然了。不经过中书、门下两省，直接用'墨敕'，这有些不合常理。"

"是啊，老夫也在想，皇上这是怎么啦？这一阵子，好几件事都是他径自下诏，也不找几位老臣商量着再办。"

"太尉，是不是前天咱几个在吏部议论武宸妃让人听去了，才招致这左迁边陲的结果。"

"有可能是。"

"由此可以看出武宸妃的力量有多大了。"裴行俭忧心忡忡地说，"皇上性善，懦弱，武宸妃野心勃勃，学生真的担心国家之祸自此始啊。"

"这样的话你还是别再说了，明天早朝时老夫给你求求情去，看能不能避免这左迁之祸。"

"太尉，圣旨已下了，武宸妃又在背后顶着，我看求情也没用，弄不好反招致更多的祸事，长安令和都督府长史同为正五品，就官阶而言，又没给我降职。皇上若以加强边防的理由搪塞您，您也没有话说，依学生看，这事就算了。"

"那你何日准备启程，到时老夫送送你。"

"不用了，学生想悄悄地离开长安。"

几日后，裴行俭带着不多的仆从打马离京，赴任而去。

进入永徽六年（655年）下半年，武氏谋夺皇后之位的步子明显加快了。七月，王皇后母舅柳奭被贬为遂州刺史，途中又以坐泄禁中语之罪再次远贬荣州。就这样，失宠的王皇后失去了最后的靠山，母亲魏国夫人柳氏又不准入宫相见。王皇后最终成了一只孤立无助、任人宰割的羔羊，整日在中宫里以泪洗面，无计可施。

打垮了王皇后，武氏开始腾出手来，全力以赴地解决以长孙无忌为首的反对派。九月，由皇帝李治亲自提名，六十多岁的许敬宗官复原职，任礼部尚书。当许敬宗气宇轩昂地站在朝堂前排的时候，长孙无忌、褚遂良他们对其投以鄙夷的神色，但又无可奈何，谁能够改变皇上的旨令呢。大家只好以沉默来表示不满，往日热热闹闹、畅所欲言的朝堂出现了少有的冷清。李治也觉得不对劲，问问朝臣们有没有事，见大家都摇摇头，只好早早地散朝，心情苦闷地来到了后殿。

武氏见皇帝一副不高兴的样子，忙偎上来，柔声地问："怎么啦，皇上。谁又惹您不高兴啦？"

"朕说不提那许敬宗当礼部尚书，你不愿意。看看吧，刚才在朝堂上，几位老臣们都不奏议。"

"哎！"武氏叹了一口气说，"这都怪皇上平日办事拖拖拉拉，这才娇惯了他们。"

"朕怎么娇惯他们了？"

"别说任命一个礼部尚书，就是把朝臣们撤换一个遍，也是皇上的权力所在。如今只是让许敬宗官复原职，他们就不高兴了，不理皇上了。皇上您自己说说，这君还像君，臣还像臣吗？自我大唐开帝业以来，有这样的事吗？高祖有吗？太宗有吗？"武氏见李治被她说得低着头，默默无语。于是进一步说他："为什么到您就出现了这种状况？皇上您应该仔细寻思寻思，臣妾也是不止一次劝谏过您了。"

"那，那朕怎么办？"李治嘟囔着嘴说。

"怎么办？"武氏打着手势说，"作为一代英主，一旦看准了的事情就去办，办起来要雷厉风行，决不拖泥带水，比如废后立后这件事，您做得就不行。"

"怎么不行，朕不是已经下定决心，立你为后了吗？"

"从下定决心到现在，有整整快两年了吧？这废后立后的事，还这么不尴不尬地放着，事没办成，还惹得朝野议论纷纷，您说这叫什么事呀。"

"朝野议论纷纷还怨我吗？"李治气哼哼地说，"要不是你当过先帝的才人，怎么会引来这么多的舆论反对？"

"怎么，您现在烦我了？"武氏愤怒地走过来，逼得李治连连后退，"烦我也不要紧，我把我生的那几个都掐死，完了我也死……"说完，嘤嘤地哭起来，显得万分委屈。李治心疼得直跺脚，揽住武氏的肩，忙不迭声地劝慰着："爱妃，你别再哭了，别再生气了，都怨朕说话惹着了你。从今以后，朕再也不说那话了。好了吧？嗯，别伤心啦，朕承认错了还不行吗？"

"那册封我为皇后的事什么时候办？"

"嗯……怎么也得先和朝臣们商量了再办。"

"那什么时候和他们商量？"

"过两天吧，等许敬宗这事平平，几位老大臣心情好了再说。"

"还等他们心情好？"武氏又恼怒起来，"您还是不是皇帝，您有一点男子汉的气概没有？"

"你别生气，爱妃，"李治软语相劝着，"怎么这一阵子，你动不动就生气，脾气也越来越大了。"

"明天必须把册封我为皇后的事跟朝臣们宣布！"

"明天有点仓促了吧，是不是……"

"就明天！等早上一下朝。你把长孙无忌、褚遂良、李勣、于志宁几个叫到后殿来，开门见山地问他们，皇上得拿出个皇上的样子。"

"那他们要不同意呢？"

"不同意再说。明天他们来时我在帘子后边坐着，我要是转身走了，您也装着生气的样子，甩手就走。"

"行。"李治硬着头皮答应了下来。

第二天退朝，李治先转身走了。留下内侍宣诏说："皇上口谕，召长孙无忌、李勣、于志宁、褚遂良入内殿议事。"

听到宣召，四个人面面相觑，心里也明白皇上召见的用意所在。

褚遂良面色沉重地说："今日皇上召见我等，定是议立武宸妃为皇后之事。看来皇上已铁下心了。有武宸妃在后宫，皇上已不是过去的皇上，逆之者必亡。太尉是皇上的元舅，司空是开国之功臣，你们都不必多言，以免皇上留下杀元舅及功臣的恶名。我遂良本是个草莽微臣，无汗马功劳，而身居高位，又受先帝临终顾命，如果不以死相争，将无颜立身于世间。"

这褚遂良不但书法绝世独立，人品也是第一流的，这一席话可谓慷慨激昂，掷地有声。但是，长孙无忌听了却默默无语，只是不住地长吁短叹。于志宁站在无忌的背后，更是一言不发。老奸巨猾的李勣看看形势不大对头，且早已和武老夫人通过信息，于是对他三人支支吾吾地说："三位大人，你们先去吧，顺便在皇上面前给我告个假。我早年领兵打仗落下的骨伤这两天又犯了，头上直冒虚汗，我得回家歇歇去。"说完，李勣给他们每人作了一个揖，转身走了，剩下的这三人，只得随内侍赶往两仪殿。

李治此时坐在两仪殿的龙椅上，心里也不太平静。毕竟是第一次面对元老重臣谈武宸妃立后的问题，也等于第一次向元老重臣摊牌。在他的心里，真不知道怎么面对长孙无忌等人的目光。好在有武宸妃在后面撑腰壮胆，面对就面对吧！

这时，长孙无忌三个人走了进来，刚想跪倒磕头，李治急忙从龙案后走过来，搀住他们："三位爱卿，免礼免礼。来人哪，给三位爱卿看座上茶！"

"哎，司空怎么没有来？"李治问。

"司空说身体不舒服，回家养病了。"于志宁答道。

李治点点头："是啊，年纪大了，这病那病的就来了。"

躲在龙椅后面帘子后的武氏，见李治又开始词不达意，于是"吭，吭"地咳嗽两声。长孙无忌他们这才注意帘子背后隐隐约约有一个人影，不用问，这准是那个武宸妃。见此情景，长孙无忌心里微微有些震撼。这武士彟的女儿还真这么厉害？皇上究竟迷上她什么？竟然三番五次地不顾臣下的反对，一而再，再而三地要封她为皇后。

李治一听武氏咳嗽，知道她在帘子后面催自己了，只得看着他三人说："三位爱卿，朕想跟你们商量个事。"

场面沉寂了片刻，长孙无忌只得说："不知何事，但请皇上明言。"

"好，好。"李治挑明话题说，"王皇后无子，武宸妃已诞三子，今朕欲立武宸妃为后，如何？"

没等李治说完，褚遂良早已按捺不住，在一旁叫起来："皇后出自名门，乃先帝太宗亲为陛下挑选，先帝临终时，曾嘱托臣等，'朕佳儿佳妇，今以付卿，拜托拜托。'先帝尸骨未寒，至今言犹在耳，臣不忍遽变。且皇后并无失德之举，臣褚遂良不敢曲意附和陛下，上违先帝之命，也请皇上早早收回此心。"褚遂良的一番话虽无新意，类似的话李治也听了好几次了，但此时此刻，李治仍然感到难堪，尤其是长孙无忌那沉默的阴沉沉的脸，更让他感到不知所措。

"吭，吭。"帘子后边又咳嗽两声，李治一看，武氏转身走了，于是也拉着脸说："三位爱卿都退下吧，明天再议。"

第二天早朝之后，按照武氏的吩咐，三个人又被传到两仪殿。司空李勣连早朝都没有来，干脆告假在家。

这次李治也不给三位让座让茶了，也不起身去迎接，而是端坐在龙椅上，一声不响地看三个人磕过头，行过礼。长孙无忌在前，褚遂良居中，于志宁靠后，按官阶大小，排成一行，站在龙案的旁边。

经过武氏前一晚的精心训教，李治居然也一动不动地坐在龙椅上，寒脸挂霜地一言不发，相对寂静的场面僵持没多久，李治首先沉不住气，又把昨天的那话说了一遍："王皇后无子，武宸妃已诞三子，朕欲立武宸妃为后，何如？"

长孙无忌、于志宁仍然默默无语，褚遂良照旧又往前迈了一大步，向李治叩首说道："如果皇上觉得王皇后不能生育，非要更易皇后不可，臣请从天下名门闺秀中挑选，不必非要选那武宸妃。武氏曾经当过先帝的才人，侍候过先帝，这是有目共睹的事实，如果让那武氏当了皇后，如何能捂住天下人的口？万世以后，天下人将怎样看待陛下！愿陛下三思而行。臣今日违逆皇上之意，虽罪该万死，但忠诚之心，天地可表，且臣职为谏议大夫，如果不劝谏皇上行走正道，上愧皇天后土列祖列宗，下愧黎民百姓万物苍生。"

褚遂良这一番话说得很重，直接揭了武氏的老底。公然第一个在朝堂上直言"武宸妃曾经侍奉过先帝"，这等于把皇上李治也骂了。

此时此刻，李治的龙椅也坐不住了，你褚遂良居然敢如此目无圣上，谤诽君父。简直是狂妄至极！想到这里，李治气得心发慌，头发蒙，眼发花，刚想挺起腰杆，斥褚遂良几句。哪知褚遂良此时又立起上身，把手中的笏板猛地掼在了殿上，重重地把头叩在龙案前的砖地上，一连磕了好几下，弄得血流满面。褚遂良又抬起头来，流着热泪，向皇上李治高声喊道："臣遂良还朝笏于陛下，乞陛下放臣归故里。"

摔还朝笏，叩头出血，是何等激烈的"大不敬"！自古以来，只有皇上给臣下赐官免官，连死都叫"赐死"，哪有当臣子向皇帝摔还朝笏的。这分明就是欺君罔上的大罪。

"你，你你你……"李治手指着褚遂良，张口结舌，说不出话来，好半天才叫身旁的内侍，"把……把他给我拖出去！"

两个内侍架起褚遂良就向殿外走，帘子后的武氏也沉不住气了，站起来阴毒地说道："何不扑杀此獠！"

"獠"是武氏老家文水骂人的话。情急之下，武氏也顾不得什么宸妃的身份了，粗话脱口而出。她确实也气极了。

李治抖动着身子走过来，看着地上的朝笏，又弯腰拾起来："这朝笏岂是乱扔的？"

"皇上。"一直沉默不语的长孙无忌走过来，拱手道，"褚遂良受先朝遗命，即使有罪，也不能轻易处刑啊。"

"嗯。"李治点点头，"长孙爱卿，朕想换一个皇后就这么难吗？你阻我挡的，那你们这些朝臣想换妻子，不是想换就换吗？如何到朕这里就行不通了。"

"皇上，您是一国之君，天下瞩目，稍有不慎，不但是你皇上的不是，也是国家的不是，更是我们做臣子的不是。所以，谏议大夫褚遂良不惜以身家性命，来血谏皇上。请皇上能理解我们这些做臣子的心情。"

　　"请皇上能理解我们这些做臣子的心情！"于志宁见长孙无忌说开了话，也不得不上前跟着说上一句。

　　正在这时，一个朝臣不顾内侍的阻劝，踉踉跄跄地扑进来，李治一看，是侍中韩瑗。

　　"韩爱卿，你急急忙忙来干什么？"

　　"皇上，您是不是要处死褚遂良？"

　　"谁说的？你见朕什么时候虐杀过大臣了？"

　　"那遂良怎么满头是血，这会儿正在朝堂上痛哭流涕呢。"

　　"朕问他'立武宸妃为后'的事，他说不同意，不同意就是了，还把朝笏也摔了，成何体统？"

　　"皇上，您以为遂良的意见如何？"韩瑗继续套问道。

　　"他说得太严重了，朕不过是换一个皇后嘛！"

　　"皇上，武宸妃已贵为'宸妃'，其名号，古来无二，已应知足。皇后是陛下的结发妻子，已相随了十几年，一向并无过错，若无缘无故地更换皇后，恐惊天下人的心，扰我社稷的平安。"

　　"有这么严重吗？你们这些人，一个比一个危言耸听。"李治说着，气得转过身去。帘子后边的武氏不知什么时候已经走了。

　　"皇上。"韩瑗"扑通"跪倒在地，膝行到李治的跟前，扯着李治的龙袍不放，泪流满面地谏道："皇上，你是仁慈之主，一向对臣子爱护有加，所以臣子们都一心事君，忠诚报国。那武氏野心勃勃，全不守后宫的闺训，数次挟持皇上，干预朝政。如今，众臣子对皇上已生怨望之心。乞皇上马上收回成命，传旨褒奖遂良这等忠义之臣，方慰臣子们的心。"

　　"胡说！"李治猛地甩开韩瑗的手，甩了几甩没甩掉，"褚遂良当面摔还朝笏，朕不治他的罪就已是天恩浩荡，还再褒奖他？你下去吧！"

　　韩瑗扯住李治的龙袍不放，也学着褚遂良的样子，头在砖地上磕得砰砰响。

　　李治一看急了，这朝臣们要是磕得头破血流，还怎么上朝议政，于是朝旁边的内侍直使眼色。内侍们一看明白了，上来把韩瑗的手掰开，把他给架了下去。

　　"皇上，那我俩也走了？"长孙无忌说。

　　"走吧，走吧。"李治挥手打发走长孙无忌和于志宁两人，回到后宫。后宫里，武氏却出奇地平静，正坐在梳妆台前让宫女们给自己描眉画唇。李治心里有气，转到了她的身后，不高兴地说："事情弄成这样，你还有心梳洗打扮？"

　　武氏回头看了他一眼，撇着嘴笑笑笑，不置一词。

　　"你还有心笑？还没等听完，韩瑗又来了，拉着朕的龙袍跪在地上，又哭又叫。"

装扮一新的武氏袅袅地走过来，拉着李治，把他轻轻地按在椅子上，笑着说："皇上，几个朝臣的小打小闹就把您急成了这样？"

"倒不是急成什么样，朕是心里烦。"

"哎，"武氏叹了一口气，"褚遂良如此放肆，也都是皇上您给惯出来的毛病。"

"朕怎么惯他了？"

"在先帝太宗时代，同为谏议大夫的魏徵，可比褚遂良还犟？光见他谏说，就没见他摔一次朝笏。可见褚遂良欺您不是太宗，欺您性格软弱。"

"也是。"李治点点头说，"先皇是马上皇帝，英明神武，吾辈是赶不上他啊。记得当年朕为皇太子时，太宗命朕游观习射，朕辞以非所好，愿得奉至尊，居膝下，太宗大喜，说朕'真仁慈之主也'，乃营寝殿侧为别院，使朕居住。"

"皇上打算怎样处置褚遂良？"武氏严肃地问。

"怎么处置？都是些老臣，又不好怎么着，朕看就算了，别再越闹越大。"李治打圆场说。

"怪不得说您'仁慈之主'，仁慈有仁慈的好处，但仁慈终究有仁慈的弊病。仁慈过度了，臣子就生懈怠之意，对皇上没有了敬畏之心，所以酿成了褚遂良摔还朝笏的非常举动。皇上，您不但仁慈，还要严肃立威才是。"武氏滔滔地说道。

"照你的意思怎么办？"

"处罚褚遂良，革职查办！"

"他毕竟是先皇的遗命之臣，猛一革职，怕不大好吧？"

"那也得给他个处罚。"

"不行就给他稍微降降职，从一品降为正二品？"

"此不足以警戒后来者，反而让他们笑话皇上软弱。臣妾看就把他贬为潭州都督吧，正好潭州都督位缺。"

"你怎么知道潭州都督位缺？"

"臣妾前天看吏部的简报，原潭州都督已告老还乡。"

"你什么都知道。"李治半是佩服，半是讥讽地说道。

第二天，李治在早朝上冷着脸。听了几个大臣汇报几件事后，就拂袖而去，刚到两仪殿坐定，那侍中韩瑗又来了。

"皇上。"

"韩爱卿，你不去你衙门办事，又到这里来干什么？"李治拉长了脸问。

"臣有书表给皇上。"

"搁着，你退下吧。"

"皇上，您千万不要凭一时意气，废后立后啊！"一语未了，韩瑗已泪流满面，泣不成声。"皇上，臣等之所以忠心为主，乃感皇上之仁慈也。今皇上为妇人所惑，臣敢不以命相谏？万请皇上收回成命，否则，臣韩瑗将永远跪倒不起。"

"韩瑗，你在要挟朕吗？快起来退下去。"

韩瑗也不吱声，只是一个劲儿地磕头，气得李治大骂旁边的内侍："还愣着干什么？快快把他拖走，真是气死朕也。"

"皇上。"一个内侍跑进来，"中书令来济求见。"

"不见！"李治恼怒地说。

话音未落，来济已甩开内侍的阻挡闯了进来。进来就高声大叫："皇上，朝臣们都已议论纷纷，一片哗然。"

"来爱卿，坐坐，有话慢慢说，慢慢说。"这来济人高马大，向来快人快语，说话不避忌，李治见他心里就有些打怵。

"当初立武氏为'宸妃'时，臣等就已断然反对，皇上一意孤行，到如今弄得后宫混乱不堪，家无宁日。如今又想封她为皇后，恐怕国家之祸由此始也！"

"来爱卿，朕一向爱你正直，心和朕贴得近，才让你接替柳奭当中书令的。如今，朕不过是换换皇后，你就如此小题大做，能不令朕失望？"

"皇上，那武氏……"

"别说了，来爱卿，你的心情朕知道了。你还是赶快去中书省办事吧，这几天，这事那事，想必耽误了不少公事。"说完，李治转身进了内殿，把来济丢在了外面。内殿不好再闯了，来济只好怏怏地退去了。

等来济一走，李治又踱了回来，心情沉重地望着眼前的一摞摞公文。

"皇上。"独孤及拾起地上的表奏，递给李治。

"这是什么？"

"是韩侍中的表奏，刚才丢在地上了。"

"扔了，扔了，烦都烦死了。"

"皇上，您还是看看吧，"独孤及劝道，"看看有好处，废后立后对于一个国家来说，不是件小事。多采纳一下各方面的意见不是坏事。"说着，独孤及把表奏放在李治的面前。

"写的什么？"李治嘴里嘟嘟囔囔地往下看：

……匹夫匹妇，犹相选择，况天子乎？皇后母仪万国，善恶由之，故媒母辅佐皇帝，妲己倾覆殷王，《诗》云："赫赫宗周，褒姒灭之。"每览前古，常兴叹息，不谓今日尘黩圣代，作而不法，后嗣可观！愿陛下详之，无为后人所笑！使臣有益于国，醢之戮，臣之分也！昔吴王不用子胥之言而麋鹿游于姑苏。臣恐海内失望，荆棘生于阙庭，宗庙不血食，期有日矣。

李治看完，气得笑起来，用手指捽打着韩瑷的奏章，对独孤及说："危言耸听，危言耸听，太危言耸听了。你韩瑷把自己比作比干、伍子胥之类的忠臣我不管，你怎么又攀指武宸妃为妲己、褒姒？独孤及你来说说，武宸妃温柔漂亮，又善解人意，那妲己和褒姒怎么能跟朕的武宸妃相提并论。"

"韩侍中想必也有他的意思？"独孤及在旁边说。

"他有什么意思？"

独孤及刚想说，抬头见武氏从边殿门走了进来，慌忙闭上口。武氏一阵风似的走过来，笑着问："皇上又和独孤公公研究什么国家大事？"

一句话吓得独孤及慌忙趴在地上，磕了个头："独孤及叩见娘娘，娘娘千岁千千岁，独孤及只是一心侍奉皇上，不敢言及政事。"

"叫什么千岁？我还不是皇后呢。"武氏一只手攀在李治的肩上，"皇上，看什么奏书？"

"爱妃，韩瑷上书把你比作妲己、褒姒？你像吗？"李治说。

"即使臣妾是妲己、褒姒，皇上也不是商纣、周幽王。他们多残暴，而皇上多么仁慈！这韩侍中果然是不明事理，乱说一气。但一片忠心却跃然纸上，臣妾恳请皇上不要治他的罪。"

一听武氏这样说，李治喜形于色，竖起大拇指对独孤及说："你看看武宸妃人有多好，心胸多宽广，这么大度的女人，古来有几？可笑那一帮大臣，还不识好人心，一个劲儿地上谏。这回朕绝不听他们的，一定要立武爱妃为后！"

"皇上，您累了吧。"武氏温柔地说，"来，臣妾给您捶捶背。"武氏一边攥起粉拳，轻轻地给李治捶背，一边叹气，"哎，天下这么大，事这么多，哪一件事不都得问到。这些当臣子的，怎么一点也不理解皇上的心，丝毫也不顾及皇上的身体。"

"可又能怎么办呢，谁让朕是皇帝的，谁让先帝非要传位给朕的。哎，该承担的朕就得承担。"李治感慨了一番又拍拍武氏的手说，"爱妃也很累啊，等封了你为皇后，朕带你到处转转去。"

"皇上，臣妾不当皇后了吧，臣妾有皇上如此疼爱，内心早就知足了。不当皇后，也省得人骂我'褒姒'，省得大臣们给皇上找麻烦，惹皇上生气。"

"朕就是要让你当皇后，这皇后你当定了，任谁也阻挡不了。"

"皇上，今天早朝时，司空李勣有没有来，他是三朝元老，开国功臣，您为什么不听听他的意见呢？当年，太祖命他主办先父的葬礼，他也一向与我武家有渊源，他也最了解臣妾，相信他会做出公正的判断，给皇上一个满意的答复。"

"这老滑头这两天都装病没来上朝，朕还能上他家找他去？"

"他再有病还能病几天，三天两天还不来吗？到时候皇上单独召见他，问问他。"

唐太宗曾说李勣才智有余，"数次以机数御李世民，世民亦以机心事君"。的确，李勣不但是一名能征善战的勇将，而且是一个极有心机的智谋家，善于看风使舵。在武氏立后这件事上，李勣持作壁上观的态度。既不会学褚遂良、韩瑗那样拼死血谏，也不像许敬宗之辈那样摇旗呐喊。

几天后，李勣果然"病愈"上朝。李治提前退朝立即单独把他召进内殿。李勣还装不知道，见李治就作个揖说："皇上，前几天臣的旧伤复发了，疼痛难忍，不能上朝，请万岁恕罪。"

"老爱卿现在身体好多了吧？朕也正想去你家看看你。"

"谢皇上关爱。臣现在感觉好多了。"

"老爱卿，朕单独叫你来，是想跟你商量件事。"

"皇上，朝中政事，大多由无忌太尉和于志宁他们做主，老臣一向是不大过问的。"

"这次不是朝中政事，是关于后宫的事。"

"后宫的事，老臣更不敢过问。"

"你不要凡事都紧张，朕只是听听你的意见。"

"老臣老迈愚昧，恐不能让皇上满意。"

"但说无妨，朕赦你无罪。"李治说，"王皇后不能生子，武宸妃已诞三子，朕想立武宸妃为皇后，不知爱卿意下如何？"

"这事皇上问了长孙太尉、褚遂良、韩瑗他们没有？"

"问了。"

"他们同意不同意？"

"不同意。"李治说，"所以朕单独召见你，想从你这里寻求支持。"

"皇上，依老臣的意思，你谁都不要问。"

"不问还行？"李治有些讶然。

"此乃皇上家事，何必问外人。"李勣看李治低头寻思，又说，"他们一个个娶妻纳妾，问过皇上您没有？"

"对！"李治一拍大腿，"老爱卿你说得太对了。他们娶妻纳妾不问朕，朕立皇后，何必问他们。"

李勣走后，李治兴冲冲地跑到长生殿，把这事告诉了武氏，武氏也很高兴。

九月庚午日，一道诏书正式颁布，贬褚遂良为潭州都督。自此以后，朝堂上再也不见了褚遂良的身影，再也听不到了他慷慨激昂的话语。倒是李勣妙语解君忧的事经常在朝堂上传来传去。升为礼部尚书的许敬宗更是逢人就说："一个乡巴佬要是多收了十斛麦子，还想赶走黄脸婆，再讨个新媳妇，何况是堂堂的天子？皇上想立皇后，干卿家何事？说三道四，聒噪不已，岂不多事！"

许敬宗正说得唾沫飞溅间，一个内侍跑过来："许大人，皇上、宸妃娘娘宣诏，请你到两仪殿晋见。"

许敬宗一听，对旁边的众人说："最近皇上常召我议事。前天还拍着我的肩膀，说让我多多问些政事。哎，我这礼部就够忙的了。"在众人羡慕的眼光下，许敬宗挺直腰板，昂首挺胸跟着内侍向内廷走去。

"皇上万岁万万岁！娘娘千岁千千岁！"许敬宗趴在地上，有板有眼地给皇上和武氏分别磕了一个头。

"许爱卿，本宫还不是皇后，怎可称为千岁。"武氏瞧一眼坐在身旁的李治，装模作样地说道。

"可在老臣的心目中，您早已是皇后，早已是千岁。"胡子白了一大把的许敬宗，不无肉麻地奉承着。

"许爱卿，这废后立后的事，皇上已经定下来了，想在下个月正式颁诏，你作为礼部尚书，打算怎么办这事？"

"改立皇后，有一套程序，常言说得好，不废不立，先废后立。先下达废后诏书，再行册立新后的诏书，然后令太史局郑重占卜，选择好日子，就可以举行立后大典。臣请担当立后大典的主持，一定把典礼办得隆重热烈，空前绝后。"

"好，好。就让许爱卿你当主持。你是礼部尚书，你不当谁当？"李治说。

"许爱卿，"武氏说，"只是这名正言顺……"

"请娘娘示下。"许敬宗摸不着头脑，不知这位计谋多端的未来皇后葫芦里卖的什么药。

"比如百官上书，请求皇上立我为后，你们这些人光心里想让我当皇后还不够，还要有具体行动，统一起来，联合上书，这样才能显得群心悦服，我也可以对天下人有个满意的交代。"武氏见这许敬宗死脑筋转不开弯，便把心里的想法说了出来。

"娘娘考虑得周到，理应如此，理应如此。"

"那这事也交给你办了。记住，人越多越好，除单独上书外，还要搞个联合上书。"武氏嘱咐道。

"这事臣办，这事臣办。"许敬宗只得连连应承下来，心里却一点底也没有，毕竟朝堂上长孙无忌一派人多，万一他们不配合，拒绝联合上书，事就难办了。

"许爱卿，这庆典用的礼服及一切仪式用具现在就可采制了，要求参加贺典的人一人一套新朝服。"武氏说道。

"那得费掉多少布匹锦帛？"李治插话说，"朕看文武百官的礼服还是用他们原有的吧。"

"不行！"武氏断然反对，"新皇后要有新气象，要给人耳目一新之感。"

李治一听，不吱声了。武氏大手一挥说："许爱卿，就这么办吧，先从国库预支银两。记住那百官上书的事，那才是最最重要的事。对外可不要说是本宫的意思，听见了没有？"

"臣记住了，谨遵娘娘的懿旨。"

"下去吧！"

"是。"许敬宗答应一声，又跪地磕两个头，退出去了。

午膳时，武氏对皇帝说："皇上，您应该顿顿喝点酒。酒可以使人长寿，少生疾病。"

"朕天天喝得晕晕乎乎的，还怎么处理政事？"

"臣妾替皇上代劳啊！"武氏半开玩笑地说。

"那你不就成了女皇啦！"

"臣妾成了女皇，那皇上就是女皇的男人，反正是你离不开我，我离不开你。"说着，武氏对李治抛了一个媚眼，唱了起来，"生生世世长相依……"

一时喜得李治又高声大气地喊着传膳。

不一会儿，宫婢们把饭菜端了上来，望着热气升腾的满桌美味佳肴，李治兴奋地搓着手问："爱妃，想喝什么酒？"

话音未落，未及武氏回答，明丽从外面跑进来："皇上、娘娘，中宫派人来送酒了，说是萧淑妃自己酿的，给中宫送去了许多，王皇后自己喝不完，就让人送过来了。"

李治一听，转脸对武氏说："这萧淑妃就是闲不住，常喜欢自己动手做个家常饭。这一阵子，听说她闲得无聊，在西宫带人酿酒，听说还酿得不错，后宫的妃嫔们，都争着向她讨酒喝。"

武氏点点头，对站着的明丽说："叫那送酒的人把酒拿进来。"

明丽答应一声出去了，不一会儿，一个太监抱着一个酒坛进来了。跪在地上，先请了安，然后奏道："皇后娘娘念皇上政务繁忙，身体劳顿。特命奴才捧来萧淑妃亲酿的美酒一坛，请皇上笑纳，不忘糟糠故妻之情也。"

李治一听这话，回想起王皇后、萧淑妃与自己的夫妻深情，不禁有些伤感，鼻子酸酸的，眼圈湿湿的，又怕武氏看见，忙抬起手，装作揉着太阳穴，掩盖着双眼和难过的心情。

侍婢接过太监手中的酒坛，启开封盖，满满地给李治和武氏倒上两杯，酒香扑鼻，沁人心脾。李治端起杯子，刚想往嘴里喝，让武氏给挡住了。

武氏指着那个送酒来的中宫的太监说，"你先喝这一杯酒。"

侍婢把高宗面前的酒杯端给那太监，此太监不敢违旨，接过杯子徐徐饮尽。

忽然，只见那太监"哎哟"一声，捂着肚子滚倒在地，满地翻滚，大叫着："不好！酒里有毒！"声音越来越小，转瞬之间，人就面色青紫，口鼻流血，蜷在地上不动了。所有人都大惊失色，明丽壮起胆子，过去试了试那太监的口鼻，对李治和武氏说："死了，他死了。"

"好一个歹毒的王皇后！好一个歹毒的萧淑妃！"武氏咬牙切齿地说，"真是狗胆包天了，竟然把毒下到了皇上的杯子里。"

"这是真的吗？这是真的吗？"李治吓得寒毛倒竖，双手哆嗦着，口里翻来覆去，就这一句话。

武氏打量着地上那个死去的太监，问旁边的独孤及："这是不是中宫的太监？"

"回娘娘，这是中宫的太监，名叫王茹。"独孤及拱手答道。

"皇上？"武氏转而叫李治，想请他拿主意。

"啊？"李治这才清醒过来，嘴里说，"是不是杯子有毒，酒封得好好的，不可能有毒，她俩还敢毒朕？是不是弄错了。"

"独孤公公，拿点肉蘸点坛子里的酒给狗吃，说不定坛子里的酒没有毒哩。"

独孤及用筷子各夹了一块肉，各蘸了一些酒，喂给狗吃。只见两只狗一会儿工夫又歪在地上，四爪直蹬，不多时也死了。李治一见这狗也死了，猛地用手一拍饭桌，震得桌上杯盘乱晃。

"独孤及，带人把王皇后、萧淑妃押过来，朕要当场讯问，即刻处置！"

独孤及刚想往外走，武氏又招手留住了他。

"皇上，现在是什么时候，您还有闲心亲自问这事，这两人使坏心又不是一回半回了，再说，叫她们来，她们也不承认，这送酒的王茹也死了，死无对证。不如先把她们关在别院吧，等举办过立后大典以后再处置她们。"说着，武氏也不管李治同不同意，对明丽和独孤及说："你两个带人把王皇后和萧淑妃押到后苑里的别院，派人严加看管，没有我和皇上的旨意，任谁都不要随便接近她们。"

"是！"明丽和独孤及两人答应着就出去了。武氏又命令一个内侍，"你，带人把这地上的死人和死狗，用席子卷起来，用车子拉到宫外去埋掉，对谁都不要乱说。"

"是。"接到指令的那个内侍一招手，过来几个人抬着死太监，拎着死狗就出去了。武氏见一切都收拾停当，用手抚着李治的胸口，劝慰道："来，我们继续用膳。"

"朕……吃不下去了。"

"真是仁慈之主！"武氏感叹道，"古来又有几人？"

【第六回】

多谋武媚终封后，羸弱天子渐受困

在武则天的精心策划和运作下，永徽六年（655年）十月十三日，对王皇后来说，是一个极为悲哀的日子。这一天，大唐高宗皇帝正式下达废后的诏书，诏书上说：王皇后、萧淑妃企图以鸩酒害人，废为庶人，其母及兄弟一律除名，流放岭南，没收其全部家产。更可悲的是，王皇后的生身之父王仁的棺椁被从地下掘了出来，劈成几大块。以武氏的意思，这是为了防止"叛乱余孽犹得为荫"。

朝堂上，废后的诏书刚一念完，许敬宗和李义府等人即欢呼雀跃。许敬宗把李义府、袁公瑜、崔义玄和外甥王德俭叫到一个小屋里，商量分头联络人，来个百官大签名，上表拥立武宸妃为皇后等事宜。

剩下的几天里，许敬宗等人没日没夜地展开活动，各自施展如簧之舌，千方百计地说服文武官员。仅仅三四天的工夫，就征得了百十个文武官员的签名同意。十月十九日早朝刚刚开始，没等皇上李治坐上龙椅，许敬宗就迫不及待地出班叫道："皇上，臣有本奏。"

话音未落，只听旁边一个人炸雷一般地喊道："许敬宗，退下！"

许敬宗吓得一哆嗦，定睛一看，原来是中书令来济。

"来大人，本官向皇上奏事，干卿何事？"

"你老糊涂了不是？皇上尚未坐定，百官尚未朝贺，你就忙着出班奏事。"来济用鄙视的目光看着许敬宗说。

"好了，好了，别吵了。"李治说，"朝贺就免了，许爱卿，你有何事就说吧。"

许敬宗急忙往前走了两步，哆哆嗦嗦地从怀里掏出一叠奏章，然后跪在地上，双手捧过头说："皇上，武宸妃出身名门，才貌双全，令臣等百官群心悦服。现文武百官纷纷上书请愿，要求立武宸妃为后。此是奏书，请皇上过目。"

"是吗？"李治心里乐开了花，嘴里叫着，"快快呈上来。"

内侍把许敬宗手里的一叠纸拿上去，交给李治，李治翻了翻，还真不少呢，于是喜悦地对群臣说："大家真同意立武宸妃为后？"

"臣等以死相荐！"李义府、崔义玄等人在下面齐声应和。

"好，好。"李治乐得眼睛眯成了一条缝。

李治回到内殿，兴奋地对武氏说："事办好了。"

"可有人上书请立？"武氏问。

"有。让你说对了，还没等朕宣诏，许敬宗就拿着一沓子奏表，都是百官要求立你为皇后的表奏，想不到你足不出宫，人缘还这么好。"

武氏淡淡地笑了笑，又问："可令太史令占卜大典的吉日吗？"

"哟，朕忘了，朕一高兴就忘了这事了。朕这就叫人传太史令去。"

"不用了，臣妾已问过太史令了。十一月一日就是个好日子。"

"皇上你躺在床上歇一会儿吧，臣妾到宫里转转去，看各个局院对大典的事准备得怎么样了。"武氏又道。

"你去吧，"李治伸胳膊打着哈欠，"有你在，朕不知省了多少心。"

深秋的天空显得异常平静和爽朗，深秋也是皇宫里最美丽的季节。皇宫大内，秋日红叶，楼阁高下，金碧相辉，处处金灿灿的。武氏锦衣华服，在一大群宫婢内侍和卫士的簇拥下，时而乘辇，时而步行，满处巡视着。她走过中宫，走过西宫，走过大明殿，走过皇宫里的角角落落。她满意而又严肃地注视着眼前的一切，心里有说不出的愉悦，说不出的熨帖。大唐的皇宫啊，我终于成了你真正的女主人，真正的可以把你踩在脚下了。我可以想走就走，想看就看，随心所欲，无人可管，无人可攀。

十一月一日，皇城内，到处花团锦簇，彩旗猎猎，宫娥美姬、内侍，各按职能，穿梭般地来往。唯一静止的就是那些站在哨位上值勤的羽林军，他们挺胸凸肚，目视前方，执金瓜，擎斧钺，对对双双，一动不动。今天册后大典的主会场设在太极宫太极殿。太极殿是太极宫的正殿，殿高四丈，远远望去，高大雄浑，摄人心魄。

清晨，皇宫内钟鼓齐鸣，乐队奏起了《普天乐》，一时间，铿锵之音响彻在蔚蓝的天空中，雄壮的音乐在殿阁上下响成一片。太极殿前，文武百官身着崭新的朝服，早已按官阶大小站成班次，文官在东，武官在西，等候进入朝堂。

此时一个精干的内侍迈步走到龙尾道，放开手中的皮鞭，抡圆了胳膊，"叭、叭、叭"，静鞭三下响，然后扯着嗓子喊："皇上驾到！"

李治身着衮龙袍，头戴通天冠，端坐在御辇上徐徐而来，到了阶前下了辇车，直接从专用御道走进大明殿。文武百官这才在赞礼官的引导下，依次走进大殿。

一系列庄重的册封仪式举行完之后，武氏在尚仪的赞导下升入宝座，坐北面南，第一次以皇后的身份，正式地接受内官们的揖拜。

接着，执事官奏请皇后乘舆。于是武后在众人的簇拥下，降阶登上凤舆，侍从护卫凤舆启程。

武后的舆格一直被抬到太极殿的庭阶前。这时，皇帝李治出人意料地从大殿里走出来，乐呵呵地伸手来扶武后，于志宁和赞礼官等人见了这不同寻常的举动，脸上不禁有些失色。唐宫礼制中，哪有皇上降阶来迎皇后的规定？

于志宁拉了拉正使李勣的袖子，悄悄地说："司空大人，这，这有点不大好吧，是否去提醒皇上一下？"

"干好自己的本职就行了。"李勣说完，快步走上前去，叩首对李治说："已授宝册完毕，臣前来交旨。"

"好，好。"李治笑着说，转身又去陪他的新皇后去了。

按规制武后拿到宝绶后，前来向皇上跪拜谢恩，而后打道回后宫，但到了殿里，武后却拉着李治的手，参观起龙案宝座。参观完龙案宝座，武后又说要到肃仪门会见文武百官和外国使臣。刚开始李治并没有答应，觉得不合礼节，但经不住武后的软磨硬泡，只好答应了。众臣见状，也徒叹奈何。

肃仪门的前面，早已人头攒动，赞礼官好不容易把文武百官的位次排好，外国使臣也涌来了。

肃仪门的城楼两边的垛口上，彩旗飘扬，所有的垛口均用黄绸铺上，装饰得富贵华美。靠右边的地方，站着两排乐队，此刻正奏着曲。城楼下的人们翘首以待，正等得心焦犯急，只听得皇宫四下里钟声齐鸣。随之乐队队员一齐拉开了架势，变换了姿势，奏起了大乐。一时间，沉雄浑厚的音乐在周围响起一片，给人一种神圣的感觉。

音乐声中，武后身着皇后大衮服，在一群花团锦簇宫娥美姬的拥护下，出现在肃仪门的城楼上。在灿烂秋阳的照耀下，武后毫无保留地把她那明艳照人的形象展露在众人面前。只见她乌云巧叠盘龙髻，绣带轻飘彩凤翔，碧玉金纽黄罗袍，锦绒襟斜身单红绡。眉如悬月，眼似双星，玉面天生威，朱唇一点红。身后宫妃掌扇，内侍拿拂尘，旁边曲柄伞、御炉香，辉光相射，霭霭堂堂。众人都目不转睛地看着。那些外国使臣们，更是毫不掩饰自己的感觉，口水都差不多流下来了。这时候，武后面对鸦雀无声的人群，靓丽地启齿一笑，这是纯粹女人的灿烂的微笑，从她的双眼里放射出一种鼓励人的神气。

立即，文武百官和使臣们情不自禁地爆发出欢呼声："皇后娘娘千岁千千岁！"

紧接着，随赞礼官一声"参拜"的口令，全体都跪下了。而这黑压压跪拜的人，正是武皇后所期盼，所需要的。

大典在一阵阵喧哗声中结束了。

第二天用过早膳，武氏带着三个小王子，在一大群宫娥内侍、上千名羽林军的护卫下，分乘几十辆大车，浩浩荡荡地赶往城北的太庙。临行前，李治在殿门口送行，不满地说："不过去一趟太庙，搞这么隆重干什么？弄得比朕出行还壮观。"

"不壮观，臣民们不知道您娶了一个好皇后。您回去再睡一会儿，趁今天罢朝放假，多休息休息。"

李治回到殿中复又躺下，想再休息片刻。

"皇上，您睡着了没有？"一个声音在床边小声问，听声音是独孤及。

"什么事？"李治拉着长腔问。

"太子李忠求见。"

"他不在东宫好好念书，来这里干什么？"

"不知道，已在门口跪了好长时间了。"

"你没问他干什么？"

"问他也不说。"

"哎，这孩子从小就不爱说话，当了太子也没见他高兴过，还是一副忧郁的眼神，也不知道他是个什么性格的孩子。"李治还是眼盯着帐顶说着，一歪头见独孤及还站在床边，忙说："快，快让皇儿进来。"

这是一个十四五岁的少年，脸色苍白，身体纤弱，他畏畏缩缩地走到床前，跪下请安。

李治在宫婢们的服侍下正穿着衣服。

"皇儿，你不在东宫跟太傅读书，跑来这儿干什么？"

"哎……"李忠重重叹了一口气。

"小小的年龄叹什么气？"

"说吧，皇儿，什么事？"

"孩儿想，想……"

"想什么快说。"

"孩儿不孝。"李忠趴在地上磕了个头，等抬起头来，已是泪流满面，"父皇，孩儿想辞去太子的位子。"

"咦……这话从哪儿说起？"

"如今武宸妃已升为皇后，孩儿的母后已由皇后废为庶人。孩儿若再贪恋这太子之位，恐祸不远也。"

"祸不远？谁教的你这混账话，你是朕的亲子，谁敢嫁祸于你，真是天大的笑话。"

"孩儿的母后都能以堂堂的皇后之尊废为庶人，何况我这区区的皇太子。"

"你不犯错，朕废你干什么，也没理由废你。"

"话虽这么说，到时候恐怕就不一样了。母后犯了什么错，被废去尊位不说，又被打入别院，过着猪狗不如的生活。恐怕哪天，孩儿还不如母后呢，下场更惨，命都保不住。"

"唉，你这孩子……"李治哭笑不得，"王皇后和萧淑妃是企图以鸩酒害人，才被废为庶人的。"

李忠望着父亲李治，心里那个怨哪，一个当父亲的，当皇帝的，怎么能这样的昏昧啊！如此糊涂的皇帝，既不能保护妻妾，又何能保护她们的儿女，罢罢，这个太子，我不能当了，当一天就向死亡多迈出一步。

"父皇，王皇娘和萧姨娘被关在后苑一个没有窗户的小黑屋里，饥一顿，饱一顿，吃饭都是从一个小洞口往里递。另外，我给您所说的任何话您都别跟那武皇后讲，不然我的祸事也不远矣。"

"你说的都是实话？"李治不禁退后一步，打量着这个早熟的孩子，"果有此事？"

"宫闱大事，儿臣岂敢胡说？"

"皇儿，你先回东宫读书吧，你当不当太子，朕都不会让你受委屈的，至于你皇娘和你萧姨娘，我查明情况，会照顾她们的。"

望着儿子李忠消失在殿门口，李治摇了摇头："独孤及，刚才太子说的话可否属实？我们去看一看怎样？"

"奴才不敢妄议太子，妄议国事。"

李治满意地点点头道："恕你无罪。"

"武皇后临走时吩咐过奴才，说今天罢朝是休息日，让你在殿里歇着，哪里都不让您去，否则回来后要拿奴才我问罪。"

"她竟敢管朕？走！咱这就去后苑别院，看望王皇后萧淑妃去。"说着，李治拔腿就往外走。

独孤及忙抓住李治的衣襟，"扑通"一下跪在地上："皇上，您今天要去，老奴我就没命了，看在老奴服侍您多年的份上，可怜可怜老奴吧，千万不要这会去后苑别院。"

"有这么严重？"李治第一次见独孤及吓成这样。独孤及磕头如捣蒜。

"她不让朕出去，是什么意思？想软禁朕吗？"

"武皇后走时对老奴千嘱咐万嘱咐，说皇上日理万机，太辛苦了，好不容易才歇了一天，想让皇上在这含元殿里歇息歇息。"独孤及唯恐李治出去，武氏拿他开刀，急中生智，编出个武皇后柔情似水关心人的瞎话。

听独孤及这么一说，李治果然不再坚持了，脸上呈现出幸福感，他望着大殿的顶部，无限深情地说："是啊，武皇后走时也是这样嘱咐朕的。作为泱泱大国的皇帝，朕确实太辛苦了。武皇后不让朕出去，也是为朕好，朕不能费了她的一片情意，是不是？"

"是，是。"独孤及忙不迭地说，"皇上还是在这含元殿内好生休息吧。"

李治点点头，转而又说："不过，朕还是想去看看王皇后和萧淑妃，看看她们的生活状况。天下人都称朕是仁慈之主，若果真像太子所说，岂不徒有虚名？"

"皇上想去看她们也行，等武皇后回来时再去不迟。"

李治是一个有情有义的人，也是一个思念旧情的人。

吃过晚饭，忙了几天没有好好歇息的武后早早地躺下了。李治来到床前，满脸堆笑，殷勤地给她掖掖被子，关切地说："你辛苦几天了，早早地睡觉吧。"

"你不睡？"

"朕睡了一天了，现在一点都不困，你先睡吧，朕到外屋去看看书。"

武氏嘱咐道："在外间好好看书啊！"

"今天我哪儿都没去，整整睡了一天觉。"

"你能上哪儿去，你的一举一动我都知道。"

"好，朕为堂堂的大唐天子，也都得听你的。"

把武后安抚好，李治装模作样地拿着一本书，哗哗地翻了十几页。见里间的灯熄灭了，又待了一会儿，估计武后睡着了，才装作到外面欣赏夜景，和独孤及等几个内侍，出了殿门，拐过宣政殿，顺着西海池，一溜儿烟往后苑里走。半路上，独孤及不知在哪儿找了个灯笼，影影绰绰在前头带路。途中，一个内侍边走边好奇地问："皇上，我们这是干什么去？"

"别问。"李治一脸的焦急。

走过御马厩，走过鹿苑，再往里走，路越来越窄，七拐八拐的。衰草萋萋，小树枝子打人脸。有小动物在草丛中穿行的唰唰声，还有猫头鹰叫，叫声跟小孩子哭夜似的，"啊……啊……"

李治有些胆虚，问："还有多远？朕都快走不动了。"

"快了，前面不远就是别院。"

几个人果然见前面黑得有几间小屋。刚又走几步，黑暗里突然跳出几条拿刀的大汉，挡住了去路："什么人？"

"还不过来见过皇上。"独孤及赶忙说道。

几个大汉忙把刀收起，跪在地上磕了头，侍立在一旁。

"你们几个是干什么的？"

"我等是羽林军士，专门看守别院的。"

"王皇后、萧淑妃她们可好？"

"皇上，王皇后、萧淑妃就在这屋里面。"

"门呢？怎么不见有门。"李治睁大眼睛，围绕着小黑屋摸索着、张望着。

"没有门，门给砌死了，只有个送饭的洞口。"

　　"那人不能出来，吃饭、睡觉、出恭，岂不都是在里面了？这小黑屋，怎么美其名曰'别院'？"

　　"那就不知道了，我等只是奉命看守。"几个守卫说。

　　"里面怎么也没有个灯？"李治又问。

　　"上边不让给，我们不敢擅自行事。"

　　"这都是谁出的主意。"

　　"小人不知。"

　　李治摸摸索索地来到那个不到一尺见方的洞口，独孤及举过灯笼往里照，李治把脸凑到洞口，轻声唤着："王皇后、萧淑妃安在？"

　　里面死一般的寂静，李治转脸问旁边的看守："难道她们都睡着了。"

　　"没有，不闹到半夜她俩根本不睡，刚才还听见里面嘤嘤地哭呢。她俩不知道来是谁，心里害怕，不敢出声。"

　　"王皇后、萧淑妃安在？朕来看望你们了。"叫完，李治侧耳倾听里面的动静，好半天，黑暗中，里面一阵声，一个女人的声音颤抖地问："是谁？"

　　"是朕，说话的是王皇后吗？"

　　"真是皇上！"里面的两个女人百感交集，伏地痛哭，哭声嘶哑无力，显然每日每夜不知哭过多少回了，嗓子都哭哑了。

　　"王皇后、萧淑妃，你们别……别哭了。"哭得李治也禁不住伤心起来，眼泪哗啦一下滚落了下来。

　　"妾见罪于当今国母，已被贬为宫婢，皇上为何还用旧日称呼？"里面王皇后幽怨地说。

　　没等李治回答，好像怕皇上马上就要走似的，王皇后迫不及待地恳求道："若万岁还念旧情，使妾等再见天日，贱妾做奴婢侍奉皇上，也心甘情愿。"

　　王皇后哀戚中透着企盼："万岁思及往昔，望改此院为回心院，妾等再生之幸。"

　　王皇后刚说完，送饭洞口里，就传出萧淑妃的痛哭声，哭声撕心裂肺，石头人听了也会伤情。

　　李治面对此情此景，心如刀绞，一股豪气油然而生，他大声喊道："你们放心，朕自有处置！"

　　"皇上！"萧淑妃挤到洞口，"我那三个孩子可……可都好？"

　　"好，好。朕已安排专人照顾！"

　　"我那可怜的素节呢？"

　　"他已搬出去了，另有王府居住。"

　　"可怜我那素节，今年才九岁啊，没有娘的日子，可怎么过啊！"萧淑妃说着，又失声痛哭起来。

"皇上，求您放了臣妾吧，让臣妾带着那三个苦命的孩子，回归故里，为平民百姓，过那耕种织布的日子。妾已害怕了皇宫的生活，求皇上遂了臣妾的心愿吧！"

"淑妃，别再说了，说得朕心里苦涩涩的。"李治唏嘘不已，"朕的儿子岂能耕牧于田间村野？你放心，朕还是那句话，朕自有办法救你们出去。"

"皇上，贱妾在这小黑屋子里度日如年，不见阳光，又冷又饿，与蛇鼠为伴，皇上打算再让我俩忍受多久，什么时候救我俩出去？"洞口内的王皇后，悲切地说。

"这……"李治不敢多想。马上放人，他能做到吗？

"皇上，您是一国之君，难道连一个女人都救不了吗？"里面的王皇后追问道。

"谁说朕救不了你们？"李治像被小虫咬到痛处，激起一丝愠怒，转脸命令独孤及，"快叫人把门上砌的砖砸掉，放她二人出来。"

旁边的独孤及动也不动，他怕担干系，他心里也很清楚，惹了皇上不要紧，几句好话哄哄他就不生气了，但若惹了武后，怕小命都保不住。几年来，宫里的一系列变故，除了李治懵懵懂懂蒙在鼓里，明眼人谁看不出来。独孤及心里可是一清二楚，他打年轻时就在宫里，谁的脾气秉性，谁的阴谋诡计，一般都瞒不过他的眼睛，但他一向采取的是睁一只眼、闭一只眼的人生态度。一个宫中奴才，供人使唤之人，犯不着得罪谁，得过且过，平平安安就算了。

"独孤及，你发什么愣？朕吩咐你话呢！"

"干什么，皇上？"独孤及佯装不知道。

"你快叫人把这门上砌的砖拆了，放王皇后、萧淑妃俩人出来。"

"这……"独孤及在故意拖延。

"皇上，这屋子太小了，黑灯瞎火的，砸开砖头，恐怕不小心伤了王皇后、萧淑妃。以老奴看，等天明了再砸吧。就让二位娘娘再忍一晚，都关了个把月了，还在乎这一晚上吗？"

李治是个好哄的人，听了独孤及的话，也不持异议，转而贴着洞口对里面说："王皇后、萧淑妃，晚上打开门不方便，等朕明天派人救你们出来，好不好？"

"皇上，莫不是不敢救贱妾，说推辞的话？"

"哪能，朕保证明天派人来，派独孤及来。"

"皇上打算把贱妾放出来后，又安置何方？"

"这……"李治抚了抚额头，才理智了些，"看样子宫里不好待了，朕会另外安排府第给你们居住，如何？你俩的尊号虽然没了，但你俩的待遇不变，侍婢、月度供给，还按皇后、淑妃的标准供给，如何？"

"皇上，看在多年勤心侍君的份上千万不要哄骗贱妾。"王皇后和萧淑妃说着又忍不住哭起来。

"不会的，朕绝对不会，明天独孤及就会来救你们出去。"

"皇上，"独孤及拽了拽李治，"天不早了，明天还得早朝呢。"

"那……皇后、淑妃，朕走了，来！让我看看你们。"李治把胳膊伸进洞内，里面两个可怜的女人争着把李治的手贴在自己涕泪纵横的脸上。

"皇上、皇上！"她们抖抖索索地叫着，李治也心酸不已，摸摸这张脸，摸摸那张脸，抹去这脸的泪水，那张脸的泪水又接着满了，人世间幽怨辛酸的泪水似乎从来没有流尽的时候。

"皇上，该走了。"独孤及催促着。

"皇上……"

"皇上……"

分手在即，里面传出了痛哭声，这哭声来自地下，这哭声发源于天上，这哭声流淌在李治的耳际。

李治的嘴撇着，虽然黑暗中看不清，但能感觉到他的嘴撇得严肃极了，一种英雄救美的千古豪情反复在他的胸腔中激荡。

"走吧。"独孤及和几个内侍强拉着李治往回走，李治一步一回头，一回头就重复那句话："皇后、淑妃，朕走了。"

一行人在暗淡昏黄的灯笼的照明下，默默穿行于夜色树丛之中，耳边似乎还有刚才的呜咽声，与秋风吹落叶的飒飒声、秋虫行将死亡的哀鸣声，构成了一种凄惨的氛围。

李治一路走着，忽然问："独孤及，你明天准备怎么救皇后、淑妃？"

"皇上安排别人吧，这事我……"

"公公，皇宫上千太监，你是朕的心腹，你不办谁办。"李治叹了一口气，"她俩也太可怜了，毕竟跟朕是十几年的结发夫妻啊。你从小净身入宫，不理解什么叫旧情难忘啊！"

"皇上您别说了，食君之禄，为君分忧，我给您办这事儿，不过您得给我写个圣旨带着，出了事，有圣旨挡着。"

"圣旨好写，朕回去就写给你。"

"把她们送到哪里去？"

"这……最好是一个偏僻隐秘的地方，房子不多不少，两人住着正好。另外，再拨十几个宫婢侍候她们，一切开销用度，让掖庭局按月送去。"

"那就让她们去西山吧，既清静风景又好。"

"好！好！就这么定了！"

说着，就进了宣政殿，李治在龙案前，亲拟圣旨，郑重地交给独孤及，又对其他三个内侍说："你们三个是不是朕的心腹？"

"是，是！"

"听着，今晚的事不要跟任何人说，谁胆敢泄漏出来，乱棍打死。"

次日，独孤及像往常一样，指挥宫婢内侍们服侍李治起床、穿衣、洗漱。收拾停当后，李治出了寝屋，到了外间，朝独孤及使个眼色，独孤及随着他走出含元殿。李治又凑近独孤及，附耳叮嘱了几句，两人才匆匆分手，各奔东西。李治去宣政殿上朝。独孤及则一路往后苑走，一手摸着怀里的圣旨，一路彷徨无计。去办那事吧，肯定瞒不过武皇后，也肯定逃脱不了她严酷的惩罚，虽说是奉旨行事，但圣旨只是个琉璃罩，一打就碎。武皇后就是个羊角锤，比琉璃罩圣旨厉害多了。不去办那事吧，虽然不怕皇上对自己怎么怎么样，可想想王皇后和萧淑妃的确很可怜，就一个人的良心来讲，的确应该救她们出去，去还是不去，真令独孤及左右为难。他到小花园的旁边，找一个石凳子坐了下来。此时，东方天际已渐渐地开始发亮了，草地上露水涟涟，独孤及愁眉苦脸，唉声叹气，却也无可奈何。左有武后，右有皇上，天有二日，宫中有二圣，奴才有二主，听她的，他生气；听他的，她更生气，或者说不止更生气。独孤及急得把旁边的一棵白菊花连根带土拔起来。

正在这时，一个内侍跑过来，气喘吁吁地说："公公，可找到你了。"

"什么事？"独孤及见是武皇后身边的内侍，忙站起来，紧张地问。

"皇后口谕，让你赶快去见她。"

"召我干什么？"

"没说，快走吧，晚了皇后要生气的。"

独孤及跑了老远，手里还拎着那连根拔起的菊花，他看了看，把它一甩，但甩不掉那些心事。

独孤及脚步匆匆，思路匆匆，却厘不出个头绪来。含元殿到了。殿里，武后已经起床，宫女们正在给她梳妆打扮。独孤及慌忙跪倒在她脚跟前，不敢抬头。

"娘娘千岁千岁千千岁，奴才给娘娘请安。"

"哟，公公这么客气。"武后冷冷地问。

独孤及已嗅到空气中的异味，他以头触地，给武后磕了两个响头，显得更客气。

"公公，昨夜里半夜三更的，你带皇上到哪里逛夜景去了？"武后问。

无奈之下，独孤及只得交代说："回娘娘，皇上去别院看王庶人、萧庶人去了，奴才是皇上的贴身内官，不得不随着皇上去。"

"回来时怎么没见你给本宫汇报呀？"

"回来时，娘娘已睡下了，因此没敢惊动。"

"凌晨，皇上起床了，怎么也没见你说呀？"

"皇上严令奴才不让说，守着皇上，奴才不敢说。"

"岂止严令，听说还赐你一张护身的圣旨，拿来让我瞧瞧。"独孤及不敢隐瞒，哆哆嗦嗦地从怀里摸出那张圣旨，双手颤抖着捧着圣旨交给武后。武后看了一遍，好像很无所谓地把圣旨递还独孤及，说："原来是这么回事，那你就去办吧。"

"奴才不敢。"独孤及伏在地上说。

"有圣旨给你撑腰，有什么不敢。你刚才不是已经去了吗？"

"奴才不敢去，奴才方才是在小花园里坐着的，不信你问问他。"独孤及指着刚才的内侍说。

武后斜眼看了一下那个内侍，那人忙说："是，是。奴才去找时，独孤公公正在花园里。"

武后点了点头，问独孤及："你不奉旨办那事，去花园干什么？"

"请娘娘体谅奴才的心。"独孤及又磕了两个响头。

武后撇着嘴轻蔑地笑了笑，把那张圣旨噌噌噌撕成一条一条的，随手一抛，命令独孤及："你马上带人赶到别院，把王、萧二人弄出来，各杖打一百！"

"是。"独孤及爬起来，低着头往外走，武后又叫住了他，"独孤公公，你看看需不需要先通知皇上一声？"

"奴才不敢！"独孤及心里的那个苦呀，独孤啊独孤，怎么什么尴尬的事都让你给碰上了。

在武后两个内侍的督促下，独孤及几乎是一路小跑，踉踉跄跄地赶到别院，天早已大亮了，别院这边，早有几个人正抡开大镐，砸着砖墙。

"快了，快了，再加把劲。"一个人说着，呸呸往手心里吐两口唾沫，然后抡镐恶狠狠地朝砖墙砸去。只听哗啦一声，砖墙被砸开一个缺口。有缺口就快多了，三下五除二，原先的门就显现出来了。王皇后、萧淑妃也急不可待地钻了出来，呸呸地吐着满嘴的灰土，大口大口地呼吸着新鲜的空气，扑到独孤及的跟前，一人抓着他一只手，像找到失散多年的亲人似的。"公公，你可来了。"

独孤及木然不动，静止了一般。王皇后、萧淑妃忙拽拽他，提醒他："公公，我们上哪儿去？快走吧。"

独孤及深深叹了一口气，还是不动，王、萧二人觉得有些不妙，再一看，旁边的六七个人都不怀好意地盯着自己。

"公公，咱们快走吧！公公？"王、萧二人害怕地说。

"哎……"独孤及又从内心深处轻轻叹出一口气，不能再等了，武皇后的内侍也在盯着自己。独孤及无力地挥了挥手："拉到旁边的屋子去，按武皇后的懿旨，把两人各杖打一百。"话音刚落，旁边的几个人毫无表情地围上来，抓住了王皇后和萧淑妃，拖着就走。

"公公，这是干什么？"王、萧二人哭喊着，"皇上在哪里，皇上怎么交代你的，公公，你……"话音未落，人就给拖进了旁边的一间屋子里。

"公公，"一个内侍走过来，掏出一张马粪纸，"这是武皇后的敕令。娘娘说，行刑前，让你亲口向她们宣敕。”

独孤及接在手里，进了屋子，他谁也不看，面无表情地宣敕。旁边的人立即将王、萧二人强按在地上听敕。

“皇后敕令，别院囚徒王庶人、萧庶人，不思悔改，仍以妖媚惑君，各杖打一百。”

王皇后听了，倔强地抬起头来，大声喊道：“既然她武媚承宠，我当一死了之！”

喊声未绝，行刑的大杖已凶狠地落下，按照武后的指示，行刑的人毫不留情，使劲地打。可怜王皇后，一个从未受过罪的大家闺秀，撑不了十几杖，就被打得晕死过去。

旁边的萧淑妃，双手撑着地，破口大骂：“武媚！你这个妖孽。但愿我来世变为猫，你为老鼠。让我生生世世扼你喉！”

独孤及把脸扭到一边去，耳里满是棍棒打在血肉上的扑扑声，满是受难者的惨号声。独孤及再也忍受不住，冲出了门外。独孤及深一脚浅一脚地向后苑深处走去，他的心颤动着，有着不可言状的痛苦。他摇摇晃晃地挪动着脚步，前面光秃秃的树林，像一堵黑墙，脚下厚厚的落叶软绵绵的，脚踏在上面，心里没有底。

“大慈大悲的菩萨，发发善心吧。”独孤及连说了十几遍后，才觉着心里宽慰些。

此时，背后隐隐约约传来了人的喊叫声：“独孤公公！”

独孤及这才意识到他走得太远了，急忙折回别院。

一个内侍迎过来问他：“公公，娘娘令你来监刑，你去哪里了？”

“去那边方便一下。哎，打完了没有？”

“打完了，两人全昏死过去了。娘娘说，打完了马上去向她禀报，王、萧说什么话什么态度也得给她禀报。”

“那你去禀报吧。”

“多谢公公美意。”那内侍说着，争功邀赏似的急忙走了。

独孤及进了屋子，王、萧二人已血肉模糊地躺在地上。他过去用手试了试鼻息，摇了摇头，对左右打手说：“怎么打得这么厉害？”

“武皇后懿旨要打死她们，不打死不行啊。”

“那咱们先在外头等等吧，把门锁上，等武皇后的新旨令下来再说。”独孤及和打手们退出屋子，锁上门到另一间屋子里喝水歇息，等那个内侍回来。

不一会儿，武后满脸怒容地赶来了，众人忙出门跪地迎接。武后径直过来一脚把独孤及踢倒，怒气冲冲地说：“我让你来督促行刑，你刚才干什么去了？”

“回娘娘，”独孤及吓得面无人色地趴在地上，“奴才刚才去解了一个手，接着就回来了。”

"她俩骂我的话你知道不知道？"武后指着那间屋子问。

"知道。"

武后又吼道："为什么不叫人塞住她们的嘴？为什么叫她们临死前咒我？"

"奴才该死，奴才疏忽。"独孤及不住地磕头。

武后走进了屋子，看了看躺在地上的王、萧，又亲手试了试鼻息，狞笑着说："还有一点气，还没完全打死。"

话音没落，吓得身后的几个打手也都跪下了。

"娘娘恕罪，刚才试着是死了，这会怎么又活了，待奴才们再打。"

"活着好啊，快去弄些凉水来泼，泼醒她们。"武后命令道。

几个人飞快地提了两桶水来，泼在地上的王、萧身上，两个人蠕动了一下，但是没有睁开眼，还处在半昏迷状态中。

"你两个，去抬一瓮酒来。"武后指着旁边的内侍说。

武后继而恶狠狠地说："敢咒我世代为鼠，她为猫，跺去她们的手脚，让她俩都为无爪的猫狗吧。"一听这话，在场的几个宦官头皮发麻，不敢动手，面面相觑。

"看什么！"武后凶狠的目光射过来，"还不动手？！"

几个人只得拿过两把刀，走过来，手直打哆嗦。独孤及躲在人背后，更是不敢看。

"把刀给独孤及。"武后叫道。

那几个人松了口气，把王、萧两人的胳膊、腿摆好。

"娘娘，"独孤及带着哭腔，"奴才连鸡都没有杀过。"

"我从一数到三，你再不动手，我让他们砍去你的手脚。"武后说。

"一、二……"

独孤及只得抓起一把刀，硬着头皮，极力把脑子想成空白一片，走过去，不敢瞧地上是谁，闭上眼，抡起刀，牙关紧咬，一跺脚，刀砍了下去。

"扑！"这是什么声音啊，这么迟钝、小声，这么地摄人心魄。

独孤及浑身颤抖着，打起了寒噤，欲呕却一时呕不出来。

"啊！"随之，地上的人被剧痛惊醒，发出一声凄厉的惨叫。独孤及扔下刀子，跑到门口，扶着门框呕吐起来，又顺着门框软软地瘫倒在地。

武后鄙夷地看了独孤及一眼，又转身命令其他人："快，砍去她俩的手脚。"

一阵杂乱的砍瓜切菜的声音，一幕充满邪欲的人间惨剧。被斩杀的两个女人早已失去了号叫的力量，瘫在地上，披发沥血，两眼无神，眼珠转动着，无声地盯住武后不放。

"快砍！快！砍死她们！"武后躲闪着王、萧的眼睛，但始终也躲不开，她只得暴跳地叫着、催促着。她的声音已经变了调，脸色变得苍白，她的面部可怕地抽搐着。

"酒来了。"两个内侍兴冲冲地抬着酒瓮进了屋，再定睛一看，吓得两人都静止了，地上到处是血。

"让你们的骨头去喝酒吧！"武后狂笑着，又颤抖着，倒退着出了小屋。其他几个刽子手一看，也都争先恐后地拥出小屋，飞速地把门带上。

木门把大部分血腥气关到了屋子里，但各人的脑子却把血淋淋的场面带了出来。

武后回到含元殿后，惊魂稍定，又下一道懿旨，将王氏改为"蟒"氏，萧氏改为"枭"氏。她相信经她这么一改，被野狗吞掉的王、萧二人即使到了阴间，也没有什么好运了。

根据武后的吩咐，独孤及心神不定地来到宣政殿，正好李治下朝，见独孤及来了，忙近身小声问："你怎么到这来了？不是安排王、萧她俩去西山吗？"

"……回皇上。"独孤及吞吞吐吐，"老奴刚把王皇后和萧淑妃带到西海池，就碰见武皇后了。"

"碰到她了？怎么碰着她了？"李治急得直跺脚，"那王皇后和萧淑妃呢？"

"让武皇后另派人送去西山了。"

"你怎么不去？"

"武皇后说老奴是皇上的贴身宦官，不宜外出，要时刻跟随皇上，照顾皇上。"

"你呀真笨。"李治唉声叹气地说着，"你怎么这么听她的？她能让王、萧在西山好好过吗？女人都是善于嫉妒的，这你都不知道吗？"

"奴才不敢违背武皇后，"独孤及不服气地说，又根据武后的吩咐转而安慰李治，"说不定武皇后会叫人好好对待王皇后和萧淑妃的。武皇后是那样的温柔和宽容，她不会做出让皇上伤心的事的。"

"说是这么说。过几天，你还是偷偷去西山看看，她们两个究竟过得怎么样。"

"是，皇上。"独孤及有气无力地应着。

什么事都往好处想的李治，还真让独孤及的一番话给轻松地骗过去了。不过他又一时不便开口问武后这事。张了几次嘴，话都没有说出来，一晃几天过去了。其间，武后为了进一步巩固自己的地位，也加紧活动，下一步当务之急是换太子，废去"蟒"氏的螟蛉子李忠，换上自己的长子李弘。主意一定，武后便向自己的亲信许敬宗发出了一道密令。第二天上朝，许敬宗如约上了一道奏表，表曰：

永徽爱始，国本未生，权引彗星，越生明两。近者元妃载诞，正胤降神，重光日融，爝晖宜息，安可反植枝干，久易位于天庭，倒袭裳衣，使违方于震位！又，父子之际，人所难言，事或犯麟，必婴严宪，煎膏染鼎，臣亦甘心……

因许敬宗写的奏章引典过滥，且十分晦涩，下朝后，高宗李治把许敬宗召到两仪殿，想听听他到底想说什么。

"许爱卿，你谈谈这奏表的事。"李治不愿直接说自己看不懂奏表。

"这……"许敬宗也不是个愚蠢的人，他是故意写得晦涩难懂的，他知道，废立太子这等事，毕竟是国家的大事，弄不好自己会在这上面栽跟头，但武皇后的交代又不得不办。所以他挖空心思，就是不让皇帝李治完全看懂，以便留出余地来揣摩圣意。此刻许敬宗只得硬着头皮说出来："臣觉得既然封了武皇后，也应封她的儿子为太子，这样才合情理，于国于家都有利，皇上，您觉得老臣说得可对？"

李治果然生了气："你许敬宗胆子越来越大了，竟然论起废立太子的事，这不是在扰乱社稷吗？"

"非也。"许敬宗见话已挑开，便摇动三寸不烂之舌，苦心说服李治，"皇太子乃国家根本，臣岂不知？然本若未正，天下万国无所系心。况且现在为东宫太子者，乃出自微庶，如果他知道国家正嫡已经分明，内心必然不安。窃居自己不该得到的位子而又心怀不安，恐怕这不是宗庙的福音，请皇上深思熟虑此事。"

"说得也是。"李治是个没主见的人，听许敬宗这么一说，觉得颇有道理，于是在大殿上转开了圈子，权衡比较废立太子的利弊。

"皇上，这件事千万要处理好啊，处理不好，小则宫廷不安，大则天下震动啊。太子为皇后嫡子，乃历朝历代礼制惯例，若不遵循，恐灾变不远矣。"

"是啊。"李治停止了转圈，说："忠也已请求自动退位，不过，这样朕觉得对不起他。"

许敬宗喜道："既然太子已愿意，请皇上速准其愿。"

"朕还要和长孙太尉几个人商议一下。"李治说。

"越商议事越多，皇上只要认准的事就应该马上去做，迟迟疑疑，反会多事。"

"那什么时候下诏，还要选个好日子不？"

"下个月初六是个吉日，再说下个月国家也正好改元'显庆'。"

"是啊。"李治点点头，又问："许爱卿，你觉得，皇后起的这个新年号好不好？朕怎么觉得这个两字好像专为皇后家起的一样。"

"皇上，事已定下来了，就别再说这事了。显庆显庆，显赫喜庆，谁显庆还不都是皇上您的显庆？"

"那就定于下月初六，下诏废皇太子李忠，立代王李弘为太子。"

计议已定，许敬宗觉得已圆满地完成了武后交给的任务，于是喜滋滋地走了。李治也觉着很轻松，好似去了一块儿心病，兴冲冲地奔回含元殿，把好消息告诉给武后。

武后听了只是淡淡一笑，并没有像李治所想象的那样兴高采烈，武后虽然神情有些疲惫，但仍温柔地抚摸着李治，像一个母亲抚摸自己的婴儿那样。

李治趁着武后高兴，趁机说自己的话："听独孤及说，王氏和萧氏让你派人送到西山了。"

"是啊，臣妾办这事也是秉承皇上的意思。"

"那……朕派人到西山，怎么找不到她俩？"

"是这么回事。"武后打圈子抹弯子说，"听那些奴婢说，她俩在西山住了两天，自觉得对不起皇上，双双上吊自杀了。"

"什么？她俩人死了？"李治跳起来，抓着武后的袖子问，"你听谁说的，是真的还是假的？"

"真的，谁还敢欺君？人都已经埋葬了。现在说什么也都晚了，"武后感叹道，"虽说她俩的死是咎由自取，但也着实让人伤感啊，两个如花似玉的人儿。"

"朕到床上歇歇去。"李治心情惨淡，不想和谁说话，每临痛苦的事，他总是喜欢一个人蒙在被窝里，独一人，静静地咀嚼消化这难言的痛苦。武后知道他这毛病，也不管他。她知道，等过两个时辰，他就什么事也没有了。

显庆元年（656年）正月初六，李治正式颁下诏书，废皇太子李忠，立年仅四岁的李弘为太子。

在武后的策划下，废太子李忠被改封为梁王，兼任梁州（今陕西省郑县）刺史，诏令让他立即上马赴任，不得再居留于京都。自从太子李忠被废以后，原先东宫辅佐他的大小官吏，像避瘟疫似的，争先恐后地逃离东宫。唯有右庶子李安仁，不避灾祸，自始至终地陪伴着李忠，独自一个人把李忠送到城外，他望着这位苦命的王子，涕泪交加，再三叮嘱，然后和李忠洒泪而别。

武后亲手给四岁的长子李弘穿上新做的太子服。新太子人虽小，但一身衮服，倒也显得庄重大方，神气毕现。武后喜气洋洋，摸摸李弘这儿，摸摸李弘那儿，久久合不拢嘴，久久不舍得松手。晚上，武后破例多饮了两杯酒，以示庆贺，也不知兴奋过度，还是酒的度数过高，没等离酒桌，人就昏昏沉沉的，宫婢们急忙把她扶到寝室歇息。迷迷糊糊中，武后听到床畔有人在一声声叹息，她勉强睁开眼，眼前什么都没有，宫婢们已放下寝帐轻轻地退出去了。武后心知有异，强打精神断喝一声："何方妖孽，敢来扰吾清梦？"

话音刚落，只觉得门口阴风飒飒，阴风中一个凄惨的声音在悠悠地叫着："武媚，你还我命来！"

"你是何人？"武后嘴里动着，却再也发不出声，想坐起来又动不了，生生地被魇住了。

"武媚，你还我命来！"另外一个声音也悠悠地叫着。

"是她俩，她俩来报复来了。"武后心知肚明，浑身却动弹不得。

"武媚，还我命来！"叫声越来越惨，越来越夺人心魄，让人浑身起鸡皮疙瘩。随着叫声，两个披发沥血的冤鬼浮现出来，没有手脚的残肢，鲜血淋淋，直向武后的脸上戳来。

武后拼尽全身的力气"啊"的一声尖叫起来。

"怎么啦？"是李治。他手摸着武后的脸，温柔地说："你魇住了，看你吓得，满头都是冷汗。"

"皇上。"武后惊魂未定，钻到李治的怀里，紧紧揽着他，生怕失去他似的。

"别怕，别怕。有朕在，什么都不用怕。"李治抱着武后，抚了抚她的肩。

果然武后一夜好睡，可第二天晚上，那个怪梦又来了，武后又是一身冷汗，又钻进李治这个真龙天子的怀抱里，可老是这样也不是个办法。武后一脸疲倦地对李治说："皇上，这大明宫，臣妾不想住了，另换个地方吧，不然，夜夜做噩梦，实在受不了了。"

"好生生怎么做噩梦？"李治心疼得不得了，"那就迁居别处吧。"

迁居后，武后果然能睡好觉了。为了给天下女人做榜样，武后下令在宫里置一间蚕室，她亲自养蚕。每天来蚕室里站一站，看着蚕宝宝一天天长大，变得又白又胖，武后心情平静了许多，好转了许多。这温情的平民农事的感觉，冲淡了她心中的爱恨情仇。

武后养蚕，李治也很高兴，马上替她大造舆论，盛赞武皇后的贤德，他对人说："武皇后养蚕，是对那些诬陷武皇后干政一类人的有力驳斥。"下朝后，李治来到养蚕室，正巧武后正在巡视着蚕宝宝，李治凑到跟前，满含笑意地看着她，眼珠一动也不动。

"看什么看，馋嘴猫似的。"说到"猫"，武后悚然一惊，但很快，她就把那些念头打发走了。

"看你没有别的意思。朕是想，当初立你为后时，褚遂良他们不识时务，鼠目寸光，硬着脖子血谏，说什么若立你为后，国家之祸从此始，朕现在想想这些话，觉得有些可笑。"

"皇上能这样了解臣妾，实乃臣妾之福。"武后挽住李治的胳膊，走出蚕室，沿着平静的后苑甬道散步。

"有人传说是臣妾杀了王氏和萧氏，皇上您相信吗？"

"哎，什么相信不相信，人死不能复生，事情已经这样了，也就算了。朕只是希望，你以后能谨守妇道，为人行事温和一些，平日多看些佛经，读书习字、近农亲蚕，做一个贤德婉淑的皇后。"

花丛深处，野草萋萋，乱花点缀。有羽茅草、马鞭草、大戟和陈葛，及各种颜色鲜艳的小花。武后摘了一朵又一朵，把它们拿在手里，或别在鬓边，难得的悠闲，少有的快活。

前面有一大片指甲般大的蓝色小花，像一颗颗蓝宝石似的，熠熠生辉，其中有两颗最生动，最合武后的心意。她情不自禁地走上去，伸手去摘，花没摘着，手却摸到一个潮乎乎、绵软软的东西，她吓得手猛然缩了过来。草丛中"啊呜"一声叫，跃出一个黑乎乎的东西，径直扑向武后，武后吓得一跤摔倒，哇哇大叫。众侍卫和李治听到叫声赶来，只见一只大黑野猫呜咽着踉跄而去。

"别怕，别怕，是一只野猫。"李治扶起地上的武后，安慰着说。

"吓死我了。"武后抚着胸口，心脏犹自怦怦乱跳。这野猫扑我干什么？武后寻思来寻思去，急急赶回了寝殿。

春天夜晚的月光，又新鲜又明亮，深蓝色的夜空中传播着野花和青草的芳香。地面上，丛林中，闪烁的水面上，有层银色的雾在轻轻地浮动着。多么平和幸福的春夜，多么适合安睡的夜晚。武后拼命地闭上眼睛，却怎么也睡不着。她想这想那，越想越多，越想越焦躁，越焦躁越睡不着觉，不想还不行，只得钻进李治这个真龙天子的怀里，可也不管事，倒把李治惊醒了好几回。

想童年的时光吧，童年的时光多美好，无忧无虑，天真无邪。还有童年的山水，也是那么美丽深情。记忆中利州的广元湖，沿江溯流而上的官船，那个不停地在湖边、船头跑动的女孩。女孩有数不清的幻想，数不清的美梦……想着想着，武后渐渐地睡着了。她仿佛来到了美丽的广元湖畔，湖畔杨柳依依，鸟儿歌唱。几个小伙伴跑来跑去，搬动着一块块土坷垃，插上一株株红叶草、小黄花，做各种各样怎么也玩不厌的游戏。这时一个潮潮的柔软的带刺的舌头，在不停地舔着自己。武后心一惊，忙转过头，"哇"地一声大叫，蹿了起来。是那只黑猫，那猫虎视眈眈地盯着自己，一下一下地舔着嘴唇。突然猫的半边脸变成了萧淑妃的半边脸，一个鲜血淋漓的半边脸，她在盯着武后，目光中放射出一种怨毒。武后撒腿就跑，黑猫凌空一个跟头，翻到了武后的前面。

"你饶了我吧，我错了。"武后跪在地上连连作揖。

"你太毒了，你死后会变成老鼠，让我这只猫生生世世咬你的喉咙。"黑猫阴阴地说。

"我不狠毒，怎么能登上皇后的宝座？"武后强词夺理，"要想成就一番事业，只有不择手段，不问亲情，毫不留情。你就认命吧，别再来缠我了，这也都是定数啊。"

"我缠你也都是定数！"黑猫纵身扑过来，"少废话，拿命过来。"

"娘呀……"武后大叫一声，拼命奔跑，却一步也走不动，黑乎乎的野猫闪着利爪，急速地向她脸上冲来，武后躲也躲不及。武后极力惨叫一声，灵魂入窍，脱离梦境。她半睡半醒，犹在床上扑腾，旁边熟睡的李治被打了一下。

"怎么了？"李治恼怒地睁开睡眼。武后冷汗淋漓，喘息不定，再也睡不着，不到四更天，就命人侍候穿衣下床，下床就下了一道懿旨，命令内侍马上通知各处，把宫中的猫全部杀死，一个不留，从此后宫不许再养猫。

"是！"几个内侍宫婢飞奔出殿，通知各处去了。一时间，宫中的猫都遭了殃，连偶尔游荡到宫里的野猫，也不能幸免，只要一露面，就遭到宦官和内侍们的全力围剿。

但杀戮并没有起多大作用，杀死现实中的猫，杀不了梦境中的猫。没过多久，噩梦依旧，除了那只黑猫流连不走外，褚遂良等正义之士也在梦中手指着武后，严厉谴责其狠毒的行为，弄得武后睡梦中常常喘不过气来，苦不堪言。看来，这长安是不宜居住了，还是迁到东都洛阳吧。在那山清水秀的陪都，或许可以远避屈死者的冤魂，还可以大展手脚，开拓新的天地、新的权威、新的基业。这京城长安，毕竟是李唐家的太庙祖坟的盘踞地，岂能保佑我姓武的外人。

晚上，武后缠着李治，大吹枕边风，说出了迁都洛阳宫的打算。李治不同意，说："留下好好的皇宫不住，去洛阳，那文武百官也得随去，一来一往，开销太大。此事不可为。"

"皇上，臣妾在这长安睡不好觉，几乎夜夜做噩梦，您能忍心看着我天天受折磨吗？"

"朕也不忍心，只是……"

"皇上。"武后几乎急得要哭了，可怜巴巴地望着李治。"能住多长时间就住多长时间，哪怕在洛阳宫住一天，臣妾也心甘，也能睡一个好觉啊。"

"哎，"好人李治叹了口气，摸了摸武后日渐憔悴的脸，无可奈何地点点头，"那就去洛阳吧，不过，等你的病恢复了以后，还是回长安住吧。太庙、昭陵毕竟还都在这里呢。"

一听皇上应允了去洛阳宫，武后眉开眼笑，表现出少有的高兴，搂着李治亲热起来。趁着武后高兴，李治说："爱妻，今天早朝，朕接到韩瑗的上书，说的是褚遂良的事。"

"说他干什么，他不是已被贬为潭州都督了吗。"

"他想为他……哎，你还是自己看奏书吧，这奏书朕拿回来了。"

"拿给我看看。"武后说。

李治立即命令人拿来韩瑗的上书，武后靠在床头，看了一遍，原来是为褚遂良喊冤叫屈。其书曰：

遂良体国忘家，捐身殉物，风霜其操，铁石其心，社稷之旧臣，陛下之贤佐，无闻罪状，斥去朝廷，内外岷黎，咸嗟举措，臣闻晋武弘裕，不贻刘毅之诛；汉祖深仁，无患周昌之直。而遂良被迁，已经寒暑，违忤陛下，其罚塞焉。伏愿缅鉴无辜，稍宽非罪，俯矜微款，以顺人情。

看完后，武后把奏书抛给了李治，说："写得不错，有理有据的，皇上想怎么处理？"

"朕想依韩瑗所奏，召回褚遂良，不过，朕也得看看你的意思，遂良毕竟是因你而获罪的，所以……"

"皇上，这样吧，这事先搁起来，等等再说。先办到洛阳去的事，等到了洛阳安定下来再说。这种召回获罪臣子的事，还是慎重一些为好，免得让人议论圣上法令不严，惹臣子小觑。"

李治是听惯了武后的话的，听她这么一说，也只得把韩瑗的奏书抛到了一边。

显庆二年（657年）闰正月壬寅，武后携同李治等文武百官，去洛阳宫。这天，天气晴朗，万里无云，御驾乘辇出宫，上万名羽林军各持刀枪剑戟，沿途护卫，一路上红尘滚滚，迤逦不断。到了洛阳后，照例赦洛州囚罪，徒以下原之，免民一岁租，赐百岁以上毡衾粟帛。

武则天把洛阳当成自己的龙兴之地，开始着手收拾自己的政敌，首当其冲的就是先前上书为褚遂良翻案的韩瑗、来济他们。显庆二年七月，许敬宗、李义府秉承武皇后的旨意，联袂上奏，弹劾侍中韩瑗、中书令来济勾结褚遂良图谋不轨，且煞有介事地举证说，韩瑗、来济策划安排了褚遂良由潭州都督改任桂州都督之事，意在里应外合，因为桂州向来是兵家用武之地。

八月十一日，皇帝李治降诏：贬韩瑗为振州刺史（海南崖县），来济为台州刺史（浙江临海），终身不听朝觐。褚遂良从桂州再贬至爱州（今越南清化）。

显庆三年（658年），李义府上书，以莫须有的罪名诬陷长孙无忌的表亲高履行及从父兄长孙祥。皇帝李治起初还不相信，但架不住武后的软施硬磨、许敬宗的巧言哄骗，只得当堂下旨，高履行由太常卿外放为益州大都督府长史，长孙祥由工部尚书外放到荆州大都督府长史。

同年，在武后与许敬宗的密谋下，捏造了一个反叛的罪名，将长孙无忌贬至黔州幽禁了起来。

打倒了长孙无忌，许敬宗等人还来不及庆贺，就接到武后"除恶务尽"的指令。于是，许敬宗等人在武后的授意下，派人将长孙无忌一千人等，逼死在朝外。

在武后的一手策划下，在许敬宗等人的实施下，昔日的元老集团，长孙氏、韩氏、柳氏这些隋唐两朝的高门望族，纷纷土崩瓦解。自此以后，朝堂上活跃的净是武后的亲信，他们一个个仗着背后有武皇后撑腰，目中无人，常常在朝堂上大放厥词，吆五喝六。

显庆五年（660年）春节，是多少年来武后过得最愉快的一个春节，偌大的朝廷中，基本上没有什么对立面了。年初一，武后和李治在洛阳宫大摆筵席，招待文武百官和各国使节，席间武后畅所欲言，开怀畅饮。

几天的喧闹，让李治觉着有点头晕目眩，大概老毛病又犯了。接替年老体衰的独孤及当了皇帝贴身内侍的王伏胜，扶着主子上了床，给他掖好被子，关切地问："皇上，哪里不舒服？我去叫御医来。"

"算了吧。"李治摇摇头，眼角沁出一滴清泪。

"皇上，各地快马报来的奏章公文我都给您搁桌上了。其中有一份紧急公文，侍中许圉师大人请您回来后马上看。"

"什么事？"

"是苏定方将军报来的，说是百济入侵新罗，已占领了三十多个城镇，新罗王请求紧急增援。"

"拿过来我看看。"

王伏胜过去，从龙案上拿来那副公文，递给李治，李治翻了翻，浑身没劲。突然，冒出来一个想法，他不由自主得意地笑了。

"皇上笑什么？"王伏胜问。

"武皇后不是什么都想管吗？正好边境又开战了，我让她来处理这事，安排兵马，如果吃了败仗，朕要责罚她呢。"

"要是胜了呢？"

"不大可能，边境问题是个很大的难题，历朝历代都解决不好，朕也非常头疼。当年隋文帝调集大军，分水陆两路进攻高句丽，结果无功而返。先帝太宗时，率大军亲征高句丽，结果也是失败而归。如今本朝再和高句丽开战，也是凶多吉少啊。"

武后回到了后殿，见李治围着被子躺在床上，关切地上前摸了摸他的额头，问："怎么了，皇上，哪里不舒服？"

"头有些晕胀。"李治揉了揉脑门，说："朕这几天难受，不能亲政，你代朕处理这几天的公文吧。"

武后爽快地道："您好好地歇两天，该办的我都给您办。传御医。"

李治叹了一口气说："朕还是那老毛病。"他说的也是实话，确实是头晕。

武后还是命人速传御医，她抚了一下李治："好好休息，我先去外殿处理这两天的公文奏报。"

"你不累？"

"不累。"

积攒了几天待批的公文，让武后几个时辰就批完了。对待百济入侵新罗的奏报，武后陷入了沉思，仗是非打不可了，问题是能不能胜的问题。若再败了，更让这些番邦边夷瞧不起，更加得寸进尺，骚扰边关。这次一定要周密地计划好，出则能战，战则必胜。于是，武后连夜派人把熟悉军务的老将李勣找来，会同程务挺以及兵部的参谋人员，紧急商讨出兵百济的事宜。

"百济和高句丽都不好打。"李勣摇摇头说，"一是路途遥远，后勤供应不上，二是孤军深入，不适应当地严酷恶劣的自然和地理环境，当年臣跟太宗出征高句丽时……"

武后扬手打断了他的话，说："后勤供应不足就加强供应，环境气候恶劣就想办法克服，总之，这次仗是非打不可，不然养虎为患，贻害无穷。"武后说着，叫兵部王侍郎，"你把本宫的意图给大家讲讲，征求一下意见。"

"臣遵旨！"王侍郎走到一张锦丝地图前，指指点点地说："娘娘意欲兵分两路，一路配合新罗军，组成联军，实施地面突击；另一路出山东半岛，渡黄海，出其不意地在百济都城锦江边的泗城附近登陆，实施背后突袭。"

"想法不错。"李勣点点头说，"当年太宗亲征高句丽、百济时，也有人提出类似的建议，后来大家考虑此动议有些太冒险，才弃之不用，一是怕两路大军配合不上，孤军深入，难免被分别歼击；二是怕海上气候千变万化，长距离跨海作战，凶多吉少。"

"不冒些险，又怎么能实施奇袭；不奇袭敌人，又怎么能一战而胜。"武后手一挥说，"就这么定了，兵贵神速，前方吃紧，我们在后方不可畏敌不前。李爱卿，你看看，这次谁为行军大总管最合适？"

"臣以为只有左武卫大将军苏定方可以担当此任，此人足智多谋，胆大心细，善打硬仗，惯于速战速决。"

"你怎么样，定方年轻，不如你经验丰富，俗话说姜还是老的辣，派爱卿你去怎么样？"武后望着李勣说。

"为国杀敌，保卫疆土，臣义不容辞。只是时间紧急，臣要赶到山东半岛，也得将近一个月的时间，不如任命苏定方就地组织力量，实施跨海作战。臣作为后援，全力保障他们的后勤供应。"

"好！"武后拍了一下桌子，"就这么定了，立即传旨，封左武卫大将军苏定方为神兵道行军大总管，新罗王金春秋为山禺夷道行军总管，率三将军及新罗兵以伐百济。"

"是！"众人齐声答道。武后又和李勣等在一块儿商量些细节问题。等一切都弄好了，天已蒙蒙亮了，整装待发的信使立即背着书信，在百十人卫队的护送下，快马流星地向边关驰去。

【第七回】

食河豚夫人薨殁，驾泰山高宗封禅

显庆五年（660年）八月庚辰，苏定方根据武后的作战部署，率唐朝大军出山东半岛，渡黄海，出其不意地在百济都城泗城登陆，配合着正面进攻的联军，一举攻破了泗城，俘虏了国王义慈、王后思古及太子隆等王室成员，凯旋。

此时，武后和皇帝李治已还驾于东都洛阳。闻报大喜，尤其是李治更加喜出望外，头痛病也好多了。

十一月戊戌，苏定方押解百济王等俘虏来到了洛阳，李治为此举行了一个盛大的献俘仪式。

献俘仪式上，李治见义慈一双老鼠眼滴溜溜地乱转，就问："义慈，看朕这个大唐的天子威严否？看朕的中华虎贲将士雄壮否？"

义慈急忙点点头，说："真是太威严、太雄壮了，但臣听说大唐的武皇后更厉害，这次打败我就是她策划指挥的。哪一个是武皇后？臣想见见她。"

"你一个亡国之君，败军之将，有何脸面见我大唐皇后。来人哪！"李治生气地命令道，"把这些俘虏都给朕押下去。"

这时，一个内侍走上来说："皇上，宴席已准备好了，皇后请您和众将士赶快入席。"

回到殿里，见武氏正高声大气地同众大臣一块儿攀谈，李治不高兴地走过来，小声对武后说："不是让你在内殿待着吗？你怎么又出来了。"

"怎么，这胜利之酒，我喝不得吗？"武后笑着问众人。

"喝得，喝得。"李义府领头叫嚷着，"打败百济，娘娘是第一功，娘娘不喝这庆功酒，就没有人配喝了。"

"是啊，是啊。"众人纷纷附和着，都争相献辞，让主席座上的高宗李治恼火之余，颇感失落。

这时，中书侍郎上官仪看不过，独自端着酒杯来到大殿的中央，声音洪亮地叫道："皇上……"

众人一愣，目光唰地一下投过来。李治急忙和蔼地问道："上官爱卿，你有话要说？"

上官仪点点头，端杯在手奏道："自古受命之君，非有德不王，且有德则兴。今陛下积功累仁，以义始终，因此军士感恩，皆思奋发，一战而定百济。臣请陛下允许臣作诗一首，以颂陛下之德。"

"好，好。"李治听上官仪这么一说，高兴得浑身上下极为熨帖，手一挥说："作诗，多作几首，朕最喜欢你的五言诗了。"

于是上官仪拈须在手，略作沉吟，两首"上官体"的五言诗即脱口而出。

其一：

端杯寻琼瑶，铁马逐云雕。
迢迢边关路，献捷颂德昭。

其二：

征雁回帝京，风雨舞片缨。
君威飞天涌，故国旌旗中。

"好，好！"高宗拍手叫道，下令记事官速速记下来。又兴奋地问上官仪："还有几首？"

"没有了。"上官仪奏道。

"不行，再作一首，朕兴头来了，朕要你吟诗伴酒。"上官仪只得又作了一首，诗曰：

洛水接素秋，拈花作酒筹。
八觞但不醉，诗酒脉脉流。

"好一个'诗酒脉脉流'，来，众爱卿，一起饮尽杯中美酒。"说着，李治带头干杯。

"喝，喝，怎么不喝？"武后指着李义府等人说，"快喝了，今儿是大喜的日子，别惹皇上不高兴。"

李义府等几个武后的亲信这才喝干了杯中的酒，宴会开始热闹起来，一时间，嬉笑声、猜拳行令声响成一片。

李治一连干了好几杯，武后怕他吃不消，在酒桌上下了一道训令：皇上身体不好，不准再让他喝酒。

她这一句话一出，也没人敢给李治倒酒了，气得李治把空杯子往桌上一顿，叫道："谁说朕身体不好？朕还准备御驾亲征呢。"

"御驾亲征？"

众大臣都惊讶地问。

"对，朕不但是个太平天子，而且还要当个马上皇帝，也让蕞尔小国，知道我大唐不是好惹的。"

见李治有些醉酒了，武后怕他在群臣面前失态，忙和内侍一起扶他回后殿休息。到了床上，李治嘴里还嚷着要御驾亲征。

"不行，朕非要亲征不可。"李治还在嚷嚷着。

"征讨计划我已和李勣以及兵部商定好了，你就别去了。"武后拍打着酒气熏天的李治说，"你要觉得闷得慌，可以出去围猎。"

龙朔元年（661年）十月的一天，李治朝罢后，就去偏殿里画画了，他听人说画画可以延年益寿。

这时，贴身内侍王伏胜走过来，俯在李治的耳边悄悄地说："皇上，刚才我看见李义府又来内殿了。"

"他来内殿干什么？"

"找皇后禀报公务。"

"这个李义府，依仗着武皇后给他撑腰，全不把朕放在眼里，朕非狠狠地治他一次不可。"李治气愤地说。

"皇上，这几个宰相，大都是武皇后提上来的，所以不大买您的账。您在朝中，得有自己的亲信大臣才行，这样才不至于处处被动，临朝处事才有皇帝的威信。"

"你说得对，朕也早想提一两个忠于朕的宰相，只是未遇到合适的人。"

"依奴才看，那上官仪人就不错，那年大败百济在殿堂上喝庆功酒，别人都对着皇后趋炎附势，独有上官仪献诗于皇上，颂扬皇上的威德。"

"咦，没想到你王伏胜还挺有眼光。行，朕和皇后商议商议，马上颁授上官仪为东西门下三品，参知政事。"

"皇上，这大唐的天下是您的还是皇后的？"

"当然是朕的。"

"那您何必又和皇后商议，徒增其骄横之心。"

"说得对，"李治一副恶狠狠的样子，吩咐王伏胜，"你速给朕草诏，明早朝时，即宣旨任命。"

上官仪祖籍陕州（今河南三门峡市），其父上官弘仕隋为江都宫副监，隋末天下大乱时被将军陈棱所杀，上官仪因此遁入空门"游情释典、尤精三论"，身在沙门却苦读经书。贞观初，举进士及第，受太宗李世民的赏识，召为弘文馆直学士，累迁为秘书郎。上官仪还是一位著名的诗人，其诗绮丽婉约，有"上官体"之称。

龙朔二年（662年）十月庚戌这天，上官仪突然被加封同东西台门下三品（即同中书门下三品），参知政事。

上官仪喜出望外，除了给皇上叩头谢恩之外，又按照同僚的好心建议，来拜谢武后。

"皇后娘娘，承蒙您恩宠，授臣以门下三品，臣不胜感激。"

此时，武后也已得知皇上擅封上官仪的事，正想去找李治发火，却见上官仪已来拜见自己，心中的火气不禁消了大半。于是淡淡地说道："你要好自为之，当宰相比不得写诗，兴之所至，想写就写，随意发挥。当了宰相，凡事要三思而后行，切忌冲动行事，听明白没有？"

"明白了。"上官仪硬着头皮答应着，心道我在朝为官几十年，还用你来教？你不过想借话头镇镇我罢了。

上官仪一走，李义府后脚就到了，他对皇上将上官仪由西台侍郎加封同东西台三品大为不满，对武后说："皇上此举过于草率了。"

"他封就封吧，"武后无所谓地说，"谅这上官仪一介书生也兴不起什么风浪。"

"娘娘可不要小看这上官仪，贞观时，他为秘书郎，太宗皇帝每草诏必令上官仪阅读，并征求其意见。"

"有能力比没有能力强，国家正需要栋梁之材。"

"臣义府就怕这上官仪不跟娘娘一条心。"

"看看再说，不行就换了他。"

两人正在说话，外面内侍们一迭声地传报："皇上驾到……"

李义府一听，慌忙向武后告辞，刚走到门口，却正好迎面碰上皇帝李治，只得伏地跪迎。

李治看了他一眼，一言不发地走进内殿，气呼呼地问武后："这李义府又来干什么？"

"给我说点事。"

"他一个朝臣，有事不找朕，单单跑后宫找你这个娘娘干什么？这吏部尚书，他是不是又不想干了。"

"看皇上说的，"武后过来抚摸着李治说，"来内廷这事不能怪他，是臣妾召他来的。"

"你不要处处护着他。"李治恼怒地推开武后的手，"朕罢他几次官，你都给说情让他回来，这次朕决不轻饶他。"

"他又怎么啦。"

"又怎么啦？他这个人太贪，为了搜刮钱财，不惜卖官鬻职，这一阵子，光弹劾他的奏章，朕就收到了十几份。"

"我怎么没看见。"

"朕已交御史台调查核查，一旦属实，非把他逐出朝堂不可，永不录用，你也不用替他说情了。"

"臣妾也知道他这个贪财的毛病，但他这个人有些能力，也挺忠心，一些事，你不用明说，他就会替你办。"

"忠心？他只对你忠心。"说着，李治转身就走。

"皇上，你去哪儿？"

"不用你管。"

"回来！"

"干什么？"李治只得站住脚。

武后走过来，娇笑着揽住李治的脖子，又斜着眼递上去一个媚眼，佯作嗔怪地说："怎么啦？生气啦。我干什么事还不是为了您好，我多操心一些，您就可少操心一些，再说我该管的管，不该管的不管，比如您加封上官仪，我可没表示什么异议。人家上官仪正派，有能力，应该封嘛！至于李义府，如果确实不像话，皇上您尽可以处理他，我不拦您，不能让一个徇私枉法的人窃居高位。皇上，我说得对吗？"

"说得是挺漂亮，但是别的方面朕也不满意。"

"哪点不满意？"

"你把朕锁在了你的床上，弄得这后宫的三宫六院形同虚设。"说完，李治就转身走出去了。

秋末，后苑里的树木都落下了叶子，褪下了它们美丽的外表。太阳曚曚昽昽的，一丝丝微风在吹拂着。远处的王屋山在视野里模模糊糊，一动不动地躺着。李治神情肃穆地观察着周围的景色，信步走来。这时，前边的假山那边传来少女们银铃般的笑声，李治不觉停下脚步，侧耳细听。

"是一些宫女。"内侍王伏胜跟在后面小声说，"皇上心情不好，不妨找她们玩玩，散散心。"

"皇后不让。"李治叹了一口气说。

"皇上乃九五之尊，富有四海，皇后有什么资格独霸皇上？但去玩玩无妨。"说着，王伏胜回头看看，见其他内侍、警卫都在十几步开外，听不见自己的话，又悄悄对李治说："皇上，那边有几间闲着的供人歇脚的房子，您去那边等着，奴才找一个漂亮的宫女送过去。"

"这样行吗？让皇后知道，还不又得闹一场。"

"您别作声，只说在里边歇息一下，让其他人都在外面等着，奴才叫个宫女拿些鲜果过去。"

"也行，你可得做得秘密些。"

"放心吧，皇上。"

李治拐到了那几间屋子里，见屋子里坐床、桌椅俱全，也挺干净，于是在床上坐下来，打发内侍都到外面等候。不一会儿，果然一个宫女端着果盘袅袅娜娜地走进来，果盘上放着几个咧开嘴的甜石榴。那宫女举盘在手，跪在地上娇软地说："皇上，您请。"

"起来，起来！"

李治忙不迭地一手拉起宫女，一手接过果盘，这才看清了这宫女的模样，发现她不但声音好听，人长得也不错，齿白唇红的，有一对略大的黑眼睛，面庞是鹅蛋形的，留着整齐的前刘海儿。这宫女觉得皇上在细看她，就把眉尖稍稍挑起，悄悄地望了一眼李治。

"你叫什么名字？"李治心一热，拉住了她的手。

"青儿。"

"青儿？名字好听，好听。来，来，来，坐在床上。"

"奴婢不敢。"

"有什么不敢的，朕命令你坐。"

青儿听皇上这么一说，才斜着身子坐了下来，眼盯着地面，手扶着膝盖，不停地咬着嘴唇。

李治抚摸着青儿的肩膀，继而把手放到了她的身上。

"皇上。"青儿娇喘着，抓住李治的手。

"别害怕。"李治亲切地说。

少女青儿咬着嘴唇。

"别紧张，慢慢就好了。"李治把青儿放倒在床上。

"不行啊。"青儿紧紧地抓住腰带，不让李治解。

"难道你嫌朕老了，讨厌朕？"

“不是，”青儿带着哭腔说，“是皇后娘娘不让。”

“她怎么不让？”

“皇后娘娘在后宫里颁下懿旨，谁敢擅私皇上，杀无赦。奴婢不敢。”

“有朕给你撑腰，再说她也不知道。”说着，李治的双手又动了起来。

“不行！”青儿坚决地说，“奴婢不能图一时痛快，惹来杀身之祸。”

“不是有朕给你做主吗？”

“王皇后萧淑妃都死了，奴婢不敢。”

李治被说得火起，又加上淫心大动，就猛地扑上去，想来个霸王硬上弓。

“你怕她，难道就不怕朕？”李治气喘吁吁地道。

“皇上，您就可怜可怜奴婢吧。”青儿见皇上动了怒，脸也扭曲着变得可怕，吓得哭起来，边哭边诉，“奴婢今年才十五，奴婢不想死啊……皇上……”

“皇上，怎么回事？”王伏胜打开里间门，探出头来问。

李治停止了手中的动作，气得一拳砸到了旁边的小桌上，震得几个大石榴都滚到了地上。

青儿趁机下了床，紧紧腰带，整整衣服、发鬓就往外跑。

“回来！”李治叫道。

“皇上，”青儿只得停住脚步，哀怨地说，“奴婢也想，可是奴婢实在是害怕呀。”

李治走过来，叹了一口气，又替青儿整整发鬓，拉拉揉皱的褂子。从腰上解下玉佩递给青儿说：“朕不怪你，你有你的难处，你是个好女孩。来，这块玉佩送给你，留作纪念吧。”

“青儿还是不敢要。”青儿带着哭腔说。

“还是怕那武皇后？”

“嗯。”

“但要无妨，不行朕就废了她。”

“谢皇上赏赐。”青儿迟迟疑疑地接过玉佩，转身打开房门就跑开了。

望着青儿远去的背影，李治叹了一口气，对王伏胜说：“你都看到了吧。”

“皇上，其实您……”

“别说了，走。”

李治垂头丧气地走出门去，站在门口，不知往哪儿去才好。

王伏胜见李治愈发郁闷，又伏耳过来说：“皇上不如去海池泛舟，韩国夫人和她女儿小真也在那儿玩呢。”

“她们什么时候来的？”

“今天上午刚到。”

"走，"李治一扫愁容，兴冲冲地说，甩开大步，向海池那边走去。

李治和武后的胞姐韩国夫人的恋情由来已久。显庆元年，两个人就眉目传情，气得武后把胞姐撵出宫去。时过境迁，这两年武后才让胞姐进宫来走动走动。

韩国夫人和女儿小真正在湖心泛舟，李治身坐一条小快船赶了过去，慌得侍卫们也划一条船跟了上去。

大船上的母女俩也看见了李治，小真拍着手叫着："皇上来了。"

两船接帮，李治在侍从的搀扶下，爬上大船，又把手往衣襟上擦擦，才握住了韩国夫人的手。

由于小船划得急，把李治的褂襟溅得湿湿的，韩国夫人忙大惊小怪地嗔着李治。

"皇上弄了一身的水，冻着怎么办，快进来坐到床上去，脱下衣服我给晾晾。"

韩国夫人不由分说，一把把李治拉到舱里，给他脱下湿衣服，叫真儿拿出去搭在船帮上晾着，又把李治按在了床上，拿一条毯子盖上。

李治温顺得像一只小绵羊似的，听任韩国夫人的侍弄。他躺在床上，从毯子下伸出手，捉住韩国夫人的手，笑着问："你和真儿何时来的，怎么好几年不进宫来看朕，朕叫人捎好多次信也不来。"

"朕问你，这几年你们过得可好？朕看真儿也长得老高了，成大人了。"李治见韩国夫人不回答，又道。

"寡居之人，又拉扯着一个孩子，难呢！"韩国夫人叹口气说。

"捉襟见肘了？"

"这倒没有，只是我孤身一人，凄苦在心底呀。"

就这样，两人旧情复发，陡然间干柴烈火般燃烧起来。秋水荡漾，船儿摇摆，李治皇帝和韩国夫人在船舱里，久久不出来。李治的外衣在船帮上像旗帜一样飘来飘去。船工和内侍警卫们都惊讶地往船舱望着。

过了好久，韩国夫人如饮醇酒，面若桃花，一摇一摆地走出来，收起船帮上的衣服。

又好半天，才见皇帝李治从船舱里满意地走出来，他掸了掸衣服，对王伏胜说："衣服干了，咱们走。"

李治心满意足地回到寝殿。武后正弯着腰往金痰盂里大吐酸水，李治忙过去给她拍拍后背："又怀孕了？"

武后手按着胸口，好半天才缓过气来，眼盯着李治没好气地问："这么长时间，你干什么去了？"

"后苑里散散步。"李治耷拉着眼皮，张大嘴假装打了个哈欠，道，"吃晚饭没有？"

"太阳还高高地吃什么晚饭？"武后眼神像刀子狠狠地剜着李治，问："看见韩国夫人了吗？"

"没……没有。"

"她娘俩到后苑里玩，你没看见？"

"没有。"李治梗着脖子说，"她娘俩何时来的？"

武后不作声，眼盯着李治好半天，警告说："韩国夫人来了，你不要再和她勾勾搭搭。"

李治笑着道："七八年前的旧事了，还提它干什么？"

"七八年了，有人还贼心不死。"武后接着又问，"你丢了东西没有？"

李治心道她问这干什么，难道她知道青儿的事了。不可能，她哪能这么快就知道了，除了王伏胜，谁也没瞧见。

"问你话，丢东西没有，发什么愣你。"

李治忙摸摸这，摸摸那，褂子裤子让他摸了个遍，才手掩住腰间挂玉佩的地方，不解地说："没丢什么呀？"

"没丢？"武后围着李治打量了半天，拽开他挡住腰间的手，问："腰上挂的玉佩呢？"

"玉佩？"李治急忙摸摸腰上，又睁大眼睛满处寻找，"玉佩呢，玉佩呢，玉佩哪儿去了。"

"别装蒜了，老实交代，玉佩送给谁了？"

"没给谁。"李治摸着后脑，极力回忆，"好像，好像……在后苑的鹿苑边丢了。"

"丢了？"武后冷笑一声，"丢给一个叫青儿的宫女了吧。"

"青儿？"李治眨巴着眼睛，"难道让她捡去了。"

"还装蒜！"武后冷笑一声从背后的书案上拿过玉佩，狠狠地摔在地上，"叭"的一声玉佩四分五裂。

"人家青儿不敢要，把玉佩送到我这儿，什么事也都跟我说了，你还不承认。"

李治脸有点红，嘴里咕哝着："朕赐给人家一个玉佩有什么大不了的事，又没干别的什么不好的事。"

"你说什么？"

"朕说这都归功于你的谆谆教导，才没有别的女人敢招朕。"李治大声说道。他心里有气，却也暗自庆幸，刚才在船上和韩国夫人风流一场，她还不知道。

门口传报："韩国夫人到。"

李治迎了上去，照面就对韩国夫人、小真使眼色，一边大声问："韩国夫人何时来的？"

"上午来的。"韩国夫人装着对李治冷淡的样子，径直走过去，抱起在旁边玩耍的外甥李贤，连连亲上几口。

真儿却看着李治捂着嘴笑。

"真儿笑什么？"武后问。

"我笑皇上太客气了。"

真儿又扑到李治的怀里，没大没小，没尊没卑，不避嫌疑地搂着李治摇晃着："皇上，也封外甥女我为一品夫人吧。"

"你小小的年龄，封什么夫人？"

"就要，就要。"真儿撒着娇说。

李治摊着手，看着武后，嘴里说着："你看这孩子，这……"

"她想要，你就封她吧。"武后转身往内屋走，边走边说，"昨晚给你批了小半夜的奏章，累了，我先到床上躺一会儿，晚膳时再叫我。"

等武后一走，李治忙跳上去，捉住韩国夫人的手，说着体己话。真儿也抢过去说："光说封我，还没封呢。"

"你想要什么封号？"李治揽过真儿，和蔼地问道。

"嗯，什么夫人都行。"

"那就封外甥女为魏国夫人吧。"李治笑着对韩国夫人说。又问："晚上都想吃点什么？朕叫御膳房去做。"

"我到御膳房去看看。"真儿说着跑开了。

李治握住韩国夫人的手，问："你想吃点什么？"

韩国夫人往里屋门看看，见门紧紧的，没有动静，就娇笑着，揽过李治的头，在他耳边小声说："我还想吃你。"

李治一阵冲动，也忙朝里屋门看看。

"走啊，"韩国夫人拉着李治，往门外就走。几个宫婢手里各忙各的，眼虽不敢正眼往那里看，耳朵却竖起来仔细地听。

见他俩走了出去，一个宫婢说："看他俩鬼鬼祟祟的。"

"要不要告诉皇后娘娘？"另一个宫婢说。

"你赶快去告诉皇后娘娘，我去跟踪，看他俩往哪儿去了。"

两人来到了旁边的偏殿，韩国夫人的住处。

到了门口，贴身侍卫也要进去，让李治给挡住了。"你们在外头等着，朕进去看看韩国夫人的住处收拾得怎么样了，马上就出来。"

几个侍卫只好答应着停下了脚步，其中一个年龄大一点的侍卫装作回去拿东西，悄悄地赶回去向武后汇报，刚走到殿角，迎面碰上武后气势汹汹地赶来，慌忙上去把事说了一遍。

武后惊讶地问："真的，他俩在船上也这样了，怎么刚才不汇报？"

"刚才奴才看您休息了，没来得及上去说。"

"好一对狗男女。"武后咬牙切齿地说。她冷笑一声，脑筋一转，拔腿又回去了。弄得那个告密的侍卫摸不着头脑，原地站着愣了半天。

频频得手的李治这几天非常愉快，走路的脚步也轻快了，头也不叫疼了，嘴里还时常哼着小曲儿。

这天，刚一吃完晚膳李治便要出去，说想要到月光下走走。

武后冷笑着说："这几天你的闲心还不少哩，大冷天的，还想出去散步。"

"饭后百步方能体质好。"

"那我也跟你一块儿出去走走。"

"你不行，你怀着孩子，别再受凉了。"

"你莫非有什么事瞒着我。"

"朕有什么事瞒着你。"李治嘿嘿地笑着，"你要不想让朕出去，朕就不出去了。"

李治只好百无聊赖地转着圈子，转到小半夜，在武后的一再催促下，才不得不上了床。

这时，一个内侍急匆匆地赶来，站在门口称有要事禀告皇后，武后心知肚明，淡淡地说："有什么事就给皇上说吧，我困了，先睡觉了。"

"什么事呀？"李治拉着长腔问。

"皇上，韩国夫人她，她……"

"韩国夫人怎么啦？！"李治"扑腾"一声从床上坐起来。

"回皇上，韩国夫人暴病身亡。"

"什么？！"李治惊得差点从床上掉下来。

武后却躺在被窝里冷静地问道："死亡原因是什么？"

"据太医说可能是食物中毒。宫婢们说，韩国夫人吃了皇上赐的河豚肉，就开始难受肚子疼，一会儿工夫，人就不行了。"

武后从被窝里欠起身子，冷冷地问李治："你赐给她河豚肉吃了？"

"这事不假，可河豚肉是我们没吃完的，也是绝对无毒的，可为什么她吃了就偏偏有事。"说着，李治跳下床，双脚满地乱找鞋。

"你又想干吗？"武后问。

"朕去看看，是不是吃河豚吃的，可怜的她，早年丧夫，好不容易把儿女抚养大，刚过两天好日子，就……"说着，李治的眼泪就下来了。

"你就省点眼泪吧。"武后说着，一把把李治拽上床，又命令旁边的内侍，

"连夜把韩国夫人运出宫，和其夫贺兰越石合葬。"

"什么？"李治道，"丧事也不办，就连夜把人给埋了，还亏着是你亲姐姐。"

武后阴沉着脸不吱声，只是一只手紧紧地抓住李治，见那内侍还站着不动，吼道："还愣着干吗？还不快去办！"

"是，是。"内侍醒过神来，连声答应着走了。

重新躺在床上，李治怎么也睡不着，脑海中老是浮现出韩国夫人的音容笑貌。她怎么会死呢？下午还好好的，怎么说死就死了。宫中食用的河豚肉是绝对保证无毒的，那韩国夫人是真的吃我送的河豚肉中毒死的吗？我想去看看，这武媚又不让我去看，且听到韩国夫人的死讯后，她表现冷漠反常，难道我和韩国夫人的事让她知道了，难道她又施杀手了？

李治的脑子终于开了点窍，听着枕边武后睡梦中的喘气声，看着窗外的冷月照着她那张冷峻的脸，李治心头不禁一凛，他本能地往旁边挪了挪。

将近五更天，洛阳宫外的天津桥边，聚集着等待上朝的文武百官。在洛阳宫，武后宫禁森严，天津桥入夜落锁，断绝一切交通，到五更天百官上朝时才开门放行。

此时圆月高挂，清辉浸透，宫墙边洛水的宽阔水面上，闪耀着灿烂的月光。沿洛水的洛堤上，一个人骑高头大马，巡洛水堤，步月徐辔，缓缓而来，即兴吟咏：

> 脉脉广川流，驱马历长洲。
> 鹊飞山月曙，蝉噪野风秋。

其词绮错婉转，其声圆润清亮，其人望之犹神仙，百官中一阵骚动，暗道：上官宰相好洒脱，都纷纷迎了上去，牵马的牵马，坠镫的坠镫，极尽巴结之能事。

自从李义府被停职查处以来，许敬宗又去了东宫当太子少师，上官仪便独揽朝政。正巧这一年多来，天下无大事，上官仪的太平宰相当得倒也轻巧自在，与武后也相安无事。于是便不觉得意倨傲，自尊自贵起来。上面的《入朝洛堤步月》一诗，意境和情调虽不太高，但寥寥二十字，却也谐律上口，巧于构思，善于用事，把上官仪当时承恩得意的神气表现得淋漓尽致。

开锁放行，百官簇拥着上官仪来到了朝堂，待高宗李治龙椅坐定，上官仪拿着象牙笏板，拱手奏道："陛下，皇后娘娘屡屡到侍中省视事，于礼不符，请陛下诏令止之。"

"朕也多次跟她说这事了，只是朕身体不好，故代劳之。"

“陛下，如今太子也渐已成人，不如让太子每隔五日到光顺门，监诸司奏事，小事决之。”

“说得也是，等朕回去后和皇后商量一下。”李治神色疲惫，手按着脑壳说。

“陛下，此乃朝堂君与臣子所决之事，不必再通过皇后。”

“那……”李治迟疑了一下，想起武后的所作所为，想起韩国夫人之死，心里不禁有气，于是断然说，“就依卿所奏。止皇后到侍中省视事，着皇太子监诸司奏事。”

“陛下，”上官仪再行启奏，“蓬莱宫已全面完工，是否请陛下移驾长安？”

“回去也好，为作蓬莱宫，减百官一月俸，赋雍、同等十五州民钱，如今宫已建成，朕应该去看一看，以慰人心。”

罢朝后，回到内殿，李治把回长安的事和武后一说，武后也要跟着去。

“我也在洛阳住够了，我们一起回长安吧。”

“你不怕到了长安睡不着觉，鬼闹人了？”

武后笑着把李治拥到了床上，扳着他的肩头问：“蓬莱宫本是我提议建造的，如今宫成，你不让我去，是不是怕我争你的权？”

李治难以抵挡她迷人的微笑，只得支支吾吾：“不是这个意思，只是你又怀孕了，不宜路上颠簸。”

“早朝时都说了些什么事？”武后贴近李治的脸，紧盯着他的眼睛问。

“没有什么大事。”

“上官仪不是叫你下诏不让我到外殿视事吗，怎么不见你说？”

“这事……”李治装作无所谓的样子，“上官爱卿也是考虑你的身体，想让你保养保养；再者，也想让太子锻炼锻炼。”

“难为他一片好心。”武后冷笑地看着门外，“我把他当作一个口无遮拦的文人，一向不与他计较，让他当了两年太平宰相。他能力平庸，看来不能胜任宰相职。”

“朕好不容易提拔了一个人，你还要换掉他。”李治站起身来道，“上官仪怎么不行啦，处理政事有条不紊，上传下达，哪一样不行。”

“选拔大臣，有两个重要的原则，一是忠君，二是能力……”

“上官仪是既忠君又有能力。”李治又叫起来。

“上官仪算不上忠臣，他不想让我到外殿视事，就是想独揽朝政，图谋不轨。”

“好了，你别说了，你想视事，你还去视事，想去长安，就去长安，就是不能因一句谏言，而换掉朕的宰相，朕意已决。”

武后见李治还让自己理朝，笑着拍了拍他的肩：“该换的就换，不该换的就不换，我有数。”

蓬莱宫建在大明宫的不远处，傍山面水，气势宏伟。楼台亭馆、花竹奇石，应有尽有，这座刚刚落成的皇家宫苑，费尽百官一月俸，及雍、同等十五州民钱。

麟德元年（664年）岁末，武后同高宗李治一起从洛阳来到长安，住进新落成的蓬莱宫。武后原以为可以解脱那逼人的梦魇，但没过三天，王皇后、萧淑妃的鬼魂又飘然而至，出现在她的梦境里。只见王皇后、萧淑妃白衣素服，衣带飘飘，携手而来，起初是满脸堆笑，凑近武后，等到了眼前，王、萧的面孔突然又变得四眼滴血，张开血盆大口，来啃噬武后，嘴里还叫着："还我俩命来，还我俩命来……"

吓得武后四肢乱动，大叫一声，惊醒过来，手臂打在了李治的脸上，武后醒过神来，忙摸着李治的脸，轻轻地吹着，带着歉意说："我不能在长安住，在这里一闭上眼睛我就做噩梦，赶明儿还是回东都洛阳吧。"

"你看看你，来也是你，走也是你。多好的蓬莱宫，费民钱千万，没住两天，又要走。"

"我和长安犯忌。"武后叹口气说。

"再犯忌也得过了年，拜过太庙，祭了列祖列宗再走。"

第二天，已被武后许配给一位镇殿大将军的明丽来看武后，见她形容憔悴，精神萎靡不振，忙问这是怎么啦。

武后摇了摇头，苦恼地说："那两个死鬼又来缠我了，害得我睡不着觉。"

"哪两个死鬼？"

"还能有谁，'蟒'氏和'枭'氏，明丽，你说她俩都死了将近十年了，怎么还能作祟？"

"娘娘，我倒有一个办法可以制之，只是宫中明令不允许。"明丽悄悄地说。

"你是说厌胜之术。"

"对，我认识一个道士，叫郭行真，其法术十分灵验，不妨让此人来宫中施法。"

"那就让他来试试吧。我实在受不了那两个可怖的鬼魂了，至于犯宫禁，也顾不了这么多了。"

"行，我这就出宫召他进来。"明丽说着，急忙出宫。

下午，郭行真打扮成太监，在明丽的护送下，悄悄地混进宫来。见了武后，他就浑身直哆嗦，半天也抬不起头来。

在明丽的帮助下，郭行真这才哆哆嗦嗦地打开他的百宝囊，把符咒、镇兽、颜料、檀香、小桃木剑等物掏了出来，林林总总，摆满了一地。

明丽又着人给他端来一碗清水，杀了一只鸡，又再三鼓励他，郭行真这才口念道号，在殿中走开内八步，外八步。又从怀中掏出一把木匕首，沾上鸡血，漫无目标地在殿里这刺一刀，那刺一刀。完了，又用手往空中一抓，意念中把王皇后、萧淑妃的鬼魂抓住，塞到一个皮囊里，结结实实地扎紧囊口。又口含清水，在周围喷了喷，对明丽说："行了，没事了。"

明丽转而对武后说："娘娘，此人不但擅长法术，而且还会按摩，娘娘可否试一试？"

武后娇笑着，盯着郭行真的一张俊脸，好半天，又摇了摇头，附在明丽的耳边说："让他走吧，我不能对不起皇上。就是你，也不能对不起那位镇殿将军。"

"娘娘想到哪里去了，这小郭虽然模样长得好，但除了按摩，别的不会，是不是，小郭子？"

郭行真听了竟脸红起来，站在那里，更是局促不安，嘴里嗫嚅着，不知说什么。

"既然这样，就让他给我按摩按摩吧，这几天我睡不好觉，浑身乏力酸疼。"说着，武后走过去躺在了床上。

"听见娘娘的口谕没有？去呀。"明丽推着郭行真说。郭行真畏畏缩缩地走过去，抖着手搭了在了武后的身上，手一沾人的身，郭行真就全身心地放开了，郭行真那双修长、绵软的手，滑过武后的眉间，嘴唇边，以及雪白的脖颈。

郭行真如醉如痴地感觉着，掌心保持着愉快热烈的暖气。只有在给人按摩中，他才能感受到什么叫兴奋，什么叫美妙，什么叫渴求；只有在给人按摩中，他才感到周围满是鲜花和阳光，他才完全放得开。此时，他的手下面，已不再是母仪天下、威势逼人的皇后，而是实实在在的他郭行真的猎物，一个他倾心服侍的对象。

在郭行真的按摩下，武后感到身心舒泰，一扫几日的不畅。一种甜美、温馨的快乐从她的心里直升到头顶，又在她的肢体上流动，游走到她的全身。

武后脸上涨起了一层红晕。她喝了两口水，称赞道："真是一双圣手，人才难得，不如在宫中多住两天吧，也好多作几次法。明丽，你也陪着别走了。"

"小道怕……"郭行真抖着身子说。

"你怕什么？"明丽问。

"怕皇上，小道不敢在宫中过夜。"

"哈哈哈……"武后大笑起来，手一挥说："你在宫中，尽可放心，有本宫在，没人敢拿你怎么样。明丽，带郭道士到别殿休息。"

"是，娘娘。"明丽拉着郭行真出去了。

郭行真在宫中一连折腾了三四天，武后觉得浑身舒服多了，也不做噩梦了，才放了郭行真出宫。

尽管这一切都是在私下里悄悄地进行，但隔墙有耳，暗处有眼，没有不透风的墙，事情很快传到了内侍王伏胜的耳里。王伏胜气愤不过，于是把这一切密报给了李治。

"陛下，这厌胜之术，向来为国法所禁，武皇后贵为一国之母，竟然把一个男道士弄进宫中一连三四天，实在太不像话。"

"叫上官仪！"李治气得双手直哆嗦。

安排了人去叫上官仪，王伏胜回头见皇上手捂着头，歪坐在龙椅上，就上来扶住，劝慰说："陛下，事情既然已经出了，该怎么处理就怎么处理。您身体不好，不能生气，要善保龙体。"

"朕能不生气吗？"李治摊着手说，"当年王皇后就因为搞了个针扎纸人，就被废黜，如今竟然弄一个男道士在禁中厌胜，这……这……朕能不生气吗？"

"陛下，"王伏胜又凑近皇上的耳边火上浇油，"听说那男道士叫郭行真，还给武皇后按摩。"

"什么？！"李治气得脸都绿了："她不允许朕染指其他女人，使得三宫六院七十二妃嫔如同虚设，让朕空对三千佳丽。如今，她自己竟然……她……朕废了她。"

"废了她就对了。"王伏胜在一旁气愤地说，"陛下的辅政老臣、亲戚妃嫔，让她逼死逼走了多少，就拿太子忠说吧，如今被废为庶人，囚禁在黔州受苦受罪。没有她武皇后时，天下太平，皇上和妃嫔王子以及外廷大臣都相处得和和美美，有了她武皇后，一切都变了，不是这个想谋反，就是那个想下毒。陛下，不觉得这一切都有些奇怪吗？"

"是啊，你一说，朕也有些明白了，可这一明白，十来年就这么过去了，屈死了多少的好人啊！朕，朕……"李治擦着眼泪，把话续下来，"朕愧为仁慈之主啊。"

"现在废了她还为时不晚，陛下可以在天下名门闺秀中再选一个贤德的皇后，为沉冤者昭雪，让囚禁黔州的太子忠重新回宫，承欢膝下。"

"是啊。"李治深以为然，点了点头，又问，"咦，上官爱卿怎么还不过来？"

"臣这就去催催。"说着，王伏胜一路小跑，去了外廷。不一会儿，接上官仪来到了内殿。

"上官爱卿，坐，坐，坐。"李治离开龙椅，亲自过来招呼着。

上官仪没有坐，而是规规矩矩地趴在地上磕了个头，才站起来说："臣见驾来迟，请皇上恕罪。"

李治说："朕想跟你商量个事儿。"

"陛下请吩咐，为臣将全力而为。"其实刚才在路上，王伏胜就把事情给上官仪说了。

"伏胜刚才都给你说了？"李治问。

"说了。"

"唉，"李治叹了一口气说，"天下大事，后宫小事，皇后都要插一杠子，对不合她脾气的人，非杀即逐。这两天，还叫一个男道士进宫厌胜，还叫人给她按摩，你说这像话吗？一想这事，朕就头疼。"

"陛下且请宽心，臣刚才来迟一步，就是安排人去抓捕道士郭行真，录了口供，即行处死。只要朝中有我上官仪在，就绝不让主上蒙羞。"

"有爱卿在，朕无忧也，只是对皇后该如何？"

"皇后专恣，海内失望，宜废之以顺人心。"

"说得对，朕也早有此心，"李治走了两步，"不废掉她，她就不知道朕的威严！上官仪！"

"臣在。"

"速替朕草拟废后诏书。"

"是！"

"我来研墨。"王伏胜说。

三个人正在你说我议，忙于此事的时候，哪想到门口伺候的六七个官婢内侍，以及侍卫已经溜走了大半，纷纷以解手的名义，出殿而去，奔告于武后。

武后正在小花园里散步，她一边摸着微微凸起的肚子，想象着肚子里是男是女，一边东瞧瞧西看看，欣赏着秋天的景色。阳光射在殿顶辉煌的琉璃瓦上，天朗气清，远处隐隐约约，有一股儿淡紫色的山气。

"娘娘，娘娘。"李治身边一个腿快的内侍，气喘吁吁地跑了过来。

"什么事如此急？"武后停住了脚步。

"娘娘，"内侍喘了两口气，抹了抹额上的汗说，"皇上和上官仪商议着要废你呢。"

"什么？"

"正在殿里商议呢，我一看不好，就溜了出来。"

"娘娘，娘娘，"皇上的一个贴身警卫也跑过来，见那个内侍也在这里，就说："哟，你怎么也来了这里？"

"什么事？"武后问。

"皇上他……"警卫看着那个内侍不肯说。

"都是自己人，但说无妨。"

"皇上他和上官仪正准备写废后诏书呢。"

"好大的胆子，走！"武后一挥手，带着众人向内殿赶去，中途又碰上李治的一个侍婢，也是来禀报这事，可见武后的耳目之多。

武后在几十个健妇、内侍和警卫的簇拥下，怒气冲冲地赶到内殿。内殿里，废后诏书刚起草完毕，墨迹未干，正摊在龙案上晾着呢，皇上李治也正和上官仪说话呢，见武后旋风似的冲进殿里，三个人都张口结舌，不知怎么办才好。

武后一眼就看见了龙案上的废后诏书，她怒不可遏，不由分说，一把抓过来撕了个粉碎，抛在地上，又抢过去狠狠地踩上几脚。

然后，她又像一只被激怒的母狮，柳眉倒竖，一步一步直逼皇上说道："臣妾哪点对不起你？我为你这个圣上出了多少力，你卧病在床，朝廷内外，内赈外征，大事小事，哪点不是我管？叫你废，叫你废……"武后双手狠打着肚里的孩子，咆哮着。

"哎哟，注意肚里的孩子。"李治心疼地跑过去，扳着武后捶打肚子的双手。

"家都不要了，还要什么孩子？"武后不依不饶地连打带捶地叫嚷着。

"你，你，你不该弄个男道士进宫搞厌胜，还叫人给你按摩。"李治手足无措地说。

"噢，原来是为了这事。"武后冷笑了一下，高声叫道："来人哪！"

"小的在！"呼啦一声，几十个武后的随从全围了上来，异口同声地答应着。

"你，你，你。"武后指点着，"立即把那个郭行真提来，在皇上面前乱棍打死，然后剥下他的衣服，让皇上验验他是雌是雄，是阴是阳。"

"是！"那三个被武后点中的太监，答应了一声出去了。

"你常得病，我找人为你祈福禳祝，你还要废我，你好狠心！"武后又咆哮着逼向皇上李治。

"这，这，你，你……"李治被弄得步步后退。

"请娘娘注意礼制，尊重皇上。"上官仪上前一步，拱手说道。

"哪有你这个外臣的事，你给我滚，滚……"

"娘娘，皇上乃国之至尊，上官仪作为臣子……"

没等上官仪说完，武后厉声叫道："来人哪，把这个上官仪给我轰出内殿！"

立即上来十几个如狼似虎的健妇，不由分说，扯衣服的扯衣服，提耳朵的提耳朵，推推搡搡把上官仪轰出殿外，可怜一代名诗人、当朝宰相，何止是斯文扫地，简直是痛彻心扉。

李治看在眼里，也是又气又急又羞又辱，直叹气。

"娘娘，娘娘。"殿门口拥进来几个人，像拖死猪一样，把血淋淋的郭行真拖了进来，"娘娘，这小子被我们从侍中省抢了出来，又揍了几十大棍，这会儿也快死了，只有出的气，没有进的气。"

"扒下他的衣服！"武后命令道。

"是。"几个人噌噌噌三下五除二，撕下了郭行真血迹斑斑的烂衣服。

"让皇上验验他是男是女，是阴是阳。"

李治眨巴着眼睛，心里不禁一阵释然，回头对武后说："行了，别闹了，朕错怪你了还不行吗？"

武后回到寝殿后马上换上了一副笑脸，对李治柔情蜜意了一番。

李治重又享受了武后的殷勤侍奉，不禁有些后悔自己的一时冲动，废后不成，反惹麻烦。

在皇上李治享受温柔的同时，权谋深深的武后却在打着自己的如意算盘。虽然身边的圣上是"图谋废后"的主谋，却不能因此而废掉他这个皇帝。只能把账都记在上官仪等人的身上。要充分利用这一事件，剪除潜在的反对势力，让这个皇帝真正成为孤家寡人，再也搞不起什么叛逆行动。同时，自己也要从幕后走到台前，实施自己的铁腕统治。

武后捧着李治的脸说："我老是觉得你办的一些事，我都不放心。"

"不放心？"李治一边忙着一边问。

"你看今天的事吧，你听信谗言，险些中了奸臣的计，险些酿成大祸。"

"有这么严重吗？"李治不相信地问。

"假如废后成功，上官仪和王伏胜，这两个废太子的旧人，势必要把废太子李忠迎回来，和太子弘冲突起来，到时候，京城中的两派人马还不得杀得血流成河，国家就会彻底乱了套，到时候你我别说在这龙床上缠绵，恐怕连命都保不住了，还不得暴尸荒野。"

"别说了，说得人心惊肉跳。"李治说着，直往武后的身边靠。

"你考虑问题太不周到了，太喜欢意气用事了，一点也看不出上官仪、王伏胜等人包藏的祸心。"

"是啊，经你这一说朕就明白了，亏你及时来到，把废后诏书给撕了，否则……"李治有些后怕地摇摇头。

"为了避免类似事件的发生，我准备和你一起临朝听政。要不然，一些奸臣会趁着你身体不好的时候，图谋不轨，我和你一起视事就可以……"

"这样不好吧，"李治推开武后，看着她说，"你也坐在龙廷上，那天下人会怎么看待朕？这有违大唐礼法吧。"

"天下人不会这样说你的，"武后拍着李治的肩安慰说，"再说，在朝堂上，我又不和你坐一块儿。"

"那你坐哪儿？坐大臣的旁边？"

"坐大臣们的旁边像什么样子，听朝时，我坐在你的旁边，靠后一点，面前再搭个帘子就行了。"

"这不成‘垂帘听政’了，朕又不是三岁小孩，不行。"李治嚷嚷着。

武后揽过李治说："这怎么叫‘垂帘听政’，这叫辅政。你还像平时一样办你的事，我坐在帘子后一般不发言，等你错了的时候再发言，再者镇镇那些不知深浅的大臣们。"

"不行，自古以来，哪有皇后也跟着临朝听政的？"

"这不是情况特殊嘛。你不是身体不好常犯头痛病吗？要不然，我操这份心干什么，我在后宫里，想玩就玩，想吃就吃，有多自在。"

"那……那就让你听几天朝试试，如不行你还是……"

"如不行我还是在后殿批阅奏章就是了。"

一场重大的变革，就这样在床上被轻描淡写地决定了。

早朝时，百官惊异地发现，在皇帝御榻的旁边，吊起了一扇翠帘。翠帘后，一个身着大红朝服的女人的身影若隐若现。

"这不是皇后吗，她也来和皇上一起并列视朝了。"群臣间都小声嘀咕着。

李治坐在御榻上咳嗽了一声，"朕身体不好，特准皇后临朝辅政。"

"好，好，陛下英明、英明，早就该让皇后娘娘临朝听政。"许敬宗竖起大拇指连连夸道。

"上官仪呢，怎么不见上官宰相？"李治伸着头，在上朝的队列中满处寻找。

"启奏陛下，上官仪和宦官王伏胜、废太子忠等人密谋造反。昨夜里，上官仪率领本府甲士，拿枪带刀，奔向皇宫，被巡夜的五城兵马拿获，现全部看押起来，另外……"

"有这等事？"李治问道，"你本该辅佐太子读书，却又是如何知道的？"

"臣虽然在东宫辅佐太子，但按娘娘的旨意，仍参与京城的防务，所以最先得知，不信请看臣在上官仪家搜获的几十套铠甲。"许敬宗话刚落音，就从殿门口进来四五个内侍，吭哧吭哧抬进来一些铠甲，往殿当中一撂。

没等高宗李治说话，武后在翠帘后厉声命令道："许爱卿，速审讯上官仪、王伏胜等人，查清有没有其他同党。"

"皇上，娘娘，老臣昨夜里一夜未睡，已连夜审清了。"说着，许敬宗从怀里掏出来一卷纸，拍打着，"都已经招供了，已经铁案如山了，请陛下、娘娘速下处理敕诏。"

武后看也不看高宗，就命令道："传旨，将上官仪、王伏胜等人斩首弃市，其家族一并籍没，女眷发配到掖庭充作宫婢。"

许敬宗往背后一斜眼，背后的袁公瑜早悄悄溜出去，执行武后的旨意去了。

杀了上官仪、王伏胜以后，武后也派人快马加鞭，赶到三千里以外的黔州，赐废太子庶人李忠死于流所。这位可怜的王子，一生郁郁不得志，二十二岁就成了政治倾轧的牺牲品。

同时，因上官仪之败，与其交往甚密的右相刘祥道也因失察之罪被逐出宰辅之列，贬为司礼太常伯。与上官仪有私交的左肃机郑泰等许多朝臣都因与上官仪交通之故，或被流放，或被左迁。

自此以后，武后堂而皇之地临朝听政，大肆安排自己的亲信，太子右中护乐彦玮、西台侍郎孙处约同知军国政事。天下大权悉归中宫，百官上朝，俱称"二圣"。

杀了上官仪等人以后，武后再添一份孽债，且郭行真已死，蓬莱宫里，冤魂再度入梦，不得已之下，武后又鼓动高宗返回了东都洛阳。到洛阳后的第一件事，就是预备来年正月的泰山封禅大典，指示许敬宗负责封禅仪式。

经过一年多的筹备，泰山封禅的各项工作已经准备就绪。

麟德二年（665年）十月二十八日，御驾从东都洛阳出发，百官、贵戚、四夷诸国朝圣者从行。一时间，千乘万骑，各种运送物资的车队连绵数百里。御驾前后的仪仗，旗幡队队，五彩纷呈，戈戟森森，映天照地，分青、红、白、黑、黄五色，每色为一队，远远望去，犹似一片片云锦。打头的方阵，一色的青旗、青袍、青马、青缨，如一片春潮；第二分队，一色的红旗、红马、红袍、红缨，如一片火海；第三分队，全是白旗、白袍、白马、素缨，如一片银光；第四分队，均是黑旗、黑袍、黑马、玄缨，如一片乌云；第五分队，皆是黄旗、黄马、黄袍、黄甲，如一片油菜花。旗幡随风摇青衣，锦袍星星花千朵，龙驹如火燃桃花，中央坐镇拥前麾，一派欢腾热闹的景象。

李治坐在御车上，欣喜不已，拉着旁边武后的手说："这真是帝王盛节，天下壮观。要不是你鼓动朕封禅，朕这一辈子怕见不到这如此盛大的场面了。"

"你要是顺着我，以后好事有的是。"武后眉飞色舞，又关心地问皇帝李治，"你的头还疼吗？"

"不疼了，不疼了。来到阔野，极目远望，又加上人喊马嘶、热闹非凡，朕的头早已不疼了。只是不知朕这次去泰山封禅，花费巨大，老百姓愿意不？"

"老百姓有什么不满意的？吃够吃的，穿够穿的，不早给你说了吗，这几年累岁丰稔，东都米斗十钱，山东青、齐诸州米斗五钱，全国牧马三四十万匹，牛羊富足。现在老百姓富得连豆子都不愿吃了。"

"好，好。如此，朕就放心了。这样吧，反正供给上又不成问题，告诉许敬宗他们，封禅大军可以走慢一点，朕要好好看看朕的中原大地。"

一路上，李治游山看水，走走停停，停停走走，行至濮阳，李治颇有兴致地考问臣工："此地为何名帝丘？"

众人不能对，张口结舌，你望望我，我望望你。还是许敬宗学富五车，才识渊博，他上前一步，拱手行礼侃侃道来："从前颛顼天帝曾居于此，所以名为帝丘。"

李治满意地点点头，指着许敬宗说："爱卿是一个有本事的人。虽然有时候行事说话让朕不高兴。"

"谢陛下夸奖。"许敬宗偷眼看一下武后，满脸喜色地说。

武后在旁边也微笑地点了点头。走走停停，停停走走，东行四十一天，至十二月九日，才来到泰山脚下。

第二天，李治和武后略事休息，沐浴戒斋后，就开始御马登山。没走多远，由于高宗身体不好，不堪马的颠簸，改由人辇，抬着上山。从上午九点开始上山，直到下午才到达泰山之巅。

来到山顶，李治站在御街上，凭栏向山下望去，只见泰山十八盘蜿蜒曲折，旌旗招展，上下行道间一个接一个布满了卫兵，仪卫环列于山下百余里，一眼望不到边，不禁皱着眉头问旁边的许敬宗："这次随朕来封禅的人一共有多少？"

"回陛下，文武百官、四夷使节及命妇夫人计两千多人，从人有一万多人，卫兵及周围州府派来警卫的兵马有十万多人。"

"人太多了，如此兴师动众，要耗费百姓多少钱粮啊。朕心不安啊！"

"陛下圣明，然比岁丰稔，五个铜子就可以买一斗米，人不食豆，老百姓家的粮食吃不完，陛下尽可放心，封禅大军人数虽多，却不会影响百姓的生活，相反还可以让百姓仰望天朝气象，念陛下风采。陛下，您也已听见了，您无论走到哪里，'万岁、万岁'的欢呼声不绝于耳。"

李治笑着点点头，说："如此，朕就放心了……咦，那是干什么的？"

许敬宗顺着李治手指的方向望去，只见上下行道间的兵士一个接一个地传达书袋，打着手势，张嘴呼喊着什么，从山下到山上，须臾到达。没等许敬宗解释，旁边的武后就笑着说："那是传呼辰刻和送递文书的。"

夜幕降临了，仲冬的岱顶之夜，虽然有些寒冷，但却是最清新、最美好的时刻，皎洁的月光，把布满奇石山松的岱顶照得亮堂堂的。

李治和武后携手散步在天街上，身后跟着一大群文臣武将。望着山下燃火相属、自地属天，又望着隐隐约约的山谷中的雾气，李治以手击拍，自言自语道："花花点点，悠悠荡荡，澄澄碧碧。"

李治停下步，笑着说："如此泰山夜景，美不胜收，许爱卿才高八斗，何不留诗一首，以志纪念。"

"有陛下、娘娘在此，臣敬宗不敢造次。"

"许你造次，火速造诗一首，以娱朕情。"

"臣遵旨！"许敬宗挽了挽袖子，摇头晃脑地走了几步，即成诗一首。诗曰：

漫步天街听籁声，又睹圆盘月晕中。
只道神山满神仙，谁谓蛟龙自有情。

吟完诗，许敬宗拱手说："臣诗作得不好，请陛下指正。"

"凑合吧，"李治说，接着又叹息一声，"你的诗毕竟比不上上官仪啊，可惜他已经死了，不能陪朕左右，吟诗作句了。"

武则天见李治扯了一些让人不痛快的事，忙拽了拽他的裙襟："陛下，回行宫休息吧，众爱卿也都劳累一天了，让他们各自回屋里歇歇吧。"

李治点点头，挥手招来旁边的步辇，自顾自坐上去，旁若无人地回宫去了。

己巳，正式封禅于泰山。当是时，天清日暖，南风微吹，丝竹之声，飘若天外。李治和武后率领诸王、百官、命妇各着衮服，在洪亮的声乐中，缓缓走向封台的前坛，到了坛前，众人停下脚步，各按品级站好。武后及命妇王妃们则站在锦绣之内。

许敬宗喊道："皇上登坛封禅……"

随之，皇帝手捧着秘而不宣的玉牒祭文，神情庄重，一步步，登上黄色的祭坛。他拱手合礼，嘴里念念有词，密求神仙："有唐嗣天子臣治，敢昭于昊天上帝。天启李氏，运兴土德。太宗传位，赐臣勉臣，亲附忠良，偃武修文，十有九年，今敬若天意，戎事已安，四海晏然，粮储且继，百姓安牙。治特一至阙下，披露心肝，伏惟大帝览臣此书，知臣诚恳，佑臣子孙百禄，苍生受福……"

由于泰山上寒气重，李治体弱，密告神灵时，情不自禁地打了个喷嚏。下面该武氏亚献、太宗的越国太妃燕氏终献了。

许敬宗手一挥，军士们按早已预备好的方案，在封台的周围支起了锦绣帷帘，因男女内外有别，所以不让外臣窥望六宫。

"亚献终献，武皇后率六宫以登……"

一时间，音乐大起，群臣透过帷帘，仅见衣袂飘飘，人影幢幢。接着，许敬宗往封坛的东南方向手一指，指令："点火……"

指令被接次传达过去，燎坛上，堆积了一层楼高的柴草，军士们举火把从四周点燃，泼过麻油的干柴草，瞬间噼噼啪啪地燃烧起来。远远望之，火势直上，日扬火光，庆云纷郁，遍满天际。

"万岁万岁万万岁！"许敬宗喊道。

“万岁……”群臣都随之喊着。须臾传呼于山下，顿时，山上山下，十几万人此起彼伏高喊万岁，又变得齐声高喊万岁，一片万岁声，声动天地。

李治兴奋了，陶醉了，情不自禁地对旁边的武后和群臣说：“今封禅已毕，云物休赪。朕有今日之不世之功，虽天赪祖荫，但皆是卿等辅弼之力。今后要勉副天心，君臣相保，长如今日。”

群臣点头称是，许敬宗拱手说：“陛下，娘娘，如此良辰盛景，何不赋诗一首，以示天下。”

“哈，哈，哈，”李治笑着，指示近侍说，“朕和皇后已分别成诗两首，可念给众爱卿听听。”

近侍忙恭恭敬敬地从一个玉匣里拿出两张绢纸，展开来，朗声读道：“其一，陛下的：圣山风流名自正，锦绣亭台琼瑶成。拂云低舞深深谷，但坐其中通宝灵。”

“好诗，好诗。”群臣皆拍手赞道。

近侍继续念着：“其二，娘娘的：坐镇中原控山东，心悬在下望帝京。苍茫春秋浩然气，默默岱山论机锋。”

等近侍一念完，群匠又“好诗，好诗”地赞着，独许敬宗大惊，撩衣跪地，“叭”的一声给武后磕个头，然后起身赞道：“此情超古今也，诚不让须眉也。娘娘才情高远，敬宗佩服之极也。”

“皇帝的诗也不错，风流、宝灵，写得多好，我魏国夫人最佩服的男人就是圣上了。”一个青春少女从人群中站出来说。

“是你，真儿，你也来了？”李治惊喜地问道。

“人这么多，您哪能注意到我？”真儿噘着嘴说。

“别生气，别生气，”李治爱怜地看着娇嫩的真儿，说，“你以后跟着朕就行了。”

“您的卫队飞骑兵不让我靠近您。”

“让，让。朕说让就让。”

封祀礼毕，皇帝、武后、诸王、宰臣以及礼官们向南走行道下山了。在帐殿休息一晚上，又来到了泰山下西南方的杜首山，祭祀地神。又过一天，皇上和武后在帐殿受朝觐，参加的有文武百官、孔子后代、诸方朝集使、岳牧举贤良及儒生、文士上赋颂者。还有突厥颉利发、契丹、奚等王、大食、谢、五天十姓、昆仑、日本、新罗、之侍子及使、百济王、十姓摩阿史那兴昔可汗、三十姓左右贤王、日南、西竺、凿齿、雕题、柯、马浒之酋长。

望着盛大的朝觐场面，望着面前这些身着民族服装，肤色有别的诸方朝集使们，李治哈哈大笑，对身旁的武后说：“我大唐，威望远播于域外，四方诸侯，莫不来庆，你作为朕的皇后，心里感到高兴吗？"

"高兴，"武后笑着说，"请陛下颁诏。"

"颁什么诏？"李治不解地问。

"昨晚说好的那事。"

"噢，"李治一拍脑壳，想起来了，指示身旁的近侍读诏。内侍展开一卷黄绢布，朗声读道："朕与皇后此次封祀泰山，皆为苍生祈福。特大赦天下，改元乾封。赐文武官阶、勋、爵、民年八十以上颁授下州、刺史、司马、县令，妇人郡、县君；七十以上至八十，赐古爵一级。民七日，女子百户牛酒。免所过今年租赋，给复齐州一年半，兖州二年……"

"天下七十以上的人都有官爵，合适吗？"等近侍宣读完，李治问身边的武后。

武后拽着李治的袖子说："让天下人都记住圣上的恩德就行了。"

"许爱卿，下面怎么安排的？"

"大宴群臣，待会儿皇上、娘娘可得好好喝两杯。"

"朕是说以后是怎么安排的。"

"行程安排是这样的，"许敬宗掰着手指头说，"辛卯，幸曲阜，祠孔子。二月己未，如亳州，祠老子……"

"嗯，"李治点点头，转身就走，走了两步又停下脚步说："朕连日劳顿，有些头沉，宴会就不参加了，朕到后边帐殿歇着去。"

"陛下不去，娘娘去吗？"许敬宗忙奏道。

"她愿意去就去。"说着，李治转身走了。

武后自在前殿群臣跟前大出风头不提，且说李治回到寝殿，躺在床上，叫近侍给按摩按摩头，却不大管事，只好皱着眉头，望着帐顶，昏昏沉沉，半睡半醒。忽然觉得脚心有点痒，高宗忙在被子上蹭了蹭。忽然耳朵又有点痒，他忙腾出手指头挖了挖。又痒了痒，他又挖了挖。

"嘻，嘻，嘻……"一串少女的悦耳的笑声。

"谁？"李治恼怒地睁开眼，见是外甥女真儿，转怒为笑："真儿，你怎么来了？"

"不是您让我紧随着您吗？"

"侍卫没拦你？你进来时，朕一点儿也没觉出来。"

"我是奉旨晋见，谁敢拦我。"

"快坐在床边上，朕和你说说话。"

"我脚冷，我要上被窝里去。"

"行，行。"李治忙张开被窝，让真儿钻了进去。

"皇上，自从俺娘死后，我就没爹没娘没人疼了，晚上睡觉时，一个人都觉得害怕。"真儿说。

"别怕，别怕。"李治轻轻拍打着真儿，"以后你就随着朕就行了，朕来照顾你。"

"那我跟着您，往后就不嫁人了？"

"你还小，等能嫁人时再说。"

"我已经不小了，都十五岁了。"

"十五岁了，长成大姑娘了。"说着，李治捏捏真儿的脸。

"陛下好坏，乱摸人家。"真儿在被窝里叫道。

"别叫，别叫，让人听见了，免得皇后生气。"

"喊，您怕她，我可不怕她。"

"小心点为好。"

"她好杀人是不是？您让我当皇后，当贵妃，我也敢杀人。她不就是仗着您的势力吗，没有您这个皇帝，还有她的美日子？"

"对，对。真儿说得真好，可说到朕的心坎上去了。"

"陛下，抱抱我，我好冷。"真儿眼里沁出了一滴泪珠，"我娘肯定是她害死的。"

"谁？"李治搂着真儿，惊讶地问。

"武皇后呗，除了她，谁敢害我娘。"

"别乱说，你娘是吃河豚肉中毒而死的。"

"河豚肉就是她的人送的，中途下的毒，还怕我吃，专门把我叫出去玩。"

"哎，你娘是个多好的人啊，她美丽、开朗、成熟……"李治呆呆地望着帐顶说，好像陷入了无限的回忆中。

"我也是个好人啊。"真儿拽了拽李治，"我年轻、漂亮、活泼……"

"对，对。真儿也好。"李治说着，把脸贴在真儿的嫩脸上，不住地摩擦。

"皇上！"情窦初开的少女真儿夸张地叫着，向上挺了挺身子，眼波迷离地斜视着李治。

此时的李治早已不头疼了，心情也开朗多了，望着怀中这个多情的青春少女，他浑身热血沸腾，不顾劳累，不顾多病的身子，情不自禁地融化在了这火一般的情爱之中……

李治急令真儿穿上了衣服，并且让她端正地坐在床前的凳子上，他又拉了拉被角，整理一下揉皱的床单，这才斜躺在玉枕上，喘了一口平常气，问真儿："朕仿佛又年轻了！"

真儿看着李治，"没想到您一个大皇帝，还怕皇后。"

"后宫里的女人，她都不让朕沾。"

"她不让沾，您就不沾了？"

"朕年老体弱，斗不过她，上次朕想废了她，刚给上官仪说说，她就把人一家都给杀了。"

"听说上官仪的小闺女没死，被发配在皇宫掖庭局。"

"是吗，等朕找到她，好好照顾她，朕实在是对不起她爹上官仪啊。"

"那皇上能对得起俺娘韩国夫人吗？她为您付出了真情和爱。"

"说话小声点，防止外帐的人听见。"

"听见又怎么啦，别人怕她，我魏国夫人却不怕她。"真儿说着，从凳子上跳过来，又扑到床上皇上的怀里。

"好，不怕，有朕在，谅她也不敢伤你，来，进被窝里，让朕再疼一回。"

"那……那我想入后宫当贵妃。"

"这，这……"

"这不好办吧？"真儿看着皇上，从他的怀抱里挣脱出来。

"真儿别生气，改天朕和皇后商量一下。"

直到傍晚，武后才在宫婢内侍的搀扶下，回到寝殿，她红光满面，兴奋异常，满嘴喷着酒气。

李治扭过头，厌烦地拨拉着她。

武后笑着，说："治国必须有人才，得人才者才是明君，臣妾想打破惯例，亲自挑选人才，授他们适当的官职，让他们奉旨入内殿议事。换句话说，臣妾想组织一个智囊团，专门为国家大政献计献策。"

"你整天就是不安分。"皇上说。

"偌大的一个国家，不有所作为能行吗？另外，臣妾还准备推出十二条改革方案，全面整顿官吏队伍，推行新的施政方案。"

"你不准备把朕给改掉吧？"

武后说："不过我准备改一下皇帝、皇后的称呼。"

"你想怎么样？"一听这话，高宗噌的一声，从床上坐起来。

"别害怕，这么紧张干吗？臣妾只是想改改皇帝皇后的称呼而已，您还是一国之尊。"

"好好的，改什么称号，秦始皇以来，天子都叫皇帝。"

"改成好名字，比原来的好。"

"上次你更改百官名，门下省叫东台，中书省叫西台，乱七八糟，还有你，动不动就改元，今年龙朔，明年乾封的，弄得老百姓都不知朕当政多少年了。"

"我准备把皇帝改为天皇，皇后改为天后。"

"天皇天后，有什么讲头吗？"

"有。"武后忙凑近高宗说："天皇天后一是气派大，二是避讳先帝、先后的名。"

"哪个皇帝没有先帝、先后。不过天皇天后听起来也不错，天之皇、天之后，既庄严又神秘。"

"你答应啦？"武后高兴地问。

"答应是答应，不过朕得提个条件？"

"说吧。"

"朕想收魏国夫人真儿为皇妃。"

"她是我的外甥女，若收入后宫为妃，这还怎么叫，不乱了套了，不行！"

"算了。"高宗一把甩开了武后的胳膊，背对着她。武后亲昵地把身子贴向了李治，双手温柔地抚摸着李治的胸脯。

"朕头疼不好受，心情不好。"李治推开武后的手说。

武后说："刚才宴请群臣时，有人介绍了一个按摩高手，不妨宣他进来试试。"

"按摩来按摩去还是那一套。"

"听说这个人手法不错。"

"叫他进来试试吧。"

"知道了。"武后拧着李治的鼻子说。武后招手叫过来一个内侍，向他咕哝了两句，该内侍心知肚明，跑了出去，不一会儿就带进一个人来。只见这人鼻直口方，仪表堂堂，只是人行鼠事，进殿来却东张西望的，不似好人，李治闪展龙目，断喝一声："什么人？"

"我。"吓得那人腿一软，就地跪下了，不辨东西，左一下，右一下，前一下，后一下，磕了一圈头。口里还说着，"臣明崇俨。"

李治在寝帐里哈哈大笑。

"拉起帐帘。"李治命令道。

近侍拉开帐帘，李治招手叫道："过来，过来。"

明崇俨听寝帐内有人叫，且有白光闪烁，知是真龙所在，忙磕头爬行至前，口称："臣明崇俨叩见皇上，吾皇万岁万万岁！"

"你有何本事，敢荐于官家？"李治问。

"回陛下，臣精于算术，且对文学、医道等颇有研究。"

"那好，朕有头痛头晕的毛病，你就给朕治治吧，若有效果，朕就留下你。"

明崇俨爬起来，挽胳膊上前，开始施展手法绝活，给床上的皇上按摩。只见他的一双修长的手，灵巧地、忘形地，宛如春天的柳枝，在皇上的头颅上挥舞、拂荡。皇上感到全身通泰，五官温柔。一袋烟工夫，明崇俨停下手，抹了抹额上的汗，问皇上："怎么样？陛下。"

"好，你就留下来专门伺候朕吧。"

"陛下，崇俨乃布衣之身，进入禁中，浑身打战……"

"这样吧，封你为正五品谏议大夫。"皇上爽快地说。

"谢陛下。"明崇俨道。

"你先下去吧。"

辛卯，皇上幸曲阜，祠孔子，赠太师。

二月己未，御驾来到了亳州。亳州是老子李聃的故里，据说李聃是李唐皇室李姓的祖先。亳州地方官早已把老子庙扩大好几倍，修葺一新。远远望去，老子庙庄严巍峨，黑色的墙加黄色的瓦，显得庄重而富贵。

在亳州地方官员和缙绅的陪同下，皇帝和皇后率文武百官，缓步来到了老子祠正殿。摆上了福礼，点起了香烛，烟雾缭绕，木鱼声中，皇帝率众给祖宗老子三叩九拜。老子端坐在尊台上，他和蔼可亲，偏瘦，一缕白须飘洒在颔下。

皇上看着他点了点头，不由自主地摸了摸自己没有胡子的下巴，对武后介绍说："这就是我们李氏的祖先，他名扬千古，学问高超。他保佑朕李家人当上了皇帝，富有四海，将来必将继续眷佑我们，直到永远。朕为拥有这样的名祖先而骄傲。"

"传旨，追尊老子为太上玄元皇帝，县人宗姓给复一年！"李治又道。

"谢皇上！"旁边随侍的当地县官忙跪在地上，代表本县的老百姓向皇上致谢。

皇上一高兴，在故乡亳州流连了个把月，踏遍了老家的山山水水，到处留诗刻碑，弄得当地官员起早贪黑，疲于应付。

四月甲辰，在武后的一再催促下，皇上终于传令起驾，驾返东都。回到东都，除了应高句丽的请求，派左卫将军薛仁贵等人率兵援之外，天下无大事，有大事也有武后，皇上有时以身体不适为由一连几天不上朝，军国大事都交由武后代劳。后殿里，皇上一等武后上朝后，就急不可待地招来魏国夫人小真儿。一番云雨之后，真儿鲜嫩的脸颊一片红润，她娇声问道："圣上，您是真心疼我吗？"

"是，是。"高宗点头应道，揽过真儿放在怀里，低头看着她，用手指碰着她的鼻子说，"等你进了后宫，你要好好地辅佐朕，慢慢地，朕就把整个后宫都交给你了。"

"嗯，"真儿小声地应道，小鸟依人般地躺在李治的怀里，"皇上，我哥哥贺兰敏之，待在家里，整日无所事事。"

"行，没问题，不过他今年才刚二十岁，朕想先让他当个随常侍，跟在朕身边，锻炼锻炼，等过几年，再授他实职。"

"皇上真好！"贺兰真儿搓着李治的下巴说，接着又眼看着帐顶，不无向往地说："到时候我在宫内，我哥哥在外为皇上办事，贺兰氏也可以在朝廷里大放异彩了。"

"娘娘到……"

"娘娘到……"

大门口和二道门各传来一声吆喝。

李治火急火燎地推着贺兰真儿，满处地给她找衣服，惊慌地说："快起快起，快躲起来。"

"我不躲，我不怕皇后。"贺兰真儿道。

李治只得手忙脚乱地自己穿衣服，褂子不是穿反了，就是伸错了袖子，忙得不可开交，满头是汗，嘴里咕哝着，"这可怎么办？这可怎么办？"

"怎么皇上还没起床？"说话声伴随着脚步声，武后已来到了寝帐前，李治又钻进被窝里，蒙上头，不敢喘大气。

武后撩开帐帘，掀开被头，一片瀑布般少女的发丝。"哟，这是谁呀？"武后和蔼地问。

"是真儿，她自己睡觉害怕，才过来的。"李治在被窝里瓮声瓮气地说。

"噢，是真儿，这孩子，"说着武后拉过被子，盖在贺兰真儿身上，沉默了几秒钟，武后拍拍被子说，"我走了，吃过早膳我还有一些政事需要处理。皇上可不要欺负我外甥女，你大她小，多照顾她些。"

听着武后远去的脚步声，李治方掀开被子，长吁了一口气，面对真儿鲜活的肌肤，也已没了兴趣。

不到五更天，武皇后就开始早朝视事，忙了四个时辰，饭也没吃一口，回到寝殿就看到了那一幕，她心里有些愤怒，烦躁而又漫无边际地在皇宫内游走。后边的一大群近侍，知道皇后心情不好，都轻手轻脚，小声敛气地在后边跟着。

你小小年龄，少不更事，更主要的是，你是我姐姐的女儿，我的亲外甥女，因此我不愿意杀你。对你的所作所为睁一只眼，闭一只眼。可是你不知天高地厚，蔑视我的权威，还妄想代替我，虽知你不自量力，但不杀你也不足以泄吾恨……

武后想到杀人，冷笑了一声，一朵娇嫩的花朵就在眼前，武后伸出两指，轻巧地把它掐掉，嗅了嗅，眼睛里寒光一闪，一把捏碎花蕾，一扬手，把它随风洒向了远方……

武后借武怀运、武唯良举行家宴之名，带着娘亲、敏之和真儿，回到了故里。她趁人不备在酒菜里下了毒。

天真的真儿，由于饥饿，先动了筷子，谁知几口下肚，突然大睁着惊恐的眼睛，全身痉挛，双手紧抓着胸口，然后一头栽到了席面上。

众人见此大惊，急忙离座，扶起真儿。只见真儿睁大眼睛，眼珠动也不动，嘴角沁出一缕黑血，人已经死了。

"我的心肝啊……"武老夫人率先干号一声，抱住真儿的尸体失声痛哭起来。

"这，这……"唯良和怀运吓得在一旁不知所措。

武后指着他俩，发出母狮般的怒吼："抓住这两个投毒者！"话音未落，武后背后窜出三四个侍卫，把唯良和怀运反扭着胳膊，顶在了地上。

"冤枉啊，娘娘……"二武抬起头，眼看着武后焦急地哭着说。

"把他俩押下去。"武后命令道，她佯擦着眼泪说："这两个人本来想毒死本宫，可怜的真儿却成了替死的人。"

"我的真儿呀，你死得好冤呀……"武老夫人哭诉着，又冲着被架走的武唯良、武怀运跳着脚地叫："杀了他们，杀了他们！"

一场喜庆的家宴眨眼间就成了杀人现场。武府里一时间乱成一团。武后以天热为由命令立即把魏国夫人的尸体收敛掩埋，当即把武唯良、武怀运推到院子里斩首，并将他们改为蝮姓。

接着又传谕，为防止其他意外，武老夫人、贺兰敏之马上随她回宫。留下一些太监处理后事，武后一行在飞骑兵的护送下，打道回宫。

到了皇宫，下了车，贺兰敏之就去找皇帝，他知道李治最喜欢外甥女真儿了，尤其是最近朝夕也离不开她，他知道了她的死，一定会大为伤心的。

李治已先期知道了魏国夫人的噩耗，正自坐在殿堂上伤心呢，见敏之又来哭诉这事，便捉住敏之的手大放悲声："早上朕去上朝时，她还是那么活泼可爱，我刚退朝，她就一命休矣，人生无常啊……"

"哇……"贺兰敏之也哭开了，"我娘死了，我妹妹又死了，我两个至亲的人都死了，以后我怎么办呢……"

"别哭，别哭了……"李治收起眼泪，拍打着敏之劝解着，"你以后就跟着朕，朕就是你的依靠，你的亲人。"

"皇上……"贺兰敏之抱住高宗的腿又痛哭起来。

这时候武后走进来，手叉着腰喝道，"一国之尊，当众啼哭，成何体统？"

李治和敏之忙收起眼泪，各撩起褂襟擦着眼泪。武后又指着贺兰敏之呵斥道："还有你，不知道皇上身体不好吗？还惹他哭？"

"可是武唯良和武怀运下的毒？"李治问武后。

"是，绝对是。这两个逆贼因先前出言不逊被左迁，一直心怀不满，这次想借家宴谋害我。"

"得把他俩抓起来，流放，流放到海南岛，远远的，一辈子不让他们回来！"李治恶狠狠地说。

"流放？"武后淡笑了一下，"当场我就下令割了他俩的人头。"

"武家死的死，亡的亡，也没有几个人了。"皇上说。

"该死的就都让他们死，死不足惜。"武后恶狠狠地说。

"那……谁承他武士彟的后嗣，还有官爵、遗产？"皇上说。

"我打算让敏之继承。这样吧，陛下，敏之改贺兰姓为武姓，改叫武敏之，袭封周国公。另拨府第和老太太一起居住。"

"也得封他个什么官，他都二十多岁了，整天东游西逛的，也得干点事了。"皇上说。

"你看着封吧。"武后说，"那就封他为弘文馆学士，左散骑常侍，官从三品，怎么样？"

"还不快谢过皇上。"武后对敏之说。

"谢陛下，谢主隆恩。"武敏之趴在地上，连磕了两个头。

【第八回】

颁诏旨武后改政，染病疾太子宾天

第二天的五更天，上早朝的朝臣惊奇地发现，他们的队伍里多了一个青年。这青年油头粉面，风流倜傥，穿着三品官的紫袍。走起路来，危襟正步，旁若无人。不认识的人指点着问，这是谁呀？这就是武敏之，皇后娘娘的亲外甥。

可武敏之跻身于三品官的行列，却未尽三品官之职，整日吃喝嫖赌，气死了武老夫人，还逼奸了司卫少卿杨思俭的女儿太子妃杨氏。

这令武后极为恼火，决意将其杀死。就在押赴贺兰敏之去雷州的途中，贺兰敏之自杀了。

皇上李治还是老样子，有时苦于头痛，不能上朝视事，只好全盘由武后代劳。有时，稍好一点，就到前殿转转。这天，他来到了前殿，见武后居中坐在书案后，正拿着一张纸在那愣神，就走过去问："看什么呢？"

武后不语，只是把那张纸递过来，李治接过来，轻声念道："贺兰敏之自尽。"

"敏之死了？"李治惊讶地问。

"哼！算他聪明。"武后从鼻孔里冷笑了一声。

李治又仔细地把奏折看了一遍，良久，才摇了摇头，深深地叹了口气说："又毁了一个。"

"都是罪有应得，咎由自取！"武后恶狠狠地说。

"话虽如此，可敏之毕竟是你的亲外甥。"

"亲外甥又怎么样？就是亲儿子犯法，我也不会饶过他。"

"好，好，朕说不过你。"皇上摇着头说，"朕只是想问问你，太子弘儿的婚事下一步怎么办？"

"怎么办？杨思俭的闺女是不能用了，只好给弘儿另选太子妃了。"

"选谁？你现在心里有合适的人选没有？"

武后沉吟了一下说，"我考虑选纳右卫将军裴居道之女为妃最合适，一是居道之女甚有妇德，闺中有名；二是裴家乃闻喜大姓；三是居道乃禁军将领，与之和亲，可保宫城无虞。"

"嗯……"皇上点点头，深以为然，又急忙问："那什么时候让太子成婚，朕觉着越早越好，朕体弱多病，倦于政事，朕想让太子早日成家立业，早日锻炼，朕好早日传位予他。"

"把太子从长安召回来，选个良辰吉日，就在东都把事给办了。"武后说。

"行。待朕写个圣旨，召弘儿来东都。你也即刻叫礼部做准备，争取早日给弘儿完婚。"

在长安宫城的东内苑，有一处书院，书院里聚集着一大批硕学鸿儒，整日或书声琅琅，或策论政事。此刻有一位略显消瘦的少年公子，正站在窗前，手捧一本《春秋左氏传》，朗声诵读。当读到楚子商臣之事时，公子丢下卷册叹息着说："此事臣子所不忍闻，经籍圣人垂训，为什么要写这些事呢？"

旁边侍读的率更令郭瑜急忙凑上来，对曰："孔子修《春秋》，义存褒贬，故善恶必书，褒善以示代，贬恶以诫后，故使商臣之恶，显于千载。"

公子摇了摇头，不置可否，他把手中的《春秋左氏传》往旁边的桌子上一抛，说："非唯口不可道，故亦耳不忍闻，请改读别书。"

郭瑜大惊，忙伸出大拇指，口里"啧啧"地称赞着，再拜贺曰："里名胜母，曾子不入；邑号朝歌，墨子回车。殿下诚孝冥资，睿情天发，凶悖之迹，黜于视听。循奉德音，实深广跃。臣闻安上理人，莫善于礼，非礼无以事天地之神，非礼无以辨君臣之位，故先王重焉。孔子曰：'不学礼，无以立。'请停《春秋》而读《礼记》。"

"好！读《礼记》。"公子高兴地说。

此公子不是别人，正是高宗大帝第五子、武后的长子、太子李弘。太子弘是一个忠恕仁厚的人，连记载坏人坏事的书都不愿读，从这一点上看，李弘和母亲武后是截然不同的两种人。太子弘也是位能干好学的人，早在龙朔元年，在他的主持下，太子宾客许敬宗、侍中兼太子右庶子许圉师、中书侍郎上官仪、中书舍人杨思俭等人在文思殿采古今文集，摘其英词丽句，以类相从，勒成五百卷，名曰《瑶山玉彩》，表上之，高宗大喜，特赐缎三万匹，许敬宗以下加级，赐帛有差。

时有敕令，征边辽军人逃亡限内不守，或更有逃亡者，身并处斩，家口没官，太子弘上表谏曰："'与其杀不幸，宁失不终。'伏愿逃亡之家，免其配没。"

据说高宗接到太子弘的上书后，大加称赞，对武后说："弘儿天性仁恕，这一点他太像朕了。征边军人本来就很苦，再动不动就连累家口，也确实有些过于苛苦了。”

“心慈手软，还能统兵打仗？”武后说。

“行了，别说了，也难为弘儿的一片好心，就准了他的奏文吧。”

咸亨三年（672年）高宗和武后驾幸东都洛阳，留太子弘于京师监国，临走时，高宗拉着儿子的手，谆谆教导道：“朕有病，身体不好，以后你更要多历练一些治国的本事，这次京师监国，该管的事你要管起来，该处理的事大胆的处理就行了，等过个一两年，等你完了婚，朕就把帝位传给你。”

太子弘一听，磕头流涕说：“父皇千万不要再说传大位的话，儿自当勉力庶政，为父皇分忧，为民解难。”

“好皇儿。”高宗把太子拉起来，又给他抹抹眼角上的泪，说：“凡事都要劳逸结合，不可太累了。”

送别父皇母后之后，太子弘在左庶子戴至德、张文权，右庶子萧德昭的辅弼下，每日早起晚睡，批阅公文，处理庶政。

时属大旱，关中饥馑，各地灾报雪片似的飞来，太子弘神色忧虑地对张文权说：“水旱虫雹，连年灾荒，国库空虚，百姓嗷嗷待哺，这可怎么办？”

张文权说：“天灾是一方面，造成现在的局面很大部分也有人的因素，比如这几年造蓬莱、上阳等宫，耗资巨大，又加上连年征讨四夷，弄得国库渐虚，百姓苦不堪言。”

“张爱卿说得对！”太子弘点头应道。

“殿下，”张文权拱手又说：“人力不可不惜，百姓不可不养，养之逸则富以康，使之劳则怨以叛。秦皇、汉武广事四夷，多造宫室，使土崩瓦解，户口减半。臣闻制化于未乱，保邦于未危，人罔常怀，怀于有仁。殿下不制于未乱之前，安能救于既危之后？百姓不堪其弊，必构祸难，殷鉴不远，近在隋朝，臣请殿下稍安抚之，无使生怨。”

太子弘望着张文权不语，久久才叹一口气说：“爱卿所言极是，句句切中要害，可惜我仅仅是一个太子啊。”

“皇上临走时，不是吩咐过殿下大胆行事吗？”

“话虽如此，但此等国家大事，非面奏无以效，且父皇背后还有母后，不是我说了就可以执行的。”

“那……”张文权低头想了一会儿，又说：“殿下即使监国，但眼下的一些问题却不可不管。”

“什么问题？”

"殿下，如今厩下马有近万匹，养在圈里，无所事事，每日所废巨大，急需节减。"

太子弘沉吟不语，好半天才对张文权说，"此等事也须上奏父皇。"

"殿下，奏书上了许多，但少有准奏的。如今连宫中兵士都食不果腹，更别说普通老百姓了。恳请殿下，急释厩下马，一则削减宫中负担，二则节减下来的马匹，可周济关中急需牲口耕种的百姓。"

太子弘咬了咬嘴唇，又问张文权："你刚才说什么，连宫中的兵士都吃不饱饭？"

"殿下若不信，可取厩下兵士粮视之。"

"走，咱俩到外面转转去。"太子弘说。

两个人先来到东宫苑外的卫兵的伙房，正是吃午饭的时间，几十个士兵都端着海碗，蹲在墙根，呼哧呼哧地吃着，见太子来了，都"呼啦"一声站好，一个队长模样的小头目跑步过来道："禁军东宫苑支队第二大队第一中队队长吕军叩拜殿下，殿下千岁、千千岁！"

太子弘和蔼地点了点头，问："在吃饭？"

"回殿下，正是。"

太子弘向墙根前的士兵们走过去，一一仔细地查看他们碗里的饭食，见他们手里都拿着半块黑窝窝头，碗里的菜汤照人影，一点油花都没有，遂问那个队长："平时就吃这些？一日三餐是怎样安排的？"

"回殿下，一般是早晨一人一碗稀饭，一个窝窝头，中午一碗菜汤，一个窝窝头，晚上和中午饭一样。"

"一顿一个窝窝头，能吃饱吗？"太子问。

"回殿下，能吃饱，窝头很大。"

太子弘摇摇头，又走到一个大个子士兵的面前，见他碗里一团黑糟糟的，就指着问："这是什么？"

"回殿下，这是榆树皮。"大个子士兵瓮声瓮气地回道。

"榆树皮？"太子弘用手捏起一点，放进嘴里，咂了咂，苦涩难当，皱着眉头问："这能吃吗？"

"回殿下，不吃不行，不吃饿得慌。"大个子说。

"窝头不够你吃的吗？"

"一顿只发一个窝头，根本填不饱肚子，我饭量大，一顿五个窝头都不够吃的，只得弄榆皮吃。不单我一个，其他人肚子饿了，没办法，也都吃这些。"

"哎……"太子弘叹了口气，对旁边的张文权说："将士们每天站岗巡逻、训练，也够辛苦的，无论如何也要让他们吃饱。你和禁军李将军协调一下，尽量再调一些大米来。"

太子弘又视察了将士的宿舍。他不顾疲惫，赶往后苑马厩，实地巡察万匹厩马空养的情况。

后苑里，排排马厩，匹匹马儿膘肥体壮，油光满面，吃饱了没事干，就"咴咴"直叫，撅腚尥蹶子，管马的头头见太子殿下来马厩视察，激动万分，趋前赴后的，嘴里不停地说着，夸耀自家："殿下，看见了没有，每一匹马毛都整整齐齐，我命令下人每天给它们梳一遍。还有马厩，每天打扫两遍。"

"你这一共有多少匹马？"太子问。

"一万一千零八匹整，昨天下的二十多个小马驹也算。"

"你手下养马的，一共有多少人？"

"五百多人。"

"每天连人带马，你要花多少银子？"

"今年的预算是四十万两。"马夫见太子问这，觉得这是追加拨款的好机会，忙说："钱有些少，每月的拨款，常不到月底就花光了，尤其现在是饥年，市面上物价很贵，精料豆饼五百钱买不来二斤。下官想请殿下一年多给我们十万二十万的。"

"你这些马平时都做什么用处？"

"回殿下，一般也就是养着，供皇上赏玩。"

"无用啊无用，"太子弘摇摇头，对张文权说，"卿所言极是，这些马确实不应该闲养着，这样吧，先放一半，送给关中急需牲口耕种的百姓，这事，你负责抓紧落实一下。"

"殿下，您是说放这些马给百姓耕种用？"养马官惊讶地问，"殿下，这些都是各地供来的名马良驹，若作耕种用，有些太可惜了吧。"

太子弘没理他，带着张文权等侍从继续巡视后苑。当来到鹿苑的后边时，见这里荒草萋萋，人迹罕至，但不远处却有一片院落，大门紧闭门口还加了双岗，太子有些奇怪，指着那个院落，问左右："这个院子是干什么用的？"

张文权说："门口还有岗哨，看来不是个平常的地方，殿下不妨去看看。"

太子点点头，领着一行人绕过一个小水塘走了过去，谁知刚踏上院落的台阶，就被两个哨兵横剑拦住。众人忙挺身上前护住太子，张文权厉声咤道："大胆，不知来的是太子殿下吗？！"

两个哨兵听了，急忙收起武器，趴在地上磕了一个头，站起后仍挡在门口，不想放太子等一行人进去。

"闪开！让太子殿下进去。"张文权说。

"殿下，恕小的无礼，没有武皇后的手谕，任何人不准进去。"两个哨兵抱拳施礼道。

"这是什么地方？怎么连我都不让进。"太子问。

"回殿下，小的不好和您说。"

太子看着张文权说："连这是什么地方都不和我说，看来我得进去看看。"

此话一出，张文权朝太子的几个侍卫使了个眼色，几个侍卫蹿上来把两个哨兵挤到了一边，追讨大门的钥匙。

"我没有钥匙。"被挤到墙角的两个哨兵可怜巴巴地说。

"谁有钥匙？"

"掖庭局的人有，他们的人经常过来。"哨兵说。

"把门砸开！"太子命令道，"里面有什么见不得人的事吗？"

一个侍卫上前把锁梃子给拧断了，然后推开大门，放太子等人进去。院子很大，显得很空旷，南边高大的围墙边，竟种有一小片菜畦，一个老妈子和一个村妇模样的人，正蹲在地里拔草，另有一个妇女正在附近的井边汲水，旁边有一盆待洗的衣服。见有一群人进来，三个人都停下手中的活，愣愣地站在那里。

太子弘走过去，和蔼地问："你们是谁，怎么关起门来在这里种菜、洗衣服呀？"

三个人不敢说话，惊恐的眼光，你望望我，我望望你，又急忙低下头。

张文权说："三位不要害怕，这位是太子殿下，问你们话呢。"

三人仍不肯说话，两个妇女还不时地偷偷地打量着太子弘。

正在这时，外面气喘吁吁地跑来几个太监，领头的一个太监是掖庭令，他拱手给太子弘施了一礼，说："太子殿下，您怎么转悠到这里来了。"

"怎么，父皇命我监国，我怎么不能到这地方来？"

"能来，能来。"掖庭令说，"不过，这地方荒凉得很，没什么好看的，殿下还是回去吧。"

"我问你，这三个人是谁？"太子弘指着那三个妇女问掖庭令。

"都是些宫婢，在这里干活的。"

"宫婢？宫婢何至于这么神秘，门口还加了双岗？"

掖庭令支支吾吾不能对。

这时，其中的一个妇女捂着脸，忍不住抽抽噎噎地哭起来。太子更觉蹊跷，于是厉声问掖庭令："她们到底是什么人？"

"回殿下，她……她们是……是……皇后不让说。"掖庭令苦着脸说。

太子不语，只是以更严厉的目光盯着掖庭令。掖庭令被逼不过，只得指着那两个年轻的妇女说："她们一个是义阳公主，一个是宣城公主，那年老的是她们的乳母。"

"谁？谁？"太子惊问道，他似乎不敢相信自己的耳朵。

"回殿下，此两人是萧淑妃的女儿，义阳和宣城，她们因母获罪，已在这里囚禁整整十九年了。"掖庭令说。

"两位姐姐果真还活着……"太子弘颤动着嘴唇走过去，拉着一个妇女的手，又拉着另一个妇女的手，把她们拉到一起。他仔细地端详她们，颤声地说："哪一个是义阳姐姐，哪一个是宣城姐姐？"

"我是义阳，她是宣城，"一个年纪稍长的妇女说，"您就是太子弘？"

太子重重地点了点头，他仔细地打量着两位姐姐饱经沧桑、忧郁的脸庞，眼泪不禁夺眶而出。整整十九年了，两个尊贵的大国公主，自己的亲姐姐，竟被秘密幽禁在掖庭的一角，这太不人道了，太没有人性了。太子弘转身愤怒地责问掖庭令："秘密幽禁公主，是谁给你的这个权利？"

"殿下息怒，小的也是奉命行事。"掖庭令急忙趴在地上磕头回道。

"两位姐姐，十九年了，竟没出这个院子一步吗？"太子弘含泪地问道。

义阳和宣城点了点头，眼泪像断了线的珠子哗哗地流下来。

太子弘给她们擦着眼泪，说："十九年了，连父皇都以为你们已经不在人世了，有时候还跟我说起两位姐姐。"

"我被幽禁时十五岁，宣城更小，才十一岁。"义阳公主抹着眼泪说："求太子和父皇说说，放我们出去吧，实在不行，让我俩做庶人也行，我已和乳母吕妈妈说好了，一出宫我就到她老家去，过平民的日子，我俩实在受不了了。"

"两位姐姐放心，有弘弟在，就决不会让你们再受一点委屈，我现在就带你们走。"说着，太子弘转身对一个侍从说："快去调几辆步辇来，载两位公主回我东宫。"

侍从答应一声，转身跑走了，公主的乳母吕妈妈抹着眼泪问太子弘："是真的吗？不用叫车，公主，快走吧。"

"走……"太子弘搀着两位公主就要走，此时，掖庭令又"扑通"一声跪在地上，挡住去路，叫着："殿下，您不能带她们走，不然，武皇后是不会饶我的，她说没有她的命令，谁放走了人就杀谁的头。"

太子弘停下脚步，问："你干掖庭令多长时间了？"

"回殿下，已二十年了。"

"两位公主被幽禁的事，你跟皇上说过没有？"

"回殿下，武皇后不让说，小的因此不敢说。"

"欺君罔上，可恶，你到底是谁家的掖庭令？滚开！"

"太子殿下，您千万不能带走两位公主啊，您要理解小的的苦衷啊，带走她们，得经过武皇后的同意啊。"掖庭令跪在地上，装出一副可怜相。

"你现在已不是掖庭令了，这事也与你无关了。来人哪！"

"在！"太子的侍从应声答道。

"让这位公公在这里住下，让他反思反思。"

"是！"几个侍从把掖庭令提到一边，等太子带着义阳、宣城公主等一行人出门后，"哐啷"一声，关上大门，把掖庭令锁在了院子里。

走出高墙大院，眼前豁然开朗，义阳公主的眼都不够用了，她迫切地看看这，看看那，心中充满了激动与兴奋，整整十九年了，她和宣城两人由不谙世事的小姑娘变成了老姑娘，始终没走出这大门一步，这是凡人可以忍受的事吗？宣城公主则看着眼前的树林、河塘，忍不住悲切地哭了，伤心之至，浑身发软，再也迈不动脚步。太子弘亦恻然不已，令侍卫背起宣城，前往东宫。

东宫里，太子弘令宫婢服侍两位姐姐洗浴换衣，然后排开盛宴，款待两位姐姐，太子弘亲自给姐姐夹菜把盏，义阳和宣城呆滞的目光也渐渐地开始活泛起来，宣城公主望着琳琅满目的饭菜和周围殷勤侍候的下人，心中有些惶恐，她有些担忧地对太子弘说："弘弟，没征得你母后的同意就放了我们，是否会对你不利，吃过饭，我和义阳还是回到后苑吧。"

"两位姐姐但可放心，有我弘在，就有两位姐姐的好日子。你俩现在好好地在东宫住下，养养身子，平静平静心情，我要上表父皇，不，我要面见父皇，把两位姐姐这十九年所受的苦难都和他说说。别说是公主，皇帝的女儿，就是平民老百姓的子女，也不会让他们遭受这个罪，太不人道了，太骇人听闻了。"

太子弘说着，脸涨得通红。

"弘弟，不是说父皇不知道我俩被囚的事吗，不能全怪他，听说父皇身体不好，见面时，尽管放缓语气和他说。"

"他为什么不知道？这是一个明君、一个父亲所做的事吗？他连自己的亲生女儿都保护不了。"太子弘显得很激动。此话也勾起了义阳公主对父亲的怨恨，对亡母的追思，她甩下吃饭的筷子，伏在桌沿上痛哭起来。

稍后的几天，太子弘处理政事之余，每到下午就陪着两位公主在宫中散步，甚至陪她们在后苑焚烧纸钱，祭祀已不知魂归何处的萧淑妃。东宫的太子太傅们聚在一起，纷纷竖起大拇指，赞叹太子的仁义之举，为自己能辅佐这样有情有义的皇储而庆幸，大家也从太子身上看到了大唐未来的希望，看到了自家光明安稳的前途。

这天，定期传递文件的皇宫信使带来了一份诏书，诏命太子弘立即奔赴东都洛阳，准备纳太子妃完婚。接旨后，太子也正准备前去洛阳，他随即安排了一下长安的留守人员，第二天一早，在羽林军的护送下，赶往东都。

洛阳宫里，太子成婚的仪式也基本准备就绪，按武后的意思，大灾之年，不宜铺张浪费，婚礼尽量从俭，也不通知外国使臣，也不允许四方州府上贡，只是简单地举行个仪式，在宫里小范围地摆几十桌酒宴。皇上觉得有些寒酸，但耐不过武后的据理力争，只得同意了礼部的一切从俭。

长安到洛阳只几日的路程，太子弘及其人马径直开进了洛阳宫太子府。太子弘连衣服都没换，水也未来得及喝一口，就径直来见父皇李治。

李治一见爱子，喜悦之情溢于言表，他疼爱地看着儒雅俊秀的太子弘，嗔怪地说："弘儿，来到宫里，也不先歇歇，就来见朕。"

"父皇，此次召我来洛阳，是不是要给我完婚？"

"是啊，你身为一国太子也该成婚了。太子妃选定禁军裴将军的女儿，听说也是一个知书达理、善于持家的好女子。"

"成婚也应该安排在长安，长安是国之都城，名正而言顺。"

"你母后只愿意住在洛阳，弄得朕和文武百官也跟着来洛阳，弄得洛阳反成都城，长安成陪都了。"

"父皇，眼下我还不能成婚。"

"什么，不成婚？礼部已把婚礼的事安排得差不多了。再说，你年龄也不小了，今年虚岁都十八了，有些比你小的王子们也都成婚了。"

"父皇，还有三十多岁的公主没有成婚呢。"

"三十多岁的公主，谁？哪个皇姑？没有啊。"

"不是皇姑，是皇姐姐，是父皇您的亲生女儿，宣城和义阳！"

"宣城和义阳……哎……是啊，如果她俩还活着，如今也都三十出头了，可惜她俩天不假命，十一二岁就得了一场急病死了。"

"父皇，谁告诉你，两位姐姐病死了？"

"谁？我忘了，大概是掖庭令吧，我说去看看，你母后怕我伤心，不让我看。哎，过去的事了。"

"父皇，下午我想请您和母后到儿臣那里去吃顿便饭，儿臣从长安带来父皇最爱吃的'暖寒花酿驴蒸'。"

"好，好。你母后又去侍中省了，她一回来，朕就和她说。"

"儿臣就先回去安排，请父皇和母后一定光临。"

"一定，一定。哎，多么孝顺的孩子。"皇上望着转身而去的太子弘由衷地赞叹着。

下午时分，武后回来了，李治见面就和她说："弘儿回来了，还要请我们去他府中吃饭。"

"咱们就过去。"和李治不一样，对儿子的孝顺武后并没有表现出多高兴，她一脸疲倦的神色，深深地叹着气，伸着胳膊，任宫女们侍候着梳洗。

"弘儿跟你说什么了吗？"武后问李治。

"没说什么，不过朕听他说什么不愿成婚，朕当时说了他一顿。"

"为什么不愿成婚？嫌裴居道的闺女不好？"

"他又没见过居道的闺女，怎么知道她不好。我也弄不清，待会你当面问他吧。"

"据长安来的探报说，皇宫里的掖庭令已被弘儿秘密关押，弘儿又另委东宫的太监接管掖庭。"

"为什么？"高宗问。

"具体情况我也不清楚，正着人详细调查。哎，这孩子胆子是越来越大了。"

"还调查什么？待会你当面问问弘儿不就行了吗？你动不动就神神秘秘，亲生儿子都不放心，依朕看，掖庭令有错，没有错弘儿也不会换他。弘儿是个仁义、懂道理的孩子，他不会做出什么出格的事的。"

说话间，武后已收拾停当，这时天也不早了，便和皇上一起出殿登上步辇，向太子的东宫驶去。

东宫里大红灯笼高高挂，甬道上红毡铺地，宫女们来来往往，忙这忙那，宫内焕然一新，显示出了喜庆的不同寻常的气氛。

皇帝一下步辇，就对身边的武后说："人说庭院不扫，何以扫天下。今观东宫，里里外外，干干净净，赏目悦心，由此也可以断定，弘儿将来也是个治国的能手。等弘儿成了婚，再过一两年，朕就禅位于他，让他好好地施展他的聪明才干。"

"父皇、母后，请……"太子弘也率领东宫的太傅宾客们迎了出来。皇上见太子身后的几个饱学的良佐也异常高兴，又夸奖了一番。宴席已经摆好，虽说菜样不多，但却很精致。

李治入席后，见桌边只有自己、武皇后和太子弘三人，旁边还空着两个座位，就问太子弘："这两个座位是谁的，你的那些幕僚呢？"

"回父皇，今天是家宴，幕僚们在另一间屋子里开宴，至于这两个座位，也不是给外人留的，等一会儿您就明白了。"

"这孩子，越来越有心了，"李治笑着说，然后他拿起筷子，"不管谁了，朕先尝尝弘儿给朕带的'暖寒花酿驴蒸'。"

"父皇，请……"太子弘亲自动手热情地给李治动手斟酒、夹菜，见武后冷冷地坐在一边，也不动筷子，也不端酒杯，就问："母后，您为什么还不吃？"

"弘儿，别卖关子了，快把你的什么客人请出来吧。"武后说。

"请出来，请出来。"李治一边嘴里撕咬着"驴蒸'，一边说，"请出来给父皇瞧瞧，是什么硕学大儒。"

太子弘点点头，向里间方向拍了两下巴掌，大家的目光一齐投过去，只见门帘一闪，一个宫婢率先走出来，她撩开着门帘，接着出来了一位穿公主礼服的老姑娘，接着又出来一个，两位老姑娘走到李治的面前，一齐伏地跪倒，人未说话，就嘤嘤地哭了起来……

李治大惊，一口吐掉嘴里的肉，指着地上的两人，问："你等是何人？为何见朕就哭泣？"

两个老姑娘一听这话哭得更厉害了，都抬起了头，泪眼望李治，哽咽着说："父皇难道不认识女儿了？"

"你俩是……"

"父皇，我是宣城，她是义阳啊……您的……您的亲生女儿啊……"

"你，你们真是宣城和义阳？"李治惊讶地站了起来。

"父皇，两位姐姐的确是宣城和义阳公主，她俩是儿臣在长安监国时，从后苑别院解救出来的。父皇，两位姐姐被幽禁别院，已长达十九年了。"

"真有此事，女儿呀，可想死为父……"李治弯下腰，揽住两个女儿，老泪纵横，父女三人抱成团哭成一堆，太子弘亦在一旁跟着抹泪，唯有武后端坐在椅子上，冷眼望着，一动不动。

"朕问你，这是怎么回事？"李治转脸愤怒地指着武后问。

武后把脸转向一边，眼望着窗外，一言不发，一副事不关己的样子。

"朕问你，宣城和义阳是怎么回事？"

"你问我，我问谁？我成年累月住在洛阳，又怎么知道长安的事？"武后抵赖说。

"不知道？朕就不相信你不知道。"李治说着，又命令太子弘，"查！彻底调查，到底是谁这么大胆敢幽禁朕的女儿十九年。"

"父皇，儿臣已把负有直接责任的掖庭令看押了起来，至于到底是谁的责任等以后再说吧。现在两位姐姐都是三十好几的人了，急待嫁人，望父皇暂停儿臣的婚事，先考虑两位姐姐，否则，儿臣也决不成婚。"

"再过五天就是你成婚的日子了，太史局已算好日子、礼部也已准备妥当，恐怕不好改了吧。"李治为难地看着太子弘，又看着武后说。

"总之，两位姐姐不嫁，儿臣的婚事，实难从命。"太子弘坚决地说。

"这……"李治张口结舌，只得抚着两个女儿的脸，叹着气，"父皇我没有尽到责任啊，让你们受苦了。给朕说说，这十九年来，你们都怎样过的，朕还以为你姐俩都早已不在人世了哩。"

"父皇……"两位公主还没有从激动中醒过来，跪在李治的脚下，抽抽噎噎不说话，倒是武后在旁边不耐烦地发了言："好了、好了，两位公主都不要再哭了，太子也别固执了，皇上也别为难了。宣城和义阳的婚事我来办，明天就办，太子弘的婚事照计划进行。"说完，武后站起来，又对太子弘说："为娘先回去了，等一会儿你到我那去一趟，我有话和你说。"又对李治说："你不走我先走了？"

"吃点饭再走吧，既然来了。"李治说。

"还是你们吃吧，也叙叙话，我到底是个外人。"说着，武后甩手走出门了。

武后一走，李治就把两个女儿请上座位，详细地问这问那，问着问着，泪又下来了。见武后走了，义阳和宣城也活泛起来，尽情地诉说了这么多年所受的委屈，诉说了她们对亲生母亲萧淑妃的思念。

李治也不住地叹气，太子弘不满父皇遇事的愁眉苦脸样，说："父皇乃国之至尊，理应保护好自己的妻子儿女，即使他们有错，也不应使他们遭受如此大的折磨。"

"唉，弘儿，你还不知道你母后的脾气吗？在她手上毁了多少人啊，为父身体多病，实难钳制她呀。你没见吗，现在宫中朝廷的大小事，有哪一件她不参言。唉，为父以后就指望你了。你现在就要挑大梁，好好地锻炼，一等条件成熟，我和你母后就退到幕后去。唉，对了，刚才你母后让你到她那儿去，你赶快去吧，顺便说说她，问问你姐姐的婚事，朕也马上就赶过去。"

太子弘答应一声，嘱咐两位姐姐多吃一些菜，多陪父王说说话，然后赶往母后住的长生殿。

武后正在殿里安排什么，见太子弘进去，就把其他人打发出去，单独和太子弘说话。

"弘儿，为娘让你在长安监国时，走时是怎样交代你的？"

"小事自决之，大事先请示。"太子弘回答。

"你是怎么办的？"

"谨遵母后的教诲。"

"宣城、义阳的事，为什么不先和我打招呼，为什么擅自把她俩带来洛阳？"

"母后，您当初就不应该监禁她俩。"

"不监禁她俩能行吗？当时的情况你能了解吗？那可是你死我活的争斗，若让王皇后和萧淑妃占了上风，岂有你当太子的份，哪还有我们母子现在的日子？"

"您就不应该这样对待宣城和义阳，她俩有什么错？十九年前，都还是个孩子，这一关多少年，连父皇都不让知道，简直太残酷了，太不仁义了。"

"你是说为娘太残酷、太不仁义？"武后指着太子弘骂道："你，你简直太不孝顺了，太辜负为娘的一片心了。你，你给我认错！"

"我没有错，我不认。"太子弘扭着脸，倔强地说。

"你，你，我怎么生出你这样的儿子。"武后气得跌坐在椅子上。

"母后，请先安排两位姐姐的婚事，然后再考虑儿臣的婚事。"太子弘不为武后的怒容所动，不亢不卑地说。

武后瞧了儿子一眼，不理他，太子弘又一次叩首奏道："母后在东宫时，已答应儿臣请嫁宣城、义阳，请母后尽快吩咐下去，尽快办理。"

"是啊，尽早办这事，"不知什么时候，李治也踱了进来，他边说边来到武后的面前，指着她说："你也有错，不能怪弘儿生你的气。弘儿，通知礼部，先行操办义阳和宣城的婚事。"

话音一落，武后摇着手说："不用通知礼部了，这事交给我安排吧，我已拨旁边的一个寝殿，让她俩临时居住。"

"不错。"李治说着，对太子弘说，"赶快回去把你姐姐送过来，让她俩住在东宫也不合适，明天，叫常乐公主进宫，和她商议商议，看看有没有合适的官宦子弟，给宣城和义阳各物色一个。"

"这事你不用操心了，明天我就能办好这事。"武后大包大揽。

"明天怕不行吧，操之过急也不好，你和常乐公主说说，让她尽心尽力给宣城和义阳选两个好驸马，朕欠这两个孩子也太多了。"

第二天早晨，李治还没起床，被窝里就听外面锣鼓敲响，鞭炮炸响，有零乱的说话声脚步声。没等李治发问，太子弘就气急败坏地撞进来，高声叫着："父皇！父皇！"

"弘儿，什么事？"

"母后正在给宣城和义阳办婚事呢，她谁也不通知，擅自做主，把两个公主配给了两个卫士。"

"配给卫士？那你赶快去禁止。"

"已入洞房了，儿臣也是刚刚得知就赶来的。"

李治气得对着旁边的一个内侍叫道："速传皇后来见朕。"

内侍刚跑到外间，见武皇后已经进来了，忙垂着手站在一边。武后进来，看了看太子弘，指着他说："你先出去，我和你父皇有话要说。"

太子弘不想出去，站在原地愣了半天，但挪了挪身子，还是出去了。

"皇上，你对我的做法难道不满意吗？"

"当然不满意了，朕的两个公主岂能嫁给两个卫士？你不打招呼，就偷着让她们成婚！"李治说。

武后给李治掖了掖被子，说："如今她两对新人已入了洞房，生米做成了熟饭，你说该怎么办吧？"

"你……你太放肆了。"

"皇上，我不是放肆，我有我的考虑，宣城和义阳都三十多的人了，再到宫外大张旗鼓地选婿，百姓会有议论，还不如在宫中找两个卫士让他们结婚，再说，两个卫士人品也不错，长相也英俊，连宣城和义阳都挺满意，三十多岁的姑娘，早结婚一天早高兴一天，这皆大欢喜的事，有什么不好？"

"那也不能让两个公主嫁给两个小卫士。"

"卫士小是小，但你可以给他俩升官嘛？不行就让他俩出去做官，外放为刺史。"

李治听武后这么一说，也觉着事已这样了，生气也没用了，就问："哪两个卫士？也不提前和朕说一声，公主在外殿成婚，皇上还蒙在鼓里。"

"是我的两个上翊卫权毅和王遂古。你赶紧穿衣服，起床吧，等一会儿他们得来拜见你。"

李治气仍未消，寒着脸起了床。武后亲自给他穿好衣服，服侍他洗手洗脸，梳头打扮。那股勤劲儿，总算使李治的脸色缓和下来了。

打扮停当，李治来到外间，早膳也已摆上了桌子，见太子弘仍坐在那里气哼哼的，李治走过去，拍拍他的肩，安慰说："事已至此，气也没用了。来，陪父皇吃早饭，待会儿公主他们就来了。"

"不吃！"太子弘生气地说。

"傻孩子，别动不动就生气，等你将来当了皇帝主了政，烦心的事多着呢。因此，凡事都要想开些。"

"想开些想开些，义阳、宣城一关十九年，放出来又以公主之尊嫁给两个小小的卫士，谁又替她们想开些？一盘鞭炮一阵锣，任谁也不通知，就让她们结了婚，这，这是正人君子干的事吗？"太子弘连珠炮似的说道。说完一转身，噔噔噔地跑了。

李治用过早餐，义阳和宣城就一起携着自己的夫君权毅和王遂古来了。两位公主脸上飞满了幸福的红晕，娇羞不安地领着自己的夫婿给皇上行跪礼。见女儿高兴，李治也高兴，一连声地命人给他们赐座。

穿着大红婚服的权毅和王遂古显得更加英俊和挺拔，李治看在眼里，爱在心里，连连点头，表示满意，他对两人说："以后你俩就不再是小小的卫士了，而是朕的驸马了。朕决定升你俩为四品刺史。身份变了，作风也应该改变，卫士和驸马是截然不同的身份，希望你们要好自为之，尤其是要对两个公主好，要做到夫妻恩爱，听清了没有？"

"听清了，臣遵旨。"权、王两人忙跪地磕头谢恩。

上午不多时，常乐公主进宫了。常乐公主和李治的年龄相仿，论辈分来说，她是李治的小姑母，乃高祖李渊的第十九女。她的丈夫是左迁牛将军赵瑰，其女儿许配给武后的三子显。自从有了这门亲上加亲的关系后，常乐公主有事没事就来皇宫，常常陪病中的李治唠叨些家长里短。

武后又忙于处理政事去了，常乐公主直奔大殿来找李治，见面就说："皇上，你找我有事？是给宣城、义阳选婿的事？好事好事，我心里早已有谱了，早选下了两个大门大户人家的好儿郎。"

李治叹口气说，"你来晚了，宣城、义阳已嫁。"

"这么快？驸马是谁？"

"……两，两个守殿的卫士。"

"公主嫁给卫士，你……"常乐公主一听这消息，气愤极了。

"这不能怪朕，这都是皇后她……"李治把事情的经过一五一十说了一遍。

"你呀，你要有先皇的一半血性，皇后又怎敢如此为所欲为。"

"别说了，说这么多也没有用。这些年来，朕身体多病，朝中的事多亏她撑着。现在弘儿也长大了，办事也成熟了，过两年，朕就把皇位传给他。"

"说是这么说，可照这样下去，以后的局势未必如你所想象的那样。"

常乐公主对武后颇有微词，李治既点头又摇头，又是大倒苦水，又是找理由护短。

五天后，太子的婚礼如期举行，也只是皇宫内小范围地庆祝了一下，按武后的意思，大灾之年，不得铺张。

太子成婚后，李治也确实宽了不少心，太子妃裴氏也甚有妇德，举止大方，行动有礼。李治高兴地对侍臣说："东宫内政，我无忧了。"

皇上圣体略为好些，心情也开朗多了，和武后相处得也甚为融洽。这天散朝后，回到后殿，他躺在寝床上看了一会儿书，看着看着就不知不觉地睡着了，等一觉醒来后，见周围都已暗下来了，一盏白玉灯半明半暗地照着，李治于是向外间发问："什么时辰了？"

外间正竖起耳朵听里屋动静的近侍，急忙进来回奏道："回皇上，刚过午时。"

"午时？天这么暗？"

"回皇上，阴天了。"

"皇后呢？"

"皇后娘娘去后苑蚕室了。"

"嗯。"李治点点头，下了床，近侍服侍他穿上衣服，问："皇上是否用午膳？"

"用吧。"

近侍向外间轻轻地拍了两下巴掌，而后扶皇上到旁边的桌子旁坐下。接下来，有宫婢端着水盆，拿着巾帛，伺候皇上洗脸洗手。这时，饭菜也端上来了。鸡鱼肉蛋、飞禽走兽摆了满满一桌。李治一见，直皱眉头，责问近侍："谁又让你备这么多菜的？不知道现在是大灾之年吗？平民百姓都吃不饱饭，朕何忍一个人吃这么多菜。"

"回皇上，这是皇后娘娘吩咐的，她说您身体不好，需特殊照顾。"

"皇后午膳都吃了些什么？"

"皇后只用了一碗饭，一碟小菜。"

"哎……"李治叹了一口气，心中禁不住涌起一些感动，他仰望殿顶，自言自语地说："你日理万机，宵衣旰食，更应该注意自己的身体啊。"

"皇上，快趁热吃吧，别让菜凉了。"近侍提醒道。

"留下两碗菜够朕吃的就行了，其余的都端下去，等晚膳时，朕和皇后一起用。"李治说。

简单地用完午膳，李治即坐上步辇，来到了后苑的蚕室。

蚕室里，武后穿着布裙，正忙着往蚕盘上抛撒新鲜的桑叶，见李治进来，她忙放下盛桑叶的簸箕，拍打一下身上，那动作像一个标准的村妇。她给高宗行了个礼，扶住他说："圣上，你不在前殿休息，来这儿干什么？"

李治不语，他爱抚的目光打量着武后，打量着她那张饱满、精明的脸，他的手不知不觉地抬起来，轻轻地摸上去，语含深情地说："上朝议国事，下朝又亲蚕，你辛苦了，其实你不必……"

"哎……"武后叹了一口气，说："自从乾封元年封禅以来，年头就不好，是水旱虫雹、连年灾荒、百姓饥馑、国库空虚。这些天来，臣妾一直睡不好觉，吃不好饭，臣妾考虑得采取一些切实可行的措施，对政治、经济、军事等方方面面实行一个大的改革。"

"你准备怎么改？"李治问。

"依原来说的，首先把皇帝和皇后改称为天皇、天后，改换百官的封饰。"

"这什么改革？这改个称号，还改封饰干什么。"

"皇上，改称号改封饰，这是显示我天朝新气象，给人以耳目一新之感，臣妾准备了十一条改革措施。"

"哪十一条？"

"一、劝农桑，薄赋徭；二、给复三辅地；三、息兵，以道德化天下；四、南北中尚禁浮巧；五、省功费力役；六、广开言路；七、杜谗口；八、父在为母服齐衰三年；九、上元前元勋官已给告身者无追核；十、京官八品以上益禀入；十一、百官任事久，才高位下者得进阶申滞。"

"这十一条很好，不过朕想再加一条。"

"皇上想加什么？"

"加王公百僚皆习《老子》。"

"行。"武后爽快地说，"再加这一条。"

"百官服饰怎么改？"

"三品以上者仍服紫袍，改服金玉带；四品官员服深绯色袍，服金带；五品官员服浅绯色袍，带金带；六品官员服深绿色袍，带银带；七品官员服浅绿色袍，带银带；八品官员服深青色袍，带玉石带；九品官员服浅青色袍，带玉石带。"

介绍完改服饰的方案，武后问："皇上，你看我这个改法行不？"

"朕看也都是些无所谓的东西，不过，你觉着行，颁布就是了。"

改服饰，推行十二条改革方案，不是一下子就能做到的事，但皇帝皇后改称天皇天后，却是一句话的事。

咸亨四年（673年）八月十五日这天，一道圣旨下达，高宗和武后都改了称呼，此事事先未和文武百官商量，弄得大家一时措手不及。打秦始皇嬴政时起，就叫皇帝皇后，现改成天皇、天后，大家都叫不出口，觉得别扭。别人不敢有忤，太子弘却跑来见父皇。

"父皇，这皇帝、皇后还能随便改称呼吗，弄得满朝文武议论纷纷。"

"这都是你母后的主意。"

"什么都是母后的主意，是您是皇上，还是她是皇上……还有，外人都老早传说您要给长孙家族平反，据我调查，长孙无忌他们也确实是冤枉的，不知父皇何时就此事给天下人一个说法。"

"这事……这事朕几次跟你母后谈过，可她总是顶着不让办。"

"父皇，如果您实在不行，儿臣愿意去办理此事，请父皇给我一道追复长孙无忌等人官爵的诏书。"

"诏书好写，朕只怕你母后知道了不愿意。"

"父皇，母后是皇后，理应待在后宫，整天上朝干政，徒招天下人议论，这一点，望父皇明鉴。"

"这事朕也知道，你母后确实有点太过分，不过，朕苦于目疾，时常不能视事，你母后也有能力胆识，替朕办了不少大事。"

"儿臣愿意以后多为父皇分忧，请父皇赐我一道为长孙家族平反的诏书。"

"行，不过，你还是和你母后打个招呼。"

"不劳父皇吩咐，儿臣自有分寸。"

太子弘讨得诏书后，携太子妃又赶回了京都长安。

咸亨四年（673年）九月，太子弘根据皇上的诏书，下令追复长孙晟、长孙无忌的官爵，并让长孙无忌的曾孙长孙翼袭封赵国公的爵位。还特意派人将长孙无忌的灵柩迎回长安，陪葬昭陵。消息传出，许多人都额手称庆，士庶交口盛赞太子弘的能力和功德。洛阳宫里，武后却出奇得平静，仿佛不知道这事似的，高宗也就渐渐地放下心来。这天，常乐公主来访，皇上和她谈起好儿子太子弘。

皇上说："弘儿比朕强，比朕有魄力，办事不像朕瞻前顾后拖泥带水的，这次给舅父长孙无忌平反的事，他办得很漂亮，我原以为皇后会阻挠。"

"她只是皇后，统领后宫便罢了，朝政大事，本该你做主的。"常乐公主说。

皇上摇摇头，不置可否，继续谈他的弘儿："弘儿现在在朝廷中的威望越来越高了。此儿仁孝英果，敬礼大臣鸿儒之士，前次请嫁义阳、宣城，今次又亲自操办长孙家族平反，深得人心。"

"是啊，"常乐公主点头说："太子也长大成人了，办事也老练了，皇上身体不好，你就禅位于他，也好在后宫养养病，多享两年清福。当年高祖退居上元宫，做太上皇，先皇太宗也把天下治理得好好的。"

"是啊，朕也久有此意，也多少次在公开场合表过态，等朕和皇后、朝臣商量一下，就尽快禅位于太子。"

与常乐公主谈过话后，李治下定决心，决定禅位于太子弘。这天晚上睡觉时，他找了个机会，把这事跟武后先说说。皇上体弱多病，而武后却年富力强，身体正处在如狼似虎的时期，皇上已远远满足不了她，两人也时常不在一张床上睡。这晚，皇上特别和她一起睡，为的就是要和她说说禅位的事。一阵勉为其难的应付之后，皇上躺在武后的身边，挑开话头说："想和你商议一件大事。"

武后脸往里睡，一动不动默不作声，皇上又提高声音问了一遍，武后才欠了欠身子说："我听着呢。"

"我想……我想……我想到明年正月时，禅位于太子。"皇上吞吞吐吐地说。

武后不吱声，仿佛早知道这事似的，她的沉默和李治预想的不一样，反弄得李治拿不准她的想法，只得顺着自己的思路说下去："朕时常有病，政事多委于你，弄得天下人风言风语。朕想弘儿也成人了，不如让他主持朝纲，我们退居后宫，好好过过悠闲的日子，你看这事怎么样？"

武后还是不吱声，李治只得继续说："弘儿现在的威望日益见长，处事能力也有目共睹，常乐公主也说……"

这时，武后猛地转过头，说："常乐说'让我统领后宫便罢了'，是不是？"

"她，她没说这话。"

"她倚仗长公主之尊说三道四，诋毁天后，其罪不浅，你身为天皇，不加制止，反而和她一唱一和，是何道理？"

"算了。"李治不高兴地说。

"至于禅位一事，先别操之过急。把太子召回来，我要手把手教他，怎样处理政事。再说，十二条改革措施也急需推行，让他回来帮帮我。"

"行，你看着办吧，"皇上叹了口气说："反正朕身体不好，禅位是早晚的事，最好是明年正月传大位。"

上元二年（675年）四月七日，突然从宫内传出一道敕命：周王妃赵氏出言不逊，即日废为庶人，囚于内侍省的禁闭室。其父赵瑰左迁为栝州刺史，其母常乐公主和丈夫一道前往，两人终生不得回京。

内侍者的禁闭室里，废王妃赵氏不知犯了什么罪，整日哭叫不停，送饭的内宦一来，她就又撕又咬，饭菜也扔得到处都是，无奈之下，内宦只得悄悄地把这事汇报给武后。武后不耐烦地一摆手说："柴米油盐都给她准备好，让她自己做着吃，别管她。"

管事的内宦乐得如此，照武皇后的吩咐，把锅碗瓢勺，柴米油盐，都送进禁闭室，然后锁上门走了，任废王妃哭喊叫骂，也没人理她了。

闹腾了一天一宿后，赵王妃的怒气渐渐平息了。她声音沙哑，又困又乏，昏昏沉沉地趴在床上睡了一觉后，觉得口渴难耐，却没人来伺候，只得用瓢舀些凉水灌下肚子。口不渴了，肚子却饿了，但一屋子翻遍了却没吃的。又挨了几个时辰，实在饿极了，她抓了把生米放进嘴里嚼，却难以嚼动，无法下咽。至于怎样生火，怎样做饭，赵王妃更是一窍不通。她外祖父是唐高祖李渊，舅舅是太宗李世民，父亲是大将军，母亲是常乐公主，从小娇生惯养，衣来伸手，饭来张口，何曾做过饭。

过了四五天，管事的内宦觉着废王妃赵氏也该把米面用完了，于是又提了一些米面送来，打开门，却不见动静。内宦慌了神，仔细一看，只见赵氏趴在面袋上，嘴里含着一些米，人早已僵硬了，活生生地被饿死了。

情况汇报到武后那里，武后淡淡地说："连饭都不会做，拉出宫埋了。"

好几个月来，老天爷都没下过半滴雨。皇上命撤乐，减膳，避正殿。太子弘也奉诏从长安赶来，和父皇母后住在了一起。皇上见面就叮嘱儿子说："朕这几天头痛病又犯了，时常心惊肉跳着从梦中惊醒。一到春节，朕就禅位于你，年前这几个月，你要虚心向你母后学习，看她是怎样处理朝政的。"

"父皇……"太子弘闻言，伏地哽咽，好半天才抬起头说："儿臣敢不从命？只是这么快就禅位，儿臣于心不忍，唯望父皇早日康复，以慰儿心。"

"哎……"李治叹了口气，爱抚地望着儿子说："听说你这两天身体也不好，是否找太医看过？"

"不劳父皇挂心，儿臣只是路上鞍马劳顿，略感风寒，过几日就会好的。"

李治点点头，挥手说："你先歇息去吧，你母后正在前殿召百官言事，等等你再去拜见你母后。"

"父皇……"太子弘欲言又止，但见父皇病恹恹的样子，又把话咽下了肚，叩首告辞出去了。

下午，太子弘拜见了母后，没等武后问话，太子弘就说："母后，常乐公主何罪之有，你就背着父皇把她赶出了京城，而且把她的女儿周王妃活活饿死。"

"此事你怎么知道？"武后寒着脸问。

"希望母后不要擅自左迁大臣，降罪皇室宗亲。"

"你和你父皇说这事了？"

"父皇正在病中，我没敢和他说，但他迟早会知道的，万望母后再也不要做令父皇伤心的事了。"

"弘儿，有些事你还不懂，常乐她……"

"母后不要再为自己辩解了，再者，父皇已决心春节后传大位于我，到年底还有七八个月，这一段时间，恳请母后多在后宫照顾父皇，朝廷上的事由我来担当，有不决之处再回后宫向母后请教。"

武后听了太子弘的话，跌坐在椅子上，喃喃地说："你长大了，不要母亲了。你现在出息了，可以把母后逐出朝廷了。"

"母后息怒，儿臣之所以这样做，也是为母后着想。母后上朝听政，实不合常理，有损于我大唐的形象，有损于父皇母后的清誉。母后退居后宫，可照顾父皇，安享晚年，于国于家，两全其美，望母后明鉴。"

武后忧心忡忡地看着已长大成人的太子弘，好半天才挥手让他离去。

夜里，武后躺在床上，难以入睡。她思前想后，辗转反侧。下午儿子对自己说的话，无异于逼宫。以太子弘的执拗劲，只要他一登大位，便决不会再容忍自己垂帘听政。失去了权位，失掉了朝堂上的那个宝座，就等于自己半生的奋斗付诸东流。太子弘不会像其父一样对自己百依百顺，势必要爆发一场母子争夺战，而自己明显的名不正言不顺。难道自己真要退回深宫，当一个无所事事的皇太后？不，决不，为了这一天，我付出了多少代价，经历了多少坎坷，双手也沾满了多少人的鲜血，决不能如此善罢甘休！

黑暗中，武氏伸出自己的双手，她审视着，苦想着，一个可怕的念头从她脑海里冒出，她的心不禁颤抖了一下，双手也微微哆嗦起来……

她不断地给自己这个念头找理由，不断地膨胀自己的野心。

……无毒不丈夫，干大事的人何必顾惜那点凡俗的儿女之情；非同寻常的手段，成就非同寻常的事业；我的性格一直决定着我的命运；亲生儿女中已死了一个，再死一个又如何，反正人总有一死，不过是早晚的问题；他死了，我会全力补偿他，追封他为皇帝；越犹豫痛苦越多，倒不如出此狠招定乾坤……

第二天中午，武后令人传太子弘至皇上处，一家人共进午膳。席间，皇上为了活跃气氛，讲了几件年轻时的趣事，武后也极力附和，嘴不闲着地说笑着，可太子弘却默然无语，只喝了小半杯酒，吃了几箸菜，就推说不舒服，向父皇母后告辞，坐步辇回绮云殿去了。

武后望着对面空着的座位，叹了一口气，对李治说："弘儿身体也不好，动不动就感风寒，这几天听说又不大调和了。"

"太医会诊了没有？"李治问。

"会诊了。只听他们说脉搏不齐，但没具体找出病因，只开了几服中药，现正喝着。"

"年轻又没什么大病，不过是旅途劳顿，外感风寒而已，多休息，调养调养就好了。"李治说。武后点点头，叹口气说："但愿如此。没有一个好的身体又怎么能担当起统御一个国家的重任。"

吃过饭，李治就爬上床休息了，不一会儿工夫，他就沉沉睡去。

……此地似曾相识，好像是长安昭陵旁的一座小山，山上树木高大葱郁，林鸟争鸣，前方好像有一面小白幡在雾霭清气中隐约前行。李治很奇怪，想弄个明白，到底擎幡者是谁，为何光见白幡不见人。他顺着山路，信步追去。他走得快，白幡也移动得快，他走得慢，白幡也动得慢。李治觉得有些心悸，隐约觉得不妙，这时，脚下已没有正路了，石头蛋子，荆棘疙瘩，一片片一簇簇，十分难行，李治心里打开了退堂鼓，准备原路返回。谁知一转脸，旁边的古树上，掉下来一条巨大的蟒蛇，蛇头上居然长着乌黑的女人的头发，李治大惊，连连后退。这时，蟒蛇忽然发出惨然的笑声，红眼睛滴血，张开血盆大口，挺身向李治扑来。李治躲闪不及，被蟒蛇一口咬中左臂，疼得他大叫一声，醒了过来。李治惊魂未定，好半天才知道原来是做梦。

"来人……"李治叫着，他想要一巾帛擦擦额上的汗。

"皇上。"武后撩开寝帐走进来坐在床边，双手紧紧握住李治的手。

"你怎么在这里？"李治问。

"皇上，有件事告诉你，你要沉住气。"武后一脸严肃地说。

"什么事？"李治顿觉不祥，急忙问道。

"太子弘突然昏倒。"

"什么？弘儿怎么啦？"李治急忙坐起来。

"弘儿刚才在绮云殿突然昏倒，情况不大妙，现在太医正在全力抢救。"

"快，快领朕去看看。"

武后一招手，近侍过来给李治穿上衣服鞋袜。在武后和内侍的搀扶下，李治哆哆嗦嗦地来到殿外，乘上步辇，直奔绮云殿。还未到绮云殿，就听见殿里痛哭声一片。

李治伸着手，颤抖地问："皇儿怎么啦？皇儿怎么啦？"

"皇上，"武后紧握住李治的手说："无论发生任何事，您都要挺住。"

到了殿前，李治下了步辇，他已吓得挪不动脚步了，武后和近侍纷纷劝道："皇上，还是暂到别殿休息吧。"

"快……快扶朕进去看看我那弘儿。"

大家只得把李治连架带扶地弄进去。大殿中央正南北摆着一张床，床上躺着一个人，覆盖着紫锦被。床周围，几十个东宫的官员和从人以及太医局的人，正跪在地上，失声恸哭。皇上一见这场面，二话没说，当即晕倒在地。随侍的御医急忙过来，又是掐人中，又是揉胸口。武后急令把皇上抬到别院休息、诊治。

好半天，皇上才醒来，他第一眼看见武后，就一把抓住她的手，问："弘儿呢？弘儿呢？"

武后摇了摇头，眼泪也如断了线的珠子，"哗哗"地落下来，她伏在高宗的身边失声号哭。

皇上已知事难挽回，也不禁失声痛哭。这时，朝廷的文武百官也闻讯赶到，赶来安慰皇上，见天皇天后如此感泣，也都趴在地上哭天抹泪，头磕在地砖上"砰砰"直响。

武后首先停止住哭声，抬起泪眼，扫视着众大臣，立即口述圣谕，命侍中姜恪主理太子的丧事，立即准备太子的丧仪。武后吩咐完以后，皇上也哭得差不多了，他提出立即要去看看死去的儿子，武后只得命人把他抬到绮云殿。这来回一折腾，一耽搁，天也暗下来了。绮云殿里已点上了胳膊粗的白蜡烛，守灵人的号哭声也变成了嘤嘤的哭泣声。

皇上在武后和近侍的搀扶下，颤抖着来到太子弘的灵床前，近侍轻轻地掀开死者脸上的盖布，皇上只看了一眼，就实在撑不住了，身子一软，又倒了下来，近侍们急忙把他抬了回去。

"皇儿，我苦命的儿呀……你怎么……怎么说走就走了……你让父皇我……何以再有心情……活……活在阳世……"皇上一边哭，一边诉着，大臣们都含泪相劝。半晌，皇上止住哭声，诏令太医局的人近前，想了解一下太子是因什么病而暴卒的。

几个为太子弘诊治的御医战战兢兢地走近前来，趴在地上一连磕了好几个头，方奏道："启奏皇上，太子突患急症，臣等赶到时，人已经不行了。"

"是何急症？"皇上含泪问道。

"回皇上，依臣等推测，太子可能患的是绞肠痧。"

"绞肠痧？四月的天，患什么绞肠痧？就是绞肠痧，也不可能快得连医治的机会都没有！"皇上疑惑地问道。

几个御医被皇上问得你望望我，我望望你，武后见状，忙对皇上说："绞肠痧的症状是有的，再说太子这两天也自觉不舒服，听说昨晚又是头痛又是吐酸水。"

"对，对，娘娘说得对。"几个御医齐声附和着。

"都退下吧。"皇上无力地摆了摆手，复又歪坐在床上。他直愣愣地盯着殿顶，心中蕴含着巨大的悲痛。

五月，根据皇帝的旨意，朝廷颁发了《皇太子谥孝敬皇帝制》和《册谥孝敬皇帝文》，谥为孝敬皇帝。

八月庚寅，葬孝敬皇帝于缑氏县景山之恭陵，制度一准天子之礼，文武百官从权制三十六日降服。皇帝亲制《德纪》，并书之于石，树于陵侧。但刚开始筑恭陵的时候，高宗不听武后劝阻，不顾国家连年灾荒，执意要为孝敬修一个大的陵墓。由于工程巨大，所费人力物力太甚，老百姓厌役，恭陵还没开工，老百姓就呼嗟满道，遂乱投砖石，一哄而散，弄得一片狼藉，不可收拾。

太子弘死后，武后也写了一篇《一切道德经序》，序文中武后盛赞了太子弘的贤德，表达了她对太子弘之死"感痛难胜"的心情。太子弘到底是病死还是武后鸩杀，已成千古之谜。

历史小说

一代女皇

刘芳芳 ◎ 著

武则天

（下册）

中国铁道出版社有限公司
CHINA RAILWAY PUBLISHING HOUSE CO., LTD.

【第九回】

李贤酒色求自保，才子刀笔发檄文

太子弘死后的第二个月，即上元二年（675年）六月，李治的第六子、武后的次子李贤被册立为皇太子。贤，字明允。永徽六年，封潞王。显庆元年，迁授岐州刺史，其年，加雍州牧，幽州都督。武后共有四子，数此子天分最高。容貌举止端庄文雅，深为李治所赞赏。李治曾经对司空李勣说："此儿小小年纪，已读得《尚书》《礼记》《论语》，诵古诗赋复十余篇，暂经领览，遂即不忘。我曾让他读《论语》，至'贤贤易色'这句时，他再三复诵。我问何为如此，乃言性爱此言，方知夙成聪敏，出自天性。"

龙朔元年，李贤徙封沛王，加扬州都督，兼左武卫大将军，雍州牧如故。龙朔二年，加扬州大都督。麟德二年，加右卫大将军。咸亨三年，改名德，徙封雍王，授凉州大都督，雍州牧、右卫大将军如故，食实封一千户。上元元年，又依旧名贤。

太子贤与其兄故太子李弘所不同的是，贤不但文采出众，而且十分留意武功。弓箭、骑马十分娴熟，特别醉心于外出狩猎和打马球，真可谓是文武双全，朝臣们都认为他有乃祖太宗皇帝李世民的英武遗风。因此，李贤刚被立为太子，李治就大赦天下，令太子监国，参与政事。并派张大安为太子左庶子，刘讷言为太子洗马，全力辅佐太子贤，以期尽快把他培养成一个优秀的帝王继承者。

与此同时，武后也加紧推行她的十二条改革措施。

为了进一步把持朝政，在朝臣中培养自己的亲信，武后打破常规，不拘一格，亲自面试选拔了一批人才，并根据他们的特长，授以适当的官职。这批人成了武后的"智囊团"。一般朝臣进入大内须走南门，而此等人奉皇后谕旨，特走北门，时人称为"北门学士"。

北门学士比较著名的有刘祎之、元万顷、范履冰、苗神客、周思茂等人，以下是他们的简历：

刘祎之，常州晋陵人，世族大家出身，其父刘子翼是隋朝时的知名学者。祎之少以文藻知名，为右史时被召入禁中修撰，官至宰相。

元万顷，洛阳人，元魏皇族后裔，善属文，被召入禁中修撰，官至凤阁侍郎。

范履冰，怀州河内人，为进士出身，召入禁中修撰将近二十余年，官至著作郎。

苗神客，沧州东光人，乾封元年幽素科及第，为右史时召入禁中修撰，官至著作郎。

周思茂，贝州漳南人，少以文才知名，为右史时召入禁中修撰，官至麟台少监。

北门学士在武后的授意下，完成了一系列由武后署名的著作。主要有《孝子传》二十卷、《列女传》二十卷、《玄监》百卷、《少阳正范》三十卷、《青宫纪要》三十卷、《维城典训》二十卷、《凤楼新诫》二十卷、《乐书要录》二十卷、《内轨要略》二十卷、《百家新诫》五卷、《兆人本业》五卷、《臣轨》二卷等。该系列书籍，涉及人的日常生活行为规范的方方面面，洋洋洒洒达数千卷之多。

北门学士在修撰之余，同时也为武后参谋政事，间接或直接干预国事，成为武后控制朝政的一个极其重要的中坚力量。毫无疑问的是，太子李贤监国，处事常受"北门学士"的牵制。这一天东宫的一帮人愤愤不平，太子左庶子张大安密奏太子说："北门学士，依仗皇后撑腰，其势逼人，于殿下十分不利，望殿下早下决断，从速修撰自己的著作，借以培养自己的亲信重臣，为日后登基称帝打下基础。"

太子贤点了点头，但又有所顾虑地说："母后为人凶狠，遇事不饶，公开另行修撰，恐招惹母后的忌恨，反于事不利。"

"殿下何不以'献上'的名义来做。"张大安说。

李贤闻言，觉得这主意不错，但也不宜锋芒显露，于是指示张大安选一本书，对其书进行注释工作，以此名义从而收罗和发现一批人才。

其后不久，在太子东宫迅速聚集了一帮人，除张大安和刘讷言外，还有洛州司户参军格希元、学士许叔牙、成玄一、史藏诸、周宝宁等人，于仪凤元年完成了范晔的《后汉书》注释工作，并以此献给皇帝。

修撰正在进行时，李治闻之大喜，赐缎五百匹。及书成表上之，李治又敕令赐缎三万匹，并以其书付秘阁收藏。皇帝的表彰和支持，使太子贤的声望如日中天，其小集团的势力也日益与武后的北门学士抗衡。同时，太子贤也不断扩充自己的势力，插手朝廷方方面面的工作，秘密建立自己的情报网。

太子贤的举动自然难以逃脱武后的眼睛。刚解决了对自己有威胁的太子弘，又冒出了更厉害的太子贤。武后忧心忡忡，彻夜难眠。若任太子贤发展，自己到最后难免落个退居后宫的下场，一生的理想，半世的心血就会付诸流水。

黑暗中，武后咬紧牙，决定再搬掉太子贤。但采取何种措施，武后着实动了一番脑筋，若采取惯用的下毒的方法，未免让天下人看出苗头，思来想去，她决定先乱了太子贤的阵脚，而后伺机把他换掉。主意一定，武后叫内侍召来在外宫太医局值宿的明崇俨。

明崇俨是谏议大夫，何以到太医局值宿？因明崇俨略通医道，尤精按摩术，名义上他是谏议大夫，实则是武后的"健康顾问"，在李治多病、身体虚弱的情况下，明崇俨担负着抚慰武后的重要任务，其值宿太医局，可以随时等待武后的召唤。这时间已是半夜午时了，明崇俨早已睡下了，但一听天后相召，明崇俨又急忙爬起来，他洗脸，漱口，飞快地穿上衣服，随武后的近侍急速赶到了内宫寝殿。

进了殿里，明崇俨的脚步自然放慢，他轻手轻脚地来到寝帐前，轻声说道："天后，您还没睡呢？"

"进来吧。"武后说。

"遵旨。"明崇俨答应一声，进了寝帐，二话不说，照例给武后施行按摩术。

武后四肢伸展着躺在床上，任明崇俨按摩着。"崇俨，半夜里叫你来，辛苦了。"

"天后，您对我恩重于山，起我于民间，崇俨万死不得以报天后。"

"崇俨，你是不是我最信任的人？"

"崇俨眼里唯有天后。"

"我想交代你两件事，你能办到吗？"

一听这话，明崇俨也不按摩了，忙趴在床沿，连磕三个头，眼泪汪汪地说："崇俨愿为天后肝脑涂地，难道天后还不信任小臣吗？"

看着明崇俨一脸的委屈，武后满意地坐起来，握住他的手说："现在我的处境你可能也了解一二，这些年来，皇上多病，又加上天灾兵祸，大唐的江山风雨飘摇，我不得不从后宫走到朝堂，主持朝政，但因此遭到一些朝臣的议论和忌恨，他们在太子贤面前诋毁我，怂恿太子培养自己的势力，明里暗里地和我对着干，不听我的谕旨。想想我有多么伤心，这些年来，我吃不下饭，睡不好觉，日理万机，为了大唐，为了太子，我尽心尽力。可现在太子贤大了，成人了，竟打算把我撇到一边，我，我好伤心哪……"

"天后英才天纵，天皇多病，独撑危局，天下有目共睹。尤其是现在正在推行的'建言十二条'，更是让士庶额手称庆。太子贤不知好歹，不念母恩，实在可恶，臣要代表天后当面责问太子。"明崇俨气哼哼地说。

"当面责问，未必起什么好的效果。"

"那怎么办？反正我明崇俨不能眼睁睁地看着天后受委屈。"

"是啊，可他是我的儿子，我又能怎么办呢？"武后唉声叹气地说着，她捏了捏明崇俨的手，望着他的一双手，万分感慨地说："太子一旦登基，恐怕我就没有能力留你在后宫了，也没有福气享受你的按摩了，甚至你也不可能当这个正四品谏议大夫了。"

"天后，这怎么办？崇俨可不愿离开您啊。"明崇俨说着，又从眼角淌出两行眼泪来，"天后，你还有其他儿子，干吗要让李贤这个不孝子当太子？"

"崇俨，你会相术，你看谁当太子合适？"

明崇俨摇头晃脑地想了一会儿，说："天后，李显当太子比较合适。他比较听您的话，听说他的妃子赵氏死时，他毫无怨言。"

武后点点头，这才慢慢道出了深夜召明崇俨的真正意图。"崇俨，更换太子一事你和我说还不行，关键还是要说通皇上。"

"当然！"明崇俨拍着胸脯说，"臣有时候说些话，皇上还是比较相信的。"

"不过现在时机还不到，你必须先这样……"武后凑近明崇俨，悄悄地把自己的打算说了一遍。

明崇俨听得连连点头，又连连竖起大拇指，万分佩服地说，"天后，您太英明了，您才是真正的皇帝。"

"崇俨，这话可不许乱说。"武后故意板着脸说。

"不乱说，不乱说。"明崇俨又把手搭在了武后的大腿上，异样的眼光盯着她的脸，边抚边说，"崇俨一定按天后的意思办。"

"好了。"武后拿掉明崇俨的手说，"天不早了，你回去吧，我也困了。"

一听这话，明崇俨无可奈何地爬下床，穿上鞋，恋恋不舍地走了。

散布谣言是明崇俨这类人的拿手好戏，他像拿着火种在草地上烧荒一样，这点一下，那点一下。不久，宫中迅速传开了这样一则离奇谣言，说太子李贤不是武皇后的亲生子，其母乃是与李治有染的韩国夫人。

流言总是有点现实依据的。永徽五年十二月十七日，武氏在前往昭陵的路上，早产下了太子李贤。上年年初，武氏才生下长子李弘，在李弘和李贤之间，武氏还生过一女，即被其亲手扼杀的长女。如此算来，武则天是两年生三个孩子，能有这样的可能吗？一个皇后能在身怀六甲、且已临产的情况下，外出颠簸去拜谒昭陵吗？且如果说李贤是早产，这样一个不足月的婴儿在寒冷的路途上生产，能存活下来吗？

种种疑问，证明了李贤并非武后亲生，那么谁是李贤的生母呢？答案只有一个，那就是与李治有染的武后的胞姐韩国夫人。当初，为了避免韩国夫人和李治私生子的丑闻传播，武后将李贤秘密充当自己的孩子养在宫中，保住了李治的一支血脉。谣言终归是谣言，其漏洞百出也是自然的。试想想，以武氏的性格，怎么会容忍一个不共戴天的情敌的儿子，长期窃居在自己的身边，且屡迁高位，直至升为皇储太子？

谣言尽管是谣言，但它的影响力、破坏力却不可小瞧。太子集团的一些势利之徒听到这个谣言后，都疑神疑鬼，失去了干劲，觉得跟着太子贤不再会有什么好的前途，说不定会因此连累自身。因此，一些人纷纷打退堂鼓，相继离开了东宫。同时，一些朝臣和部门也看出了苗头，也都对太子贤另眼相看，渐渐地，太子贤的势力萎缩了，一些政令也行不通了。太子贤焦虑万分，找来太子左庶子张大安在密室里商讨对策。

"张大人，这则谣言从何而来？又因何而生？"

"殿下，此谣言乃自宫中传出。臣已启奏天后，请她务必查究，以消除影响，可天后光答应不行动，臣以为……"张大安说了半截话又停住了。

"以为什么？快说！"太子贤有些急躁地问。

"臣以为这是天后故意而为之，据臣从侧面了解，此谣言乃起自谏议大夫明崇俨的口中，而明崇俨又和天后走得最近。"

"天后布此谣言，意欲何为？"

"臣自忖这是天后权欲过重，深嫉殿下英才，以谣言来瓦解殿下的势力。"

"那怎么办呢？"太子贤焦急地问。

"天后已临朝听政近十年，朝中亲信众多，其势不浅。且天后残忍好杀。以我东宫的势力，还不足与其抗衡。臣以为殿下不如以退为进，以守为攻，避其锋芒，静待时日。"

"我乃一国储君，岂能龟缩东宫，无所作为？"太子贤生气地说。

"殿下。"张大安望了望紧闭的密室门，悄悄地说，"殿下，前有李弘之鉴，不得不防啊。"

"那我该怎么办？"太子贤想起大哥李弘的暴卒，觉着张大安说得有道理。

"天后所虑的是，殿下的文武英才。殿下不妨表面上花天酒地，游戏玩乐，而暗地里培植势力。"

"说得有道理。公开对抗，无异于加深矛盾，母子相残。倒不如依卿之计，静待时日。"

太子李贤主意一定，自此以后作风大变。也不见他找人编撰、讨论学问了；也不见他骑马射箭，操练武功了；也不见他上朝处理政事了。而是整日沉湎于酒色之中。东宫里，一天到晚，都是丝竹之声和女人的欢笑声。密探把太子堕落的行为迅速密报给武后。武后还不大相信，这一天，她在一大帮近侍的簇拥下，突然来到东宫。

东宫门口，两个看大门的卫兵正蹲在墙根晒太阳，见天后率人过来，急忙捡起旁边的枪，立正敬礼，其中一个还要先行进去禀报，让武后的卫士给制止了。一行人长驱直入，直奔东宫的大殿。离大殿老远就听见吹拉弹唱的声音，及推门进去，只见宽阔的大殿里，炉火熊熊，暖意如春，十几个女人正在翩翩起舞，而太子贤左手揽着一个美女，右手端着酒杯，正哈哈大笑，其娈童户奴赵道生正蹲在太子贤的脚边替他捏腿。

众人各玩各的，仿佛未见天后等人来到。直到武后的近侍大喝一声，旁边的吹鼓手才停下手中的活，众人也把眼光一齐投向门口，见是天后来了，这才惊慌失措地急忙跪下来请安。太子贤把手中的杯酒干了，然后摇摇晃晃地走过去，没走几步，又一个趔趄闪倒在地，顺势跪下，咬着舌头说道："儿……儿臣……见……见过母后。"

武后看了地上的太子贤一眼，又看了看周围，半天没吱声。于是，太子贤爬起来，嬉皮笑脸地说："母后，您怎么有空……来……来东宫看我？"

武后不说话，只是上下打量着太子贤，半天才问："你一个月这样玩几次？"

"一个月……"太子贤歪着头，想了想，说："一个月也就是十次八次，让……让母后见……见笑了。"

"你这样玩法，东宫政务又怎样处理，你可有好几天没上朝了。"

"东宫说有事也……也有事，说没……没有事也没有事，至……至于朝廷上，有母后在，也……也就足够了，儿……儿臣只……只想多……多抽空玩玩。"

"你怎么说话结结巴巴的。"武后皱着眉头问。

"儿……儿臣喝……喝多酒了。"

武后凑近跟前，伸着鼻子闻了闻，又拉长声音问："你们东宫的人，最近又编了什么书呀？"太子贤打着嗝，用手招呼着赵道生："道……道生，把……把新……新编的书拿来，给天……天后看看。"

赵道生一听，忙从旁边的桌子上拿过一本书，颠颠地跑过来，跪献给武后。

武后接过来，看了看封面的书名，嘴里轻声念着："《俳谐集》，这是什么书？"

"启……启奏母后，这……这是一本新……新编的笑话集，里面的俚……俚语谐谑，可……可有意思啦。母后不妨拿……拿一本回去看。"

武后又打量着旁边那个身着奇装异服的赵道生问太子贤："他是什么人？太监？"

"太监？"太子贤笑了笑，"太监还敢穿这一身吗？此乃我的同吃、同住、同睡的家……家奴赵……赵道生也。"

武后冷峻地看着太子贤，眼里射出寒光，一字一句地说："你身为太子，万事三思而后行。切不可因一时气盛，而断送大好前程。"

看着太子贤醉酒的样子，武后也不再说什么，一转身，领着一帮人径自走了。

这一天，明崇俨奉武后之命，去见病中的李治。自太子弘薨后，李治因为伤心过度，身体状况大不如从前，时常卧病在床，不能视朝。明崇俨来时，李治刚喝过药，正靠在枕头上歇息。明崇俨小心地走过去，给李治轻轻地按摩着。

"明爱卿，从哪里来？"李治有气无力地问道。

"回皇上，臣从景泰殿里来。"

"见到天后了吗？"

"回皇上，天后正在景泰殿和朝臣们一起处理政事，特叫臣赶过来侍候皇上。"

"朕卧病在床，不能视事，一切全靠天后了。明爱卿，天后这两天身体还好吧？"

"回皇上，天后这两天，时常……时常……"

"时常什么？和朕说话怎么吞吞吐吐的。"

"天后这两天时常暗自抹泪。"

"天后怎么啦？"李治欠了欠身子问。

"还不是为了太子贤的事。"

"太子贤还是那样耽于玩乐，不问政事吗？"

"是啊。天后把《少阳正范》《孝子传》送给太子读，希望他改邪归正。可太子置若罔闻，不思改悔，依旧我行我素，成天喝得醉醺醺的，张妓奏乐，且数名男女杂居，致使东宫丑闻迭出、朝臣失望。"

"那张大安、刘讷言成天都干些什么？"李治生气地问道。

"张大人、刘大人也不是不劝谏，但太子像中了邪似的，谁的话也不听。依臣看，长此下去，太子非毁了不可。"

"这孩子原来是多么好的一个孩子，怎么当了几天太子就变样了。明爱卿，你给朕分析分析，这是什么原因。"

明崇俨一听李治问这话，正中下怀，遂即展开如簧之舌，侃侃而谈，说太子贤不堪承大位。

李治思前想后，疑神疑鬼起来，又问明崇俨："故太子李忠、李弘难道也是无福承大位？"

"从命相上来看，应该是这样的。"

"那……现在只有英王李显、相王李旦可作为太子的候选人，明爱卿看看，此二子谁最能承继大位？"李治小心地问道。

"这个……"明崇俨煞有介事地掰着手指头算起来，口中还念念有词，好半天才说："英王殿下相貌和先帝太宗最相似，其高贵自不待言，但臣观相王殿下的相貌却更加不同凡响。"

"英王和相王到底谁最堪承大位，总不能两个人都立为皇储吧？"李治生气地说道。

"回皇上，臣一时确实难以分清楚，不过，皇上可以组织一次考试，以测出两位殿下的志向。"

"考试？怎么考？"

"皇上，现在正是隆冬季节，上苑里一派肃杀残败的景象。此情此景，也最能考验一个人的意志。皇上不妨组织一次游苑，让朝中大臣作陪，命英王、相王两位殿下现场作诗，以诗作论人品，以诗作评高下。不知皇上以为臣这个想法如何？"

"有道理。"李治连连点头，问明崇俨："这件事你和天后说了没有？"

"没说，没说。若不是皇上您问我，臣岂敢乱言。"

"这样吧，你告诉天后，等哪一天朕身体好些，天暖和些，下令组织一次游苑会，现场测试英王、相王。以决定新太子的人选。"

"遵旨！"明崇俨声音响亮地应着。他圆满地完成了武后交代的任务，心里不免有些得意，手因此而微微发抖，他怕皇帝再看出什么来，于是叩头向皇帝告别，一溜烟奔向景泰殿。

景泰殿里，朝臣们都走了，但武后仍伏案批改文书，瞥眼见明崇俨进来，头也不抬地问："事办得怎么样？"

明崇俨忙凑到武后的耳朵，得意地说："天后放心，一切都已搞定了，天皇同意在后苑测试两位皇子，还让我给你说呢。"

"何时游后苑？"

"天皇说等他身体好点，拣个好天就去。"

武后把手中的表章放下，盯着明崇俨的眼睛问："你有把握在游苑那天让花开吗？"

"天后放心，我已经在暖屋里试验成功了，好多花都已含苞待放，有的已经开了，保证那天不影响移栽。"

武后点点头，又作了两点指示：第一，保证在天亮之前移栽完毕；第二，选派得力可靠人手，保证事前事后守口如瓶。

这天，李治觉得身体好一些了，便登朝视事，临散朝，李治让明崇俨宣布口谕，即明天上午，群臣及英王、相王随天皇、天后游上苑。

口谕刚一宣布完，群臣就议论纷纷，有的说大冷天的游什么上苑。这时，武后拍了拍御案，众人才住了口，一齐把目光投向御座上的武后和皇帝。

武后训斥道：“天皇好不容易有此兴致，将游上苑，众卿不仅不附和，却还说三道四，成何体统！”见群臣被训得低着头不说话，武后又一拍御案说：“不就是嫌上苑无花可赏吗？来人哪……”

“在！”旁边的内侍响亮地答应着。

“笔墨伺候！”

“是！”

群臣不知武后搞的什么名堂，都伸长脖子向御案上看，只见武后擎笔在手，饱蘸浓墨，“刷刷刷”地写了一首诗。写完后，内侍拿过来，当庭念道：“明朝游上苑，火急报春知。花须连夜发，莫待晓风吹。”

武后看了看群臣，笑着说：“众爱卿想看上苑花开，所以我写了这么一首诗，我想试试我的旨意，看上苑的百花是否能遵命。”

明崇俨拿过内侍手中的那首诗，举在头顶，一脸的严肃，大声说道：“天后乃仁明之主，英才天纵，金口玉言。百花奉制，定然会及时绽放。”

晚上，李治问道：“你一向处事持重，今儿怎么在朝堂上当着众卿的面信口开河？这百花能听你一个女人的话，这不是无事生非，让众卿看你的笑话吗？”

“圣上，若您的天后真命金口，百花自然会开放。若是凡夫俗子，无所灵验，惹人耻笑，也是活该的事了。”

第二天早朝后，群臣如约奉旨随天皇天后前往上苑。英王李显和相王李旦因不习惯早起，此刻正哈欠连天，打不起精神，显哥对旦弟抱怨说：“这早朝和游苑，四更天就起床，真受不了。”

“显哥，此是父皇谕旨，你还是少说几句，让母后听了，会有你的好看。”

过了清阳阁就是上苑，众卿跟着李治的龙辇缓缓地走着，这时，打前站负责安全检查工作的一个御前带刀侍卫，急匆匆地赶来，“扑通”一声跪倒在地，拦住龙辇，面色惊慌，结结巴巴地说：“启奏圣上，上……上苑有异象。”

“异象？何种异象？”李治忙欠起身问。

“上……上……上上上……”

“别激动，慢慢说。”

“上苑百花开放，俨然春天，臣……臣……”

“真的？”李治睁大眼问。

“臣不敢欺君。”

“快点，快点。”李治催动着步辇，和众朝臣一起，直奔上苑。过了清阳阁，众人眼前一亮，脑子里一阵眩晕，都不约而同地揉了揉眼睛，张大着嘴。李治似乎更不相信自己的眼睛。

惊异中，李治和众朝臣走到了上苑。但见满苑花团锦簇，异香扑鼻，万枝千朵，一齐绽放……浅紫的是杜鹃，粉红的是蔷薇，嫩白的是雪球……各有深浅不同的颜色，各有浓淡沁脑的芬芳。更有一枝纵横而出的玫瑰花的枝条上，竟然蹲着一只毛羽灿烂的小鸟，正撑开着舌头，婉转啼叫……

天后的一首诗，居然能夺造化之功，令百花开放，这太不可思议了。众朝臣在兴奋和惶恐中，不约而同地把目光投向武后，又不约而同地战栗着俯伏下去："天后万岁、万岁、万万岁……"

武后却表现得神色恬和，不为所动。她微微地笑着，面朝东方，挺胸而立。初升的朝阳在她的脸上洒下一层金色的光辉，把她装扮得更加光彩夺目，神秘伟大，非同凡俗。

武后在朝臣山呼万岁中，缓步走到李治的跟前，挽着他的胳膊，轻声地说："皇上，请巡幸上苑百花。"

李治直愣愣地看着武后的脸，似乎没听到她的话，武后只得提高声音又说了一遍，李治才从惊诧中醒过神来，连声答应着："巡幸，巡幸。"

穿行在百花丛中，众朝臣眼望着寒风里的花朵，惊魂未定，不敢多言。就连李治也好像第一次认识武后，不时地偷偷看她一眼。武后佯作不知，只是一味地高谈阔论，大谈文学艺术。到了上苑中间的缀琼亭，武后才拍了拍脑壳，好像刚想起来似的，对李治说："不是要考一下显儿和旦儿的诗才吗，就在这儿考吧。"

"行，行。"李治急忙答应着。

"明爱卿何在？"武后问道。

"臣在。"明崇俨急忙从人群中走出来，一夜未睡的他，两眼熬得通红。

"传皇上和我的口谕，令英王、相王各献诗一首，以记此景，任何人不准帮他俩捉刀代笔。"

"遵旨。"明崇俨答应一声，就人前人后地去找那英王和相王。

远远地看见俩小子正摘花折枝地闹着玩呢，明崇俨心疼地跑过去劝阻说："两位小王爷，这好不容易开的花，可不能乱摘。"

"你敢管我？"生就任性的英王李显愣着眼说。

明崇俨笑嘻嘻地说："天后让我传旨给二位王爷，令你俩立即以游上苑为题材，各作诗一首，以献天皇天后。"

"作诗，作什么诗？"李显瞪着眼说，"我们最头疼的就是作诗，你得帮帮我们。再说，你成天跟着天皇天后，也知道他们喜欢什么格调的诗。"

"这……"明崇俨皱了皱眉头，不情愿地从怀里掏出一本小册子来。李显和李旦急忙抢过来翻看，见都是些轻松谐谑的打油诗，相王李旦疑惑地问："天皇、天后喜欢这样的诗？"

"当然！"明崇俨振振有词地说："人有正经的一面，又有闲适的一面。今天皇天后闲逛上苑，以这样谐谑的诗呈上，天皇天后准高兴，这也是我这几年侍上得出的经验。"

"行，就照他的意思办，从书里一人捡一首记住，等会儿抄出来献上就行啦。"英王李显不耐烦地说。

明崇俨把那本小册子收起来时，郑重地叮嘱他俩说："两位小王爷，天皇要问，可千万别说诗不是你俩做的。如若不然就会犯欺君之罪，会受到重罚的。"

来到缀琼亭，两王子胸有成竹地讨来纸笔，"刷刷刷"，立即各写了一首诗。然后呈献给皇上。见两个儿子才思如此敏捷，皇上心里略为宽慰，传旨让近侍当众朗读给自己听。近侍高声念道：

英王李显作《咏牡丹》：

朵朵都比碗口大，百花丛中最数她。
白的白来红的红，思春娘子找老能。

相王李旦作《刺玫瑰》：

扎手扎手真扎手，一根毛刺皮里走。
大红脸盘不让沾，一天两天七八天。

没等近侍念完，多数朝臣就憋不住了，忍不住地哈哈大笑起来。但见李治的脸色越来越难看，众人忙又止住笑声，有几个擅长拍马屁的人，忙上前贺道："两位小王爷以俗示雅，皮里阳秋，诗里诗外都表现出超常的智慧，独特的个性。实为国家之栋梁，恭喜皇上，贺喜皇上……"

天后寒冬催发百花，群臣向其山呼万岁。两王子却呈献如此不伦不类的诗作，使选拔皇储的考试，变成一场闹剧。李治只觉得嗓子眼发干发咸，眼前直冒金星，他"哇"的一声吐出一大口鲜血，一头栽倒在地上……

等醒来时已经是夜里了，除武后外，尚有宰相郝处俊、李义琰等四五个忠心的老臣围绕在身边。见皇上醒了，都急忙围过去，眼含热泪看着皇上。

李治凝视着他们，半晌不说话。

倒是武后走过来说："几位爱卿还是早些回府歇息吧，明天还要早起上早朝。皇上现在已经没事了。"

经武后的再三催促，几位老大臣才别了李治，抹着眼泪走了。这时，武后也觉得乏累了，就指示旁边的明崇俨说："明爱卿，你安排太医局的人继续给皇上诊治，晚上陪皇上说说话。我的意思你明白了没有？"

"明白了！"明崇俨心领神会地看着武后，响亮地答应着。

武后俯身过来，关心地用手在李治额上拭了拭，对李治说："我先到后殿休息一会儿，有事叫他们叫我。"高宗看着她无语，只是轻轻地点了一下头。

等武后走后，明崇俨忙凑近李治，给他活动活动手脚，又装模作样地给他再把一次脉，才自我满意地点了点头，对李治说："皇上，您已经无大恙了，是不是稍微吃些饭？"

李治摇摇头，只是双目无神地、呆呆地望着寝床上的盘龙雕饰。

"皇上，您是不是还有哪个地方不舒服？"

见李治默然不语，明崇俨停顿了一下，又问："皇上，您是不是有什么心事？"

见李治仍不语，明崇俨深吸了一口气，眼窝里就蓄满了泪水。他泪眼婆娑地面对李治，带着哭腔说："皇上，您有话就说。作为臣子不能为君分忧，臣心里实在不是个滋味呀。"

性情温厚的李治果然为明崇俨的泪水所打动，他从沉默中返回神来，长叹了一声，说："没想到两个王子的才能是这么差。"

"是啊。"明崇俨附和着说："相王和英王的才能，与太子贤比起来，连一半也比不上啊。可太子贤现今又这样自甘堕落。"

明崇俨不说这话则已，一说这话，高宗的眼泪又下来了，他拉着明崇俨的手，眼泪汪汪地问："明爱卿，你说说，难道上天真要亡我李唐？"

"皇上，犹记得先朝李淳风的预言否？"明崇俨不失时机地问。

"什么预言？"

"当年武后蒙召入宫，李淳风奏云：'后宫有天子气。'太宗召宫人阅之，令百人为一队。问淳风，淳风云：'在某队中。'太宗又分为二队，淳风云：'在某队中，请陛下自拣择。'太宗不识，欲尽杀之。淳风谏不可：'陛下若留，虽皇祚暂缺，而社稷延长。陛下若杀之，当变为男子，即损灭皇族无遗矣。'太宗遂止。"

"你这事是听谁说的？朕怎么不知道。"

"皇上，此事传闻由来已久，且圣上自小就居住在宫中，难道不闻此事？"

李治摇摇头："先帝太宗生前从未和朕说过此事，这事大概又是民间谣传吧。"

"皇上，臣仰观天象，发现帝星昏暗，后星辉耀……"

"你还会观天象？"李治打断明崇俨的话问。

"臣自幼得过异人相授，医道、卦术、天象等，无一不通，无一不晓。臣这几天，夜不成寐，思虑再三，想斗胆向圣上进一言，此言圣上若能采纳，必将上保社稷永存，皇祚久长，下保风调雨顺，万物苍生。"

"什么纳言有如此大的妙用？"李治不解地问。

"请圣上赦臣无罪，臣方敢斗胆进言。"

"赦你无罪，快说吧。"

明崇俨见四周除了几个宫婢，宦者之外，并无其他王亲大臣，且欺高宗身体多病，性情宽厚，依仗背后有武后撑腰，于是狗胆包天地说道："臣斗胆请皇上禅位于皇后。"

"什么？"一听这话，李治惊得从床上坐起来。

"臣明崇俨出言惊驾，死罪！死罪。"明崇俨跪倒在地上，连磕了两个响头，又趁势往眼皮上抹了一些唾沫，带着哭腔说："但臣又不得不说，不说无以报陛下对臣的知遇之恩也，不说无以尽正谏大夫之职也。"

见李治不理他，只是直愣愣地看着他，明崇俨接着说："禅位于皇后，可顺天应人，保皇上玉体安康，皇太子重新振作……"

"若禅位于皇后，我李唐天下岂不是完了。朕百年后，又有何脸面见列祖列宗于地下。"李治说。

"武后称帝，太子仍将是太子，等十年八年以后，天下安定，武后仍推位于太子，退居后宫与陛下安居天年，那时李唐天下仍将是李唐天下，有何不可？"

明崇俨的强聒不休，弄得李治头脑又昏沉起来，一时厘不清头绪，只顾哼哼着，好半天才问："这……这能行吗？"

"皇上……"明崇俨又伏在地上，带着哭腔说，"天命不可违啊，若不让武后称帝，几位皇子殿下定然沉沦不保。且武后才能非凡，治国有才。远的不说，单说现在的'建言十二条'，给国家带来多大的好处啊，百姓逐渐摆脱了饥馑，国库逐渐得到了充实。皇上，应早下决心，痛下决心啊！"

"这……"李治觉得也有些道理，于是说，"朕倒不在乎这个帝位，只是若禅位于皇后，必遭王公朝臣的反对。"

"皇上，您没和他们说，怎知他们会反对。臣恳请皇上明天早朝时，向王公朝臣提出'禅让'之议。"

"提好提，不过此事是否先和皇后商量一下。"

"皇上，皇后与您情深意笃，必不会接受'禅让'之议，但若朝臣们赞成，想皇后最终也不得不接受大位。"

"等明天早朝时再说吧。"李治挥挥手说，"朕也要休息了，你退下吧。"

"是。"明崇俨倒退着，恭恭敬敬地走出李治的寝殿，然后又一溜烟奔向武后的寝殿，邀功报喜去了。

第二天早朝时，几位老臣见病中的李治也来了，纷纷含泪探问病情。

李治看这些忠诚的老臣们，亦有些心酸，即令近侍给几位老大臣看座。

见皇上当廷赐座，大臣们感动之余亦惶恐不安，有的眼瞅着李治旁边的武后不敢坐，有的斜坐在御凳上，始终坐不安稳。见李治欲言又止，不住地长吁短叹，武后故意问道："皇上好像有什么事吧？"

李治点点头，手抚在龙案上，深情地一一看过他的臣子们，又无奈地摇了摇头，方才说道："众位爱卿，朕有一事，想和你们商量一下。"

大臣们见李治神态举止有些异样，心中无数，不敢应承他的话。倒是明崇俨心里有数，出班嚷道："陛下有什么事尽管说吧，我们这些做臣子的保证遵旨。"

李治不理他，只是眼看着坐在凳子上的几位老臣吞吞吐吐地说："朕……朕……朕欲禅大位于武皇后，何如？"

"啊？"众大臣一听，都惊呆了，以为自己听错了。只有宰相郝处俊还比较镇定，立即叩首奏道："陛下，禅位于皇后乃何人的主意，此人可即刻捕杀！"

"是，是……"李治两眼在文官队伍中搜寻着明崇俨，吓得明崇俨迅速闪到了人群的背后，还没等李治说出他的名字，朝臣们都已缓过劲来。除了武后的几个死党外，都纷纷跪倒在地上，有的大声劝谏，有的失声痛哭。宰相李义琰站在人群前面，手指着一大片跪着的臣子们，慷慨激昂地说："陛下若再说一句这样的话，臣等将立即碰死在朝堂上。"

望着这激愤的场面，李治手足无措，嘴里"朕朕朕"地嗫嚅着。

只见郝处俊接着又说道："高祖、太宗出生入死，积功累仁，费尽千辛万苦，方挣得这大唐的赫赫基业，及至陛下，仅历三世。而陛下却不加珍惜，不以为贵，臣等人实在、实在是难过啊……"

"请陛下万勿再说此事！"群臣异口同声地含泪请求道。

武后见这场面和自己预估的大不相同，没想到有这么多的人坚决反对这件事，知道事办不成了，其势不可阻，也离座起立，含着眼泪说："陛下禅位于臣妾是陷臣妾于不义也。臣妾上朝听政，乃为陛下分忧也，万望陛下不要有别的想法，恳请陛下收回此动议。"李治见状，只得长叹一口气，伸出胳膊，让近侍扶着，下朝回宫去了。

后宫里流传李贤不是皇后亲生子的谣言，武后寒冬催发百花，英王和相王赋诗比才能，令父皇当场昏厥，朝堂上禅位皇后的动议……这一连串的事件让太子贤再也坐不住了，再也顾不上喝酒张妓，装疯卖傻了，他立即密令自己在京城各处的情报人员火速弄清这些事件的来龙去脉，决定一举除掉明崇俨。

太子贤一个人在密室里静坐了一会儿，思前想后，觉得装疯卖傻仍不是避祸的好办法，随时随地仍有被废黜的可能。于是，决定采取以进为退的方法，主动出击，主动寻找机会。主意一定，太子贤叫人把自己梳洗打扮了一番，又穿上英武合体的戎装，去长生殿探视父皇。

长生殿里，李治正躺在床上，唉声叹气，想不出个好头绪，一听说太子贤来看他，忙从床上坐起来，劈头就问跪在地上的儿子："这一段时间怎么不来看父皇了？听说你……"

"父皇，"太子贤站起来，弯腰准备给李治穿鞋，让李治制止住了。李治说："你站好，让父皇看看。"

李治上下仔细打量着儿子，见儿子一身戎装，神采飞扬，还像过去一样，拥有火热的目光，勇敢的面孔，宽广的额角，一点也不像沉湎于酒色的样子，不禁大惑不解，问："贤儿，人都说你整天沉湎于酒色，不能自拔，是不是有此事？"

"父皇，您看我像一个甘于堕落的人吗？"

"不像，一点也不像他们说的那样。"

"他们说我什么？"

"说你脸面浮肿，骨瘦如柴，两眼无光……"

"父皇，你整日病卧深宫，难免有小人在您面前诋毁我。贤是父皇的好儿子，贤决不会做出让父皇失望的事。"

"贤儿，听说你变坏了，父皇没有……没有一天能睡好觉啊……"李治说着，拉住太子贤的手哭了起来，"……看你还是过去那种英武的模样，父皇……父皇心里是多么高兴啊。"

"父皇要善保龙体，切莫过度哭泣。"太子贤轻轻地帮李治擦着眼泪。李治惬意地享受着儿子的孝心，心情也渐渐地平静下来了，问："这些日子，为何不上朝，不过问政事？"

"父皇，母后临朝，凡事多强自决断，儿臣几无可发言之处。因此退居东宫。"

"皇儿，你退居东宫，可知最近朝中发生了多少事。"

"儿臣都知道，且明白这些事件的真相。"太子贤于是凑近李治，把寒冬催百花的把戏、英王、相王打油诗等秘密都和盘托出。

李治听了大惊，急问儿子是怎么知道的。

"父皇，您也别问儿臣是怎么知道的，您也别再去责问母后了。父皇您悄悄地知道，心里有数就行了。"

"难道你母后真的处心积虑想当皇帝？"李治有些害怕地说。

"父皇，如今您因病不能正常上朝视事，所以给一些人以可乘之机。父皇现在就应该让儿臣多分担朝政。"

"贤儿说得对，这样吧，你明天上朝，朕即诏令天下，令你监国，所有政事皆取决于你。"

"谢父皇恩遇。"

调露元年（679年）五月二十一日深夜，洛阳宫的西门"吱呀"一声打开半扇门，几个人打着一盏灯笼，牵着一匹马，从宫里走出来。宫外没有灯，天上也没有星月，四周黑漆漆的，伸手不见五指。黑暗像一堵墙，横在人的面前，头顶不远处有夜鸟的怪叫，附近似乎还有两三点鬼火在跳舞。就在这个漆黑的夜晚，明崇俨被从黑暗中蹿出来的五六个黑衣人拽下马来，干净利落地干掉了。

李治正歪坐在床上，眼皮眨巴着，望着窗外的风景想心事。这时，武后怒气冲冲地赶进来，进来就叫："皇上，明崇俨昨天夜里，让人给刺杀了。"

听到这个消息，李治似乎一点也不惊讶，只是微微欠了欠身子，不说一句话，仍旧躺着。

李治的举动，大出武后的意料，她上前狐疑地问道："皇上，您早已经知道这事了？"

"朕不会算卦，朕怎么会早知道，倒是他明崇俨应该预先早知道。"

"皇上您这是什么意思？"

"这种故弄玄虚的旁门左道之人死不足惜。"

见李治话里有话，武后知道李治还在为寒冬催发百花的事生气。于是，她马上换上一副笑脸，挺胸偎上了李治，揽着他说："难道皇上度量这么小，还在为那些花花朵朵生气？"

"朕怎么能不生气？一个小把戏害得朕要禅位于你，弄得朕的威仪在群臣心里大打折扣。"

"皇上，您又多心了。那天您也看出来了，群臣对您是多么的忠心，连臣妾也大为感动。臣妾当时也暗暗地发誓：臣妾在世一天，就要为皇上分担一份忧虑，为皇上多做一份工作。忠于皇上，效力皇上，让皇上能腾出空来，早日把病养好。与臣妾白头到老，相守百年……"

武后的一番甜言蜜语，哄得李治脸色缓和了下来。武后也就势扑在李治的怀里，脸贴着李治的胸脯，俨然一只温柔的小猫。

李治亦抚弄着她的头发说："皇太子如今监国了，你要多把一些处理政事的经验传给他，要多放手让他独立去处理一些重大问题。"

"那明崇俨的事怎么办？一个四品正谏大夫被刺杀了，朝廷不能不问。"武后抬起脸说。

"该怎么办就怎么办。"

"臣妾已令金吾卫追索凶手。另外，明崇俨生前尽心尽力地侍奉皇上，在皇上病时，常常彻夜不眠，侍奉皇上，如今惹人嫉妒，徒遭横祸，实为不幸，臣妾想追赠他为侍中，不知皇上恩准否？"

"侍中？侍中是宰相，能随便追赠吗？"

"皇上！"武后娇滴滴地叫着，李治只得点头应允了武后的要求。在稳住李治的同时，武后也在冷静地观察着太子贤的一举一动，积极地采取应对措施。不久，有线报说，太子贤的户奴赵道生有刺杀明崇俨的嫌疑，这也印证了武后的猜想。于是，令金吾卫秘密拘捕了赵道生。

为了控制住大局，在武后的操纵下，朝廷中也有了一些重大的人事变动，任用了一批与太子贤有隙的人，大大削弱和牵制了太子贤的权力，使其政令不能得到有效的执行。

风雨欲来，面对母后的步步进逼，太子贤和东宫的太傅们焦虑不安，接连在东宫的密室里召开秘密会议，商讨对策。

太子贤说："拘捕了赵道生，下一步就可能轮到我，以母后的性格也决不会轻饶于我。与其坐以待毙，不如铤而走险。我打算秘密筹备一些兵器铠甲、招募一些江湖勇士，必要时突入后宫，逼母后归政。"

一听这话，太子太傅张大安吓得脑子里"嗡"的一声，不由自主地摸摸项上的人头，颤声地说："殿下，此……此事万万不可为。一来危险性大，二来一旦事败，殿下与臣等人的家眷老小必然徒遭祸害。臣以为殿下还是退居东宫，佯装沉湎酒色，以此避祸为最好。"

"避祸避祸，能避得了吗？"太子贤恼怒地说："沉湎酒色，更授人以口实，前段时间，就因为这些，我这个太子差点又被废掉。"

"殿下不如无为而有为，具书向皇后请罪认错，讷言以为皇后还是会顾念母子之情的。"太子洗马刘讷言献计说。

太子贤点了点头，决定采取两步走，一是建立自己的亲信联盟，积极备战；二是如刘讷言所言，以哀悯之心，去打动和麻痹武后。于是，太子贤也不去上朝了，除给母后写几封请罪认错的书信外，每天就待在东宫里，歪躺在坐床上，看舞女跳舞，听乐工奏乐。

密探把太子贤的举动汇报给武后，武后冷笑了一声，即刻赶往后宫去见皇帝。

"皇上，金吾卫已查明杀害明崇俨的凶手。"见李治不说话，武后接着说："此凶手名赵道生，乃是东宫的户奴，据他交代……"

"不会是贤儿指使的吧？"李治打断武后的话问。

"审问还在继续，目前还不清楚。据这赵道生交代，东宫内政混乱，蓄养的许多户奴皆为所欲为，拉帮结派，私藏武器。我想派人去搜检东宫，查出这些不法之徒，肃清东宫，否则贤儿就慢慢地被他们带坏了，最近又不去上早朝了。"

"又不上朝了？"李治惊讶地问。

"对。贤儿都是被那一帮户奴哄骗的，疏于政事，耽于酒色，请皇上速下圣旨，着人搜检东宫。"

"这……不如让贤儿自己处理吧。"李治说。

"他能处理他早就处理了，臣妾恳请皇上从教子成人的角度出发，不袒护孩子，速下圣旨搜检东宫。"

李治被逼无奈，只得点了点头，叮嘱武后说："一是不要惊吓了贤儿，只查户奴不查其他；二是向贤儿事先通报，说明情况，取得贤儿的谅解和同意。"

"这你就不用操心了，我会做到的。"武后说着，便急匆匆地走了。一眨眼的工夫，宰相薛元超、裴炎和御史大夫高智周各带着本府甲士，联合程务挺和他率领的羽林军，迅速完成了对东宫的包围，一场大搜查开始了。

薛元超等人高举着圣旨，长驱直入，东宫的左右卫士不敢阻拦。无可奈何的太子李贤也被程务挺的手下逼到了一间屋里，软禁了起来。

后殿里，正在焦急等待搜查结果的武后，听到薛元超关于东宫搜出铠甲的汇报，如获至宝，面露喜色。

"好，这就够了。"武后说着，面露杀机，命令薛元超将太子和他的手下带至大理寺，严加审讯，严加看管。

薛元超走后，武后坐在龙案旁静静考虑了一会儿，然后乘上步辇，来到后殿，面见皇上。

"皇上，东宫后厩搜出近五百副崭新的铠甲。太平盛世，私藏如此众多的武器，其谋反之心昭然若揭，请圣上即刻下诏废其太子称号，待查清事实，再行治罪。"

"没有这么严重吧？太子东宫本来就有左右卫卒护卫，存些甲胄器杖，也是正常的，也算不了什么。当面说说他，让他以后注意就行了。"李治说。

"皇上，据东宫的户奴交代说，李贤早就暗暗准备着甲胄器杖，准备伺机突入中宫，武力逼圣上退位。他为人子心怀逆谋，天地所不容，绝不可饶恕，绝不能赦免，应该在废去名号后，依律处死。"

"处死？"一听这个字眼，李治心里一惊，对武后说："处死贤儿是绝对不可能的，朕绝不答应。"

"皇上！"武后正色道，"作为一国之尊，更应该心存公心，大义灭亲，对逆谋造反的人，决不能心慈手软，否则，将何以示诫后来者，又何以坐稳江山。"

"朕……朕实在是于心不忍，贤儿是一个多么聪明英武的孩子啊。"

"怜子之情人皆有之，贤儿堕落到这个地步，我作为母后，更为伤心。但现在朝臣的眼睛都看着圣上，看着圣上怎样公允地处理这事，若一味顾念父子之情，恐怕会造成文武众卿离心离德，那时候，后悔就晚了。"

李治被武后几番话说得心神不宁，拿不定主意，哭丧着脸老是用手揉开始疼痛的头。

这时，武后又进一步催促道："皇上，快下圣旨呀。"

"下，下……"李治被逼不过，泪如泉涌，手哆嗦着，在武后拟好的废太子贤为庶人的诏书上盖上了印。

调露二年（680年）八月，太子贤被废为庶人后，逐出京城。永淳二年（683年），迁于巴州安置。从其东宫马厩搜出的数百领皂甲被悉数拉到洛阳的天津桥畔当众焚烧。此案涉及了很多人，包括赵道生在内的太子党徒，一律市曹问斩。左庶子兼中书门下三品宰相张大安，因失察之咎，坐阿附太子之过被贬为普州刺史。太子洗马刘讷言也被发配到八千里之外的振州。

东宫太典膳丞高政被遣送回家后，高家的几个叔侄怕引火烧身，急于想和这位高家的"败类"划清界限，合伙将高政刺杀在家中，并割下其首级，弃置于道上。

与废太子贤来往密切的太宗之子曹王李明、太宗之孙蒋王李炜，也躲不过武后的铁扫帚，以李贤之党的罪名，分别迁到别州安置，后皆为武后所杀。

其后在文明元年（684年）二月，即李治去世两个月后，武后临朝，令左金吾将军丘神勣往巴州检校贤宅，以备外虞。到了巴州，丘将军依据武后的密令，把李贤闭于别室，逼令其自杀，李贤死时年仅三十二岁。武后举哀于显福门，追封贤为雍王。又假装震怒，把杀人凶手丘神勣贬为叠州刺史，但不到两个月，又官复原职。

故太子李贤被废为庶人后，李治的病似乎越来越重了。他躺在床上，除了呻吟外，就是催促太医局速想办法。其实太医局的御医们也没闲着，太医局也比任何时候都忙。大门口一天到晚，人来车往。有贡献偏方的，有拍着胸脯要求亲手给皇上治病的，有说能给皇上驱魔的。太医局的皇帝医疗班子也一天到晚地商量可行医方。还要根据武后的指示，把皇上病情的发展及相应的治疗方案，每天上报给武后。

这天，武后来见李治。李治正躺在床上呻吟，见武后来了，他呻吟得更厉害了。

"皇上，"武后坐在床边，轻轻地拍打着李治说："近日大理国派流星快马送来一种处方，您不妨试试。"

"什么处方？是不是'婆罗门药'？"李治撑起身子问。

"差不多吧，闻着味觉得呛鼻子。"

"不行，不行。朕十几年前就服过这种药，既难吃又没有疗效，还烧得朕胃疼。"

"那……"武后叹了一口气，摸着李治的手，似乎在自言自语，"难道真要服那'金石之药'？"

"什么'金石之药'？"高宗问。

"'饵'药呗。当年先帝太宗服的那种，如今虽经太医进行改良，但此药太烈，我还是不敢让他们给你服。"

"没事，服！朕这多少年的老毛病，不施重药，就拿不下它。"李治急着说。

御医久治不愈，土方、偏方试过一遍，全无疗效，李治决定冒险使用饵药。由于事关重大，武后召见大臣，讨论此事。

在皇上服药前，武后把太子和裴炎从长安召回，任命裴炎为侍中，崔知温、薛元超为中书令，并勉强接受薛元超循例请令太子监国的建议。

服药这天，武后、太子和几个宰相全都守候在皇上的床前，盼望着奇迹发生，同时心理上也预备着以防不测。李治把丹药吃下去之后，长出了一口气，倚在枕头上，静静地等候着。好半天什么反应都没有，李治要求再吃两粒。侍在旁边的裴炎磕头劝道："皇上，此金石之药不宜多服，也不宜久服，服多了必然中毒，臣恳请皇上过两天再说，若有疗效，即可加服，若无半点疗效，即说明此药无用。"

"裴爱卿言之有理，皇上还是等等，看看效果再说吧。"武后也跟着劝道。

李治忍住劲等了五六天，见身体全无动静，病情依然，不禁灰心丧气，对侍病的几个大臣说："朕才刚刚到天命之年，此时若告别众卿，心犹不甘。朕虽不求活个百年、千年，但若再活二十年、三十年的，朕就满足了。"

"修短自有天命。皇上尽可安心养病，依照常规服药。有病在身，急也没有用，徒增负担。"裴炎说道。

"裴爱卿言之有理，皇上还是宽心养病为好。我和朝臣们也都为皇上的病，急得天天吃不下饭，睡不好觉，也都在到处寻找办法。盼望皇上能早日康复。"武后劝道。

"可朕这病一天重似一天，却不见你们拿出什么好办法。"李治说。

"皇上，"薛元超上前奏道："不妨上高山封禅，以祈求天神保佑皇上身体康复，长命百岁。"

"封禅？"武后不高兴地看着薛元超，说，"泰山已封过，还上哪封禅？"

"天皇，天后，"薛元超分别作了两个揖，说："山有五岳，乃东岳泰山、西岳华山、南岳衡山、北岳恒山和中岳嵩山，此五大名山，均可封禅。除泰山之外，皇上还可去华、衡、恒、嵩封禅，以祈告上天，保佑皇上。"

"天皇病成这样，还能遍拜四岳？"武后生气地说。

"行，行。"李治挣扎着从床上坐起来说，"只要能治好朕的病，多高的山，多远的路朕也不在乎。就照薛爱卿所奏，朕要去四岳封禅。"

"皇上，山高路远，旅途劳顿，您的身体怕吃不消，如果要封禅，可遣特使去代为封禅，效果也是一样的。"武后好心地劝道。

"不行，别人代封，显得朕心不诚。朕虽不能一下子封完四岳，但可一年去一个山，四年也就封完了。"

"皇上！"裴炎上前，欲行劝谏。

"你们都不要说了，就这样定了。朕愿以毕生之余力遍拜四岳，上告于天神，朕当皇帝几十年，还是上对得起天，下对得起庶民的。朕也不相信天神不保佑朕长命百岁。"

事关皇上的身体安康，武后也不好再说什么，她和几个宰相交换了一下眼神，见几位宰相点点头，武后奏道："皇上既然发此誓愿，就先从近处的嵩岳封禅吧。我先着人去嵩山建设封禅台和行宫，等一切准备妥当了再行封禅。"

"要建就快一点，越快越好，"李治在床上着急地说，"另外，要给行宫起个好名字，名字要显示出朕对天神的崇敬。"

"这个请皇上放心。"旁边一直不言的崔知温说道。

关于嵩岳行宫的名字，最后是武后一锤定音：叫"奉天宫"，奉天承运，也符合封禅的意思。李治觉得有理，点头答应了下来。

弘道元年（683年）正月，奉天宫提前完成。李治不顾天寒地冻，也不顾文武群臣和武后的劝说，当即决定即刻前往嵩岳封禅。

各个部门迅速而紧张地行动起来，礼部加紧制定封禅的仪式。太史馆及北门学士紧急撰写各类祭文。羽林军调兵遣将，打理防务。沿途州县全力做好后勤保障工作。正月甲午，武后陪同高宗，率文武群臣、王子王孙，浩浩荡荡地奔赴嵩岳。高宗开始还支撑着在车里坐着，及出了京师，他就撑不住了。武后只得令人在车上铺下早已预备好的锦被。锦被共有十八层，高及过膝，高宗躺在上面，颤颤悠悠，开始感觉还不错，但躺久了还是不舒服。武后见高宗那难受的样子，劝说道："皇上，让车驾住下，歇息一会儿吧？"

"不歇。"李治忍住痛苦说，"让车驾快一点，早到嵩山，早封禅，早祈告天神，病就早些好。"

武后只得让人催动车驾，从速向嵩山进发。嵩山距东都洛阳虽不远，但千乘万骑。人马接近晚上时，才到达山下的奉天宫。高宗略事休息，饭也没吃两口，就让把他扶出殿外。此时寒风斫面，痛彻心骨，高宗虽不住地打着寒战，仰望着高高夜空，繁星顶戴的嵩山，还不住地点点头，对旁边的武后和群臣说："天神有灵，定能保佑朕，安复如初。"

众人忙点点头，说："天神有灵，皇上定能安复如初。但现在天气寒冷，皇上还是回殿里好好歇息，待明日好有精神上山封禅。"

高宗也觉着支撑不住，于是点点头，让近侍把他扶到殿里。武后同文武群臣一夜未睡，研究和布置第二天的封禅步骤。

到了下半夜，天气转阴，愁云密布，北风呼啸，好似暴雪即将降临。武后心里不安，几次到殿外查看天气，责问随侍的太史令："你不是说今天是登山封禅的最好日子吗？怎么天气如此恶劣？"

太史令也急得没有办法，跟在武后的背后抓耳搔腮，听她问话，慌忙上前跪下，不住地磕头说："臣算了几次都是这个日子，且历书上也这么说。但天有不测风云，再者，寒冬腊月，也确实不是登山的日子。"

武后叹了一口气，说："你起来吧，事情也不能完全怪你。但明天下不下雪，你理应测出来。"

"天后，"太史令爬起来，拍打着身上的尘土说："臣算天明绝对没有雪，但到了晚上，臣就不敢说了。臣也断定自后天开始，嵩山将连续雨雪天。"

到了天明，李治早早地爬起来，早早地让近侍给他穿上衮服。望着李治蜡黄的脸，艰难支撑着的身体，武后心里一阵酸楚，她握住李治的手，担心地说："山高路险，更兼朔风扑面。皇上能行吗？还是我代您上山封禅吧，要不然，让裴炎或太子代您去？"

"不行，朕意已决，朕定要上山亲自封禅。"李治穿着厚厚的衣服，外裹庞大的衮服，气喘不定地说。

十八抬大轿抬着高宗来到嵩山脚下。山高路陡，要换乘两人抬的躺椅。高宗被人搀下大轿，却不胜朔风，再加上连日劳顿，昨晚上没睡好觉，早晨又起得太早，只觉得一阵眩晕，脚一软，直着往前扑去。亏得近侍早有准备，急切中将高宗抱住，左右忙遮住帷幕，拦住北风。同时，御医们一齐拥上，施行急救术。好半天，高宗才在武后的怀里悠悠醒来，他看了看左右殷切期待的眼光，叹了一口气，眼泪涌出，说："天欲亡朕乎？"

"皇上何出此言。此乃隆冬季节，好人尚且不能上山，何况皇上你带病之躯。依我之见，皇上还是回去，等春天或秋天时，再行登山封禅吧。"武后劝说道。

"可朕这病……"

"皇上心诚至灵，定能上达于天，上天也定能保佑皇上御体早日康复。封禅早和晚并不重要。"

"那……朕已许下宏愿，不可食言，下诏，待开春时再行封禅。"有皇上点头同意，武后忙命令把高宗抬上大轿，打道回宫。就这样，一场隆重的封禅典礼，因高宗病情甚重，宣告取消。山上预先登上的人马也只得撤了下来。

至春，因高宗病情加重，只得改诏在秋月里登山。但越等越不行，待到十月，高宗病情更重，几乎都不能走路了。登嵩山封禅，只得再一次延期。

至十一月，高宗病情更加严重。这一年中，大唐也进入了多事之秋……

永淳元年（682年）四月甲子朔，日有食之。

六月甲子，突厥骨咄禄寇边，岚州刺史王德茂死之。是月，大蝗，人相食。十月甲子，京师地震。

弘道元年（683年）三月庚寅，突厥寇单于都护府，司马张行师死之。丙午，有彗星出于五车。癸丑，崔知温薨。五月，突厥寇蔚州，刺史李思俭死之。

八月丁卯，滹河溢。己巳，河溢，坏河阳城。

面对国内国外这些严峻的形势，武后处乱不惊，她一方面在大内照顾好高宗，一方面与诸大臣日夜议政，派右武卫将军程务挺为单于道安抚大使，率兵以伐突厥。加派多谋善战的裴行俭为金牙道行军大总管，率三总管兵，在热河等地夹击突厥。打退了突厥的猖狂攻势，保证高宗在未愈的时候国家太平，避免政局动荡。高宗是两耳不闻窗外事，一心只治自己的病。但天不由人，其时已是病入膏肓，两目已不能视。这天，侍候的御医秦鸣鹤觉得实在不能拖下去了，于是斗胆趴在地上磕头请求道："天后，皇上，此风疾已上逆，砭头血可愈。"

"此可斩也，乃欲于天子头刺血！"

一句话吓得秦太医又连磕几个头，带着哭腔说："天后，这是没有办法的办法啊！皇上头上因风逆瘀血，塞焉脉络，因而头晕目不能视。唯有砭头血放之，方可缓解症状。"

高宗在床上动了动，说："试一试吧，未必不行。"

秦太医又看了看武后。见皇上同意，武后也点点头，再三叮嘱说："小心点，度要把握好，千万别出错。"

"臣谨遵天后圣谕。"秦太医忙从自己的医疗箱里，拿出几根金针，又用药酒擦了几次，才预备给高宗头上扎针放血。

手拿金针，临到高宗头上，秦太医的手又打起战来，武后见状，鼓励道："别怕。"

秦太医感激地冲武后点点头，捻针在手，沉着、冷静地在高宗的百会、脑户两个穴位上扎了数针，不一会儿，放出了些许紫黑色黏稠的恶血。

还没等秦太医发问，高宗就一个劲儿地叫起来："我好像看清楚东西了！"

"皇上，您是不是感觉头部轻松了许多？"秦太医问。

"轻了，轻了。"李治兴奋地说。

武后提着的心放下来，她转嗔为喜，以手加额，长出一口气说："感谢苍天！"

秦太医收起了金针，叩头说，"今天砭头血多放一些，明天就少一些，以后逐日放一点，直至放出鲜红的正常的血。"

秦太医告辞走了，武后又亲自把他送到殿外。第二天，武后又亲自负彩百匹以赐秦太医，感谢他的妙手回春。

秦太医纵然是华佗转世，但天意难违，高宗李治的病还是一日不如一日，其生命之光也渐渐地熄灭。一碰大事，武后改元的心又生出来了，劝说高宗改"永淳"为"弘道"，取意为"弘扬大道，天神保佑"的意思。病笃中的高宗连连表示同意。

十二月丁巳一大早，高宗被近侍从床上搀扶下来，欲去则天门宣布改元。但他没挪动两步，就喘不过气来，武后无奈，只得令人在大殿里设上龙椅，扶高宗歪在上面。然后叫则天门等候宣布改元的文武大臣，到殿前晋见。

文武百官排成十几排跪在地上，一齐山呼万岁，高宗听见这熟悉、热闹的"万岁"呼声，眼泪接着就下来了，他的手抬了几抬，没有抬起来，只好有气无力地说："朕自登基以来，凡三十年，自信上对得起列祖列宗，下对得起黎民百姓。这些年虽有几年的天灾人祸，但大多是国富民强的……如今，朕虽……虽重病在身，仍愿弘正道于天下……故改元'弘道'，且大赦于天下，以祈告上天，与民以永福……"

高宗还未说完，下面的文武群臣都已泪流满面，纷纷跪地叩头说道："唯愿圣上早日康复，唯望上天保佑圣上长寿百岁。"

听见臣民们的话，高宗又感伤地落下泪来。见圣上哭了，底下有些人也忍不住地哭出声来，大殿的哭泣声由小渐大。武后怕高宗伤心过度，忙令礼部宣布散会，让文武群臣退朝。下午，高宗卧在床上，已不能进食。武后寸步不离地守在床前，她一会儿轻轻地抚摸着高宗消瘦的脸庞，一会儿背过脸去暗自落泪……

三十年的夫妻，三十年的情深。三十年前，那玫瑰花下的喁喁私语，翠微殿中的纵情拥抱，还有那尼姑庵的不了情，无一不透露和显示着李治对武后的殷殷恋情。没有李治的情义，就没有武后的现在，没有李治的赏识，就没有武后的辉煌。投之以桃，报之以李，从内心深处来讲，武后最不愿辜负的就是李治。为了权力和理想，她可以心狠手辣地铲除掉别人，直至包括自己的亲生子，但对于李治，她心里始终有个准则，她一定要好好地忠守李治，直到最后。在她内心深处，只有如此的坚守，才觉得心安。

"显……显儿，显儿……"高宗在床上动了动，口里叫道。武后忙令在外殿等候的太子李显到高宗床前晋见。

李显的外表颇似太宗李世民，长得高大威猛，但他徒有外表，才能却与太宗相反，是一个昏庸贪玩、治国齐家无力的人。前一阶段，高宗命他在长安监国时，他只知道骑马打猎，游山玩水，气得高宗把他召回东都特地训斥了一顿。

"父皇，找我有事？"太子显跪在高宗的床前问。

"显，显儿，朕……朕死后，你一定要……要听你母后的话。你，你能力不行，治……治国齐家的本领远……远逊于你母后，你……你要多，多向你母后讨教……"

"父皇，您怎么啦？您可别死！"太子显跪在高宗的床前说。

"哎……傻孩子，父皇我也不想死啊。朕唯一放心不下的就是你，你刚才听清楚……朕……朕的话了吗？"

"听清了，您让我听母后的话。"

高宗歇了一口气，又叮嘱李显说："你做了皇帝以后，更……更要注意性子，千万不要……不要任性胡来。只要……好好听你母后的话，按照你……你母后吩咐的去办，你……你一辈子都会……平平安安的，国家也……也会治理得好好的。"

李显不住地点头，又回头问武后："母后，父皇不会马上就死吧？"

武后摆摆手，说："你还到外殿等着，不要乱跑。"

李显答应了一声，就出去了。

武后手握着高宗的手，脸贴着高宗的脸，只想单独和高宗静静地在一起。高宗迷恋地看着武后，脸上露出了欣慰的神色，他努力地握着武后的手说："这些年来，朕身体多病，许……许多国家大事……全靠你支撑，你……你确实受累了。"

"这是臣妾应该做的。"武后叹了一口气，又说："臣妾的性子不好，为人严厉，这些年做了不少让皇上生气的事。"

"过去……过去的事就不要……不要提了。你以后能……能把显儿带好，能……能让他守住这大唐……的江山，朕……朕就能安息于九泉了。"

"皇上，您歇歇吧，别说了。"武后劝道。

到了夜里，高宗时而昏迷，时而身体抽搐。武后见状，忙令人急召中书令裴炎入内。

裴炎也是好几天不敢回家睡觉，一直在皇城外中书省守着。听到宣诏，他火速赶到高宗的病榻前。

"皇上，皇上，裴炎裴爱卿来了。"武后趴在李治耳边轻轻地叫道。李治此刻已经醒了，许是回光返照，他竟要挣扎着从床上坐起来，武后忙命人拿过两个枕头，垫在李治头下面。李治视物模糊，虽不能分清眼前的人谁是谁，还是转着脸，看了一圈，颤抖着伸出手，问："太子显安在？"

"父皇，我在这儿。"李显往前挪了挪。

"快，见过裴爱卿。"李治命令道。

李显只得朝旁边的裴炎施了一个礼，口称："显见过裴中书。"

裴炎慌忙起立，搀住李显，口称"不敢"。

"裴爱卿，近前接旨。"李治宣谕说。

裴炎忙跪行到床前，叩头说道："臣裴炎在此。"

李治哆哆嗦嗦地往枕头底下摸，武后忙帮李治找出圣旨，交到李治的手中。李治双手捧旨，递给裴炎，说："此乃朕的遗诏，待太子即大位，可当朝宣谕。"

"臣裴炎谨遵皇上圣谕。"裴炎小心翼翼地接过圣旨，退到一边。做完这些，李治累得喘不匀气，武后忙撤去一个枕头，让李治躺下，头枕在实处。

李治歇息了一会儿，又惦记着他的子民，叹了一口气，感伤地说："苍生虽喜，我命危笃。"

接着，李治好一会儿不说话，武后忙凑过去，却见李治已昏迷，情知不妙，于是不断地轻声叫着："皇上，皇上。"

高宗睁开眼睛，嘴张了几张，喉咙里发出不连贯的声音，他已没有精力说话了，手却伸出来。武后知道他的意思，忙把太子李显叫过来。

随着蜡烛的光辉，可见高宗的眼神温和发亮。他的手努力地握住太子显的手，又尽力地往武后手里塞。武后急忙伸出手，三人的手握在了一起。高宗沉思地看了武后一眼，使劲最后一点力量点点头，然后头往枕边一滑，阖目而逝。

待太医确定皇上已驾崩后，武后率先放声大哭，她伏在床前的地上，不住地叩头，边哭边诉："皇上啊……你怎么撇下我……走了。你怎么……这么狠心啊……叫我一个人……可怎么活呀……啊。"

见天后哭得涕泗滂沱，裴炎真切地感觉到天后对皇上的情深意笃，遂上前劝道："天后，圣上驾崩，天下震动，许多大事需要你处理。望天后压住悲伤，以国事为上。"

武后于是收住了哭声，接过了近侍递来的巾帛，擦了泪，对裴炎说："速着人集合大臣，天亮时朝会于乾元殿，宣遗诏，太子即大位。"

"太子即位的典礼怎么办？是不是依例举行大典？"裴炎问。

"国丧之日，一切从简，改改元就行了。最重要的是操办先帝的丧事。"武后说着，见太子显在旁边站着发愣，指着他说："你现在也算是皇帝了，你也和裴爱卿一块儿到前殿去。后殿的事包括给先帝沐浴、穿衣服等我来办，你们就不用操心了。"

裴炎答应一声，急急往外走，李显见状，也忙跟了上去。走到半路，离东宫不远的地方，李显嘴张了张，对裴炎说："裴中书，你先走一步，我接着就过去。"

裴炎停下脚步，在宫灯暗弱的光亮下看了看李显，恭手说："先帝驾崩，新君立位，事多如麻，大事一件接一件，皇上您要尽量在朝堂上和我们在一起。"

"这事我懂，你先去乾元殿，我接着就过去。"李显说着，领着他的人，打着宫灯，匆匆地消失在夜幕里。

李显是武氏四个儿子中最窝囊的一个。可巧他找的老婆韦氏，却是一个好虚荣、有野心的女人。自从李显当了太子，她就蠢蠢欲动，一心想当武氏第二，一天到晚对李显耳提面命。此次李显急着回东宫，就是跟韦氏说父皇驾崩的消息。

韦氏早已迎在东宫门口，见李显来了，就急急地问："怎么样？圣上驾崩了没有？"

"刚刚驾崩没多久。我来给你说一声，还得马上去乾元殿，等到天亮，还得接受文武百官的朝贺。"

灯光下，韦氏激动得脸色发红，她拿住李显的手捏了捏，说："皇上，你赶快去乾元殿吧，有什么事，及时差近侍来跟我说。"

李显点点头，转身便要走，韦氏又拉住他问道："遗诏里怎么说的？怎么安排天后的？"

"我没看遗诏。"李显说。

"你怎么不看？"

"人没给我看。"

"好了，好了，你赶快去吧。"韦氏不耐烦地把李显推出了门外。

天亮了，接到紧急通知的文武群臣，也急急赶到乾元殿，听中书令裴炎宣读高宗的遗诏。

读完诏书，李显被请上了皇帝宝座，紧接着群臣山呼万岁。居高临下，那高大宽阔的朝堂，跪拜着的衮衮诸公，让初次登大位的李显有些拿不住。他僵直地坐在帝位上，只觉得脑子里嗡嗡作响，那山呼万岁声，好像离他很远很远，又似乎很近很近……

"陛下，陛下！"裴炎在御阶旁叫着。

"啊？啊，什么事？"李显从懵懂中醒悟过来。

"天后传谕：让群臣去后殿瞻仰大行皇帝（皇帝死后一个月，称为大行皇帝）的遗容。"

"行，行。"李显忙站起身和群臣一起赶往后殿。

高宗的遗体已被转移到麟德殿。按习俗，安卧在贡床上的高宗被头南脚北放置在殿中央。大臣们按级别排成一队，围着灵床缓缓地转了一圈，哀恸着瞻仰遗容，但见高宗玉色温莹如出汤沐，天后武氏也始终眼含热泪侍立在一旁。此情此景，也让不少大臣心怀感动，无形中又多了一层对天后的敬意。

瞻仰仪式结束后，高宗被放入灵柩。在灵柩前，武后命裴炎宣谕，其内容是：

尊天后为皇太后，临朝称制。大赦天下，赐九品以下勋官一级。

宣完谕后，武太后即和群臣一起讨论大丧事宜，反把皇帝李显冷落到了一边。李显坐在宝座上，嘴张了几张，想插进两句话，又不知说什么。好不容易挨到散朝，显皇帝急忙回宫，找他的妃子韦氏。

"今天上朝都说了些什么？"韦氏见面就急切地问。

"就是讨论一些大丧的事。"

"裴炎、魏玄同那几个朝臣对你怎么样？"

"他们不大和我说话，有事都好找太后商量。"韦氏听了这话，兀自摇了摇头，又叹口气说："虽当了皇帝，却没有心腹。"

"那怎么办？"李显问。

"怎么办？"韦氏装作沉思的样子，走了两步说，"我们得赶快安排自己人当宰相、当大臣。"

"能安排谁？"李显泄气地说。

"我爹韦玄贞。"韦氏冲着李显抿嘴一笑，甜甜地说。

"噢，他不刚刚才升的官吗？从一个小七品参军，一下子升到四品的豫州刺史。"

"豫州刺史有何用？要升就得升到宰相。只要我爹当上了宰相，我们在朝中才真正地有地位，议政时，我父亲才能帮你。"

"那只怕太后不愿意。"

"你别和她说，先找裴炎商议，只要裴炎同意，你接着就让他拟旨，这事就算办成了。即使太后不愿意，事后她也只能无可奈何。"

"行，这方法行。"李显觉得此计甚妙，脸也笑开了，他又接着说："我是皇帝，天下第一，任命宰相还是有这个权力的。"

第二天，李显坐在大殿的宝座上，什么事也议不了，武太后见到他就直皱眉头。这天，见太后没上朝，新皇帝李显把裴炎召到近前想让韦玄贞当侍中，却遭到了裴炎的推脱，说要禀告皇太后。

武太后正坐在白虎殿西侧的一间屋里，一个人静静的，不知在想什么。听近侍说裴炎求见，忙令召进。

裴炎进屋来，施了个礼，把李显的话向武太后复述了一遍，武太后也比较震惊，问："他真这么说？"

"此话乃皇上亲口对臣讲的，千真万确。"

太后沉默了半晌，嘴里迸出这么一句："皇上想干什么？"

"太后，皇上乃一国之君，金口玉言，说出如此大不敬的话，太后理应颁谕申斥。"裴炎奏道。

太后叹了一口气，令近侍给裴炎赐座、上茶，而后感慨地说："天下有些人认为我妇人家不该干政，更不该临朝听政。可裴爱卿你看看，这朝政的事我不问能行吗？先帝在世时，苦于风疾，不能视事，百司奏事，时时令我决之，我也只得夙兴夜寐，独撑朝政。我要再撒手不问，都很难想象这大唐江山现在会是什么样子。"

"太后多谋善断，这是天下人公认的。如今皇帝年少无知，还须太后再临朝听政一段时间。"

"显也不小了，二十多岁了，连儿子都有了。他能说出把天下都拱手送给人的话，让我寒心哪。"

"太后的意思是……"

"皇帝又不是一成不变，非得由哪个人当，显既然不胜其位，李旦的才智虽然不高，但比显为人稳当。"

裴炎恭手说："太后圣裁。显确实不适合当皇帝。"

"废他为庐陵王吧，立李旦为新皇帝。"太后想了想，脱口而出。

裴炎心里有些激动，心想这废帝立帝的大事，三言两语就让太后给决定了，只是这程序怎样走，裴炎心里没有谱，就问："太后，废帝事大，一定要谨慎行事，是否要派人先行把李显软禁起来。"

武太后笑了笑，说："不用。我要当堂宣废帝诏，也让他，让群臣看看，他为什么被废。"

"太后，他毕竟在朝堂上还是皇帝，他一旦生气发怒，这事就变得复杂和严重了。"

武太后鼻子里哼笑了两声，说："谅他不敢。"

"太后，不得不慎重啊，殿前的侍卫仓促之间说不定都听他的旨意啊。"裴炎着急地说。

"裴爱卿，这事你别管，到明天上朝前，你到我这里拿废帝诏书，直接上朝堂上宣读就行了。"

嗣圣元年（684年）二月七日五更天，朝门外等候上朝的文武大臣突然得到通知，说太后口谕，本日早朝改在正殿乾元殿举行。按照惯例，乾元殿是朝议大事的地方，只有在元旦、除夕，以及太子即位或立后等大事的时候，才在乾元殿朝会。

文武百官不明就里，都莫名其妙地来到乾元殿，却发觉这里的气氛也大为异常，殿周围三步一岗，五步一哨，羽林军提枪带刀地守在大殿四周，左、右羽林将军程务挺和张虔勖各率麾下的军士站在朝堂两侧，虎视眈眈地看着前来上朝的大臣。程务挺按剑在手，站在殿门口喝道："请各位大臣按班排好！"

众文武慌忙各站各位，也不敢说话，都把眼光投向大殿门口。一会儿，中宗皇帝李显驾到。一看场面比平时隆重，李显不禁有些自得，大摇大摆地走上御台，一屁股坐在龙椅上，回头见太后的座位上空着，太后没有来，心里更觉胆大，便朝旁边的近侍点点头，意思是朝贺可以开始了。

近侍刚想指挥群臣磕头，山呼万岁，只见大殿门口，中书令裴炎、中书侍郎刘祎之匆匆赶来，走到殿中央也不去自己的位置，而是径自来到御台下。只见裴炎立定站好，转过身去，把手中的一卷黄绢刷地一声展开，威严地看了群臣一眼，口称："太后诏令：自即日起，废中宗为庐陵王！"

"什么？"李显好像不相信自己的耳朵，睁大着眼睛惊愕地问。

裴炎也不再理他，直接走上御台，严肃地说："请庐陵王从宝座上下来！"

这一切，对李显来说，简直是太突然了，他这才明白了朝殿内外为何有这么多的羽林军，他在惊慌中也无法明白为何发生这样的变故。他不解地问："我有何罪？"

裴炎也不理他，对身后的刘祎之说："把这句话报给太后。"

刘祎之飞奔出殿，一会儿转回来，传太后的原话说："汝欲以天下与韦玄贞，何得无罪！"

听了这话，李显才明白过来，他一拍额头，苦着脸，但悔之晚矣。

"奉太后谕，立相王李旦为皇帝。"

裴炎又当堂宣读第二道诏令。读毕，指示刘祎之把早已制好的册书交给礼部尚书武承嗣，命他捧着诏书立即交给相王李旦。

武承嗣接过册封，愣愣地问："直接交到相王府？不举行册封大典了？"

"太后让你直接交给他，让他明早来上朝就行了。"裴炎摆摆手说。

"那安排他在宫中住哪个殿？还住长生殿？"武承嗣心里没谱，忙又问裴炎。

裴炎说："这事你去问当今太后去。我一个中书令，岂能擅自决定？"

武承嗣也觉得是个理，于是捧着诏书走了。

这时，李显也被程务挺带走了，羽林军也撤出了大殿，群臣无首，也只得快快地散朝了，各回自己的衙门办公去了。

其后，李显被幽禁在宫中别苑里，闭门思过。新皇帝睿宗李旦被安排到一个偏殿里，每天上朝就是当个摆设，多亏李旦是个心平气和的人。他什么都不问，这时的太后当仁不让地常御紫宸殿，施黔紫帐临朝，以太后的身份裁决军国大事。

在高大雄浑、气势森严的皇宫大内里，在通往太后居住的正殿的甬道上，一个内侍引领一个外廷官员，都低着头，脚步匆匆地走着。该外廷官员长相团头团脑，面白无须，脸色红润、油光发亮、正似人生得意之时。他身着紫色蟒袍，腰挎金石玉带，一看就知是一个三品大员。此人正是太后武则天的亲侄子武承嗣。承嗣是武则天的二哥武元爽的儿子。

咸亨二年（671年），袭封周国公的贺兰（武）敏之被武则天诛杀。武承嗣被从岭南召回京城，继承武士彟的后嗣，由一个贬官之子，一跃而成为周国公和服紫戴金的三品大员。高宗驾崩前后这一段时间，武承嗣官居礼部尚书。

大殿里，武则天正坐在龙案旁批阅文书，及武承嗣进来后，她头也不抬仍忙自己的事。武承嗣见太后坐在龙案后森严的外表，也不敢造次，只是垂手立在一边，站了片刻，又觉不对劲，于是撩衣跪倒，口称："臣武承嗣见过太后，太后万岁万万岁。"

好半天，太后才合上手中的卷宗，抬起眼皮往下看了一眼，说："赐座，看茶。"

近侍忙按吩咐搬来了凳子，端上了香茶。武承嗣端杯在手，小心地喝了一口，拘谨之极。近侍也给太后奉上一碗不知名的特制的汤羹。太后用小勺一口一口地啜完，方用巾帛擦擦嘴，问武承嗣："这几个月来，因先帝表仪及奉安大典，礼部工作负担甚重，你作为礼部尚书，能否应对呀？"

"臣承嗣仰赖太后的荫庇，尚能应对。"

太后点点头，问道："你对武氏将来在大唐处于什么样的地位，有什么看法？"

"臣承嗣以为天命归我武氏，归于太后陛下。"武承嗣大胆地说出自己的猜测。

太后听了这话，却面无表情，含而不露，半天才徐徐说出一句话："路还很长，这改天换地的大事，更需要扎扎实实，一步一步地来。"

"承嗣身为我武家的后嗣，陛下的亲侄，愿誓死效力陛下，维护陛下，开启我武氏的万代江山！"武承嗣此时热血沸腾，心情激动，仿佛下一步自己就要当皇帝了。

"现在天下人对我临朝听政有什么看法？"太后问道。

"天下人咸以为太后英明，巾帼不逊须眉。一赞太后保卫国家疆土，维护国家统一；二赞太后重视农业生产，改善百姓生活；三赞太后知人善任，广泛招揽人才；四赞……"

太后笑了笑，抬手打断了武承嗣的儿赞，说："在天下人的心中，太后仍不是一个皇帝。"

"那怎么办？"武承嗣仰着脸，痴痴地问。

"知道传国玉玺上有这样两句话吗？一作龙文：'受天之命，皇帝寿昌'，一作鸟文：'受命于天，既寿永昌'。这就是说，上天注定谁当皇帝谁才可以当。因此，若登大位，须先做登基前的舆论准备，要大造声势，一步一步地，让天下人从内心里认可。这样，才能堂而皇之地坐上皇帝的位子。"

武承嗣问："太后下一步怎么办，您老人家快吩咐，侄儿我都快沉不住气了。"

太后说："我准备先办几件大事。先削弱李氏家族的影响，另起炉灶。第一，改百官名；第二，易天下旗帜；第三，把国家的政治、经济、文化中心，从长安迁至洛阳，改洛阳为神都，改洛阳宫为太初宫；第五，立我武氏宗庙；第六，改年号为'光宅'，光我武氏家宅。"

"太好了，这几步棋走得太妙了！"武承嗣拍手道。

"下一步这几件大事就交由你礼部办，你能办好吗？"

"没问题！"武承嗣拍着胸脯说，"臣承嗣一定把这几件事办得漂漂亮亮的，让太后您满意。不过……"武承嗣卖了个关子。

"不过什么？"

"这几件事都挺大，承嗣是不是还能官升一级，当个中书门下三品什么的。这样说话也有分量，办起事来也顺当。"

太后看着侄儿笑了笑，说："我明日早朝就宣布你为太常卿，同中书门下三品。"

武承嗣一听急忙离座，趴地上磕仨响头，口称："谢太后！"

武承嗣禀太后的旨意，经和礼部的人日夜加班，反复讨论，终于在最短的时间拿出了一个改革方案，呈送给太后，经其批改后，遂颁布天下。其内容是：

一、大赦天下。

二、改元为光宅。

三、旗帜尚白。

四、易内外官服青者以碧。

五、大易官名。改尚书省为文昌台；左右仆射改为左右相；吏、户、礼、兵、刑、工六部曹分别改为天官、地官、春官、夏官、秋官、冬官；门下省改为鸾台，中书省改为凤阁，侍中改为纳言，中书令改为内史；御史台改为左肃政台，又增设右肃政台。

六、改洛阳为神都，改洛阳宫为太初宫。

七、追尊老子母为先天太后。

八、追尊武氏五代祖克己为鲁国公，妣裴氏为鲁国夫人；高祖居常为太尉、北平郡王，妣刘氏为王妃；曾祖俭为太尉、金城郡王，妣宋氏为王妃；祖华为太尉、太平郡王，妣赵氏为王妃；考士为太师、魏王，妣杨氏为王妃。

九、立武氏宗庙。

前七条颁行时，朝廷中持不同意见者总算不多，及至第八、第九条，至武承嗣请立武氏宗庙时，遭到宰相、内史裴炎的反对。反对归反对，武氏祖先按原计划追尊不误，同时拨专款责令武承嗣在老家文水兴建武氏五代祠堂。至此，武家也终于有了自己的祠堂家庙了。

就在武太后临朝听政的同时，在三千里之外的江南重镇扬州城中的一个小酒馆里，正悄悄地酝酿着一场重大的反叛阴谋……

小酒馆坐落在扬州城内运河边一个僻静的地段。在临河的一间雅座里，有几个穿着打扮不一般的人正聚在一起喝酒。这时，酒已喝得差不多了。坐在上手的那个有着宽大脸庞的人，偏着头，直愣愣地盯着桌面。突然间，他坐直身子，挺直腰板，指着满桌的残肴剩菜，怒道："这李唐王朝就像这桌上的饭菜，已经让她吞噬得差不多了！"

"明公小声。"左旁的那个头戴唐巾、手捏折扇，有军师风度的人，忙起身过去打开雅间的门，往外瞅瞅，复又放心地关上门。

"小声？我能小声吗？上个月我还干着眉州刺史，今回又左迁我为柳州司马。还把我这个国公看在眼里吗？我爷爷出生入死，辛辛苦苦挣下的这个爵位还有何用？就说你魏老兄吧，一个正直的御史，就为迁怒了她，竟被贬为一个小小的周至县尉。还有骆宾王骆诗人，一个多么富有才华的人，至今还赋闲在家。"

"我现在连吃饭都成问题。"坐在下手的一个人愁眉苦脸地说。

"对！还有我老弟敬猷，本来在周至县令任上就有些委屈了。如今上面却借口改革，把他扫地出门了。"

"你们都委屈，谁不委屈？我一个五品的给事中，一下子被贬为七品括苍县令，我能不生气吗？"另一个人边喝酒，边气呼呼地说道。

还有一个人，端起门前盅，一饮而尽，一拍桌子，瞪着通红的眼睛对上手的人说："依我看，等死不如闯祸，说不定振臂一呼，四方响应，还真能搞出点名堂。明公，你就领着头，带我们干吧，我们也不在乎什么了。"

众人纷纷附和，那姓魏的有着军师品格的人忙又打开雅间的门，警惕地往外看了看，又悄悄地把门关上，回头对上手的人说："明公，这里说话不方便，是否另找一个地方说话？"

"上哪儿去？"

"运河边的酒家皆备有小船，可以另备一桌席到船上去，在河上边划船边吃酒边说话，如何？"

"行，赶快安排。"

打头的被尊称为"明公"的人，乃是已故大唐开国元勋徐茂功徐世勣（后太宗赐名李勣）的孙子、袭封为英国公的徐敬业，另一个人是他的弟弟徐敬猷。有军师风度的人叫魏思温，他以前在京城里干过御史，如今左迁为周至县尉。再一个就是曾当过长安主簿的大诗人骆宾王。其他两位分别是由给事中被贬为括苍县令的唐之奇，由詹事被贬为黟县令的杜求仁。

小船是酒家专供客人饮酒游玩用的，不大不小，船舱内有一小方桌，上置酒菜，客人席地而坐。船行河上，把酒临风，携伎奏乐，别有一番好滋味。不过，今天的这几位客人却无此雅兴。这些末路英雄们几杯浊酒下肚，心里都不知不觉地升腾着一股反叛的热血。

重新在船舱内摆好酒席坐定后，魏思温斟了满满一杯酒双手递给杜求仁说："今天明公安排我们聚在一起，就是要跟大家商量一件事情。如今，武氏当朝，在高宗皇帝驾崩后不到两个月，即随心所欲地废皇帝李显为庐陵王，立改年号，易官名、变旗色、立武氏宗庙、升武氏子侄为宰相，其司马昭之心昭然若揭。刚才杜公所说的话，也正是我和明公的心里话，今天召集大家来，也正想联络你们这几位仁人志士，以扬州为基地，举兵讨伐武太后，不知几位意下如何？"

杜求仁等人一齐把目光投向英国公徐敬业。徐敬业沉稳地点点头，又大手一挥说："多行不义必自毙，天下李唐忠臣、仁人志士都久有反武之心。我等现在酝酿起兵，可谓上应天命，下得人心。只要大家同心同德，相信多则一年、少则半载，定把那欺主的'吕后'赶出朝堂。我等首倡起义之人，也落个封妻荫子。也不枉大丈夫来此世上走一遭！"

"对，庐陵王当扶则扶，不行，咱就自己当皇帝，江山还不都是人打下来的。"

"敬猷不得胡说。"徐敬业呵斥弟弟一下，然后又说："得道多助，失道寡助。我们必须以匡复庐陵王，扶持李唐皇家为主要宗旨，这样才能势如破竹，尽快取得天下！"

听了徐敬业等人的一番描述，一番鼓动，众人的血更加沸腾起来了。但唐之奇比较冷静，问徐敬业："明公，光说不行，我们得手里有兵，可这兵从哪里来？这几个人，没有一个在军中任职的。"

徐敬业微微笑了笑，不作回答，只是把目光投向魏思温。魏思温打开折扇扇了几下，方合扇徐徐说道："想募得十万、八万大军有何难哉？思温已和明公定下一条妙计，可使这扬州大都督府的十万大军召之即来。"

"魏公妙计安出，说来听听。"众人一齐凑上来问。

又轮到魏思温不说话了，他同样把目光投向了徐敬业，徐敬业面如秋水，严肃地看着大家说："起兵举义乃千秋功业，天大的大事，是押上身家性命的大事，不是说着玩的，各位若同意起兵，须歃血为盟，方可共谋募兵事宜。"

徐敬业目光炯炯地扫视着众人，其弟徐敬猷率先举手表态说："我坚决跟着大哥走，大哥连英国公的爵位都不在乎，我还在乎什么？"

唐之奇捅了捅身边的杜求仁，用眼神问他，杜求仁瞅了瞅徐敬业眼神中的杀气，觉得躲是躲不了了，遂一口干了杯中酒，慨然地说："我杜求仁跟定明公了。明公指到哪儿我打到哪儿，即使死了也不过碗口大的疤瘌。"

"算我一个。"唐之奇也举手表态说。

只剩下大诗人骆宾王没说话了，众人一齐把目光投向他。

徐敬业眼盯着他问："骆公，你打算怎么办？"

骆宾王眼望舱外，长叹了一口气说："事到如今，我也只有跟着诸位走了。"

"好！"徐敬业一拳擂在小饭桌上，盘子碗被震得乱跳。

"……来！咱们歃血为盟！"

喝完酒，魏思温几人分析：

一、武氏如吕后，其倒行逆施，不得人心，由来已久。我等振臂一呼，必四方响应。且我等师出有名，占尽天时，若里应外合，取武氏之首，实不为难事。

二、扬州乃东南第一重镇，乃南北运河与长江航道的交汇地，乃天下漕运所在，又是著名的工商业都会，也是东南的政治、军事重镇。古人云："淮海雄三楚，淮扬冠九州。"其地理位置之重要可见一斑。若在此地兴兵发难，自然占尽地利，自然能震动大江南北。进则直逼洛阳，一举平定中原。退则可分江而治，据守江东，或来个"南北朝"。

三、明公敬业乃宿将徐茂公之孙。茂公在世时，门生众多，手下带出的战将如云，故交旧朋如雨。这些人感茂公之德，必不与其孙敬业为敌。且敬业秉祖父之遗风，足智多谋，勇敢善战，破武氏之伪军实不为难事，可谓占尽人和。

一通商讨后，群情激动，众人纷纷摩拳擦掌，恨不得立即统兵杀到洛阳去。徐敬业走出船舱，叉腰挺立船头，严肃地看着远方，众人皆跟着走出船舱，极目远眺……

京都洛阳。裴炎的外甥、监察御史薛仲璋刚下朝回到家，就接到了魏思温派来的下属韦超送来的密信，邀请他带着夫人和孩子共同前往扬州。

看了信以后，薛仲璋马上明白是怎么一回事。魏思温原来在京为御史时，两个人既是朋友，又是同事，整日相处甚契，无话不谈。那时密谋的事如今一下子就要去做了，薛仲璋心里不禁有些激动。他手拿书信又细细地看了一遍，然后在书房里不停地走着，是做还是不做？不做似乎不行了，这首义的计划酝酿已久，事发后你也难逃干系。且自己感高宗大帝旧恩，理应挺身而出，为李唐皇室锄奸。做了，就义无反顾，一旦迈出这一步，就覆水难收了。薛仲璋独自在书房里将近待了一夜，也没有合眼，及至天明，他长叹了一口气，才一咬牙，下定了决心。

第二天上午，薛仲璋去了中书令裴炎那里，裴炎是他的娘舅，跟他谈了一下自己想去扬州出差视察的想法。裴炎也比较赞成，点头答应了，还嘱咐了一番。

薛仲璋一家人，连同送信的韦超，专门买了一辆马车。于第二天一早，出了洛阳，马不停蹄地向扬州进发。到了扬州，薛仲璋也不先去都督府，而是由韦超领着，先去徐敬业的秘密住所，会见了正在那里焦急等待的徐敬业、魏思温等人。住了一宿，经过一番密谋后，薛仲璋留下妻小在徐敬业处，自己和两个仆人换上了官服，乘车来到了扬州都督府衙门。进了都督府，薛仲璋也不歇息，也不准众官员的吃请，而是开始马不停蹄地工作。他首先一一单独召见了都督府的大小官员，详细询问了他们的个人情况和工作情况，然后又集体召见了衙役甲士等军事人员，一天之内，竟也让整个都督府的人，都认识了他薛仲璋，看见了监察御史的权威性。

第二天，薛仲璋又升堂听政，听取了都督府各部门的工作汇报，并命人贴出告示，受理民众上堂申诉，如此三番弄了两个时辰，还未到中午，就听得都督府外有人擂鼓，鼓声咚咚，震得大堂上的大小官吏们面面相觑。

不一会儿，守鼓的衙役飞奔来报："报……薛大人、陈大人，门口有一人说有非常事变，要求面见御史大人。"

陈敬之看着薛仲璋，见他点点头，于是传令："把擂鼓的人带上来！"

不一会儿，一个人跟着衙役走上堂来，扑通一声跪倒在书案前。

陈敬之喝道："来人姓何名谁，堂前击鼓是为何？"

此人不理陈敬之的茬儿，只是一再磕头，声称要见薛御史，并要单独向薛御史汇报。

薛仲璋打量了来人一番，方道："本官就是京城来的薛御史，你有什么话可当堂申诉。"

"小人不敢，小人要单独跟薛大人说。小人怕……"来人微微抬起头，害怕地看了陈敬之一眼。

"本御史是代表朝廷来到扬州，你有什么话但说无妨，没人敢对你怎么样。"薛仲璋在书案后一本正经地说。

"小人叫韦超，小人告……"此人说着，又偷看了长史陈敬之一眼，却从怀里摸出一张诉状，双手呈上："小人韦超所说的话都在这上面。"

"呈上来！"薛仲璋命令道。

薛仲璋接过状纸，未看两行，就大惊失色，又连连看了陈敬之几眼，遂站起来一拍书案喝令道："来人哪！"

"在！"两旁的衙役以为要抓这跪在地上的小子都以棍捣地，带着堂威答应着。

"给我把陈敬之拿下！"

"什么？什么？"衙役们以为听错了，大堂两旁端坐的其他官员们更是一愣，不知薛仲璋葫芦里卖的什么药。

"来人哪！把陈敬之给我拿下！"薛仲璋索性手指着长史陈敬之喝道。衙役们还是迟迟疑疑不敢动。薛仲璋带来的身着监察院甲士锦衣的两个仆人，早已从两边跃上，一下子捋掉了陈敬之的官帽，又把他的胳膊往后一扭，从腰里摸出早备好的绳索，不由分说把这陈大人捆绑了起来。

"薛……薛大人，这……这是干什么？"遭此猛烈的变故，连一向身居高位的长史陈敬之也不由得结结巴巴起来。

"此人告陈敬之图谋造反，本御史不得不按律将其拿下。"薛仲璋一边说着，一边向众人亮了亮手中的诉状。

"下……下官造反？这……这从何说起？"陈敬之眼巴巴地看着薛仲璋，叫道："薛大人，此下跪之人来历不明，其心叵测。怎可凭他一张纸，几句话，就逮捕一个都督府的长史。请大人明鉴！"

"请大人明鉴！"堂上的大小官员一齐跪地向薛仲璋请求说。

"难道你们大家都不知道？按我大唐的律法，官员无论大小，只要有人告其谋反，即革职查处。至于是不是谋反，须等查明后再说。若是诬告，敬之自可官复原职，若反情属实，当按大唐律法，毫不留情，加以惩处。"说到这里，薛仲璋又威严地扫视了堂下的大小官员，说："各位官员不要在这事上多说话了，否则，难免有同案的嫌疑。"

大伙儿一听，都不敢说话了，乖乖地坐回原位，一动不动。薛仲璋又命人把陈敬之押起来，严加看管，并革去其长史官职，由他暂代扬州都督府长史一职，等待朝廷定夺。其他各位官员仍各司其职，不得串联，否则，将严惩不贷。

十几天后，薛仲璋召集都督府全体官吏会议，说经过严格审问，陈敬之反情属实，朝廷也派来驿报，决定了新任都督府长史，并称新长史将于明日上午到达扬州。

次日一早，薛仲璋就组织了合府的官员，来到了扬州城外，准备迎接新任都督府长史。这新长史到底是谁，大家心里都没有数，连薛仲璋也说他不知道新长史是谁。等了足有一个时辰，方见北方的官道上，有几匹驿马扬起黄尘，飞速赶来，及到了众人面前，几名骑者才蹁腿下马。其中一个长相不俗的人，把手中的马缰绳往别人手中一扔，大步流星地直向薛仲璋走来，还未到跟前，就早早伸出大手，嗬嗬地大笑着说："新任长史李（徐）敬业向薛御史报到！"

薛仲璋望着徐敬业，嘴张得老大，好半天才缓过神来，一副万分惊喜的样子。他紧走两步，一把握住徐敬业的手说："原来新任长史是英国公，下官还一直猜测这新长史到底是谁呢？"

"怎么？不欢迎？"徐敬业微微歪着头，满面笑容地看着薛仲璋说。

"当然欢迎，英国公来主政扬州，实在是扬州民众之福啊！扬州的社会安定，经济发展，将大有希望了。来，来，我来介绍一下今天来欢迎你的扬州都督的官员们。"

等到薛仲璋介绍完，徐敬业又神秘地压低声音对薛仲璋说（却又故意让其他人听见）："兄弟这次来扬州，奉密旨将有一件大事要办。"

"密旨？"薛仲璋一听，不敢怠慢，手一挥说："全体人员，马上回都督府，听新长史英国公传达朝廷的密旨。"

众人望着徐敬业、薛仲璋不寻常的神态，不敢怠慢，上马的上马，坐轿的坐轿，跟着来到了都督府。到了大堂，大家各按官阶大小坐定，薛仲璋建议说："李（徐）大人，您先吃些饭，休息休息再说吧？"

徐敬业显得一脸疲倦的样子摇了摇头说："国家大事，重于一切。本官乘驿马连日奔驰，就是急着办正事啊。"徐敬业转到堂后，换上长史的官服，然后回到大堂，在书案旁，和薛仲璋一起并排坐定。徐敬业指着身旁挺胸站立的徐敬猷，命令道："为加强都督府保安，现命令与我一起来的王猷为都督府卫队队长兼衙役都头，立即上任！"

"是！"徐敬猷在堂上亮了一个相，朝众人点点头，阔步走到武官行列中。

接着又任命了一些官吏，还当堂将一个反对者斩首了。堂上的大小官员吓得一愣一愣的，都噤若寒蝉。

薛仲璋望着地上的死尸，焦急地对徐敬业说："李（徐）大人，你怎么把他杀了？没有他签字，我们一个兵也调不出来。"

"杀一做百！不杀不足以镇人心！"徐敬业眼冒凶光。

徐敬业当即又拟一道命令，盖上刚刚获得的长史大印，命令早已策反过的士曹参军李宗臣速去扬州府库，取出盔甲和武器，然后赶往扬州监狱，立斩原长史陈敬之，并放出囚犯，把他们和工匠一起武装起来，火速组织一支新军。

一切都按原计划顺利地进行着。徐敬猷事先在扬州城里交结的几十个社会闲人也如约而至。敬猷命令他们换上衙役穿的皂服，并发给刀枪武器。当即把这些人分成四个小队，每队皆安排自己的家将任队正。其中第一队接管都督府的前后门岗，没有敬业敬猷签发的通行证，任何人不准出入都督府半步；第二队充当都督大堂站堂的衙役，并负责保卫徐敬业、薛仲璋的安全；第三队专司看押汇集在都督府内的大小官吏；第四队负责都督府内的武装巡逻，兼作机动分队。

做完这一切，徐敬猷又跑回大堂上，对徐敬业耳语了一番。徐敬业听了，点点头，指示说："第一，你立即把都督府的警卫工作交由韦超负责。第二，你立即赶到扬州监狱，看看李宗臣把人组织得怎么样了。第三，你立即分派他们接管扬州城的四座城门。第四，你立即派人火速把魏军师接到都督府。"

敬猷带着哥哥敬业的四个"立即"，翻身上马，领着从人疾驶而去。可刚到都督府前的街口，就见魏思温骑着一头大黑驴带着一个从人匆匆赶来。

"正好，俺哥叫你，你快去吧，都在都督府大堂上，我领人去接管四个城门。"敬猷勒住马招呼说。

"知道了。"魏思温说了一句，也驴不停蹄地奔向都督府。

魏思温赶到都督府，写了一份共约讨伐武后的盟书。徐敬业拿着盟书对这些软禁在大堂内的大小官员摊牌说："明告诉你们吧，太子雍王右卫大将军李贤根本没死于丘神之手，而是流落于扬州，现正住在本城的一个秘密住处。自高宗大帝死后，武太后更加肆无忌惮，改年号、易官名、变旗色、立武氏宗庙、建武家军，其司马昭之心，路人皆知，眼见先辈们辛辛苦苦打下的李唐江山就要落入她武氏之手。面对这一严峻形势，雍王贤命我以扬州为基地，带领大家举义兵，讨伐武后、匡复庐陵王。我们是正义之师，师出有名，振臂一呼，必四方响应。雍王和我估计不出三年两载，我义军必将铲除武氏，恢复李唐江山。功成之日，在座的各位都是复国的功臣，入相封将，指日可待。现在请各位在盟书上签名。"

"现在请各位在盟书上签名！"见这些人迟疑着不动，徐敬业又高声命令道。

"我先签。"薛仲璋过来签上自己的大名，然后又动员大家说："武太后在京都中很不得人心，文臣武将皆有反心，本御史早就想扯义旗造反了。女人当皇帝，这不是笑话吗？宁不见汉朝吕氏之败乎？"

费了半天口舌，还是没有人动，徐敬业气得一拍书案："你们到底签还是不签？"

"明公息怒。"魏思温过来劝解说，"这么大的事，大家考虑考虑再签是正常的。"

"不！"徐敬业制止说："我料这些人当中，必有武太后的死党，必不愿签名，等最后剩下他们时，一并斩首！"经徐敬业这一吓唬，众人又望一下堂下血淋淋的尸身，都不禁头皮发麻，只得磨磨蹭蹭地偎上来，一个挨一个地签上了自己的名字。签完后，徐敬业满意地把盟书叠起来，又用手弹弹，对大家说："这下好了，一签上字，以后要有难同当，有福同享。"

"国公，能不能让我们见见雍王贤？"一个官员怯生生地问。

"没问题。现在先收编扬州都督府所属的兵马，建立匡复府，等这些事完成后，雍王贤自然会出来会见大家，给我们送行。"徐敬业很有把握地答应着。

都在盟书上签了字，调动军队的事就好办了。立即有人献出特殊情况下调动军队的口令。徐敬业接着派出敬猷和韦超等人分别去控制和传令扬州各地驻军，立即连夜开拔到扬州城外会合。与此同时，按预定计划，徐敬业下令设立三府：一曰匡复府，意取襄助中宗复位之意；二曰英国公府，这是表示自己的尊贵所在；三曰扬州大都督府，这是为了调兵遣将的便利。至于年号则使用李显退位前的年号，即嗣圣元年。

徐敬业当仁不让，自任为匡复府上将兼扬州大都督，唐之奇和杜求仁分任左、右长史；李宗臣、薛仲璋分任左、右司马。至于军师之职，当然由足智多谋的魏思温担当。骆宾王任记事参军，具体负责机要和文案工作。

扬州各地的驻军也已被裹挟到扬州城外，各部队头领均由徐敬业指派的人担任。同时，由徐敬业亲自带队，找到一个貌似雍王李贤的人，诈称其就是李贤，到各部队作巡回动员报告。一时间，倒也收到了一定的效果，博得了一部分官兵的同情。

九月二十九日，徐敬业亲自选定的一个非常吉利的日子。在扬州北校场召开出师前的誓师大会。这天正值秋头夏尾，天蓝蓝的，平野高阔。连夜筑成的三丈高的土坛上，正中龙案后，端坐着貌似雍王李贤的假李贤，下手端坐着一身上将戎装的徐敬业，左右依次是魏思温、徐敬猷、薛仲璋、唐之奇、杜求仁和骆宾王等人。大会开始后，首先由"李贤"讲太后阴谋篡唐，害死太子弘，又要害死他，还要害死太子显的事。后是大将军、大都督、英国公徐敬业讲。他讲得颇有气势，慷慨激昂，底下校场上的几万大军和周围看热闹的老百姓似乎都被感动了，都跟着一齐喊口号：

"匡复庐陵王！"

"收复京都洛阳！"

"还我李唐江山！"

最后由骆宾王宣读他连夜写就的《为徐敬业讨武檄》。文章写得十分精彩，堪称千古檄文典范。

读完檄文后，群情激奋，敬业当即下令，派轻骑奔赴全国各地，把此檄文传贴天下。

且说武太后这日正在殿中批阅奏章，只见负责京城治安的五城兵马巡防使、侄子武三思匆匆赶来，手拿着一张写着字的纸，进来磕头后，就惊慌地说："太……太后，大……大事不好！"

"何事如此惊慌？"武太后眼皮也不抬地问。

"太……太后，英国公徐敬业在扬州谋反，其檄文一夜之间，贴得满城都是。"武三思惊慌地说。

"徐敬业谋反？"武太后轻轻地笑了一下，"一个毛孩子、河沟里的泥鳅，能掀起多大的波澜。"

"太后，不能小看那姓徐的小子，他的檄文写得相当厉害，读起来令人胆战心惊。"

"檄文带来了吗？"武太后问。

"带来了，带来了。"武三思忙把手里的那张纸提了过来，摆放在武太后面前的龙案上，说："太后，这檄文写得挺气人，您读了可别气着。"

武太后伏在龙案上，逐字逐句地读着，当读到"入宫见嫉，蛾眉不肯让人；掩袖工谗，狐媚偏能惑主"之句时，武太后微微一笑，还轻轻地点了点头。当读到"一抔之土未干，六尺之孤何托"时，武太后忍不住地问武三思："这檄文是何人所写？"

"回太后，据……据说是骆宾王所写。"

"这骆宾王是什么人？"

"据臣刚才了解，这骆宾王是个大才子，有名的《帝京赋》就是他写的。他曾做过武功县尉、长安主簿、临海县丞。后来，他又嫌官小，弃官不做了，到处流浪，不知怎么他又和徐敬业混到一块儿去了。"

武太后说："此宰相之过也，人有如此才，而使之流落不用！"

等武太后读完檄文，武三思急切地问："太后，怎么办？"

"此事改日再议，谅徐敬业也弄不出多大的事。速督促兵部，多派探子潜入扬州，探明叛党虚实。"

"遵旨！"武三思答应一声，转身就匆匆往外走，刚至殿门口，又被武太后叫了回来。"太后，还有什么事？"

"三思啊，看你忙乱的样子，好像遇到什么大事似的。即使天大的事，也要冷静对待，喜怒不形于色。"

"太后教训得对，侄儿一定改过。"

武太后摆摆手，武三思伏地上磕个头走了。

过了两天，武太后跟大臣们讨论扬州的局势，以及朝廷的对策。

兵部建议立即发兵征讨，防止事态进一步扩大，不可收拾。

没等武太后表态，特约列席御前会议的武三思恭手说道："臣有本奏。"

"说吧。"

"臣这两日在京城巡检时，抓了徐敬业的好几个探子，截获了好几封徐敬业写给韩王元嘉、鲁王灵夔等人的书信，信中约这些亲王共同起事。臣和承嗣大人以为……"

"以为什么？"武太后坐在龙案后严肃地问。

武承嗣上前一步，接口说："臣等以为为了保证京城的内部安定，为了剪除徐敬业在京城的内应，必须杀掉韩王元嘉和鲁王灵夔。"

众人一听说要杀韩王和鲁王，忙把目光都投向武太后。武太后也不表态，问裴炎、刘祎之、韦思谦三人："你们三个人是宰相，你们认为杀不杀韩王和鲁王？"

刘祎之和韦思谦低着头，噤若寒蝉，一声不吭。

倒是裴炎站出来奏道："臣以为绝不可以杀韩王和鲁王。徐敬业虽写信以为内应，乃敬业一厢情愿，韩、鲁二王并未与其联络。且二王乃高祖之子，年最长，德高望重，杀之必失天下人之心。"

见裴炎忤逆了自己的安排，武太后默为不快，冷着脸问裴炎："卿作为宰相之首，对扬州兵变，打算采取什么平叛措施？"

"回太后，皇帝已经年长，却迟迟不能亲政，作乱的竖子便以此作为造反的借口，若是太后还政于皇帝，逆臣无所凭借，其乱将不讨自平！"裴炎不识进退地直言道。

武太后半天不说话，旁边的武承嗣不顾朝堂的礼节，手指着裴炎叱道："这哪里是退兵之策，分明是借扬州作乱要挟太后。你裴炎身受太后信任之恩，位居权相，不思回报，是何居心？"

裴炎沉静地站在那里，不发一言。武三思又上前一步，添油加醋启奏说："太后，裴大人的外甥薛仲璋也是乱党的头目，这次扬州叛乱，也主要由他挑起实施的，他上次托名到扬州巡察，也是由裴大人点头同意才派他去的。"

"太后，"裴炎恭手说道："叛党仲璋确实是经我同意才去扬州的，但其谋乱一事，臣事先一概不知。事发后，臣也已向皇上和太后打过报告，表明了我的态度和立场，望太后明察。"

裴炎一向厌烦的一个人，监察御史崔察上前奏道："启奏太后，裴炎身受先帝临终顾命，大权在握，无计退乱，却为反叛找借口，若无异图，为何逼太后归政？"

没等崔察说完，凤阁侍郎胡元范上前奏道："太后，现在御前会议主要讨论扬州兵变的对策，而不是其他事情。如今徐敬业兵势日炽，兵逼润州，请皇上和太后早下决心，早发大军，以拒叛军。"

武太后沉默了一下，才抬脸问道："众卿认为派谁领兵去扬州平叛合适，派多少人马？"

众朝臣纷纷议论，有的说非程务挺不可，有的说若老将裴行俭还活着就好了。至于该派多少兵马，有的说至少得五十万，有的摇头说十万足矣，半天议不出个结果，武太后不胜其烦，一拍桌子说："程务挺远在西域防御突厥，一时半会过不来，裴行俭死了，已不能用。我看还是派左玉钤卫大将军、梁郡公李孝逸为扬州道行军大总管，左金吾卫大将军李知十为副，率兵三十万以拒徐敬业，如何？"

众人一听，纷纷称太后高见。

武太后问一直站在旁边沉默不语的裴炎："裴卿，你认为这个安排合适不合适？"

裴炎叹了一口气，说："让臣再为国家社稷献上最后一策吧。"

"裴卿说这话是什么意思？"武太后问。

"没有什么意思。"裴炎说道："孝逸虽系出将门，官居左玉钤卫大将军多年，外表意气轩昂，但其多算少谋，临敌怯阵，臣料其督军去扬州，亦不免倾败。不如改由英勇善战的左鹰卫大将军黑齿常之为行军大总管，领兵讨乱。"

武太后听了裴炎的建议不以为意，板着脸说："朕派孝逸领兵讨乱，未必不克。"

"皇上，太后，"裴炎恭手说道："若执意派李孝逸去，须由殿中御史魏元忠随其监督军事。"

这时凤阁舍人李景谌、纳言刘齐贤等人纷纷附言说："裴中书所言极是，夫兵革之用，王者大事，存亡所系，须任得其才，否则，苟非其任，必败国而殄人。"

"好了，好了，"武太后不耐烦地摆摆手说，"就派魏元忠为监军吧。兵部可立即着手准备，一是调派勇敢善战的部队，二是后勤供应要跟得上。三五日之内，大军可择日进发。"

散会后，走在路上，凤阁侍郎胡元范悄声对裴炎说："裴公，今天的朝会上好险啊，差一点他们就要对你发难了。你以后要少忤逆太后，不然，祸不远矣。"

"谢谢胡大人的好意。"裴炎对胡元范笑笑，接着又叹一口气说："此次已经种下祸根了。无论我处于什么情况，什么地步，请胡大人转告其他几个关系要好的大人，千万不要为我求情，否则，不但救不了我，还将会连累大家的。请胡大人一定记住和遵守我的话。"

听了这话，胡元范激动地握住裴炎的手说："裴大人，您不会有事的，您是先帝的顾命大臣，肩负托孤之重任啊！"

裴炎惨然地笑了笑，辞别胡元范，来到了中书省。

中书令宽敞的房子里，依然窗明几净。宽大豪华的几案后边，摆放着高靠背的红木太师椅，显示着它的主人"天下第一宰相"的威严。但裴炎看在眼里，却无奈地摇了摇头。他打开抽屉，拿出自己那使用了多年的旧包，收拾了几件属于自己的零碎东西，刚装进包里，就听见背后的门"哐当"一声响，一伙人冲了进来，裴炎头也不回，继续整理自己的东西。收拾好后，转身随着这帮人走了出去。

十月十七日，圣旨下，裴炎谋反，定为死罪，于十八日行刑，其家产充公，兄弟流放。胡元范皆因坐救裴炎之罪流放琼州。纳言刘齐贤贬吉州长史，吏部侍郎郭待举贬岳州刺史。与此相辉映的是，武太后又下达了一道任命的圣旨，诬陷裴炎有罪的骞味道接替了裴炎的职务，升为检校内史同凤阁鸾台三品，凤阁舍人李景谌同凤阁鸾台平章事，皆升为宰相。

就在裴炎被害的前一天，徐敬业率部攻克了润州。稍稍安顿之后，徐敬业在临时大将军府召开了军事会议，主要讨论下一步的进军方向。会上，形成了两种不同的意见。薛仲璋认为金陵有王气，劝徐敬业先在润州称王，并以此为定霸之业，然后逐次向周边地区扩展。而魏思温则认为，应当始终以"匡复"为辞，贸然称王，必失人心。应该马不停蹄，率大军直指洛阳。

徐敬业倾向于薛仲璋的观点，对金陵称王的事很是倾心。

他说："打着匡复庐陵王的旗号我觉着效果不大。我们起兵都快二十天了，还不见四方有什么响应。不仅山东豪杰没有来助战，就连扬州本地的人投军的也不多。我看不如在金陵称王，一是把声势造得更大一些，让人从我们身上能看出将来的希望。二是建这么一个根据地，以此为起点，像滚雪球似的，把王霸之业越滚越大。四方豪杰看我们势力增大，不用打招呼，自然都会前来入伙。"

魏思温见状，忙又恳切地劝道："明公，看事不能看一时一事。咱们只要一心一意地打着匡复的旗号，天下人就知道明公志在勤王，必然四方响应。若留恋在金陵称王，则……"

"魏军师不必再说了。"徐敬业挥手打断了魏思温的话，说："我意已决，先选个好日子在金陵称王再说……薛司马？"

"下官在！"薛仲璋应声答道。

"由你负责，速着人置办称王之事宜。包括定什么名号，众卿都晋升什么官，穿戴什么样的服饰等等。记住，名号一定要响亮，服饰一定要鲜亮。"

"好的。"见徐敬业同意了自己的提议，薛仲璋异常高兴，自觉自己必当宰相，喜得嘴咧得老大。

这天，武太后在大殿里批阅各地的奏报，特意叫侄子武承嗣在旁边侍候着，教教他一些处理朝政的经验。

武太后抽出一份密奏递给武承嗣说："这是程务挺在西域边关派快马送来的密奏，密奏替裴炎辩解，担保裴炎无罪，恳求释放裴炎，你对这个奏报有何看法？"

武承嗣接过密奏看了一遍，说："裴炎已经伏法，奏报来迟了，已没有什么意义了。给程务挺说明一下，让他安心在西域领兵打仗就是了。"

听侄子这样说，武太后连连摇头，说："程务挺非比徐敬业，此人带兵有道，能征善战，我斩了裴炎，他一定会心生不满。为防不虞之事，只有把这程务挺也斩了。"

"斩程务挺？"武承嗣瞪大了眼睛，"现在西域防务全靠着他，斩了他岂不是自毁长城？"

武太后叹了一口气，说："我何尝不知程务挺是不可多得的良将，何尝不知裴炎是一个少有的清官和好官。但我不能心慈手软，不能放过任何一个潜在的敌人。"

"怎么杀他，先把他调回来？"武承嗣问武太后。

"不需要。可以调程务挺回京任扬州道行军大总管的名义，让左鹰将军裴绍业前去西域接替他，等办完交接手续后，让裴绍业把程务挺斩于军中即可。"

"平白无故地杀他，恐人心不服。"武承嗣说。

"当然不能平白无故地杀他。你可使人奏告程务挺与裴炎、徐敬业有共谋之嫌，这样，杀之就有名了。"

武承嗣连连点头。

临走时，武太后又嘱咐他说："杀程务挺之前，要严格保密，绝不能走漏一点风声。另外，跟三思说说，让他派人密切监视韩王、鲁王几个王爷的动静。"

"太后放心吧，这事侄子都能够办好！"武承嗣又问，"太后，不知李孝逸讨伐徐敬业的事怎么样了。"

"据战报说，这一二月之内才可与敌正面交锋。徐敬业占了润州后，已举步不前，正张罗在金陵称王的事。我料徐敬业的灭亡也不过是十天八天的事。"

武太后说这话的工夫，李孝逸率领的三十万大军已顺运河南下，主力已抵达临淮，其先头部队已深入到苏北一带。在润州正在加紧筹备称王的徐敬业，在魏思温的一再劝说下，才不情愿地中止称王计划，亲自率军渡江北上，布阵在高邮的下河溪一带。根据魏军师拟定的作战计划，另命其弟徐敬猷率领一哨人马进逼淮阴，命韦超、尉迟昭率一部兵马驻守盱眙的都梁山，严阵以待来犯之敌。

李孝逸怕中了埋伏，行军时走走停停，瞻前顾后，没能赶在敌军的前面抢占战略要地——都梁山。都梁山号称东南第一山，是苏北通往江南的天然屏障，易守难攻。李孝逸的官军没能抢占都梁山，首先失去了与叛军初次对阵的战场主动权。

果然，李孝逸的偏将雷仁智初次进攻即告失利，被山上的叛军杀得丢盔弃甲，狼狈逃回大营。探马又报说，徐敬业的三路人马成互为掎角之势，以拒唐军。愁得李孝逸坐在中军帐里唉声叹气，不敢再派兵进攻。后来经过商议，李孝逸决定采纳魏元忠的意见，留一部人马继续进攻都梁山，牵制韦超的兵马，自领大军进攻淮阴的徐敬猷。

果不出魏元忠所料，据守淮阴的徐敬猷部众从城头上望见如蚁而来、浩浩荡荡的官军，心生害怕，无意恋战。没等官府兵爬上城墙，就扔下手中的滚石檑木，一哄而散，争相逃命。淮阴宣告攻陷。徐敬猷只得化装成老百姓，脱身而逃。

击破徐敬猷后，李孝逸大喜过望，踌躇满志，令大军乘胜进军，与徐敬业在下河溪一带隔溪相拒。李孝逸根据兵书所云，决定出其不意，攻其不备。当天夜晚三更天，他派后军总管苏孝祥率五千兵丁，偷渡下河溪，偷袭敌营。谁料徐敬业早有准备，一场伏击，杀得官府军丢盔弃甲，争相泅水逃命，溺死者过半，生还者无几。其中苏孝祥阵亡，左豹韬卫果毅尉成三朗被敌生擒。而后，魏监军利用火攻之计，徐敬业的叛军因连日军阵，疲惫不堪，又加上士气不足，当强风挟着火势、浓烟滚滚而来的时候，都惊恐不安，又望见河面上密密麻麻呐喊着渡河而来的官兵，都不顾一切地逃命不迭。徐敬业等督战军官，立斩上百人也无济于事。一时间，全军全线溃败，被官兵斩杀七千余人，溺死烧死者不可胜计。只剩下徐敬业、徐敬猷、骆宾王等人轻骑溃逃至江都。

李孝逸随之挥军南下追击。徐敬业等人见大势已去，只得弃江都，带着老婆孩子窜至润州，乘一条大船取海道，准备逃离。后遇上逆风，被困于海上。前途茫茫，众人都悲观起来。

部将王那相恳求道："大将军，不如我们就此散了吧，各寻出路，也胜过在这破船上等死。"

徐敬业厉声叱道："不准胡说！等此逆风过后，不消两天，我们就可以到达。到那儿后就好办了。当年我祖父征讨此地，当地人人敬畏我祖父如神。如今咱们去，定可被当作上宾看待，说不定他们的首领肯借兵与我，我们还可以杀回来，以雪败兵之耻。"

"大哥说得对。"披着一条床单，冻得直打哆嗦的徐敬猷说，"爷爷过去有好多熟人好友，高丽国，只要一提爷爷的大名'徐茂公'，肯定他们对咱都高接远送。"

突然船头上传来一串笑声，众人转眼一看，是骆宾王，只见他伫立船头，望着苍茫的大海迎风在笑，徐敬业不高兴地问："你笑什么？"

"我笑我自己！"骆宾王望着那遥远的天边不断翻涌而来的海浪，摇了摇头说："我笑一个人在海的面前显得多么渺小，我笑在沉默的海的面前，人的躁动是多么可笑。想当初，咱们誓师扬州，传檄天下，是何等的壮烈！什么'班声动而北风起，剑气冲而南斗平。暗鸣则山岳丽颓，叱咤则风云变色，'什么'以此制敌，何敌不摧？以此图功，何功不克？'现在再想想，简直都是呓语。"

"怎么？宾王你后悔了？"徐敬业紧盯着骆宾王问。

"人生一世，草木一秋。我们虽没能像当初设想的那样，成就王霸之业，但毕竟大干了一场，毕竟没有窝窝囊囊地苟活世上，且胜败乃兵家常事，开弓没有回头箭，做了就没有后悔的事。"

徐敬业听了连连点头，竖起大拇指说："败就败了，也不枉做血性男儿。"

午后，逆风仍然很大，天也开始变得阴沉沉的，看情况是起不了锚了。徐敬业决定和骆宾王一起，带两个卫士上岸，打探一下外边的形势，看能不能找个有经验的渔民，问问从海陵县到高丽的航道情况，顺便找一些吃的。

临上岸时，徐敬业再三嘱咐敬猷说："你带一个人在船上巡逻，监视岸上的动静，其余人趁此好好睡一觉，准备明天的航行。别人睡觉，你可千万别也睡着了。"

"我明白，你放心吧！"徐敬猷答应得挺痛快。

等哥哥徐敬业和骆宾王等四人乘小船上岸后，徐敬猷立即催着各人到舱里睡觉，自带着一个卫兵，沿着船舷来回地巡逻。刚开始他还挺有劲头，转悠了七八圈他就觉得累了，哈欠连连，命那个卫兵继续巡逻，他一个人钻到背风处的帆布里，歪坐在那里，刚闭上眼，就看见东南方向的海面上，跑过来一队人马。正中间张紫盖，骑高头大马，头戴紫金盔，身着紫蟒战袍，狭面方颏，虎头鹰目，正是徐敬猷的爷爷、大唐开国元勋、一代名将徐茂公，来接他们回去。徐敬猷急忙迎了上去，谁知忙乱中一脚踏空，跌进了大海……

惊醒后，徐敬猷摸了摸身边的风帆，心知是梦，想想梦中死去多年的祖父招手叫他，心里有些害怕，觉得不祥。于是爬起来，提刀在手，警觉地四处察看，打手罩眺望岸上。船舷那边忽然又传出声响。徐敬猷循声找去，只见一个人正解船尾拴小船的缆绳。

"谁？"徐敬猷喝道。

那人慌忙转身，面对着徐敬猷，挤出一脸笑容，结结巴巴地说："是……是我，我王那相，二……二将军您没睡觉？"

"是你小子。"徐敬猷手拈着刀走上去，又猛然喝道："你解小船的缆绳干什么，是不是想逃走去官府告密？"

"二将军哪儿的话，我王那相怎能干那种丧良心的事。我想大将军、骆主簿出去好一会儿，我不放心，想去找找他们。"

"谁批准你去找他们？"徐敬猷说着，把刀装回刀鞘，刚想狠狠训一顿王那相，却又看见他衣袖上有鲜红的血迹，惊问："你袖子上哪来的血？"

王那相不回答，却突然往岸上一指说："看！大将军和骆主簿回来了。"

"哪儿呢？"徐敬猷手扶着船舷，顺着王那相手指的方向极目向岸上望去，就在这一瞬间，王那相手持尖刀，狠命向徐敬猷后心插去，出其不意，一插正着。徐敬猷哼了一声，转脸不认识似的看了王那相一眼，就"扑通"一声倒在甲板上。

杀掉徐敬猷，王那相又急急忙忙地解缆绳，把小船放到海面上。他刚想攀软梯下去，却又转回身来，抽出腰刀割下了徐敬猷的首级，同时也割下了另一个刚被他杀死的卫兵的首级，提着首级，急忙下到小船上，拼命地向岸边划去。

徐敬业和骆宾王等四个人化装成商人，在海陵县城转了一圈，发现县城里也贴了抓捕他们的布告，没敢多停留，只买了些肉菜米粮就急急地出城，然后又到附近的渔村，找到一些有经验的渔民，了解了一下周边的航海情况。

直到傍晚，徐敬业几人才从渔村抄小路赶回藏船的海湾。刚转过一个长满密林的小山头，就听见前面藏船的地方有嘈杂的人声。徐敬业暗叫一声"不好"，急忙打手势让两个挑担的卫士隐蔽。他和骆宾王等几人则躲身在石头后面，露头向海湾望去……

海滩上，有二百多个民团的人和三十来个衙役官差，正在检视地上的二十多个头颅和金帛玉印，叛将王那相手指着这，指着那，不停地向人介绍。往海面上望去，只见那条大船上狼藉一片，几个差役正往甲板上倒着酥油，打着火镰，正准备放火烧船。二十多具无头的尸身横躺在甲板上。

徐敬业的眼泪刷地一下就掉下来了，他拔出腰刀，咬牙切齿，作势要往下冲，被骆宾王死死按住。

宾王说："明公，现在下去无异于送死。现在看来，船上的人除了那个叛徒王那相，没有一个活着的了。"

说话间，船上的火已经烧了起来。在岸上，一个当官模样的人，正命令王那相辨认尸首。王那相邀功心切，指着地上的首级说：这就是我上岸前杀死的叛首徐敬业，这是他的弟弟徐敬猷，这是伪记事参军骆宾王，这是……

看到这里，骆宾王悄声对身边的徐敬业说："看来这王那相邀功心切，没有把我们上岸去的事告诉给官军。我们现在还是趁空逃走吧。"

徐敬业点点头，问骆宾王："你打算上哪儿去？"

"我还是想回苏杭一带，明公，咱们一起走？"

"一起走目标太大。"徐敬业说着，把布囊里的金条银两全部倒在地上，然后分成四份，对骆宾王和那两个卫兵说："咱四人一人拿一份，然后隐姓埋名，各奔东西，现在官军都以为我们死了。咱们以后也不要再提过去的事了，后半生，各自保重！"

几个人各掖起自己的一份金条银两。骆宾王握住徐敬业的手，问："明公，你打算去哪里？"

"居无定所，浪迹天涯。"

"明公，保重！"

"各位弟兄，都好好保重。"徐敬业说着，擦擦眼角的泪水，和骆宾王及两个卫士握手告别，而后四人散开，分别消失在丛林之中……

在下河溪之战中，逃散的唐之奇、魏思温等人，不久即被官军搜获，随即都被斩首示众，而后传首神都。自此，扬、楚、润三州均告平定。

从九月丁丑到十一月乙丑，前后仅四十四天，徐敬业的十万叛军即告灰飞烟灭。大诗人陈子昂曾这样描绘这场争斗：扬州构逆，殆有五旬，而海内晏然，纤尘不动。

武太后也并不在乎徐敬业所谓"匡复庐陵王"的起事。在杀裴炎那天，她还不避嫌疑，下诏追谥先人，其五代祖鲁国公曰靖，高祖北平郡王曰恭肃，曾祖金城郡王曰义康，祖太原郡王曰安城，考魏王曰忠孝。

十一月祭卯，左鹰将军裴绍业奉武太后的密诏，在军中斩了程务挺。程务挺是一个不可多得的将才，他勇敢善战，带兵有道。突厥人最害怕程务挺，只要程务挺镇守边关，突厥人便"相率遁走，不敢近边"。闻程务挺死，突厥人大喜，竟一连数日，宴乐相庆，而后又给程务挺建庙立祠。每逢出征作战，突厥人均到敌将程务挺的庙里，乞求他的亡灵保佑。

与程务挺连职亲善的夏州都督王方翼，也被武太后罗列进裴炎的谋反案中，流于崖州而死。

【第十回】

蓄面首小宝侍寝，设铜匦太后纳言

洛阳大集时，千金公主的侍女成儿在街市上碰到了一个街头耍枪弄棒的名叫冯小宝的人，见他模样端正，就把他带回了公主府。千金公主好养小白脸，当她得知成儿带回了一个俊朗的小伙时，便令成儿将其带来。

不大时候，成儿就把冯小宝带了进来。千金公主上上下下打量了他一番，频频点头，摆手让那两个丫鬟出去，而后慈祥地问："小伙子，叫什么名字？"

"小的叫冯小宝。"

"小宝？好听，好听。来，来，坐在床上，给本公主揉揉大腿。"

小宝没料到公主这么老，看起来有小六十岁的样子。尽管涂抹了很厚的胭脂白粉，也遮掩不了深深的皱纹。她那饱满肥大的身躯摊在床上，随着她的一呼一吸，胖胖的紫脸也跟着一紧一松。她肆无忌惮地盯着冯小宝，毫不掩饰自己的丑态和淫欲。

冯小宝迟疑不前。

成儿从背后推了他一把，说："好好伺候公主，公主高兴了，少不得让你吃香的喝辣的。"

冯小宝听了成儿的话，只好硬着头皮走了过去，硬着头皮给千金公主揉捏着大腿。

千金公主有些不悦地说："手这么没劲，没吃早饭吧？"

冯小宝忙加大手上的力度，老老实实地回答说："小的来时匆匆，确实没吃早饭。"

"没吃饭早说，来人哪！"

成儿应声从门外走进来，躬身问道："公主，还有何吩咐？"

千金公主指示成儿："速备一桌酒席，让这小子吃饱了，好给我按摩。"

成儿答应一声，跑出去让厨房安排了。少顷，香气扑鼻的酒席就端到了房里。

冯小宝瞪大了眼睛，望着这满桌的鸡鸭鱼肉，饥肠辘辘，口水直往嘴边涌，难以收住。

千金公主见他的馋样，鼻子里讥笑一声，用脚尖一指那酒菜，对冯小宝说："自己去吃吧，没人陪你。"

冯小宝吃饱了，一嘴油光，又灌下了几杯酒。方站起身，冲千金公主的老脸嘿嘿一笑。

"好吃吗？"千金公主捏着嗓子问。

"好吃，好吃。"

冯小宝接过成儿递过来的巾帛，擦了擦嘴，偎到了床边。

千金公主一使眼色，成儿叫人把残羹剩饭连同桌子一块儿抬了出去，而后把门一掩，走了。

光线从窗棂间射进来，照在千金公主的胖脸上，千金公主眉开眼笑，把冯小宝揽在怀里。

冯小宝借着酒劲，放开手脚。虽觉其老态可憎，但一想到她是一位尊贵的大唐公主，于是，劲也就鼓足了……

千金公主搂着冯小宝，痛痛快快地过了几天后，听成儿报告说玉簪粉做好了，就急忙试了起来。

千金公主的日常生活有三大内容：一是养生美容，二是和面首嬉戏，三是串门子找乐子。在公主府里，由成儿负责，专门有几个人炮制美容用的香粉、胭脂。千金公主常用常新。

所谓玉簪粉，就是用玉簪花制粉。花开后，剪去花蒂，即成小瓶状，灌入民间常用的胡粉，再蒸熟，阴干制成粉。玉簪粉比珍珠粉性湿润，比较适合冬秋季使用。

千金公主在脸上涂了一些玉簪粉，感觉还不错，决定挑一些好的，进宫送给太后去。

这天是罢朝休息的日子，千金公主进了皇宫，直奔太后的寝殿。进了殿见近侍们脚步都轻轻的，说话也不敢说，都打着手势，和往常情形不大一样。

千金公主于是扯住太后的贴身侍从上官婉儿，悄声问："太后她老人家呢？睡觉啦？"

上官婉儿忙把千金公主拉到外间屋，往里面指了指，说："在里面呢，不知怎么了，这两天老发火，好像身体有些欠安。"

"你没问问她老人家哪里不舒服？"

"问了，她说她夜里睡不着觉，烦躁。"

"太医怎么说？"

"太医说是阳明火盛，肝火上炎。开了些清热泻火的药，吃了不管事，刚才还大骂太医呢。"

"失眠，烦躁……"千金公主自言自语，来回走了几步，接着微微笑了一下，一副似有所悟的样子。

上官婉儿见状，一把拉住千金公主："怎么，老公主有治太后贵恙的妙方？"

"老身是过来之人，当然知道太后贵恙所为哪般。"

上官婉儿惊喜万分，扯着千金公主的衣襟催促道："快说说，怎么治好太后烦躁的病？"

千金公主诡笑了一下，俯在上官婉儿的耳边说："据说，在前代，后宫的妃子们多数生病，总也治不好。于是，皇帝贴出悬赏，延聘天下名医诊视，最后来了一位神医，开出一帖神方，曰：壮汉若干名。皇帝没奈何，只好照神医的处方办。若干天以后，皇帝再到后宫时，见他的妃子们个个容光焕发，喜气洋洋，一扫病态。旁边却另有一些瘦得不成样的男人歪倒在地上。皇帝不解，问怎么回事，妃子们指着这些男人说都是些吃剩的药渣。"

上官婉儿是何等聪明之人，没等千金公主说完，就明白过来，脸红红的，推了一把千金公主，嗔道："太后是何等人，容你这样亵渎？"

千金公主笑了笑，用手指戳了戳说："你还小，有的事还不完全明白。太后虽贵为万金之躯，但毕竟还是个凡胎肉体，自有凡人应有的需求。你进去通报一声，就说我千金公主来了，别的事你不用管。"

"你真敢给太后找那样的'神方'？太后生气了，可不关我的事。"上官婉儿将信将疑，有些害怕地说。

"放心吧，这次管保太后不生气，说不定我俩还能邀得宠赏。"

上官婉儿走进里殿，不一会儿，就探出身子，招手让千金公主进去。

千金公主自信地走进去，先趴在地上磕头，施礼，口称："臣妾拜见太后，太后万岁、万岁、万万岁！"

太后最欣赏千金公主那恭敬的样子，在所有唐皇室的李姓成员中，也只有这千金公主最善于拍马逢迎，最能满足太后征服李姓这些天皇贵胄的虚荣心。太后一个月要是不见她，必让人传她进宫。

斜靠在坐床上的太后令近侍给千金公主看坐，而后重重地叹了一口气。

千金公主忙问："太后，您老人家莫非有什么不顺心的事。臣妾愿效犬马之劳。"

武太后看着千金公主，又叹了一口气说："我整日劳神费脑的，倒不如你这个逍遥公主自在啊！"

"太后，您老人家心里装的是天下安危，操心的是黎民百姓。我呢，只顾着自己，哪能跟您比。不过，自高宗大帝崩后，您老人家一个人独卧寒床，有点太委屈自己了，也不利于健康长寿，臣妾斗胆请太后……"

"干什么？"武太后拉着长脸，含嗔带笑地问道。

"太后乃万乘之尊，健康系于天下。臣妾斗胆请太后纳一男侍，以慰太后。"千金公主重又叩头请求道。

武太后忙令千金公主平身，而后笑着问："这几十年你都是靠纳男侍过来的？"

"太后明鉴，臣妾以为这也是保持身心健康的秘方。"

武太后点点头，说："难得你有这份孝心。你准备为我找一个什么样的人啊？"

"臣妾手头就有一个，只要太后您点头，臣妾立马就能给送来。"千金公主谀笑着说。

"此人是干什么的？人品怎么样？"

"此人姓冯名小宝，京兆鄠县人，一向在神都街头耍把式卖艺。虽操贱业，但其面目端正，魁梧壮实，精力充沛，仿佛罗汉再世，伺候太后，保管……"

"这么说，你已经验证过了？"

千金公主忙又起身离座，施礼说："太后是万尊之躯，用膳前尚要御厨先行尝试，无碍后，太后尚可进食。今臣妾献上男侍侍奉太后，安敢不先行予以试用，不然，臣妾怎敢献给您老人家。"

武太后摸了摸脸上的赘肉，用手捋了捋眼角的皱纹说："难得你这一片孝心，就试试看吧。伺候得高兴了，将重重有赏。"

"太后，是不是马上就把这冯小宝送进宫来？"

"你出去和婉儿商议一下，最好悄悄地把他弄进宫来。"

"臣妾遵旨！"千金公主施了个礼，乐颠颠地去找上官婉儿计议去了。

中午过后，千金公主带着冯小宝来到了玄武门，守门的羽林军认识千金公主，不认识冯小宝，喝令他站住，吓得冯小宝直往千金公主身后缩。千金公主冷着脸，指着冯小宝对羽林军士说："这是个玉匠，太后的玉玺不小心划了个痕迹，太后令我找他进宫给修复一下。"

一个羽林军官不相信地打量了冯小宝，厉声问："有宫闱局签发的出入牌没有？"

"有。"千金公主从怀里摸出个红木出入牌。

"内宫门口有人接迎没有？"

"太后的女官上官婉儿亲自在那里等。"羽林军官还是不大相信，先让千金公主登记后，又给冯小宝戴上眼罩，又派一个羽林军跟着，才放两人进去。

到了内宫的门口，上官婉儿果然在那里等，掖庭局的宦官再次登记后，才放冯小宝进入内殿。

到了内殿，上官婉儿让冯小宝先行沐浴，里外的衣服重又换了一遍，才把冯小宝带到太后的寝殿里。

宽大的寝殿的内室里，有一顶巨大的粉红色的半透明的真丝罗帐。罗帐内，有一张一丈见方的红木大床，透过罗帐，隐约可见床上躺着一个丰腴的妇人，正在看书。

千金公主拽了拽冯小宝，往里努努嘴，催促着冯小宝。冯小宝畏缩着不敢上前，他头一次进宫，乍一见宫殿内恢宏的气势，富丽堂皇的装饰，心里直打怵，更别说让他去面见名震天下的皇太后了。

"小宝，快去啊。记住来时我说的话吗，伺候好了太后，你后半生就飞黄腾达了。"千金公主小声催促着。

"公主，我，我不敢。"冯小宝可怜巴巴地说。

"有什么不敢的，在你面前，太后就是一个女人，你该怎么做就怎么做。"

"我，我……我还是不敢。"冯小宝眼望着罗帐里的人，手拽着千金公主的裙角不放。

"谁在外面喧哗？"罗帐里的武太后拉长声音问道。

"是我，千金公主，这冯小宝慑于太后的天表，不敢进侍。"千金公主回道。

"进来吧，我又不会吃人。"

"快进吧。"千金公主拉着冯小宝往里走，吓唬他说："不进去就是抗旨。"

进了罗帐，冯小宝自然而然地"扑通"一声跪在地上，拜倒在床前，口里"万岁、万岁"地乱叫一气。

"果然'非常好'。"武太后看着冯小宝，由衷地称赞着。

冯小宝年轻气盛，渐渐地熟络了，也不太害怕了，于是按照千金公主的授意，一心一意地服侍太后。

"婉儿，"太后懒散而略带喜悦的声音从帐里传出，"这冯小宝今天就不回去了，你让千金明天来接他。"

"太后，跟宫闱局和掖庭局怎么交代？"上官婉儿说完，略抬起眼皮，只见老态显现、皮肤松弛的太后，正拉着精壮的冯小宝，看着他。

"这点事还用问，自己想办法。"说着，太后又挪身重新躺在床上。上官婉儿见状急忙退了出来。

上官婉儿打发走千金公主，来到掖庭局的给事房，查看了一下宫廷簿录，冷冷地对旁边的内给事说："写上：玉匠冯小宝，申三刻出宫。"

内给事看了上官婉儿一眼，架不住这太后贴身女官的冰冷的目光，胆怯、局促一番后，终于照上官婉儿的吩咐写下了这行字。宫闱局依据掖庭令的记录，同样也写上了这行字。

晚上，太后摆开丰盛的御宴，招待冯小宝。吃得冯小宝是满嘴流油，连叫痛快。

冯小宝和太后也熟络了，自然了，冯小宝坐着嫌不舒服，竟蹲在椅子上，弄得一脸的油腻，惹得一旁的武太后哈哈大笑。

武太后笑着问道："以前从来没有吃过这样的佳肴吧？"

"没有，没有，我以前在街头耍把戏卖艺时，一顿饭要是能吃上肉，就是莫大的口福了。"

"听说你原先在一个破庙里栖身？"

"是啊，那个破庙叫白马寺，里面有几个穷和尚，还动不动撵我。"

"想不想当白马寺的住持？"

"住持？"

"我考虑拨些款子，重建白马寺，建好后由你当住持。"

"当和尚不能吃肉、不能喝酒、不能沾女人。"冯小宝急急摇手推辞说。

"这主要想给你找个落脚之地，让你有个名分，至于你当一个怎样的和尚，可以随便你。"

"两头都能吃荤？行，这和尚不孬，我干了。"

于是，武太后先批了二百万两让冯小宝着手重建一个规模中等的白马寺。

冯小宝忙双膝跪地，手扶着武太后的手，两眼巴巴地望着她说："太后娘娘，您不是哄我小宝玩的吧。您这二百万交给我，我还真不知道怎样花呢。"

武太后拉着小宝的手，充满爱意地说："小宝，你尽管放心大胆地拿这钱去建白马寺，我让工部派几个人协助你。"

手里捏着二百万巨款的冯小宝今非昔比了。除了平时奉召到后宫给太后侍寝外，他没事就掐着腰在洛阳街头晃。

经过工匠们连天加夜的施工，五个月后，一座规模庞大的新白马寺就建成了。其朱栏玉户，雕梁画栋，自不待言，冯小宝还专门根据自己的意愿，在佛殿的旁边，设立了一个聚会厅，供他和手下开会和宴饮，还美其名曰讲经堂。

皇宫大内的长生殿里，在武太后宽大的椅子上，冯小宝站在太后的旁边，像一只驯服的猫。

太后用手梳理着他茂密的头发，说道："小宝，白马寺是专门为你安排的立身之地，当了寺庙住持，自然要剃发为僧。明天让法明寺的涤凡大师去白马寺为你主持剃度，另外，再教你一些管理寺庙的经验。"

"太后娘娘，我剃了光头，你还喜欢我不？"冯小宝摸着头问。

武则天笑着拍打了一下冯小宝，说："你这个名字'小宝'有些俗，难登大雅之堂，我为你改个名字叫'怀义'吧，既像普通的姓名又像法号。"

"行啊，我以后就叫冯怀义了。"

"你还不能姓冯，出身微贱的人混得再好，也会让人瞧不起，还是让你姓'薛'吧，与驸马薛绍（太平公主的丈夫）合姓，我命他执义父之礼对待你。"

"你让薛绍驸马喊我义父，薛绍大门大户的，能愿意吗？"冯小宝不相信地说。

"我是万乘之尊，出言曰旨，谁敢不遵。"太后说。

"太后您这么厉害，怎么整天让我扮什么金玉匠，偷偷摸摸地进宫？直接让我进宫侍寝不就得了吗？"

"我身为太后，对臣工的舆论，还是有所顾忌的，因而安排你秘密进宫。不过现在好了，你已经是白马寺的大住持了，可以以讲经为名，随时奉诏入宫伴驾。"

"太后，我看您后苑的御马不错，我去弄几匹骑骑吧？"

"行啊。"武太后抚摸着说："你可以随便挑，我正要赐你几匹御马呢。"

已改名叫薛怀义的冯小宝一听，从床上跃下来，急着就要去御马厩挑御马。武太后也不生气，似乎更喜欢他这种急不可待、任性而为的孩子脾气。忙拽床头的响铃，唤上官婉儿进来，吩咐她安排几个宦官，跟着这薛怀义。

然薛怀义自当上白马寺住持后，便狐假虎威、为所欲为，使得神都洛阳治安状况持续恶化，这引起了官府的注意。

在御史台的过问下，大理寺、金吾卫等接连召开了几次会议，讨论对策，但面对薛怀义通天的本领、炙手可热的势力，官员都干瞪眼，唉声叹气，一筹莫展，谁也不敢出这个头，去碰这个钉子。

望着这些平日耀武扬威、却连一帮泼皮和尚都治不了的官员，参加会议的右台御史冯思勖坐不住了，他自告奋勇，表示要由自己亲自挂帅，惩治这帮无法无天的流氓和尚。

大家一看冯御史出了头，都纷纷拍手赞成，各拨出精干兵马，归冯御史指挥。

冯御史说干就干，在确定了抓捕名单后，中秋节前一天，即八月十四日夜，冯御史决定，抓捕白马寺这一伙乌合之徒。

无可奈何之下，第二天，薛怀义只得登门找武三思给说情，一些罪轻的和尚被放了出来，而罪证确凿的恶和尚，却被冯御史给投进了大牢，按律惩处，或流放或杖责。一时间，大得人心。

白马寺流氓和尚的嚣张气焰不得不收敛了许多，洛阳城的治安秩序也恢复了许多。

东宫的后院里，皇帝睿宗李旦，闲来无事，正和一群宫女一起玩投壶的游戏。所谓投壶就是用专门的箭往一个精美的壶中投，投中者为赢。投壶的箭用柘、苦棘母去其皮制作而成。壶也都精美绝伦，或玉或金或瓷，颈为七寸、腹五寸、口径二寸半，容斗五升。投壶时，壶前设障，隔障而投。为防箭入壶中反弹出来，壶中装一些小豆。投壶游戏为博戏的一种，在唐宫室中极为盛行。

睿宗当了皇帝，却屈居东宫，常常在东宫里和宫女一块儿投壶自娱，消磨光阴。

该睿宗投箭了，睿宗三投三中，直乐得他合不上嘴。正在这时，院门口来了宰相刘之和武承嗣。

刘之边走边道："皇上，皇上！"

那急劲儿好像有什么大事，睿宗忙停下手中的活，问："有什么事？"

"皇上，喜事啊喜事。"刘之手拎着一张圣旨，激动得直抹眼泪。他来到睿宗的面前，展开圣旨以颤抖的声音宣读道：

皇太后懿旨：昔高宗大帝遗制，颁本官临朝称制，今皇上李旦业已成人，本官意欲退身修德，特诏令天下，还政于皇帝。

睿宗一听圣旨的内容，也大为意外，忙抢过来，翻来覆去地看，不大相信地问："太后真的要还政于我？"

"真的！"刘之撩起大襟擦擦眼角，拿过睿宗手里的投箭，一折两半，扔到一边，说："皇上，您以后就用不着再弄这些投壶的游戏消磨时光了。"

睿宗李旦激动地回顾左右说："这下好了，朕是真正的皇帝了，也用不着再住在东宫了，这偌大的皇宫，普天之下，真正属于朕了。"

君臣一行来到前院，又坐下来喝些茶，说了一会儿话，刘之说还要安排一下皇上明天早朝亲政的事，先告辞走了。

同来的武承嗣声称要陪皇上说会儿话，留了下来。

睿宗李旦望着坐在下手的武承嗣说："承嗣，你以后跟着朕好好干，朕不会亏待你的。你过去有时候自以为是太后的亲侄，见朕也不下跪，也不行礼，但这都是过去的事了，朕不怪你。以后，你只要好好听朕的话，朕还是愿意委你以重任的。"

武承嗣干笑了一下，端起盖碗茶，喝了一口，说："我说旦……"

听武承嗣喊自己的小名"旦"，睿宗皇帝吃惊地愣了一下，指着武承嗣责问道："你胆敢对朕如此大不敬！"

"我说旦……"武承嗣又是一声干笑，说："你以为太后真会归政于你吗？"

"这，这……"睿宗李旦结结巴巴，"这懿旨上不写得清清楚楚的，还政于我。"

"那是扬州生乱，天下人乱嚼舌头，太后故意下旨还政于你。你最好赶紧奉表固让，不然，你要小心了……"

听武承嗣这么一提醒，睿宗这才明白怎么一回事，好似被兜头浇了一盆凉水，情绪一落千丈，闷着头不吱声。

武承嗣从怀里掏出一张纸，往睿宗跟前的桌子上一抛，说："辞让的表都替你写好了，玉玺也都盖上了，明儿上朝，照本宣科就行了。想必你没有忘记李弘、李贤吧！"

武承嗣说完，倒背着手出门扬长而去。睿宗孤坐在屋中，陷入了沉思。

第二天早朝时，没等刘之等人山呼万岁，睿宗李旦就站起来向帘子后面的武太后奉表固让，说自己年轻，才三十来岁，还不懂事，恳请母后收回成命，继续摄政。

太后满意地望着老儿子，谦虚地说："皇上，你这在政事上，也锻炼得差不多了，还是你亲政吧。"

李旦哽咽着，再一次恳请皇太后收回成命。

武太后叹了一口气，无可奈何地对群臣说："既然皇上再三固辞，也不难为他了，只得权且再听政三五年吧。诸位爱卿以为如何？"

大臣们，包括刘之这才明白过来，皇太后演的是一出戏。

既然昨天已下诏还政了，为何今日又来设帘上朝？既然想退身修德，为何张嘴就说再干个三年、五年？众大臣心中刚刚燃起的希望，眨眼间又被浇灭，都低头不作声。

这时，武承嗣迈步上前，恭手奏道："太后陛下，最近扬州生乱，月有蚀之。天下小民，不识好歹，议论纷纷。更有人趁机妖言惑众，潜图异谋。臣请太后颁制天下，广开言路，接待天下奏言，以褒善惩恶，扬美发奸，维护国家之一统。"

话音未落，刘之上前，连连摇手曰："不可。先帝太宗和高宗大帝均反对告密。太宗曾说：'无识之人，务行谗毁，交乱君臣，殊非益国，自今以后，有上书讦人小恶者，当以谗人之罪罪之。'高宗时，也曾下令禁酷刑和匿名信，并说，'匿名信，国有常禁，此风若扇，为蠹方深。'老臣以为万不可行告密之风。"

武太后摆手说："事无定制，当改则改，岂能墨守一时之规定。本宫决定，设立举报箱。"

武承嗣这时忙捅了捅身旁的侍御史鱼承晔。鱼承晔心领神会，急忙出班奏道："太后，臣的儿子鱼保家有巧思，设计了一个名为'铜匦'的举报箱，非常精巧实用，臣斗胆举荐于太后。"

武太后一听，颇感兴趣，当即传旨令鱼保家晋见。

鱼保家早已在午门外等候，一会儿就传进大殿。叩头施礼后，保家掏出一张设计图纸，恭恭敬敬地呈上去。

武太后看了看，看不懂，问："有样品没有？"

"回太后，有样品，是木头做的。"鱼保家从怀里掏出样品。武太后特许他上御台指点给自己看。

"太后，这铜匦形如一个箱子，内设四格。箱子四面分设四个投书口。东面名曰'廷恩'，献赋颂，求仕进者投之；南面曰'招谏'，言朝政得失者投之；西面曰'申冤'，有冤抑者投之；北面曰'通玄'，言天象灾变及军机秘计者投之。且表疏一旦投入铜匦，就无法收回，只有用专用的钥匙才能打开。"

听完鱼保家的介绍，太后拿着这个木制的样品，翻来覆去地看，连连称赞，问鱼保家："鱼爱卿现在官居何职？"

没等鱼保家说话，他爹鱼承晔忙代为回奏说："犬子虽然有巧思，但仕运不佳，只是在工部临时帮忙。"

武太后望着鱼保家，说："如此有才之人，本宫封你为从五品，即日起，在工部供职，监造这'铜匦'，三天之内完工！"

眨眼间被封了个从五品的官衔，激动得鱼家父子忙给太后叩头，千恩万谢而去。

垂拱二年（686年）三月八日，"铜匦"这个巨大的怪物，被正式立于宫门前，接受来自四面八方的密奏。

铜匦的日常管理工作由正谏议大夫、补阙、拾遗各一人担当，他们负责铜匦的开启，密奏的整理，直接向太后负责，收到的密奏也全部交给太后处理，他人不得过问。

为了让天下人都明白铜匦的作用，朝廷又专门向全国各地发出通知，并号召民众投递密奏。

凡有上京告密者，臣下不得问，沿途皆给驿马，免费供给五品官的饮食标准，免费住宿。虽农夫樵人皆得召见。

自此以后，全国上下告密之风盛起。

太后最信任的大忠臣、卓有才华的宰相刘之被贾大隐告密后关进了大牢，举朝皆惊。后纷纷探听缘由，知告密者乃贾大隐，皆鄙视之，其威信立时在朝中大跌。

有胆大的、为刘之鸣不平的人，就上书为之求情。甚至整天不问政事的睿宗皇帝，觉得刘之曾当过自己的老师，一向也对自己比较看顾，遂决定也为他上书，请求太后宽恕刘之。

听到睿宗皇帝也为刘之抗疏申理后，刘之的亲友纷纷到监狱里说："这下好了，连皇帝都替你出面求情了，太后肯定会宽宥你，释放你的。"

刘之却发出一声叹息，说："皇上不为我上书倒好，如今，他为我说情，我必死矣。太后临朝独断，威福任己，皇帝上表，徒使速吾祸也。"

果然，太后在接到睿宗皇帝的抗疏后，连连冷笑，目露凶光，心道，你刘之让我还政，还政于谁？还不是这睿宗。如今睿宗为你上表，正说明你俩人一个鼻孔出气。将来若有机会，你们还不得联合起来对付我。现在不除了你刘之，更待何时？

垂拱三年五月庚午，一道诏令下达，将刘之赐死于家。

刘之被使者从监狱押到家里后，对使者王本立说："我先洗个澡，换上寿衣，干干净净地上路，省得死后再麻烦人给我净面换衣。"

王本立征求其他三个监刑官的意见。其中贾大隐也是监刑官之一，忙表示赞同说："刘公，你尽管沐浴，这点小事，想郭大人、周大人不会不同意吧。"

在一旁的监刑官麟台郎郭翰、太子文学周思钧鄙视地看了贾大隐一眼，对刘之说："刘大人，您请便吧。"

洗沐完，换上寿衣的刘之从里屋走出来，神态自若，他喝了两口茶，对一旁的儿子说："我说你写，给太后写个谢死表。"

儿子含泪点点头，准备好了纸笔。刘之口述道：

"臣之不才，赖太后错爱，委以重任，今赐死于家，皆无憾也。然臣虽诳妄为辞，开罪官家，却从未聚人曰财，私人嬖妾……"说着说着，儿子却在一旁哭出声来，伤心地无法下笔，手颤抖着，半天一个字也没写成。一旁的贾大隐对王本立说："时间不早了，太后还在朝堂上等信呢。"

"快点写，快点写。"王本立随即催促道。

刘之见监刑官在一旁催促不已，于是夺过儿子手中的笔，自操笔纸，刷刷刷，援笔立成，一篇词理恳至的谢死表呈现在众人的面前。

刘之把笔一掷，端起桌上御赐的毒酒，笑着对一旁的贾大隐说："贾兄，这杯酒我就不请你喝了。"

贾大隐羞得满脸通红，恨不得找个地缝钻进去，心里直埋怨太后不该也让他来当这个监刑官。

刘之端起毒酒，一饮而尽，从容赴死，时年五十七。

刘之死后，周思钧和郭翰等人读着刘之的"谢死表"，无不为之称叹、伤痛。

周思钧指着"仰天饮鸩，向日封章"等句，对郭翰说："刘大人太有才华了，我等不及。"

郭翰赞同地点点头，叹息着说："朝廷自此以后，又失去了一位栋梁之材了。"

郭、周两人的感言，不幸传到武太后的耳里。不久，郭翰被左迁为巫州司马，周思钧被左迁为播州司马。

垂拱四年正月，刚过完年，头一天上早朝。司礼博士周不等宰相说话，就抢先出班，恭手奏道："太后，臣对您有意见。"

此言一出，满朝皆惊，武太后却探着身子，和蔼地问："周爱卿对本宫有何意见？"

周道："太后，您应该下个旨，在神都设立武氏宗庙。"

武太后一听，哈哈大笑，说："是应该在神都设立武氏宗庙了。不光是你，好多大臣都向本宫提过这个建议。不过，公开在朝堂上提出的，你还是第一人，以爱卿来看，这武氏宗庙该起什么样的名字，又当设立几个室呢？"

"太后英威迈于百王，至德加于四海。武氏宗庙只有称为太庙，设立七室，才能慰天下人之心。"

周的话音刚落，朝堂上就一片议论声，大臣们都觉得周的提议太过分了。

凤阁舍人贾大隐环顾左右，见反对声轰然，觉得自己该首先出头露面，指责周，以洗刷自己卖友求荣的恶名。

主意一定，贾大隐出班，上前一步，连连摇手曰："不可，不可。自古以来，只有皇帝家的宗庙才可称为太庙，才可立为七室。周明知故犯，居心叵测，欲陷太后于不义，此可斩也！"

周一听贾大隐的话，吓得脸色蜡黄，哀哀的目光看着太后。

太后摆摆手说："周爱卿也是一片好心。众位爱卿可以讨论讨论究竟起什么名字，立为己室最为合适。贾爱卿，你既然提出反对意见，你先说说你的想法。"

贾大隐挠了半天头，才吞吞吐吐地说："要不然，立为王室吧，宗庙起名为'崇先庙'。"

贾大隐怕武太后生气，忙又加上一句："臣想列六室，但列六室不大好听，按古风俗，要么列七室，要么列五室。"

武太后见列武氏宗庙为七室的时机，确实也不成熟，只得怏怏地点点头，首肯了贾大隐的话。决定将武氏宗庙定名为"崇先庙"，建成五室，择日开工。

讨论完武氏宗庙的事，武太后环顾群臣，又问："有谁知道'明堂'是怎么一回事？"

见太后出言考问，众宰臣纷纷上前，各展才学，侃侃而谈，有说："明，犹清也。堂，高明貌也。明堂乃是上古祭祀上帝和祖先的场所。也是古之帝王宣明政教的地方，举凡朝会、祭祀、庆赏、选士、养老、教学，均在此举行。"

太后听了十分高兴，说："本宫欲仿效周制，建一明堂，以此为祭祀布政之所，何如？"

群臣一听，这才知道太后问"何谓明堂"的真正意图。

最后，太后下令将建明堂一事交由弘文馆的学士们讨论，三天以后，拿出建筑方案。

接受任务的弘文馆学士们，不敢怠慢，吃住在弘文馆，查资料，绘草图。三天到期，终于做好了设计方案，呈请武太后圣裁。

"设计的明堂建筑式样甚合我心。"武太后手拿着草图频频点头，又对众学士说："不过，你们这个明堂的选址不好，'国都之南丙巳之地，三里至七里之间'，太远了，太不方便了。"

"太后，这是根据周朝定制，并按天文地理等推算出来的。"学士们奏道。

"过去的事就不能改了吗？"太后训斥了学士们两句，手一挥说："本宫决定拆乾元殿，在旧址上盖明堂。"

晚上，太后躺在床上，笑着对薛怀义说："怀义呀，本宫决定建一明堂，这建设的总指挥，就交给你吧。"

"交给我？花费多少万？"

"也得几千万两银子吧。"

怀义搓着手，笑着说："我又能再捞一把了。"

"你说什么？"武太后问。

"我说我又得累一下子了。"

"累不着你。已命工部的人都上去了。有设计的，有管征的，有管土木的……本宫之所以安排你当这个总指挥，主要是改变一下朝臣对你的坏印象。等明堂建好了，本宫论功行赏，也好封你个爵位什么的，也少让人看轻你。"

"太后真疼我。"薛怀义往武太后的怀里缩了缩。

武太后叹了口气说："本宫整日价宵旰忧勤，操劳军国大事，有时候甚感无趣。只有你，才能让本宫体会到真正的快乐啊。"

"怀义知道了。怀义以后会更用心地侍奉太后。"薛怀义挺了挺身子说。

垂拱四年（688年）二月十一日，明堂开始破土动工。在奠基仪式上，武太后特下了一道诏书，向天下人阐明了建造明堂的重要意义。

而作为太后关注的工程，朝廷上下对此也极为重视，要人给人，要物给物。但由于时间紧，任务重，又要拆迁，又要建设，因而在明堂的工地上，每天有上万人日夜不停地轮班劳作，喝号声不绝于缕。冬干三九，夏干三伏。从深山中，运出一根巨木，就需上千人共同劳作。由于役使过度，整个明堂的建筑，累死了不少工匠，所耗用的钱物，更是不计其数。

经过工匠们三百多个日日夜夜的劳作，垂拱四年十二月二十七日，规模宏伟、巍峨壮观的明堂终于落成了。

明堂总高二百九十四尺，方圆三百丈，一共三层。下层依法四时，各随方色；中层法十二时辰；最上层是九条龙捧着一个大圆盘，圆盘上有一个展翅欲飞的铁凤，高约一丈。铁凤外表用黄金装饰，远远望去，熠熠生辉，撼人心魄。明堂中间有巨木十围，上下贯通，栌撑借以为本，下施铁渠，为辟雍之象。

落成之日，武太后在文武百官和薛怀义的陪同下，参观明堂。

她一边看，一边啧啧称赞，对左右说："只有在我们这样的盛世，才能创造出这雄伟的明堂。"

武承嗣一听，忙拦路跪倒，口称："怀义师监造明堂，贡献卓越，臣请太后重重封赏怀义师，以慰人心。"

武太后点点头，望着薛怀义英俊的脸，疼爱之情溢于言表，说道："封怀义为梁国公，拜左威卫大将军。"

话音刚落，太子通事舍人郝象贤从人群中站出来，奏道："薛怀义只是名义上监造明堂，实际上并没起什么作用，有时嫌天热、天冷，整月不来工地。如今无功受禄，贸然封赏，恐人心不服，且和尚拜大将，封国公，旷古未闻。"

武三思拍拍郝象贤，诧道："太后金口玉言，封赏一出，岂可更改。"

武三思转而对武太后和薛怀义献媚道："明堂气势磅礴，独立在宫殿群中，它凝聚了薛师的多少心血啊……"

拍马者听了，纷纷附和，向薛怀义连连伸起大拇指。

薛怀义也一副扬扬自得的样子。

武太后道："就叫它万象神宫吧。"

贾大隐听了，忍不住地上前拍马说："'万象神宫'，啧啧，这个名字太好了，'万象'，乃万象更新也，'神宫'，圣而通神之谓也。"

武太后听了，非常高兴，当即传旨："为了庆祝万象神宫的落成，大赦天下。"

"太后万岁！万岁！万万岁！"武氏子弟和拍马逢迎者立即跪在地上奏贺道。

【第十一回】

渺渺英魂葬沙场，殷殷碧血洒刑台

　　为庆贺薛怀义拜大将，封国公、武承嗣这天做东请酒，陪酒的有游击将军索元礼、秋官侍郎周兴等人。

　　席间，几杯酒下肚，坐在主席上的薛怀义，拍拍身上的将官服，自负地说："有些人认为我没上过战场，没有军功，不该封为大将，其实打仗有什么了不起，本将军要是领兵上战场，管保旗开得胜，马到成功，杀他个敌军片甲不留。"

　　众人纷纷附和，武承嗣说："当然。薛师天庭饱满，地阁方圆，一看面相就知是个帅才，可叹那郝象贤有眼无珠，竟敢说'和尚拜大将，封国公，旷古未闻'。"

　　"这郝象贤胆子不小，听说他做过什么错事吗？"薛怀义问道。

　　"这事交给我办了。"索元礼拍着胸脯应承道。

　　"我办！"另一个酷吏周兴挺身而出，"我还没替薛师出过力呢。"

　　周兴是秋官侍郎，官比索元礼的官大。索元礼只得退后，把惩治郝象贤的差事让给了周兴。

　　周兴威胁郝象贤的家人苗中捏造了一份造反的告密书上报给武太后。见了太后，周兴却装出一副沉重的样子说："太后，郝象贤的家人密告郝象贤谋反。"

　　太后诧异地看了周兴一眼，接过告密信急急地看起来。

　　看完后，太后摇了摇头，说："这郝象贤是前朝宰相郝处俊之孙，家道富足，不缺吃不缺穿，造的是哪门子反？"

　　"太后，"周兴恭手奏道，"所谓人心叵测，所谓人心不足蛇吞象。许是那郝象贤依仗家有钱财，暗地里想招兵买马，图谋大事。臣请太后速下旨令，拘捕郝象贤。"

　　"好！你立即把郝象贤逮捕入狱，严加审理。"太后命令道。

"臣遵旨！"周兴答应一声，告辞出宫。

郝象贤此时请假在家，心里乱糟糟的，在书房里倒背着手，来回踱步，不祥的预感一阵阵袭来。

却在这时，外面天井里传来了人的吵闹声。郝象贤和管家急忙跑出去查看。只见有四五个刑部的甲士挣脱郝家家人的拦阻，直冲过来。

郝象贤惊疑不已，喝问道："你们想干什么？！"

甲士们也不答话，窜过来把郝象贤团团围住。这时，周兴也赶了过来，郝象贤急忙招手问："周大人，这，这是为何？"

"为何？"周兴冷笑一声，说："你的家人苗中已告你谋反，太后命本官前来擒拿于你！"

"谋反？我谋什么反？"

"有没有谋反得先跟我到刑部再说，在这没工夫跟你废话。"说着，周兴一挥手，命令甲士："把郝象贤带走。"

郝象贤入狱后，没能扛住周兴的酷刑，屈打成招了。案卷报到太后的龙案上。太后有点不大相信，小小的郝象贤也敢图谋造反。她手拿着朱笔。她沉吟片刻，却迟迟不批。

周兴在一旁见状，悄声奏道："太后，当年高宗皇帝自觉能力不济，欲禅位于您时，就是这郝象贤的爷爷郝处俊，从中阻挠，这郝象贤和他爷爷一样，对太后不恭不敬。"

一番话提醒了武太后，她嘴撇着鼻孔哼了一声，大笔一挥，画了个圈。

四月戊戌这天，郝象贤和他一家大小十余口人，被刽子手五花大绑，押到洛阳都亭驿的刑场上。

刑场周围，彩旗招展，人喊马嘶，早已站满了密密麻麻的看客。今天是休假日，除了贩夫走卒引车卖浆者之外，还来了许多官府中人。

在行刑台的北面，还有一个半人高的土台子，台上摆放着一排桌子。桌子后面的椅子上坐着几个肥头胖脸、衣饰光鲜的大员。

周兴仰脸看看日影，从桌上竹筒里抓一把死签，往地上一抛，喝令："准备行刑！"

立即有一个甲士跪过来，捡起地上的死签，飞奔到前面的死刑台上，手举着死签高喊着："时辰到，准备行刑！"

听到号令，刽子手们上去给郝象贤等死囚卸去枷锁和铁链。这边监刑台上的薛怀义诧异地问周兴："怎么？还给这些死刑犯松绑。"

"死囚临死前得卸去枷锁和铁链，以便他们的灵魂能顺利地渡过奈何桥，到达阴间。"

话音刚落，只见前台上一阵大乱，众人急忙站起来观望。

只见刚松开手脚的郝象贤，摆脱了刽子手，跳下行刑台，向围观的看客跑去，边跑边喊："太后是个十恶不赦的老淫妇、大淫妇，我得罪了她的小男人薛怀义，她才诬陷我谋反……太后整天搂着那个和尚睡觉，淫乱宫闱，秽居……大家睁开眼睛，看清你们所敬仰的皇太后究竟是什么样的人！"

郝象贤敢在大庭广众之下痛骂神圣不可侵犯的太后，可谓冒天下之大不韪了。

监刑台上的周兴等人一见，大惊失色，急令金吾卫赶快上去砍杀那郝象贤。

郝象贤毕竟是一介书生，身无半点武功，没几个回合，就被蜂拥而上的金吾卫乱刀砍死。周兴、薛怀义等人也气急败坏，喝令刽子手立即斩杀郝象贤的家人，金吾卫赶快驱赶围观的人群。百姓们也一哄而散，现场只留周兴等人和十几具血淋淋的尸体。

武承嗣在一旁骂着周兴："让太后知道了还不得治你的罪。"

薛怀义在一旁说："我跟太后说说。不过你周兴也得跟我去。"

周兴转而跪倒在薛怀义跟前，抓住他的腿，感动地说："您好好地跟太后说说。只要太后不治我的失职之罪，我捐给白马寺二十根金条。"

"一言为定。"薛怀义说道。

一行人赶往皇宫。武太后起床晚了，正在用膳，几个人垂着手站在一边，由周兴小心翼翼地把刑场上的事说了一遍，武太后听了果然大怒，骂道："你是怎么当监刑官的？"

薛怀义想起那二十根金条，于是走上前去边给武太后轻轻地捶背，边劝解说："太后息怒，事情也不能完全怪周大人。谁知道那郝象贤是这样一个人。"

"传我的旨意，以后法官审刑人，都要先以木丸塞其口。"武太后说。

"承嗣马上去通知刑部，把这一条加在刑典上。"武承嗣也急忙应承道。

"这话不能上刑典的，你入朝多日，怎么不见一点长进！"武太后逮着武承嗣又是一顿训斥。

薛怀义见状，推了一把武承嗣："走吧，走吧。太后心情不好。"

武承嗣讨好不成，垂头丧气地回到家中，坐在书房里摔桌子踢板凳，直生闷气。负责整理书房的小厮唐同泰在旁边，嘴张了好几次，似有话说，武承嗣怒道："你晃来晃去，有事吗？"

唐同泰忙走过来，撩衣跪倒，说："老爷，有件事想跟老爷说说。"

"什么事？"

"老爷，近一阵子，毁乾元殿、造明堂，立武氏宗庙，小的觉得太后将有大动作，可能要改朝换代，自登大位。"

"就是这样的话，又有何不可呢？"武承嗣斜着眼说。

"小的犹记得《周易·系辞》云：'河出图、洛出书，圣人则之。河是黄河，洛乃洛水，'图'也者，龙马身上的图像，'书'也者，神龟背上的纹象。此两件宝贝皆是帝王圣者受命之瑞。上古时代，尧爷就受过河图，禹爷也受过河图。如今太后德配天地，也不能没有河图。我们若能从洛水中再找出龙马神龟图，则势必加快太后登基的步伐，势必让太后高兴，对我们也有利，皆大欢喜。"

武承嗣一听，眉开眼笑，问："好主意，可上哪儿去找这龙马神龟图呢？"

"老爷，万事不可拘泥于一点上，咱只要找一块好看的鹅卵石，上面刻上几个字就行了，就算是河图。"

"好！好！"武承嗣喜得直搓手，问："刻什么字？"

"小的想了好久，觉得'圣母临人，永昌帝业'，最贴切，也保管太后高兴。"

"快，快叫厨房弄一桌好菜，咱哥俩整两盅，合计合计这事。"

"遵命！"唐同泰转身，一溜烟向厨房蹿去。

五月的一天，武则天正在朝堂上和兵部的人，商量征讨吐蕃的事。只见武承嗣匆匆忙忙地赶来，一脸激动的神色："太后，太后，特大喜讯！"

武太后问："什么事？"

"太后，洛水出河图了。自打尧、禹帝受过河图，这多少朝、多少代都没出过河图了，今回……"

"什么河图？"武太后打断武承嗣的话问。

"太后，"武承嗣气喘吁吁说："有个叫唐同泰的人在洛水边捡到一块白石，上面刻着八个古色古香的大字。"

"什么字？"

"上写'圣母临人，永昌帝业'，臣一看这几个字，知道是宝图瑞石，不敢怠慢，就急忙跑来禀告太后了。"

武太后这才明白了武承嗣的全部意思，于是大喜过望，忙问："瑞石在哪里？"

"在午门外。"

"快召见！"武太后激动地说。

武承嗣转身飞奔出殿外，不一会儿，果然把唐同泰带进来。只见唐同泰戴个斗笠，身披蓑衣，打着赤脚，一副渔夫的打扮，手里捧着一块带字的白色鹅卵石。

"小民唐同泰拜见太后，太后万岁万岁万万岁！"唐同泰趴在地上，连磕三个头。

太后两眼盯着唐同泰手中的瑞石，说："平身。"

　　近侍把唐同泰手中的瑞石拿过来，呈递给太后。太后闪目观望，果见上面刻有"圣母临人，永昌帝业"八个暗红色的篆字。

　　太后对这八个字凝视良久，才问唐同泰："你是在哪里拾到这块瑞石的？怎样拾到的，说来听听。"

　　唐同泰咳嗽了两下，清了清嗓子道："小人乃嵩山人氏，每日以在洛水上打鱼为生。前两天正准备划船时，突见水面上现出一团红、黄、蓝三色祥光。祥光伴随着浪头，滚滚向我冲来，吓得我忙跪在地上，不住地祈告。这时，祥光来到岸边，停了下来，而后又徐徐消失。我再睁大眼一看，祥光消失的地方，有一块熠熠发光、异常显眼的白石。我于是颤抖地走上去，拾起它，也一下子看清'圣母临人，永昌帝业'这几个字。草民知道这是上天的旨意，不敢怠慢，急忙带上瑞石，背上两斤干馍，连夜奔京城来了，小的听人说武承嗣武大人为官清正，礼贤下士，小的就直接投奔武大人了。于是武大人把我带到皇宫了。"

　　武承嗣又接着说："臣一看瑞石，不同凡品，再一看字，更觉不得了。臣记得汉代大儒郑玄说过：'河出图、洛出书，乃帝王圣者受命之瑞。'臣不敢怠慢，于是带着唐同泰直奔大殿而来。太后您看看同泰，还是一身渔夫的打扮，连衣服也没来得及换，还请太后恕他不敬之罪。"

　　武太后喜得眼睛眯成一条缝，说："不怪。唐同泰，本宫欲封你个官当当，你有什么特长啊？"

　　唐同泰按捺住怦怦乱跳的心，奏道："臣虽为一介渔夫，然性好读书。常常搜寻一些兵书来看。臣的理想是当一名将军，为太后护驾。"

　　武太后一听哈哈大笑，立即下旨封他为五品游击将军。另发给赏钱十万。

　　夜里，都二更天了，武太后躺在床上，翻来覆去地睡不着觉。经过几个时辰的寻思，武太后想好了办法。她叫来内侍，说道："速传武承嗣进宫见我！"

　　约半个时辰，武承嗣才乘马气喘吁吁赶到皇宫，他心神不定地随内侍走进长生殿，小心翼翼地问："太后，半夜宣承嗣有事？"

　　武太后已穿戴整齐，端坐在龙椅上，笑眯眯地看着武承嗣，说："承嗣啊，深夜召你来，是为了那瑞石的事，下一步打算怎么办？"

　　"臣跟太常卿商议了此事，初步意见是想就瑞石之事，向全国发出一个通告，拜请太后下旨册封洛水之神，以扩大影响面。"

　　武太后听了摇摇头，说："我刚才考虑了一下。第一，命天下诸州都督、刺史及宗室外戚务于十二日之前毕集神都，由我降诏，亲自行拜洛水，受宝图仪式；第二，我预备给自己加尊号制新玺，具体事宜，你务于明天上午拿出个具体操作方案和日期来。"

　　"太后高见！"武承嗣心诚悦服地跪倒在地。

武承嗣沉吟了一下，说："距十二日的封洛受图的仪式没有几天了。臣这就安排使者四下里去通知各地诸侯，届时前来参加盛会。"

"好，你去吧，有什么事随时向我报告。"太后命令道。

垂拱四年（688年）五月十二日，在神都洛阳南郊外的洛水河畔，人头攒动，彩旗飘展，一场规模盛大的"受图拜洛"仪式马上就要举行。

河边新砌了一个一人多高的黄土台子，正前方是清波荡漾的洛河。土台子左边排班站立着前来聚会的全国诸州都督和刺史，右边则站立着皇室宗亲和社会名流。

今天天气不太好，自清早开始，天空始终阴沉沉的，展不开笑脸。"受图拜洛"仪式总指挥武承嗣，不时地仰脸看着天空，脸露焦虑之色，考问身旁掌管天文计算的太史令。

太史令不断地擦着额上的汗，一脸苦相，对武承嗣说："下官算着没有雨，但要真有雨也不能怪我，今天这日子是太后钦定的。"

"唐同泰……"武承嗣接着又喊道。

"有！"游击将军唐同泰急忙跑了过来。

"时辰快到了，太后马上就要驾临，让几个副指挥使速来报告各方面的准备情况。"

辰时一刻，正北边的大道上，鼓乐阵阵，迤逦驶过来大队人马。两辆辇车，直趋到接引礼台的大红地毯边，才停了下来，武承嗣率领文武百官，上前跪地接迎，口称："恭迎太后，愿太后万岁、万岁、万万岁！"

上官婉儿袅袅娜娜地走上去，撩起布帘子。武太后头戴九龙宝冠，身穿霞帔霓裳，手扶婉儿的胳膊钻出御辇。旁边的一个执事急忙把九曲柄费罗伞罩在武太后的头上。

"请太后登台受图拜洛……"武承嗣拉着长腔喊道。

武太后点点头，在手持凤扇的执事和文武百官的护卫下，沿着猩红的地毯，缓缓地走上礼台。上了礼台，她威严地扫视着台下的各路诸侯和皇亲国戚们。台下的众人伏在地上，颂道："太后万岁、万岁、万万岁！"

大会首先由凤阁侍郎同凤阁鸾台平章事张光辅宣读诏书。诏书宣读后，武承嗣才唱道："请太后登坛受图……"

武太后神色庄重，缓步登上前面的小台子，双手从龙案上的金盘子里拿过瑞石，端详了一番后交由后面的近侍收起来。而后，武太后擎起三炷香，望空拜了三拜，口中念念有词，把香插到案上的金香炉里。

此时，鼓乐声大作，四下里早已安排好的上万名羽林军将士，爆发出雷鸣般的呼喊声……"天赐宝图！君权神授！圣母临人！苍生纳福！"

呼喊声此起彼伏，一浪高过一浪，站在礼坛上的武太后频频向众人招手致意……

呼喊声停下来以后，武太后乘兴让张光辅宣读封洛诏书：

洛水之神献宝有功，封其为"显圣侯"，洛水为"永昌洛水"。加特进，禁渔钓，祭祀比四渎；瑞石出现的地点名为"圣泉图"，于其侧，勒石曰"天授圣图之表"；将此泉沿岸一带改称为永昌县；洛水之东南嵩山改称为"神岳"，封其山神为"天中王"，拜太师、使持节、大都督，禁刍牧。赐酺五日。

喧闹一时的"受图拜洛"仪式在文武群臣且惊且疑的目光中结束了。武太后率领着睿宗皇帝，下了礼坛，钻进了御辇，扬长而去。

武承嗣站在高台上高声向众人宣布："太后将在新落成的万象神宫接受群臣的朝贺，请大家马上赶到万象神宫。"

文武群臣于是乘马的乘马，坐轿的坐轿，赶到城里的万象神宫。万象神宫高大宽阔，面积有数千平方米之多，足以容下各州都督、刺史及诸王外戚的同时朝贺。

朝堂的御台上，仅摆了一个硕大的龙案，武太后坐在中间，睿宗李旦却像个近侍，垂手侍立在旁边。众人不觉奇怪，依例山呼万岁毕，退到了一边。

这时，正为薛怀义写书立传的宗楚客上前奏道："今科洛受图，圣人启运，中兴之始，万姓喁喁，陛下当进封号为'圣母神皇'。"

武太后笑着点了点头，说："本宫自光宅以来，独理天下。今兹节日，自我作古，举无越礼，朝野同欢，是为美事。当从卿所请，宣付天下。"

说完后，武太后见宗楚客仍跪在地上不动，知道他是有所期盼，于是欣然封道："楚客文采斐然，聪悟过人，堪称良佐，当封为凤阁侍郎。"

"谢主隆恩！"宗楚客痛痛快快地磕了一个头，站起身来，昂首步入四品文官的队列中。

朝会结束后，众臣因韩王李元嘉（高祖的第十一子）在皇室成员中最为辈高位尊，纷纷躬身让其先行。韩王向众人颔首致谢，举步欲行，却见游击将军唐同泰走过来，用身子挡住韩王，冲着武承嗣叫道："武大人，请您先走！"

武承嗣倒背着手，阔步向外走，走到李元嘉的跟前，略停停脚步，鼻子里还轻蔑地哼了一声。众人敢怒不敢言，眼睁睁地看着武承嗣带着诸追随者，昂首率先出殿。

当众受到武承嗣蔑视的韩王李元嘉默默回到了韩王府。在书房里兀自愣坐，内心不自安。

这时，青州刺史霍王李元轨、邢州刺史鲁王李灵夔、豫州刺史越王李贞及李元嘉的儿子通州刺史黄公李譔，一齐从外面涌进来。霍王元轨把帽子一甩，叫道："十一哥，这天下究竟是咱李家的，还是她武家的？今天在朝堂，看着那诸武小人得志的样子，当时就气得我手直哆嗦。"

元嘉的儿子通州刺史李譔也大声叫道："我们得想个办法，不然，先祖出生入死打下的江山，就白白落入他人的手中了。"

豫州刺史越王李贞忙摆摆手，让大家小声点说话，而后走出门外，望了一下，方把门轻轻掩上，回头对韩王元嘉说："十一叔，如今在皇室中，就数您老辈分最高，德高望重。别人不拿主意，您老人家心里可得有个谱，这一大家子人，就全靠您了。"

韩王元嘉仰天叹了一口气，说："若太宗文武大圣皇帝在世，何至于此。现在神皇羽翼丰满，军政大权集于一身，其称帝之心，昭然若揭。大亨之际，她必遣人告诸王密，大行诛戮，只怕皇家子弟无遗种矣。"

"父亲，"黄公李譔叫道，"与其坐以待毙，挺颈受戮，莫若铤而走险，兴兵发难。一则可以自救，二则可以匡复我皇唐。"

越王李贞一副愁眉不展的样子，接口说："话虽这么说，可我们都是些小小的刺史，无一个带兵的将军。手无重兵，亦无大将，若真是打起来，能行吗？别像徐敬业，折腾了两天就完事。"

"越王怎么这么说？"李譔站在正当门说："我设想了一下，我们这些当刺史的皇室子弟，大部分都任职在洛阳周围。为父在洛阳西北面任绛州刺史；东北面有十四叔霍王任青州刺史，鲁王灵夔任邢州刺史；东南面有豫州刺史越王贞，申州刺史东莞公元融；西南方面有我这个通州刺史，和金州刺史江都王李绪……"

"这又怎么样？"越王李贞说。

"这样好啊！"李譔两手往中间一拍，说："这样可以对洛阳形成合围之势。且咱们是为了匡复皇唐，师出有名，振臂一呼，必四方响应。"

听了李譔的一番分析，众人也觉着有理，纷纷点头，把目光投向韩王李元嘉，等他拿主意。

韩王沉思了一会儿，说："不起兵也没有办法。这样吧，大家明天就回到各自的职府。回去以后，再行联络，约定个时间起兵。大家现在心里有个数就行了。现在在洛阳来往太密切了，会让她的眼线侦知，将咱们一网打尽。本王的想法怎么样？"

"行，韩王说得对。"众人附和道，同时也表示：回去后，早做准备，早做工作，多动员一些人。一有韩王命令，皆同时举兵，进军洛阳。

垂拱四年（688年）八月的一天，琅琊王博州刺史李冲正在府中和长史萧德琮一起喝酒聊天。一个门卫进来报告说：“王爷，大门外来了一个人，说有急事，要面见王爷。”

“哪儿人？叫什么？”琅琊王问。

“那人不肯说，听口音是西京人。”

“带他进来。”琅琊王命令道。

一会儿工夫，门卫带来一个风尘仆仆、一身行商打扮的人，那人见了琅琊王，磕头施礼后，却望了望旁边的萧德琮，嘴张了几下，欲言又止。

琅琊王见状，指着萧德琮对来人说：“这是博州长史萧大人，本王的属下，也是本王最好的朋友，不是外人，你有话但说无妨。”

来人迟迟疑疑地翻开褂襟，撕开里面的一个暗口袋，从里面掏出一个小布包，双手捧着恭恭敬敬地递给琅琊王，说：“小人是黄公李谔的家人李明，黄公特地派小人送来这个小包。”

琅琊王点点头，神情肃穆，小心地打开小布包，只见里面裹的是尺把长的白绢。展开来，不看则已，一看，琅琊王竟情不自禁地失声痛哭起来，旁边的萧德琮急忙安排人款待信使，而后关上门，问：“王爷，何事如此伤心？”

琅琊王把白绢递给萧德琮，仍旧痛哭不止。萧德琮打开白绢一看，只见上面写着两行血书：

朕遭幽禁，诸王宜各发兵救我！

萧德琮一见是皇帝血书，慌忙供在案上，伏地磕头。而后爬起来问琅琊王：“王爷，咱们该怎么办？”

琅琊王李冲止住哭声，擦了擦眼泪，看着萧德琮说：“如今武氏潜行篡逆，皇唐岌岌可危，你是我亲信，当随我举兵倡天下，以救皇上。”

萧德琮伏地叩头，仰脸含泪说道：“德琮身沐皇恩，敢不从命。”

决心已定，萧德琮即到州府各部做思想动员工作，并火速召集所辖各县县令，前来州府议事。

会上，德琮向各县县令及州府官员，展示了睿宗皇帝的“血书”，阐述了出兵讨伐太后的紧迫。

李冲道：“本王昨天已分别致书诸王，言‘神皇欲移李氏社稷以授武氏’。诸王接书后，必不善罢甘休，且诸王大都分布在洛阳周遭地区当刺史。一旦四方诸王响应，一时并起，事无不济。诸君只要同心协力，定能戮灭逆贼，迎还皇帝。到时在座的各位都是首义功臣，自当封将入相，光宗耀祖，立不世之功。”

这时，堂邑县丞董玄寂在一旁担心地道："这可行吗？不如等别人动手了，我们再跟着起兵。"

琅琊王一听，训斥董玄寂说："皇上被困深宫，危在旦夕，早一日发兵，便可早一日解救出皇上。"

琅琊王见武水县令郭务令，手拿着血书，翻来覆去地查看，于是严厉地问："怎么，你不相信这是皇帝的御书？！"

郭务令假笑了一下，说："怎能不信。属下这是在体会皇上写血书时的心情。"

"是啊。"琅琊王走了两步，说："从血书的笔迹来看，可以想象，皇上当时的心情一定很痛苦。他也一定日夜焦急地盼望着我们这些做臣子的，赶快兴兵去救他……"

郭务令当即拍着胸脯表示说："王爷，请遣属下立即回武水，属下当以最快的速度募集本县兵马，随王爷出征！"

"好！"琅琊王高兴地拍了拍郭务令的肩膀，对与会的县令说："大家回去后，务于后日午前，遣所部兵马赶到博州城，由各县县丞带队，县令本人则坚守各县县城，随时听候调遣。"

八月壬寅这一天上午，博州城北校场上，旗帜招展，人喊马嘶。校场北边的点将台边，各竖起一杆九龙云缎鹅黄色勤王义旗；又左右金黄旗，一书"招纳忠义"，一书"延揽英雄"。

点将台后竖起一杆销金王凤锦镶近降红号带，素绫心子元帅旗号，泥金写着"大唐琅琊东路元帅"。

午时整，各县县丞均带本县兵马赶到，唯有武水县郭务令的人马没有来。已过午时二刻了，琅琊王实在等不及了，于是，传令击鼓，升台点将及兵士，共四千二百九十七名，马三百二十匹。点毕，琅琊王率萧德琮等人对天拜誓，将校皆随拜。焚表已毕，正待伐鼓出征，忽报武水县令郭务令遣使来见。

琅琊王忙叫来使过来，问道："汝县郭大人，所派兵马何在？"

来使显得有些害怕，颤颤抖抖地从怀里掏出一封信，双手呈给琅琊王，说："郭大人只是遣小人送来一封信。"

琅琊王李冲疑疑惑惑，打开信，不看则已，一看几乎气炸了肺，大叫："反了！反了！"

萧德琮忙接过信看，只见上面写着：

琅琊王反贼，敢兴命犯阙，旬日之间必败。若能幡然悔悟，自锁来武水谢罪，本县令当申告朝廷，免汝死罪。武水县令郭务令。

琅琊王仍在一旁气得跳脚，一迭声地喊："先不渡黄河，先拿下武水，宰了那个忘恩负义的反复小人再说。"

萧德琮上前劝道："王爷，武水乃区区一小县，拿下也无补大局。且我军势单力薄，须直南渡黄河，与薛刺史的兵马汇合。"

琅琊王道："不行！非捉住郭务令不可，不扫除后顾之忧，安能长驱洛阳……来人哪！"

"有……"应声蹿过来两名刀斧手。

"把这个送信的小子砍了，祭！擂鼓出征！"

且说郭务令正在武水县衙大堂上，坐在太师椅上，眯缝着眼做美梦，想象着琅琊王接到自己的信后，害怕带后悔得急忙来武水向自己负荆请罪的情景。

却在这时，一个探子飞奔而来，还没进大堂就高喊："报……郭大人，大事不好！"

喊声惊醒了郭务令的美梦，还差点把他吓得从椅子上跌下来，郭务令结结巴巴地问："所……所报何事？"

"郭大人，琅琊王已兴起大兵直扑我武水而来。送信的小梁子也被杀祭旗了。"

"呀……"郭务令倒吸一口凉气，不禁后悔写那封信。当时写信的目的，也不过是想当众声明要与琅琊王划清界限，以洗刷自己。但划清界限，自己又何必采取这种方式，弄得引火烧身。

"敌军离我武水还有多远？"郭务令问探子。

"还有八十多里路，小的见他们时，他们正在老山口处埋锅造饭，估计今天下午能赶到。"

"再探再报！"

打发走探子，郭务令想：虽然大敌当前，自己却不能弃城逃跑，只有一方面招募民兵，组织城防；一方面派人向相邻的魏州莘县求救。

快马带着郭务令十万火急的亲笔信，经过一个多时辰的奔驰，于午前赶到了莘县。县令马玄素接到告急文书，不敢坐视不管，忙派人向州府求救。而后向信使打探敌我双方的态势。听闻琅琊王才千数来人，马玄素振奋起来，决定立即出兵，伏击叛军，一旦成功了，也是件不小的功劳，官升三级没问题。

马玄素一刻不停，火速组织起由军队、保丁、民团组成的杂七杂八的队伍，计一千七百多人。在信使如簧巧舌的鼓动下，也来不及誓师，就仓促出发了。

马玄素生平第一次领兵打仗，想来想去，马玄素决定半路上打伏击，生擒琅琊王，以建不世之功。主意一定，马玄素不断地催动部队，火速前进。

　　马玄素把伏击叛军的主意和大家一说，众人皆大摇其头，连说不可。于是传令部队直接开进武水城，与郭务令汇合，据城死守。

　　下午申时，琅琊王带领大队人马，杀气腾腾地赶到武水城南门外，摆好阵势，弓箭手压住阵脚，令人向城上的郭务令喊话。郭务令也不甘示弱。

　　琅琊王见对方不降，便命令手下火攻破城。四五个军士冒着城上射下的飞箭，以条盾遮身，打着火镰放火，干柴烈火，火借风势，霎时间，噼噼啪啪地燃烧起来。

　　望着渐渐燃起的大火，琅琊王哈哈大笑。然笑声未落，风向忽然大变，南风转成北风，大火冒着浓烟，反向南边冲来，烧得放火的一千军士须发皆尽，号叫着狼狈地逃回本阵。部队连连后退，士气大为沮丧，好不容易摆好的阵脚，也陷入了一片混乱。

　　琅琊王被情势弄得头上直冒汗，手足无措，正待静下心来想办法，只听得堂邑县丞董玄寂对周围人说："琅琊王与国交战，此乃反也。"

　　一席话说得军士人等人心惶惶，不少人东张西望，意欲瞅机会逃走。

　　琅琊王李冲气得咬牙切齿，亲自持刀，带领家兵家将，旋风般地赶过去，立斩董玄寂。

　　董玄寂所属人马，见势不妙，一哄而散，这一闹不要紧，引得别部人马也跟着四散逃匿，有的藏于草泽，有的匿于树丛。一时间，四五千号人，逃得光光的，只剩下十几个家丁还围在琅琊王的身边没有走。

　　城中的郭、马二人见状，大喜过望，乘机令兵士鼓噪，声称要打开城门冲出去，生擒琅琊王。

　　琅琊王李冲万般无奈，只得无奈地望了广水城一眼，翻身上马，三十六计走为上，率领十几个家丁，退回博州城。

　　博州城内，早有逃兵逃了回去，满城人也早已得知琅琊王的所为。全城人心惶惶，风言风语，秩序大乱。

　　因战事紧张，长期赋闲在家的吴大智被起用，安排在西城门当差，主管该城门防务。琅琊王败回博州城，西门是其必经之路。

　　吴大智把杀琅琊王以避祸，带建功立业的想法跟其他守门的军士说了。大伙禁不住吴大智的威胁利诱，最终只得表决赞成。但在决定由谁杀琅琊王时，却没有一个人愿意出头。而吴大智本人又是个文勋，身无半点武功，真要和琅琊王对打起来，没有胜算。于是找到了在家习武的邻居孟青。孟青禁不住吴大智的连哄带骗答应了杀琅琊王一事。

　　傍晚黑天的时候，琅琊王李冲带了十几个随从，垂头丧气地来到博州城西门外，叫了半天门，吴大智才在城楼上懒洋洋地问："来者何人？"

"连琅琊王都不认识了，快快开门！"几个琅琊王的家丁在城外恼怒地骂着。

"琅琊王走时好几千人马，怎么就剩你几个人回来？"吴大智明知故问道。

一个瘦高个打马上前，叫道："废话少说，我就是琅琊王，快开门！"

"挨黑天了，离这么远，谁能看清你是琅琊王？"吴大智冲着那骑马的瘦高个喊道："你说你是琅琊王，你先进城，其他人退后，等验明正身后，其他人再进。非常时期，职官不得不谨慎从事。"

琅琊王跑了一天的路，又饥又渴，疲惫不堪，恨不得立即入城，回到舒适的王府里歇歇。只得命令随从退后，自己单人单骑入城。

城门"吱呀"一声，打开了一条缝，仅容一人一马通过。琅琊王牵着马，好不容易才挤进去，但见吴大智热情地迎上来说："哟，真是王爷，刚才在城楼上，天黑，没认出来。"

"快把其他人放进来。"琅琊王没好气地说。

话音刚落，城门又"哐当"一声关上了，琅琊王尚在诧异间，正要责问吴大智，就觉得脑后"呜"的一声风响，后脑勺重重地挨了一闷棍，便无力地跌倒在地。

吴大智扑上去，抽出腰刀往琅琊王身上乱戳，再加上孟青的频频棒击，可怜琅琊王没来得及挣扎就咽气了。

且说洛阳城里，武太后闻知李冲造反的消息，立即调兵遣将，命左金吾将军丘神勣为清平道行军大总管，率领十万大军前往博州讨伐叛乱。

平叛大军，一路上兵不血刃，耀武扬威地来到博州边境，先扎下营寨，派探子去探听叛军虚实。

吴大智听说丘将军的队伍已兵临边境，不敢怠慢。急忙征集了上百头猪马牛羊和一些金银财宝，亲自带队，前去犒军。丘神勣的严酷，天下尽知，他连废太子都敢下手，遑论一般官员和百姓。

丘神勣得知吴大智等杀死了琅琊王，便吩咐吴大智率领所有博州城的大小官吏于下午时刻列队举行入城仪式。

中午，丘神勣的大部队杀猪宰羊，饱餐一顿后，拔寨起营。大摇大摆地向博州城开来。五里以外，就能看见博州城南门外锣鼓喧天，旗帜招展。

丘神勣骑着高头大马，身着金盔金甲，在众将官的簇拥下，笑容满面地来到欢迎的人群跟前，还不断地招手致意。吴大智磕头如捣蒜，而后捧出金印、银印各一枚，呈给丘神勣裁处。

丘神勣鼻子里哼了一声，令人接过金银印。正在这时，突然间后军一声炮响。军士们，抽出砍刀，端起长枪，朝欢迎的人群直冲而来，见人就杀。一时间，博州城南门外，鬼哭狼嚎，手无寸铁的人们被追杀得四处逃窜。

吴大智惊得张口结舌，没想到丘神勣会突然发难。就在吴大智惊讶之时，得到丘神勣暗示的孟青从背后蹿上来，手拎着那条大棒，排头向吴大智横扫而来。吴大智被打得捂头满地乱滚，连声哀求，惹得丘神勣从马上跳下来，从一个士兵的手上夺过一把柳叶刀，一个突刺，戳了吴大智一个透心凉……

大队人马一路砍杀，直冲进城里。按丘神勣的最新命令，士兵四处搜杀文武官弁。凡高门大户有钱人家，全部杀光，不留一人。城外是炮声连天，城内是杀声鼎沸。大街小巷到处横亘着零零星星的尸首。

至晚，所抄得的金银财宝堆满了州府偌大的院子。望着这么多亮闪闪的黄白之物，丘神勣喜得哈哈大笑，命令身边的师爷：“与本帅，向朝廷报捷，平叛成功！”

豫州刺史、越王李贞这天正在书房里教授小儿子李规读书，一个仆人在门外轻声说：“王爷，驿站刚才送来一封信，是通州刺史黄公李谟寄来的。”

李贞把门开了一条缝，接过信，复又把门关上。撕开信封，抽出信笺，只见上面写着：内人病重，当速疗之，若至今冬，恐成痼疾！

李规问：“父亲，这信写的是什么意思？”

李贞凑近儿子耳边小声说：“这是你谟叔叔约咱起兵，讨伐武氏的信号。”

李规笑道：“我早就想领兵打仗了，我想跟先祖一样，勇猛善战，再打出一个新的李唐江山。我也能当个马上皇帝。”

“有志气！”李贞满意地说。

八月庚戌，各县县令、县丞齐聚豫州城。州府大堂里，越王李贞声泪俱下，控诉了武太后一番，而后说：“凡举大事，全以忠义二字为主，使天下之人咸知我等真为国家之难，不是私有所图以侥富贵。庶可以倡之于始，而收之于终，不作乌合之众，聚而忽散，方是大丈夫的事业。”

众官员听了，各坐在位子上，低头，默默无语，心里打着疙瘩，独有一个三十多岁的黑脸大汉慨然起立，大声应道：“守德愿奉大王为主，悉听指挥，虽赴汤蹈火，亦在所不辞！”

话音刚落，旁边又站起一个人，恭手说道：“王爷，大军未发，粮草先行，马匹车辆军器等项，皆不可少，须预为酌定。”

越王李贞转脸一看，是新蔡县令傅廷庆，说：“傅公，粮草兵器，库里还有不少，也好筹备，现在最缺乏的是将士啊！”

傅廷庆一拍胸脯说：“请王爷速派廷庆回新蔡募集勇士。某等定誓死效力于李唐。”

越王拍着傅廷庆的肩膀说：“本王第一日就得豪杰，大事可成。来人哪！”

一个管事的应声跑来。越王命道：“大摆宴席，本王与诸公痛饮一番，边吃边谈。"

很快，大堂内抬进来十几张八仙桌，七八十张条凳。诸公依次序就座，不一会儿，风鸡酒蟹、黄雀熏蹄、板鸭羊羔，装盘子装碗，都端上来了。

宴席中，除裴守德、傅廷庆等人之外，众官员一改往日贪吃的样子，皆小口闷筷，勉强消受，全场没能出现"酌酒同盟，慷慨涕泣，以死自誓"的感人场面。越王李贞看在眼里，难过在心里，他突然灵机一动，想起了好点子，忙叫过一个贴心家仆，在一边叽叽咕咕地交代几句，家仆心领神会，频频点头，领命而去。

喝到二八盅，大堂门口传来一阵吵闹声，来了个瘦八仙。但见这老小子身穿淡青袍，一身皮包骨，山羊胡子翘。他手拿一个白布幡，用红圆圈，括写一个大大的"卦"字，下有横写的"王半仙"三个墨字。

王半仙见过众人后，掏出卦筒，嘴里念念有词，开始为征讨一事卜卦。

王半仙突然跪在地上，"嘭嘭嘭"磕了仨头，正色地说："恭喜王爷、贺喜王爷，此卦乃大吉大利之卦也。王爷此番起事，顺天应人，筮从，卿士从，庶民从，是之谓大同，而且身其康强，子孙其逢吉，说句不该说的话，此卦实乃天子之兆也。"

王半仙一席话哄得越王心里暖洋洋的，喜得眼眯成一条缝，叫道："来人哪，给王神仙呈上两千两银子！"

酒宴继续。众人被王半仙一番神吹，脸面前的越王影像变得模糊起来，变得高大神秘起来。

突然大堂门口踉踉跄跄跑进来一个盔歪甲斜的队正，满脸是血，胳膊上还缚着血染的白布。受伤的队正"扑通"一声跪倒在越王的面前，带着哭腔说："王爷，上蔡县令、县丞带着几个人，斩将夺关，从北门跑出去了。"

众人转脸一看，果然座席上空着两个座位，不见了上蔡县令、县丞。越王大怒，裴守德起身请战，携着越王之子李规点起一千人马，进军上蔡。

时序已到了阴历八月，夜深了，本该凉爽的天气却闷热得叫人难以呼吸。宫闱局的人不敢怠慢，紧急到宫外数丈深的冰窟里，取出一夏天还没用完的最后几块冰，放在冰盘里，摆在了神皇武太后的床前。两个宫女手持大蒲扇，一下一下地扇着冰块，让清冷的凉气给床上的太后降温。

武太后躺在寝床上，不停地翻动着身子，显得烦躁不安，不知道这烦躁从何处来，又向何处去。这时，隐约传来由远及近轰轰隆隆的闷雷声。上官婉儿在旁边小声地说道："这么闷热的天，有些不正常，可能有雷阵。"

武太后不置可否，了无心绪，问："和尚来了没有？"

"已派人去叫了，马上就到。"上官婉儿答应着。

突然，殿外闪起一道耀眼的蓝光，照彻了大殿，照彻了整个世界。

不寻常的光亮让武太后、薛怀义的动作陡然定格，正惊异间，龙床忽然左右摇晃起来，像浪尖上的船。桌上摆的、墙上挂的各种物件，都哗啦哗啦往下掉。大殿也发出巨大的咯吱咯吱声，殿顶的木雕泥塑，有好几块砸在了寝帐上。

这时，外面冲进来四五个身高马大的卫士，也没有忌讳了，扛起武太后就往外跑，三下两下跃到了殿外。

蓝光闪闪，大地似乎还在晃动。远近一串又一串沉闷的暴雷声，闪电像一把双刃剑，在乌云密布、翻滚的天空中，雨点子开始紧一下、慢一下地往下洒。

卫士们紧急扯起一件衣服遮住武太后，武太后缩着身子，簌簌发抖。其他的太监、侍卫都从各处急步赶来，很快在殿前的空地上，撑起一个帐篷，又抬来一张床。裹着一床被子的武太后蜷缩在床上，惊魂未定。

宫闱令上前奏道："太后切莫惊慌，是地震，已经过去了。"

一个时辰以后，雨也渐渐地停了。文武百官从家里赶来，齐聚在皇宫门口，前来给太后请安。宫闱局在玄武门外的空地上搭起大帐，安排太后在帐里接见朝臣。

"城中有什么损失没有？"武太后问五城兵马使武三思。

武三思忙上前跪奏："臣一路过来，只看见倒塌了几处旧房屋，压死了几个人。据报，神都东大家洼一带，地面裂开了十几里长、尺把宽的大口子。臣正派人打探详情。"

"太史令何在？"武太后怒问。

太史令提了提朝服，哆哆嗦嗦地走上来，跪倒在地。

"这地震你怎么没给本宫预报出来？"武太后问。

"回神皇太后，地震乃天灾人祸，不可预料。此次地震，损失不大，或预示着圣朝改天换地，也未可知。"太史令应道。

武太后对他不感兴趣，见凤阁侍郎兼凤阁鸾台平章事张光辅走过来，乃问："你有什么事？"

张光辅跪地奏道："今晚臣在内侍省值班。豫州上蔡县有告急文书，说豫州刺史、越王李贞举兵造反了，上蔡县令不服调遣，上蔡县城估计现在已被越王攻陷了。"

"叛军有多少人马？"武太后问。

"估计最多有万儿八千人。"

武太后倒背着手，在帐篷里来回走着，少顷，她狠狠地说："令左豹卫大将军崇裕为中军大总管，岑长倩为后军大总管，张光辅为诸军节度使，统兵十万，以讨越王。削越王贞及琅琊王冲的宗室属籍，改其姓为虺氏。"

　　且说裴守德、李规领着一千兵马，顺利地拿下了上蔡城，但上蔡县令、县丞一帮人，却化妆逃跑，没能捉到，殊为可惜。打了个胜仗，占领了一个县城，越王李贞却高兴不起来。这天，在豫州城商讨下一步行动计划。与会的官员大部分都默默无语，不肯发言，问急了，有的说领兵向琅琊王靠拢，有的说固城死守，静待变化。有的干脆悲天悯人，暗地里抹泪，对前途毫无信心。越王李贞也表现得愁眉苦脸，来回地踱步，拿不定主意。

　　这时，有家仆悄声来报后堂有人等候。越王招呼一下裴守德、李规，三个人急忙赶到后堂。

　　后堂厅里，一个四十多岁、衣衫褴褛的人，正狼吞虎咽，显然是饿急了，见越王进来，撇下碗筷，"扑通"一声跪倒在地，扯住越王的裤腿，吐掉嘴里的饭团，伏地大哭……

　　越王被哭得心里发慌，忙扶住那人问："李良，别哭，别哭，快说说你们那边怎么样了。"

　　"老王爷啊……李良该死。没……没能保护好少王爷啊……少王爷他……他……"

　　"琅琊他怎么啦？"越王抓住李良的肩膀摇晃着。

　　"少王爷他……他被奸人吴大智害死了。"

　　越王一听，两腿一软，坐在地上，两眼直愣愣的。

　　李规一把揪住李良问："哥哥到底怎么啦？"

　　李良这才缓过气来，一五一十地把琅琊王起兵的经过说了一遍，说琅琊王在城门洞被吴大智害死后，在城门外的其他家将见势不妙，都打马各寻出路去了，独有他李良潜伏在附近的小山上，观察着城里的动静，想伺机进城，抢出琅琊王的尸首，可惜未有机会。后来又目睹了丘神勣大军杀戮的情景，觉得实在没有指望了，他才一路乞讨，来到豫州城。

　　浑身瘫软的越王被扶到床上歇息，裴守德在一旁劝道："王爷节哀顺变。琅琊王死于国事，是为忠烈。且胜败乃兵家常事。大敌当前，望王爷振作精神，到大堂继续主持军事会议，确定下一步行动计划。"

　　越王闭着眼躺在床上，无力地摆了摆手，说："你们先到大堂去吧，我一个人静一会儿。"

　　裴守德等人无奈，只得退了出去，轻轻地把门带上。

　　这时，匆匆跑过来一个校尉，对裴守德耳语了几句。裴守德抓抓头，寻思了一下，复又推门进去，在越王床前小声说："王爷，朝廷派来了特使，现已到了北城门外，请王爷示下。"

"特使？"越王从床上坐起来，"朝廷派特使来干吗？"

"王爷，不妨把他放进来，探听虚实，再作打算。"裴守德说。

越王想了片刻，说："让使者在大厅见我。"

越王李贞换上朝服，端坐在大厅里，又安排了十几个膀大腰圆的军士，手持戈矛，挺立在大厅两旁。

不一会儿，朝廷的使者来了。使者来到门口，看了看越王摆的阵势，轻蔑地冷笑一声，昂首直入大厅，见了越王也不行礼，兀自展出一张黄绢纸，朗声念道："贞兴兵犯上作乱，即日起，削其属籍，改姓为虺。接旨后，速自锁来阙请罪，不然，十万平叛大军将至。汝乌合之众，不异驱羊斗虎，何堪一击，钦此！"

念完圣旨，来使大喝一声："虺贞！愣什么愣！还不跪倒领旨？"

越王李贞心里一震，不由自主地跪倒在地，双手接过圣旨。裴守德忙过去搀起越王。越王招呼使者坐下，命上茶，而后颤声问："朝廷派多少兵马来？"

坐在上手的使者骄傲地说："整整十万大军。由能征善战的左豹韬卫大将军崇裕统领。一两日之内，就可赶到豫州。十万大军，比你整个豫州百姓还多。赶快自锁诣阙请罪，神皇太后许能饶你一命。否则，你也知道太后是怎样一个人。"

越王被说得有些心动，眼往裴守德这看。

裴守德忙摇手道："不可，不可。以太后的严酷，即使诣阙请罪，也免不了一死，况王爷乃堂堂皇室贵胄，先帝太宗之子，怎可向那篡权辱国的武氏乞首。请王爷早早组织大军，准备抗击来犯之敌。"

"抗击来犯之敌？"使者不屑地说："就凭你们这几个人？"

裴守德欲抽腰刀，让越王伸手禁止住了。

越王李贞赔着笑脸，对使者说："我若自锁诣阙，太后能饶了我全家人吗？"

"那要看你的态度了，态度好的话，本大人替你在神皇太后跟前求求情。态度不好的话，虺贞……"

听使"虺贞、虺贞"地叫老爷的名字，李规早在旁边按捺不住。他悄悄绕在使者的身后，擎出钢刀，抡圆了，冷不防照使者的脖子砍过去，使者闪躲不及，半边子脸给削下来了。

越王不知所措，这不断了越王诣阙请罪的路吗？

李规反转手腕，一刀捅去，结束了傲慢的使者的性命。

越王正待责骂儿子，新蔡县令傅廷庆从外面大踏步地来到大厅。越王抓住傅廷庆，好似抓了根救命稻草，在得知傅廷庆募得两千二百二十二个棒小伙子时，一咬牙，一跺脚，说："全体北校场集合！"

北校场上，连同傅廷庆募来的两千余人，计有兵将五千余人。站在点将台上的越王李贞，望着台下肤色各异、参差不齐的几千人马，暗自叹了一口气，道："列位将士们，琅琊王已率兵占领了魏州全境，已和济州刺史薛大人以及其他王公联合起来了，共有二十万大军，不出五六天，就能来到豫州。另外，京城里还有我们的许多内应，本王估算，打下洛阳，消灭武氏的日子不远了。等功成之日，列位都将封妻荫子。"

越王李贞随即指着裴守德说："裴将军对我李唐最忠义。本王因而封他为大将军，统率全军。本王已决定将小女儿银屏郡主，许配给裴将军为妻。从今以后，他就是我大唐的皇室宗亲了。各位只要忠于我皇唐，奋勇杀敌，本王也同样不会亏待大家的。"

回到王府，裴守德给越王连磕三个头，跪在地上，热泪盈眶，泪眼看越王，说："守德感谢王爷知遇之恩，敢以死相报。"

说话间，一个打扮成樵夫的探卒，手拎个斗笠，跟着李规急匆匆地走进来，报告说太后派来的十万大军，在崇裕的带领下，其先头部队距豫州城不到六十里路了。

打发走探卒，越王急得团团乱转，裴守德说道："王爷且莫惊慌，兵来将挡，水来土掩。守德愿带一彪人马，在豫州城西北、老山口一带，伏击敌人，给崇裕一个下马威再说。"

"我也去！"李规初生牛犊不畏虎，也积极请战。

"若吃了败仗怎么办？"越王愁眉苦脸地说。

"实在不行，就退到东边的大别山去暂时栖身，等待时局的变化。"裴守德说完，又接上一句，"总有熬出头的一天。"

"对，豫东山多人少，适合藏身。"李规说。

越王拍了拍脑门，说："只有这样了。你二人带三千人马，前去老山口伏击敌军。能战则战，不能战就赶紧回来。我在家里安排好车马，组织好家眷钱粮，等你们一回来，我们就转移。"

秋风瑟瑟，秋阳如血。在九月冷漠的天空下，广阔的豫西大地显得出奇的寂静。打眼望去，官道两边全是光秃秃的玉米地，几头无人看管的牲口在地里来回地走动。

越王李贞按剑站在城楼上，翘首向西北观望，想象如风。风里儿子和女婿，骑在战马上，呐喊着挥刀向敌人猛冲。三千人马融入十万大军中，如泥牛入海……

越王摇了摇头，深深地叹了一口气。假若智慧神勇的文武大圣皇帝太宗在世，李姓又何尝流落到这个地步，李氏宗室怎么也不会沦落到"人如刀俎，我为鱼肉"这种任人宰割的地步。

父皇，您老人家在天之灵，保佑我吧，庇护您的亲儿亲子孙吧！救救大厦将倾的李唐江山吧……

越王微闭双目，心里头默默地祷告着。三五只乌鸦扑闪着凌乱的翅膀，从愁云惨雾中飞出，由南至北，飞到了越王头顶，竟"呀，呀，呀……"地叫个不停。

越王悚然而惊，心知不祥，急令身边的军士放箭。箭簇带着哨音，飞向乌鸦，但箭箭落空。

越王命令身边的副将："把全城的道士、和尚，立即集合在城楼上，别忘了让他们带上家伙。一齐诵经，以求事成。"

副将答应一声，一挥手，带领几十个士兵，搜寻和尚道士去了。城里的和尚、道士不少，足有二百人之众，或披着袈裟，或穿着青袍，鱼贯登上城楼，席地而坐，开始诵经。

念到晌午西，只见西北方向的官道上，百十余骑狂奔而来。一行人马，盔歪甲斜，身上挂彩，狼狈不堪地入了城，越王迎上来，急切地问："怎么样？怎么样？"

裴守德上气不接下气，连喘了数口气才说："敌……敌军太强大，我……我军伏击不成，被数万敌军一下子冲得七零八落。我和贵弟拼命厮杀，方侥幸逃脱。"

越王一看大事不妙，忙说："快，按第二套方案行动。"

一行人飞马赶到王府，带上家眷和金银财宝，乘马的乘马，坐车的坐车，从东城门冲了出去。瞻前顾后，匆匆忙忙，刚走了三里地，就见前方旌旗招展，人喊马嘶，漫山遍野都是官兵，如蚂蚁似的，呈扇形包抄过来。

逃难的王爷一行，无路可逃，无处可藏，只得又掉头回到城里，闭阁自守。

其他几个城门也分别报告，敌军已兵临城下，将豫州城包围了，城中人如瓮中之鳖，插翅难逃。

豫州城内人心惶惶，几个别有用心的官员，开始悄悄地串联，而后齐聚到王府里，陪着越王唉声叹气。

越王嘴唇哆嗦着，心如刀绞，泪如泉涌，跪在高祖、太宗的牌位前，伏地大哭。"天哪，难道真不与我李唐子孙一条生路吗？"

越王决定自杀，他叫人找来裴守德、李规和银屏郡主，说出了这个决定。裴守德和李规默默无语，似不愿死。银屏郡主见状道："人生天地间，为忠义而死，古来有几？死则死尔，更有何惧！"说完，郡主疾步奔出门外，纵身跳进院子里的一眼深井里。守德等人含泪推墙掩埋了深井。

越王李贞、李规、裴守德等数十个追随者，最后望了一眼人世间，一齐拔剑自刎。

众官员见王爷死了，纷纷甩掉身上的官服，争先恐后地跑去开城门，献城出降。平叛大军兵不血刃，昂首阔步地进了豫州城。

大军在豫州住了一天，总管邀功心切，第二天就携上越王李贞、李规及裴守德等人的首级，班师回朝了。留下一半人马，交由张光辅处理善后。

张光辅为了给自己的功劳簿上多加几笔，不惜使斗争扩大化。在豫州全境污杀所谓越王李贞的余党。短短两三天的工夫，当坐者竟六七百家，籍没者五千余人。另一方面，张光辅还纵将士四出暴掠，杀人以为功。一时间，整个豫州城鸡飞狗跳，人人自危。

张光辅正坐在豫州刺史大堂上发号施令大施淫威，一个守门的军士窜进大堂，手指着身后的大门向张光辅报告：“大人，新任豫州刺史狄仁杰来了。”

众人把目光一齐投向大门口，只见一个个子不高，身着布衣身板硬朗的老头，领着两个随从，大步而来。

张光辅也知道这狄仁杰不是一般人，忙离座相迎。

“呀，呀，呀。不知狄大人今日到任，有失远迎。这一段时间，豫州的大小事务，可把本平章事给忙坏了。”

按说，张光辅的官衔比狄仁杰大，对张大人这一番热乎乎的话，狄仁杰理应受宠若惊，上去施礼才对。而狄仁杰却在鼻子里哼一声，从随从拎的一个布袋子里，掏出一大叠纸，往书案上一抛说：“下官人未到任上，这状纸就整整地收了一布袋了。”

张光辅见狄仁杰不识抬举，怏怏不乐，指着案上的卷宗说：“狄大人既然上任了，这些就交给你了。”

狄仁杰换上官服，往刺史官椅上一坐，对张光辅说：“刺史府乃刺史办公的地方，请张大人立即搬走，也把你所有的部队迁驻城外，城内治安秩序依例由刺史府负责。”

张光辅张了张嘴，欲待发作，又找不出什么反驳的理由，只得在一旁喘粗气，生着闷气。

狄仁杰，字怀英，并州太原人。祖孝绪，贞观年中为尚书左丞。父知逊，夔州长史。后来，狄仁杰通过科举考试，亦步入政坛，先是被授为汴州判司。由于他坚持正义，后为吏人诬告，当时工部尚书阎立本为河南道黜陟使，负责调查狄仁杰，但他发现狄仁杰是被人诬陷的，而且他还是一个难得的好官。于是，狄仁杰被阎立本荐授为并州都督府法曹。

仪凤年中，狄仁杰官拜大理丞，头一年就断滞狱一万七千多人，其断案之准确、公正，无一个冤诉者。

此次出为豫州刺史，人未到任，狄仁杰就先行微服私访，了解到不少张光辅的不法行径，因而见了面并没给这张平章事好脸色看，且把他的军队全部赶到了城外。到任以后，狄仁杰一方面恢复起官府建制，贴出安民告示，劝令民众各归本业；一方面着手对被张光辅判为死刑的五千余人重新加以审理甄别。

这天，狄公正在公堂里忙着复查案件，门房赶来报告："狄大人，大理寺派来的司刑使到了。"

"来得好快。"狄公说着，放下案宗，起身去迎。

司刑使急急火火，寒暄以后，开门见山地对狄公说："狄大人，朝廷对越王造反一事非常重视，太后亲自批示，要求把豫州的五千死刑犯从速行刑。大理寺此次派本官来，限令三天之内办妥这事。"

狄仁杰指着案上厚厚的卷宗对来使说："经本官初步复查，这五千名连坐入狱者，皆为无辜之人，他们受越王的胁迫，非真心反叛朝廷，判他们死刑，太不合理了。"

"狄大人，此乃太后督办的叛乱大案。咱们还是依照判决，赶快处决这些人，早日向朝廷交差。"司刑使说。

狄公一甩袖子，慨然说道："人命关天，岂可草草行事，待本官一一审理以后，再作决定。"

司刑使一听，急了："狄大人，你怎么能这样，戡乱之际，一切从简。况且这五千人中，又没有你的亲戚故旧，你管这么多干什么？三天之内，必须把这些人处决完毕，否则，你一个小小的刺史，吃不了兜着走，这包庇反贼的罪名，可不轻啊。"司刑使连哄带吓地说。

狄仁杰不为所动，正色地对司刑使说："岂可以一人之得失，而轻五千人之性命。司刑使大人请勿再言。本官既为豫州刺史，就必须对这五千余口的性命负责。"

说完，狄仁杰命令左右："马上送司刑使大人到驿馆休息。"

司刑使无招可使，只得气冲冲地往外走，走到门口，又甩下一句话："你可要考虑后果，要负全部责任！"

狄仁杰望着司刑使气急败坏的背影，冷冷一笑。

完成一天的公务后，夜里，狄仁杰躺在床上，为那五千多人的生命思虑万千，翻来覆去，彻夜无眠。作为一个刺史，权力毕竟是有限的，暂时挡住了司刑使，却挡不住以后朝廷的旨令。如今唯有直接给太后上书，说服太后，才有可能保住这五千多人的性命。给太后上书，方式生硬，太后肯定生怒，唯有采取太后喜欢的"打小报告"的方式密奏。

想到此，狄公披衣下床，来到书案前，铺开纸张，擎笔在手，思想再三，提笔写道：

臣到豫州，微服私访，当堂审理，其被判死刑的五千余口人，皆为凶威胁从，非真心反叛朝廷，罪不当死。臣欲显奏，似为逆人申理；知而不言，恐乖陛下原恤之旨。表成复毁，意不能定。此辈咸非本心，伏望哀其诖误。

写完后，狄公当即叫醒正在酣睡的两个家仆，把封好的密奏交与他们，吩咐将密奏当面交与太后。两个家仆把密信贴身放好，整理停当，飞马而去。

豫州城郊区的一个小镇上，几个官兵骑着马在街上来回飞奔，吆喝着要找保长，嘴里还不干不净地骂着。弄得街上鸡飞狗跳，人人唯恐避之不及。一个长官模样的人骑在马上边说边从怀里掏出一张纸，抛给保长说：“照单子上所列的东西，筹齐了，明天上午送到营里去。”

保长接过单子，看了看，苦着脸，说实在供不起十头猪、二十头羊。

那长官听说没有，二话没说，扬起马鞭，就照着保长劈头盖脸地抽去。

“住手！”一个布衣老头拨开人群，厉声喝道。

那军官一愣，而后摇着马鞭走上来，歪戴着帽，斜着眼，不屑地说：“你是哪里的？想找死不是？”

旁边一个腰扎草绳、一身农民打扮的棒小伙子，一把抓过那军官，噼里啪啦地教训了他几巴掌，旁边几个兵士一看长官挨打了，都“哗”的一声抽出腰刀，猫着腰围上来。

那棒小伙一个扫脚，将军官打倒在地，而后用脚踩住，从腰里摸出一个腰牌，伸手一亮，说：“狄大人在此，谁敢乱动，要谁的脑袋。”

一听是刺史狄大人，老百姓“呼啦”围上来诉苦，诉说这些官兵倚仗权势，向地方上要这要那，地方上不堪其扰、不堪重负的事。

狄仁杰听了，神情严峻，对身边的师爷说：“豫州之乱早已平定，讨叛大军仍滞留不行，彼骄兵悍将，自恃有功，暴掠之余又多方索取，是何道理？马上给各地下个通知，对军队所要求的事一律不应，有事叫他们上刺史府找本官理论。”

张光辅听说狄仁杰下令切断对军队的所有额外供应，暴跳如雷，气势汹汹地带人赶到刺史府，找狄仁杰算账。见了狄仁杰，张光辅却表现出很有礼貌的样子，寒暄以后分宾主坐下。张光辅从怀中掏出一张纸递给狄仁杰，假惺惺地说：“大军平叛讨乱，至为辛苦。请狄大人按单子上所列，每日把这些供应之物，按时交付到部队手里，免得……嘿嘿。”

狄仁杰扫了一眼单子，把它撇在书案一角，说道："豫州百姓遭此动乱，生活已经不堪，且军队自有粮饷，平常生活也比百姓好多了，再让百姓供应军队，于理不通，张大人所列的单子，本官实难从命。"

张光辅一见狄仁杰果然不给面子，气得暴跳起来，指着狄仁杰叫道："你小小的州将敢轻视我元帅吗？"

狄仁杰不为所惧，手点着张光辅说："乱河南者，仅是一个越王贞，今一贞死而万贞生。"

张光辅不明白什么意思，质问道："你这话是什么意思？"

狄仁杰慨然说道："明公董戎三十万，平一乱臣，不戢兵锋，纵其暴横，无罪之人，肝脑涂地，此非万贞何耶？且凶威胁从，势难自固，及天兵暂临，乘城归顺者万计，绳坠四面成蹊。公奈何纵邀功之人，杀归降之众？但恐冤声沸腾，上彻于天。如得尚方斩马剑加于君颈，虽死如归！"

一席话说得张光辅脸憋得跟猪肝似的，张口结舌，手指着狄仁杰，说："你……你……你……你不怕丢官罢职吗？"

正在这时，派去京城的两个家仆风风火火地赶进大堂，递上一个黄锦盒，向狄仁杰报告说："大人，太后给您的亲笔信。"

狄仁杰双手接过黄锦盒，拜了两拜，取出信观看，看了以后长出一口气，脸露欣慰之色，说："能救出这五千多人的性命，我狄仁杰虽死何憾，又怎惜这区区职位。"

张光辅见状，不明就里，不敢动粗，只得支吾了两句，领着一班将佐灰溜溜地走了。

经过狄仁杰的努力，太后下了新的指示，原先被张光辅判为死刑的五千连坐之人，悉皆免死，流谪丰州。

东都皇城内玄武门外，锣鼓喧天，热闹非凡。丘神勣、崇裕等人，胸戴大红花，身披红缎带，挺胸凸肚，一个个像功臣似的，列队等候着神皇太后的到来。

一阵环佩声，太后在宫女宫扇的簇拥下，满面春风地走过来了，众人仆倒在地，山呼万岁毕，复归本位。

武太后颔首向众人致意，问："众爱卿对朝廷给予你们的封赏还满意吧？"

"谢太后赏赐。"众将官挺胸叫道。

"好，好……"武太后笑容满面地说："前后才二十四天，博、豫两州既告平定。你们勇猛善战，为国、为君分忧，为民造福，好，好……"

"请陛下御览叛军的凶器。"丘神勣上前请道。

"好。"武太后高兴地说。

玄武门外的一间偏殿里，收拾一新，靠墙处搭了许多木板架，上面摆放着在博、豫缴获的文书、盔甲刀枪、旗帜等物。武太后饶有兴趣地一一看过，不断地问这问那，点头赞许。

参观完，武太后旋即召开御前会议，要求各部门举一反三，加快越王、琅琊王叛乱案的审理工作。叛乱案无论涉及谁，无论他有多么高的爵位，一律拿下，严惩不贷，务必穷治乱党，一个不留。

武承嗣最能明白太后的意思，他一边听着，一边点头附和着，末了还上前奏道："陛下，监察御史苏珦根本审不了这么大的案子，审来审去，都审八九天了，还没审出个头绪来。听说他把韩王李元嘉、鲁王李灵夔给放回家了，说什么无罪释放。臣觉得这苏珦和那些反王可能有什么瓜葛，臣请陛下……"

武太后挥挥手，止住了武承嗣，沉吟了一下，说道："宣苏珦上殿来见本宫。"

一个内侍闻声跑出去，不一会儿，把监察御史苏珦带了进来。

苏珦叩头拜见毕，武太后问："苏爱卿，交给你的案子审得怎么样了，韩、鲁二王等人招供了没有？"

"回太后，案子已审理完毕，现正进行复核，正准备具表向太后奏报。"苏珦叩首答道。

"说来听听。"

"太后，据臣调查，贞、冲父子兴兵叛乱，纯属个人所为。虽提前去信联络诸王刺史，但无有应者。由于事发仓促，诸王刺史惊惶不安，反应迟钝，未能及时向朝廷报告。唯有东莞公李融，率先向朝廷告密。臣认定韩王元嘉、鲁王灵夔、黄公等人与贞、冲父子叛乱无关，臣已依法将韩王、鲁王等人释放回家。"

听了苏珦一番话，武太后竟一时无言以对。

武承嗣却指着苏珦叫道："你是怎么审的案子，明明是叛乱者，你却判人无罪，还把人给放了，你分明是他们的同谋！"

面对武承嗣的威胁、诬陷，苏珦微微一笑，毫无惧色，理直气壮地说："平生不做亏心事，半夜不怕鬼敲门。我苏珦办案，从来一是一、二是二，依据事实，以典律为准，从不捕风捉影，诬人清白，只要求上对得起天，下对得地，中间对得起自己的良心。"

武承嗣刚要发作，武太后扬手止住了他，对苏珦说："卿大雅之士，当别有任使，此狱不必卿也。你告退吧。"

苏珦刚想分辩，又觉得分辩也不起作用，只得叩头退了下去。

散朝后，武太后独留下武承嗣，问："依你看，谁接手这个叛乱案子最为合适？"

"周兴！"武承嗣脱口说道，"审理这样的叛乱案，正堪驱使此辈为之。"

武太后点点头，对侄子说："这些年，你也有长进了。本宫任用这些酷吏，让他们掌管刑狱，正是要他们的心狠手辣为本宫对付政乱，镇压叛乱。只有这样，才能灭掉李氏的反叛之心。"

"太后，您老人家应顺应天意，早日登基呀。"武承嗣搓着手说。

"不灭掉这些李氏宗室子弟，不灭掉李氏的忠臣死党，本宫当上了皇帝也坐不稳啊。当务之急就是利用贞、冲父子的叛乱案，把李氏宗室一网打尽，从重从快，来个……"武太后挥掌做了一个砍头的动作。

"侄儿明白了，侄儿马上去办。"武承嗣刚想走，又想起什么似的，对武太后说："苏珦与太后分心，也不能饶了他。"

武太后摇了摇头说："本宫已安排苏珦河西监军。苏珦正人君子，说话有他的道理。改朝换代之时，既少不了周兴之辈，也少不了苏珦这些大雅之士。要善于忠邪并用，冰炭同炉，用其所长，明白本宫的意思吗？"

武承嗣不但明白，而且还佩服得五体投地。跪在地上，再三拜道："太后太高明了，太高明了。"

武太后对侄儿说："你是武氏的后嗣，这偌大的江山，以后还要靠你来支撑呢。"

"侄儿知道了。"武承嗣跪在地上，激动得身体微微颤抖。太后的话无疑是透出一个信息，我武承嗣将来有一天，也能当上至高无上的皇帝。

告辞出宫，武承嗣浑身是劲，命令车驾直奔刑部，去找秋官侍郎周兴。

周兴的官阶在众酷吏中品级最高。此刻周兴正召集索元礼、来俊臣等人在一起完善酷刑技艺。听门房报告说武承嗣大驾光临，众人急忙拥出门叩头迎接。

武承嗣打发走索元礼、来俊臣等，对周兴说："周大人，我在神皇太后那里，给你争取了一个立功封赏的机会，不知你能不能完成？"

"什么事？"周兴凑到跟前问。

"就是贞、冲父子叛乱案。神皇太后想借着这个案子，把李氏诸王刺史一网打尽，一个不留……"武承嗣嘴贴着周兴的耳朵小声说。

"没问题！"周兴拍着胸脯说，"他只要入了咱周兴的门，不管他是铜头铁臂，还是皇亲国戚，不消数日，咱都能审理得'清清楚楚'，谋反是实，杀他没商量。"

"好！"武承嗣赞道。

两个人又头对头，密谋了一会儿，方才散去。

夜的天空蔚蓝而深邃，眨动着那神秘的眼睛俯视一切，俯视着大千世界的喜怒哀乐。

二更天的时候，一队二百多人的甲士，蹑手蹑脚，沿着墙根，悄悄地摸到韩王府。四面包围之后，一个当官的一招手，上去两个甲士，狠命地砸着韩王府的大门环……

"咚，咚，咚……"砸门声在夜色中传得很远，很清晰，很惊心。

"谁？"韩王府的门房在门里边紧张地问。

"刑部，查户口！"门外的人叫道。

"三更半夜的，查什么户口？这里是韩王府，未经允许，任何人不准入内！"门房在里面回道。

周兴一挥手，早有准备的几个身轻力健的甲士，顺着墙边的那棵老松树，"噌噌"地爬上墙头，然后拴了一根绳子，下到院子里。几个人一齐上前，制服了门房，打开了大门。

上百个甲士手拿着火把，一拥而进。这时，王府里的看家犬也咆哮起来，几间屋子也都亮了灯。四五个王府的仆人手持木棒，衣衫不整地跑过来，边跑边问："干什么的？"

周兴一挥手："拿下！"

立即蹿上去十几个甲士，把这四五个家仆摁倒在地，捆绑起来。众甲士按照预定方案，直扑后厅韩王李元嘉的卧房。

这时，韩王李元嘉已闻声披衣起床，他挺身站在门口，对冲过来的众甲士厉声喝道："尔等不及宣召，就擅闯王府，难道不怕杀头！"

众甲士见韩王白衣白裤、银须飘飘的样子，有些打怵，都不知不觉地往后退了两步。

这时周兴赶过来，奸笑了一声，对韩王说："本官奉命来拿你，你也别摆什么王爷的架子了，乖乖地跟我走吧。"

"周兴，你凭什么抓本王？"

"凭什么？有人告你参与贞、冲叛乱。"

"有什么事白天不能说？"

韩王气愤地指着周兴："你深更半夜带人闯进王府，是何道理？你还是不是我李唐的官吏？你眼里还有没有皇亲宗室？"

周兴"嘿嘿"笑了两下说："现在是太后神皇当政，你王爷的牌子不顶事了。你还是乖乖地跟本官走吧，免得自找难看。"

周兴一招手，甲士们持刀围了上来。

韩王李元嘉感叹了一下，转身进屋，特意换上亲王朝服，随周兴等人走了。

到了刑部，韩王被直接带到刑讯室，周兴坐在主审席上，喝道："来人哪！先扒去他的亲王朝服，照老规矩，先来个醋灌鼻！"

亲王朝服是护身服，周兴也敢扒。韩王从怀里摸出一面四方方的小金牌，举在手中喝道："这是先帝太宗赐予本王的免刑免死牌，任何人都不得动本王一个指头。"

"免死牌？"周兴起身离座，踱到韩王的面前，一把抓过"免死牌"，细细观看，嘴里"啧啧"地赞道："乖乖，还是纯金的，以前光听说就是没见过。"

"此乃太宗御手亲赐，太宗朝一共赐了五块。本王这是第一次亮出此牌。"韩王说道。

周兴望着手里的免死牌奸笑了一下，随手把它丢进了旁边的火炉里。韩王大惊，欲跃身去抢，被两个打手死死摁住。

韩王叫道："周兴，你蔑视先帝的免死牌，你犯了欺君之罪，当满门抄斩！"

"什么'欺君之罪'？本官眼里只有神皇太后，没有他人。来人哪，给老王爷来个醋灌鼻。"

打手们不由分说，把韩王塞到了木架里，用套子固定了韩王的头部，然后一扳把手，酸醋直冲韩王。可怜年迈的韩王被呛得涕泪横流，连连咳嗽，浑身直颤，喘不过气来。

周兴看韩王被折腾得差不多了，才命令停止。而后周兴亲手把韩王放出来，给韩王捋捋背，问："老王爷，要想不受罪，赶紧招供算了。"

韩王好容易才喘匀气，气愤地问周兴："你想让本王招供什么？"

周兴笑着说："承认你是贞、冲叛乱的主谋人，还得至少招供出十个同党来，这十个同党还都得是宗室子弟。怎么样，能不能做到？"

"没门！"韩王吼道："想借贞、冲一案灭我李氏宗室，天理不容，也绝没有好下场。"

"不给你点厉害瞧瞧，你不知道马王爷有三只眼。"

周兴把韩王李元嘉带进重刑室，只见重刑室内排班放着铁锥、铁笼头、带刺的木棒等刑具，上面还血迹斑斑，地上、墙上也血迹斑斑。周兴又一脸奸笑地道："你是个王爷，金贵得很，是千金之躯，赶快招了吧，免得落个皮开肉绽，尸首不全。"

"你敢对本王行刑，绝没有好下场！"韩王颤抖着身子说道。

"什么好下场不好下场，来人哪，给老王爷上刑。"周兴命令打手道。

"大人，先给他上什么刑？"一个打手上来问。

"挨着试，什么时候按要求都招了，什么时候算完。我先到前面睡个觉去。"说着，周兴冲着韩王一笑，转身走了。

来到前厅，周兴和衣躺在床上，睁眼望着黑洞洞的帐顶，想象着韩王李元嘉等囚徒受刑时的痛苦样。黑暗中，周兴禁不住哈哈大笑，他决心借着这个案子，把一些平时和自己过不去的人都罗列进去，置其死地而后快。同时，将那些李氏宗亲，一个个一步步地铲除。到那时，自己就是太后的功臣，就可以青云直上，最多三五年，自己就能弄个宰相当当，一人之下，万人之上，积极积攒势力，待太后老到糊涂了，我周兴就可以……

周兴迷迷糊糊，正做着升官发财梦，一个人来到床前轻声叫着："周大人，周大人。"

周兴揉揉眼睛，见床头站着师爷，就问："进行得怎么样？"

"招了。"师爷笑眯眯地说："当王爷的都细皮嫩肉的，十大枷还没用两个，就受不了了。"

周兴满意地点点头，下了床，从旁边的抽屉里摸出一张纸，用手指点着纸说："该指供谁我都安排好了，这是第一批黑名单。"

连夜炮制完谋反者的材料后，第二天早朝前，在武承嗣的陪同下，周兴去见神皇太后。一场腥风血雨就此开始。

见了太后，武承嗣指着周兴夸道："周侍郎办案真是神速。才一天工夫，事情就有了重大突破。"

太后接过名单，看了以后，喜上眉梢，不住地点头道："不错，凡有反叛之心的宗室都让周爱卿给揪出来了，甚合本宫之意，甚合本宫之意。"

周兴又分出一勺羹给武承嗣，谦虚地说："这都是在武大人的直接训导下才取得的。"

"神皇太后，"周兴紧接着又叩首奏道："这些谋反的宗室亲王大都分布在洛阳周围地区当刺史，相当危险，臣请太后立即下旨，收捕他们。"

"好！事不宜迟，马上布置人马，按名单，立即把这些反贼逮捕入狱。本宫现赐你尚方宝剑一把，如有不从者，先斩后奏。"太后一招手，上官婉儿捧出一把金鞘宝剑，授予周兴。

"李氏宗亲对本宫不服，常怀篡逆之心，周爱卿一定要尽心办案，举一反三，除恶务尽。"武太后说道。

"臣明白，臣一定一查到底，为神皇分忧！"

辞别神皇太后，周兴怀抱着尚方宝剑，气宇轩昂地往外走，到了朝堂外，见了那些等待上朝的文武大臣们，周兴更是目空一切。

过了十几天，黑名单上的鲁王李灵夔、黄公李谔、常乐公主以及他们的亲党三百多人，先后被收捕到洛阳。一时间，刑部监牢里人满为患。周兴等辈大施淫威，或杖或压，哀号之声，外人所不忍闻。

当天，韩王元嘉、黄公谔、鲁王灵夔、常乐公主的宗党三百多人，皆被绑赴刑场。一声炮响，刽子手抡起鬼头刀，砍菜切瓜似的，三百多个人头落地。

洗掉浑身的血腥味，周兴即赶到皇宫大内，向武太后汇报。太后饭后出浴，正半躺在坐床上，眯缝着眼，拿着牙签剔牙。旁边的十几个内侍，有条不紊地侍候着。

奉传入殿的周兴见此情景，忙脚步轻轻，趋前跪倒在坐床不远处，轻声道："臣周兴叩见神皇太后，太后万岁万岁万万岁。"

太后好半天才问道："交代的事都办妥了？"

"全办了，一个不剩。"周兴喜滋滋地答道，静待赏赐。

"这些天你辛苦了，没收的韩王府就赏赐于你吧。"

"谢太后。"跪在地上的周兴，内心一阵狂喜，韩王被陷后，他早就瞄上了号称"小皇宫"的韩王府，曾多次私下里请求武承嗣帮忙，不想此次太后一口应允了下来。

"几个反王虽然解决了，但还远远不够。"太后在坐床上欠起身子说，"还有许多暗藏的谋反者，要深挖穷追，扩大战果，你明白本宫的意思吗？"

"臣正是按照太后的旨意做的，臣又查出了几个谋反者，可是……"周兴装作为难的样子，欲言又止。

太后只是"嗯"了一声，周兴就忙把不想说出的话说出："太后，臣查出济州刺史薛颛也参与了谋反，不但与琅琊王通谋，而且还打造兵器，招募兵士，及琅琊王兵败，薛颛杀录事参军高篡以灭口。"

"把他抓来杀了。"太后说。

"太后，可这薛颛的二弟薛绪、小弟驸马都尉薛绍也参与了谋反，臣恐查办起来，伤及太平公主。"

武则天一拍身旁的小矮桌，说："王子犯法，与庶民同罪。别说是薛绍谋反，就是牵扯到太平，也一样是死。马上调集人马，逮捕薛绍。"

"是！"

周兴精神抖擞地站起来，转身要走，太后又叫住了他，说："青州刺史霍王李元轨和金州刺史江都王李绪拥兵在外，也一样是大害，也一同收捕来神都。"

周兴答应一声走了。太后命令身边的一个近侍，骑快马从速宣召太平公主入宫。

公主府里的后花园，太平公主正和驸马薛绍一起逗弄幼子薛崇简荡秋千玩耍。近侍骑御马长驱直入，急唤太平公主，说："太后有旨，太平公主即刻入宫晋见。"

见近侍骑马入府，太平公主知有急事，忙撇下薛绍爷俩，急步赶往前院，吩咐备车。薛崇简在背后哇哇大哭，非要跟着，太平公主心里已有了坏的预感，但又不知会发生什么事，烦躁地呵斥了孩子两声，钻进了马车，急驶出公主府。

拐过一条街，见一队队甲士提刀荷枪地跑过来，向自己家的方向冲去，心觉有异。于是令车驾停下，让一个家仆跟上去看看这些甲士是干什么的。

家仆答应一声，打马跟去，不一会儿就跑了回来，一脸的惊慌，对公主说："公主，那帮甲士把公主府给包围了。门房老刘刚想说话就被捆了起来。公主，你赶紧回去看看，什么人如此大胆。"

太平公主命车驾掉头回去，刚走十几步，公主又变了卦，命车驾仍按原计划直奔皇宫。

秋凉气爽，武太后正坐在殿前的小花园里，品茶观景，见太平公主匆匆地赶来，就迎上去冷着脸问："你知道本宫为什么急着把你召来？"

太平公主磕头施礼毕，说："孩儿不知母后召孩儿何事。孩儿出门后，见数百名甲士赶去围住了孩儿的家。"

"有甲士围住了你的公主府，你怎么不掉头去看看怎么一回事。"武太后问。

"孩儿因母后急召，没敢停留。至于有甲士围住府第，想来是母后的旨令。孩儿因而没有别的担心，就先赶到皇宫来了。"太平公主内心里大潮涌动，嘴上却沉着地答道。

听了这话，武太后点了点头，问："薛颢、薛绪参与琅琊王叛乱的事你听说过吗？"

"孩儿一向不过问政事，除了在家就是来皇宫，孩儿实不知薛大、薛二参与了叛乱。"

"驸马都尉薛绍也参与了谋反你知道不知道？"武太后突然抬高了声音，厉声问道。

太平公主心中一凛，复又平静地答道："江山是母后的江山，若薛绍胆敢反叛母后，孩儿必欲手刃之而后快。但在平时，孩儿一点也没看出他要反叛母后的意思。"太平公主的回答无懈可击。

武太后起身走了两步，又问："反叛者要杀头的，薛绍也不例外，你对这事怎么看？"

"孩儿坚决听从母后裁处。"太平公主强忍住悲痛，大声地说道。

"你心里是不愿意薛绍死的。"武太后过去扶住女儿的肩，淡淡地说道，眼睛却紧盯着女儿脸上的表情。

"他若无罪，被他的哥哥连累的，夫妻情深，孩儿自然不愿意他死。他若真的是要反叛母后，就等于反叛孩儿，弃之又何足惜。"

听了女儿的话，武太后笑逐颜开，说："这几日你也别回去了，就住在宫里吧，孩子也接过来一起住。薛绍不行，为娘再给你找一驸马，皇帝的女儿不愁嫁，天下最有出息、最俊美的男人，任你选，任你挑。"

太平公主心里苦涩难当，嘴里却不敢说，她深知母后为人苛刻的个性，自己稍有不慎，就会失去母后的信任，就会葬身于万劫不复之中。一提到谋反，母后就恨谁没商量，由自己出面替薛绍说情，去开脱薛绍，不但救不了他，恐怕最后也会搭上自己。太平公主谨慎地权衡利弊，决定忍痛割爱，与驸马薛绍划清界限。

且说英俊潇洒的薛绍被绑到刑部监牢，起初还不在乎，以为最多是虚惊一场，不久就会把自己放出去。的确，看在天下第一公主太平公主的面子上，周兴也不敢怎么样对薛绍，好吃好喝地把他安排在一间舒适的监牢里，细声慢气地问他的案子。

"薛老弟，你是怎样与琅琊王他们通谋的，你说，说出来就没事了。"周兴亲手给薛绍递上一杯热茶，假惺惺地劝道。

薛绍也不客气，接过热茶，顺手泼在周兴的脸上，问："你说什么我不懂！"

周兴被热茶烫得龇牙咧嘴，再也按捺不住，跳着脚朝薛绍吼道："别给脸不要脸，进了我的门，你休想轻轻松松地出去！"

"来，打我呀！"薛绍指着自己的俊脸，招呼着周兴。

周兴真想叫人把那张脸打烂，但又怕日后太平公主探监，知道了忌恨自己，气哼哼地命令左右："先把他给我关起来。"摸着被烫得火辣辣的脸，初受此辱的周兴，眼里射出一丝阴冷的光。

即日起，周兴下令，不许薛绍出牢门一步，不准给他送水、送饭，周兴决定渴死饿死薛绍。同时，周兴也加紧炮制薛绍的黑材料，两日之内，竟搜罗了半尺高的材料。总而言之一句话，谋反是实。

同时，济州刺史薛顗及其弟薛绪也被押解到京都，他俩没有老三薛绍那样的身份，也就没有薛绍那样幸运。到了牢狱，就先挨了周兴一顿杀威棒，人还没缓过气，又被来一个鼻灌醋，接着又来……

接二连三的酷刑，逼得薛大、薛二屈打成招。一盏茶的时间，两人谋反的材料就整理完毕。

周兴携着这哥仨的材料，兴冲冲地去见神皇太后。

见了这一尺多高的谋反案宗，太后恨得直咬牙，也不及翻看，就命令周兴："明天就把这三人绑赴刑场，开刀问斩。"

见太平公主在殿帐后若隐若现，周兴嘴上卖乖，叩首谏道："臣以为驸马薛绍身份特殊，不宜与薛顗、薛绪两人一起市曹问斩，臣以为……"

"嗯？你想放了薛绍？"武则天阴着脸问道。

"放了当然不可能，"周兴叩首道："臣以为市曹问斩驸马，有损于太平公主的形象。臣想让他在监牢里自尽，悄悄地留他一个全尸算了。"

太后点点头，说："就照你说的去办吧。"

十月辛酉，济州刺史薛颛及其弟薛绪被斩于市曹，薛绍也于同日饿死在监牢里。十一月乙酉，司徒、青州刺史霍王李元轨以知情不告罪，废徙黔州，载以槛车，行至陈仓而死。江都王李绪、殿中监公裴承先皆戮于市。

在周兴大行淫威、大行杀戮之时，另一个酷吏来俊臣在一旁也摩拳擦掌。他不甘落后，欲分一杯羹。周兴将除尽李氏宗室一事交由来俊臣处理。连州别驾、鄱阳公李湮，辰州别驾、汝南王李炜，广汉郡公李谧，汶山郡公李蓁，零陵郡王李俊，广都郡公李王寿等都在列。

来俊臣等人押着纪王李慎，挑着二百多个人头，雄赳赳、气昂昂地赶回了京城洛阳。

来俊臣此行贝州，不但破获了二百多人的谋反大案，而且顺手又把纪王给押了回来，太后大为高兴，很快安排时间在朝堂接见了他们。

太后册封来俊臣为正五品御史中丞。

来俊臣升了三级兴奋异常，当即表忠心道："臣誓为陛下的江山社稷尽心尽力。"

武太后笑了笑，问："你打算怎么处理纪王？"

"回陛下，纪王李慎的案子已经审理完结，先是他密谋参与越王谋反案，再就是这次赵、贝百姓聚众谋反，纪王也逃脱不了干系。依律当将纪王处斩。"

"斩就斩吧，"武太后轻描淡写地说，"对谋反之人绝不手软。"

这时，魏玄同也上来恭手奏道："启奏太后。纪王谋反案查无实据，且越王叛乱时，虽与纪王联络，但遭纪王拒绝，独不与合。至于赵、贝之地百姓谋反，案子本身就闹不清楚，更与纪王毫不相干，请太后明鉴。"

"请太后明鉴！"夏官侍郎崔等人也出班奏道。

见这些大臣为纪王求情，武太后十分不高兴，鼻子哼了一声，忍忍气说："那就把纪王免诛改流巴州吧。"

散了朝，周兴和王弘义来到来俊臣的家中，摆开酒席，庆贺来、王二人的升迁。席中，来俊臣感激地对周兴说："幸亏周大人帮我说那几句好话，不然，我这次升迁的事，就让魏玄同那老小子给搅黄了。"

周兴干了一杯酒，发狠道："当年我为河阳令时，高宗皇帝召见我，欲加擢用，不知谁背后说我的坏话，高宗又不用我了。当时我不知道这事，整日徘徊在朝堂前候命，苦苦等待简拔的消息。魏玄同诅我说，'周明府可去也'。"

来俊臣说，"只要秉承太后的旨意，大杀唐宗室，还愁没有高官做。"

这时，房门被"哐"一下推开，一个家人急步进来说道："武大人来了。"

话音刚落，门口窜进来好几个侍卫，随后，一人走进门来，朗声笑道："下了朝就喝酒，日子过得挺滋润啊！"

来的正是武则天的亲侄儿、当朝第一红人、宰相武承嗣。来俊臣一见，急忙令家人撤下席面，重新摆上一桌。

酒还未喝，等着上菜的空儿，武承嗣从怀中掏出一张纸，说："连州别驾、鄱阳公李湮，辰州别驾、汝南王李炜等十二人的案子，太后批下来了。"

"是不是全部……"周兴用手做了一个砍头的动作。

武承嗣点点头说："也不用选日子了，明天上午，把他们提出来，推到市曹问斩就行了。"

王弘义觉得这是个显露自己的机会，自告奋勇地说："武大人，就让下官当明天的监斩官吧。"

武承嗣看看王弘义鬼头鬼脑的样子，说："那这监斩官就交给你了。"

"可惜便宜了纪王李慎。"来俊臣在一边说。

武承嗣奸笑一下，凑近来俊臣的耳边说："明天就把他用槛车押往巴州，半路上做了他算了。"来俊臣伸出大拇指，在武承嗣跟前晃了晃，两人哈哈大笑。

周兴见冷落了自己，默坐在一旁，有些不高兴。武承嗣见状，拍着他的肩膀，交给了他一个大要案。

却说光宅元年，徐敬业起兵失败后，其三弟徐敬真因受牵连，被流放到绣州。在绣州，徐敬真被安排在采石场干活，生来娇生惯养的徐敬真不堪其苦，又听说哥哥徐敬业没死，逃到了突厥。于是徐敬真就从采石场趁机逃出来，准备逃到突厥找徐敬业。路过洛阳时，徐敬真已身无分文，于是他斗胆去找其爷爷徐茂公徐世的老部下洛州司马弓嗣业、洛阳令张嗣明，请求资助。弓、张二人起初还不敢搭理他，但经不起徐敬真的一再恳求，最后念在故英国公徐茂公的面子上，资助了徐敬真一些钱物。有了银两，徐敬真就摆起谱来，雇了一辆马车，买了一个仆人，衣着华丽，招摇过市，投奔突厥。路过定州关卡时，把关的官吏见他不仕不商，一身公子哥儿打扮，盘问之下，徐敬真神情慌乱，露了马脚，被抓了起来，扭送到神都洛阳。洛州司马弓嗣业闻听此事，自知难保，自缢了事。洛阳令张嗣明也被武三思抓了起来，太后敕令将此案交由周兴办理。

第二天上午，洛阳都亭街的刑场上，连州别驾、鄱阳公李湮，辰州别驾、汝南王李炜，广汉郡公李谧，汶山郡公李蓁，零陵郡王李俊，广都郡公李王寿，以及李湮的岳父、天官侍郎邓玄挺等十二人，皆被五花大绑，押在受刑台上。

邓玄挺不断地叮嘱这些宗室子弟说："反正是死了，死了也不能丢李唐皇室的脸。你们都是王公，都要站直了，挺起胸，让围观的百姓看看，李氏子孙都是铮铮铁汉。"

听了邓玄挺的话，这些少壮派的王公们，果然不顾满身的伤痛，虽双手被绑，仍尽力挺直腰杆，神情庄严地面对着千百看客。

周兴令人把他要审问的徐敬真、张嗣明带了上来。

临来时被打了一百杀威棒的徐、张二人，被兵士提溜到受刑台上，周兴指着那五花大绑的王室宗亲，对徐、张二人说："只要你俩承认谋反，再多揭发出一些人，将功折罪，我周兴保你俩不死。"

张嗣明说："周大人，我不能诬陷好人。"

周兴索性不理他，坐在监斩席上，对王弘义说："看时辰到了吗，时辰到了就开斩！"

"周大人，那几个死囚，仗着是王公贵胄，头昂得多高，就是不跪。"王弘义焦急地说。

周兴笑了笑，拍了拍王弘义的肩头说："本官教你一招，命军士把死囚的脚筋挑断，然后照膝盖一脚，是没有不跪的。"

王弘义一听大喜，忙安排刽子手办这事。刽子手们熟门熟路，从腰里抽出解腕尖刀，把死囚的脚筋就给挑断了。

被挑断脚筋的李湮等十二人滚在地上，哀号呻吟之声不绝，惨不忍闻。

周兴不住地提醒徐敬真和张嗣明说："两位，看好了，这是生挑脚筋，马上就是活砍人头。"

徐、张二人吓得直打哆嗦。

这时，王弘义过来向周兴说："周大人，时辰到了，可以开斩了吧。"

周兴点点头，令人把徐敬真和张嗣明提到死囚的身边，谓之"陪斩"。

"时辰到！开斩！"王弘义把一把竹签往桌案前的地上一抛，扯着嗓子叫道。

腰粗背阔的刽子手深吸一口气，抢起锋利的大砍刀，呜的一声就砍下来了。

刀光一闪，人头落地，经验十足的刽子手们往后一个跳步，躲了过去。

徐敬真吓得尿一裤子，张嗣明也吓得闭上了双眼。

周兴上去拎一个人头，在张嗣明、徐敬真脸前，耐心地问："招还是不招？供还是不供？"

"我招，求大人饶了我吧。"徐、张二人一边躲闪着人头，一边不住地向周兴哀求着。

周兴和王弘义在一旁魔鬼般地哈哈大笑。

张嗣明还算良心发现，心道，既然不得不诬人，不如诬引一些作恶多端的坏人，这样良心上也好受些，死了还不至于下十八层地狱。

张嗣明首先诬陷的是在豫州破千家的内史同凤鸾台平章事宰相张光辅。周兴一见头一网逮了条大鱼，高兴万分，急忙拿着招供材料来见太后。

"张光辅也敢反本宫？"太后自言自语，翻看供状，只见上面写着：

张光辅一向自诩足智多谋，勇敢善战，文武双全，是当今罕有的全才。征豫州时，张光辅引一些巫婆神汉，私论图谶、天文，预知天下大事……

还没等看完，武太后把供状一抛，冷笑道："他以为他是谁？杀。"

八月癸未，内史宰相张光辅、洛阳令张嗣明、流人徐敬真以及弓嗣业的兄弟、陕州参军弓嗣古同日被杀。丁未，相州刺史弓志元、蒲州刺史弓彭祖以及与之关系要好的陕州刺史郭正一、尚方监王令基，皆被戮于市。

杀了这么多人，案子还远远没有完，周兴又炮制出一个材料，云秋官尚书张楚金、凤阁侍郎元万顷以及原洛阳令魏元忠，当年皆与徐敬业通谋，依律当斩，武太后本着"不愿放过一个"的原则，大笔一挥，批了个"斩"字。

乙未这天，天阴沉沉的，魏元忠等人被绑赴鲜血未干的刑场，准备执行死刑。望着刽子手怀中的大砍刀和行刑台上未干的鲜血，大部分死囚都追念李唐恩惠，失声痛哭起来，独有魏元忠神态自若，迈着八字步，稳步登上行刑台。

监刑官周兴见状，上前骂道："你还要什么威风。"

魏元忠哈哈大笑，以蔑视的眼光看着周兴说："无耻小人，你以为人人都怕你这一手。"

周兴气得大叫："都给我跪下！行刑手准备行刑！"

死囚们背插"斩"字牌跪在行刑台上。刽子手们皆亮出大砍刀，吐口唾沫，站在死囚们的身后，拉开准备行刑的架势。就在这生与死的紧要关头，西边街道上人群一阵躁动，一个飞骑急驰而来，边打马飞跑，边高声喝道："刀下留人！太后有赦！"

周兴放下死签，传令停止行刑，给当刑者松绑。张楚金等当刑者，也都甩掉绑绳站起身来，欢呼雀跃，激动不已。

独有魏元忠在地上，安坐自如，旁边的人对他说："魏大人，太后不杀咱了，赶紧起来吧。"

魏元忠安坐地上说："虚实未知，岂可造次。"

这时，那个飞骑已打马跑到刑场上，对迎上来的周兴说："太后下旨停止行刑，宣敕马上就到。"

周兴走过来，悻悻然地对魏元忠说："起来吧，太后不杀你了。"

魏元忠仍坐在刑台上说："等宣敕再说。"

这时，两个近侍亦打马急驰而来，到了刑场上，下马宣敕道："元忠平扬楚有功，免诛改流，其他人等，皆随元忠流于岭南。"

听了宣敕，魏元忠这才从地上慢慢站起来。望天拜了两拜，毫无忧喜之色。

这时，刚才还阴云四塞的天空，突然间，云开日出，天气晴霁……

没能杀掉魏元忠等人，周兴心里十分不痛快，一打听，才知道是魏玄同在太后跟前为魏元忠等人求的情。

酷吏有的是陷害人的好办法。周兴想来想去，认为太后最厌恶的就是让她让位还政。于是周兴炮制了一份密奏，和王弘义一起，把密奏递到武太后的手中。武太后看了密奏以后，果然脸色铁青，问周兴："魏玄同真的这样说本宫？"

"真的！"周兴指天画地地发誓说："不信陛下问王弘义，是我俩亲耳听他说的。"

旁边的王弘义急忙帮腔说："是，魏玄同说，'太后老了，干不长了，不如奉嗣君耐久'。"

武太后再也耐不住，一拍龙案说道："速将魏玄同赐死于家。"

周兴拿着圣旨就出了殿，出了殿就往魏玄同家里赶。

车轿临近魏玄同的家门口，周兴又停了下来，王弘义问："不去啦？"

寻思了一会儿，周兴叫车轿到御史台去，路上他才向王弘义解释说："是我们诬赖他说的'不若奉嗣君耐久'这句话，若当面和咱对质起来，传到太后耳中，怎么办？不如找御史台的人去吧。"

"找御史台的人去他就服气了？"王弘义问。

"不给他说原因，光说是监刑。"

找谁？找的是御史房济，房济一听命他当魏玄同的监刑官，老大不肯，但也不敢拒绝，只得捧着赐死的圣旨赶到魏玄同家。

魏玄同饭后正在院中的大树下乘凉，见房御史来了，忙起身迎接，让座上茶毕，魏玄同问："房大人，此番来我家，有何贵干？"

房御史搁下茶碗，从怀里掏出赐死的圣旨，递与魏玄同，心情沉重地说："下官虽奉命而来，却实在开不了口，大人还是自己看吧。"

魏玄同展开圣旨，看了一下，摇摇头，叹了一口气，站起来，掸掸衣服说："正好我刚沐浴，不用临死前再洗一遍了。"

家中人听说老爷被太后赐死，都围拢在廊下，跪地失声痛哭。

魏玄同叱道："老夫七十多岁了，也到该死的时候了。且老夫一生未做亏心事，死有何憾！"

魏玄同从容自然，一点也不惊慌，令家人在旁边的一间小屋里挂上白绫，打好活扣，放好板凳。而后迈入小屋，临关门时说："人一辈子一定要问心无愧，死时才会坦坦荡荡。"

监刑官房济心里老大不忍，对魏玄同劝说道："大人何不也来个密告，冀得召见，可以申辩。"

可魏玄同老先生早已看破红尘，将生死置之度外，慨然浩叹道："人杀鬼杀，亦复何殊，岂能做告密人！"

魏玄同为免家人伤心，轻轻掩上小屋的门，独自一人，从容赴死。

魏玄同，定州古城人也。举进士，累转司列大夫，坐与上官仪文章属和，配流岭外，上元初赦还。工部尚书刘审礼荐玄同有时务之才，拜岐州长史，累迁至吏部侍郎。弘道初，转文昌左丞，兼地官尚书、同中书门下三品。则天临朝，迁太中大夫，鸾台侍郎，依前知政事。垂拱三年，加银青光禄大夫，检校纳言，封巨鹿男。死时年七十有三。有一子名恬，开元中为颖王传。

时值破旧立新之际，武承嗣秉承武太后的旨意，每天变着法子铲除异己。

这天，刚上朝，武承嗣就指使宗楚客向武太后奏报左玉钤卫大将军梁郡公李孝逸有反心。

站在武官队列中的李孝逸一听就急了，扑过来一把揪住宗楚客的衣领说："你血口喷人！"

宗楚客个小，被身材高大的李孝逸一提溜，缩着脖子，脚尖沾地，狼狈不堪。

"放下他！"武太后寒着脸说道。

被放下来的宗楚客整整衣领，跪在地上，仰脸看着武太后说："太后明鉴，在神皇跟前，他都敢动手打人。"

李孝逸跪在地上，磕头哭诉道："臣一向勤勤恳恳，以奉太后，哪来的反心呀？"

眼泪怎能打动得了武太后。武太后指着宗楚客道："你尽管说。"

宗楚客又偷看了武承嗣一眼，见武承嗣点点头，才奏道："李孝逸曾跟臣说过，说他'名中有兔，兔，月中物，当有天子之分。'"

李孝逸一听，就指着宗楚客说："你诬赖人，我何时跟你说过这样的话？"

李孝逸又跪在地上，向武太后哭诉道："臣素来不和宗楚客来往，臣也从来没跟他说过这样的话啊。"

武太后一拍龙案叫道："无风不起浪，你不放出这个口风，也没人会诬陷你，看在过去讨徐敬业有功的份上，本宫就不杀你了。免死除名，流往儋州。"

见武太后发了话，武承嗣朝殿下一招手，上来两个殿前侍卫，摘掉李孝逸的官帽，剥去他的朝服，押了下去。

一眨眼工夫，几句话的事，一个四品大将军就这样变成了阶下囚。

散了朝，武承嗣没回去，而是跟在武太后的步辇左右，邀功讨好似的，一会儿指挥步辇轻点慢点，一会儿拿过宫女手中的扇子，亲自把扇。

过了中门，步辇被禁军将领黑齿常之给挡住了。黑齿常之直挺挺地跪在当路上，武太后欠欠身子问："将军有何事？"

黑齿常之方叩头奏道："臣闻梁郡公李孝逸刚才被削籍发配。臣比较了解李将军的为人。他一向是胆小怕事做事谨慎，绝对不会说出那种'名中有兔，当有天子之分'的大逆不道的话，请太后明鉴。"

武太后笑了一笑，对黑齿常之说："此非将军所问之事，你只管当好你的羽林将军就行了。"

黑齿常之一听，只得站起身，侍立在一旁，让步辇通行。

武承嗣走到黑齿常之的跟前，哼了一下鼻子说："看好你的宫门不就得了吗，管这么多闲事干吗？"

步辇走出老远，武太后侧脸对侄儿说："这个百济人不能再留了。"

武承嗣心领神会地点点头说："午后我就叫人去办。"

黑齿常之本是百济人，降唐后，历任禁军将领，曾出任河源军副大使。黑齿常之战功卓著，在军七年，吐蕃深畏惮，不敢复为边患。垂拱三年（687年），出任燕然道行军大总管，与副总管李多祚一起出击突厥，在朔州黄花堆大破突厥人。突厥人由此败走碛北。永昌元年（689年）被调回神都，与李多祚一起，同掌禁军。

黑齿常之是则天时代的名将，极善领兵打仗，有名将之风。每次胜利后所得朝廷的赏赐，他总是自己无所取，全部分给部下，由是深得人心。

可就是这样一个深孚众望、战功卓著的一代名将，因为这次稍稍不顺武太后的心，即难逃杀身之祸。

永昌元年十月，武承嗣指使周兴以谋反罪拘捕了黑齿常之。身陷牢狱的黑齿常之将军，自知难保，也不屑与卑鄙小人多费口舌，当夜，就在牢房里自缢身亡。

舒州，远在长安东南两千六百二十六里，至东都洛阳也有一千八百九十三里。

许王素节，高宗第四子。永徽二年，素节六岁，被封为雍王，寻授雍州牧。素节能日诵诗赋五百余言，受业于学士徐齐，精勤不倦，高宗甚爱之。后又转为岐州刺史。年十二，改封郇王。武氏未为皇后时，与素节母萧淑妃争宠，递相潛毁。永徽六年，武氏立为皇后后，萧淑妃竟为武氏所潛毁，幽辱而杀之。李素节因之尤被谗嫉，出为申州刺史。乾封初，下敕曰：素节既有旧疾患，宜不须入朝。

而素节实无疾，自以久不得入觐，遂著《忠孝论》以见意，词多不载。时王府仓曹参军张柬之因使潛封此论以进，欲以感动帝心，岂知此书却落到武后的手中，武后读后不悦，使人诬素节赃贿，降封素节为鄱阳郡王。左迁到离京都更远的袁州安置。仪凤二年，禁锢终身，又改为岳州安置。永隆元年，转为岳州刺史，后改封葛王。武氏称制，又晋封为许王，累除舒州刺史。

侯思止侯御史带领二十名甲士，分乘快马，经过半个月的急行军，赶到了千里之外的舒州城。

舒州城不大，事务也少，政务之余，许王就在王府内教授几个儿子学习。最近，京城不断传来太后诛杀宗室王公的消息。许王怕有闪失，特派人把少子李琳、李瑾、李璆、李钦古送到雷州他们的外祖母家安置。

这天，许王正在书房里和诸子研习书画，门"哐"的一声被推开了。一个家丁闯了进来，向身后指道："王，王爷，不好了，京城来人抓你了！"

许王到门口一看，什么都明白了，深深叹了一口气，回到书桌旁坐下。

侯思止领着众甲士如临大敌，都端着刀，围了过来。众甲士一拥而上，从腰里掏出绳索，把许王以及其子李瑛、李琬、李玑、李易全绑了起来。

这时，王府和衙门的人都赶来了，堵住门口，一片哭声。一个甲士俯在侯思止的耳边说："老爷，在这里不可以动手。"

见这架势，侯思止也不敢就地杀人。无奈之下，只得令人将许王及其子松绑。

许王和几个儿子坐上马车，在侯思止和甲士的押送下离开王府，许多人跟在车后面要求同去。许王自知此行凶多吉少，性命难保，极力劝阻大家，只带上一个年老的家人。众人只得伤心地跟在后面相送。

侯思止押着许王等人来到黄河边上的龙门驿，见此处地势险要，人烟稀少，侯思止有了主意，命令车马停下来，歇息过夜。趁着天黑夜寒，他悄悄叫起众甲士，到他的上房密谋一番。而后，各人手持绳索，蹑手蹑脚来到许王和几个少爷住的房门口。

侯思止手掂尖刀，轻轻地一点一点地拨门闩。果然是行家里手，十下八下，门闩就让他给拨开了。侯思止轻轻地推开门，一招手，众甲士一拥而进，扑到床前，死死地按住几个睡梦中人，手忙脚乱地把绳索缠在人的脖子上，使劲地勒。少王爷李瑛虽及时惊醒，但也只是呼喊了两句，挣扎了几下，就被结果了性命。

许王遇害时，年四十三。子瑛、琬、玑、易被害时，年皆不过二十。许王少子琳、瑾、璆、钦古后被特令长禁雷州。神龙初，武氏下台后，瑾被封为嗣许王；开元初，琳被封为嗣越王，以绍越王李贞之后；璆为嗣泽王，以继伯父泽王上金之后。当然，这些都是后话了。

【第十二回】

迎上意媚臣献字，顺下情女皇登基

侯思止将许王等人的尸首拉回京都，武太后大喜，令以庶人之礼葬于荒野。被拘于御史台的泽王上金听到弟弟和几个侄子遇害的噩耗，忧惧交加，当夜在牢里自缢身亡。其子义珍、义玫、义璋、义环、义瑾等人均配流显州而死。

立秋了，天渐渐地冷了。这天周兴派人到山里弄了一些时兴的野味，请了御厨，做成美味佳肴，在府中宴请武承嗣。席间，周兴亲自把盏，极尽奉承之能事，小心翼翼地探问武承嗣："如今唐之宗室收拾得差不多了，不知神皇何时将登大位？"

武承嗣伸出一个指头，在周兴眼前晃了晃，笑而不答。

"还有一年就登基？"周兴伸着脖子问。

武承嗣点点头。

周兴忙双手奉上一杯酒，说："神皇太后即大位，公当为皇嗣。属下一向忠心追随大人。以后还望公多照顾属下。"

武承嗣接过酒杯，一干而尽，打着酒嗝，志得意满地说："谁为我武氏江山作了贡献的，太后不会忘记他，我武承嗣更不会忘记他。你周兴在诛灭李氏诸王方面是立了大功的，太后大享之际，在宰相班子人选之事上，我会让太后考虑你的。"

周兴一听喜上眉梢，忙拉开椅子跪地谢过。

这时，武承嗣又"哼"了一声，拉长声调说："不过……"

"请大人指教。"周兴忙恭手说道。

"唐之宗室虽杀得差不多了，但仍有少数人还存留在世上"，武承嗣掰着指头数道，"比如汝南王李颖那一支宗室，还有故太子李贤的两个儿子。"

"还有庐陵王李显，儿皇帝李旦。"周兴一边恶狠狠地说着，一边立起手掌做了一个砍头的动作。

"李显和李旦暂时还不能动，成大事也得考虑到天下舆论，得杀之有名。一步一步来，步步为营。这几天，你先组织人把汝南王和李贤的两个儿子解决掉。"

周兴点点头说："这事好办，我马上就安排人告他们，明儿早朝时我就上表给太后。"

周兴手下豢养无赖数百人，专门以告密为业。只要说要扳倒谁，周兴马上就安排他们共为告密，千里响应。欲诬陷一人，即数处别告，皆是事状不异，以惑上下。

果然，第二天早朝，众臣朝贺毕，周兴就捧着厚厚的一叠状子，出班奏道："启奏神皇太后，臣接到数份状纸，均告汝南王李颖及其宗党近日行动诡秘，整日聚在一起，密谋作乱。故太子李贤的两个儿子安乐郡王光顺、犍为郡王守义皆有不轨行为，常和汝南王凑在一块儿，说陛下的坏话，伏请陛下裁处。"

太后一听，心里就有数，当即颁旨："既然如此，此案就由卿审处。这些谋反分子，要从重从快，决不手软。"

这时，太子太保纳言裴居道出班奏道："安乐郡王、犍为郡王乃陛下之孙，一向安分守己，深居府中，足不出户。说陛下的坏话，不足为信，恳请陛下念故太子贤仅存此一线血脉，赦免二王。"

武承嗣一听有人坏他的好事，忙出班奏道："王子犯法，与庶民同罪，光顺、守义身为皇孙，背后潜议主上，其罪当诛，岂可赦免。"

尚书左丞张行廉上前一步，恭手奏道："安乐、犍为乃陛下亲孙，或有不敬之词，当以家法论处，贸然下狱，至为不妥。"

武太后于是点点头说："就依张卿所奏。安乐、犍为交由承嗣当面训诫。"

散朝后，武承嗣望着裴居道和张行廉的背影，对周兴挤挤眼，周兴会意地点点头说："放心吧大人，一个都跑不了。"

兵分两路，周兴带人去抓捕汝南王等人，武承嗣则到雍王府"训诫"故太子李贤的两个儿子光顺和守义。

自从李贤死后，光顺和守义就整日待在王府里，大门不出、二门不迈，没事就在家养鸟玩。最小的弟弟守礼因为年幼，在东宫里和睿宗的几个儿子一块儿念书，形同囚禁，和家里也好几年不通音信了。

武承嗣带人闯进雍王府，光顺和守义正在后院设笼捕鸟，见武承嗣气势汹汹地带人赶来，吓得站在原地，不知怎么办才好。

武承嗣嘿嘿笑了两下，喝令左右："把这两个逆贼拿下，用鞭子狠狠地打。"

光顺一看势头不妙，壮起胆子问："本王到底有什么错，竟要鞭打？"

武承嗣连解释也懒得解释，只是扯过一把椅子坐上，笑看这弟兄俩被按倒在地上的恐惧样，招手命令左右："开打！"

"大人，打多少下？"一个打手请示道。

"打就是了。"

打手们抡起牛筋鞭，照着地上的二人，没头没脑地抽起来。起初打手们还边打边数，数到最后数得不耐烦了，见武承嗣还没有叫停的意思，干脆不数了。打累了，就这手换到那手，不歇气地打。

从小不事稼穑、不习武术、久居深宫的光顺和守义，哪经得起如此毒打。两人开始还没命地叫唤，哀声讨饶，等过了小半个时辰以后，两个人就先后晕死过去了，只有出的气，没有进的气。其中老大光顺被打得小便失禁，口吐鲜血。

武承嗣见鞭子抽在人身上，不见人有反应，于是招手说："停，摸摸口鼻还有气不？"

打手们一边揩着头上的汗珠，一边伸手去试试光顺和守义的口鼻，试了好半天，见没有动静，遂汇报道："一点气都没有了，完了。"

武承嗣这才起身，掸了掸身上的灰尘，对一旁不断筛糠的王府仆人说："找个地方把他俩埋了吧，不要装棺材，也不要致祭。"

待武承嗣一伙人走后，王府的僚属急忙上前，抢救两个少王爷。安乐郡王光顺两软肋被打烂，面色青紫，已告不治。犍为郡王亦昏迷不醒，气息奄奄。

安乐、犍为所住的雍王府，紧挨着千金公主府。这边的惨况很快传到了隔壁。千金公主吓得手捂着胸口，坐立不安，先前引荐薛怀义的侍女成儿忙宽慰她说："公主且不要害怕，您和宗室其他王亲不一样，您是高祖皇帝的第十八女，是辈分最高的大长公主。再说，您曾荐薛怀义以侍太后，单单念您引荐之功，太后也不会对您下手的。"

千金公主摇摇头说："这些算什么，太后连亲儿子亲孙子都敢杀，又何况我这个不值一文的大长公主。不行，我得快想办法，不然，我这把老骨头也得跟着玩完。"

"不行去找薛怀义，"成儿出个点子说，"薛怀义如念旧情，肯定会帮您在太后跟前为你说好话。"

"他的枕头风再好，不如我亲自行动，以实际行动讨太后的喜欢。"千金公主说着，叫成儿："快给我梳妆，我要进宫去见太后。"千金公主是将近七十的人了，还梳着朝云近香髻，化着梅花妆，即眉心上贴一个用金银锡箔制成的梅花。穿着开到半胸的薄而透明的百花裙。打扮好后，千金公主在大铜镜前扭扭身子，感觉还不错，而后对成儿说："带一个名帖，上面写着我的生辰和八字。"

"公主，拜见太后，带生辰帖子干吗？"成儿好奇地问。

千金公主叹了一口气说："我准备拜太后为干娘，求太后收我为义女。"

"拜太后为干娘？"成儿捂着嘴想笑，说："公主的辈分长于太后，反拜太后为干娘，这不让天下人笑话吗？"

"顾不上这么多了，活命要紧。"千金公主接过侍女递来的帖子，吹了吹上面的土，说："把往年高祖赐给我的七宝溺器也带上，作为献给干娘的礼物。"

"送礼物哪有送溺器的？"成儿不解地说，"送什么不好送人溺器。"

千金公主笑笑说："太后喜欢打破常理的事物。我送溺器就是让太后每天都想起我，那我就会在太后心里占有一定的位置。"

三、六、九上朝，今日不上朝，后殿里武太后歪坐在坐床上正想着心事，人报千金公主求见。武太后正好没事，让侍卫出殿把千金公主给带了进来。

"臣妾叩见神皇，神皇万岁万岁万万岁。"千金公主走到床前，纳头便拜。

李唐子弟当面称自己为万岁，听着千金公主这悦耳的声音，武太后心里很熨帖。于是说："赐座。"

近侍搬来个黄锦凳，放在千金公主的身旁，千金公主看了一眼锦凳，扭扭捏捏，愣是不坐，嘴里吞吞吐吐地说："万岁，臣妾有……有一事相求？"

"何事？"武太后问。

千金公主道："如今天下合该姓武。臣妾日夜盼望着神皇能成为古今第一女皇，为女人争脸。臣妾不止一次对人说过，臣妾心中最崇拜的就是神皇。臣妾也早想，早想……"

千金公主故意欲言又止。世人也没有不喜欢听奉承话的。千金公主这几句话，哄得武太后脸皮也舒展开了："有话就说。"

千金公主忙跟着笑一下，复又跪在地上，磕了两个头说："启奏万岁，臣妾不想姓李了。最近诸李氏王公，老是给万岁添乱，臣妾愈觉着耻于姓李。"

这话武太后也爱听，于是饶有兴致地问："不姓李，你想姓什么？"

"求万岁赐臣妾姓武。"

"姓武？"武太后笑着点点头说，"那本宫就赐你武姓吧。"

"臣妾还有一件大事相求。"千金公主跪在地上仍不起身。

"但说无妨。"

"臣妾想认万岁为干娘。"

"认本宫为干娘？"武太后倚在绣枕上哈哈大笑，笑得千金公主心里没底，等笑完了以后，武太后才说："你千金公主的辈分长于本宫，反拜本宫为干娘，有些不合适吧。"

千金公主恭手，正色说道："您老人家乃当今万岁，九五之尊，至高无上，天下之母，天下之父。臣妾拜您老人家为干娘，理所应当！"

武太后听了频频点头，千金公主趁热打铁，再一次叩首请道："求万岁收臣妾为干女儿。"

"好，难得你一片诚心，本宫就收你为干女儿吧。"

千金公主一听这话，喜上眉梢，从怀里摸出帖子双手呈上。武太后示意近侍收下，而后说："既然收了干女儿，本宫有礼物相送。来人哪，把本宫的百鸟裙拿一件来。"

近侍答应一声，到内殿去了，一会儿转了回来，手里捧着一个檀香托盘，托盘上覆锦布，锦布下有一件闪着神奇亮光的织品。武太后令近侍打开百鸟裙，当场给干女儿换上。

老太婆千金公主穿上百鸟裙后，整个人看起来不伦不类。武太后却盘腿坐在床上拍手大笑，连声叫好，千金公主趁势转两个圈子，又做了个万福说："谢母皇厚爱，小女也有一件礼物回送母后。"

"什么好东西，拿来看看。"

千金公主往门口一招手，一个近侍引成儿进来。千金接过成儿手中的锦盒，小心翼翼地打开，从中捧出一个闪着宝石光的伏虎状的东西，恭恭敬敬地捧到武太后脚下。

武太后没认出来，指着那东西问："这是什么玩意？"

"启奏母后，这是'七宝伏虎'，民间叫尿壶，文人叫溺器，再文一些叫伏虎或虎子。"

武太后听了，不禁大笑，指着千金说："你竟送本宫一个溺器。"

千金公主指着手中的溺器，一本正经介绍说："母后，这可不是一般的溺器，是用猫眼石和珍珠饰成的蓝玉做成，虎头上边有一条蜿蜒而上的小金龙。此'七宝伏虎'乃女儿三岁那年，高祖亲赐的。如今已相伴女儿六十多年了。女儿献此伏虎的意思是期望母皇每日多想女儿几回。"

这一会儿工夫，千金公主就把武太后逗得非常开心。太后平时政务很忙，生活中缺乏亲情，缺乏幽默，而千金公主最善于插科打诨，说些坊间俗事。几句无伤大雅的粗俗话自然令武太后龙心大悦。

"你既然已归武家，就不要叫千金公主了，本宫封你为延安大长公主，加实封一千户。内门参问，不限早晚。"武太后说道。

"女儿谢母后。"千金公主磕俩头以后，跑过来给武太后轻轻地捶着腿，边捶边找话奉承："呀，母后的脸面越来越光滑了，看起来越发年轻了。呀，母皇的前额宽阔饱满，印堂隐隐约约似有神光，是帝王之相啊，当年我爹高祖的额上也似有光辉。"

武则天微闭着眼，不置可否，兀自轻轻叹了一口气。千金公主急忙凑近问道："母后有什么烦心的事吗，请让女儿来分担一二。"

"还不是为了太平，自从薛绍被处死以后，她就独身一人，虽然她表面上不说什么，但本宫考虑怎么也该给她找个男人了。"

千金公主掩口"扑哧"一笑，说："我妹妹太平是何等聪明之人，身边还能少了男人，不过，她年纪轻轻就守了寡，也不是个常法。"

"难找啊，"太后叹了口气说，"俯视宰臣子弟，又有谁能配得上太平。"

"不如画一个圈子，找一些漂亮的，有出息的子弟，让公主自己选。"千金献计说。

武太后摇摇头说："太平是本宫的掌上明珠，我不想让她嫁给外人。"

"在武氏儿郎里挑选也行。"千金公主掰着指说道："比如武攸绪、武攸暨、武懿宗、武承嗣、武三思……不都行吗？"

"可惜他们都已成家立业、都有妻子了。"

千金公主干笑了一下，说："皇帝的闺女不愁嫁，母后选中了谁，就把谁的妻子杀掉不就得了吗，这是多么难办的事吗？"

武太后一听大喜，夸千金公主道："不白收你这个干女儿，一句话解了本宫多少天的思虑。不过，这几个武氏子弟中，选谁最合适呢？"

千金公主又掰着指头数道："承嗣和三思年纪偏大，不太合适。攸绪虽有少貌，但其性好琴书饵药，整天想当隐士，也不适合公主。而懿宗个子矮小肥胖，公主肯定瞧不上眼。看样子只有攸暨还能说得过去，人俊美，为人也不错，还是羽林军的右卫中郎将，太平公主一定会喜欢他的。"

听了千金公主的一番对比，武则天也觉着武攸暨配太平公主比较合适，于是说："本宫令攸暨的妻子到你府上跟你学绣花，而后叫人把她弄到城外埋掉算了。"

"妙、妙！"千金公主说，"事不宜迟，马上就干，等完事了再和太平公主说。"

武太后点点头，说："你先回家等着吧。"

且说武攸暨的妻子刘氏正在家里逗儿子玩耍，忽然来一个太监传太后的口谕，让她到千金公主府学绣花。刘氏甚感奇怪，问丈夫攸暨："千金公主是有名的风骚人，正派人家根本不和她打交道，平时也唯恐避之不及。千金公主连针都不会使，太后让我到她家去学什么绣花，这不是让我去学坏吗？"

攸暨跟着唉声叹气了一番，说："既是太后的旨令，去也得去，不去也得去，你赶快过去看看吧，不行，就找个借口早回来。"

刘氏无奈，只得略为装扮了一下，叫家人备轿。儿子一见母亲出门，也哭着闹着要跟去，抓住刘氏的裙子不丢。攸暨跟过来说："就带上他吧，带上他也有理由早回来。"

就这样刘氏也带上了唯一的儿子。轿子载着母子俩穿过几条街道，来到了太乙门的千金公主府。千金公主府门口静悄悄的，没停有别的车马。刘氏心道，是不是传错口谕了，让我来这里干什么，又不见别人来。丫鬟到门房一接洽，说明来意，门房很热情，不住地点头，随即，他往门里一招手，过来一个四十多岁的婆娘，手里甩着一个红手帕，笑眯眯地来到刘氏的跟前，说："夫人请，千金公主已在客厅等你哪！"

"有没有旁的人来？"刘氏问。

"旁人倒没看见。"那婆娘说着，弯腰抱起刘氏的儿子，就往府里走，刘氏和两个随行丫鬟，跟在后边进了千金公主府。

刘氏被带到了客厅里，客厅里空空荡荡，没有其他人，刘氏以疑惑的目光看着那婆娘，那婆娘忙赔上笑脸说："夫人暂且在此稍等，千金公主一会儿就来。"

刘氏在旁边的一个椅子上坐了下来，那婆娘又满脸堆笑地对俩丫鬟说："两位姐姐不如带小公子到后园里玩玩吧，以免小孩淘气影响夫人学绣花。"

两个丫鬟冷眼看着那婆娘，一动不动。那婆娘嘴里琐碎，抬高声音又说了一遍，还把恳求的目光转向刘氏，刘氏摆摆手说："你俩带小公子出去玩玩吧，别磕着碰着他。"

俩丫鬟答应一声，领着四岁的小公子出去了。刘氏苦笑了一会儿，正等得不耐烦，客厅门"哐"的一声被撞开，四个太监模样的人走了进来，打头的一个太监指着刘氏说："麻烦你跟我们走一趟。"

"跟你们走？上哪儿？"刘氏诧异地问。

太监们的脸冷冰冰的，并不回答。打头的太监一招手，三个太监变戏法似的，亮出绳子，向刘氏冲了过来。

"你们想干吗？"刘氏边往后退，边愤怒地指责道。

太监们一拥而上，把刘氏的胳膊反剪在背后，三下五除二，捆了个结结实实。刘氏急得大叫："救命啊，救……"两句"救命"的话没喊完，嘴里就被塞上了一块桌布。刘氏急得眼里沁出了眼泪，奋力挣扎。无奈，一个弱女人哪是四个太监的对手，刘氏被拉扯着拽出客厅。门口停着一辆马车，刘氏脚蹬着车帮，死命地挣扎着，不愿意上。恰在这时，刘氏的两个丫鬟带着小公子回来了，见状大吃一惊。健壮的丫鬟救主心切，尖叫着直冲过来，与几个太监厮打起来。太监们难以对付两个疯了似的丫鬟，急得大叫躲在远处墙根的千金公主："快点！快叫人来帮忙。"

千金公主一招手，几个奴才冲上去，帮助太监们把两个丫鬟给捆了起来。两个丫鬟和刘氏仍在奋力挣扎着，旁边的小公子也在哇哇大哭，一个太监凑近太监头儿说："不如就地结果了吧，省得路上再惹出麻烦。"

太监头儿早已被弄得不耐烦，于是朝其他太监使个眼色，几个太监从腰里各摸出一条麻绳，出其不意地从背后勒住了刘氏和丫鬟的脖子，不一会儿，刘氏和两个丫鬟就眼珠翻白，瘫软下来。刘氏的儿子哭叫着举着小拳头擂打着太监。一个太监不耐烦，一把抓过孩子，孩子登时被摔得气绝身亡。

千金公主走上来，不满地说："不是说出去以后再处死她们吗？怎么在我家就动起手来了。"

太监头儿一瞪眼，说："你若多话，把死尸也留在你家。"

千金公主见势不妙，忙赔上笑脸，点头作揖道："公公们辛苦了，在舍下用完膳再走吧。"

太监头儿哼了一声，伸出手来："饭就不吃了，就请千金公主赏我等几个一点茶水费吧。"千金公主无奈，只得令人捧出一百两银子给了这些太监。太监收了银子，这才把四具尸首收进马车，扬长而去。

傍晚天黑时，久等妻儿不归的右卫中郎将武攸暨，亲自来到千金公主府接人。面对武攸暨的厉声质问，千金公主赔着笑说："下午的时候，宫里来了四个太监，说奉神皇太后之命，把尊夫人和贵公子接走了。"

"接走了，接到哪里去了，宫里？"武攸暨问。

"这我可不知道。"千金公主说着，又凑过去拍拍武攸暨的肩膀说："我说小兄弟，太后做的事你最好别管，妻儿回来就回来，不回来也就算了。"

"你说这话是什么意思。难道我妻子和儿子……"武攸暨只觉得浑身冰凉。

"攸暨，老身给你透露一个消息。"

"什么消息？"

"太后准备把太平公主配给你，你的好运就要来了。"千金公主笑着说。

"啊！"武攸暨只觉得头一阵发晕，几乎站不稳身子，惊恐地问千金公主，"此话当真？"

"老身一大把年纪了，岂能骗你。上午太后才亲口对我说的。"

武攸暨手捂着头，长叹一声，说："如此，我妻儿的性命休矣。"

第二天，武则天召见了武攸暨，见面连个客气话都不说，出口就让武攸暨准备一下，过两天迎娶太平公主。跪在地上的武攸暨一个劲地磕头谢恩。自始至终，连妻儿的去向都不敢探问。武攸暨真是个明白人。他知道太后是个什么人，他知道自己该怎样夹着尾巴做人。

这期间，薛怀义也没有闲着，除了不定时的奉诏入宫侍候太后外，如今老薛正领着数千人，在洛阳龙门奉先寺前的山崖上，依山傍崖造佛像。

这天，薛怀义来到工地视察。站在奉先寺前，他手搭凉棚，望着那高大的山崖发愁道："这么高的佛像，哪一辈子才能做好啊？"

旁边的喽啰宽慰他说："又不让薛师您亲自干，自有工部的人领班干，什么时候干好什么时候算。您老人家何必操这个心。走，咱们到寺里喝酒去。"

这时，一阵狂风刮来，薛怀义头上的僧帽也被风刮了下来，沿着台阶骨碌碌往下滚，一个喽啰赶紧跟在僧帽后边追。追了几十步也没能追上。

"乖乖，风这么大。"薛怀义摸着自己的秃头说道。

"薛师快看！"一个喽啰指着崖上的脚手架惊叫道。

薛怀义打眼一望，只见庞大的脚手架晃晃悠悠，不一会儿就疾速地向众人压来。"不好"，薛怀义大叫一声，抱头鼠窜，刚跑十几步，就见那数百丈高的脚手架惊天动地地砸在众人的身后，扬起满目的烟尘，脚手架上和地上的上千名民夫死的死，伤的伤，狼藉一片……

人们惊叫着，从远处跑过来救援。可作为总指挥的薛怀义却无动于衷，捂着胸口不住地庆幸道："我的命真大，亏我跑得快，仅仅损失了一顶僧帽和一个小卒子。"

旁边的小喽啰摸摸自己的脑袋还在，脑子还能使，立即恭维薛怀义："薛师是罗汉下世，它脚手架再大再能也砸不倒咱薛师。"

这时，负责工程的工部侍郎跑过来，跪地磕头道："禀薛师，佛像外围的脚手架全部被风所摧，求薛师示下。"

薛怀义有些不耐烦地说："倒了再建，没有钱直接到府库里支，没有就跟地方上要，死伤的人该埋的埋，该治的治。"

工部侍郎抹抹眼泪，说："薛师，这工期太紧了，一两年根本做不成，能不能给太后说说，作十年八年的长期打算？"

"我不管。"薛怀义没好气地说，"反正到时候建不成，太后砍你的脑袋不砍我的脑袋。"

工部侍郎刚想再请示些别的事，薛怀义却转身走了，边走边气哼哼地说："都当将军、当御史的，却让我来干这费力不讨好的活，我不干了。"

薛怀义领着一帮和尚，骑马赶回了城里，他要找武太后辞去这苦差事。其实这雕像动工将有半年，薛怀义一共也没过来看过几回，也根本没费心思。

城门口，一队银甲耀眼的金吾卫正在盘查行人。薛怀义一行人是特别的人，并不下马接受检查，而是放马直往前走。一个将官见是薛怀义，忙在路边拱手道："薛师，从哪里来？"

薛怀义定眼一看，见是武三思，于是勒住马，说："哟，是三思，又在这忙乎什么？"

"近来边境又不大安宁，太后命我加强京城的治安工作。薛师，刚才听人说你的工地出事了，死伤不少人。"

"别提了，"薛怀义摆摆手说，"差点没把我砸死，我这就找太后，辞了这差事。"

"太后正在召集兵部的人开会，商讨讨伐突厥骨笃禄的事，恐怕一时半时不能见您，不如咱爷俩到前面东升酒楼喝两杯小酒，也给薛师您压压惊。"武三思牵住薛怀义的马缰说。薛怀义心情不好，此刻正想灌两杯酒，于是随武三思来到前面著名的东升大酒楼。

两个人端起酒杯开喝，二杯酒下肚，薛怀义羡慕地看着武三思的将官蟒服说："像你似的当个五城兵马使多威风，人面前也有光，怎么也强似我。"

"其实薛师你可以当将军，你跟太后要，太后心一软，事不就成了。"武三思笑着说。

"关键是没有好职位，"薛怀义挠挠秃头说，"好职位都让你们占去了，剩下小的我又不想干。"

武三思干了一杯酒，伸过头来说："薛师，现今有个好职位。"

"什么职位？"

"如今突厥犯边，太后正在物色新平道行军大总管，以击突厥，薛师何不向太后请缨？"

"领兵打仗？"薛怀义忙摆手说，"当个太平将军还可以，真要真刀实枪地上战场，我不干。"

"没那么严重，"武三思凑过来说，"突厥兵一共才几万人，薛师可以多向太后要兵马，只要把突厥兵赶出边境，就算你赢了。这事还不好办吗？再说你是主帅，驻在后军又没什么危险。见势不妙，你也可以往回跑。"

武三思的一席话，说活了薛怀义的心思，他连连点头，说："有理，有理，回来我也能立些军功，在京城老百姓面前长长脸，省得人家背后都不服气我。"

喝完酒后，别了武三思，薛怀义直接到皇宫的长生殿，躺到武太后的龙床上，等武太后。

天黑后，武太后回来了。见薛怀义正在床上等待自己，满心喜悦，说："本宫正要叫人去召你进宫，你自己先来了。"

薛怀义抚着武太后的手说："我想当新平道行军大总管。"

武太后诧异了一下，随即笑了："行军打仗你可不行。"

薛怀义翻身下床，一把抱起武太后，薛怀义一番力气使出，武太后果然答应了。

"好，好，让你当，让你当。"武太后呻吟着。君无戏言，一场重大的人事任命就这样决定下来了。

三天后，洛阳城外，锣鼓喧天，鼓号齐鸣，新任新平道行军大总管薛怀义，率领二十万大军，出征边关，以击突厥，文武百官都赶到城外给薛怀义送行，望着薛怀义趾高气扬的模样，送行的朝臣们心道：此去败得一塌糊涂才好呢，死于敌手最好，好让太后关起门来哭。

打不打仗，先造造声势再说，薛怀义传令沿途地方，把辖区内所有的吹鼓手都编入出征大军。一下子募集了两三千名吹鼓手。薛怀义分配给他们的任务是，天天在军中敲鼓打锣吹军号。军号锣鼓震天响，大将军八面威风。到了幽州，薛怀义不敢再往前进了，命侦察兵分三路前去侦察。半日的工夫，侦察兵们陆续回来了，都说前方没有突厥兵。薛怀义这才传令大军继续前进，一直深入到紫河，果然没有敌军，薛怀义高兴得哈哈大笑，旁边的师爷副将上前恭维道："将军兵不血刃，已渡紫河，其功匪浅，当效法沙场前辈，在单于台刻刀记功。"

"好主意，好主意，也让我的功业流芳百世。"薛怀义说着，指示军中的刀笔吏赶快办理。刚刻完后，有哨探来报，说前方山包间发现有小股突厥兵，薛怀义大吃一惊，急令大军退回关内。

边塞风声鹤唳，气候太差，生活太苦，住了两天，薛怀义就不耐烦了，下令班师，并派快马把捷报先行报给太后。

一月不到，薛怀义的北伐军就打了一个来回，且二十万大军毫发未损。太后也大为高兴，趁热打铁加薛怀义为辅国大将军，改封鄂国、上柱国，赐帛两千匹。

这天晚上，太后设御宴款待薛怀义，她爱抚地看着薛怀义说："怀义啊，你这次北伐突厥，大获全胜，可给本宫争气了。"

薛怀义仿佛真打了胜仗似的，晃着膀子说："小小的突厥兵，一听我薛师的名头，都吓得望风而逃，我大军顺利渡过了紫河，来到了单于台。"

"你说你没碰见敌军？"武太后疑惑地问。

"当然碰见了。"薛怀义边啃一块骨头，边吹嘘道，"突厥兵漫山遍野都是，足有十来万。"

"你是怎么打的，将士们怎么都没伤着？"

"我采取迂回的战术，集中兵力，猛冲猛打，突厥兵都被压到紫河里去了，死的死，亡的亡……"

武太后将信将疑，说："本宫准备过了年正式登基，本宫想让你跟高僧一起编一部经书出来，明确地阐述本宫是弥勒佛下世，为本宫的登基大造舆论声势。"

"我……我不大识字，再说那些高僧大德能听我的吗？"薛怀义担心地说。

"这不要紧，本宫派人协助你，你只要指示他们怎么做就行了。"

"我哪有那么多精力，我还得和我的那些小哥儿们一块儿玩玩哩。"

"好，好，随你的便。"武太后笑着说。

只有薛怀义敢说拒绝武太后的话，也只有对薛怀义，武太后才一笑置之，不以为怪。

永昌元年（689年）十一月武则天下诏大赦天下，始用周正，改元载初，以永昌元年十一月为载初元年正月。

中国自汉武帝以来，历代都使用夏正，所谓夏正就是夏历，即夏朝流行的历法。而周正，亦即周历，也就是周朝使用的历法。夏历建寅，以阴历正月为岁首；周历建子，则以阴历十一月为岁首。岁首的月建不同，四季也随之不同。

武则天为什么下诏改变沿用了两千多年的历法？原因不言而明，那就是用周历的周朝，乃武氏的祖先。夏历改周历，就是要告诉天下人，天下本来是武氏的，我武氏马上就要复兴周朝了。更改历法，当然引起天下一片混乱，用了多少辈子的老皇历一下子变得不名一文。老百姓闹不清何时是春，何时是夏，何时是秋，何时是冬，何时过年，何时下种，何时收获，人人稀里糊涂。

载初元年正月一日，武太后大享万象神宫，服衮冕，搢大圭，执镇圭为初献。以周、汉之后为二王后，舜、禹、成汤之后为三恪，周、隋之嗣同列国。

凤阁侍郎河东人宗秦客，改造"天""地"等十七字以献。

其中"曌"为武太后特别欣赏，拿过来作为自己的名字专用，任何人不得使用这字。从字形上看，"曌"象征着日月当空，象征着女皇君临天下的气势。"曌"字拆开来看，又成"明空"，或"空明"，颇含几分佛理禅机，切合武太后向佛的心意。会意造出的字，也有错会其意的时候。比如"国"字，宗秦客开始秉承武太后的意思，造成"圀"字，意思是"口"中安"武"以镇之。但字刚推行，没有一月，有人上书说，"武"字关在"口"中，与"囚"字无异，不祥之甚。武太后大吃一惊，慌忙下令追回前道诏书。

启用了新字，武太后又将"诏"改为"制"，原因是"诏"与"曌"音近。

新字的推行，首先从朝廷开始，然后派快马传递到全国各地。诏令天下，无论是制敕公文，奏书，报告，以及其他文字的东西，从落款到行文，都要毫无错误地使用新字，不允许有一丁点儿差错。

乙未，司刑少卿周兴奏除唐亲属籍。

春一月，戊子，在李唐宗室王公被清洗出朝廷之日，武太后大封诸武。

武承嗣是武太后同父异母的哥哥武元爽的儿子，和武太后最为亲近，被迁为文昌左相，同凤阁鸾台三品，兼知内史事。

武三思是武元庆的儿子，也算武则天的亲侄子，由右卫将军累进夏官（兵部）尚书、春官（礼部）尚书，并监修国史。

武则天姑妈的儿子、表兄宗秦客因改造新字有功，被擢升为凤阁侍郎。其二弟楚客、三弟晋卿亦被重用。

环视偌大的朝堂，几乎有一半是武家的人。但武家毕竟就那么几个人，天下的官还要有外姓人当。但唐家老臣，新朝不取，李氏宗室及一些追随者被酷吏整死后，朝廷的各个部门、各级官府急需大量的官员。选用才俊成了当务之急。

载初元年（689年）二月十九日，经吏部考试初选的数百名贡人，齐聚洛阳殿，参加太后武则天亲自主持的殿试。此前历朝历代，大都推行的是九品中正制，即以门第为考校官员的主要标准。而今以文章诗赋取士，重才学而不重门第，它使一大批卓有才华的寒门之士得以文章显达。自武太后朝往后，涌现了一大批通过科举而走上政坛的贤臣和一大批文坛巨擘，如姚崇、宋璟、张九龄、陈子昂等。

此次考试，还有一个重要的发明，即糊名制度，考试时把考生的名字糊住，可以有效地防止一些贪官污吏作弊。直到如今，糊名制仍应用到各类考试中。

开除唐宗室，任用诸武，夏历改周历，文字改革，殿试选拔干部，这一系列令人耳目一新的动作，就是要向众人宣示，人间要改朝换代了，一个新的皇帝就要诞生了。

在新皇帝诞生之前，光有一些改革措施还不行。新皇帝尤其是女皇帝面世，还需要有神明的支持，还要通过某种手段，来取得民众的认可。儒家语"牝鸡司晨，唯家之索"，女人当政在人们的脑海中没有合法性。武太后要平平安安地顺利登基，还需要在自己的头顶上安放一个神秘的光环，让小老百姓们在潜移默化中向自己顶礼膜拜。因此武太后指示薛怀义，在易姓前夜，加紧炮制一篇她是佛祖化身的经书来。

离武太后预定的登基日子还有两个月的时间，在武太后的直接过问下，薛怀义招募的九位僧人，终于把《大云经》译好了。《大云经》早在后梁时就有昙无谶的译本，全称《大方等无想经》或《大方等大云经》，此经原本不太引人注目。此次重译也非正常的佛事注译，几个僧人主要是秉承武太后的意思，赋予《大云经》以新的内容，以期达到为武所用的目的。

这天薛怀义领着魏国寺僧法明等九位僧人，捧着"新版"四卷《大云经》入宫谒见武太后。武太后笑容满面，降阶来迎接这九位僧人，并在朝堂上赐座。薛怀义道："陛下，臣等在重译《大云经》时，有一个十分重要的、了不起的发现。所以把《大云经》献给陛下。"

"什么了不起的发现，说来听听。"武太后一副饶有兴趣的样子。

薛怀义从袖筒里摸出一张小纸片，想照着上面写的字回答，发现几个生字又忘记读音了，有些不耐烦，把纸片递给旁边的法明禅师说："还是由你来给太后汇报吧。"

法明遂恭手朗朗奏道："大白马寺大德沙门怀义师领着臣等九位僧人，通过对《大云经》的注译，考证出太后不是一般的太后，太后乃弥勒佛出世，当代唐为阎浮提主。"

话音刚落，站在朝堂西边的文武大臣心里一震，完全明白是怎么回事了。但在这节骨眼上，谁也不敢站出来，当面触太后的霉头，大部分都冷眼看着，默默无语。

龙椅宝座上的武太后特别高兴，探身问道："汝等高僧大德，考证出本宫为弥勒佛出世，有何凭据？"

法明和尚往前走了一步，侃侃而谈："斯经卷四《大云初分如来涅健度等三十六》称：佛告净光天女，大精进龙王即是汝身，汝于彼佛暂得一闻大涅经，以是因缘今得天身，值我出世复闻深义，舍是天形，即以女身当王国土，得转轮王所统领处四分之一。得大自在受持五戒作优婆夷，教化所属城邑聚落男子女人大小。受持五戒守护正法，摧伏外道诸邪异见，汝于尔时实是菩萨，为化众生现受女身。"阎浮提，释门语，指的是人世。根据佛祖的指示，菩萨现女身当王国土。而武太后正好也以此为根据，当代唐为阎浮提主。

听了法明的一番背诵，武太后假装谦虚，摆摆手说："本宫何德何能，以菩萨化女身而君临天下。"

法明恭手论道："此乃佛祖之意，谁也不可以反对，反对者即遭天谴，经云：女既承正，威伏天下，所有国土，悉来承奉，无违抗者，此明当今大臣及尽忠赤者，即得子孙昌炽。如有背叛作逆者，纵使国家不诛，上天降罚并自灭。"

听了法明这一番话，朝臣们心道，这哪里是经书，这简直是咒人骂大街。

武太后则频频点头，表示认可，法明接着又吹乎道："陛下的前生乃是神通广大的弥勒佛，在过去、现在、未来三世佛中，陛下是属于未来佛。《佛说弥勒菩萨下生经》云：弥勒出身，国土丰乐。如今，陛下君临中土，中土也必将成为一个极乐的世界。"

一等法明说完，武承嗣急不可待地出班奏道："听高僧一席话，胜读十年书。臣这才明白了为什么陛下这么神武，这么英明。臣请陛下降诏，将薛师监译的《大云经》颁示天下，并在诸州各建大云寺一座，以藏《大云经》，且使高僧登堂升座，讲经解道，让天下人人都学习《大云经》，明白《大云经》。另外，法能等高僧大德译经有功，当赐爵县公。"

武太后连连点头，说："就依卿所奏，将《大云经》颁示天下。法能等九位高僧注译《大云经》有功，皆赐县公，仍赐紫袈裟，银龟袋。"

"谢主隆恩。"九个和尚排成一行，齐刷刷地跪下，喜不自胜。

九品主簿傅游艺迈着沉重的脚步往家走，走在路上，有些愤愤不平，有些悲凉，有些怀才不遇的感觉。从老家汲水，赶到京城当官，却当了这么个猫狗一般的小官，上下班连个车轿都没有，不得不天天安步当车。走过两条街，快到家门口，傅游艺却不进去，拐个弯到他哥哥家去了。

哥哥叫傅神童，官居冬官侍郎，官比弟弟傅游艺大。这天回到家，傅神童叫厨子做了几个好菜，弄了一壶老酒，正准备自斟自饮。见老弟游艺一头撞了进来，忙拉过一张椅子，邀弟入座。

"哥，我这个九品主簿实在是当够了，整天受人的气。哥，你得考虑考虑我的问题，看托托人能不能给我升一升。"傅游艺一坐下就向哥哥嚷嚷着。

傅神童端起一杯酒，轻轻地啜了一口，咂咂嘴，才慢声慢语地说："游艺啊，不是哥不想帮你，实在是帮不上忙啊，现在马上就要改朝换代了。各方面都比较乱，一些关系也不好处理，哥想等等再考虑你的升迁问题。"

"等？等到什么时候，再等黄花菜都凉了。"傅游艺端起酒盅一干而尽，气哼哼地说。

"老弟，干什么事都要慢慢来，想一步登天，不太容易了。除非你能让太后高兴了。"

"让太后高兴？"傅游艺垂头丧气地说："我这个九品芝麻官，连太后的面都见不着，上哪去让太后高兴？想学王弘义、侯思止他们告密吧，现在也不好学了，李唐也已被杀得快死绝人了。"兄弟俩无局，喝了一会儿闷酒，话题又扯到一边了。傅游艺说："太后也真是，整天让天下人学习《大云经》，把俺这些小卒累得够呛。她老人家想当皇帝直接当不就行了吗，又没有人敢阻拦她。"

傅神童微微一笑，说："游艺啊，有些事你还不大懂，太后这是，等人来劝进呢。"

"劝什么进？"傅游艺问。

"劝进嘛，"傅神童放下筷子，解释说："自古以来，凡夺位得天下的君主，在登基之前，总要搞一些百官上表劝进的把戏。然后想当皇上的人推辞再三，显得实在推辞不掉了，才答应下来，正式登基。你明白了没有？"

"那现在有谁劝进？"傅游艺伸着头问。

"尚无。"

"那现在由谁出头劝进？"傅游艺紧追着问。

"目前还没有人出头，除了那些姓武的人不好劝进之外，其他的朝臣怕当李唐的罪人，被后人戳着脊梁骂，都不敢出头。"

傅游艺兴奋地一拍大腿说："那我们弟兄联合百官，先来个劝进，太后一高兴，兴许能赏个御史当当。"

傅神童叹了一口气说："这何尝不是一个升官发财的捷径，但我们官职微小，人微言轻，难以说动重臣、皇亲显贵啊。"

傅游艺笑着对哥哥说："百官劝进不行，咱搞个万民上表，老百姓上表劝进，岂不让太后更喜欢！"

傅神童一听，也兴奋起来，连连击节赞叹，说好主意。高兴了一会儿，他又发起愁来，说："又不是一地的父母官，上哪儿找这么多上表去。"

"没关系！"傅游艺跳上了椅子，拿着筷子指指点点地说："傅家在汲水大门大户，动员几个乡亲百姓又有什么难的。"

"老百姓无利可图，怕他们也不敢干啊。"

"这好办，用钱来开路。愿意在劝进表上签名的，我们给银子，愿意跟着去京劝进的，管吃管喝。"

"来京劝进，怎么也得千把几百人，这得破费多少钱啊，再说我也没有这么些钱。"傅神童担心地说。

傅游艺喝了好几盅酒，此刻已热血沸腾，他一拳擂在桌子上，发狠道："砸锅卖铁，老子也得把这事干成。不行，我就把老宅子卖了，再借一部分钱，不信这个宝我押不上！"

傅神童见弟弟这个劲头，知道事不可阻，也觉得这是个千载难逢、升官发财的好机会，于是也表态说："那好吧，哥哥这些年也积攒了不少钱，都拿出来资助你吧，不过，事成后，你可得还我。"

"当然还你了，到时候老弟还在乎你那几个小钱。"傅游艺拍着胸脯道。

第二天，傅游艺就带着哥哥资助的钱两，乘车奔回老家汲水了。来到家里，傅游艺立即令人赶集买酒买菜，请了个厨师，置办了一桌丰盛的宴席，亲自一一把族长、三老四少和里正等乡里有头有脸的人物请到了家里。

大家伙团团围坐，喝了几盅酒，傅游艺开门见山地说："各位叔叔大爷，老少爷们，我游艺这次回老家，有一个重要的事想请三老四少帮帮忙。现在全国上下都在学习《大云经》，不用说你们也知道，这《大云经》讲的是什么。用不了多久，太后就要登基君临天下了，大唐马上就要完了。在这关键的时刻，我游艺有个想法，就是咱们不失时机，大家联合起来进京上表劝进，太后一见咱百姓也来上书，一定会龙颜大悦，说不定一高兴免了咱汲水的赋税呢！大家伙觉得我这个主意怎么样？"

桌子旁围坐的三老四少默默无语，族长等人还渐渐拉长了脸，傅游艺见冷了场，忙说："路费我出，不让大家破费一文，大家只要跟着我到京城走一趟就行了。"

这时老族长已胡子直颤，突然他"叭"的一声砸了一下桌子，鼻子里"哼"了一声，起身离席而去，其他三老四少见老族长走了，也都站起来，一个个离席而去。

"哎，哎，都别走啊，好好的，怎么说走就走。"傅游艺拦住了这个，拦不住那个。

其中一个姓傅的本家叔叔，临走时拍拍傅游艺的肩说："小子，在京城混了几年，越混越没有人样了。"

几句话把傅游艺说得一愣。请来的客人差不多都走光了，只有那个里正坐在原位上没动，大概是看在傅游艺是京官的面子上，没好意思走，毕竟都是官府中人吧。

傅游艺面对里正，摊着手，哭丧着脸说："喝得好好的，正说着话呢，怎么说走就走了。我，我哪点得罪他们了。"

里正欠了欠身子，招呼傅游艺到跟前坐下，然后说："我说傅大人，太后废唐自立，天下人心里跟明镜似的，但这些人都是李唐的老人，怎么也不愿意拥立一个女人当皇上。你刚才动员那些族长、三老上表劝进，是瞎子点灯白费蜡。"

"那，那怎么办？"傅游艺急得直搓手，末了又给里正满满斟上一杯酒，双手递上说："老哥，这事你得帮帮我，我可是大老远从京城赶来，想干点事的。"

里正笑了笑，喝了一杯酒，又拿起筷子不停地夹菜吃。

傅游艺觉着有门，在一旁鼓吹道："事办成了，到时候老哥也有一功，太后一高兴，最少还不得赏你个县令当当。"

里正又笑了笑，说："有这个里正当着，我就比较满足了，至于县令什么的，留给别人干去吧。"

傅游艺一听里正话音里不想帮他，心里凉了一大半，却也不死心地说："老哥，您就帮帮我吧，和尚不亲帽子亲，咱一是老乡，二又都是官府中人，事成了，我绝对不会亏了您。您不想当官，我给你钱也行。"

就这样，在祖籍里正的帮助下，傅游艺领着近千人的队伍到了洛阳。

坐在南衙里的武承嗣，听见门外人声鼎沸，起初还吓了一跳，以为外面起了暴动，慌忙登上城楼观看，才知道有人在诣阙上表。武承嗣喜滋滋地迎出来。

傅游艺一眼看见了武承嗣，忙停止喊口号，跑过来，跪倒在地，手举着劝进表说："下官合宫主簿傅游艺率关中百姓诣阙上表，劝进太后登基、改国号为周。请武大人代为奉表。"

武承嗣笑容满面，接过劝进表，说："你们先在宫外休息，我立即奉表进宫，报与太后。"

武承嗣捧着表，三步并作两步，一路小跑，跑向大殿。大殿上的武太后也早已接到报告，知道有人聚众上表，但她仍坐在龙案前，静静地批改文书。

"太后！"武承嗣激动的声音里带着哭腔，跑进大殿，气喘吁吁地说，"有人上表劝进了。"

"都是些什么人啊？"武太后头也不抬地问。

"关中百姓，好几千人呢，由一个叫傅游艺的人领着。"说到这里，武承嗣连连感叹道，"多么善良淳朴的关中父老啊，只有他们对太后忠诚！"

武太后不为所动，慢慢地把一个奏章批完，才抬起头说："传本宫的旨意，上表劝进，不许！"

"什么？"武承嗣简直不敢相信自己的耳朵，焦急地说："陛下不是时常在侄儿面前念叨说该有人上表劝进吗，这会有人劝进了，陛下又不愿意了？"

武太后笑了笑，说："本宫要效法古帝，非三请不可。再者，傅游艺官职微小，劝进的分量还不够。本宫要等待更有影响力的人来劝进。"

武承嗣若有所悟地点点头，说："侄儿明白了，侄儿估计明天准会有百官及帝室宗戚、远近百姓、四夷酋长、沙门、道士等各界人士，一齐来上表。"

武承嗣转身往外走，又让武太后给叫住了："传本宫的旨意，封那个傅游艺为正五品的给事中。来京诣阙上表的关中百姓各赐纹银百两，安排到京都各大客栈住下。"傅游艺由九品主簿一跃成为五品给事中，一贫如洗的他转眼间有了百两银子，人们有目共睹，整个洛阳城和京郊地区几乎都动了起来，人们奔走相告，彻夜不眠。

第二天天还没亮，洛阳宫外就像开了锅似的，锣鼓喧天，彩旗招展，口号声一浪高过一浪，响震天地。文武百官及帝室宗戚、远近百姓、在京的四夷酋长、沙门、道士合六万余人，一齐上表如傅游艺所请，劝太后龙登宝位，改国号为周。

人多势众，到处乱糟糟的，五城兵马使武三思怕出乱子，指挥士兵，布起了三道封锁线。一直闹到中午，宫中才传来消息，百官及百姓所请，太后不许。文武百官及帝室宗戚这才三五成群地散去。剩下的百姓们闹腾了一夜，早已疲惫不堪，饥肠辘辘，见太后也没有赏赐下来，也都散去了。

下午，武承嗣在南衙召开会议，商讨再次上表劝进的事，会上有人说："太后既然不愿意做皇帝，臣子们也不能勉强太后，我看上表的事就算了吧。"

武承嗣朝那人一瞪眼，吓得那人赶紧闭上了嘴巴。武承嗣威严地扫视了文武百官一眼，说道："我们上表劝进，太后不许，那是她老人家的谦虚，说明太后大地一般宽阔的胸怀和高风亮节。但我们也应该明白，太后是弥勒佛出世，老天注定她老人家要代唐登基为天下主。太后若不当皇帝，咱们这些做官的人必遭天谴。因此，必须要太后当皇帝。"

武承嗣说了半天，见群臣还没有反应，忙拿眼色示意宗楚客，宗楚客会意地站起来，大惊小怪地说："武大人，我今天发现了一件奇怪的事。"

武承嗣忙伸着脖子，问："什么事？"

"上午，我在明堂里值班，见有一只好大好大的金色凤凰，驻足在明堂前面的屋檐上，我正觉得奇怪，那凤凰又从明堂屋檐上飞走了，我忙跟在后边撵，见凤凰又飞入上阳宫了，在上阳宫展翅亮羽，又飞向东南去了。"

武承嗣叫道："吉兆啊，吉兆，凤凰飞入朝堂，合该太后登基。"

话音刚落，一个宦官气喘吁吁地跑进会场，说："武大人，各位大人，朝堂上发现一件奇怪的事，成千上万只赤雀在朝堂里乱飞，各位大人赶快去看看吧。"

武承嗣腾地一下站起身来，对着百官一挥手说："走！都到朝堂上去看看，看看到底是怎么回事？"百官们也觉稀奇，跟在武承嗣的后边，急步赶到朝堂，进了朝堂，果然见上千只颜色赤红的鸟雀在朝堂里欢快地啾鸣着。

明眼人一看就知鸟雀是被人工抓来的，身上的红羽毛是人为涂上的，但大家都不说出口，武承嗣拍手叫道："好啊！好啊！又添了一个吉兆。"

宗楚客凑上来说："明堂上飞凤凰，赤雀齐集朝堂，这两件事应该写进劝进表里。"

武承嗣叫道："马上写，明天早朝时再次联名上奏。"

第二天早朝，山呼万岁毕，群臣就发现太后今天不一般，头上盘个高高的双髻，双髻插了个长长的步摇，脸上化的是佛妆，所谓佛妆就是整个面部涂成黄色，以拟金色佛面。身着上黑下红的玄衣纁裳。整个人显得庄严神秘。武承嗣手捧着"劝进表"上前奏道："陛下，昨上午有凤凰自明堂飞入上阳宫，还集左台梧桐树上，久之，飞东南去。下午，又有数万赤雀云集朝堂。天降祥瑞，势不可违，万望太后可群臣及百姓之请，早登大位，改国号为周。"

"请太后答应臣等所请！"文武百官也一齐上前拱手唱道。

儿皇帝睿宗李旦在武承嗣的事先点拨下，也脱去了衮服摘下了皇冠，跪在堂下叩头奏道："请陛下赐儿臣姓武。"

武太后坐龙椅上，还是一本正经地不出声，武承嗣急了，一招手，文武百官全跪了下来，武承嗣咬着牙，叽叽叽地磕了三个响头，奏道："陛下若不依臣等所请，臣等就跪倒在堂下不起来了。"

良久，武太后才叹了一口气，显出一副无可奈何的样子，开口说道："众爱卿让本宫欲罢不能，如今上天又降下祥瑞，恭敬不如从命，众爱卿都起来吧，本宫答应你们的请求了。"

"吾皇万岁万岁万万岁。"跪在地上的百官并不忙着爬起来，而是不失时机地祝贺一句。

此时的武太后脸色平静，沉声问道："太史令何在？"

平时没有资格上早朝的太史令，今天却来了，听见女皇叫他，忙从文官队尾中站出来。

"太史令，给本宫算算，本宫何日出阁登基为天下主？"

太史令默想一会儿，回奏道："新皇帝登基当在九月九日。"

"九月九日有什么讲头吗？"武太后笑着问。

太史令摇头晃脑地解释道："九月九日，是重阳佳节，老百姓的话，九九，久久，乃国运久远，大吉大利之兆。且九月戌为月建，戌土旺、丑未土次旺，金为相。天地观，属金，乃云卷晴空之卦，春风竟发之象。判曰：观者观也。观国之光，风立地土。万物荣昌，财不破散，爵禄加彰……"

武太后说："既然九月九日是良辰吉日，那就定在这一天举行登基大典吧。"越早登基越好，武太后盼这一天可盼了五十多年了。五十年来，为了这一天，武太后可以说是披荆斩棘，尝够了辛苦，看够了鲜血，从才人、昭仪、皇后、天后、太后、圣母神皇到圣神皇帝，一步一个血印，终于成了天上地下唯我独尊，至高无上、前无古人的一代女皇。

马上要改朝换代了。武承嗣、武三思这天奉太后之命，去看望患病告假在家卧床调养的宰相韦方质。

清晨，韦方质的家门口和四周围就布满了警卫，整条街也戒严了，制止行人通过。躺在床上的老宰相听说这事，冷笑着说："我韦方质当了这些年的宰相，还从来没摆过这谱。"

巳时，远处就传来官兵的喝道声，一个二十多人的马队率先开了过来，接着就是两排手持回避牌的仪仗兵。武承嗣、武三思各坐着八抬大轿，一前一后，前呼后拥地来了。

到了韦家门口，二武下了轿，环视左右，不见韦方质来迎接，正纳闷间，却见一个管家模样的人急步走过来，单腿跪地，向二武拱手道："小的是韦府管家，老宰相卧病在床，不能亲自迎接，还望两位大人恕罪。"

那管家站起来，一伸手相让道："两位大人请！"

武承嗣鼻子里哼一声，跟着管家往大门口走。院子里冷冷清清，连人影都没有。

"请，两位大人请。"管家唯恐开罪了二武，点头哈腰，一路相让。进了内室，也不见韦方质出来迎接，武承嗣两人心里那个气呀。

只见管家紧走两步，来到床前，叫道："老爷，武宰相、武大将军来看望您了。"

床上的人哼了一声，表示知道了，而后转过脸来，吩咐道："看座。"

家人忙搬来两个板凳，请二武坐下。要是在平日，武承嗣、武三思碰到这样的事，早已骂骂咧咧，拂袖而去，但今天是奉旨而来，马虎不得，只得强忍住这口恶气，柔声探问："老宰相，最近身体感觉怎么样啊。"

"老样子。"韦方质在床上欠了欠身子说，"感谢二位大人百忙中来探问老夫。"

"应该的，应该的。"武承嗣接着说，"太后定于九月九日正式南面称帝，不知老宰相能不能主持那天的登基大典。"

"老夫病体在身，实难从命！"

"太后还是希望老宰相能出面主持大典的。"武三思在旁边帮衬一句。半天没有回声，再一看，床上的人已微微闭上了眼睛。

武三思气得一拉武承嗣的衣袖说："大哥，我们走！"

武承嗣也站起来，还没忘说一句："告辞了。"

"恕不远送。"床上的人回应了一句。

二武出了门，就骂骂咧咧，武三思说："老东西看不起我们，是活得不耐烦了。"

武承嗣恶狠狠地说："这是对新朝不满，回头就叫周兴想点子整死他。"

其后，没过多久，韦方质果然被周兴等人构陷罗织，被罢官入狱，流放到儋州，后又被籍没全家。一家老小都因他受尽苦难。

载初改元天授，天授大命也。天授元年九月九日，则天门外，人山人海，彩旗招展，文武百官、皇亲贵戚、四夷酋长、沙门道士、百姓代表，排着班肃立着，参加太后的登基大典。

九点整，宫门口的仪仗鼓吹开始奏起钧天大乐，宫内、城里各寺的铜钟，同时撞响，空气中回荡着一种恢宏的震撼人心的气势。数万只各色鸟雀从午门两旁的宫墙上冲天飞起。四下里，适时地爆发出一阵又一阵的欢呼声："圣神皇帝万岁！万万岁！""弥勒出身，国土丰乐！"

当中还夹杂着尖厉的口哨声，煞是热闹。

则天门上人头抖动，只见头戴通天冠，身穿绣有十二章纹的朱红色的大衮服的圣神皇帝，满面笑容地出现在人们的视野里，频频向人们招手致意。

"圣神皇帝万岁！万万岁！"

呼喊过以后，人们不由自主地跪了下来，向城楼上的女皇顶礼膜拜，祝贺一代女皇的闪亮登场。

欢呼声过后，主持典礼的宰相岑长倩宣读女皇的诏令：

……改国号为周，大赦天下，赐酺三日；加尊号曰圣神皇帝，降皇帝为皇嗣，赐姓武氏，皇太子为皇孙；立武氏七庙于神都。追封：周文王曰始祖文皇帝，姒姒氏曰文定皇后；四十代祖平王少子武曰睿祖康皇帝，她姜氏曰康惠皇后；太原靖王曰严祖成皇帝，她曰成庄皇后；赵肃恭王曰肃祖章敬皇帝，她曰章敬皇后；魏义康王曰烈祖昭安皇帝，她曰昭安皇后；周安成王曰显祖文穆皇帝，她曰文穆皇后；忠考太皇曰太祖孝明高皇帝，她曰孝明高皇后；追封伯父及兄弟之子为王，堂兄为郡王，诸姑姊为长公主，堂姊妹为郡主。

司宾卿史务滋为纳言，凤阁侍郎宗秦客为内史，给事中傅游艺为鸾台侍郎，同凤阁鸾台平章事。

以洛阳为神都，长安为西京副都，除唐宗室属籍，改旗帜尚赤，玄武氏七庙为太庙。

宰相岑长倩、傅游艺、右玉铃卫大将军张虔勖、左金吾大将军丘神、侍御史来子等并赐武姓；改天下州为郡。

……

宣读完一连串的诏书，一声炮响，鼓乐齐鸣，在羽林军的护卫下，武太后移驾万象神宫，在那里接受群臣的朝贺。

众臣参拜完毕后，女皇在万象神宫摆开上百桌酒席，大宴群臣。百官中，最兴奋的人当数傅游艺，作为首倡劝进的功臣，一年不到，傅游艺从合宫主簿（正九品上），再为给事中（正五品上），再拜为鸾台侍郎（正四品上），其后又加为凤阁鸾台平章事（从三品），连升八级，真是官运亨通，盖了帽了。一年之内，换了四种颜色的官服，由九品芝麻官的青色，变为五品的绿色，再变成四品的朱色，最后定格成现在三品宰相的紫色。不久，又改任为七品司礼少卿。

转眼间新朝建立一周年纪念日到了，九月初九，皇家举行隆重的祭天大典，此是新周朝建立的第一年，大享太庙，祀昊天大帝，百神从祀，武氏祖宗配享。唐三帝高祖、太宗、高宗被法外施恩，允许配享。早在几个月前，女皇武则天就诏令撤除唐宁陵、永康陵、隐陵的属官，唯留少量守户。唐代规定，唐诸陵有署令一人，从五品上，府二人，史四人，主衣四人，主辇四人，主药三人，掌固二人，又有陵令一人，掌山陵，率陵户卫之。

废唐陵属官的同时，女皇又诏令其始祖墓曰德陵，睿祖墓曰乔陵，严祖墓曰节陵，肃祖墓曰简陵，烈祖墓曰靖陵，显祖墓曰永陵，改章德墓曰昊陵，显义陵曰顺陵。别设属官以守之。

武氏太庙里香烟缭绕，鼓乐阵阵，数丈高的祭坛上，摆放着整猪整羊，整鸡整鱼，时令鲜果，以及成坛的美酒。祭坛前的空地上，武氏诸亲王、文武百官依次站立，四周围彩旗招展，羽林军沿甬道两旁排班而立。隆重的祭祀仪式马上就要开始了，大家翘首以待女皇的到来。

主持仪式的地官尚书格辅元走过来，悄悄地对皇嗣武旦（即李旦）说："待会儿祭祀开始，殿下要紧紧地跟在皇上身后，千万不要让别人超过你。"

武旦点点头，说："格大人的意思我明白，我是皇嗣，理应位居第二。"

辰时三刻，女皇武则天从旁边的休息室里昂然而出，武氏诸王各按级别跟在女皇的后面，走上祭坛。武旦刚想抢步上前，紧随母亲的背后，却被旁边的九江王武攸归伸胳膊给拦住了。武旦眼睁睁地看着武承嗣、武三思等人尾随皇帝去了。武攸归是太子通事舍人，理应帮助武旦，但他却假惺惺地拍着武旦的肩说："随皇上登上祭坛的都是武氏诸王，你一个外姓人上去不大合适。"

"我也姓武，皇上也赐我姓武了，我还是皇嗣，理应随皇上祭天。"武旦愤愤不平地说。

武攸归干笑一声，说："你的'武'字不是正牌，魏王他们才是正宗。至于说你是皇嗣，当初皇上登基时，只是降你为皇嗣，并没有正式册封，你现在连太子的玺绶都没有。"

"我，我……"

武攸归讥笑着看了武旦一眼，快步去赶他的王兄们去了。

祭祀仪式结束后，送走女皇武则天，诸武齐聚魏王武承嗣家喝酒。桌上，武承嗣笑着问武攸归："怎么样，九江王，今天你不让李旦上去，李旦没敢生气吧？"

"没有。"武攸归晃了晃膀子说。

武承嗣又转向梁王武三思他们，问："都没见皇上说别的话吧？"

"没有。"诸王纷纷附会道，"皇上烦姓李的还来不及呢。她见李旦没上来，根本没说什么。"

武承嗣的狗腿子，正在旁边献殷勤拿抹布擦桌子的凤阁舍人张嘉福，插上一嘴说："魏王也该考虑自己的问题了。"

"是啊！"诸王也跟着纷纷说道，"大哥该当面向皇上讲清楚，请求皇上立大哥为皇嗣。"

武承嗣挠挠头说："我自己说这事不太合适，张不开口。诸位王弟找皇上说这事还差不多，三思、攸归都可以找皇上谈谈这事嘛。"

武攸归缩了缩身子说："我一到皇上跟前，就不由自主地直打哆嗦，话也说不成句，这事不如让三哥去说吧。"

"都一样，"武三思喝了一杯酒说，"谁见了皇上谁也害怕，皇上太威严了。我虽然是五城兵马使，手下兵马十几万，可我每次见了皇上，心里也打战。立大哥为皇嗣的事，我不敢跟皇上提。"

这时，小矮个子河内王武懿宗站起来说："你们不敢说，我和皇上说，我胆子大，不就说说立大哥为皇嗣的事么。"

诸王纷纷赞同道："三哥行，三哥谁都不怕。年上冀州剿贼时，三哥每次杀人，先生剜其胆，流血盈前，犹谈笑自若。"

"那当然。"武懿宗撇着嘴说。

武承嗣隔桌指着武懿宗叱道："坐下来，没有你的事！"

"大哥，"武三思叫一声，把椅子往武承嗣跟前拉一拉，说，"记得当年傅游艺带领关中百姓上书劝进不？现在你也得这么干，花两个钱，组织些老百姓诣阙联名上表，请立你为皇嗣。这一鼓噪，皇上准得好好地考虑考虑，我再找几个大臣在旁边一帮腔，这事就成了。"

武承嗣赞许地点点头，对武三思说："还是你脑瓜灵，不过，找谁办这事合适？"

武三思指了指旁边的张嘉福，说："我看这小子行，对你也挺忠心的。"

武承嗣招了招手，说："嘉福，过来，过来。"

"什么事，王爷。"张嘉福颠颠地跑过来，蹲在武承嗣的脚跟前问。

"你也别忙乎了，拉把椅子坐下来，陪梁王爷他们喝几杯，本王也有话跟你说。"

"不啦。"张嘉福谦恭地说，"等会吃点剩饭就行了。"

武三思招了招手，一个丫鬟搬来一把椅子，武三思推给张嘉福，说："你是个凤阁舍人五品官，老忙乎那干什么？有下人忙着，你就不用操心了，来来来，陪二爷我喝两盅。"

张嘉福受宠若惊，这才坐在椅子上，拿一双筷子小心翼翼地夹了一口菜吃，又喝了一小口酒。

"老张，老家是哪里人啊？"武三思问。

"回梁王，下官是京城本地人。"

"本地人好啊，"武三思端起一杯酒，让了让张嘉福，两人一起干了，武三思说："有件事想交你办，你能办到吗？"

张嘉福忙起身拱手道："为王爷办事，是我的荣幸，下官坚决完成任务。"

武三思笑了笑，拍着椅子让张嘉福坐下，说："没那么严重。我和魏王商量一下，想让你组织一些人诣阙上表，请立魏王为皇嗣，这事你行不？"

"行，没问题，不过……"张嘉福挠挠头说，"得花不少钱。"

"钱你不用操心，需要多少，现支现付。但你得把这事办妥。你自己还不能出头，还得再找个无官职的人。"

"有钱能使鬼推磨，王爷放心吧，一切包在下官的身上。"张嘉福拍着胸脯说。

天授二年（691年）九月下旬的一天，武则天正埋头在宣政殿批阅公文，隐约听见宫门外有吵吵嚷嚷声，问："何人在宫外喧哗？"

上官婉儿忙示意一个近侍出去看看。不一会儿，该近侍手拿一折奏章，匆匆而回，汇报说："皇上，有个叫王方庆的洛阳人，领着好几百人聚集在午门外，要求立魏王武承嗣为皇太子。"

"竟有此事？"武则天搁下毛笔，抬起头问。

"这是他们联名的奏表。"近侍跪在地上举着奏表说。

上官婉儿刚想去接奏表，转给女皇，女皇武则天挥一下手说："把奏表交与南衙，让几个宰相传阅一下，拿个意见，再上报于朕。"武则天说完，仍埋头继续她的手头工作。

近侍拿着奏表，来到月华门外的南衙。对于宫门口突然聚集了这么多人，鼓噪武承嗣为皇太子，南衙里的人议论纷纷，凤阁舍人张嘉福上蹿下跳，正拦着人大谈立武承嗣为皇嗣的好处。见近侍拿着那奏章来了，张嘉福忙迎上去问："公公，皇上对这事怎么说？"

"皇上要几位宰相大人将此事讨论一下，再报给她。"

"好，好。"张嘉福接过奏章，说："公公，您先回去吧，这事我给您办了。"

张嘉福拿着奏表，先跑到昔日的同事，现任夏官尚书兼平章事欧阳通的办公室，进了门张嘉福就嚷嚷着："大事！大事！"欧阳通见张嘉福如此冒失，但看在昔日同事的份上，没有呵斥他，只是白了他一眼，没理他。张嘉福拿着奏书，径直来到欧阳通的办公桌前，说："欧阳大人，皇上让你在这奏表上签字。"

"签什么字？"

"你在这表上写个'同意'就行了。"张嘉福把奏章铺开在欧阳通的面前说，"这是洛阳人王方庆请立魏王为皇太子的奏章，大人若同意，就请在这上面签字，皇上吩咐的。"

欧阳通这才明白是怎么回事，看也不看，就把奏表拿起来扔到张嘉福的怀里，说："我现在没空，你找其他宰相去。"

"那，他们签了字，等会儿你也得签？"张嘉福不放心地问。

"去去，我没工夫跟你啰唆这无聊的事。"欧阳通不耐烦地说。

"这是正事，怎么是无聊的事？"张嘉福梗着脖子说，早有欧阳通的秘书走过来，一把把张嘉福推出了门外。

头一下子就放了哑炮，张嘉福始料未及，垂头丧气地来到了岑长倩的府衙，进了门先点头哈腰，双手把奏表呈上说："宰相大人，皇上请您在这上面拿个意见。"

岑长倩接过奏表，看了一遍，问："午门外那些人还在鼓噪吗？"

张嘉福忙说："听王方庆他们说，皇上若不答应立魏王为皇嗣，他们就天天来宫门外请愿，直到皇上答应为止。"

这时，新任地官尚书兼平章事格辅元走进来说："那些泼皮无赖在外鼓噪不已，得想个办法。"

"格大人来得正好，"岑长倩站起来说，"走，咱们登上城楼，看看去。"两人登上了南衙的门楼，往西望去，只见午门外的空场上，有数百人聚在那里，其中有一个人看样子是头，站在一辆马车上，挥舞着拳头，带头喊着："不立魏王，誓不罢休！武氏江山，武氏为嗣！"

岑长倩指着广场上那些人对格辅元说："这是有组织、有预谋的行为，不可等闲视之，得赶快向皇上汇报。"格辅元点点头，俩人急步下楼，赶往内宫，张嘉福还跟在后边催着问："两位大人到底是签字不签字？"

到了月华门口，因为官职小，不是常朝臣，张嘉福被把门的羽林军挡在了门外。张嘉福探头探脑往里张望了一会儿，知道不妙，忙飞奔找武承嗣去了。

宫外改立皇嗣的喧哗声一浪高过一浪，幽居东宫的皇嗣李旦，面对这公然的挑战，自然不敢应战，只是躺在床上不住地唉声叹气。李旦的三儿子、年仅八岁的楚王李隆基愤愤地说："吾家江山，岂能落外人之手，爹爹何不找皇帝说说去？"

"说又有什么用？"李旦叹了一口气，抚摸着爱子的头说："三郎啊，你年纪还小，不知这里面的厉害，万事还以少说为妙啊。爹爹就因为少说不说，才平安地活到现在啊。"

与此同时，武承嗣也从内部消息得知，岑长倩和格辅元去见女皇，极力反对更改皇嗣，岑长倩还向女皇上书，要求切责宫门外的王方庆等人，勒令其自行解散。武承嗣气得咬牙切齿，赶紧来找武三思商议对策。武三思沉吟良久，对武承嗣说："不除掉岑长倩、格辅元这些绊脚石，武氏兄弟难有出头之日。"

"岑长倩为相十几年，皇上尤为信任，想除他怕不容易。"武承嗣说。

"只有我亲自出马了。"武三思恶狠狠地说。

当即，武三思收拾一番，赶往宫中去见女皇，女皇也正想召见他，见面就问："三思啊，你对老百姓诣阙上表，请立承嗣为皇嗣有什么看法？"

武三思垂手侍立，恭恭敬敬地说："臣没往这方面多想，但武氏江山，当立武氏为嗣，老百姓的请愿还是很有道理的。"

"朝中文武群臣，对这件事的反应如何？"

"臣宰们大多数还是倾向赞成魏王为嗣的。"武三思扯了个谎话。

"可岑长倩、格辅元等几个宰相却坚决不同意啊。"

"岑长倩、格辅元不同意立我武氏也还罢了，可他们千不该万不该出言伤我武氏，着实令人憎恨。"武三思恨恨地说道。

"他俩说什么啦？"武则天问。

"三思不敢妄议大臣。"

"说！"

"回皇上，岑长倩和格辅元在南衙里密谋，说千万要保住李旦，阻止武家承嗣为皇嗣，不然，唐朝的天下就永无复原之日了。"

女皇听了，果然勃然大怒，把手中的茶碗往地上一摔："他俩真敢这么说？"

"皇上若是不信，让来俊臣推问一下就知道了。"

女皇把手往桌上一拍喝道："你马上传令来俊臣，把岑长倩、格辅元抓起来，问明真相，若果有反武复唐言行，可立即斩首。"

且说酷吏周兴被人告密，被赐死以后，来俊臣便当上了酷吏的头头。这天武三思出了宫，就马不停蹄地去找来俊臣。半夜三更天，人睡得最熟的时候，从刑部大院里悄悄派出了两支人马，一支由来俊臣亲自带队，一支由侯思止带队，兵分两路，直扑岑长倩、格辅元的相府。其实岑长倩并未休息，面对当前复杂的政治局面，岑宰相常常食不甘味，夜不成眠，此刻他正凭窗眺望夜空，思虑万千。屋外不寻常的响声惊动了他，他点亮了灯烛，走到门口，喝问："什么人？"

来俊臣见岑长倩发问，这才说："我，来俊臣。"

只见来俊臣和一伙手挥刀枪的甲士，岑长倩明白了怎么回事，他沉静地问道："是不是皇上叫你来的？"

"你猜对了，"来俊臣奸笑了一下说，"宰相大人，跟我走吧。"

岑长倩进屋拿了一件长褂披上，走出来说："我跟你们走，请不要惊扰我的家人。"

来俊臣干笑了一声，挥手命令手下："给我带回刑部。"

被先后投进刑部大狱的岑长倩和格辅元，进了牢房，先劈头盖脸挨了一顿皮鞭。岑长倩苦笑着对格辅元说："反正是活不成了，又何必再受这些罪，他让承认，就承认吧，反正反武复唐也不是什么丑事。"

格辅元擦去嘴角的血，说："我听老宰相的。只可惜我当了宰相还没有一个月，还没来得及施展自己的抱负，就要被奸人害死了。"

俩人写好了自供状，打手呈给来俊臣。见事办得这么顺利，来俊臣也很高兴，叫人把岑、格两个关进监牢，正想收工回家睡觉，一个甲士匆匆地走进屋子，一句话不说，递给了来俊臣一张纸条，来俊臣打开纸条，只见上面写道："务必把欧阳通也引入案中去。"

来俊臣一看明白了，对那甲士说："放心吧。"

送走甲士，来俊臣返身回去，让打手们重新把岑长倩、格辅元从牢里提出来，大刑伺候，让他俩务必诬陷欧阳通是他俩的同谋。岑、格二人坚贞不屈，异口同声呵斥道："要杀要剐，悉听尊便，让我俩妄诬别人，天理难容！"

"上刑，上大刑！"来俊臣气急败坏地叫道。

打手们搬来"蚂蚁上树""驴驹拔橛""凤凰展翅"等恶毒刑具，让两位宰相一一试过。俩宰相被折磨得死去活来，但坚不松口。来俊臣无奈，正在焦躁间，门卫报告说岑长倩的儿子岑灵原来了。来俊臣眼前一亮，传令速让他进来。

岑灵原走进刑讯室，看到父亲和格叔叔的惨样，心里十分辛酸，眼泪止不住地哗哗往下流。他来到来俊臣的衙署，把随身带来的五百两银子和两块家传玉佩，恭恭敬敬地递给来俊臣说："来大人，一点小意思，不成敬意，望能手下留情，对我父亲网开一面。"

来俊臣一挥手，让手下人收了银子玉佩，笑着说："你还算一个很懂事的人。不过，你父亲的案子是皇上亲自过问的大案。我也没有好的办法来解脱你父亲。不过……"

"求来大人一定帮帮我父亲，灵原日后必有重谢。"

来俊臣往前凑了凑，对岑灵原说："你只要写个供状，承认宰相欧阳通曾到你家中，和你爹商议反武复唐的事，我马上给皇上打个报告，说你爹是无辜的，开脱你爹。"

"真的？"岑灵原问。

"我收了你的银子，还能不替你消灾。"

"那，那我写，不过你说话可得算数。"

来俊臣一招手，有人拿来了纸笔，交给岑灵原。来俊臣说一句，岑灵原写一句，写完后，又郑重其事地在上面签名摁手印。来俊臣把供状看了一遍，奸笑了一下，一挥手，身后的打手蹿上来，把岑灵原反转胳膊，抓了起来。

"来大人，这，这是干什么？"岑灵原惊慌地问。

"阴谋叛乱，与尔父同罪！"来俊臣一挥手，叫道，"给我关起来。"

"来大人，你可不能言而无信啊……"岑灵原喊叫着，挣扎着被打手们拖走了。

岑长倩、格辅元被捕的消息很快传开来，第二天上朝时，欧阳通率先出班奏道："岑大人为相十几年，一向对皇上忠心耿耿，出言谨慎，从无大过，不可能和格辅元一起说谋反的言语，其中定有隐情，请皇上详查。"

没等欧阳通说完，来俊臣手拿一叠供状蹿上来奏道："启奏皇上，经臣连夜突审，岑长倩、格辅元确实说过不利于我大周朝的话，而且岑、格二人和欧阳通一起密谋造反，这是他们的亲笔供词。"

"奸邪小人，血口喷人！"欧阳通指着来俊臣骂道。

只要涉及谋反的事，女皇是宁信其有，不信其无，她指着欧阳通当堂喝道："在朕的面前犹敢出言放肆，给我拿下。"

立即有殿前侍卫扑上来，不由分说，把欧阳通反剪双手押了下去。另一个宰相，鸾台侍郎、平章事乐思晦，不顾自身危险，毅然出班奏道："自陛下当政以来，大用酷吏，制狱设于丽景门。入是狱者，非死不出，酷吏呼为例竟门。由是朝野人人自危，相见莫敢交言，道路以目。或因入朝密遭掩捕，每朝辄与家人诀曰：'未知复相见否！'如今一日之间，竟连陷三位宰相，古今罕有。此等朝堂，何敢为臣，臣请陛下，放臣卸职还乡！"

乐思晦一番义正词严的话，让女皇一时不知说什么才好。来俊臣见状，急忙奏道："乐思晦蔑视皇威，出言不逊，大逆不道。且其一向与欧阳通有所勾结，臣请收乐思晦入狱，以绝后患。"

女皇这才醒过神来，恼羞成怒，挥手叫道："抓起来，抓起来，统统抓起来！"

这时，右卫将军李安静，摘下官帽，当堂一甩，说："我李安静一刻也不愿站在这酷暴之朝堂，愿与诸公同死！"

李安静是唐朝名臣李纲的孙子，女皇称帝前，王公百官，皆上表劝进，安静独正色拒之。如今，武则天见李安静又出来叫板，更是火上浇油，大吼大叫道："都给我杀了，杀了，全杀了。"

天授二年（691年）十月十二日，岑长倩、格辅元、欧阳通以及被来俊臣妄指为同伙的数十位朝臣，一同被斩杀于洛阳街头。

几位宰相同时被杀，诸武及其同党欣喜若狂，以为有机可乘，每日不但在午门外呐喊示威，而且还花钱请来一个吹鼓班子，每日里敲锣打鼓，打板吹笙，鼓噪不已。女皇被闹得心烦意乱，叫人把领头的王方庆召进宫里，当面问道："皇嗣我子，奈何废之？"

王方庆对女皇问这句话早有准备，早有人暗中为他排练好台词，遂引用《左传》里晋大夫狐突之言，正色对答道："神不歆非类，民不祀非族！今谁有天下，而以李氏为嗣乎！"

听王方庆这一说，还真有些道理，女皇不禁有些心动，可接班人问题是关系千秋万代的大计，不好贸然决定，于是对王方庆说："你先回去吧，容朕考虑考虑再说。"

"皇上不答应，小民就不起来。"王方庆趴在地上，咬咬牙，铆足劲，嘣嘣嘣连磕了几个头，哭道，"望皇上能明白小民的拳拳赤子之心，立武氏为嗣。"

女皇被缠得无计可施，无可奈何之下从抽屉里摸出一个腰牌说："别哭了，起来吧，也别带人在宫门口闹了。想见朕的时候，拿着这印给守门的看看就行了。"

王方庆心里非常高兴，嘴上却说："皇上不答应我，我以后还会来的。"

"好了，好了，你走吧，朕还有许多事要忙呢。"女皇不耐烦地挥挥手说。

出了宫门，王方庆直奔旁边的客栈，早已在房间里等候多时的武承嗣急忙迎上来问："怎么样，方庆，皇上跟你说了些什么？"

王方庆说："皇上虽没马上答应我，但也八九不离十了。皇上还给了我一个腰牌，说我随时都可以去见她。"

武承嗣也很高兴，鼓励王方庆说："要趁热打铁，隔一天、两天去一次。事成以后，我送你十万安家费。"

王方庆非常高兴，问武承嗣："武大人，宫门口那些人还撤不撤？"

"不能撤，告诉他们，都打起精神来，每日工钱照旧，另外再加二十文钱的补助费。"

第二天，王方庆趾高气扬，大模大样地进了宫，惹得围观的人们一片艳羡之声。到了朝堂，女皇正在和兵部的人研究出兵吐蕃的军国要事。王方庆不识好歹，走过去就喋喋不休地说："魏王乃武氏正宗，理应立为皇太子。李旦乃外姓之人，旧党余孽，不杀他就算高抬他了，让他做皇嗣，实在是家国的不幸……"见女皇不理他，王方庆抬高声音说："皇上，您不能不考虑民心民意啊！"

女皇不胜其烦，挥挥手说："你先回去吧。"

第二天，王方庆又去了，又喋喋不休，颠三倒四翻来覆去地说了一番。

女皇又说："朕日理万机，立皇嗣的事，暂时还不能考虑，你还是过一段时间再来吧。"

过了两天，王方庆觉得拿人钱财，替人消灾应该趁热打铁，于是又入宫了。武则天因为连杀了几个宰相，朝中空空荡荡，急需人才，正和凤阁侍郎李昭德商议开科取士的事，见王方庆又来了，不胜其烦，没等他开口，女皇就对李昭德说："把这个讨厌的家伙拉出去，赐他一顿棍杖。"

李昭德早就想除掉这个无赖了，一挥手，上来两个侍卫，把王方庆脚不沾地地拖了出去，一直拉到先政门，听说李昭德要杖打王方庆，不一会儿，先政门前就围满了看热闹的朝士，李昭德指着王方庆大声宣布道："此贼欲废我皇嗣，立武承嗣。"

武承嗣就在旁边，此话分明是说给武承嗣听的，躲在屋子里的武承嗣脸上一阵红一阵白，坐立不安。

"把这个逆贼给我狠狠地揍一顿。"李昭德喝道。

立即蹿上来几个卫士，抡起练过朱砂掌的蒲扇般大的手掌，照着王方庆的嘴脸噼噼啦啦地打起来，打得王方庆耳鼻出血，杀猪般地号叫，嘴里还喊着："武大人啊魏王爷，快来救救我啊……我快要叫人打死了。要不是你花钱请我……我怎么也不会受这份洋罪……武大人啊，你得讲究点仁义道德，千万不能见死不救啊……"

朝士们一听，都明白了怎么回事。大家议论纷纷，朝武承嗣办公室的方向投去鄙夷的眼光。李昭德见打得差不多了，王方庆也没什么力气叫喊了，遂喝令左右杖杀王方庆。聚集在宫门外数百名市井无赖，听到王方庆被杖杀的消息，吓得立刻作了鸟兽散。

女皇听说王方庆被杖杀的消息，有些惋惜，对李昭德说："其实这个王方庆说得也有些道理啊。立子？立侄？朕确实也拿不定主意啊。"

李昭德恭手进言道："天皇，陛下之夫；皇嗣，陛下之子。陛下身有天下，当传之子孙为万代业，岂得以侄为嗣乎！自古未闻侄为天子而为姑立庙者也！且陛下受天皇顾托，若以天下与皇嗣，则天皇不血食矣。"

昭德之言，晓以君臣大义，夫妻之情，母子之情，可谓情理交融，无懈可击，不由得女皇不连连点头，说："听卿一席话，了结朕数日之思虑。如今宰相位置空缺，你就领一角吧。"

"谢主隆恩。"

谢恩毕，李昭德又拱手进言道："臣举荐一人，可为宰相。"

"何人？"

"洛州司马狄仁杰，怀忠秉正，有安人富国之才。仪凤中，为大理寺，周岁断滞狱一万七千人，无冤诉者。俄转宁州刺史，抚和戎夏，人得欢心。如今知洛州司马，颇有善政，是不可多得的宰相之才。"

女皇点点头，说："朕也久有起用狄卿之意，可速发特使，召其还京。"

"遵旨。"李昭德答应一声，转身走了。

不一日，狄仁杰赶赴京城，朝中，女皇当即颁诏：封狄仁杰为地官尚书，与冬官尚书裴行本并行平章事。武则天微笑着，看着狄仁杰，爱才之心溢于言表，说："卿在汝南，甚有善政，卿欲知谮卿者名乎？"

狄仁杰恭手谢道："陛下以臣为过，臣当改之；陛下明臣无过，臣之幸也，臣不知谮者，并为善友，臣请不知。"女皇听了，深加叹异，以为狄仁杰有长者风。

这时，大学士王徇之，因害怕酷吏，不想在朝中待了，因出班请奏："臣父母年迈多病，臣请乞假还乡照顾双亲。"

女皇得了狄仁杰，心情不错，于是答应道："难为你一片孝心，朕就准你的假。"

御史中丞知大夫李嗣真深知王徇之告假的真正原因。于是手拿奏书，出班奏道："今告事纷纭，虚多实少，恐有凶慝险谋离间陛下君臣。古者狱成，公卿参听，王必三宥，然后受刑。比日狱官单车奉使，推鞫既定，法家依断，不令重推，或临时专决，不复闻奏。如此，则权由臣下，非审慎之法，倘有冤滥，何由可知？况以九品之官专命推覆，操杀生之柄，穷人主之威，按覆既不在秋官，省审复不由门下，国之利器，轻以假人，恐为社稷之祸。"

女皇听了，不以为然，说："没这么严重吧，朕觉得他们只是杀了该杀的人。"

狄仁杰也拱手说："生杀之权应由司部掌管，丞相及主簿的死令，亦应由圣上亲赐，请圣上立制以约束别有用心之人。"

听了狄仁杰的话，女皇也觉出了群臣对酷吏纵横的不满，于是点头应道："狄卿所言，可令刑部讨论定制。"

御史中丞魏元忠亦手拿奏本出班奏道："当今朝廷用人，请圣上下诏，遍选有才之人，为百姓谋福，为圣上出力。"

女皇听了，连连称善，当即指示吏部说："新朝肇基，理应广求天下逸才。可向各地州府，发十道存抚使，以存抚天下，辑安中国，举贤任能，务要做到野无遗贤，万不可辜负朕思贤若渴之心也。"

长寿元年（692年）正月，由十道存抚使推荐来的各地举人，云集神都洛阳殿，接受女皇的亲自接见。这是继"殿选""南选"之后，女皇的又一次"抢材大典"。

望着殿下站立着的林林总总、口音各异的四方人才，女皇龙颜大悦，传旨，让他们一个一个地上来，近前问话。第一个上来的是并州录事参军徐昕，见是自己家乡的官员，女皇和蔼地问道："你在并州，曾有善政？"

参加面试的人，谁不早有准备？徐昕不慌不忙，奏道："臣职高皇帝故乡，缮修三陵，增峻城隍，组织文人大儒，编写《并州地方志》，扬我皇族先贤美德，臣躬自巡检，未尝休懈。"

女皇听了，满意地点点头说："卿益彰忠恳，奉家为国，当擢升为著作郎。"

第二个上来的是州瑕丘人徐彦伯，彦伯少以文章擅名，河北道安抚大使薛元超表荐之。女皇摸出一个小纸条，照着上面，出一个题目问："卿且以'慎言语'试论之。"

徐彦伯不愧为河中三绝，略一思索，侃侃而言："《书》曰：'唯口起羞，唯甲胄起戎。'又云，'齐乃位，度乃口。'《易》曰：'慎言语，节饮食。'又云，'出其言善，千里应之，出言不善，千里违之。'《礼》亦云：'可言也，不可行也，君子不言也，可行也，不可言也，君子不行也。'呜呼！先圣知言之为大也，知言之为急也，精微以劝之，典谟以告之，礼径以防之。夫言者，德之柄也，行之主也，志之端也，身之文也，既可以济身，亦可以覆身。故中庸镂其心，右阶铭其背，南容复于白圭，箕子畴于洪范，良有以也。"

女皇听了，大喜，说："人言野有余贤，诚不欺也。徐卿文辞优美，寻章摘句，从容雅度，亦难得之才，可授为评事。"

女皇又问了几个选生，感觉有些累了，一挥手对魏元忠说："这些人卿看着办吧，高者试凤阁舍人，给事中；次者授员外郎、侍御史等，无问贤愚，悉加擢用。"

魏元忠奏道："是不是组织一次考试，优胜劣汰，从中选拔官员？现在是选人太多，朝中没有这么多空余的职位。"

"没有空余的职位，让他们任补阙、拾遗、校书郎等职，作为预备官员，随时候用。"

魏元忠只得答应一声，退了下去。依照女皇的旨意，石艾县令王山龄等六十人擢为拾遗、补阙；怀州录事霍献可等二十四人为御史；并州录事参军徐昕等二十四人为著作郎及评事；内黄尉崔宣道等二十二人为卫佐。女皇不但重视文章豪杰，而且还特开武举，遴选"武功英杰"。其选举方法是：

由兵部全权负责，课试方法如举人之制。取其躯干雄伟，应对详明，有骁材艺及可为统帅者。有文史求为武选，取身长六尺以上，藉年四十以上，骁勇可以统人者。考试的项目有平射、马射、步射、马枪、负重等。选人不拘色役，高等者授以官，其次以类升。

长寿元年（692年）一月的一天，女皇正在午后小憩，近侍报说左台中丞来俊臣紧急求见。刚过了年，有什么大事吗？女皇忙欠起身子，传来俊臣入宫晋见。

来俊臣入了内殿，三拜九叩之后，气喘吁吁，一脸惊慌的样子，郑重其事地向女皇奏报："启奏陛下，新任凤阁鸾台平章事地官尚书狄仁杰、凤阁侍郎任知古、冬官尚书裴行本，以及司农卿崔宣礼、前文昌左丞卢献、御史中丞魏元忠、潞州刺史李嗣真七人合谋造反。"

女皇一听，吓了一跳，刚任命没几天的几个宰相也要造反，女皇一拍床帮喝问道："果有此事？"

"臣只是收集了部分材料，但谋反大事，不可不察，臣请收此七人入狱推问鞫讯，有无谋反，一问便知。"

只要涉及"谋反"二字，女皇总是心惊肉跳，极为敏感，恨不打一处来，当即颁诏准奏，令来俊臣从速审理此案。

出了皇宫门，来俊臣一蹦三尺高，兴奋得直搓手，嘴里骂道："我来俊臣当不上宰相，你们几个也别想干成，非把你几个搞死不可。"

回到左台，来俊臣立即招集几个死党，布置任务，他指着侯大侯思止说："你，负责抓捕审讯魏元忠。魏元忠是个倔种，你一定要负责从他的嘴里掏出谋反的口供来。"

侯大拍着胸脯，大包大揽地说："没问题，他魏元忠骨头再硬，硬不过我侯大的孟青棒。我保证一天之内结案。"

来俊臣又指着判官王德寿说："你随我抓捕审讯其余几个人。"

当天下午，六位重臣连同因公滞京的潞州刺史李嗣真被抓捕入狱。来俊臣也深知狄仁杰和魏元忠都是些不好惹的硬汉。为了从速结案，避免夜长梦多，来俊臣公布了一条坦白从宽的条文：问即承者，例得免死。

刑讯室里，炉火熊熊，油锅里的热油被烧得翻着花儿向上冒。各种刑具一字儿摆开，地上、墙上、刑具上血迹斑斑，打手们光着上身，气势汹汹。空气中弥漫着一股逼人的杀气。狄仁杰、任知古、裴行本、崔宣礼、卢献、李嗣真六人被铁链锁着，牵进了刑讯室。来俊臣走过来，一一向几个要犯介绍他的独门刑具。

介绍完刑具，来俊臣踱到狄仁杰的面前，说："狄公，这里头数你任高，你是怎么考虑的？"

狄仁杰心中暗忖，落到此种沐猴而冠的禽兽手中，好比秀才遇到兵，有理说不清，不如来个一问即承，先逃过严刑拷打，留下一条活命，再图翻案不迟。再说承认谋反也不是什么丢人的事，于是"坦白"道："大周革命，万物唯新，唐室旧臣，甘从诛戮，谋反是实。"

来俊臣点点头，喝问其他人："你们呢？"

其他五个人见狄公都"招供"了，于是也来个好汉不吃眼前亏，齐声说道："我等追随狄公，皆愿承反。"

来俊臣没想到案子办得如此痛快，高兴得哈哈大笑，当即指示判官王德寿："速速给他几人录口供！"

且说侯大把魏元忠逮到了刑讯室，审问了半天，问不出个所以然。侯大觉得肚子饿了，命暂停审讯，然后叫伙房端上自己喜爱的火烧吃。正在这时，一个小令史走进来说："侯御史，那边狄仁杰等几个案犯都招供了，就剩你这边的魏元忠了，来大人叫你加快速度。"

一听其他案犯都招供了，唯有自己这边落后了，侯大急了，三下两下把一个火烧塞进嘴里，囫囵吞下去，噎得直翻白眼。叫道："带魏元忠！"

魏元忠被铁链锁手带上堂来，刚刚站定，侯思止一拍惊堂木，劈头吼道："快招！"

魏元忠是曾陷过周兴狱，诣市将刑，临刑而神色不改，又被太后召回的视死如归、死不夺志的硬汉，岂在乎一个小小的笼饼御史，遂指着侯大骂道："无耻小人，大字不识一个，敢在我魏爷面前耍威风！"

侯大因告密有功，骤得高官，平日骄横惯了，见魏元忠敢当面顶撞自己，揭自己老底，气得扑上去，把魏元忠推倒在地，倒提双脚，在地上拖来拖去。拖了一会儿，累得侯大呼呼直喘，方停下手问："你招还是不招？"

魏元忠被拖得头昏脑涨，痛苦不堪，但心中锐气丝毫不减，他慢慢从地上爬起来，指着侯大继续挖苦道："我运气不佳，乘恶驴坠，双足在镫，被恶驴牵引。"

侯大不再提审魏元忠，又迫于来俊臣的催逼，只得叫人伪造一份魏元忠自承谋反的供状呈上了事。

关在监牢里的狄仁杰深知，即承反状，依法当死，等一天就离死亡更近一天，得尽快想办法诉冤于女皇，借以自救。狄公在牢房里走了两个来回，眉头一皱，计上心来，他敲敲牢门，叫来狱卒。

"狄公，什么事？"狄仁杰曾经当过大理丞，其断案公正传奇，人所敬仰，连狱卒也很佩服他。来到牢房门口，客客气气地问狄公。

"老陈，能不能给我拿些笔砚来，我想写些字。"狄仁杰说。

"笔砚？"狱卒老陈抓抓头，说："这小人可不敢做主，纸墨笔砚进监牢控制得很紧，必须当班的判官批准才行。"

"谁当班？"

"王德寿王大人。"

"麻烦你给王判官说一声，就说我有一些事情想交代一下。"狱卒老陈答应一声走了。王德寿听说狄仁杰尚有未交代完的事，也非常高兴，忙带上纸墨笔砚来到监牢里。

"狄尚书，你想写些什么？"

狄仁杰站在牢里，隔着栅栏门作揖道："自从入狱以来，判官对我照顾得非常好，吃穿都没受什么委屈。仁杰心中感动，想多交代一些事情，以报答判官大人。"

王德寿大喜，急忙问："尚书还愿意牵连杨执柔？"

狄仁杰摇摇头说："执柔是皇上母亲的侄孙，是皇上亲手提拔的国戚，若牵之不成反受其害。不如检举一些其他人。"

王德寿一听，连连点头，说："好，好，还是狄公虑事周到，狄公牵谁都行。"

王德寿即命狱卒打开牢门，把笔墨纸砚递进，还特意让狱卒弄来一张小桌子，放在牢房里，让狄公沉住气地书写。

见王德寿眼巴巴地看着自己，站在旁边不走，狄仁杰笑道："我得慢慢考虑考虑，慢慢写，判官有事就先忙去吧。"

"好，好，你忙你忙，我走我走。"

等王德寿和狱卒走后，狄公拆开被头，撕下一块布帛，铺在桌上，援笔写道：

光远吾儿：父陷牢狱，为人所诬，旬日之间即死。可速持书赴阙，以告皇上，求今上召见为父，以鸣我不白之冤也，父字。

写完后，狄公把帛书叠起来，从线缝间塞进棉衣里，整理完毕，然后敲敲门，叫远方看守的狱卒。

"狄公，又有什么事？"狱卒走过来问。

"天热了，麻烦你把棉衣交给我家人，去掉里面的棉花，改成夹袄。"

狱卒面有难色，说："按规定这事也得跟王判官汇报。"

"请务必帮忙。"狄仁杰说。

王德寿正有求于狄公，听说狄公想换件单衣，岂有不同意的，手一挥，命令狱卒："跑步前进，速把棉衣送到狄公家。"

狱卒答应一声，拿着狄公的棉袄一路小跑，穿过几个街区，来到狄公的家中，把棉衣交给狄公的儿子狄光远，说："狄尚书说天热了，让速把棉衣拆了，去其棉，做成夹袄，做好后马上送到狱里去。"

狄光远给了狱卒一些谢银，把狱卒打发走了。回到后堂，狄光远把这事跟家人一说，狄光远的母亲泪就下来了，数说道："如今才二月天，时方寒冬，如何说热，难道是狱中生了火炉不成，按理说寒狱更冷。"

狄光远的妻子也说："何必再拆去棉絮做成夹袄，现成的夹袄，拿去一件不就行了。"

"不对，"狄光远觉得有些蹊跷，忙叫过妻子说："赶快拆开棉衣！"

"拆棉衣干什么，现成的夹袄子。"

狄光远也不搭话，拿过棉衣一把撕开，翻检一下，果然在夹层里找得帛书。捧读父亲的手书，光远的眼泪也流了下来，和母亲说了一下，当即决定持书诣阙诉冤。

狄光远急急火火赶到宫门口，向值班的内侍说："我是地官尚书狄仁杰的儿子狄光远，有非常事变，要紧急求见皇上！"

内侍一听说有非常事变，不敢怠慢，急忙上报给女皇陛下，女皇当即传旨狄光远晋见。

入了朝堂，三叩九拜之后，狄光远把父亲写的帛书呈上，请求女皇召见父亲，允其当面诉冤。

女皇一听是如此非常事变，懒洋洋地说："你回去吧，朕会慎重处理这事的。"

狄光远无奈，只得含泪再三磕头，离开了朝堂。

见女皇陛下对这事无动于衷，一旁的上官婉儿进言道："七位重臣，共谋造反，甚为蹊跷，皇上不如召来俊臣当面问问。"

"那就传来俊臣。"女皇陛下发话道。

一盏茶的时间，来俊臣就赶来了。磕头晋见毕，女皇问："卿言仁杰等承反，今其子弟讼冤，为何？"

来俊臣是何等奸猾小人，鬼点子比谁都多，哄女皇的鬼话也多得很，当即振振有词地说："仁杰等人下狱，臣未尝褫其巾带，官服还都让他们穿着，住处和生活待遇都很好，不打他们不骂他们不歧视他们，他们在狱中生活得很舒适。若无谋反事实，他们安肯承反？"

女皇听了来俊臣一番谎话，疑疑惑惑，一时难下决断。上官婉儿近前小声说："不如派个人赴狱中看看，虚实一看尽知。"

女皇点点头，叫人召来通事舍人周琳，对他说："周卿跟着来中丞到狱中看看，看看狄仁杰他们在狱中生活得怎么样？有无冤情。"

"遵旨。"

周琳和来俊臣并马前往监狱。来俊臣叫过一个从人，悄悄叮嘱道："告诉王德寿，马上让狄仁杰他们换好衣服，衣冠楚楚，站在南墙根，迎接钦差大人的检查。"

从人答应一声，打马先自赶去。

周琳也是个胆小鬼，平时见了酷吏来俊臣心里就打怵，到了狱中，周琳吓得两眼都不敢四处看，只是跟在来俊臣的身边唯唯诺诺。来俊臣指着南墙根的几个晒太阳的人说："看见了吗，周大人，你看狄仁杰他们衣服穿得多齐整，脸吃得多胖，回去可要跟皇上好好说说，就说狄仁杰他们一点也没受委屈。"

周琳正眼都不敢往前看，只是稍微瞥了一眼，又急忙低下头，嘴里答应着：

"是，是，挺好，挺好。回去一定按中丞大人的意思，汇报给皇上。"

周钦差看见来俊臣就如芒刺在背，怕待的时间长没有好处，敷衍了一下，就想溜之大吉，说："我这就回去向皇上汇报去，免得皇上多心。狄仁杰他们确实是自己承认谋反的。"

说完，周琳拔脚就想走，却让来俊臣给一把拉住了："你先别走。"

周琳吓得一哆嗦，期期艾艾地说："还有什么事，来大人？"

来俊臣拍拍周琳的肩膀说："别害怕，你又没造反你怕什么。稍等一会儿，我让他们几个写谢死表，请你代为呈给皇上。"

"好，好，好。"周琳忙拉过一个板凳坐下来，一步也不敢动，连下人给他递上一杯水，他都吓了一跳。

不一会儿，王德寿就拿来了七份谢死表。来俊臣接过来看了看，递给周琳，半是威胁地说："好好跟皇上说说，有什么差错你我都不好交代。"

周琳接过谢死表，小心地收起来，给来俊臣鞠了个躬，给王德寿鞠了个躬，甚至给旁边的打手们鞠了个躬，嘴里还连连说道："一定照办，一定照办。"

望着周琳的背影，来俊臣哈哈大笑，对身旁的喽啰们说道："小鬼还能哄了老家钱，想要翻案，没门！"

周钦差出了监狱，抹了抹额上的汗，心道好险，这个差使可不是一般人干的，幸亏我周大人随机应变，方没惹着了这个魔头。

回到皇宫，周钦差据"实"向女皇陛下汇报说："臣奉命探狱，见仁杰等人衣冠楚楚，罗立于南墙根下晒太阳，皆欣欣然无一丝忧惧之色，来中丞所言不虚。另外，仁杰等七人写了谢死表，托臣以呈陛下。"

听了周钦差的汇报，女皇已先自信了三分，又见有狄仁杰等人署名的谢死表，更加深信不疑。于是说道："可传语来俊臣，对仁杰等七名谋反之人，速速宣判，择日处斩。"周琳答应一声，忙又出宫拨转马头跑去向来俊臣传话去了。

周琳把女皇的指示一字不落地传给来俊臣，来俊臣听了，笑了，命令王德寿："速作好准备，明日对狄仁杰等七人当堂宣判死刑，而后报给刑部核准，后日准备刑场问斩！"

"遵命！"王德寿打一个敬礼，忙去办这事去了。

"来大人，没我的事我回去了。"周琳作揖道。

对狄仁杰等七人宣判完死刑，没等刑部核准，来俊臣就急不可待地命人把布告贴了出来。

听说又有七位朝廷重臣被判处斩刑，官吏百姓们都觉稀奇。死刑布告前围满了看热闹的人们，大家指指点点，议论不一。

看布告的人群中，有一个十一二岁的少年，他打着赤脚，颈戴项圈，手捏一柄钢叉，钻到人群前面，稚声稚气，一句一句地念布告：

> 原凤阁鸾台平章事、地官尚书狄仁杰、凤阁侍郎任知古、冬官尚书裴行本，以及原司务卿崔宣礼、前文昌左丞卢献、原御史中丞魏元忠、原潞州刺史李嗣真七人合谋造反。经本台审理，其案件事实清楚，证据确凿，依法判处此七人死刑。特此公告。
>
> 大周左台御史中丞来俊臣

少年不看"来俊臣"三字犹可，一看见"来俊臣"三个字，怒不可遏，气不打一处来，手拿钢叉，上去把"来俊臣"的名字戳了个稀巴烂，接着把整张布告也戳了个稀巴烂。

众人大吃一惊，唯恐惹祸上身，纷纷躲得远远的。有人指着那小孩问："这是谁的孩子？这么大胆，敢把来俊臣的布告戳了。"

熟悉小孩的人说："这是前凤阁鸾台侍郎、平章事、前宰相乐思晦的小公子，叫乐金钊，他爹乐思晦去年就是被来俊臣杀死的。他爹死以后，他全家被籍没，目前这小孩大概在司农寺为奴，干些砍柴、种菜的杂活。"

"乖乖，宰相公子沦为奴仆，仍不改其高贵的锐气。"

只见那少年郎戳烂布告以后，又上去狠狠地踏上几脚，而后，手提钢叉，向皇宫方向跑去。父亲被杀，家为酷吏所毁，自己又由宰相公子沦为奴仆，少年的乐金钊对酷吏怀有刻骨的仇恨。见如今又有这么多的重臣被罗织入狱，性命危在旦夕，不由激起他的侠骨义胆，他冲到了皇宫门口，对值门的内侍说："有非常事变，我请求皇上紧急召见。"

值班的内侍见少年手捏一柄钢叉，站在那里英气逼人，背后又有群人跟着，以为真有什么大事，不敢怠慢，急忙入宫报给女皇。武则天听说一个小孩要求紧急召见，也觉奇怪，忙令快快传入。内侍让乐金钊把钢叉寄存在门口，而后带着少年入宫来到朝堂上。朝堂上文武大臣见一个十岁左右的孩子，打着赤脚来到朝堂，甚觉稀奇。

"臣乐金钊叩见皇上，愿吾皇万岁万万岁。"乐金钊推金山、倒玉柱，有板有眼地给女皇施礼。

武则天见小孩小小的年纪，如此懂礼貌，心里高兴，和蔼地问道："你是谁家的孩子，见朕有何事要奏？"

"启奏陛下，臣是前朝宰相乐彦玮的孙子，本朝宰相乐思晦的儿子。臣告左台中丞来俊臣苟毒害虐，欺君枉法，包藏祸心，罗织构难，毒陷良善。前者残害数百家，今又凭空诬陷狄仁杰等七位重臣谋反。臣请将来俊臣收狱伏法，以谢天下！"

见这小孩说话虽稚气未脱，但口齿伶俐，义正词严，在场的人都暗暗称奇，武则天问："你说来俊臣诬陷良善，有何根据？"

乐金钊拱了一下手，毫不畏惧地说道："臣父已死，臣家已破，但惜陛下为俊臣等所弄，陛下不信臣言，乞择朝臣之忠清，陛下素所信任者，为反状以付俊臣，则无不承反矣。"

众大臣听了，也都不由自主地点点头，暗暗地唏嘘不已，心道，确实如此，可惜我等都不敢说罢了，亏这个小孩胆子大，敢当面向女皇陈述。

俗话说"小孩嘴里掏实话"，况且乐金钊又说得如此恳切，女皇亦为之动容。忙令近侍找来小孩穿的鞋袜给小金钊穿上，又命宫女拿来宫廷糕点给小金钊吃。

小金钊鞋也不穿，宫廷糕点也不吃，揖手道："仁杰等忠义之臣，性命危在旦夕，臣岂有心绪品评宫糕也。"

女皇想起狄光远的告变，觉得此事确实有些蹊跷，于是决定亲自审理此案，传旨说："速把狄仁杰等人押至朝堂，朕要御审此案。"

当值殿中御史急下朝堂，去提狄仁杰等人。皇上交办的事没人敢拖延，须臾之间，狄仁杰等人就被提到朝堂。

上了朝堂，七人跪在地上，大呼冤枉。

武则天问："既称冤枉，何承反也。"

狄仁杰答道："不承，则已死于拷掠矣！"

武则天又问："那为什么又要写谢死表？"

七人一听，忙异口同声地说："无之！"

"无之？"女皇冷笑一声，命上官婉儿拿出谢死表，抛到七人的跟前，问："这是什么？明明上面都有你几个人的签名。"

七人抢过谢死表一看，大喊冤枉，说："这谢死表是伪造的，是假的，是想欺蒙皇上的。"

"假的？"女皇忙命上官婉儿对七人的笔迹。

上官婉儿拿来纸砚笔墨，让七人各写一行字，仔细地一一核实，向女皇报告说："启奏陛下，谢死表确不是此七人所写。"

女皇一听，怒问尾随七人而来的来俊臣："这谢死表是怎么回事？"

来俊臣早在一旁惶惶不安，见女皇喝问，忙"扑通"一声跪在地上，连磕几个响头说："此七人承反以后，拒不写谢死表，臣又不敢动刑，不得已而私伪之。"

"不敢动刑，你也不能伪造别人的谢死表！"女皇训道。

"臣知错必改，下次，下次一定不敢了。"来俊臣擦着额上的冷汗说。

群臣一见来俊臣犯了欺君之罪，心道这下有门了，不斩了你来俊臣，至少也得把你撤职流放。

哪知女皇却道："来俊臣身为御史中丞，办案不慎，扣其两个月的俸禄。"

武则天借助来俊臣凶残的个性，杀了许多唐家子弟大臣，认为来俊臣有功于国，自然不舍得拿他开刀，只是象征性地给个处罚，尽尽人意罢了。

狄仁杰几人见案子已翻，只是眼巴巴地看着女皇，等待女皇下赦令，官复原职。

女皇却指着几人沉声说道："按我朝律法，即为被告，无论有罪无罪，一律要受贬职处分。可贬狄仁杰为彭泽令、任知古为江夏令、崔宣礼为夷陵令、魏元忠为涪陵令、卢献为西乡令。裴行本、李嗣真，事由其出，罪加一等，免官流放于岭南。"

狄仁杰等人虽心里对女皇的判决愤愤不平，但好歹都捡回了一条命，也不敢再辩什么，只得跪地磕头，口称谢主隆恩，一齐下殿去了。见自己一手炮制的大案竟被全部推翻，来俊臣贼心不死，和武承嗣对视了一下，心有灵犀一点通，一齐上来奏道："狄仁杰等人潜行谋逆，由来已久，罪当处斩，臣等联合抗表，请申大法。"

秋官侍郎徐有功素行正义，见来俊臣等人心有不甘，还想翻案，遂上前奏道："来俊臣乘明主再生之赐，亏圣人恩信之道，为臣虽当嫉恶，然事君必须顺其美。"

徐有功之言颇有策略，话里有话，一方面称武则天为"明主""圣人"，一方面斥责来俊臣不能"顺其美"。武则天听了，果然高兴，说："朕好生恶杀，志在恤刑。涣汗已行，不可更返。"武承嗣、来俊臣见势不可扭转，只得恨恨地退了下去。

【第十三回】

求寿数广结异士，断谗言秘除假僧

如意元年（692年）四月的一天，春意盎然，春草萌发，有雅兴的红男绿女们都喜欢郊游踏青。耐不住寂寞的女皇也来到薛怀义的白马寺"视察工作"。

白马寺有僧二三千人之多，却没有一个真正意义上的和尚，都是薛怀义广开山门，收罗的一些地痞流氓、社会闲人，皆僧不像僧，道不像道。此时，这些光头无赖们正在寺庙里喝酒的喝酒，赌博的赌博，打架的打架，弄得我佛净地到处乱糟糟的，乌烟瘴气。但见那角落的垃圾成堆，臭气熏天，殿角的地上尿液横流，臊气扑鼻。

"皇上到！"

众无赖闻声往大门口一看，果见色彩斑斓的龙凤罩扇下双髻高高耸立、身穿大红绣龙描凤衮服的女皇驾临了。

众无赖还算懂事，连忙就地跪倒，口称万岁万万岁。

女皇慈眉善目，环视一下周围，禁不住地皱了皱眉头，说："秩序有些乱。"

这时，白马寺的副住持、《大云经》编撰人之一的云宣和尚匆匆跑过来，双手合十，道一声阿弥陀佛，说："白马寺副住持云宣接驾来迟，死罪、死罪。"

"没这么多死罪。"女皇说着莞尔一笑，问："怀义法师呢？"

云宣踌躇了一下，还是如实汇报说："大当家的中午多喝了几杯酒，尚在禅房里困觉。"

女皇一挥手说："带朕去看看。"

云宣哈着腰，头前带路，一行人来到大雄宝殿旁边的方丈禅房。禅房的方桌上，残杯剩盏，鱼刺鸡骨，乱七八糟，尚未收拾。禅床上，薛怀义敞着大肚子，张着嘴，酒气熏天，呼呼大睡。云宣过去推了推薛怀义，轻声唤着："国公、国公，醒醒、醒醒，你看谁来了，国公、国公……"

"老子睡得正香，喊什么喊，活腻了不是？"薛怀义"扑腾"一下坐起来半睁着眼骂道，及睁开眼，见床头站着的是女皇，这才止住骂，挠了挠秃头，打着哈欠说："皇上来了。"

云宣端过来一把禅椅，女皇坐下来说："你整天挺忙的吧，怎么好几天也不到我宫里走走了。"

"可不挺忙！"薛怀义下了床，扯了一件袈裟披在身上，说："这两三千人的大庙，吃喝拉撒，念经学佛，我都得管着，能不忙吗？"

看着大和尚两眼似睁不睁，醉意未醒的样子，女皇指着桌上的残羹剩酒，嗔怪地说："当了和尚还喝酒吃肉，亏你还是个号称国师的高僧呢。"

"皇上要能颁旨让天下人都不杀生吃肉，我立马戒了。"薛怀义说。

女皇问薛怀义："你最近又读了什么经书，参了一些什么禅啊？"

没等薛怀义答话，云宣就在一旁说："薛师虽没参研多少经书，但薛师最近又结交了几个有影响的高僧大德民间异人，薛师和他们一块儿谈经论道，甚为相得。"

女皇一副蛮有兴趣的样子，问："都是些什么人呀，朕也想结识结识。"

云宣掰着指头数道："有神都麟趾寺的人称净光如来的河内老尼，有万安山的韦什方韦道人，还有一个老胡人。三人皆是得道的神仙异人，中午薛师还和他们一起吃饭呢。"

"人在哪儿，快召来见朕。"女皇一向喜欢结识些民间异人。

"在后院歇着呢，贫僧这就召他们见驾。"云宣说着，一路倒退着出去了。

"你似乎不大喜欢朕了。"女皇望着薛和尚，幽幽地说道。

薛怀义一听，忙凑过去，边为女皇捶背边说："我最近正在和几个道友一起探讨长寿之道，准备献给皇上，因为讲究心静，所以不大常往皇宫去。"

"你为朕研究长寿之道？"女皇听了，大为高兴，挥挥手，让上官婉儿等随从退了出来。而后示意薛和尚把自己抱到禅床上。怀义一见，知道又是推脱不了的差事，只得强颜欢笑，强打精神，把女皇端到了禅床上，为她宽衣解带一番……

望着禅房佛帐，躺在禅床上的女皇十分满足，感慨地说："朕这一生，和我佛十分有缘，人言我是弥勒出世，我自己也有些信了。"

见女皇陛下整理好了衣服，薛怀义走过去打开房门，见老尼老道已等着，于是挥手让他们进来。

一位老尼，头戴僧帽，脸上虽有沟沟岔岔，但其面色白净绵软，一时看不出有多大年龄，估计也就六十多岁。另一个老道，长得鹤发童颜，手持拂尘，一走一晃，一副仙风道骨的气质，看样子也得七十多岁。另一个老胡人胡子拉碴，蓝眼球、高鼻子，面貌皆不寻常，更难分辨贵庚几何。

三个进了禅房，拜揖完以后，各个赐座。女皇拢了拢刚才弄乱的发髻，问："三位仙人仙风道骨，面貌清奇，敢问年岁几何？"

河内老尼摇摇头说："吾乃净光如来，虽能知未然，却唯独不知自己年龄是多少，估计也有三百多岁了吧。"

女皇惊异地看着，又问老道："道长你呢？"

"贫道韦什方，隐居京郊万安山，生于三国孙吴赤乌年间，掐指一算，吾今年整整四百五十四岁整。"

女皇听了，又吓了一跳，又把脸转向老胡人。老胡人亦不甘示弱，抖了抖宽大的袍袖，上前一步，朗声说道："贫道已虚度五百个春秋了，二百年前，贫道就曾见过怀义法师一面。"

女皇且惊且疑，问薛怀义："真有这事？"

薛怀义应道："好像见过他。"

老胡人"哼"了一声，捋着黄胡，看着薛和尚说："你那时小，才五六岁，不大记事。"

见几个人体态飘逸，言辞泠泠，有林下风气，加上女皇渴望长生不死，于是道："你们都是怎样活到这么大年纪的？"

韦什方摇了一下拂尘说："吾平日身居深山，修身养性，只吃些自己炼制的草药丹丸而已。这位河内神尼，平日里，只吃一颗米粒，一粒芝麻，过午不食。"

"是吗？"女皇惊异地看着河内老尼。河内老尼含笑地点了点头。

女皇心道吃草药丹丸还是可以的，于是问韦老道："敢问草药丹丸都是怎样配制的？"

韦什方道："采人生不老之药，讲究四时阴阳，五行八卦，博大精深，非一日一时所能说清，容臣以后细细给皇上讲讲。"

"手头有没有现成的丹丸拿给朕看看？"女皇紧追不舍地问。

"丹药均在山上的道观里，身边没带，带的几颗都让贫道吃完了。"

看着女皇一脸惋惜的样子，薛怀义说："你想吃，去他观里拿不就行了，况且又不远。"

韦什方亦拱手道："神仙必须度世，妙法不可自私，况皇上乃是弥勒下界，也是能具得仙骨，结得仙缘的，皇上若能幸临小道观，贫道当面修炼仙丸，包括内丸外丸，以奉皇上。"

女皇心道反正今天也没有大事，去就去，全当去找乐子，于是点头说："好，好，带朕到你住的仙观去看看。"

女皇一心想见到长生不老之药，说走就走，立即传旨起驾。在飞骑的簇拥下，一行人各乘轿马，呼呼隆隆，前往万安山凌霄观。

万安山果然是座好山，虽不十分高大，但也古木干霄，新篁夹径，怪石嶙峋。尤其是那通往山上道观的山路，更是曲曲弯弯，十分陡峭。韦什方指着山上丛林中若隐若现的屋舍说："曲房邃室，岩洞几重，正是贫道所栖之处。奈何山径危悬，皇上怕攀不上去。"

女皇遗憾地说："既如此，朕就不上去了，烦老道长把你的仙药和丹炉等搬到皇城，朕要和老道长一起谈经论道，以圆相见恨晚之意。"

一听说要起驾回宫，飞骑兵不敢怠慢，忙又一路紧张地把女皇等人护送回宫。

女皇一路坐软轿，乘大轿倒不觉得辛苦，进了皇宫，就嚷嚷摆御宴，把刚刚结识的世外仙人奉为上宾。一句圣旨吩咐下来，忙坏了御膳房的老厨师们，砍的砍，剁的剁，蒸的蒸，煮的煮，终于以最短的时间，最快的速度，保质保量地完成了任务。一队队宫女，穿花拂柳，迈着小碎步，把御膳端上了桌。

河内老尼说："阿弥陀佛，贫尼吃不下，贫尼一日唯食一麻一米足矣。"

女皇听了，钦佩不已，忙令厨下各精选一颗个头最大色泽最亮的芝麻、米粒端上来。片刻工夫，膳食令亲手用御盘端上来了。一麻一米放在盘底，几乎看不见，众人啧啧地赞道："乖乖，比鸟吃得还少，跟蚂蚁的食量差不多。"

老道韦什方从怀里摸出几颗黑色的丸子，放在面前的托盘里，说："贫道只吃自己炼制的仙丹，余皆不食。"

女皇伸手向老道要了一颗仙丹，放于口中，果然绵软香甜，入口即化，且有一股淡淡的草药清香。女皇指着桌上的美味佳肴问："看几位高僧大德的行为，莫非人寿之道，咸以清淡少食为主？"

韦什方叩首说道："然也，夫素食者高寿，古来已然。但须长期坚持，日啖百草，渐成习惯，谢绝烟火之物，不数年，就可发白更黑，颜色如童子。"

"道长的头发怎么这么白，而不转白为黑？"女皇问。

韦什方编个瞎话说："贫道头发已几度转白，几度转黑。"

"如果朕也吃素，能长寿不？"女皇问道。

"当然了，"韦什方肯定地说，"皇上乃弥勒佛出世，理应身体力行，素食修身。皇上也应禁天下屠杀牲畜及捕鱼虾，令天下军民亦不准吃肉，则功莫大焉，天下苍生幸焉，万物生灵，咸为皇上祈福，此我皇皇祚永久也。"

女皇频频地点头，说："听道长说话，高屋建瓴，令朕耳目一新，道长若不弃，烦请道长留在朝中，负责朕之饮食，朕也好时时讨教。"

"山人无官无职，留在朝中恐有不便。"韦什方假意推辞道。

"你若能保朕长寿千年，朕定保你永生富贵，朕现在就封你为正谏议大夫同凤阁鸾台三品。"

女皇可能觉得自己已近七十岁了，渴望长生不老的心越来越强烈，以致张口把一个信口胡诌的野老道封成了宰相。

话说姚梈姚令璋，乃前朝散骑常侍姚思廉之孙也。梈少孤，抚弟妹以友爱称。博涉经史，有才辩。永徽年间，中明经擢第，累补太子宫门郎，与司议郎孟利贞等奉令撰《瑶山玉彩》一书。书成，迁秘书郎。调露中，累迁中书舍人，封吴兴县男。女皇临朝，迁夏官侍郎。坐从父弟朱敬则因徐敬业之乱，贬为桂州都督府长史。到了桂州，姚梈不甘心老死蛮荒，积极想方设法重返京都，姚梈深知女皇雅好符瑞，于是遍访岭南山川草树，只要其名号有"武"字者，姚梈皆以为上应国姓，派人送京，具表列奏其事，由是则天大悦，不久召拜姚梈回京任天官侍郎。

姚梈善于选补，时人称之。四方阿谀之徒以为样板，四处搜罗祥瑞奇迹，以献女皇，欲见擢用。

一天深夜，月光如银，草虫唧唧，树影幢幢，夜风吹过来。皇宫城墙外，一队巡逻的羽林军，荷枪提刀，睁着警惕的眼睛，缩头缩脑地向前走。突然，前边拐角处有一个黑乎乎的影子，打了一个极响的喷嚏！

"谁？"羽林军士抽刀在手，后退一步，喝道。

"我省庄王小三。"那人拍拍土，点头哈腰地说，"我来给皇上献宝的。"

一听说是献宝的，众军士放下心来，收起刀枪，走过来说："你献的什么宝？"

那人从怀中摸出一个布包，搁在腿上打开，露出一个团蛋子。一个军士举着火把凑过来，还是看不明白，问："这是个什么？跟石头蛋子似的。"

"让总爷你说对了，"那人一边说，一边像宝贝似的重又把那东西裹上，"它可不是一个普通的石头蛋子。"

说话间，紫宸殿的钟声响了一下，紧接着，午门方向传来"吱呀呀"开门的声音，军士们指点着王小三说："献宝的，开始上早朝了，赶快到宫门口报事房点个名去吧。"

"哎。"王小三痛痛快快地答应一声，夹着布包，拔脚向午门口跑去。到了午门口旁边的报事房，王小三点头哈腰地向值班的内侍说明了来意。内侍一听说是来献宝的，不敢难为他，马上作了登记，并把此事报与殿中监察御史。监察御史心中有数，单瞅女皇陛下和宰臣讨论军国大事的间隙，向女皇报告说："启奏陛下，有京郊省庄的王小三，在殿外等候，说有宝物要面呈陛下。"

"宝物？"天尚蒙蒙亮，就有人来敬献宝物，女皇心里有些舒坦，当即传旨道："可召献宝人晋见。"旨令传出去不久，一个鼻直口方的人，手捧奇石，阔步走进朝堂，到了丹墀下，三叩九拜之后，此人自我介绍说："小民王小三，于洛水边拾获一奇异白石，不敢自匿，特来献于陛下。"说罢，这王小三冲着宝座上的女皇，双手高高地捧起奇石。王小三对自己的表现十分满意，礼节路数早在家里演练多遍。

女皇满意地点了点头，近侍接过王小三手中的奇石，呈给女皇。女皇接石在手，没瞧出什么新鲜来，又不愿屈尊询问，遂又递与近侍说："可颁群臣先事察看。"

近侍又把石蛋捧给堂下的众宰臣看。众人围过来仔细端瞧，发现也就是一块普通的鹅卵石，白色中带些红印子，实在无甚奇异处。众臣以内史李昭德强直自达、常有深论，因之上前纷问道："德公，您看这石祥在何方，异在何处？"

李昭德冷笑一下，一脚把皮球踢出去，貌似奉承，实则讽刺，指着武承嗣说："魏王学识渊博，多次组织人进献祥瑞，此石非魏王不能解。"

武承嗣的脸白了一下，说："本王也不是百事通，问问献宝的人不就得了吗？"

众宰臣又把目光转向献宝的王小三，王小三见诸位执政高官皆不能破解此石祥瑞，更加摇头晃脑，得意之色溢于言表。王小三故意停了一下，拿过石头，环顾周围，得意地指点着对大家说："此石赤心，所以进献皇上。"

众执政闻听此言，一时噎住，无言以对，独有李昭德在一旁大声呵斥道："此石赤心，洛水中其他石岂尽反邪？"

话音甫落，举朝哄堂大笑，连九五之尊的女皇也跟着大笑起来。献"宝"的王小三被笑得讪讪着，站在那里，捧着石蛋不知如何是好，李昭德接着喊道："投机取巧的无耻之徒，还不快滚，找打不是？"

王小三这才吓得揣起白石，顺着墙角溜走了，朝堂上又爆发出一片大笑声……

李昭德上前奏道："都城洛水天津之东，立德坊西南隅，有中桥及利涉桥，以通行旅。上元中，司农卿韦机始移中桥置于安众坊之左街，当长夏门，都人甚以为便，因废利涉桥，所省万计。然岁为洛水冲注，常劳治葺。臣思虑再三，觉得以积石为脚，锐其前以分水势，可绝城内洛水之患。如今，雨季将临，臣请立即施工。以绝中桥护堤之漂损。"

女皇满意地看着李昭德，爱才之心溢于言表，当即颁诏道："中桥堤防工程迫在眉睫，就请爱卿挂帅，责成工部立即组织人施工。"

"遵旨！"李昭德答应一声，雷厉风行，立即下朝组织人员去了。洛阳洛水中桥两旁的工地上，车来人往，一派忙碌的景象。早已禁止行人往来的中桥上，民工们推着满满一车土的独轮车，一路小跑，石匠们一手抢锤，一手掌凿，叮叮当当地裁剪着石块。洛水堤脚修造工程正在热火朝天地进行着。

这时，只听宣教坊那边一阵鸣锣开道声，一队人马举着回避牌，打着旗帜，汹汹而来。一个小吏一边敲锣，一边扯着嗓子吆喝："魏王车驾，闲人回避！"

车驾直奔中桥而来，桥面桥头正在搬运石料的民工停住手中的活，不知如何办才好。回避吧又没有命令，不躲又怕冲撞了车仗，惹来祸端。正在愣神间，一个带工的工部侍郎挺身而出，当中拦住车驾，恭手说道："奉内史李大人命令，此桥专供工程所用，其他行人车辆禁止通行。请王爷车驾绕道而行。"

武承嗣的管家，刚想发作，但一想这洛水修桥工程乃朝廷急办工程，且是宰相李昭德亲自督工，不敢拿大，忙扬手止住车驾，碎步跑到轿前，隔帘叫道："启奏王爷，前面修堤，中桥上满是干活的民工，不让通过，咱们是不是绕道而走？"

话音刚落，骂声就从轿帘内甩出来："无用的东西！是本王过桥事大，还是他修堤事大？赶快叫他们把桥让出来！"

有了主子这句话，挨了骂的管家一挽袖子，命令手下："把这些民工都给我赶走，石块车子等都掀到河里去，立即把桥面清理干净，慢了唯你们是问。"

众侍卫平日就欺负人惯了，闻听此令，抢鞭在手，窜到桥上，见人就打，见东西就扔，嘴里还不住地叫骂着："滚，滚……"

旁边的那个工部侍郎刚想解释几句，脸上早挨了几记鞭子，眼睁睁地看着码好的石料、小车被掀到了桥下的洛水里，一个民工跑得慢了些，竟被武承嗣的一个卫士一脚给踹到了桥下的硬地上，摔断了一条胳膊。

工地上的民工都放下手中的活，眼里冒火，愤怒地望着这伙仗势欺人之徒。群情激愤，胆大的骂声不绝，掂起锨锤，跃跃欲试。监工的工部侍郎见事不谐，怕闹出乱子，自己承担不起，忙打发一个手下飞马报与内史李昭德大人。

及至李昭德赶到现场，武承嗣等人早已扬长而去。昭德令把伤者送医好生救治，又向民工解释了一番，安抚大家继续施工，办完这些事，李昭德赶至皇宫，面见女皇弹劾武承嗣。

听了李昭德一五一十的汇报，女皇似有护短之意，沉吟半晌说："承嗣为魏王，一人之下，万人之上，滋生骄意，也是人之常情。朕定要好好地训斥他一番。"

李昭德进一步地奏道："魏王承嗣威权太重，恐与皇上不利。"

女皇摇摇头说："承嗣吾侄，故委之腹心。"

李昭德近前半步，密奏道："正因为承嗣乃陛下之侄，又是亲王，才不宜更在机权，以惑众庶。且自古帝王，父子之间，犹相篡夺，况在姑侄，岂得威权与之？脱若乘便，宝位危矣。"

闻听昭德这番话，女皇矍然道："我未之思也。"

为了防患于未然，武则天当即作出决定：以文昌左相，同凤阁鸾台三品武承嗣为特进；纳言武攸宁为冬官尚书；夏官尚书、同平章事杨执柔（武则天的本家外甥）为地官尚书，并罢政事。三人明升暗降，一齐被解除相权。

做完了这项新的人事安排，武则天对李昭德说："卿胆识过人，遇事处置得当，常有深论，朕想任命你为凤阁鸾台三品，你意如何？"

李昭德拱手道："臣虽忠心，然好强直自达，立朝有色，不吐刚以茹柔。日后定为小人所谗嫉，臣死不足惜，还望陛下明臣之心迹也。"

女皇点点头，说："忠奸善恶，朕还是能分辨出来的，你放心大胆地当你的宰相就行了，务使朝廷政事顺畅。"

"臣遵旨！"李昭德深鞠一躬，辞别女皇，大踏步地去了。

天授三年（692年）九月的一天早晨，女皇刚从龙床上爬起来，觉着嘴里怪怪的，伸手一摸，牙床上有两个硬东西，遂叫过上官婉儿说："婉儿，看朕这嘴里有什么东西，老是觉着不对劲。"

上官婉儿探身过来，闪目仔细观瞧，果见两个米粒样的东西镶嵌在光秃秃的牙床上，顿时喜不自胜，喜得眼泪也出来了。激动地跪倒在地，连连叩头说："恭喜皇上，贺喜皇上，皇上长出了两颗新牙。"

女皇一听，也高兴非常，眉开眼笑，手不住地摸弄着两颗新牙，老脸上泛起两坨红晕。上官婉儿继续称贺道："古人云'齿者，年也，身之宝也'，齿落更生，意味着皇上青春永驻，我大周皇朝江山永固。皇上应以敕文的形式把这一奇迹通告天下，让天下人也为皇上高兴。"

"好，好，"女皇不住地点头说，"明天就是重阳佳节了，朕在则天门接受文武百官的朝贺，你马上安排承嗣、三思他们办理这事。"

"遵旨。"婉儿愉快地答应一声。

齿落更生，适逢九月重阳佳节，也是女皇登基三周年的纪念日，则天门上，张灯结彩，彩旗飘飘。武则天身着大红衮服，在众多侍卫宫女的拥护下，健步登上门楼。楼下朝贺的文武百官，四夷酋长，爆发出一阵又一阵的欢呼声。武则天的心情也特别好，启齿一笑，挥手频频向人们致意。望着这热闹的人群，想着大好的局面，老阿婆改元之心又起，当即宣布，把这一年改为长寿元年。大赦天下，赐宴群臣。

万象神宫宽大的宴会厅里，文武群臣，众星捧月，围着女皇依序而坐，举杯相庆。素好表忠心的武承嗣、武三思当堂上表，请加"慈氏越古金轮圣神皇帝"的美号。武则天含笑纳之。拾遗朱前疑不甘落后，躬身上前，磕头施礼说："臣昨夜做梦，梦见陛下发白更黑，齿落更生。如今'齿落更生'已验，想'发白更黑'不远矣。"

女皇听了朱前疑的说梦，果然大为高兴，当即颁诏说："前疑宴前说祯祥，朕心愉悦，即授其为都官郎中。"

"谢主隆恩。"朱前疑为讨好女皇而灵机一动编排的一个好梦，果然收到了预期的效果。

万象神宫，君臣欢宴，东宫里却有一个寂寞的人儿仰面朝天，唉声叹气。他虽贵为皇嗣，但一些重大场合，却没有他的身影，高墙之内，他只有寂寞地来回转悠。墙外的阵阵笙乐，群臣的欢笑，让他备感人世的凄凉，李氏皇族的彻底没落。

这时，一个身穿大红五彩通袖罗袍儿、下着沙绿百花裙的户婢，云一样地飘过来，到了这李旦的跟前，轻轻地扯动他的衣袖说："殿下，天凉了，在外面待长了不好的，快回屋里吧。"

李旦一看是户婢韦团儿，还是伫立不动。韦团儿不由分说，半拉半搀地把李旦弄到了屋里，韦团儿向另一个门里一招手，变戏法似的，三四个侍女手捧一盘盘热气腾腾的御膳，鱼贯走进屋里，把香气扑鼻的饭菜摆到桌子上。李旦心道刚吃过饭没多久，这又是干什么？惊诧地望了望韦团儿。韦团儿妩媚地笑了一下，挥手让侍女们出去。亲自把盏，倒上两盅酒，而后把李旦按坐在桌边的凳子上，说："皇上派妾来照顾你，已三个多月了，我还没独自陪殿下喝过一杯酒呢，今天是良宵佳节，让妾好好地侍候侍候殿下吧。"

李旦深知这韦团儿是母皇跟前的红人，不敢得罪她，只得心神不定地坐下来。韦团儿已经精心打扮过，头上珠翠堆盈，粉面贴钿，湘裙越显红鸳小。她眼波流转，面若桃花，跷起兰花指，双手捧上一杯酒，呈到李旦的面前，娇声娇气地说："殿下虽居深宫，但日后必有发达之时。团儿早在皇上身边，就对殿下心仪已久，请殿下饮下这杯酒。"

李旦干笑一声，只得接过酒杯，一饮而尽。韦团儿一见，欢喜不尽，忙拿起筷子，夹了一块鹿鞭，塞到了李旦的嘴里。李旦无可奈何，只得吃了。

韦团儿又斟下两杯酒，一杯留给自己，一杯端给李旦，而后韦团儿举起酒杯，两眼热辣辣地看着李旦说："让团儿和殿下喝个交杯酒。"

"我……我酒量不行，我，我，还是不喝了吧。"李旦躲闪着韦团儿的目光说。

"殿下是不是有些头晕？"韦团儿放下筷子，伸出纤纤玉手抚摸着李旦的额头，关切地说："让妾扶殿下到床上歇歇去。"

韦团儿生拉硬扯，李旦不敢不从，只得挪到了床边坐下，韦团儿返身把门闩上，李旦身子一颤，心里嘀咕道，这韦团儿步步进逼，其真正目的想干什么？要是想主动荐枕席，也未尝不可，怕就怕这韦团儿另有目的，说不定是母亲大人搞的"美人计"，来考验自己是否合乎皇嗣的规矩，果真如此，漫说尝一下，恐怕连碰也不能碰。念及于此，李旦决定做一回柳下惠，坐怀不乱，坚守到底。

"除了我两个皇嗣妃刘氏、窦氏，多少年了，我都没沾过别的女人。"

"啧，啧，啧，"韦团儿咂着嘴说，"殿下也太委屈自己了。一个皇嗣太子，有个三妻四妾也是正常的，有什么大不了的。"

李旦以袖掩面，提高声音，仿佛在说给母亲大人听："除了刘、窦二妃，我是不随便碰别的女人的。"

"不要紧啊！"韦团儿俯身揽住李旦，抓着他的一只手，脸也贴着李旦的脸，嘴里说道，"你可以奏明皇上，收我为皇嗣妃啊。"

李旦心道，我决不要你这样居心叵测的老婆，先皇李治不就是一个活生生的例子吗？把大好的江山，众多的唐之宗室子弟，断送得干干净净。想到此，李旦的胸中升起一种凛然正气，往里撤了撤身子，指着韦团儿正色地说："请你放尊重点，不要乱了礼制。"

韦团儿粉脸一白，索性一不做，二不休，三下二下把上身衣服都扯了下来。李旦顿觉头晕眼花，惊问道："你这是干吗？"

韦团儿俯身扑上，紧紧地搂住李旦不放，李旦奋力挣扎，无奈身子骨薄弱，不是户婢韦团儿的对手，正在李旦无计可施的要紧关头，门"嘭嘭"地被敲响了，有两个女人在门外叫着："殿下，殿下！"

李旦一听是刘、窦二妃的声音，奋不顾身从床上扑下来，跟跟跄跄地奔到门口，抽开门闩拉开了门，带着哭腔叫道："二位贤妃。"

刘、窦二妃忙挺身接住丈夫李旦，往里一望，果见韦团儿坐在床上没事人似的穿着衣服。

"小小的宫婢，竟敢如此放肆，是何道理！"窦妃也指着韦团儿厉声叱道。

韦团儿挑衅似的仰起头，"哼"了一声。刘、窦二妃欲待发火，让李旦给按住了。李旦息事宁人，怕惹着了这位皇上的宠婢，拉着二妃悄声劝道："算了，算了，别跟她计较了，幸亏你俩来得及时，不然，我可就让她闹着了。"

门口围满了看热闹的宫婢太监，对着韦团儿指指点点，捂嘴耻笑。韦团儿的俏脸一阵白一阵红，穿上鞋子，捡起扯烂的罗裙，挤开人群，慌忙地跑走了。

韦团儿跑回房间里，倒在床上，双颊潮红，两耳发热，怨恨之火在体内腾腾燃烧，止不住地向外冒，牙咬得咯咯直响。自己苦心琢磨了多少天的计划一朝竟破灭，一团热情的火焰竟被一盆冷水所浇灭。此仇不报，焉可为女中丈夫？手段不毒，岂能做到人上人？自己所敬仰的女皇陛下为了将守寡的女儿太平公主嫁给已有妻室的武攸暨，不惜潜使杀其妻而妻之。既然皇上能这么做，我韦团儿何不如法炮制，除掉绊脚石刘、窦二妃？

关起门来，躲在屋子里的韦团儿拿定主意，要害刘、窦二妃，她寻了两块桐木，刻了两个桐人，一个上刻"武"字，一个上刻"周"字。而后乘夜潜到二妃的院中，用花锄在墙角挖了一个坑，将俩桐人埋入土中。

神不知鬼不觉地做完这一切，韦团儿还真能沉住气，过了两个月，等到草枯叶落苔藓生之后，地上一切平复如昨，韦团儿才跑到女皇的面前，密告说："皇上，臣妾昨天晚上从皇嗣妃刘氏的窗口过，听刘氏妃和窦氏妃一块儿密谈什么厌咒的事。臣妾觉得事情蹊跷，趴在窗口留心一听，才知道她俩埋了两个桐人在北墙根，但不知在诅咒何人。"

"你把桐人挖出来没有？"女皇问。

"没敢挖，我是先来报告皇上的，请皇上定夺。"

女皇面无表情，停了一下，叫过一个近侍说："你跟韦团儿一块儿，把桐人取出来带回，全当什么事也没发生。"

"遵旨。"韦团儿和近侍答应一声出去了。走在路上，韦团儿想着女皇无所谓的表情，心里有些沮丧，难道连厌胜这样大逆不道的事也不管了？

想归想，韦团儿还是领着那个近侍，熟门熟路地来到二妃的院中，从北墙根起出桐人。近侍把桐人用布包起来，带回宫向女皇复命去了。

正月初二这一天，按照礼仪，刘、窦二妃联袂入宫，到德嘉殿向自己的婆婆、女皇恭贺新年。

二妃临行前，李旦婆婆妈妈，千嘱咐万嘱咐要行止有礼，要看母亲大人的脸色行事，拜贺完以后，没事就赶紧回来。李旦啰里啰唆一大篇，大异于平日，刘氏妃奇怪地问："殿下今儿是怎么啦，何劳这么多嘱咐，我姐妹俩入宫拜见婆婆又不是一回两回的事了。"

"殿下且请放心。"窦妃过来摸了摸李旦的头，把李旦扶到床前，侍候他躺下，说，"殿下大概昨夜受凉了，身体不大舒服，还是躺在床上歇歇吧。"

刘、窦二妃接着辞别丈夫，出门登车而去。

日影一点点地移过去，从北墙根到东墙根。望着日影，李旦心中祈祷着，盼望着二妃快快平安地回来。他眼盯着日影不放，盯得眼疼，看得发涩。

于是又跑到大门口，向德嘉殿的方向翘首张望。

"怎么还不来。"李旦自言自语，打发一个小太监前去探问。小太监得令，快步而去。约有小半个时辰，小太监转了回来，说："刘、窦二妃还没出来呢，车仗还在内宫门口等着，问门口的公公，说二妃可能在和皇上叙话，让再等一会儿。殿下还是到屋里等吧，寒冬腊月的，小心受凉。"

李旦也觉手足发麻，只得回到屋里，枯坐了一会儿，吃饭的时间到了，侍女们把热气腾腾的饭菜摆上了餐桌，过来请殿下李旦用膳，李旦摆摆手说："再等一会儿，等二妃回来一起吃。"

"再等一会儿，菜就凉了。"侍女说。

"凉了再热。"李旦不耐烦地说。

又过了半个时辰，二妃还没有回来，餐桌上的饭菜已热了二遍。李旦只得又打发那个小太监再去探问。小太监遵命，飞快地跑走了。过了好一会儿，小太监才回来，报告说："二妃的车还在宫外等，那里的公公说，皇上可能留二妃在德嘉殿吃饭了。殿下还是先吃些饭再说吧。"

李旦只得迈着沉重的步子，来到餐桌旁坐下，却依然毫无胃口，喝了一小碗汤，心里还觉得空落落的，只得把饭碗推开，来到寝床上躺下。

不知不觉，日头落了；不知不觉，暮色四伏。也不知什么时候起，天阴了起来，寒冷的天空中悄然飘起了片片雪花。东宫的大门口早早地点亮了大灯笼，给那晚归的人儿照路。

又到了晚饭时间，侍女们又把热气腾腾的饭菜摆上了餐桌，一个宫女袅袅娜娜地走过来，道了个万福说："请殿下用晚膳。"

李旦仿佛没听见侍女的话，自言自语道："难道母皇又要留二妃吃晚膳，这可是从来没有过的事啊。"

"小卓子！"李旦高叫一声。

"哎。"名叫小卓子的小太监跑过来，俯首听命。

"快去德嘉殿那边看看，若不见二妃，也务必问明情况再回来。"

"是。"小太监答应一声，摸了个斗笠戴在头上，蹿出去了。一会儿的工夫，却又蹿了回来，一脸喜滋滋地说："殿下，回来了，二妃回来了。"

"真的！"李旦忙得连锦袍也不披，只穿件中衣就冲出门外。跑到大门口，果见二妃的车，轧着薄雪，吱吱扭扭而来。站在门洞里的李旦，兴奋地直招手。打头的太监小德子跳下马，跟跟跄跄地跑来，老远就问："殿下，殿下，刘、窦二位皇嗣妃回来了没有？"

李旦心里一沉，忙跑下台阶，抓住跑过来的小德子喝问："刘、窦二妃在哪里？"

"没先回家吗？"小德子哭丧着脸问。

"不是早上和你一起去德嘉殿了吗？"李旦焦急地问。

小德子张望着四周，喘着粗气说："二妃是进殿朝贺皇上了。我和车仗在外头等着，等到中午还不见二妃出来，一问，值门的公公说，可能皇上中午管饭。我们几个又等，等到快天黑了，内宫要关门落锁了，值门的公公才跟俺们说，让俺们回去，别再等了，说二妃早就回东宫了，俺几个一听，这才驾着车仗赶紧回来。"

"难道二妃真的没回来？"小德子疑疑惑惑看着各人的脸。

"什么时候回来的？"小卓子说，"二妃丢了，唯你小德子是问。"

"我再去接。"小德子忙指挥人掉转车头，再去德嘉殿。

"回来！"李旦怒吼一声，噔噔噔转身进屋了。

屋内炉火熊熊，饭菜飘香。李旦出神地望着那跳跃的炉火，先前心烦意乱像刀子搅的心却出奇平静。他冷静地告诉自己，越到这个时候越要冷静，越要沉住气，越要装成没事人儿似的。二妃神秘失踪已无可挽回，自己若行事不慎，惹恼了母皇，下一个失踪的就可能是他自己，是自己的几个年幼的儿女。

以后的几天，李旦像没事人似的读书，写字，在院内闲逛，和小厮们一起玩游戏。东宫里的人见殿下如此镇静，也都循规蹈矩，全当什么事也没发生，全当两位皇嗣妃回娘家去了。入夜了，李旦把太监侍女们都打发走了，独自一人伫立在窗前，望着寒冷的冬夜，思念着二妃。泪，不知不觉淌满了他的脸颊，他拼命忍住，决不让自己哭出声。人前人后不一样，只有在晚上这独处的时刻，他才表露出对二妃深深的思念。李旦见天不早了，才来到了床前，准备睡觉。

他慢腾腾地扒掉了靴子，脱掉了褂子，脱掉了裤子，刚想掀开被子往里钻，猛然间见枕头上有一片瀑布似的头发，一个雪白耀眼的人，正头朝里静静地躺着，李旦激动地叫着："爱妃，你在这儿！"

"殿下！""爱妃"转过身子，娇滴滴地叫着，一下子抱住李旦。

李旦清醒过来，闪目一看，认出眼前的人原来是韦团儿，于是指着她气愤地问："你，你怎么跑到我这儿来了？"

"殿下！"韦团儿抛了个媚眼，说："团儿见殿下独守空房，所以来伺候殿下。"

"我，我不要人伺候，你走！"李旦指着门口吼道。

"干什么这么凶？"韦团儿翻个白眼说，"我可是能在皇上面前说上话的人，你若对我好，收我为你的皇嗣妃，凭我韦团儿的能耐和手段，我会保你平平安安，日后顺利地登上大位。你若是忤逆于我，哼！恐怕还会有人死无葬身之地！"

李旦心里一激灵，好像突然明白了许多，怒问道："刘、窦二妃是怎么回事？是不是你陷害的？"

韦团儿轻佻地一笑，抚摸着白白的大腿说："死了两个妃子算什么，值得你这样大惊小怪。"

李旦对韦团儿厌恶到极点，韦团儿妖艳的脸庞在他的眼里就是一个髑髅。他愤怒地冲着门外叫一声："来人哪！"

偏房值班的小太监德子和卓子听见皇嗣殿下的叫声，忙翻身起床，推门而人，跳下了床的李旦提着裤子，指着床上的一堆白肉说："快把她给我赶走！"

小德子小卓子眯缝着眼，见是韦团儿，走过去笑嘻嘻地说："韦姐姐，你梦游了吧，怎么睡到殿下的床上来了？"

韦团儿"哼"了一声，三下两下把自己的衣服套上，跳下床，趿拉着鞋，示威似的，出门走了。

李旦跌坐在旁边的座椅上，手捂着头，长长地叹了一口气。一介宫婢，竟把他这个堂堂的皇嗣，搞得人不像人，鬼不像鬼，乱七八糟。韦团儿设计除去了二妃，见李旦独守空房，满以为有机可乘，没想到皇嗣殿下竟铁了心的不要自己。韦团儿由爱生恨，气不打一处来，索性恶人做到底，连李旦一起害。

第二天，韦团儿跑到女皇那里，又告了阴状："桐人厌咒之事，皇嗣殿下早就知道，他不但不加禁止，暗地里却怂恿二妃。皇上对他这么好，让他做皇嗣，他却潜怀逆心，真是大逆不道，请皇上明察。"

听了韦团儿的谗言，女皇半信半疑，决定召来儿子李旦，亲自查问。李旦听说母亲大人相召，忙换了一身衣服，赶到内宫。见了母皇，李旦忍住内心的凄苦，容态自若，向母皇施礼道："孩子拜见母皇，愿母皇万岁万岁万万岁！"

高坐在龙椅上的女皇半晌没吱声，她在仔细地观察着李旦的一举一动、面部表情，见没有什么异常，于是拉着长脸问："旦儿，你最近在东宫都做了些什么事啊？"

"回母皇，孩儿除了平日看书、写字学习以外，基本上没有其他的爱好。"

女皇从案上拿起那两个桐人，抛到李旦的面前，问："这东西你认识不？"

李旦捡起桐人，端详了一下，摇摇头说："孩儿才识学浅，不识得这是什么文物。"

女皇冷笑一声，拍案吼道："有人用它做厌咒害朕，你难道不知道？"

李旦吓得打个冷战，但很快地调整好自己，从容地答道："孩儿深居东宫，足不出户，的的确确不明白这桐人作何用处，请母皇明察。"

女皇见李旦矢口否认，更为震怒，叫道："传德子、卓子。"

殿门外等候皇嗣的小德子、小卓子立即被带了进来。两个小厮见女皇陛下生气，吓得战战抖抖，伏在地上不敢抬头。只听得女皇在头上喊道："仔细看看，这是什么东西，若有半句假话，乱棍打死，拖出去喂狗。"

在近侍的指点下，二人哆哆嗦嗦接过桐人，仔细辨认了一番，脑子里还是一片茫然，却又不敢说不知道，张着嘴，只是支支吾吾。头上又是一声吼："东宫搜出的东西，竟然不认识。派你们到东宫何用？拖出去乱棍打死！"

闻声扑上来几个侍卫，架起德子、卓子就往外走。生死关头，还是小德子急中生智，没命地回头叫着："我想起来了！我想起来了！"

女皇一招手，两人又被拖了回来，小德子磕头道："我想起来了，一次我见韦团儿拿了两块桐木，在厨房里偷偷地用刀刻，我问她刻什么，她说做一双木拖鞋。过后俺却从来没见过她穿什么木拖鞋，保不准刻的就是这俩桐人。"

女皇一听这话，愣了一下，暗自沉吟。

李旦趁机磕头道："韦团儿自以为是母皇的宠婢，屡次自荐枕席，让儿臣收她为妃，均被儿臣严词拒绝。儿臣怀疑她恼羞成怒，陷害儿臣，还请母皇明察。"

女皇听儿子李旦这么一说，心下似乎明白了大半，却又死不认错，怕外人看出她枉杀二妃的行径。于是蛮不讲理地冲李旦叫道："东宫出了如此大逆不道之事，你作为东宫主人，难逃罪责，回去后关起门来，给我好好反省反省。滚吧！"

李旦等人一听，不敢再多说什么，只得伏地磕个头，辞完女皇，默默而去。

当晚，女皇着人把韦团儿秘密捕杀。

长寿二年（694年）正月，回乡过完年的少府监裴匪躬带了一些土特产，应约来到内常侍范云仙家喝酒。

数年前，来俊臣按大将军张虔、大将军内侍范云仙于洛阳牧院，虔不堪其苦，自讼于徐有功，言辞颇厉，俊臣命卫士以乱刀斩杀之；云仙亦言历事先朝，称所司冤苦，来俊臣命截去其舌。

当年被酷吏截去半个舌头的范云仙和裴匪躬对桌饮酒，谈起国事家事皇嗣的现状，两人不禁热泪横流，长吁短叹。裴匪躬内心的感情无以表达，提议道："过年了，皇嗣殿下连失二妃，又长期蜗居东宫。不如我俩带些家乡的土特产去探望皇嗣殿下，也尽尽我们做臣子的心。"

范云仙连连点头，干尽了一杯酒，仰面叹曰："皇帝不皇帝，太子不太子，又姓李又姓武，不明不白，不伦不类，何时是个头啊。"

第二天，二人带些土特产，来到了东宫门口，给看门的公公递上了拜帖。

皇嗣李旦一听说大过年的有人来看他，也很高兴，忙叫人把俩人请进门。

二人进了东宫，见皇嗣殿下迎出门来，殿下也比以前又消瘦了许多，心中不觉泛出一阵酸楚，撩起衣襟擦了眼泪，而后跪地行礼道："少府监裴匪躬、内常侍范云仙给殿下拜个晚年，愿殿下安康。"李旦点点头，好久没听见这样恭敬的声音了，心中有些感伤，一手一个把他俩扶起，君臣携手走进内殿。

裴、范二人把随身带来的土特产呈上说："过年了，臣无以孝敬殿下，特把家乡的土特产带来一二，以馈殿下。"

李旦似受了风寒，连连咳嗽了几下，才说："难为你俩一片忠心，我非常感动，但目前情形看来，二卿还是少来东宫为好，以免受我之牵累。"

裴、范两人慨然道: "臣拜储君,理所应当,又如何在乎其他。"

君臣之间又说了一些贴心的话语。太监小德子匆匆地跑进屋,小声地对李旦说: "殿下,东宫门外发现了几个可疑的人,往咱东宫内探头探脑,很可能是刑部推事院的密探。"

李旦一听,坐立不安,起身对裴、范二人说: "我也不留二卿多坐了,咱们后会有期。"

裴、范二人也觉东宫门口的便衣是冲着他俩来的,不敢久留,遂起身离座、拜倒在地,含泪看着李旦说: "殿下,您要多多保重自己啊!只要殿下您好好的,天下人就有盼头啊。"

李旦不敢多说话,忙令小德子把二人护送到宫外。

辞别皇嗣殿下,走出皇城,二人犹自感伤不已,顺着洛堤一路行走,默默无言,走到闸口的一个拐弯处,突然从旁边的树林里走出七八个人,皆歪戴着帽,斜愣着眼,呈扇形,不怀好意地围拢过来,范云仙见势不妙,厉声喝问: "你们想干什么?"

为首的一个家伙奸笑一下,一挥手,说: "给我抓起来。"

七八个人一拥而上,裴、范二人欲作挣扎,但哪是这些暗探的对手,俱被反背手,按倒在地,飞快地绑了起来。裴、范二人大喊大叫,两块破布又塞到了嘴里,这时,两辆马车从树林里赶出,两人又被扶持着推进车厢里。驭手照马脖子上甩一个响鞭,马蹄嘚嘚,马车绝尘而去。

马车七拐八拐,来到了丽景门旁边的推事院。左台侍御史王弘义挺着肚子,在院子中间站着,见执行任务的马车回来,于是喝问道: "人抓回来没有?"

那个小头头模样的人跳下车,跑到王弘义跟前,打一个立正,报告说: "人全被抓获,一个不少。"

王弘义撇着嘴,不可一世地点点头,命令道: "马上带到刑讯室,我和来大人马上就去。"

"是!"小头头答应一声,一挥手,手下人押着裴、范二人进了东院的刑讯室。

进了刑讯室,望着沿墙根摆放的各类血迹斑斑的刑具,裴匪躬、范云仙知道这回必死无疑,于是相互鼓励道: "人总有一死,臣为君死,死得其所。"

"至死也不枉诬他人,绝不能让他们的阴谋得逞。"

刑讯室的大门开了,来俊臣和王弘义一前一后,走了进来。来俊臣像见了老熟人似的,进了门就哈哈大笑,对二人说: "老朋友了,尤其是云仙兄,不止一次和我打交道了。"

裴、范二人面无表情地站在那里,正眼也不瞧来俊臣。来俊臣讨个没趣,悻悻然转身对王弘义说: "开始审讯!"

来俊臣、王弘义在案子后坐定，王弘义一招手，四个打手，两个挟一个，把裴匪躬、范云仙提到案前，令其跪下。裴、范二人打定主意，抵抗到底，硬是不跪，王弘义气得哇哇大叫，拿一根竹签扔到地上："打，把腿先给他打断！"

打手们得令，从墙根拿过木棍，"呜"的一声，朝两人的小腿砸来，两人当即跌倒在地上，乒乓二十五下，腿上挨了一顿棍杖。趴在地上，紧咬牙关，仍一声不吭。

来俊臣见杀威棍不奏效，于是从案子后转过来，对地上的两人说："推事院刑具俱全，备诸苦毒，入此门者，百不全一，你俩要想活着出去，就要乖乖地招出和皇嗣李旦谋反的事，不然，哼哼，我不说你俩也知道。"

王弘义也在一旁跟着叫道："丽景门就是'例竟门'，入此门者，例皆竟也，你的人生路就算走到头了。"

裴匪躬坐在地上头一昂说："要杀要剐，悉听尊便，若害皇嗣，苍天不容。"

范云仙挣扎着坐起来，手指着来俊臣骂道："多行不义必自毙，总有清算的时候，总有报应的一天。"

来俊臣见二人不但不招还敢当面骂他，勃然大骂，上去一脚一个，把两人踹倒，一迭声地对王弘义说："上刑，上刑，零刀碎剐，让他俩受活罪，活受罪。"

"是！"王弘义精神抖擞地答应一声，指挥打手们操作去了。

来俊臣来到推事院的一间贵宾室，武承嗣跷着腿正在那里等，问："怎么样？有戏不？"

来俊臣摇摇头，坐下来说："又碰了两个死硬的。不过，大人请放心，裴、范两人不承认，再安排别人告李旦，我手下告密的人多的是，安排两个人告他就行了。"

来俊臣关上门，和武承嗣头对头，密谋了一些细节，决定这次要把李旦治死，以彻底达到武承嗣夺取皇嗣之位的目的。

正在密谋间，王弘义满头大汗地闯进门头。武承嗣急着问："审得怎么样？"

王弘义端起一杯水咕嘟嘟地喝下，才说："别提了，死也不招。"

武承嗣甚觉无味，说："我看你们的酷刑也就这么回事。"

"大人请放心。"来俊臣趋前半步说："这边不亮那边亮，俊臣一定按大人的意思，三天之内把事情办好，大人就擎好吧。"

武承嗣咬牙切齿地说："也不能轻饶裴匪躬、范云仙这两个家伙。待我进宫奏明圣上，先砍了这两个人的头再说。"

来俊臣倒了一杯水，递给武承嗣，跟着说道："这两个老家伙可恶至极，见我就骂。大人请给皇上说说，给他俩来个厉害尝尝，最好是腰斩，镇镇天下亲唐之人的心。"

武承嗣嘿嘿地冷笑着，目露凶光，手做了一个劈柴的动作，说："敢跟我武家作对的，都没有好下场。"

武承嗣来到宫中，把裴、范二人妄图复辟、私谒皇嗣的事，添油加醋地一说，女皇果然大怒，一迭声地说："杀、杀。我就不信杀不完这些亲唐的人。"

"皇上。"武承嗣在一旁哈着腰说，"为了绝天下人向唐的心，我意把裴匪躬、范云仙处以极刑，也就是腰斩，看天下人谁还敢想入非非。"

"你看着办吧。"女皇有些心烦意乱，心里恨恨道，"真是杀不尽这些亲唐的人。"

办完裴、范二人，来俊臣立即组织人密告皇嗣李旦，称李旦潜有异谋。告密信由武承嗣亲自送到皇宫，递到女皇的手中。

武承嗣忧心忡忡地对女皇说："皇上既然赐旦以武姓，旦就应安分守己，以武家皇嗣自居，如今却念念不忘李唐，三番五次交通外人，图谋不轨，外人也唯旦马首是瞻。不查清李旦的问题，皇上您也甭想睡个安生觉。"

女皇一想到李旦连杀鸡也不敢看的老实样，如今也潜有异谋，不大相信，踌躇了一会儿，说："这案子交由徐有功办吧，有功审案一向也比较慎重。"

案子交由循吏徐有功，扳倒皇嗣李旦的事，岂不又是打水漂？武承嗣急了，趋前一步说："徐有功不行，审案子瞻前顾后，一点也不利索，此案非由来俊臣办不可。来俊臣执法如山，铁面无私，在办理大案要案方面，也有丰富的经验。"

女皇也觉得侄儿说得有理，点点头，应允此案由来俊臣办，但有以下两点指示：一、不准直接审问皇嗣；二、若审不出什么，从速收兵。

接了案子的来俊臣立即带着手下，拿着各式各样的来氏独门刑具，浩浩荡荡地开进了东宫。

阴雨天，皇嗣李旦正站在窗户前发呆，见来俊臣等一帮土匪，凶神恶煞地闯进殿来，吓得李旦一屁股跌坐在旁边的太师椅上，结结巴巴地问："你，你们想干什么？"

来俊臣刷地一下，抖开手中的圣旨，说："奉旨办案，如有不从，先斩后奏！"

"你……"

来俊臣不客气地指着皇嗣殿下李旦说："待在这屋子里别动。其余的人，一律跟我到偏殿过堂。"

来俊臣手一挥，打手们开始驱赶太监、宫女们。

小德子不愿走，说："我是专门照顾皇嗣殿下的，我哪儿也不能去。"

话音刚落，脸上就挨了王弘义一个大嘴巴，王弘义恶狠狠地指着小德子说："老子先拿你开刀，头一个过堂的就是你。"小德子只好随着人群到偏殿候审去了。

来俊臣留下几个打手，虎视眈眈地看住李旦。自己则来到旁边的偏殿，设起大堂，一字摆开刑具，开始大发淫威。

第一个被揪上来的果然是小德子。也不审，也不问，王弘义把一把竹签往地上一抛，喝道："先给我狠揍一顿再说。"

打手们一脚把小德子踹翻在地，抡起灌了沙子的竹子，劈头盖脸地打起来。内装沙子的竹子打人不见外伤，唯有内伤，让你有嘴难辩，有苦道不出。

刚开始还一五一十地数着数，最后打得兴起，也不数了。身体瘦小单薄的小德子被打得满地乱滚，哭叫着，举手告饶。

"叔叔，大爷，别打我了，叫我说什么俺说什么，千万别再打了……"

来俊臣一挥手，说："既然告饶，带下去，问他的材料。下一个！"

又一个太监被带了上来，照例是一顿毒打，照例是连连告饶，被带下去问材料了。酷刑之下，罕有勇夫。东宫的太监、宫女们不胜楚毒，咸欲屈打成招，妄引李旦入案。

这时，女皇身边的赵公公奉女皇命令来到东宫，来看看案子审问得怎么样了。来俊臣不无得意地对赵公公说："很顺利，无比顺利。皇嗣李旦反是实，不过，为了慎重起见，为了对皇嗣本人负责，本大人决定将东宫里的人，一个一个过滤，直到全部指认皇嗣谋反为止。"来俊臣说着，问王弘义："还有什么人没过堂？"

"差不多都过了。"王弘义说，"可能后院还有一个花匠没有来，此人终日在后院侍弄花草，审问他意义不大。"

"什么意义不大？"来俊臣看了一下赵公公说，"任何蛛丝马迹都不能放过。"

"是是是。"王弘义一招手，门口的两个打手，到后院把太常工人花匠安金藏带到偏殿。

有赵公公在场，来俊臣不便上头来开打，他背着手踱到安金藏跟前，假惺惺地问："你叫什么名字，皇嗣谋反的事，大家都已经承认了，你是怎么想的，用不着本大人多费一些周折吧。"

安金藏揖手道："小人安金藏，乃东宫太常花匠。皇嗣殿下谋反一事实属子虚乌有。金藏在东宫十余年，每见殿下或读书或写字或漫步后花园，鲜与外人交谈。更别提谋反之事，纯粹无耻小人诬告。"

来俊臣一听恨得咬牙，指着堂上各式各样的刑具威胁道："别人都承认，你敢不承认，本大人一声令下，照样把你给治得腿断胳膊折。"

安金藏毫无惧色，说："真就是真，假就是假，皇嗣殿下乃国家之未来，岂可擅自诬其清白。"

来俊臣勃然大怒，指着安金藏说："你一个小小的花匠，道道还不少哩，不给你些厉害尝尝，你哪里知道马王爷有三只眼。"

来俊臣刚想喝令手下人动刑，安金藏却挺身而出，对来俊臣大声喊道："公不信我言，请剖心以明皇嗣不反！"

说罢，安金藏拔出修剪花木用的佩刀，撩开衣襟，一刀下去，剖开自己的上腹部，一时间，流血遍地，人扑通一声昏倒在地上。赵公公一见，掩面失色，拔腿就走，一溜烟跑回皇宫向女皇汇报去了。

女皇闻讯，也大为吃惊，没想到东宫还有如此忠烈之人，当即命人用舆辇抬安金藏入宫，同时安排御医紧急抢救。

被舆辇抬到皇宫的安金藏面白如纸，气若游丝。御医使出看家本领，先将其内脏安放于原位，再用桑皮线，细细缝合好伤口，然后再敷上创伤药。几个御医也为安金藏的忠心侍主所感动，不敢合眼，守候在床前，密切观察着。

直到第二天，安金藏才醒了过来，女皇亲临探视。安金藏用微弱的声音含泪对女皇说："皇天后土，金藏对神明起誓，皇嗣殿下老实本分，的确没有越轨的行为啊。"

女皇点点头，叹息道："吾有子不能自明，不如汝之忠也。"

安金藏的一腔热血，终于使女皇的母性复苏。当即命人通知来俊臣，撤出东宫，停推此案。李旦由此得以幸免于难。当时朝野士大夫谈起安金藏，无不肃然起敬，翕然称其谊，自以为弗及也。

武承嗣、来俊臣激起的黑色旋风没有刮倒皇嗣李旦，大为抱憾。武承嗣更是对自己的前途悲观失望，坐在家里唉声叹气不止。前来探望的来俊臣坐在武承嗣身边，陪着叹了几回气，脑子一转，又冒出一个点子，忙对武承嗣说："现在搞不掉李旦，先动手杀尽他姓李的残渣余孽，让他李旦彻底地变成孤家寡人，让他以后连个商量的人都没有。"

"李姓王公宗室该杀的不都已杀光了吗？"武承嗣说。

"许多王公宗室确实人头落地，但其家人亲属却还活着，大都被流放在岭南、剑南、黔中、安南等地，这些残存的龙子龙孙，不可小瞧。杀了他们，天下就彻底变成咱武家的天下了。"

少一个异己，自己离皇位就能再近一些。一想到这些，武承嗣心情又开朗起来。他站起来，摸了摸肚子，冲着堂下的管家喊："做菜，让厨房做菜，老子要和俊臣弟好好地喝几杯。"

在武承嗣的授意下，第二天早朝，武承嗣的死党、补阙李秦授出班奏请下一道圣旨，去各处查看流人现状。但凡持圣旨所到之处，无不将当地流人大肆屠戮。这一下激怒了朝中百官，李昭德、纪履等人一齐拼着辞官不做，硬是将来俊臣、王弘义等人一本参下，流放他乡去了。

武承嗣自然又是一番气急败坏，对李昭德恨之入骨，却又无可奈何。这天，正坐在家中唉声叹气，老弟武三思来了。三思心眼子比武承嗣多，知道老哥的心事，陪着叹了几回气，脑子一转，对武承嗣说："不灭了李昭德，太子你别想当。这一阵子，你连走霉运，全是这李昭德捣的鬼。"

武承嗣愁眉苦脸地说："话是这么说，可李昭德这老滑头不好告，我告了他几次，都没告倒他。"

"看你怎么个告法。"武三思来回走了两步，胸有成竹地说，"必须设计一个连环告，三番五次地告，由不得皇上不相信。另外，对待李昭德这样的强手，必须从侧面入手，安排一些不相干的下级官员罗告，才能告倒他。"

武承嗣一听，站起来一迭声地说："告倒他，谁告倒他，给谁钱。"

武三思嘿嘿一笑，食指和大拇指搓了说："安排人罗告，得先给人钱，不然，人也不愿冒险出这个头。"

"给，给，要多少给多少。"武承嗣说，"我早就想搞倒李昭德了，我恨不得现在就叫他死。"

武承嗣当即给了武三思十万大钱的银票。得了钱的武三思马上行动。不久，前鲁王府功曹参军丘上疏言李昭德罪状。生性好疑的女皇览表后，不由得眉头直皱。

一波未平，一波又起。上果毅邓注又著硕论数千言，备述李昭德专权之状；凤阁舍人逄弘敏接过这篇奇文，写成奏状，上疏女皇。女皇不得不有点相信了，于是谓纳言姚梼曰："昭德身为内史，备荷殊荣，诚如所言，实负于国。"

姚梼曾因献符瑞遭到李昭德的嘲骂，此时，也不愿说李昭德的好话，遂附和道："昭德专权用事，有负皇恩，陛下可敕文训斥。"女皇半天没言语，觉得该动一动这李昭德了。

这天，李昭德和娄师德下朝后，一起向南衙去，到了南衙的办公室，娄师德对李昭德说："皎皎者易污，峣峣者易折。公孤军奋战，四面出击，斥谀妄，骂酷吏，挫诸武，诚可谓八面树敌。但公韬晦之术不足，近日有几个下等官员弹劾大人，其背后必有势力强大的黑手，大人不可不察。"

李昭德叹道："我岂不知，然以我的性格，又岂能容忍这些丑类横行。太后一朝，鲜有坐得稳、坐到底的宰相，要杀要剐，随她去吧。"

娄师德真诚地说："公近日少说话少做事，师德将尽力保公。过一阵子，我也要申请外放，长期待在皇上身边，是不大好啊。"

过了数日，李昭德被左迁为钦州南宾尉，数日，又命免死配流。不久，娄师德以宰相之职充陇右诸军大使，检校河西营田事。其弟亦除代州刺史，将行，师德谓弟曰："我备位宰相，你又升为刺史，荣宠过盛，向为人嫉，将何以自免？"

弟长跪曰："我一定谦虚待人，忍字在心，绝不令兄长担忧。"

师德愀然曰："我最担心的正是你呀，一定要敛锋芒，存仁心，不违小人之意。"

李昭德遭贬后，除娄师德外放外，宰相班子是这样的：豆卢钦望守内史，司宾少卿姚璹为纳言，左肃政中丞杨再思为鸾台侍郎，洛州司马杜景俭为凤阁侍郎，并同平章事。

一日，内史豆卢钦望为了显示自己拥军，突发奇想，上表请以京官九品以上者拿出两月的俸禄，捐给军队。女皇也想省两个军费，批示以群臣百官签名为准。

豆卢钦望想把这事办成，书一个帖子，令百官签名，百官不知何事，唯有见帖签名而已。拾遗王求礼不满豆卢钦望的行为，拒绝签名，说："明公禄厚，捐之无伤，卑官贫迫，捐禄后一家大小衣食无着。"

当时制度是：一品月俸八千，食料杂用三千；二品月俸六千五百，食料杂用两千五百；三品月俸五千一百，食料杂用两千；四品月俸三千五百，食料杂用一千四百；五品月俸三千，食料杂用六百；六品月俸二千，食料杂用四百；七品月俸一千七百五十，食料杂用二百五十；九品月俸一千三百，食料杂用二百；一般工作人员月俸一百四十，食料杂用三十。

百官在帖上签上名后，豆卢钦望呈给女皇，女皇心里喜悦，览表叹道："难为众爱卿对皇家如此忠心，竟捐出两月俸银以赡军。"

王求礼上前奏道："此签名非百官本意。想陛下富有四海，军国有储，何藉贫官九品之俸而欺夺之！"

姚璹为值班宰相，上来呵斥道："求礼不识大体，还不退下？"

王求礼不吃他这一套，反唇相讥："你姚璹是宝仁君子吗！"

见王求礼这一搅乎，女皇颇不耐烦，摆摆手说："算了，算了。军供不足，自有国库拨付。朕也不想使众卿那几个小钱。"

率大军北讨突厥的薛怀义，班师回朝后，被加封为辅国大将军，改封鄂国、上柱国，赐帛两千段。吉人自有天相，薛怀义得意非凡，嚷嚷着叫女皇任命他为兵部尚书兼平章事。

望着薛师的急不可待相，女皇哈哈大笑，说："让你出去玩玩还行，真要领兵打仗，你还不够格。"

薛怀义不服气，说："我兵不血刃，已渡紫河，其功匪浅，这可是圣上御口亲说的。"

"好了，好了。"女皇揽住薛怀义说，"你还是到白马寺当住持吧，闲来入宫侍候侍候朕，就别想其他了。"

薛怀义赖着女皇说："我就得当兵部尚书和平章事。"

女皇捏着薛怀义的鼻子说："让你处置军国大事，朕怎能放心，再说让你当宰相，影响也不好。"

薛怀义一听这话，从女皇怀里挣脱出来说："什么影响不好，十几年了，我薛怀义在皇宫内进进出出，谁不知道？"说着，薛怀义拿起褂子就走了。

回到白马寺，薛怀义还留恋军队里那一呼百应，千军万马的生活，于是广开山门，广招门徒。京都附近的泼皮无赖闲人们，纷纷赶来投靠，一时度力士为僧达两千多人。这些人斗鸡走狗，吃喝拉撒，一时把白马寺及其附近闹得乌烟瘴气。薛怀义闲来无事，特地从部队里请来教官，教力士和尚们操练一二，谓之预习阵法，将来好为国上阵杀敌。

薛怀义好一阵子不去皇宫了，女皇有些惦念，这天，特派上官婉儿去请。上官婉儿到了白马寺，话刚说出口，薛怀义就指着院子里歪七斜八、正在操练的和尚兵说："我这一段时间忙于事务，无暇入宫。"

上官婉儿在一旁轻轻地说："皇上相召，您怎么也得抽空去一次。"

薛怀义撇着嘴说："有什么好去的，上次我想当兵部尚书，她都不让我当。光让我陪她，我早就受够了。"

上官婉儿捂住耳朵说："薛师说的混账话，婉儿可一句没听见。"

"听见没听见是你的事。"薛怀义大大咧咧地说。

上官婉儿无奈，只得告辞说："既然薛师很忙，待我奏明皇上就是了。"

薛怀义道："问皇上封我为兵部尚书不，封我就入宫侍候她。"

上官婉儿自然不敢把薛师的混账话一字不漏地传达给女皇，只是说薛师挺忙，无暇入宫，女皇怒问道："他成天都忙些什么？"

"我也弄不清他干什么。"上官婉儿道，"就见一两千和尚又是唱戏打锣，又是耍枪弄棒的。"

女皇依旧气咻咻，上官婉儿试探地问道："是不是让御医沈南璆来侍候陛下？"

女皇刚想答话，门外却闪进一个人来，女皇一见，高兴地嗔怪道："你不说你不来了吗？"

来的正是薛怀义。薛怀义把棉袄一甩，说："我不来能行吗？您是大皇上，我是个平民。"

女皇柔声说道："朕杀人无数，可朕戳过你一个指头吗？"

"这话不假。"薛怀义说着。

一番折腾后，女皇问枕边的薛怀义："你整天领着几个人，干什么呢？"

薛怀义不满地说："我那是正事，替皇上训练兵马。最近经费有些紧，钱不够花了，您得从国库拨给我一些。"

"你来皇宫是问朕要钱的？"女皇说。

薛怀义说："我入宫是来看皇上的。"

女皇哑然失笑，说："要多少钱，明儿去国库现支。"

望着老态毕现的女皇，薛怀义心生厌倦，跳下床，边穿衣服边说："我得回白马寺，那里几千个徒弟还在等着我呢，晚上还有一次无遮大会呢。"

说走就走，把床上一腔柔情的女皇丢在了身后。

这天上朝，侍御史周矩上前奏道："白马寺僧薛怀义整日领着数千和尚，又是在街上操练正步走，又是在寺里喊杀之声不绝。臣怀疑薛怀义有不轨之谋，臣请按之。"

女皇打哈哈道："就是一些和尚，在一块儿练练武，强强身，没什么大不了的。"

周矩又请道："天子脚下，数千人聚在一起操练功夫，更应该详加查问，臣请陛下允臣按之。"

女皇不得已，说："卿姑退，朕即令往。"

周御史又到南衙办了一些其他事。赶着回肃政台本部衙门，刚至肃政台，就见薛怀义乘马疾驰而至，一直骑到门口的台阶上，才跳下来。门里旁有个坐床，薛怀义毫不客气，大模大样地躺在床上，捋开衣服，露出大肚皮，压根儿没把旁边的周御史放在眼里。周御史见状，急忙向门里边喊人："来人哪，快将这个家伙捕拿住！"

话音刚落，薛怀义就从床上一跃而起，三步并作两步，冲出门外，翻身上马，而后，照着马屁股上狠抽一鞭，等肃政台的甲士们冲出门来，那马已载着薛怀义箭一般地冲出肃政台。马蹄嘚嘚，薛怀义已扬长而去。

周御史气急败坏，赶往朝堂，一五一十具奏薛怀义的无理之状。女皇也处在两难之中，自己宠出来的面首，委实无法公开立案审理，只得打哈哈道："此人似已疯癫，不足诘，所度僧，唯卿所处。"

动不了薛怀义，却饶不了他那些手下和尚。周御史立即调兵遣将，包围了白马寺，数千力士和尚悉数被捕。周御史将这些泼皮无赖五个十个一起捆成一队，一齐打发到岭南开荒去了。

薛怀义老老实实地在皇宫里躲了一个月，才敢出来。女皇有他侍奉，也痛痛快快过了一个月，也不由得对御史周矩心生感激，周矩因此升迁为天官员外郎。

受此挫折的薛怀义不甘沉默，决定东山再起，于是在女皇跟前大吹枕头风，要求过年正月十五，在明堂前举行无遮大会，由自己当主持人。受用之中的女皇岂有不答应之理，连连点头应允。薛和尚因而要人有人，要钱有钱，很快又组织起一帮人马。

说干就干，还没过年，薛怀义就开始着手准备，整整折腾了两个月。到正月十五这天，明堂门口士庶云集，成千上万人赶来观看薛和尚的惊人之举。

只见高台上的薛怀义一挥手，旁边的乐队顿时奏起仙乐。接着薛怀义在高台上激动地来回走动，指着明堂前的一个大坑，叫喊着："请看啊！请看！奇迹出现了，千古奇迹出现了！"

众人顺着薛怀义手指的方向，引颈往大坑里观瞧，果见大坑里先冒几团黄色、红色的烟雾，接着一座结彩宫殿从大坑里徐徐升起，更为稀奇的是，一座佛像坐于宫殿中，与宫殿一齐自地涌出。这时，乐队乐声大作，薛怀义和手下为自己的噱头所激动，口哨声、跺脚声不绝于耳。老百姓也像看西洋景似的，啧啧称赞，说："装神弄鬼，还真有两下子。"

这天，有挖土石方的来要钱，薛怀义这才发觉手头又没钱了。于是，梳洗打扮一番，赶往皇宫去跟女皇要钱花。

时已天黑，宫门已上锁，不过挡不了薛怀义，大门洞开，即刻放行。薛怀义长驱直入，一直赶到武则天住的长生殿，在殿门口，却让侍卫给挡住了。薛怀义指着自家的脸问侍卫："认得你薛大爷不？敢不让我进？"

侍卫坚持原则，就是不放行，说："往日可进，不过，今日皇上有令，除本殿人员，谁人都不准入内。"

"真不让我进。"薛怀义在殿外叫起板来，冲着侍卫的脸先捣上两拳，又踹上几脚，侍卫知眼前的人是皇上的面首，强忍着不还手。

薛怀义的吵闹声惊动了殿中人，上官婉儿走出来问道："何故在殿外吵吵嚷嚷，若惊扰了皇上，谁人担待？"

薛怀义挺胸上前，指着侍卫说："他竟敢不让我进。"

上官婉儿从台阶上走下来说："御医沈南璆正在侍候皇上，谁人都不许打扰。"

上官婉儿怕薛怀义惊扰了皇上的美梦，吩咐侍卫道："请薛师父出宫，有事改日再来。"

侍卫们巴不得有这句话，遂冲上两个人高马大的侍卫，一左一右架起薛怀义，脚不沾地地向皇宫外拖去。薛怀义一路上气急败坏，大喊大叫，什么难听的话都说出了口："你不仁，我不义，我服侍多年，被你一脚蹬了实在亏，我要传言天下！"

侍卫见薛怀义敢高声骂皇上，实在听不下去，从旁边的阴沟里挖一把臭泥，抹在了薛怀义的嘴里，薛怀义被呛得直翻白眼，哇哇直吐，两眼瞪着侍卫说不出话来。到了皇宫门口，薛怀义被一把抛了出去。再想进宫，人已不让进，朱红的双扇大宫门紧紧地闭着，在宫灯暗弱的灯光中，显得冷酷和神秘。薛怀义气急败坏，拳打脚踢，里面悄无声息，门就是不开。

薛和尚气得咻咻直喘，旁边的从人走过来说："国师，洗洗吧，你看你的脸，都是臭泥。"

在从人的搀扶下，薛怀义走下洛堤，到洛水边，手撩起水洗了一把脸，擤了一下鼻子，捧两捧水，漱漱口，这才觉得好受些。他喘口气，望着波光粼粼的洛水河面，河面上有一对野鸭子，正在月光里交颈亲吻，这一动人的场面，竟又惹得薛怀义心头火起，在水边疯了似的找到一块大石头，"嗖"的一声扔过去。

"嘎……"野鸭惊叫一声，扑扇着翅膀，疾速飞去。他冲着洛水恶狠狠地吐了一口唾沫。

"走！"薛怀义一挥手，翻身上马，领着众人疾驶而去。

当初，明堂既成，武则天命薛怀义做夹铸大像。大像造成后，薛和尚又于明堂北面造一天堂，以贮大像。因而说，明堂是节日庆典布政之所，天堂则是顶礼拜佛的宗教场所，天堂自然归薛和尚所管辖。管理天堂的小吏一见薛师来了，急忙迎了出来，鞍前马后，极尽巴结之能事。

"薛师，吃饭没有，没吃饭叫厨子弄几个菜。"小吏恭恭敬敬把薛怀义迎到了贵宾室。

"气都气饱了。"薛怀义气呼呼地说。

"谁敢惹薛师生气？"

"少啰嗦，快弄几个好菜，搞几坛好酒。"

"是！"小吏答应，急忙出去办去了。

热气腾腾的饭菜很快地端上来了。薛怀义骑坐在大板凳上，也不吃菜，只是一杯接一杯地喝酒，一会儿工夫，就喝得两眼通红，模样吓人。

小吏见薛师喝得差不多了，赶紧央求道："薛师，最近天堂有几处漏雨，想请薛师批几个钱，修缮修缮，再说工匠们在天堂干了一年了，也想弄两个钱养家糊口。"

"钱？"薛怀义摇摇晃晃走到小吏的跟前，两眼直勾勾地看着小吏，说："钱，我有，要……多少，给……多少。"说着，薛怀义一歪头。从人熟知薛师的脾气，赶忙把钱褡提过来，钱褡里是薛怀义平日随身所带的零花钱，却也足有上千两之多。"拿，拿去吧。"薛怀义挥挥手说："今晚我……我老薛在这看门，你和工匠们都放假回家吧。"

"哎！"小吏提起钱褡，愉快地答应一声，鞠了个躬，转身走了。

小吏走后，薛怀义命令从人："给我搬些木柴，堆在这屋里。"

几个从人不解，问："搬木柴干什么？烤火有现成的木炭。"

薛怀义冷不丁暴叫一声："吃我的喝我的，叫干什么干什么，这么多废话！"

几个从人不敢回嘴，忙从厨下抱来一捆捆木柴，堆放在房间里。薛怀义把喝剩的酒悉数倒在柴堆上，而后举着火烛笑着问身后的几个随从："你们说我敢……敢不敢点？"

"薛师，你要烧天堂？"几个随从惊问道。

"烧，烧了这小舅子。"薛怀义嘴里喷着酒气说。

几个随从交换了一下眼神，害怕得直往门口挪，薛怀义把手中的灯烛往柴堆上一丢，泼上了烈酒的柴堆"呼"地一声着了起来，大火映红了几张仓皇的脸，火头逼得人直往后退。

"快跑，薛师！"几个随从反身拉着薛怀义，没命地往屋外蹿。火势凶猛，又加上起了西北风，大火瞬间就着了起来。

火势燎原，很快地就接上了主建筑天堂，大火烧得噼里啪啦，火头冒有三丈多高。附近的居民都惊动起来，摸出镗锣，乱敲一气，四下里人声鼎沸，高喊救火。远处皇宫报警的铜钟也撞响起来，皇宫边的几个军营也行动起来，集合的哨子声一声比一声急，尖利又刺耳……退到大门口的薛怀义也有些紧张，酒醒了大半，嘴里咕哝着："这火头怎么这么大。"

"薛师，咱赶紧跑吧。"几个随从慌慌张张地把薛怀义扶上马匹，而后打马抄小道，蹿回白马寺去了。

小北风呼呼地刮，大火噼里啪啦地烧，火借风势，风借火势，火光冲天，火势激烈，人已无法靠近，反逼得救火的人连连后退。众人等提着水，拎着工具，在旁边团团直转，干着急，救不了火。

但见那火头顺着风势直往南走，紧挨着天堂的南边就是高二百九十四尺，方三百尺的巍峨壮丽的明堂，人们惊呼："完了，完了，明堂完了。"

很快火势就逼近了明堂，明堂都是些木建筑，更加娇贵，见火就着，顷刻之间，明堂的大火就烧了起来，火势冲天，城中亮如白昼。

全洛阳的人都惊动起来，手搭凉棚，痴痴地望着这场无名大火。大火整整地烧了一夜，比及天明，"饰以珠玉，涂以丹青，铁鸷入云，金龙隐雾"空前雄伟的明堂，被烧得只剩下乌黑的架子。残砖烂瓦，断壁残垣，劫后苍凉，触目惊心。

负责京城治安的五城兵马使武三思，不敢怠慢，当夜就把看守天堂的小吏从家中提溜出来，突审之后，武三思赶往皇宫，向女皇报告说："薛怀义薛师把人打发走后，独自在天堂。起火后，有人见他和随从匆忙逃往白马寺。据臣所查，起火原因很可能与薛师有关。"

女皇披着被子坐在龙床上，寒脸挂霜，老脸拉得很长，半天不吱声，旁边的御医沈南璆插言道："应该找薛怀义问问，干吗烧天堂？"

武三思看了沈御医一眼，点了点头。女皇说："这事你不用管了，对外就说工徒误烧苎麻，遂涉明堂。"

"侄儿明白。"武三思磕了个头，转身欲走，却又回头说，"薛师在天津桥头立的那个二百米高的血像，夜里也被暴风吹裂为数百段。"

天明上朝，众文武小心翼翼，一齐向女皇请安问好，见女皇在龙椅上沉默寡言，心情不好，左史张鼎上前劝解道："其实一场大火也没什么不好的，俗话说'火流王屋'，这场大火更弥显我大周之祥。"

女皇一听这话，脸色舒缓了许多。通事舍人逄敏也上来凑趣说："弥勒成道时，也有天魔烧宫，所建的七宝台须臾散坏，今天堂明堂既焚，正说明弥勒佛乃皇上真实前身也。"

女皇听了，心中大为舒坦。

左拾遗刘承庆气不过，走上来毫不客气地说："明堂乃宗祀之所，今既被焚，陛下宜辍朝思过。"

女皇被说得脸上一阵红一阵白，在龙椅上坐立不安，宰相姚梼上来解围道："此实人祸，非曰天灾，至如成周宣榭，卜代愈隆。汉武建章，盛德弥永。臣又见《弥勒下生经》云：当弥勒成佛之时，七宝台须臾散坏。观此无常之相，便成正觉之因。故知主人之道，随缘示化，方便之利，博济良多。可使由之，义存于此。况今明堂，乃是布政之所，非宗庙之地，陛下若避正殿，于理未为得也。"

女皇连连点头，表示赞同，说："姚爱卿所言极是，不妨重建一座。"

姚梼奏道："要建就赶紧建，烧坏的天堂明堂狼藉一片，有碍观瞻。"

"马上建！"女皇指着姚梼说："这事你负总责，让那薛怀义也挂个名，做复建明堂、天堂的总指挥，他有一些建筑方面的经验。"

姚梼知女皇死要面子，为掩人耳目，故意委派薛怀义为名誉总指挥，因而不做异议，退了下来。右拾遗王求礼不干了，上来说："外面风言，天堂明堂之火，与薛怀义有关，此次重建，决不能再让他当什么总指挥，再说他什么也不懂，光会贪污敛钱。"

女皇的脸又白了一下，却故意打了个哈欠说："朕被大火闹腾了一宿未睡，朕要回去歇息一会儿。"说着，女皇走下宝座，从角门拂袖而去。

朝虽退了，但一些正直朝士仍纷纷上书抗表，请依例责躬避正殿。女皇无奈，贴出布告，以明堂火告庙，下制求直言。

纵火焚烧明堂、天堂，不但什么事都没有，而且又负责明堂、天堂重建，薛怀义更觉了不起，也闹不清自己到底有多少斤两，逢人就吹："烧个把天堂、明堂有什么了不起，就是把整个皇宫、全洛阳烧光，也没有人敢动我一个指头。"

薛怀义挺着大肚子，巡视明堂建设工地，督作姚梼怕薛怀义乱说乱做瞎指挥，专门派几个人陪他玩，陪他唠嗑，陪他喝酒。薛怀义却不甘寂寞，到处指手画脚。这天他在库房里见几个怪模怪样、高达数丈的大鼎，便召来姚梼问："这是什么东西？"

姚梼耐心地介绍说："这是铜铸的九州鼎，其中神都鼎曰豫州，高一丈八尺，受一千八百石。冀州鼎曰武兴，雍州鼎曰长安，兖州鼎曰日观，青州鼎曰少阳，徐州鼎曰车源，扬州鼎曰江都，荆州鼎曰江陵，梁州鼎曰咸都……"

"什么'曰'不'曰'的，"薛怀义指着墙角未拆封的铜制品问，"那几个团蛋子是什么？"

姚梼叫人拆开封，介绍说："此乃十二神铸像，皆高一尺，置明堂四方之用。十二神者，子属鼠，丑属牛，寅属虎，卯属兔，辰属龙，巳属蛇，午属马，未属羊，申属猴，酉属鸡，戌属狗，亥属猪。"

薛怀义指着十二神，要开了总指挥的脾气，叫道："什么鸡狗猫妖的，这些铸铜得花多少钱，怎么不跟我提前打招呼，你还把我这个薛师放在眼里不？"

姚梼赔着笑脸说："这些都是根据皇上的意思做的，本督作见薛师事忙，所以没敢提前打招呼。"

"我什么时候不忙？"薛怀义愣着眼说，"我什么时候都忙，你老姚想越俎代庖，门都没有，从今以后，所有的钱款都由我批！"

姚梼见薛怀义无理取闹，拱手说："皇上可只是让你挂名，具体的承建工作可是安排我来做的。"

一句话惹恼了薛怀义，当即指着姚梼骂道："你立即给我滚，明堂的建设工作老子全盘接管。"

薛怀义一挥手，几个喽啰当即围上来，推推搡搡撵姚梼走。

几个泼皮无赖小喽望着八面威风的薛怀义，竖起大拇指，羡慕地说："薛师真能。"

薛怀义笑着说，"那年我领兵挂帅西征，李昭德为行军长史，不听我的话，让我几马鞭揍得连连告饶，这可是人人知道有影的事。"

"听说一个御医叫沈南璆想夺薛师的位子。"一个喽啰说。

一提沈南璆，薛怀义气不打一处来，恨道："他沈南璆算什么东西，我匹马单枪驰骋皇宫十几年，其位子别人能轻易夺得了吗？"

几个小喽啰忙附和道："是啊，是啊，他姓沈的哪是薛师的对手。"

门外的几个官员听不下去，悄悄地开溜了。姚梼更是气愤难当，翻身上马，一鞭抽在马屁股上，直奔皇宫向女皇汇报去了。

到了皇宫，姚梼一五一十把薛怀义所言所行说了一遍，女皇果然脸拉得老长。姚梼劝道："应该约束一下薛怀义，此人不识时务，于宫闱秘闻多有泄露。"

女皇正在沉吟间，人报河内老尼"净光如来"来访。女皇抬头一看，这净光如来熟门熟路，已入大殿了。但见净光如来念一声佛号，打一个稽首，说："明堂、天堂不幸失火，老尼慰问来迟，还望我皇恕罪。"

女皇早把脸拉下来了，厉声问河内老尼："你常言能知未来事，何以不言明堂火？"

河内老尼见皇上动怒，吓得腿一软，跪倒在地，忙不迭地叩头如捣蒜。

女皇一拍桌子，喝道："滚！"

河内老尼吓得一哆嗦，但尚还清醒，连爬带跑地慌忙走了。

姚梼在一旁说道："这河内老尼惯好装神弄鬼，白日里，一麻一米，过午不食，俨如六根清净的高僧大德，到了夜里，却关起门来，烹宰宴乐，大吃大喝。宴乐之后，又与众弟子群聚乱交，其淫秽奸情，实在令人发指。"

女皇惊奇地问："果有此事？"

姚梼说："河内老尼，还有自称五百岁的老胡人和正谏大夫韦什方都是些沆瀣一气、狼狈为奸的骗子，京城中谁人不知，哪个不晓，只是碍于皇上宠爱他们，不敢直说罢了。"

女皇有一种被骗的感觉，却嘴硬说："这些人都是薛怀义介绍来的，朕本信他们。"

"皇上应该下旨，铲除这些危害社会的旁门左道。"姚梼说。

女皇点点头说："你传旨召河内老尼等人还麟趾寺，令其弟子毕集，而后派使掩捕，把这些人都没为宫婢，让他们到南山上养马种地去。"

"遵旨！"姚梼答应一声，出去了。

大殿里只剩下女皇和旁边侍候的上官婉儿，女皇喃喃自语道："天作孽犹自可，自作孽不可活，是到了动手的时候了。"

上官婉儿见女皇嘴里一动一动，一旁小声道："皇上都说些什么呀？"

女皇看她一眼，吩咐道："速密选宫人有力者百余人，加强朕的警卫。"

"是"。上官婉儿答应一声，刚想走，又被女皇叫住了："传旨让太平公主和驸马武攸暨见我。"

"是！"上官婉儿弯了一下腰，袅袅娜娜地出去了。

下午，太平公主和武攸暨进宫了，到了母亲所住的长生殿，太平公主颇感诧异，见眼前情景大非平日，数十名身强力壮的宫女，虎视眈眈地把守在宫门口，进门先仔细地验明正身，才放太平公主和武攸暨进去，进了二道门，又有十几名健妇立在门口。大殿里，女皇歪坐在寝床上，旁边也环绕着数十名健妇，一副如临大敌的样子。太平公主和武攸暨小心地走过去，磕头行礼后，问："不知母皇召孩儿所为何事？"

女皇一挥手，上官婉儿率几十名健妇退到门外，轻轻地带上门。武则天这才说道："薛怀义辜负朕恩，前者密烧明堂，今又言多不顺，泄露宫闱，朕考虑着，想除掉他。"

太平公主这才明白怎么回事，说："是应该给他一个结局了，他在宫外胡言乱语，辱了我朝清誉。"

武攸暨一旁说："下个圣旨，把他拉到街上问斩就得了。"

"不……"女皇摇摇头说，"要秘密处置他，最好神不知鬼不觉地把他杀掉。"

武攸暨道："他走哪儿都带着一大帮人，平时喽啰侍卫，刀枪剑戟不离身，想悄无声息地做掉他，还真不大好办哩。"

太平公主点子多，拍一下脑门就出来了，说："这事好办，明天上午，我密召薛怀义至瑶光殿议事，暗地里埋伏下人手，把他拿住后，拉到隐蔽处秘密处死，不就行了。"

女皇点点头，指示说："此事要做得秘密些，越秘密越好，薛怀义出入宫内十几年，如履平地，要防止他有耳目，防止他狗急跳墙。"

"放心吧，"太平公主说，"对付一个薛怀义，女儿还绰绰有余。"

天册万岁元年（695年）二月三日，这天上午，风和日丽，春风习习，两个打扮成花一样的妙龄侍女，乘坐镶花小轿来到白马寺，口口声声要见薛国师。

薛怀义缩在被窝里还没有起，闻听外面有小女子找他，忙传令床前晋见。

二女子来到薛怀义的禅房，温柔地弯弯腰，给床上的大和尚道了个万福，轻启朱唇说："太平公主差妾来给薛师带个信，公主在瑶光殿等着薛师，有要事相商。"

"太平公主找我有什么事？"薛怀义从床上欠起身子问。

"奴家不知，这里有公主的亲笔信。"说着，一侍女从袖筒里掏出一封散发着女子清香的粉红色纸笺。

薛怀义接过来，在鼻子跟前狠劲地闻了闻，展开纸笺，只见上面一个一个的蝇头小楷，薛怀义不识字，闹不清上面写的是什么，说："这写的是什么鸟字，我一个也不认得。"

"公主让薛师仔细看。"侍女说道。

薛怀义揉了揉眼，展开香笺，仔细观瞧，果见天头处有一个红红的唇印，薛怀义眉开眼笑，喜得心尖乱颤。

"太平公主希望薛师马上就到瑶光殿相会。"侍女在床前轻声说。

"好，好，好。"薛怀义一掀被子，跳下床来说，"你俩先走一步，我马上就去。"

薛怀义特意把脸洗得白白的，换上一身新衣服，带上一帮喽啰侍卫，骑着高头大马，吹着愉快的口哨，向皇宫瑶光殿而来。

　　来到午门，把门的羽林军见是常来常往的薛师，忙打一个敬礼，挥手放行。到了第二道门，内宫玄武门，按规定，薛怀义的骑从都得留下，只有薛怀义才能进去。

　　玄武门内，早有太平公主的乳母张氏等在那里，见薛怀义到了，忙迎了上来。薛怀义认得张氏，说："可是等我的？"

　　张氏弯弯腰，行个礼，说："请薛师随我来。"

　　薛怀义跟在张氏后边，大模大样地往里走。瑶光殿在日月池旁边，地处偏僻，薛怀义边走边击掌赞道："还真会安排，弄到这么隐蔽的地方来了。"

　　瑶光殿门口，空无一人，四处也静悄悄的，一只老鸹在旁边的老槐树上，突然发出"嘎"的一声叫，吓了薛怀义一跳。

　　"怎么到这么偏的地方，用得着吗？"薛怀义随张氏走进了大殿。大殿里帷帘低垂，光线极差，四周围黑洞洞的，薛怀义极目张望，问张氏："太平公主在哪儿？"

　　"在里面的寝床上。"张氏说。

　　薛怀义喜得打一个响指，弯着腰，轻手轻脚往里摸，边走边小声喊："公主，你在哪里，你在哪里？"

　　身后的大门"咣当"一声关上了，薛怀义惊得跳起来，问："关大门干什么？"

　　话音刚落，就见周围朱红的帷帘闪动，钻出四五十个身强力壮的健妇，健妇们发一声喊，一拥而上，扯胳膊的扯胳膊，抓腿的抓腿，把薛怀义按倒在地，乳母张氏抽出扎腰带，指挥人把薛怀义结结实实地捆绑起来。薛怀义奋力挣扎，拼命大叫："这搞的是什么游戏？太平呢，让太平公主来见我！"

　　角门一开，年轻美丽的太平公主踱过来，薛怀义忘记自己捆绑的身子，两眼直勾勾地看着太平公主，口水不由自主流了出来。来到薛怀义跟前，太平公主冷不丁地照着薛和尚的裤裆踹了一脚，说："还想好事是吧？"

　　薛怀义疼得弯下腰，艰难地看着公主说："快放了我，否则圣上饶不了你。"

　　"堵上他的臭嘴！"太平公主命令道。

　　太平公主一挥手，众健妇拥着薛怀义来到瑶光殿的后院。后院里，建昌王武攸宁和武则天的远亲、武则天姑姑的儿子将作宗晋卿，正手拿利刃，杀气腾腾地站在那里。

　　"唔，唔……"薛怀义见势不妙，拼命挣扎。几个健妇按也按不住。

　　"闪开！"宗晋卿高叫一声，手挥利剑，一个弓步突刺，剑尖结结实实地扎进薛怀义的心窝里。剑一抽，鲜血喷泉一样地涌出来。健妇们惊叫一声，四散跳开，唯恐污了身上的衣服。

"好不要脸的，死了还往人身上倒。"

杀了薛怀义，太平公主直奔长生殿，向母皇汇报。女皇听说薛怀义死了，眼泪立马就下来了，长叹一声说："情之最笃者，亦割爱而绝其命矣。十年承欢，情不可谓不笃，而一朝宠衰，立加之于死，朕诚可谓千古之忍人也哉。"

太平公主知她还心疼薛怀义，停了半天，才小声问："薛师的遗体怎么处理？"

女皇指示道："把他的遗体运回白马寺，焚之以造塔。"

"遵旨。"太平公主答应一声，出去了。

吏部有个小官叫刘思礼的，此公官虽小，却也非寻常之辈，为太宗麾下的功臣之后。但君子之泽，五世而斩，到了刘思礼这一辈，已无显宦可居，只能守着祖上留下来的国公府，拿着七品小官的俸禄。七品小官月收入千把铜子，平时又没有什么人给送礼，小日子委实入不敷出，捉襟见肘。

这天，刘思礼刚回家，管家就迎上来说："国公府的门楼有些漏雨，再不修，越漏越大，弄不好这百年门楼就要塌了。"

刘思礼口袋没钱，心里烦，说"知道了知道了"，就一头钻进屋里，把身子重重甩在床上，头枕胳膊望着天花板唉声叹气。小妾菜花在一旁摔摔打打，也没有好脸色，说："唉声叹气有什么用，也找个算卦的算算，看什么时候能熬到头，老过这样的穷日子，我也过够了，过了年我就得走。"

刘思礼怕菜花真走，忙跳下床来，揽住她说："你别走，再等一等，我正在吏部疏通关系，一旦我外放为官，那时候咱就吃香的喝辣的。"刘思礼冲着门外叫："管家，管家。"

管家颤颤地跑过来，问："什么事，老爷？"

"前街烧饼老王爷那儿来个算卦的，你把他喊来。"

管家手一伸说："得先支人两个钱，要不然人不一定来。"

"算了卦还不给钱吗？"刘思礼从腰里摸出两枚制钱交给管家，"看他算得怎么样，算得好，再多给他几个。"

管家看着手中的两个小制钱，摇摇头，出去了。不一会儿，管家转回来了，刘思礼忙问："人呢？"

"在门口。"管家说，"相面的到了门楼就止步不走，看着我们的门楼直咂嘴，又是摇头，又是点头的，不知他是什么意思。"

"待我出去看看。"刘思礼趿拉着鞋来到大门口。果见一个身穿青色中衣的山羊胡小老头，在那里远观近望，嘴里念念有词。刘思礼上前施礼，问："敢问先生贵姓？"

"某家姓张，张景藏。"山羊胡子还一礼道，又指着门楼对刘思礼说，"此必王侯将相之家也。"

刘思礼笑了笑，做了一个里边请的手势说："先生有话里边说，里边请。"

两人来到里院客厅，分宾主坐下，侍婢沏茶毕，刘思礼说："不瞒先生，祖上曾是太原元从之臣，官封过国公。"

山羊胡老头点点头，说："观此宅风水，当出数名朝廷重臣。"

刘思礼苦笑地摇摇头："君子之泽，五世而斩，到了我这里，我不过是个七品小官而已。"

山羊胡老头不相信地摇摇头，又上下仔细打量了刘思礼一番，说："公虽官居七品，然以后必然发达。观公相貌，合为兴运之象。卦云：长生帝旺，争如金谷之园；有助有扶，衰弱休囚亦吉。公不久必迁美职。"

刘思礼一听，眼睁老大，忙亲自给山羊胡续上一杯水，问："果如先生之言？"

山羊胡捋捋山羊胡说："我一大把年纪，岂能骗你？"

刘思礼喜得浑身直痒痒，问："先生请说清楚，我何时方能时来运转？"

山羊胡子掰着手指头，微闭双眼，嘴里念念有词，半天不说话，刘思礼见状，忙摸出一锭银子，放在山羊胡的跟前，山羊胡看了银子一眼，才说："历官箕州后，公将位至太师。"

刘思礼一听，把那锭银子塞到山羊胡张景藏的怀里，说："先生能不能在我家多住几天，让思礼也跟先生学一些相术，日后思礼做事也有个预测。"

自从刘思礼算卦算出日后有好运后，小妾菜花也对他亲热多了，这天云雨过后，菜花摸着刘思礼瘦骨嶙峋的胸骨，娇嗔地说："浑身没肉，怎么看也不像个太师样。如今女皇用人喜挑丰满周正之人，怎么可能看中你这个瘦猴。"

刘思礼摸了摸自己的排骨，心道也是，自己是开国元勋，女皇如何懂得起用他这个七品官为相？如今女皇年事已高，天下亦李亦武，局面未定，说不定有真命之人要取而代之，我若提前寻到此真命之人，极力辅佐之，日后易元成功，何愁自己不位及太师？正所谓"太师人臣极贵，非佐命无以致之"。

想到此，刘思礼推开菜花，一骨碌爬起，蹬上裤子，披上长衫，往书房就走，菜花不解，追问："忙忙乎乎干什么去？"

"男人家的事，女人不要问。"刘思礼到了书房，摸出两枚铜钱，一反一正，排开六爻卦，他要测出这文武百官之中，到底谁是真命之人。刘思礼先来个"占姓字"，占姓字曰：以日配用，四象谁胜？若无象用，姓字何证？

刘思礼弄两个铜钱，边抛边记下反正来，口里还念念有词："卦立克字，以日配用爻，兼内外互卦，正化体象，取胜为主，然后合成字象。"

"但以干配姓，以支配合，以纳音配字，取象度量，尽其妙理，当慎思之。"

末了，刘思礼六爻合卦，得出一个"巽"卦，查山羊胡张景藏留下来的相书……

巽为甘头，为健服、为长举、为绞丝，上长下短，为下点。看到这里，刘思礼不禁拍案惊奇，暗叫一声："难道这真命之君竟是'綦'姓之人！"

綦姓之人特少，刘思礼拿出私藏的朝臣花名册，逐页逐页地查，当查到洛州录事参军綦连耀时，刘思礼心头一喜，说："耀字光翟，言光宅天下，这真命之君就是他綦连耀了。"

且说洛州录事参军綦连耀这天下了班刚进家门，家人就说有吏部客人来访。綦连耀纳闷：天都黑了，吏部的人找我干什么？

进了客厅，果见一个人蹲在地上，正逗着自己的两个儿子大觉、小觉玩。此人见綦连耀进来，忙站起身，又单腿跪地，施了一个半礼说："綦大人，下官这厢有礼了。"

綦连耀认出来人是吏部的书记刘思礼，忙过去扶起他，说："刘大人，行此大礼，折煞我也。"

宾主落座，沏茶上水，说了一番客套话，綦连耀见刘思礼老往自己脸上看，颇觉不好意思，探问道："刘大人找下官，可否有事？"

"没事，没事。"刘思礼说，"闲来无事，拜访一下綦兄。"

綦连耀见墙角刘思礼带来的一大堆礼物，有酒有菜的，知道刘思礼要在这吃晚饭，忙吩咐厨下准备酒宴。

工夫不大，厨子就把下酒菜整好了，端上了小方桌。綦连耀、刘思礼坐在炕上，不一会儿，便喝得面热耳酣。刘思礼这才咬着舌头，把来龙去脉说了一遍，称自己专门来访真命天子的。綦连耀一听，吓了一跳，跳下炕关上门，回头扯着衣服，打量了自己一番，说："我綦连耀果有这么神？你可别哄我。"

刘思礼直起腰，正色地说："我是根据祖传卦法，算了几遍，又用罗盘定了几次位，才确定明公是真龙天子的。今日刚见面时，我果见公体有龙气，且龙行虎步，仪表堂堂，一副人君之相。"

綦连耀真给唬住了，怔了半天，才说："里巷小儿歌曰，大周国，不长久，子换丑，鼠代牛。果有此事？"

刘思礼郑重地点点头说："正应了这小儿歌谣，明公属鼠，皇上属牛，当以鼠代牛。如今皇上老矣，根据目前的局势，江山落于谁手，还是个未知数，明公理当审时度势，借天地之恩赐，行王霸之伟业。"

一席话说得綦连耀更加心潮澎湃，浮想联翩。想起老人们说他刚生下来时，家门口的老楝树上，几十只喜鹊喳喳直叫；又想起去年一次领兵抗洪抢险时，大水冲桥，岌岌可危，自己大喝一声，指挥军士们先过，而后自己才过，刚过了桥，那桥就轰隆一声被水冲垮了。自己吉人天相是由来已久，种种不平常的事迹是越想越多。莫非自己真有真龙天子命？

"明公的祖坟建在哪里？"刘思礼问道。

"我老家在洛州少室山，祖坟在少室山之阳，一个叫白马洞的山谷里。"

刘思礼忙问："是不是背靠大山，左右枕着小山，前边是平地，旁边有河或溪水流过？"

綦连耀惊讶地问："你怎么知道的，你去过我老家少室山白马洞？"

刘思礼一拍桌子，兴奋地说："我当然没去过，可卦书上说有此阴宅的人，后代必光宅于天下。"

此言一出，綦连耀再不敢怀疑自己了，拽拽裤子，正襟危坐，摆出一副大人物样，正色说："公是金刀，合当我辅，日后取得天下，必以公为太师。"

刘思礼微微一笑，心道：你不封我，我也会官居太师，一切都是命中注定。一切都是上天早已安排好的。

未来的太师和皇帝又喝了几杯酒，越谈越投机，越谈越入港。綦连耀也俨然以真龙天子自居，霎时间觉得眼界也开阔多了，坐在炕上，小酒一端，好似站在高山之巅，俯瞰芸芸众生。他对刘思礼说："从现在开始就要结朝士、拉同党，秘密结社，广为宣传，等日后女皇驾崩之后好翻手为云，覆手为雨，顺利地接管大周江山。"

刘思礼说："臣明白，臣一定按照您的意思，广结朝士，效命于我綦氏江山。"

綦连耀长叹一声说："想不到我綦家，到我这辈，还出了这么个千古人物。"

刘思礼说："何怪之有？昔年汉高祖刘邦微时不过是个无业游民，以后当了官也不过是个小亭长。现在您官居洛州录事参军，掌握京都卫戍部队的参谋调动，比当年的刘邦强多了。"

綦连耀点点头说："是啊，世上无难事，只怕有心人，只要一闷头走到底，没有不成功的事。"

话说刘思礼、綦连耀相互解释图谶，即定君臣之契。刘思礼也凭借着吏部官员的职便，阴结朝士，广为宣传，逢人就送上三品官的高帽子，向人说綦连耀有天分，公会因之得以富贵。又加上刘思礼满嘴算卦的玄奥之语，还真唬住了不少人，个别热衷功名、官迷心窍的人，禁不住跟着刘思礼之流神气起来。

其中刘思礼的好朋友、大诗人王勃的二哥、监察御史王助中毒最深，有事没事就跟刘思礼泡在一起，讨论天下时局，解释图谶，摇卦测字，预测下一步形势的发展。

万岁通天二年（697年），王助的哥哥、凤阁舍人王知天官侍郎事，主管吏部的组织人事工作。刘思礼通过其弟王助的关系，花钱送礼，疏通关节，王遂起用刘思礼为箕州刺史。当初山羊胡张景藏言刘思礼历官箕州后会位居太师，如今果然如其所言，刘思礼等人喜不自胜，以为应了符谶，以为易元的曙光就在眼前，因而活动更加频繁。

其中刘思礼一到箕州上任，就开始招兵买马，扩充军队，加强城防，拉拢属下，大有山雨欲来风满楼之势。

王勃的二哥王助也不甘落后，也利用职务之便，四处出击，在朝臣中和朋友圈中积极活动。这天，王助出差到洛阳近郊明堂县，晚上有意留下不走，意欲做老友明堂县尉吉顼的工作，拉其反水。二老友喝过酒后，晚上照例抵足而眠，王助先打开话匣子，他说："天下局势看似平静，实则波涛汹涌，女皇陛下百年之后，必有真龙天子横空出世，取而代之。"

吉顼反问道："你怎么知道这事？这话可不敢乱说。"

王助索性披衣坐起，对吉顼说："天下的一些著名相术家已经算出来了，真龙天子已经出焉。"

吉顼问："谁？"

王助压低声音神秘地说："是洛州录事参军綦连耀。"

吉顼不屑地说："綦连耀有什么了不起。"

"话可不能这么说。"王助挪了挪被窝，往吉顼跟前凑了凑说，"綦连耀应图谶，有两个儿子，名曰大觉小觉，应两角麒麟也。故綦连耀有两角麒麟之符命，且耀字光翟，言光宅天下也。"见吉顼不相信的样子，王助又说："如今朝臣中都闹翻天了，纷纷投靠綦公，綦公投桃报李，封了不少三品官，其中箕州刺史刘思礼被封为太师了。我也被封为三品宰相。"

王助见吉顼沉默不语，似不开化，于是跳下床，从衣袋里掏出一本相书，对吉顼说："你说两个字，我给测测，看以后命运怎么样？"

吉顼躺在被窝那头仍不吱声，王助只好说："就测你的名字，'吉顼'二字吧。"也不管吉顼答应不答应，王助就翻开相术给人测。

"吉顼"共十八画，以六除之，三六一十八以应选"初九初爻上上"，即：鹿逐云中出，人从月下归。新欣盈笑脸，不用皱双眉。算完后，王助指着上面这句话对吉顼说："你早年虽然以进士举，却做了一个小小的明堂尉，数年不得升迁。正所谓月在云间，昏迷道路，如今你若弃暗投明，必将云散月明，大有进步，新欣盈笑脸，不用再皱眉头。"

吉顼却早已睡着了，王助把书一甩，气愤地说："你吉顼真是个榆木疙瘩。"

说吉顼是榆木疙瘩，大错特错了。此吉顼乃洛州河南人氏，身长七尺，科班出身，能言善辩，阴毒敢言事。和王助一块儿默不作声，是他心里另有想法而已。

　　果然，第二天送走了王助，吉顼骑马来到了比邻的合宫县，找合宫县尉来俊臣。把刘思礼、王助谋反言行说了一遍，怂恿来俊臣去朝堂告密。

　　来俊臣一听，果然大喜。自己被贬合宫县，潜龙蛰伏，早就沉不住气了，一心想重找机会，重返朝堂，重整酷政，只是苦无夤缘而已，如今吉顼带来了这么一桩谋反大案，我来俊臣焉能不用？但来俊臣老奸巨猾，多个心眼，压住心中的窃喜，问吉顼："这么好的事，你怎么不去告，让我去告？"

　　吉顼叹口气说："我何尝不想亲自去告，但王助是我的老朋友，卖友求荣，不大光彩。再者，我一向在下面当官，在朝廷中没有人，不如您来大人轻车熟路。"

　　"噢，原来是这么回事。"来俊臣这下放了心。

　　来俊臣当即造了个状子，马不停蹄，持状赴阙告变。

　　合宫县管辖京兆城中的永乐坊，县府离皇宫也就是十多里路。半个时辰的工夫，来俊臣就赶到了皇宫。

　　皇宫内，女皇正在享受沈御医的全身按摩，人报合宫县尉来俊臣有非常事变要面见皇上。女皇好一阵子没见来俊臣的面了，也想了解一下他最近的表现，因而点头应允，让来俊臣入宫晋见。走进大殿，来俊臣一副气喘吁吁的样子，磕头行礼毕，一言不发地把状纸交给女皇。

　　女皇接过状纸，浏览一遍，对刘思礼、綦连耀之辈心中有些不屑，当即命令身边的内侍："传河南王武懿宗晋见！"

　　武懿宗是武则天的侄子，时任洛州长史。武则天这回指令他推按此案。

　　见女皇不让自己推按此案，来俊臣好似当头被浇了一盆冷水，浑身凉个透，内心也颇不以为然，心道，这样的大案少了我来俊臣能办成吗？于是，斗胆向女皇要求道："臣在推鞫大案方面积累了丰富的经验，臣想接手办这个案子。"

　　武则天看着这个曾为自己立下鹰犬之功的来俊臣，说道："朕不是不想用你，无奈你是贬官之人，上来接手这件大案，恐朝臣不服。不过，你发奸有功，案子告破之后，朕会论功行赏的。"

　　来俊臣无奈，只得唯唯地告退。

　　武懿宗其貌不扬，身材短小，弯腰曲背，相貌丑陋，而且笨嘴笨舌。但此人推鞫制狱，打人杀人，却并不比来俊臣弱。接旨后，武懿宗二话不说，亲率一部人马，远赴箕州，把刘思礼抓了回来。一顿暴打之后，武懿宗假惺惺地问："思礼，你是想死，还是想活？"

　　思礼当然想活，他艰难地抬起头来，哀求道："河内王若能饶思礼一命，思礼甘愿为王爷牵马坠镫，下辈子变牛变马，也要报答王爷。"

　　武懿宗骑坐在大板凳上，俯下身子，笑嘻嘻对地上的刘思礼说："本王可以免你一死，但你必须安心招供。"

"我供，我供。"刘思礼擦擦眼泪。

刘思礼援笔在手，把所有与之相关的几个人悉数供了出来，其实也没有几个人，也就是刘思礼、綦连耀、王助和三四个小官员，再加上一些方外之士、游侠剑客。

武懿宗揭过招供名单，颇不满意，拍桌子砸板凳向刘思礼吼道："皇上交给我这么大的案子，只有这几个虾兵蟹将吗？"

刘思礼哭丧着脸说："确实只有这几个人，本来也就是嘴上说说，算算卦，测测字，也没有什么大的行动。"

"来人哪！"武懿宗冲着门外喊一声，立即窜进三四个杀气腾腾的打手，武懿宗指着刘思礼命令道，"把他的心给我扒出来，我晚上做下酒菜。"

三四个打手答应一声，捧来一个托盘，拿来一把解腕尖刀，扒开刘思礼的外衣，用刀刮刮刘思礼的胸毛，作势就要动手。

刘思礼早吓个半死，裤裆里凉凉的，又黏又湿，不知是屎还是尿。

"招是不招？"武懿宗用指头弹弹刘思礼的胸脯问。

"啊……招，啊……招。"刘思礼的舌头都硬了。

接下来，事情好办多了，凡武懿宗平时不顺眼的人，武懿宗便命刘思礼牵引之。刘思礼为了不死，便望风攀指，广引朝士。武懿宗不费吹灰之力，就从刘思礼口中套出一大批"谋反者"的名单：有凤阁侍郎同平章事李元素、检校夏官侍郎同平章事孙元亨、天官侍郎石抱忠和刘奇、给事中周湺、凤阁舍人王抃、太子司议郎路敬淳、司门员外郎刘顺之、右司员外郎宇文全志、来庭县主簿柳璆等。凡三十六家，皆海内名士。

这三十六个无辜的人和真正的谋反之徒悉数被捕入狱。武懿宗奋起淫威，几番拷掠，果成其狱。

武懿宗抱着一大沓谋反者的名单和材料，雄赳赳赶往朝堂，往龙案上一放，女皇吓了一跳，说："有这么多谋反之人？"

武懿宗头一扬，说："请圣上明察。"

女皇大笔一挥，批了三个字："斩无赦！"

壬戌这天，洛阳城内又是一回腥风血雨，三十六位海内名士，皆被绑赴刑场，嘴塞木丸，执行死刑。其亲党千余人，受其牵连，皆流窜岭外。

接下来该论功行赏了。武懿宗办案有功，由洛州长史升为左金吾卫大将军。

在到谁发奸有功的问题时，已由九品合宫县尉擢升为正五品洛阳县令的来俊臣犹不满足，欲独擅其功，复告明堂县尉吉顼知情不报，应视同附逆之人。

吉顼得知这一消息后，忙不迭地赶到皇宫，称有非常事变，得召见。御阶前，吉顼眼含委屈的泪水，如实向女皇禀告实情，女皇听了，哈哈一笑说："也不能亏了你，听说你是科班出身，可升为右肃政台中丞。"

吉顼磕头谢恩不已，以后吉顼日见恩遇，步步高升，一直做到宰相，此是后话。

吉顼与来俊臣也从此分道扬镳，成为势不两立的死对头。后来俊臣因想罗告太平公主、李旦、李昱及诸武等人，被揭发；再加上李昭德上奏他抢突厥女的事，不久被女皇赐死。

来俊臣死后，洛阳城内，鞭炮之声，数日不绝，如过年过节一般。深居皇宫的女皇不解其意，问："鞭炮声连日不绝，民间有何喜事？"

上官婉儿答道："百姓喜庆来俊臣死！"

女皇听后半天不吱声。来俊臣害人无数，固然遭百姓唾弃，可对来俊臣委以重任的毕竟是她女皇。第二天，在一次宴会上，女皇对侍臣说："顷者周兴、来俊臣按狱，多连引朝臣，云其谋反，国有常法，朕安敢违？中间疑其不实，使近臣就狱引问，得其手状，皆自承服，朕不以为疑。自兴、俊臣死，不复闻有反者，然则前死者不有冤邪？"女皇话里虽文过饰非，却也有自我反思之意。

夏官侍郎姚崇一听，赶紧对奏道："前者御史中丞魏元忠、秋官侍郎刘璿皆被来俊臣所陷害，流逐岭外。今应平反昭雪，召回朝廷。"

女皇当即答应道："速遣使召二人回京，官复原职。"

刘回京后，对女皇的任命坚辞不受，他让酷吏整怕了，心有余悸，再也不愿在朝为官，一个劲要求致仕还乡，女皇无奈，只得批准了他的请求。

魏元忠回京后，赴任肃政中丞。

一次侍宴，女皇问他："卿往昔数负谤，何也？"女皇意思是问，你数次被人陷害，又是弃市又是流逐，到底是什么原因。

魏元忠忙放下筷子说："臣犹鹿也，罗织之徒，有如猎者，苟须臣肉作羹耳。此辈杀臣以求达，臣复何辜。"

神功元年下半年，政治上日见清明，娄师德被召回京城，守纳言。紧接着，幽州都督狄仁杰也起为鸾台侍郎，同平常事。

【第十四回】

立皇嗣二张乱政，幸嵩山女皇祭天

十四年的酷吏政治以来俊臣的问斩而告终，朝堂也顿觉宽松多了，告密的人几乎绝迹，"反逆分子"更是不见了踪影，女皇的耳根自然清净了许多。加上朝政由几位具有丰富从政经验的大臣操持，女皇更是从许多繁杂事务中脱身出来。

每日早朝后，女皇即回内殿，往床上一躺，召御医沈南璆前来服侍。沈南璆固然有一副异常俊美的脸庞，十分匀称的身材，看起来令人赏心悦目，可沈南璆竟是一副有气无力的样子。女皇不满意了，转过脸来问："南，你今儿是怎么啦？"

沈南璆冲女皇笑了一下，一酡红晕泛上他苍白的脸："南得侍陛下这样的千古奇女子，已属三生有幸。虽有病亦不敢退却，因而每日借大量的药顶着。但是，猛补反招损，今日一役，连药也不管用了，怕臣以后再也无福侍奉陛下了。"

女皇一听，又伤心，又感动，抚摸着沈南璆的胸脯说："卿之体力虽不如那死去的薛怀义，可卿之忠诚，过怀义百倍也。你身体有病，应该早给朕说，早说早让你歇着。"

"谢谢陛下的夸奖，臣至死愿效力于陛下。"

女皇动情地说："从今以后，卿安心休息，安心养病，不必再当御医了，朕封你为四品朝散大夫，带薪回家养病去吧。"

沈南璆惨然一笑，说："臣恐怕再也无福消受陛下的恩赐了。臣食补药过量，猛补反招损，已火毒攻心。近日常觉头晕眼花，望风打战，以我医生的经验，自觉离大去之日不远矣。"

沈南璆不愧为御医国手，对自己的病情发展预言的一点不差，过了十几天，沈先生果告不治，一命呜呼。

沈南璆逝后，女皇心情抑郁，常常坐于宫中，望着窗外长吁短叹，脾气来了，就摔桌子打板凳，喝骂近侍。

上官婉儿体会出女皇烦心的原因所在，急忙出宫，来找太平公主。"公主，陛下每日政务繁忙，回宫后又冷冷清清，常常觉得人生无趣。自古以来，一国之君，都是三宫六院七十二妃，佳丽三千，可皇上现在却孤床无伴，殊不公平。公主作为皇上的唯一女儿，得替皇上着想才行，得想办法给皇上找一个开心的伴儿才好。"

说到这里，上官婉儿又怕太平公主有什么误会，忙又补上一句说："此事原来我都找千金公主，可惜千金公主已经过世了，此事只有来找你了。"

太平公主点点头，说："事不宜迟，我马上撒出人马去找，不能再让母皇空熬下去了。"

功夫不负有心人，万岁通天二年（697年）正月的一天，太平公主果然带着一个美姿容的少年，来到皇宫，行献"宝"之礼。

那少年有二十岁左右的样子，不高不矮，不胖不瘦，白白净净，穿着一身新衣服，挎着个小包袱，紧紧跟在太平公主的后头，生怕丢了似的。进了金碧辉煌的皇宫，那少年东瞧瞧，西望望，嘴里还啧啧地称赞着："乖乖，这屋这么高，这么大。乖乖，地都是用玉砖铺的，墙角都用金子包的。"

太平公主笑道："你只要好好地侍奉皇上，侍奉得皇上满意了，皇上就会留下你，你就可以日日在这皇宫大内玩耍了。"

那少年不住地点头称是："我一定尽心尽力，决不辜负公主的殷殷期望。"

进了长生殿，见到女皇，三叩九拜后，太平公主指着那少年介绍说："这位少年乃贞观末年宰相张行成的族孙，姓张名昌宗，以门荫为尚乘奉御。年不足二十，身体很健康，各方面都没有毛病。另外，他还善于音律歌词，吹一手好笛子，他是女儿特地从数百名候选人中，精选出来献给母皇的。"

好半天，女皇"哼"了一声，太平公主忙退了下去。张昌宗见公主走了，满眼都剩些不认识的人，有些不安，跪在那里动来动去。女皇招呼道："少年郎，过来，过来。"

张昌宗抖抖索索地站起来，一步一步挪到床边，女皇拉起张昌宗一只手，一边抚摸，一边和蔼地问："今年多大了，家里还有什么人啊？"

张昌宗看了一下女皇，又急忙低下头，答道："臣属蛇的，今年虚岁二十整，家里有一个哥哥，还有一位寡居的老母亲。我哥哥排行第五，叫小五子，我叫小六子。"

女皇点点头，拍拍床沿说："别害羞，来，坐在床上，陪朕说话。"

张昌宗依命坐在床沿上，一个机灵的宫婢急忙过来给张昌宗脱掉鞋子，又把他的腿搬到床上。

女皇细细打量着怀中的少年。少年五官端正，齿白唇红，皮肤细腻，比之往日粗犷型的薛怀义，别有一番新的滋味。女皇点点头，说："人虽嫩点，身上的肉还算结实。"女皇对旁边的上官婉儿说："让她们把炉火烧得旺一些。"

张昌宗跪着身子，望着面前这个至高无上、浑身笼罩着神秘光环的老太婆，脑子里只觉一阵眩晕，险一些栽倒。

"别怕，朕也是一个凡人嘛。"女皇笑着说道，又伸出一只手，探向张昌宗的腰下。

张昌宗定了定神，赶紧呈上一脸灿烂明媚的微笑。一边轻轻地抚摸着女皇，一边从上到下，慢慢地给女皇除去衣服……张昌宗令女皇春风荡漾，大畅其意。

初次进幸，张昌宗自然在女皇面前刻意卖弄，结束后，张昌宗又从自己的小包里拿出一把玉笛，对女皇说："陛下且歇歇，听臣给陛下奏上一首《万岁乐》。"

女皇笑说："小的时候，朕也喜欢弄笛抚琴，这些年来，政务繁忙，几乎都忘记了。"

张昌宗果然是个弄笛高手，一曲《万岁乐》让他吹得余音绕梁，荡气回肠。女皇在床上听得如醉如痴，搂住张昌宗说："卿果是高手。"

"皇上，"张昌宗说，"臣兄易之器用过臣，兼工合练。"

"是吗？"女皇忙欠起身子。

张昌宗点点头。

女皇得陇望蜀之心油生，忙拉了拉床头的响铃。上官婉儿撩起帘子，走到床前，问："皇上召臣何事？"

"速传昌宗兄易之晋见。"

旨令一下，快马加鞭，约半个时辰，张昌宗兄张易之被接到了皇宫。这张易之和张昌宗简直是一个模子造出来的，也是细皮嫩肉，一表人才。女皇把他叫来一试，果然曲尽其妙，不同凡响，当即表示把张易之也留了下来。

太平公主从后苑回来，见一个张昌宗变成两个张昌宗，心下明白，又见女皇春风满面，笑逐颜开，知事已谐便道："母皇，总要多赐人荣华富贵才好。"

女皇又是一通哈哈大笑，笑过之后说："婉儿，拟一圣旨。"上官婉儿忙拿过纸笔，静听女皇口述旨令。"迁昌宗为散骑常侍，易之为司卫少卿。"

二张一听，喜形于色。连着给女皇磕了三个头。张昌宗目如秋水，看着女皇，一揖到底，要求道："家里住的房子年久失修，下雨天即漏雨，家母为之忧虑，恳请陛下让臣把旧房翻盖成新的。"

女皇笑道："皇宫东边的通天坊有几处空着的王府，皆高门大院，带后花园，你选一处，给自己用吧。"

二张又是磕头谢恩，却迟迟不起，女皇心下明白，说："需要什么，可跟上官婉儿说一声，到国库里现支，什么锦帛、奴婢、驰马，缺什么拿什么。"

"谢皇上，我俩也代表我寡居多年苦命的老母亲谢谢皇上的恩赐。"二张叩头说道。

"你母亲用不着这么辛苦，可以重新再找一个男人嘛。"女皇说道。

"家母阿臧已六十多岁了，再找怕不合适吧。"

女皇哈哈大笑："朕今年已七十三了，况阿臧才六十多岁。为了让你兄弟专心侍朕，你母阿臧的事就包在朕的身上了，朕为她找一个如意郎君。"

张昌宗替母亲磕头谢恩毕，又探问道："陛下能不能也赏我母亲一个封号？"

女皇笑着点头说："封为太夫人。"

且说凤阁侍郎李迥秀是个大孝子。其妻崔氏自觉出身于名门望族，是大家之女，常动不动就呵斥滕婢。李迥秀母出身于穷苦人家，看不惯儿媳这一套，这日，忍不住劝说了儿媳几句，哪知儿媳顶嘴说："这些下贱坯子，生来就是挨训的，一天不训，就生了疯了。"李母一听这话，生了闷气，躺在床上，中午饭也没吃。李迥秀回到家，一听说妻子惹老母亲生气，二话没说，取过纸笔，"刷刷刷"写了一封休书，要逐妻子出门，有人劝道："贤室虽不避嫌疑，然过非七出，何遽如是？"

迥秀曰："娶妻本以养亲，今乃违忤颜色，安敢留也！"说罢，拿起休书把妻子打发回娘家了。

女皇听说这事，大为赞叹，逢人就夸奖一番，且把李迥秀提升为夏官尚书。这日上朝，女皇光盯着李迥秀看，直看得李迥秀有些不好意思。

女皇才说："迥秀啊，是否又曾娶妻？"

李迥秀拱手道："谢皇上好意，臣已经又找了一个妻子了。"

女皇仿佛没听见李迥秀这句话，说："散骑常侍张昌宗、司卫少卿张易之的母亲阿臧，爵封太夫人，如今寡居在家，朕想给她找一个伴儿。朕觉得你最合适，你不仅人品好，而且家世优良，乃高祖、太宗两朝名臣李大亮的族孙。阿臧的公公张行成也当过贞观末年的宰相，朕觉得你俩门当户对，正合适。"

"皇上。"李迥秀可怜巴巴，眼泪都快要急出来了。臣僚也在一旁窃窃私语，指指点点捂着嘴笑。

女皇也觉着有些为难李迥秀，于是退一步说："这样吧，朕敕你为阿臧私夫，不算正室，不住你家里，她若有需要，你就到她那里去一趟。"

敕令一出，无可更改。李迥秀也不敢再说什么，只得点头默认。

下朝后，臣僚纷纷向李迥秀表示祝贺，说："李大人，你有了这么好的靠山，从今之后，就可稳坐钓鱼台，功名富贵尽收囊中也。"

"李大人，敕定私夫，这是何等荣耀之事，自古至今，你也是第一例啊！"

李迥秀曲腰打躬："别再闹了，我心里已经够难受的了。"

刚出宫门，就见张易之迎了上来，显然他已得到消息，见面就拱手道："李叔，等一会儿你到我家里去一趟，我妈正在家里等你。"

李迥秀推辞道："我还有别的事，今天就不去了。"

张易之说："头一天，咱一家人应该聚聚，这样吧，等一会儿我派人到你府上接你。"

"我……"李迥秀刚要说话，张易之已翻身上马，领着一帮喽啰扬长而去。

李迥秀想在外面躲躲，来到洛水边徘徊了一会儿，又想该给母亲煎药了，急忙返回了家中，刚把药罐坐在火炉上，就听见大门外锣声、唢呐声大作，大门也被敲得嘣嘣直响。管家飞奔跑来报告说："老爷，出怪事了，好像一个迎亲的队伍走错门了，到咱们家门口吹吹打打就是不走，我说俺们家小姐今年才四周岁，根本不可能出嫁，撵他们走，他们就是不走，说非要见老爷你不可。"

"有这等怪事？"李迥秀急忙随管家来到大门口，果见门口有上百人，左边有一群吹鼓手，卖命地吹打，右边有几十个人抬着几十架抬盒，中间有十二个杠夫围着一顶十二抬的大花轿。

李迥秀刚想发问，一个身着大红蟒服的人拨开众人迎了上来，李迥秀一看是武三思，忙问："梁王爷，这些人都是干什么的？"

武三思拱手笑道："昌宗、易之二位大人委托本王前来接迎李大人。"

李迥秀指着面前这些人，半天说不出话，气愤地说："去就去，用得着搞这么大的动静！"

武三思说："这是昌宗、易之二位大人的讲究，连陪奁都给带过来了。那三十架抬盒里，有凤冠霞帔、龙凤喜饼，有金银首饰、被褥、衣服、锡器、瓷器，还有一些大大小小摆设。"

不管李迥秀愿不愿意，说到这里，武三思回头喝令前来接迎的侍女们："扶新人上轿！"

十九个侍女不由分说，上去按住李迥秀，把他拖进了轿里。大杠上肩，十二名轿夫抬着李迥秀，说一声"起！"大队人马后队变前队，在梁王武三思的带领下，吹吹打打，前呼后拥而去。

张家大院内，张灯结彩，红毡铺地，两廊奏乐，一派热闹喜庆的气氛。宽大的院子里，竟摆了上百桌酒席。大家开怀畅饮，吆五喝六，侍女们穿梭来往，不停地上菜倒酒，张家大院呈现出一派人丁兴旺，家族发达的喜庆气氛。

李迥秀欲哭无泪，玩偶一般，任张氏兄弟安排。一时间，张氏兄弟成了武三思兄弟献媚的对象。武三思把珍宝一股脑搬到了张昌宗的家里，武承嗣则三番五次地给张易之送礼，武氏兄弟目的是一个：请二张在女皇面前美言几句，立自己为皇嗣。

答应人家的事，不能不办，收了人家礼的二张，轮番在女皇耳边吹枕头风。这个说武承嗣为人稳重，又是武氏嗣子，当为皇嗣；那个说武三思也不错，心眼子多，善交际，做皇嗣最合适。直听得女皇耳朵起茧子，不无奇怪地问："你两个什么时候学会关心起国事来了？"

二张答道："自古天子未有以异姓为嗣者。臣朝夕侍奉陛下，不能不为陛下考虑也。"

女皇说："难为你俩有这份孝心，至于立旦立显还是立承嗣立三思，朕尚未仔细考虑。"

"立姓武的不就得了吗！"二张在一旁苍蝇似的，嗡嗡直叫。

此话题一向是女皇拿不定主意的老难题。二张聒噪不已，惹出女皇的烦心事来，不高兴地说："此事先不要再提了，快伺候朕睡觉吧。"

二张一见女皇不愿听这事，忙收住话头，集中精力，使出浑身解数侍候起女皇来。

阴暗的空中只有层叠与驰逐的灰云，大地沉没在浓稠和潮湿的空气里。女皇手持一片刺刀状的红叶，像满怀心事的少女，在旷野中的大草甸上孤独地行走。走没多久，面前突兀现出茫茫湖水，女皇这才发觉走错路了，刚要转头往回走，身后却也已是湖水茫茫……波涛涌来退去，飘飘荡荡，女皇急抛下水中的红叶，以叶作舟。红叶撑不住女皇肥大的身躯，女皇摇摇欲坠。

一朵乌云飘来，女皇伸手去抓，却抓了一把水。身上的凤冠霞帔已被冰冷的湖水打湿。风吼声中，眼见女皇就要陷入灭顶之灾……"何人救驾？"情急之中，女皇大喝一声。

"哇，哇……"几声鸟叫从天际传来，女皇闪目观看，但见一只羽毛甚伟的硕大鹦鹉，振翅而来。遂招手高呼："救得圣驾，朕封汝为官。"

"哇，哇……"大鹦鹉答应着，飞临头顶，俯冲下来，接近女皇时，不幸的事情发生了……鹦鹉磨盘大的双翼，突然折断，一头栽进了水里，女皇随之也向湖里跌去……"啊！"女皇大叫一声，惊醒过来。

"陛下，您怎么啦？"正在旁边伴驾的二张，急忙爬过来问。女皇大汗淋漓，心有余悸，喘了几喘，定了定神，面如死灰。

第二天早朝后，女皇独留下宰相狄仁杰，把昨夜的梦境向狄仁杰讲了一遍，问："朕梦大鹦鹉两翼皆折，何也？"

"御前详梦者、卜祝之士甚多，陛下何不找他们详占吉凶。"狄仁杰拱手道。

"此等梦境岂能让外人窥探？"

听女皇这么一说，狄仁杰才从容地奏道："鹉者，陛下姓也，两翅折，陛下二子庐陵、相王也。陛下起此二子，两翅全也。"

女皇踌躇了一下说："有人说自古天子未有以异姓为嗣者，劝朕立承嗣或三思。"

狄仁杰听了忙趴在地上磕一个头，含泪奏道："文皇帝栉风沐雨，亲冒锋镝，以定天下，传之子孙。大帝以二子托陛下，陛下今乃欲移之他族，无乃非天意乎！且姑侄与母子孰亲？陛下立子，则千秋万岁后，配食太庙，承继无穷；立侄，则未闻侄为天子而姑于庙者也！"

见狄仁杰眼含泪水，还想着过去的文皇帝、高宗帝，女皇老大的不高兴，冷冷地说道："此朕家事，卿勿预知。"

狄仁杰擦擦眼泪，正色道："王者以四海为家，四海之内，孰非臣妾，何者不为陛下家事！君为元首，臣为股肱，义同一体，况臣备位宰相，岂得不预知乎！"

狄公之言实乃谠言正论，女皇听了，也不得不点头称是，立嗣之事也就一拖再拖。

万岁通天元年（696年）之后，契丹、突厥等外族屡次寇边，边塞进入了多事之秋。夏，五月、壬子，营州契丹松谟都督李尽忠、归城州刺史孙万荣举兵反，攻陷营州，杀都督赵文岁羽。乙丑，遣左鹰扬卫将军曹仁师，左金吾大将军张玄遇、司农少卿麻仁节等二十八将讨之。李尽忠自称无上可汗，据营州，以孙万荣为前锋，攻城略地，所向皆下，旬日之间，兵至数万，进围檀州。

边关告急，女皇也忙了起来，这天一上朝，就发问："契丹作乱，突厥寇边，如之奈何？"

狄仁杰恭手奏道："兵来将挡，水来土掩，老臣愿领一军，效命沙场。"

女皇摇摇头说："卿乃首辅大臣，朝廷事多，须臾不可离朕左右，且卿年事已高，不宜远征。"

凤阁侍郎同凤阁鸾台平章事娄师德上前奏道："臣对燕北地形军事比较熟悉，愿率一军以击契丹。"

女皇看了看娄师德，爱怜地说："卿身体不好，最近又刚从边关回来，朕不忍再迁卿去。"

娄师德慨然道："人生立世，死生为国。能为皇上分忧，乃是臣最大的幸福。"

狄仁杰一向有些看不惯娄师德，认为他在一些大是大非的问题上，常常明哲保身。因此数次排挤娄师德，令充外使。这回狄仁杰又在一旁撺掇道："娄大人数年从军西讨，对边关战事颇为熟悉，前次又在素罗汗山大败吐蕃。契丹凶猛，非娄大人无以御之。"

武则天叹了一口气，说："如此，只有再劳驾娄卿一次了。"

左金吾大将军，河内王武懿宗见娄师德挂帅出征，知其足智多谋，此次出征，必胜契丹无疑。心里想：大哥武承嗣、二哥武三思均在家反省，我武懿宗何不趁此机会，随着娄师德出征边关，也好趁机捞得军功一二，弄好了，皇上一高兴，说不定安排我武懿宗接班当皇嗣。想到此，武懿宗奔到御阶前恭手，大声说道："侄懿宗愿为陛下分忧，随娄大人一起征讨契丹！"

武则天见一向愚钝笨舌的侄子，也说出这等慷慨激昂之话，大为高兴，说："朕也想让你去锻炼锻炼，你可为娄大人的副职，职清边道行军副大总管，以击契丹。"

武懿宗见自己为副职，有些不大高兴。娄师德在一旁请道："武大人爵封王爷，于情于理，这大总管一职，非武大人莫属。"

内史杨再思一向阿附武氏，也在一旁说："是啊，是啊，河内王年轻有为，放他为大总管，锻炼锻炼，也是应该的。"

女皇也不愿让人说她几个姓武的侄子都是庸人，也有意拔高武懿宗。于是假装很勉强地答应下来，同意懿宗为大总管、娄师德为副，同时安排卓有才干的天官侍郎吉顼为监军使，以协助武懿宗。

安排好征讨契丹的人马。紧接着，女皇又召开御前军事会议，研究突厥寇边的对策，同时任命司属卿、高平王武重规为天兵中道大总管，沙吒忠义为天兵西道前军总管，幽州都督张仁为天兵东道总管，左羽林大将军李多祚、右羽林卫大将军阎敬容为天兵西道大总管后军总管，以击突厥。

且说新任清边道行军大总管武懿宗，点齐军马后，择定吉日，浩浩荡荡地杀奔河北。行前，为讨个吉利，武懿宗奏明女皇，改契丹首领李尽忠的名字为李尽灭，改孙万荣的名字为孙万斩。

为讨得头功，武懿宗自领大军先进，命娄师德、吉顼各率一部为后军。二人互为友军，呈"八"字形跟在武懿宗大军后边。武懿宗认为，此等军阵最为保险，战则能进，败则可退。

武懿宗军至赵州，安营扎寨完毕，武大总管坐在中军大帐，令人沏上一杯人参茶，刚想歇口气，就听一阵马蹄声自远而近，来到帐外。一个探兵跌跌撞撞地跑进大帐，边跑边一迭声地喊："报……"

"怎么回事？"武懿宗惊得站起来，手中的茶杯"叭"的一声掉在地上，摔个粉碎。

"启奏大总管，契丹将骆务整率数千骑兵将至冀州。"

"到我赵州还有多远？"武懿宗急问。

"七十里，对骑兵来说，约有半天的路程。"

"你是说敌人下午就到这里了？"

"是的，大总管。"

武懿宗一听，头上冒汗，急忙指示行军参谋："传我的命令，大军立即拔营起寨，所有辎重都给我扔了，立即向南撤退，与娄师德、吉顼军会合。"

有人劝道："骆务整区区数千骑，怎敌我十万大军？再说虏无辎重以抄掠为资，若按兵拒守，势必离散，纵而击之，可成大功。"

武懿宗道："契丹善骑，善于奔袭。俗话说，万军之中取上将首级如探囊取物，我军虽众，但若敌人收不住马腿，一下子冲进我中军大帐，你我都得完蛋！"

武懿宗命令甚急，大军急急慌慌，委弃了不少军资器杖。契丹兵也乘势赶来，遂屠赵州。

娄师德见武懿宗如此不中用，找吉顼商议道："眼下不能指望河内王了，若连败几仗，你我回去都不好跟皇上交代。不如由我正面邀击敌军，你领兵袭其后，且分出一支兵马封住西口，逼孙万荣退至潞水，而后，你我合兵东下，一战可平也。"

吉顼一边点头同意娄师德的方案，一边大骂武懿宗怯懦。娄师德摇着手说："不可骂，不可骂，心里知道就行了。若传出去，岂不招惹河内王忌恨。"

是年五月，娄师德领兵正面与孙万荣对阵，经过几次交锋，大挫孙万荣。契丹军由此恐惧，奚人遂叛孙万荣。兵击其后，获其将何阿小。孙万荣军大溃，走投无路，率轻骑数千东走。前军总管张九龄遣兵邀之于道，万荣穷蹙，与其奴逃至潞水东，息于林下，叹曰："今欲归唐，罪已大。归突厥亦死，归新罗亦死，将安之乎？"其奴遂斩孙万荣首以降，余众及奚、皆降于突厥。

平定契丹后，武懿宗又赶来争功，善于顾全大局的娄师德力排众议，将首功归于武懿宗名下。

娄师德因健康原因，先期返京，武懿宗奉旨留下来安抚河北。好一个武懿宗，战场上畏敌如虎，临阵脱逃。战争结束后，他却耍开了威风。为了多杀几个人，冒领军功，对战争中跑反归来的老百姓，一概诬为同反，总杀之、破家灭族者不知凡几。

武懿宗班师回朝，提了许多人头回来，令人挂在城门外的树上展览，以为军功。在朝堂上，他也自觉了不起，论功行赏时，他当仁不让，说："要论谁杀的敌人最多，没有比得上我武懿宗的。另外，我奉旨安抚河北时，也发现了许多从契丹的漏网之鱼。我立即把这些坏分子全逮起来杀了。河北全境现在是一个坏人也没有了，已是朗朗乾坤，清平世界。"

女皇含笑地看着武懿宗，赞许地点了点头。

左拾遗王求礼在下边忍不住了，望着武懿宗大言不惭的样子，心里直冒火，遂走上前来，指着武懿宗，愤怒地对女皇说："此属素无武备，力不胜战，苟从之以求生，岂有叛国之心？懿宗拥强兵数十万，望风退走，贼徒滋蔓，又欲诿罪于草野诖误之人，为臣不忠，请先斩懿宗以谢河北！"

武懿宗一时被驳斥得哑口无言。司刑卿杜景俭这时上来奏道："被杀百姓确实有些冤枉，最多也就是这些人，请悉原之。"

龙椅上的女皇挪了挪身子，说："既然如此，可赦这些人无罪。"

冤死的人得到平反昭雪了，杀人元凶武懿宗，因女皇护短，没有受到一丁点的处分。

契丹虽平，西部边关的战事却不容乐观，突厥默啜大败唐军，攻城略地的同时，还遣使向朝廷发出威胁，要求给复丰、胜、灵、夏、朔、代六州降户及单于都护府之地，并种、缯帛、农器；另外以强硬的态度，要求和亲。

御前会议上，姚踌、杨再思以契丹初平，国力兵力大损为由，请依突厥所求给之。麟台少监、知凤阁侍郎李峤以为不可，说："戎狄贪而无信，此所谓'借寇兵而赍盗粮'也，不如治兵以备之。"

姚踌、杨再思固请与之。女皇最终表示同意，说："天朝大国，不在乎这些小惠。可悉驱六州降户五千帐以与突厥，并给种粮四万斛，杂彩五万段，农器三千事，铁四万斤。"

在讨论和亲的问题时，曾出使过突厥右武卫胄曹参军的郭元振上言说："突厥百姓疲于徭戍，早愿和亲，可汗统兵专制，独不欲归款。若国家岌发和亲使，可汗常不从命，则彼国之人心怨单于日深，望国恩日甚，设欲大举其徒，固亦难矣。斯亦离间之渐，可使其上下猜阻，祸乱内兴矣。"

郭元振的一席话，女皇听了频频点头。

左卫郎将摄司宾卿田归道以为突厥默啜戎狄之人必负约，不可恃和亲就以为万事大吉，宜作和亲兵备两手准备。豹韬卫大将军阎知微不以为然，认为一个和亲就可以解决一切问题。

虽然有不同的意见，但和亲势不可免。在和亲的人选问题上，女皇自己拿了个主意，决定打破以往惯例。这次不派什么公主郡主去，而派武承嗣的儿子、淮阳王武廷秀入突厥，纳突厥可汗默啜女为妃。凤阁舍人张柬之见女皇别出心裁，恐事不谐，谏道："自古未有中国亲王娶夷狄之女者，再说，派一个亲王去娶他的公主，突厥默啜未必会答应。"

武则天刚拿出一个主意，就有人上来忤旨，心里不高兴，指着张柬之说："卿看人论事目光短浅，不堪在朝为官，可放为合州刺史。"

万岁通天元年（696年）六月甲午，女皇命淮阳王武廷秀入突厥，纳默啜女为妃；豹韬卫大将军阎知微摄春官尚书，右武卫郎将杨齐庄摄司宾卿，携金帛巨亿以送武廷秀。

　　果不出张柬之所料，突厥默啜听说武廷秀要来娶他的闺女，十分气愤，在黑沙南庭，摆开刀枪阵，来迎武廷秀的和亲队。

　　刀枪锃亮，杀气腾腾。可汗大帐外，突厥兵脸画迷彩，青面獠牙，脖子上挂着死人头骷髅，嘴里"嘿嘿"地叫着，一跳一跳的，耀武扬威。见此阵势，武廷秀早吓得哭起来，瘫在大车里起不来身。阎知微作为和亲团指事，忙捧着绯袍、银带、颤颤抖抖地走进大帐，跪倒在地，对可汗默啜说："这次我来贵国，不但带来数不清的金银财帛，而且还带来了敕封，光五品官以上就有三十多个呢。"

　　默啜二话不说，上去一脚把阎知微手中的绯衣、银带踢飞，说："不稀罕。"

　　阎知微见势不妙，忙匍匐跪拜。默啜这才满意地坐下，刚坐下，又见阎知微的副官、监察御史裴怀古长揖不跪，默啜大怒，令刀斧手把裴怀古推出去斩了。

　　默啜的副将阿波达干元珍劝道："大国使者，不可杀。"

　　默啜怒稍解，命令除阎知微以及愿意投降的人以外，其余人等一律拘留起来。

　　默啜得了大周国的许多敕赠，由是益强，窥视中原之心顿起。默啜对阎知微说："我欲以女嫁李氏，不是武氏。我突厥世代受李氏恩，闻李氏尽灭，唯两小儿在，我今将兵辅立之。"

　　说完，默啜当即封阎知微为南面可汗，赐三品之服，欲使阎知微作为将来傀儡政府的大臣。

　　监察御史裴怀古被突厥所因，想方设法逃了出来。抵晋阳，形容羸悴。见到女皇，备述出使突厥之状，女皇恨恨不已，悉夺阎知微敕封、伪封的一切官职。裴怀古也被迁为员外郎。默啜亦移书朝廷，历数女皇的五条不是：与我蒸熟的种粮，种之不生，一也；金银器皆行滥，非真物，二也；我与使者绯紫者夺之，三也；缯帛皆是用过的旧物，四也；我可汗女当嫁天子儿，武氏小姓，门户不敌，罔冒为昏，五也。我为此起兵，欲取河北耳。

　　默啜说到做到，时值秋收，尽发大军进取河北。诸州闻突厥入寇，强令百姓丢下待收的粮食，修城掘河，加固城防。卫州刺史敬晖，对僚属说："不种粮食，又怎能守住城郭？"悉罢之，使归田，百姓大悦。

　　八月癸丑，默啜寇飞狐。乙卯，陷定州，杀刺史孙彦高及吏民数千人。严峻的边疆形势，造成了朝廷上上下下的一片恐慌。时值岭南獠反，朝廷已分出一部分兵力前往征讨，再加上连年用兵，国力兵力大为损折，已无兵驰援征讨突厥的边防军。女皇不得不诏令天官侍郎吉顼为招军使，在皇宫门外及各城镇热闹处摆开桌子，招募志愿军。吉顼大张旗鼓，又是宣传，又是鼓动，弄了一个多月，才招了八九百人，不得不垂头丧气地向女皇报告。

　　御前会议上，女皇长叹一口气说："士民厌战，不愿出义军，如之奈何？"

　　狄仁杰恭手奏道："前次契丹反叛，打出'何不归我庐陵王'之语，今次突厥又以辅立庐陵王、相王的名义寇边。以老臣之见，不如召庐陵王还京，立为储君，则突厥出师无名，不战自溃。庐陵王一出，上可安朝廷，下可安百姓，中可安外夷，且陛下晚年也有个依靠，于国于家于民都有好处。陛下何乐而不为之！"

女皇听了，沉默不语，狄仁杰又叫了一声皇上，女皇仍沉默不语。已官复原职的武承嗣怕女皇真答应了狄仁杰，忙上前一步说道："庐陵王乃外贬之人，岂可造次召还京都？突厥寇边，也不过是借其名义罢了。至于军中乏兵，可恩制免天下罪人及募诸色奴充兵以讨突厥；军中乏马，可敕京官出马一匹供军，酬以五品。"

女皇点点头，说："也只能这样了。"

不料左拾遗陈子昂却跪奏道："恩制免天下罪人及募诸色奴充兵讨击夷狄，此乃捷急之计，非天子之兵。且比来刑狱久清，罪人全少，奴多怯弱，不惯征行，纵其募集，未足可用。况今天下忠臣义士，万分未用其一，突厥小孽，假命待诛，何劳免罪赎奴？损国大礼！臣恐此策不可威示天下。"女皇不听，依武承嗣所奏，下旨无误。

狄仁杰未能奏下迎还储君一事，心里忧虑万端，日夜长吁短叹。天官侍郎吉顼素有心机，看出了其中的苗头，也觉得一旦武氏子继位，天下必将大乱，且诸武一向嫉妒他吉顼，常常对他言词轻慢。遂决定乘机说服女皇，立李氏子为嗣，也为自己积下奇功一件，以备以后免祸之用。

边关告急，天下忧事丛生，朝廷各部门有钱出钱，有人出人，高速运转，正忙得不可开交。唯有控鹤监一片歌舞升平，弹筝吐笙，宴饮正乐。在金碧辉煌的大厅里，张易之、张昌宗手捏酒杯，舒舒服服，心满意足地半躺在坐床上。这时，天官侍郎兼控鹤监副监吉顼走进大厅，径直走到二张的身边，小声说："我有一件心事要和两位明公说说。"

二张见吉顼一副好像有大事的样子，挥挥手让其他人退出去了。

吉顼这才凑近二张说："顼一向佩服二公，也自以为是二公的心腹之人，有些心里话却不能不与二公说。"

二张素佩服吉顼虑事周到，倚为股肱，忙说："老吉，有什么话你就直说。"

吉顼这才正色道："公兄弟贵宠如此，非以德业取之，天下侧目切齿者很多。不有大功于天下，何以自全？我为二公担忧。"

吉顼之言，无异于当头棒喝，醉生梦死惯了的两个小白脸惊惧万分，慌忙从坐床上下来，说："我们一向亲密无间，何以得保自全？何以得久享富贵？请兄赐教。"

见二张已入彀中，吉顼心中窃喜，坐在旁边的床上，严肃地道："天下士庶未忘唐德，咸思复庐陵王。主上春秋高，大业须有所付，武氏诸王非所属意。公何不从容劝上立庐陵王以系苍生之望！如此，非特免祸，亦可以长保富贵矣。"

　　二张听完吉顼的教诲，频频点头，握住吉顼的手说："吉兄，你说得太对了，事不宜迟，我俩赶紧找皇上说去。"

　　吉顼叮嘱道："要等皇上高兴了再说。"

　　二张应道："那是自然。"

　　到了晚上，二张悉心侍奉完女皇，果然吹开了"枕头风"，边给女皇按摩让女皇放松，边吞吞吐吐地说："皇上，有些……有些国家大事，想跟您老人家说一说。"

　　女皇听了这话感到好笑，微闭着双眼问："什么国家大事？"

　　张易之抓了抓脑袋说："如今外夷入侵，储君未定，国家不安，皇上何不召回庐陵王，以顺应人心。"

　　张昌宗也在一旁说："立皇嗣当选庐陵王，武承嗣虽姓武，奈何不是皇上亲子。"

　　见一向只知吃喝玩乐的二张，也关心起国计民生来，女皇十分惊奇，锐利地扫视着二张，半天才问："此话是谁教你们说的？"

　　二张只得讪讪地笑着，从实招来："是……是吉顼教我俩说的。"

　　女皇笑笑，闭上眼说："此等国事非你二人所能议论。"

　　二张摸不准女皇的意思，怕说多了惹女皇烦，只得讪讪着闭上嘴。

　　第二天，女皇召吉顼，问："你有嘴不来说，乃劝二张，为什么？"

　　吉顼磕头道："臣唯恐劝皇上不下，不得已辗转托昌宗、易之俩大人。"

　　"你认为立庐陵王比较好？"女皇问。

　　吉顼又磕了一个头，道："庐陵王及相王，皆陛下之子，先帝顾托于陛下，当有主意，唯陛下裁之。"

　　女皇"哼"了一声，对吉顼说："此事我知道了，你下去吧。"

　　吉顼只得拱手告辞，走到殿门口，又回头看了一眼，见女皇坐在龙椅后，正托腮沉思。

　　九月，除增兵边关外，女皇下敕，改默啜的名字叫斩啜。但被御笔改了名字的默啜并没有被斩，其势愈张，九月上旬，即兵归赵州城下，把赵州城围个水泄不通。

　　戊辰，突厥兵攻打赵州城甚急，赵州长史唐般若翻城投敌叛变。城遂陷。癸未，突厥默啜尽杀所掠赵、定等州男女万余人，自五回道去，所过，杀掠不可胜计。天兵西道总管沙吒忠义等但引兵蹑之，不敢逼。

　　当是时，默啜还漠北，拥兵四十万，据地万里，西北诸夷皆附之，甚有觊觎中原之心。

　　边报传至神都，举朝震惊。御前会议上，作为首辅之臣的狄仁杰，慷慨敷奏，言发涕流，向女皇苦谏道："如今边关十万火急，陛下且请早下决心，迎还庐陵王，以绝夷狄窥我中华之心，不然，则天下势必乱矣，战争一起，士民百姓必遭祸害。"

见狄仁杰一边说一边哭，女皇微微一笑，不发一言，只对左右使个眼色。左右打开殿后的一个帷幕，女皇对狄仁杰说："还卿储君！"

此四字真如雷声贯耳，狄仁杰立即抬起头来，果见帐后立着一个身穿锦袍、外表老成又有些木讷的庐陵王。十四年的流放生涯，洗去了这位倒霉王子的娇骄浮华；簇新的紫蟒锦袍掩盖不了他的落魄形象。

这真是高宗大帝的亲子？昔日的皇帝？今日的庐陵王李显？狄仁杰揉了揉眼睛，唯恐自己老眼昏花，看错了人。

"殿下！"狄仁杰趋前一步，含泪问道，"果真是殿下吗？"

"是我。"李显的声音显得遥远而陌生。

原来一个月前，女皇听了二张的枕头风，又听吉顼的俱陈利害后，决定召回庐陵王。

召回庐陵王固然顺应世道人心，但女皇的心中却是苦涩的。她不愿让世人看见她把权力的宝杖，又将递还给李姓人，但不召回庐陵王，当前又没有抵御外侮、安抚天下的万全之策。

苦涩虽苦涩，下了决心的事却不可反悔，女皇当即让人传来兵部职方员外郎徐彦伯，吩咐他说："庐陵王有疾，你即日赴房陵，召其回京疗疾，其王妃、诸子一并诣行。另外，此事要绝对保密，回京后，先不要让任何人知道。"

说着，女皇把一个密敕亲手交给徐彦伯，又叮嘱了几句。徐彦伯领旨走了。

且说庐陵王李显在房陵，被关在州府后的一所独门宅院里，院墙高丈余，门口有兵士站岗。一家人足不出户，过着幽禁的生活。这天，有几个兵在忙着打扫院子，修剪花木，李显觉得气氛有些不一样，刚想找个人打听，一个负责看管的州官走过来对他说："下午神都有敕使来，你换件新衣服等着。"

"敕使来有什么事？"李显惴惴不安地问。

"我也不知道。此次敕使来不同于往日，快到房陵才派快马通知我，并且除了你以外，不让告诉任何人。总之，不管怎么样，你心里要有个最坏的打算。"州官好心地说道。

李显回房后，浑身无力，心里黯然神伤。大哥李弘死了，二哥李贤亡了，今次该轮到自己了。与其让敕使当面把自己杀死，不如先自行了断，讨个自在，也留个全尸。想到这里，李显解下腰带，往房梁上一搭，欲行自尽。这时，王妃韦氏一下子闯进门来，一把把腰带夺下，说："祸福无常，何遽如是！"

李显哭道："敕使秘密从神都来，恐我命休矣！"

韦氏妃素有心机，劝慰道："契丹突厥打着'复我庐陵王'的口号，抢边关甚急，朝中大臣咸劝当今圣上把你从房陵召回，以慰天下人心，此次莫非是敕使来召咱回京。"

李显一听，方擦擦眼泪说："要真是这样，刚才不是你来得及时，我可就屈死了。"

李显说着，又搂住韦氏，深情地说："这么多年来，你跟我幽居房陵，备历艰危，却情爱甚笃。异时幸获见天日，当唯卿所欲为，不相禁御。"

韦王妃亦笑言说："等你真正地做了皇帝，真正地掌了权，我也来个垂帘听政，军国大事任我掌握。"

李显憨厚地笑笑，说："你虽是个妇人，许多事上，却确实比我有主见。"

下午，敕使徐彦伯果然来到，身后带着百余名全副武装的羽林军。徐彦伯一副急匆匆的样子，见面就宣旨说："召庐陵王进京疗疾，其王妃、诸子一并诣行。"

李显心道，我除了晚上有时候失眠外，没有别的病，疗疾一事从何说起？再一想，明白疗疾是个托词，便小心翼翼问徐彦伯："召我全家返城，是吉是凶？"

徐彦伯说："此事本官也不知道，你也不能再乱问，此事属一级机密。你现在马上收拾一下，今晚上咱们就出发。咱们秘密回京。"

李显听了心里更没底，然敕命难违，只得收拾一下，全家人分乘两辆大车，在徐彦伯等百余名羽林兵的卫护下，赶往京城。

由于保密工作做得好，李显回京一事，除了女皇和徐彦伯等个别人知道，其他朝臣都蒙在鼓里。

安排庐陵王戏剧性的复出，女皇本意一是缩小庐陵王的影响面，二是给臣下一个惊喜。没想到惊喜之后的狄仁杰，对此偷偷摸摸的召还行径大不以为然，认为有失大国风度，正色奏道："太子还宫，人无知者，有污太子之威名！"

是啊！泱泱大国，复立太子，形同偷窃，能不惹天下人耻笑？想到这里，女皇对狄仁杰说："趁着天未黑，你赶快带显到龙门驿安置，具法架、陈百僚，打出全副太子的仪仗，我这就降旨，令文武百官前去列队迎接。"

正坐在家中吃晚饭的天子脚下的子民，只听得城南门方向隐隐约约传来吹吹打打的鼓乐声。熟悉皇家仪仗的人说："此等动静好奇怪，既不像皇上返京，又不似亲王还家，倒好比太子回归，却又为何安排在晚上？"

李显回归，使折腾数十年的皇嗣之争，渐趋明朗。李显的弟弟李旦也十分识趣，上表固请逊位于庐陵王。一下子解决了令女皇感到棘手的长幼之序问题。

九月壬申，武则天正式降诏，立庐陵王为皇太子，复名显。为了让侄子武承嗣和太子显搞好关系，女皇特敕武承嗣为太子少保。李显虽复为太子，但女皇却把他当成摆设，不让他临朝视事，也不准他跨出东宫一步。四十多岁的李显也表现得像一个听话的孩子，老老实实地待在东宫，十四年前，自己曾因一言而痛失宝位，如今怎能不牢记教训！

北部边疆，突厥人并没有因李显的复位而自动退兵，仍攻城略地，劫掠男女。

闻鼙鼓而思良将，有人向女皇推荐蓝田县令薛讷，堪使军前效力。薛讷乃"三箭定天山"的名将薛仁贵之子。身为将门虎子，薛讷果受女皇的青睐，立即由一介县令，擢升为左威卫将军，安东道经略。薛将军走马上任之际，特来宫中拜陛辞行。与女皇交谈了一些用兵方略后，女皇说："丑虏以复庐陵王为辞，犯我疆土。今庐陵已复位，丑虏何又相逼甚矣。"

薛将军叩了一个头，从容进言道："丑虏凭凌，以庐陵为辞。今虽有制升储，外议犹恐未定，若此命不易，则狂贼自然款伏。"

见女皇沉吟不语，薛讷又说："若以皇太子为河北道元帅以讨突厥，则突厥不战自溃。"

"太子不谙军事，何以为帅？"女皇抬起眼皮问。

"陛下，"薛讷趋前半步说，"太子也只是名义上为帅，但仅此就已经足够了。"

"显果有如此奇效？"女皇不相信地问。

"陛下但信臣言。"

女皇沉思了一下，说："此事朕自有安排，你不要多说了。此次去边关，你须向乃父看齐，尽心尽职，荡平夷寇。"

薛讷知女皇出太子之心已动，于是唯唯应声，叩头而去。第二天早朝，内史、宰相王及善奏道："太子虽立，然深居东宫，外议汹汹，请出太子赴外朝以慰人心。"

女皇正有此等心思，点点头说："太子年已不惑，是该让他出去锻炼锻炼了，另外，朕还想让他领河北道元帅，以讨突厥，如何？"

见女皇能说出这等话来，朝臣惊喜万分，急忙表示赞同。

狄仁杰说："太子刚刚回京，只可遥领元帅一职，不可亲征。臣愿为副元帅，领兵以击突厥。"

女皇道一声"好"，说："朕正有此意，就以卿为河北道行军副元帅，知元帅事。以右丞宋元爽为长史，右台中丞崔献为司马，天官侍郎吉顼为监军使。另外，朕再从扬州、豫州调三万人马，归卿节制。"

仁杰揖手道："扬、豫二州已调了不少兵马，不可再调，依臣之见，还是在京都附近征募义兵，以充后军。"

"不是不好募人吗？"女皇说。

狄仁杰胸有成竹地说："如今太子为帅，臣估计募兵没有问题。"

事实果如狄仁杰所言，第二天，以太子为河北道领兵大元帅的诏令一出，各个募兵站果然报名从军者踊跃，三天的时间不到，竟有五万余人应募参军。

闻听此事，就连女皇也不由得对上官婉儿感叹道："前次吉顼募军，月余不足千人，及太子显为元帅，未几，竟数盈五万，是显的本领比吉顼高吗？朕看未必，乃是显的身份硬也。"

"是啊，由此也可见，天下人思唐德久矣。"上官婉儿也跟着感叹道。

女皇寻思了一会儿，抓住上官婉儿的一只手问："婉儿，你说说，朕百岁后，显、旦与我武氏诸侄孙，能和平相处否？"

上官婉儿想了想说："可能吧。"

女皇摇了摇头，面呈忧色，说："以现在的形势，恐朕百岁后太子与诸武不相容，朕之武氏侄孙恐以后为唐宗室藉无死所。"

"不见得吧，我看显太子和相王旦性格挺温顺的，不像动不动就挥刀杀人的主儿。"

女皇沉默了一会儿，说："二子虽善，奈何有外人挑拨，朕必须先想出一个两全之策，以确保朕百年后，二子与诸侄孙仍能同存共荣。"

李显的名头就是管用。突厥默啜闻其职河北道元帅，忙下令将所占的赵、定、恒、易等州抄掠一空，携财帛亿万、子女羊马还漠北。狄仁杰将兵十万，追之无所及。

突厥撤退前，乃纵汉奸阎知微还，被官军擒至京都。武则天恨阎知微咬牙，命将其磔于天津桥南，使百官共射。

大明宫里，具以醴醯，罗以甘洁，衮衮诸公，密坐贯席，冷荤盘子一起上。班师回朝之日，这庆功御宴是绝不可少的。百余张桌子，一半坐着征边的功臣，一半坐着文武百官。女皇则高高在上，独享一桌。两旁一边坐着太子显、相王旦及太平公主等人，另一边坐着武承嗣、武三思等。

酒过数巡，菜过两套。宴厅东西两旁的乐队戛然而止。众人知道有事，忙放下筷子，仰脸来看主席台。但见监宴官"噔噔噔"跑上主席台，挺着肚子，亮起嗓门，大声宣布："现在由太子少保、魏王武承嗣代皇帝宣旨。"

大众急忙咽下口中的酒、菜。正襟危坐，目视前方，洗耳恭听。只见武承嗣手拿圣旨，寒脸挂霜，一副极不情愿的样子宣道：赐太子姓武氏，大赦天下；以皇嗣为相王，领太子右卫率；恩准禁锢多年的太子、相王诸子出阁，恢复自由。

群臣一听，忙起身离座，一齐恭贺："万岁万岁万万岁！"

一语未了，就听"扑通"一声，有近侍惊呼："魏王爷晕倒了！魏王爷晕倒了！"

女皇伸头一看，果真如此，忙命令身后侍奉的御医去救治。

折腾了好一阵子，脸色煞黄的武承嗣这才清醒过来，嘴里犹喃喃自语："我是太子，皇位是我的，我姓武，我才是货真价实的'武'啊。"女皇一听，皱皱眉头，一挥手："把他送回家休息。"

五六个内侍围过来，抬起武承嗣，飞也似的走了。

晚上，上官婉儿指挥侍女端来一盆为女皇特配的药物浴足水。女皇双脚伸到热气袅袅的盆里，舒服地吁了一口气。上官婉儿挽起袖子，亲自给女皇洗足按摩。洗了一会儿，女皇若有所思，眼望着大殿的房梁，不由自主，轻轻地笑了。

"皇上有什么高兴的事吗？"上官婉儿笑着轻轻地问。

"婉儿，"女皇俯下身子说，"朕赐太子'武'姓，一下子解决了'传位于嫡'与'未有异姓为嗣者'的矛盾，同时，朕百年之后，一些'配食''庙'和'武周皇朝'传之万代的重大问题也得到了圆满的解决。现在，朕左思右想，又想出一个绝妙的主意，可使朕百年之后，显和旦、太平仍能和诸武同存共荣。"

"什么绝妙的主意？"婉儿问。

"朕让太子、相王、太平公主与诸武誓明堂，告天地，为誓书铁券，这样他们以后就谁也不至于闹矛盾、加害对方了。"

上官婉儿一向好学，文史皆通，素有见识，听了女皇的话，不由得打量了女皇一眼，心道，皇上莫非得了老年痴呆症，竟说出如此孩子气的话。漫说誓书铁券，就是誓书金券，也保不住他们以后不出问题。历史上，一些功臣被皇帝主子赐了免死铁券，最后不也被砍了头了吗？再说，你赐太子武姓，他就不能复姓于李？如此重大的生死问题，能靠一部铁券解决吗？

"婉儿，你倒是说话呀，朕的这个主意到底行不行？"女皇动了一下脚趾头，打断了上官婉儿的沉思。

"皇上，您的这个主意太好了，实为两全之策。既可保持我大周朝的国运长久，又可让子孙后代和平共处。"

女皇把双足从洗脚盆里提出来，叫道："马上降诏，命太子、相王、太平公主、与武攸暨、武承嗣、武三思等诸武为誓文，发誓以后永不相犯，同存共荣。于明日上午告天地于明堂，铭之铁券！"

"是。"婉儿答应一声，把手中的活儿交给旁边的侍女，自去前殿拟旨。第二天，圣历二年（699年）四月壬寅，上午，宽大的明堂里，一桩庄严肃穆的赌咒发誓告天仪式即将举行。

天地君亲师人神主牌位前，摆着一个装满小米的铜鼎，小米中插着三炷拇指粗的天竺麝冰香，香烟袅袅，沁人心脾。在前面摆着一个方方正正的大方桌，桌上摆放着牛头马面、黑猪白羊、馒头御酒金银等祭物。

香案前的一丈开外，站立着二十多个设誓人。设誓人分两路纵队，分别由太子显和梁王武三思打头。魏王武承嗣因上次宴会中中风，卧床不起，不能前来参加。

为营造气氛，大厅周围，次第摆放着四十九根胳膊粗燃着的蜡烛。东南角，还有一个二十八人的小小乐队。

证盟人、新任凤阁侍郎、同凤阁鸾台平章事苏味道，一身礼服，宽衣大袖。

苏味道站在香案前，念念有词，把酒浇奠，手指望空划了个"佛"字，反过身来，目光故作威严地看了众人一眼，高声宣布："设誓开始。"

太子显当仁不让，手拿誓词，走上前来，朗声念道："诸位神主作证，我显日后当与武氏诸王、郡主和睦相处，永不触犯，即使千百年后，也一如既往。此誓一出，若有悔改，苍天不佑。设誓人：太子显。"

太子显退下后，武三思走了上来，他面对大众，咳嗽了一声，抖抖手中的誓词，大声念道："老天作证，我武三思及武氏子弟，保证和太子、相王、太平公主同存共荣，休戚与共，若起半点异心，定遭天谴！"

大家按长幼次序一一走上前来，庄严盟誓，盟完了誓，大家又一齐跪倒在拜垫上，对着神主牌位，一连磕三个头。能工巧匠们花了三天三夜的工夫，终于把二十多份誓词用蝇头小楷，工工整整铭刻在铁券上。完工后的誓书铁券黑、蓝莹莹，放射着令人敬畏的清辉。打铸好的誓书铁券，端端正正地安放在明堂的鲜花翠柏之中。

在太子显、相王旦、太平公主和诸武的陪同下，武则天健步前来参观。看完誓书铁券，女皇面对太子显和诸武，笑道："誓词写得不错，朕很满意。朕决定，将此誓书铁券，永远陈列于史馆。铁券制成以后，而要求大家严格遵守誓言，时时对照约束自己。谁若违犯，格杀勿论。朕的话听明白没有？"

"听明白了！"太子显、相王旦、太平公主和诸武应道。

女皇满意地点点头，说："你们有什么想法，也可以当面向朕提。"

这时，左千牛卫将军、安平王武攸绪走上前来，恭手说道："臣有话说。"

"讲。"女皇拉着长腔说。

"臣要说的话是关乎自己的，长久以来，臣心中有一个愿望，就是摒弃闹市，蜗居深山，逍遥林壑。如今，太子归位，天下安定，四海清平，臣的归隐山林的愿望也越来越强烈了。今斗胆向陛下提出，请允许攸绪辞去一切官职，隐居嵩山。"

"你说什么？"女皇仿佛不相信自己的耳朵。

女皇沉吟一下，武攸绪一向少言寡语，城府很深，莫非见显当太子了，他心里不平衡，想要什么奸诈？待我先答应他的请求，再观其所为。

"攸绪，朕知你少有志行，恬澹寡欲。你若真不想当这个官，朕也不能勉强。这样吧，朕赐你白银万两，彩帛百匹。你什么时候走，朕再命百官王公到城外送你。"

武攸绪拱手道:"臣既起白云之心,当冬居茅棚,夏居石室,一如山林之士。请陛下收回所赐,免百官王公相送。"

女皇只好点了点头,武攸绪也当即辞陛而去。

望着武攸绪远去的身影,女皇招呼叫过武三思,小声吩咐道:"派一些人盯着他,看他到底捣什么鬼,一旦有什么不轨行为,马上向朕报告。"

"明白了,皇上。"武三思悄悄地从角门出去了。

女皇叹了一口气,觉得身心有些累,从龙椅上站起,刚想传令起驾回宫,就见明堂大殿门口传来一阵哭声,一个人跌跌撞撞跑进来,离老远就招手哭道:"皇上,我爹他……我爹他……"

武则天定眼一看,是武承嗣的长子武廷基,忙问:"怎么啦?"

"他,刚刚归天了……"武廷基泣不成声地说道。

武则天一听,跌坐在龙椅上,那眼泪接着就下来了。伤心静坐了一会儿,站起来命令道:"传朕旨意:文武百官、王公贵族,立即到魏王府吊丧,皇太子主持丧仪,赠故承嗣太尉、并州牧,谥曰宣。其长子武廷基袭爵,为继魏王。"

一日,武则天与二张共餐,二张坐而不食,令武则天纳闷。问之,二张说:"不想吃,不好吃。"

"不好吃?"女皇眼睁老大,"朕的尚食局的厨师,手艺精美绝伦,在宫外很难找到对手,所做的饭菜天下至美,怎可说不好吃?"

"架不住天天吃。"张昌宗问女皇,"皇上,你有好久没有出宫巡幸了吧?"

"是啊,自从高宗大帝归天后,朕一般都不离京城。"

张昌宗说:"皇上,我在京城待够了,想和您老人家一块儿出去玩玩。"

"上哪儿去玩?"

"听说大海很大,大得没有边,海上还有神仙,我想和您一块儿去蓬莱阁玩玩。"

"朕这一把老骨头,还能去蓬莱阁?"女皇说完哈哈大笑,示意身边的上官婉儿,"叫狄仁杰过来。"

狄仁杰也已是年近七十的人了,花白的胡须一翘一翘,走过来,俯耳听命。

"狄卿,"武则天笑着指着张昌宗,"他想让朕去蓬莱阁。"

狄仁杰恭手谏道:"去蓬莱迢迢几千里,其海风凌厉,变幻莫测。圣上年事已高,不宜远行巡幸。"

武则天一本正经地对张昌宗说:"你看,我的宰相不让我去。"

"不去远的去近的也行。"张昌宗不高兴地说。

坐西东首的武三思听出了门道,以为正是巴结张昌宗的机会,上来叩首说:

"皇上八字重眉生，当去嵩山祭告于天。再说，皇上久居深宫，也该出去散散心，巡幸巡幸天下，以慰万民景仰之心才是。"

"对，去嵩山！"张昌宗兴奋地说。

女皇又问道："狄卿，去一趟嵩山如何？"

"皇上若感觉身体状况不错，幸一幸嵩山也无妨。"狄仁杰只得拱手答道。

"好！"武则天高兴地说，"传朕的旨意，择日巡幸嵩山，由狄卿任知顿使，先行开拔。苏味道为护驾使，内史王及善留守神都。"

嵩山，又叫嵩高，五岳中的中岳，在洛州登封县北。三月的嵩山，正是返青着花的时候，苍松翠柏，野花小草，高下相间，红的火红，白的雪白，青的靛青，绿的碧绿，更兼那岗峦迤逦，涧溪潺潺，宛如人间仙境。

春光明媚，林鸟啁啾，蜂蝶交飞。女皇坐一顶滑竿，在张昌宗、苏味道和负责警卫工作的李多祚将军的陪同下，沿着山间小道，悠闲自在，边走边看。

或许是连日出游，劳累过度；或许是山风清冽，偶染风寒。这天一大早，女皇就觉得有些头沉，浑身不舒服，急召太医龙床前诊治。四五个太医轮番把脉后，经过会诊，认为皇上的病是阴阳失调，邪气外侵所致。于是太医们开了一个驱寒扶正的药方。报经狄宰相、苏宰相审阅，皇上批准后，按方熬制。

女皇喝下汤药，自觉轻松一些，稍进了小半碗米汤，大家的心情这才放松了一些。不料到了下午，形势急转直下，女皇竟发起高烧来，人也就说起了胡话。太医紧急敷以退热之药。发热是稍微退下来了，病情却未有根本的好转。狄仁杰见状，和其他几位大臣交换意见后，立即着人快马加鞭前往神都，报与太子，请太子前来行宫侍汤。

武三思、武懿宗闻听皇上有疾，怀着不可告人的目的，先太子一步，于第二天一早，赶到了嵩山行宫。

太子在内殿侍奉寝疾，狄仁杰等大臣在外殿焦急地商量着。大家都知道女皇年事已高，万一有个三长两短也不是不可能的事。朝廷以后的权力布局，谁掌兵权，谁掌相位，谁掌京畿卫队，各人心里都有一本账，只是在今天这个场合，谁都不愿先说罢了。现在大家讨论最多的问题是，皇上是就地治疗，还是返回京城。

武三思等人坚持要皇上回京城，理由是京城皇宫各方面条件都很好，便于疗疾。其实武三思考虑的是自己为五城兵马使，掌握着京城军队，一旦时局有什么变化，自己可以随时有所动作。

狄仁杰则认为目前皇上的身体不宜再受旅途的颠簸。行宫本身的条件也不错，需要什么可以随时从外面调。正在决议不下，一个内侍从内殿匆匆跑出，说："狄宰相，皇上有旨！"

狄仁杰急忙进了内殿。龙床上，饱受疾病折磨的女皇，一副有气无力的样子，布满皱纹的脸几乎没有一点生气，无力的胸膛微弱的呼吸着……

"皇上。"狄仁杰在床前轻轻地叫着。

女皇眯缝着眼，嘴张了张，说："赶快……派……派人……以疾苦告太庙。在……在嵩山设祭，祷于山川……神。"

"遵旨。"狄仁杰领命而去。

众人在外殿不知皇上召狄仁杰何事，心自惴惴，见狄仁杰出来，忙迎了上去。

狄仁杰当即指着武三思说："你马上收拾一下回京城，将皇上的疾苦告于太庙、太社、南北郊。我等则在嵩山设祭，祀告于天。"

"怎么单单派我去告太庙？"武三思不想走。

"你是皇上的亲侄，告太庙的事，不派你去派谁去？"

武三思一听无话可说，不得已，只得快快地返回了京城。

不说武三思去告太庙的事，单说在嵩山之阳、行宫之左、位临悬崖的一大块空地上，正忙忙活活一群人，为女皇祈福的告天仪式将在这里举行。

接近悬崖的地方，并排摆放着两张大八仙桌。桌上有香炉和昊天大帝的神牌。祭祀用的猪头、羊头等物还没有上桌。

八仙桌再往后，是一长溜红地毯，两旁插着数面迎风飘舞的彩旗。最引人注目的是不远处有两面招魂幡。彩幡像马舌头似的，长长地吊下来，随风舞动，给人一种神神怪怪的感觉。

为了表示对昊天大帝的一片真诚，祭祀用的五牲六畜一律现屠。不远处支一口大锅，锅里水被熊熊的炭火烧得翻开。旁边的屠夫光着膀子，磨刀霍霍向猪羊。刀刺进去，搅两搅，它们的血汹涌而出，它们的最后的哀叫回荡在山谷之中。

在太子显的带领下，苏味道、武懿宗、李多祚以及随驾的几十个朝臣，排成队，沿着红地毯，一步一步，庄重地向祭桌前走去。刚走到八仙桌前，准备三叩头之后念祈文，刚磕第一个头，就听得背后有人高喊："等等我……"

众人闻声看去，一个裸着身子，仅穿一条长裤的人飞奔而来。有眼尖的人说："这不是给事中阎朝隐吗！"

只见阎朝隐赤着脚，石子路上一跳一跳地跑来，向太子显叉手道："请让臣为牺牲，以代皇上命。"

说着，阎朝隐径直蹿到旁边的俎案上，平躺下来，不无壮烈地大声疾呼："屠夫快过来，砍下我的头，摆放在祭桌上。"

武懿宗示意旁边的屠夫动手。屠夫杀了不少的猪们、羊们，却从没杀过人，望着俎板上的光着身子的阎朝隐，瑟瑟发抖，砍刀也拿不住。

"我来！"武懿宗夺过大砍刀，高高举起，作势欲砍，吓得阎朝隐紧咬牙关，紧闭双眼，直打哆嗦。武懿宗却又把刀放下了，说："老阎，人死不能复生，你想好了，可别后悔。"

"不……后……悔！"阎朝隐咬牙切齿地说。

武懿宗抡起大砍刀就要砍，却让太子显给挡住了："三弟，不可不可，哪有用活人当祭物的？"

"他自愿的。"

"自愿的也不行。"太子显招呼旁边的内侍，"给阎大人穿上衣服，扶回行宫休息。"

"我不……"阎朝隐挣扎着不愿下来，嘴里大叫，"皇上病不愈，我死也不离开俎板。"

太子显无奈，此情此景，他大喊大叫，祈天仪式也进行不下去，于是和苏味道低声交换了一下意见，决定由苏味道回宫，报与皇上定夺。

"皇上，"苏味道伏在女皇耳边轻轻地说，"给事中阎朝隐自为牺牲，沐浴伏俎上，请代皇上命，怎么劝他也不听，请皇上定夺。"

女皇的眼皮跳动了一下，睁开眼："果有此事？"

"阎朝隐裸身伏俎板上，大喊大叫，非要献身不可，弄得祈天仪式无法进行。"

女皇听了这话，不知从哪儿来的劲，一下子坐了起来，招手叫道："朕有如此忠臣，朕死何恨，拿饭来！"

听皇上要饭吃，宫人惊喜交加，忙端上了熬好的人参玉米粥。

吃完后，武则天说："不要打扰朕，朕要好好地睡一觉。"说完，武则天旋即鼾声如雷。

到了下午，女皇一觉醒来，顿觉神清气爽，她深吸了一口新鲜的山野空气，无限深情地望了望西天的落日，伸伸懒腰说："朕病已小愈，阎爱卿何在？"

近侍忙出去把等候在外殿的阎朝隐叫了进来。阎朝隐进了内殿，膝行在女皇的跟前，哭道："皇上，您的病好了吧？臣想为牺牲，以代皇上命，他们就是不愿成全我啊！"

女皇笑道："朕病已小愈，你也不用替死了。朕现在赐你白银十万两，锦帛两千段，你下去领赏吧。"

"哎！"阎朝隐答应一声，磕个头，擦擦眼泪，退了下来。

【第十五回】

万里河山随风去，千秋功过任人说

经历了一场不大不小的疾病后，女皇再不愿在嵩山待了，御驾返回了神都。歇了一天，张易之在控鹤监大摆酒宴，为女皇接风洗尘。除控鹤监的全体供奉外，诸武及神都留史宰相王及善、苏味道等人应邀出席。

珍肴美酒，音乐佐食。大家吃吃喝喝，吹吹捧捧，甚为相得。张易之在女皇面前，一本正经地训家弟昌宗道："这次我没跟着去嵩山，皇上就病了。你没有照顾好皇上，是你的失职啊。"

张昌宗点头承认有错，一副温顺的样子，"是我有罪，定不再犯。"

兄弟俩一唱一和，惹得女皇龙颜大悦："难为你们这么心疼朕，朕就凭这，也要多活几年。"

这时，稍有醉意的张易之来到宰相苏味道的跟前说道："人都说你的外号叫苏模棱，这是为何？"

苏味道的脸讪讪着，却又不敢怎样，只得赔上笑脸说："臣说过处事不可明白，但模棱持两端可矣。所以得了这么个小外号叫'苏模棱'。"

张易之随即道："皇上，原来苏模棱是这么回事。"

坐在主座上的女皇忘记了刚才的不愉快，微微一笑。

宰相王及善一向清正难夺，有大臣之节，见此情景，忍无可忍，上来奏道："张易之恃宠骄横，在皇上面前狎戏公卿，全无人臣之礼，无体统尊严，请皇上敕臣对其予以训诫，免得朝纲紊乱，贻笑外方。"

女皇正自高兴，见王及善这么一说，当时脸就拉下来了，冷冷地说："卿既年高，不宜更侍游宴，但检校阁中可也。"

王及善一听，脾气也上来了，说："臣最近身体不好，请准假一月养病。"

"准请。"女皇说。

王及善当即回转身，拄着手杖下堂去了。

　　一波未平，一波又起。正谏大夫、兼右控鹤监内奉员半千，噔噔噔走上前，拱手道："臣请辞去右控鹤监内奉一职。"

　　女皇有些诧异，问："为何？"

　　员半千正色答道："控鹤监古无此官，且所聚多轻薄之士，非朝廷进德之选，臣由是耻于为伍。且请皇上下诏，撤除控鹤监。"

　　女皇一听来了气，说："控鹤监多聚一些文学之士，怎可言轻薄，卿所言南辕北辙，不堪为谏议大夫，可为水部郎中。"

　　员半千丝毫没有为贬官而感到一丝沮丧，反而神色轻松地向女皇拱手道："谢皇上，臣这就赴水部任职。"

　　说完，员半千从座位上拿起自己的外套，下堂扬长而去。女皇看着这些衣着鲜亮的供奉们，气不打一处来，怒道："你们这个控鹤监都干了些什么？"

　　张易之慌忙答道："没干什么坏事，平时大家在一块儿吟吟诗，写写字，画些画什么的。"

　　"员半千乃饱学之士，连他都不愿充控鹤之职，可见你们平时没干什么好事。"女皇训道。

　　"好事没干，可也没干坏事。"张易之咕哝道。

　　"还敢多嘴？"女皇一拍桌子说，"你这个控鹤监我看已经臭了名了。从明天起，改为奉宸府。另外，一个月之内，给我编两个集子出来。"

　　"遵旨。"张易之拉着长腔说。

　　"摆驾回宫！"说着，女皇一扭头走了。

　　宰相王及善在家称病月余，眼看一月的病假超了，也不见皇上派人来看看他。王及善沉不住气了，这天主动前来上朝。午门外碰见狄仁杰，说起这事，王宰相叹道："岂有中书令而天子可一日不见乎，事可知矣。我老了，不如干脆告老还乡算了。"

　　狄仁杰劝道："能干还是再干二年，国家如今正是用人之际。"

　　朝上，王及善果然向女皇揖手说："臣年老多病，已无力再为皇上效劳，臣请乞骸骨回邯郸老家。"

　　女皇知道王及善心里有气，自己也不想落一个亲小人、远君子的恶名，于是说："卿年事已高，可改为文昌左相，仍同凤阁鸾台三品，告老还乡一事，不准。"

　　王及善无奈，只得退了下去。

　　朝散后，女皇留住狄仁杰，谈了一会儿国家大事，女皇问："朕欲得一佳士用之，有无？"

　　狄仁杰说："陛下作何任使？"

"朕欲用为将相。"

仁杰答道："文学蕴藉，则苏味道、李峤固其选矣。必欲取卓荦奇才，则有荆州长史张柬之，其人虽老，宰相之才也。且久不遇，若用之，必尽节于国家。"

女皇心下不以为然，让你推荐一个佳士，你却弄来个廉颇似的老人，再说这张柬之为官一任，也没见有什么显著政绩。

女皇心下正踌躇，上官婉儿走进来，递过来一份文件。女皇看了文件，半天不吱声，却问狄仁杰："娄师德贤否？"

狄仁杰一向颇轻娄师德，数次排挤他在外戍边屯田。见女皇这一问，答道："为将能谨守边陲，贤则臣不知。"

女皇又问："师德是否有知人善任之德？"

仁杰答："臣不曾闻。"

女皇摇摇头说："朕有一贤臣，乃师德所荐也，亦可谓知人矣。"

说着，女皇叫来上官婉儿，让拿出娄师德当年推荐狄仁杰为相的奏表，递给狄仁杰说："留卿作纪念。"

仁杰接过师德的荐书，心下羞愧，脸上亦有些发热。半天不知说什么好。

女皇又递过刚才的那个文件，狄仁杰接过一看，是奏娄师德病重的折子。仁杰看了一遍，叹道："娄公小我五岁，不意竟病成这样，臣这就去府上看望他。"

女皇写了一封书信，交给狄仁杰说："代朕当面念与师德听。"

狄仁杰怀揣着书信，辞别女皇，直奔娄府。娄府内，娄公已病得不能起床，见狄宰相来访，想极力挣扎起身子行礼。狄仁杰眼含热泪，紧走几步，扶住了老宰相，扶他安卧在床上，而后拿出女皇的御书，说："皇上给您写了一封信，并命我代为宣读。"

床上的娄师德点了点头。狄仁杰念道："卿素积忠勤，兼怀武略，朕所以寄之襟要，授以甲兵。自卿受委北陲，总司军任，任还灵、夏，检校屯田，收率既多，京坻遽积。不烦和籴之费，无复转输之间，两军及北镇兵数年咸得支给。勤劳之诚，久而弥著，览以嘉尚，欣悦良深。可安心养病，以慰朕心。"

娄师德听了，脸上露出一丝欣慰的微笑，轻轻地说："圣上嘉誉过甚。"

狄仁杰说："公在河陇，前后四十余年，恭勤不怠，民夷安之，且为人沉厚宽恕，仁杰不及。"

娄师德在枕上摇了摇头："狄大人乃大贤之士，国之栋梁，非师德可比。"

狄仁杰看着娄师德，千言万语不知从何说起，只得握住他的手说："娄公，您还有什么需要吩咐我的？"

娄师德眨了两下眼睛，狄仁杰把耳朵凑过去："我已不行了，及善和你也年事已高，现今当务之急是要给国家推荐后备栋梁之材，免得皇上百年之后，大权旁落小人之手。另外，凡事要顺民心，从民意啊，切记，切记！"

狄仁杰重重地点了点头，眼泪也下来了："仁杰明白娄公的意思，仁杰的日子也不多了，当尽力为国举贤。"辞别娄师德，出了娄府的大门，狄仁杰仰天叹曰："娄公盛德，我终身难以比肩。"

一日，女皇突发奇想，想造一大佛像，召狄仁杰来问。仁杰摇头说："不可，言其花费太大，劳民伤财。"

女皇说："照狄卿这么说，这大像不造了？"

"不造就对了。比来水旱不节，当今边境未宁，若费官财，又尽人力，一隅有难，将何以救？"

听了狄仁杰的一番高论，女皇叹道："爱卿与朕为善，这大像朕决定不造了。"

女皇欣赏地看着狄仁杰，心里感叹不已。狄仁杰个子不高，头上已染了几许白霜，眉毛既不粗又不黑，衣着也平平淡淡，可他的为人，他的智慧，却无人能及。朝廷得狄公这样文武双备、品德卓著的忠臣，实乃天赐。

一天，诸臣刚上朝，就见狄仁杰的儿子狄光远，披麻戴孝地闯上朝堂，跪倒在地，向大帝放声哭道："陛下，我爹他刚刚驾鹤西去了。"

闻此噩耗，女皇眼前一黑，差点栽倒，手扶龙案哭道："国老凋零，相星西陨，吾朝堂空矣？"

群臣一听，也不由得抹起了眼泪，凄恸不已。夏官尚书姚崇素有主张，擦擦眼泪，上前奏道："国老辞世，举国震动，当速安排治丧事宜。"

女皇说："朕已想好了，赠故国老文昌右相，谥曰文惠。以姚卿为其主办丧事，一切丧葬费用均由国库拨付。朕亲自为之举哀，废朝三日。"

狄公的丧礼办得十分风光。依据狄公的遗愿，其灵柩运回老家太原安葬。发丧那天，参灵的各地代表、官员士夫，亲邻朋友，一齐赶来送行。神都城内城外，路祭彩棚，供桌阻道，车马喧呼，填街塞巷。女皇特派三百名羽林军将士沿途护送。

丧事结束后，狄光远把姚崇叫到一个密室里，拿出一个密封的蜡丸交给他说："姚叔叔，我爹遗言让丧事结束后，把这个交给你。"

姚崇打开蜡丸，里面有一字条，上写：公务必向当今荐柬之为相。

姚崇掩上条子，问："除我以外，国老还给别人留字条了吗？"

狄光远老老实实回答道，"还给柬之大人留一个。"

"什么内容？"

"密封着不知道。"

姚崇点点头，打起火镰，把字条烧掉，叮嘱道："除你、我、柬之大人以外，此字条一事不要跟任何人说，说了徒招横祸。"

狄光远点点头："我明白，爹临终前也是这样嘱咐我的。"

自武承嗣一死，魏王府冷清多了，其子武廷基虽袭爵为继魏王，又娶了太子显的女儿永泰郡主，但因武廷基年不过二十，少不更事，也没授什么重要官职，整日在家无所事事，闲得发慌。

这日，小舅子邵王重润来找妹夫玩，两个小青年歪在卧榻上闲拉呱，重润说："刚才我进来时，见大门口污物满地，踩了我一脚，你堂堂的魏王府也太煞风景了。"

武廷基愤愤地说："我爹活着时，门前整日车水马龙，我爹死后，门可罗雀，人心不古呀。"

重润笑道："没到咱掌权的时候，等咱掌了权，那些拍马奉献、上门送礼的人，多如苍蝇，撵都撵不走。"

一说到这话，廷基高兴起来，小哥俩开始憧憬美好的未来。

廷基说："若论前途远大，你比我更胜一筹。当年你出生时，及月满，高宗大帝甚悦，为之大赦天下，改元为永淳，又立为皇太孙，开府置官属，当时你是何等的荣耀啊！虽然后来作废，但你爹又复为皇太子了，你是长子。你爹一登基，你就是铁定的皇太子；你爹百年之后，你就稳坐皇帝的至尊宝位了。"

听了这话，重润却并不太高兴，反而忧心忡忡地说："道理上我将来能做到皇帝，但世事难料啊。比如现在，我爹虽为皇太子，却不能随便出入内宫，倒是那张易之、张昌宗，出入宫中肆无忌惮，如入无人之地。我担心这两个小子作怪，我爹以后不能顺利接班啊。"

"得找个人从侧面给皇上提个醒。圣上虽然英明，但年事已高，有时处事不免犯些糊涂。能有人给她旁敲侧击提个醒，肯定管用。"武廷基自信地说。

"找谁给圣上提个醒？"重润摇摇头："没有合适的人。"

"找宗楚客，他是皇上的表弟，我的表爷爷，又是当朝宰相，让他给皇上说这事，肯定有分量。"

"宗楚客怎会听我们的？"

"宗楚客欠我家的情。"武廷基回想当年说，"当年他因贪赃罪被流放岭南，后来是我爹极力为他说情，他才获召还朝，如今一步一步又混到三品宰相。"

两个人为这事正说得投机，永泰郡主走进屋来，咤道："好好过日子，有福自来，无福难求，乱嚼舌头，多管这么多闲事干什么？"

两个人被训得默不作声，但托宗楚客给皇上提个醒这事，武廷基却牢牢地记在心里了。第二天，武廷基托言到书铺去买几本书，一溜烟窜到宗楚客家中。见了表爷宗楚客，武廷基嘴张了几张，话没说出来。老奸巨猾的宗楚客，看出面前这个小毛孩子心里有事，套他的话说："自从你爹魏王死后，我公务太忙，对你照顾不够，现在你家里有什么困难没有？"

"我年轻，这事还不忙。"武廷基谦虚地说，"只是有个情况想跟表爷说说。"

"说吧，在表爷面前还有什么不好说的。"

"是这么件事，如今圣上年事已高，张昌宗、张易之却出入宫廷无忌，我和邵王重润担心这俩人对国家不利，想请您老人家适时地给圣上提个醒。"

"哟……"宗楚客撒撒身子打量了一下武廷基，"你小小的年纪，竟也忧国忧民，有出息，有出息啊，表爷我心里喜欢啊。但不知此事你还给别人说过没有？"

"没有，廷基信任表爷，才来跟您说的。"

"好孩子，此事不要再跟第二人提起。这事表爷负责当面向皇上劝奏。"

打发走武廷基，宗楚客不禁笑道："毛孩子，还敢妄议朝政，怕以后死都不知怎么死的。"

再一天，宗楚客见到了张昌宗，宗楚客一改往日的谀笑，一副气哼哼的样子，嘴里不停地说："气死老夫了，气死老夫了。"

张昌宗见宗楚客那熊样，不高兴地说："你有什么不高兴的事，别在我跟前惹我烦。"

宗楚客却不顾张昌宗的警告，不依不饶，跳着脚叫道："我能不生气吗？我不生气能行吗？两个毛孩子竟敢说六郎您的坏话，我能不义愤填膺吗？"

"谁说我的坏话？"张昌宗一把揪住宗楚客的领子说。

"请放开手，请放开手，允老夫慢慢道来。"

宗楚客慢慢道来，慢慢把武廷基、邵王重润彻底地卖了。张昌宗急不可待地听完，气急败坏，一把推开宗楚客，"噔噔噔"跑到皇宫里去了。

张昌宗拿一条白汗巾绕在脖子上，一只手攥着，一纵一纵的，跪到女皇的跟前，又是哭，又是闹："皇上啊，我昌宗不想活了……我真不想活了。朝臣们当面折辱我，如今……你的孙子辈又折辱我，我……我堂堂的男子汉大丈夫，还活个……什么劲啊……"

张昌宗一手勒着脖子上的汗巾，一手直往自己的脸上拍打。女皇一见，着实心疼不已，颤颤巍巍地过来，想把他拉住，却哪里能拉得住。张昌宗就势滚倒在地，顺地乱滚，寻死觅活。

"谁惹着你了，你说，朕为你做主！"女皇急了。

"重润和廷基啊，两个黄口小儿竟说我是个不要脸的，还说您什么事都依着我，打算把江山都送给我。皇上啊，我张昌宗什么时候伸手向你要过这大周的江山啊……"

女皇听了，气得身子险些站不稳，两手直哆嗦，问："你是听谁说的？"

"宗楚客亲耳听那两个小儿说的。宗楚客堂堂宰相，说话还能有假……"张昌宗说着，依旧在地上打滚不止。

女皇恶狠狠地说道："朕三年没杀人，就有人敢翻天了。"

"来人哪！"女皇接着向门外叫道。应声跑进来两个侍卫。

"把重润、廷基给我活活打死！"

上官婉儿在一旁急忙劝道："圣上，他俩还都是个孩子。"

"这么小就这么刁，再大一点，还不得领兵造反。"张昌宗睡在地上叫道。

"快去！"女皇挥手命令道。

上官婉儿见势难挽回，忙又谏道："亲王不可杖杀。"

"赐其自裁！"女皇愤怒地发出最后命令。两个侍卫，一阵风似的窜出去了。

两个侍卫直接窜到东宫，不等通报，长驱而入，在东宫里满处寻找邵王重润。太子显见御前侍卫，忙小心探问："找重润何事？"

俩侍卫亮了亮手中的白绫："他和继魏王一起说昌宗大人的坏话，皇上赐他死！"

太子显一听，当时就懵了，怔了几怔，哭着向外走："我去找母皇问问，凭什么赐重润死，重润孝敬父母，尊敬师长，是个多么好的孩子。"

韦妃紧走两步，一把把太子显拉住，用手捂住他的嘴，赔着笑脸对两个御前侍卫说："重润在继魏王廷基家里，二位大人赶快去吧，别耽误正事。"

侍卫一听，拿着白绫子，接着就走了。太子显怒问韦氏妃："为何拦着我，为何告诉他们重润的行踪？"

韦氏妃心急火燎地把太子显拉进屋里，关上门说："你这一闹，不但救不了重润儿的命，说不定连你都得搭上。小不忍则乱大谋，忍一忍风平浪静，退一步海阔天空。"

太子显颓然地坐在床上，又俯身趴在被子上，失声痛哭起来。

"小声点儿。"韦氏妃急忙把门和窗户关紧。

这一天是长安元年（701年）九月壬申日。邵王重润和继魏王武廷基被迫自杀。永泰郡主悲痛难抑，也随之悬梁自尽。邵王重润风神俊朗，早以孝友知名，死时年仅十九岁。既死非其罪，大为当时所悼惜。后中宗继位，追赠皇太子，谥曰懿德，陪葬乾陵。仍为聘国子监丞裴粹亡女为冥婚，与之合葬。又赠永泰郡主为公主，备礼改葬，仍号其墓为陵焉。

廷基死后，复以承嗣次子廷义为继魏王。

连丧三个孩子的太子显受不了这样的打击，一下子病倒在床，成月不起。这一天好歹有所好转，能下床走动了，韦氏妃说："殿下在床上躺了整个月，张昌宗肯定对咱有不好的看法。"

"怎么，病也不让有？"

"你病的不是时候。在这节骨眼上有病，张昌宗肯定认为你对他怀恨在心。肯定还要在皇上跟前陷害咱。"韦氏妃分析着。

"那怎么办？"太子显惊慌地问。

"我已想好了，唯一的补救办法是殿下马上找相王旦、太平公主商议，由殿下牵头，你兄妹仨联名上表，请立昌宗为王。"

"什么？"太子显跳起来，"他杀死了我的儿子、女儿、女婿，我还得请立他为王？"

"你不想当皇上啦？你不想有扬眉吐气的那天了？咱这么多年忍辱偷生，难道都白白地废掉了？"

太子显脑子也陡然转过来了，也明白了韦氏妃的一片心意，"我听你的还不行吗？"

韦氏妃走过去从书橱里拿出一个奏表，递给太子显："喏，表文我都请人写好了。你赶快签上名，再找旦和太平签上名，明天早朝时，当着朝臣的面，呈给皇上。"

事不宜迟，太子显忙出门乘车找老弟和太平公主去了。

第二天早朝，太子显果然上书，向女皇请求道："张昌宗大人，英俊潇洒，忠义在心，侍奉圣上，矢志不移，功在当代，利在千秋，请封昌宗为王，以从天下人之望！"

女皇看了上表，问朝臣："众位爱卿，太子、相王和太平所请，当否？"

众位大臣低着头，默然无语。见群臣不应，女皇也觉无聊，说："立昌宗为王，有些不妥，但既然提了，也不能寒了太子他们的心。这事到底如何是好呢？"

杨再思见状，上前为君解忧："圣上认为封昌宗为王不妥，可封昌宗为国公。"

女皇忙点点头："此办法最好。就依爱卿所请，封昌宗为邺国公。"

张昌宗听说朝堂上已封他为邺国公了，忙套上衣服，脸也不洗，就往朝堂上跑。

此时刚刚散朝，张昌宗急忙拦住大家，当胸抱拳说："各位，谢了。今儿晚上我在天津桥南新府，摆酒宴请大家。尤其是你太子显，今晚上一定要去赏光。"

太子显强颜欢笑地说："去，去，我岂能不去，我还有许多贺礼要送给国公呢。"

"好好，多多益善，来者不拒，晚上见！"张昌宗说着，一扭头先走了。

一日早朝，鸾台侍郎同凤阁鸾台平章事韦安石拱手奏道："连月以来，洛州政务及京城治安每况愈下。里巷汹汹，申冤参告者不绝于缕。臣请选一为政清廉之大臣，检校洛州长史。以改变京都工作的极端落后状态。"

女皇有些奇怪，说："洛阳令不是易之的弟弟昌仪吗？听说他这个洛阳令干得不赖嘛，路不拾遗，夜不闭户。"

韦安石仍旧请道："臣请派一执政大臣检校洛州长史。"

"行，行。"女皇答应着，问众朝臣："谁可为之？"

"微臣愿往。"刚刚戍边回京的凤阁侍郎、同凤阁鸾台平章事魏元忠跨出班列，慨然请道。

"你去也行。"女皇说，"去了好好地教教昌仪怎样做官，他年纪轻，有些不对的事可和颜悦色提醒他。"

魏元忠嘴里答应着："臣记在心里了。"

洛州长史府衙门在洛阳东城。下了朝，魏元忠即走马赴任。早上五更天早朝，散了朝天也就大亮了。及魏元忠赶到洛州长史府，太阳已出了老高了，然长史府衙门前仍旧静悄悄的，一个来的人也没有。魏元忠大怒，命随从击鼓传音。

"咚……咚……咚……"数声鼓响，长史衙门的大门才"吱呀"一声打开，一个差役探出头来喝道："谁在敲鼓？"

及看清门口一大群人及宰相魏元忠的旗号，这才慌了神，忙把大门打开，回身跑往后衙叫长史王天成去了。

王天成正在后衙消消停停地吃早饭，一听说刚正清直的魏宰相来了，急忙把碗一推，边往身上套官服，边拔腿往前厅跑。见王天成来到，魏元忠指着空荡荡的大堂，严肃地问道："怎么到现在连个来的人都没有？"

王天成趴在地上磕个头，站起来愁眉苦脸地说："说了，可他们都不听，三令五申叫他们按点来，却没有一个按点的。"

魏元忠看着墙上的漏表，说："传我的命令，所有牙参的官员一律在二刻钟之内赶到长史府，来晚了的就地免官，杖责一百。"

"是！"部下匆忙跑出去了。

魏元忠环视一下大堂，见大堂的长史公案后，有两把锦椅，挺奇怪，问王长史："你一个人能坐两把锦椅？"

王长史无可奈何地说："旁边一把是洛阳令张昌仪坐的，他仗着他的哥哥是张易之、张昌宗，平日不把我这个长史放在眼里，每次牙参，他都是排闼直入，不但不施礼，还得搬个锦椅给他坐，久而久之，这锦椅就成了他的专座。升堂议事，还得他说了为准。"

魏元忠点点头，对王长史说："朝廷已着本相检校洛州长史，这里没你的事了，你收拾一下，去吏部报到吧。"

"哎。"王长史答应一声出去了。

魏元忠限时到堂的命令还真管事，一刻钟刚过，衙门口就热闹起来，骑马的，坐轿的，一个个急急慌慌地赶来牙参。规规矩矩地给新长史行过礼，各按班次分列于两旁。

两刻钟不到，洛阳令张昌仪摇摇晃晃地走进大堂，一副隔夜酒没醒的样子。魏元忠看了一眼墙上的漏表，心道：好小子，算你走运，再晚到一会儿，我要你的小命。

"哟，弟兄们早来了……"张昌仪招手和两边的人打招呼，抬头一看，仿佛刚刚发现魏元忠似的，"哟，魏兄什么时候来的？听说你检校洛州长史，欢迎啊欢迎。"说着，张昌仪径直绕过公案，往锦椅上凑。

"站住！"魏元忠一声断喝，吓得张昌仪一哆嗦。

"你姓甚名谁？本长史怎么不认识，报上名来！"魏元忠威严地说道。

"我呀？"张昌仪摇摇摆摆地走上来，他还真以为魏元忠不认识他，手指着自家的鼻子介绍说："我乃三品银青光禄大夫张昌宗、奉宸令张易之的亲弟弟，洛阳令张昌仪！"

魏元忠冷冷一笑："你既为洛阳令，为何见到上级长史不拜？"

"没那习惯！"张昌仪抱着膀子，鼻孔朝天地说。

"来人哪！"魏元忠叫道。

四个手拿五色棍的堂役，应声跑过来。

"把这个无礼的东西给我乱棍打出，让他改改习惯，懂懂规矩。"

"遵令！"堂役们早看不惯张昌仪狗仗人势、盛气凌人的样子。闻听命令，蹿上去，照着张昌仪举棍就打。

四个衙役分工明确，有的击头，有的击背，还有一个人专打张昌仪小腿的迎面骨。直打得张昌仪哭娘叫爹，跳着脚往大堂外蹿。牙参的官员们见张昌仪的狼狈样，发出一阵轻轻的笑声。

魏元忠一脚把张昌仪坐的锦椅踹开，端坐在大堂之上，一拍惊堂木喝道："尔等到点不牙参，该当何罪？"

"求丞相恕罪。"众官员急忙上前，跪地告饶。

魏元忠又一拍惊堂木："权且记下，尔等速回本部，把从前该处理的积案马上处理完，处理不了的报与本长史，若有滑头懈怠的，定惩不饶。"

"遵命！"众官员急忙应道，又趴在地上给新长史多磕了一个头，才转身离去。魏元忠坐在大堂上，笔头唰唰响个不停，半日之间，就把积攒数月的公文处理完毕，而后带着卫士和长史府主簿、都头，上街微服私访。神都洛阳城的秩序确实比较乱，欺行霸市、打架斗殴时时可闻。魏元忠走一路、看一路，让主簿把需要处理的问题一一记下。行至天津桥南，见一处豪华建筑样式颇似明堂，长年检校边关的魏元忠不认识，问："这是谁的房子？"

"此是张昌宗的新宅。"主簿说，"起来有好几个月了。房子盖起来，未经长史审批。"

过了天津桥，来到桥北，却见一片烟尘腾起，有百十个人正在挥镐扒一片民房。许多房主在一旁哭着闹着不让扒。

魏元忠皱皱眉头，问洛州主簿："这地方又准备搞什么工程？"

洛州主簿一脸茫然地摇了摇头。

"看看去。"魏元忠领人急步赶过去。

只见几个凶神恶煞的人在一家屋门口死命地往外拖人，弄得大人小孩鬼哭狼嚎。一个老妪手扳着门框，死不松手，一个满脸横肉的家伙，抡起马鞭，劈头盖脸地抽打老妪。

"天哪……天子脚下，世道良心，竟有这种横行乡里蛮不讲理的人。"老妪一边哭，一边数说着。她的数说更加招来雨点般的皮鞭。她花白的头发，被鞭子抽得一缕一缕的脱落，又随风飘落在地上。

"住手！"魏元忠怒喝一声，直气得双眼喷火。

正在打人的几个歪戴帽、斜着眼的人，晃着皮鞭走过来，问："你是谁？多管闲事。"

"为什么打人？"魏元忠怒问。

那个满脸横肉的家伙，鞭梢往桥南面一指："看见了没有，那个小明堂是邺国公张昌宗大人的新宅，如今他的哥哥，也就是我的主子……奉宸令张易之大人也准备在桥北边盖一幢新宅，兄弟俩隔河相望，比邻而居。本管家奉命拆迁民房。"

侍卫见对方无礼，刚想拔刀上前，魏元忠把他挡住了，问："谁准你们这样干的？"

那管家耻笑道："易之大人盖房子还需要谁批准？明告你吧，天津桥附近的这段洛水，将来就是二位张大人的后花园养鱼池。房子盖好后一样地圈过来。"

魏元忠向一旁正在扒房子的人喊道："我是新任洛州长史魏元忠，我命令你们马上停止施工，撤离这地方，听候处理。"

"魏元忠？"那管家笑起来，"魏什么也白搭，也挡不住易之大人盖房子。伙计们，继续干，别理他那一套。"

管家说着，转过身去继续劈头盖脸地打老妪。

"把这个恶奴给我拿下，就地正法！"魏元忠沉声命令道。

侍卫们和洛州都头亮出武器，冲上前去，像揪小鸡似的把那管家提过来，举刀欲砍。

"慢着，"魏元忠说，"改为鞭笞，以牙还牙，打死为止。"

侍卫和都头夺过几个鞭子，狠命地朝地上的张易之的管家打去。一五一十，十五二十，惨叫声引来了许多人围观，人们拍手称快，人群中有人叫道："打得好，这伙人狗仗人势，凌虐百姓，早该治治了。"

一会儿，地上的那管家就被打得没气了。魏元忠指着其他恶奴发出严重警告："谁若敢再在这里扒房子，凌虐百姓，强占民宅，一律就地正法！"恶奴们一听，丢下手里的家伙，一哄而散。

慑于魏元忠的威势，张易之只得悄悄中止了建房子的计划，暗地里却对魏元忠恨得咬牙，时刻准备寻找机会报复魏元忠。

魏元忠笞杀张易之家奴的消息传出，那些平日仗势欺人的洛阳权豪，无不为之胆怯，悄悄收敛了许多。神都洛阳登时清平了许多，城市面貌及治安状况得到了极大的改善。魏元忠这才把洛州长史一职交给下一任，依旧回到了朝堂。

二张数次在枕头上百般谗毁魏元忠，无奈魏元忠一向行得正，做得直，所干的都是正事，女皇心中有数。二张见暂时掀不倒魏元忠，又转而为其另一个弟弟张昌期求官，要求将其从岐州刺史提升为雍州长史。雍州长史是西京的最高行政长官。西京人口众多，市面繁华，油水当然有得捞。

女皇满口答应提张昌期任雍州长史。

这天，在准备讨论雍州长史人选的问题时，众执政惊奇地发现，时任岐州刺史的张昌期，不知什么时候也来到了朝堂上，众执政心下明白了大半，知道雍州长史一职早已让女皇内定好了，今天开会讨论，不过是走走场子，掩人耳目。女皇坐在龙椅上，咳嗽了两声，问："谁堪雍州者？"

没等其他宰相说话，魏元忠率先回答说："今之朝臣无人可比薛季昶。"

薛季昶时任文昌左丞，一向严肃为政，威名甚著，魏元忠所以推荐之。

武则天见答不到点子上，指着旁边站着的张昌期："季昶久任京府，朕欲别除一官，昌期何如？"

诸位宰相大人见女皇指名道姓说出，爽得做个顺水人情，异口同声道："陛下得人矣。"

"昌期不堪！"魏元忠厉声抗言道。

话甫落地，举朝失色。女皇忙探身问道："为何？"

魏元忠从容说道："昌期少年，不娴吏事，向在岐州，户口逃亡且尽。雍州帝京，事任繁剧，不若季昶强于习事。"

魏元忠话虽不中听，但说的是事实情况，句句在理。武则天只得默默中止对张昌期的任命，放薛季昶为雍州长史。

张易之领弟弟张昌宗，来到了殿角僻静处。兄弟俩蹲在墙角，张易之小声对弟弟说："魏元忠是我们的劲敌呀。"

"他吃得了吗？"张昌宗满不在乎地说，"动咱一根指头，皇上还不得麻他的爪子。"

张易之指指远处龙床上醣睡的女皇："她已是八十多岁的人了，万一有个三长两短，咱还靠谁去？到时候魏元忠还不活吃了咱！"

"哥，那咋办？"张昌宗眼泪急出来了。

张易之胸有成竹地对弟弟说："从现在起，就必须为将来的日子着想，为将来的好日子打基础。第一，首先把魏元忠这个拦路虎除掉；第二，想办法在老阿婆病重之时，控制禁中，再进一步夺取江山。"

"哥，咱还能夺取江山？"张昌宗惊得眼睁老大。

"小声点，"张易之指指那边说，"她人虽老了，耳朵有时候还贼灵。"

"哥，咱好好的日子不过，干吗要夺取江山？"昌宗小声地问。

"还不是因为你。"

张易之说："你一时冲动，也不跟我商议，就一句谮言，害死了邵王重润和继魏王廷基。一箭双雕，既得罪了姓李的，又得罪了姓武的。咱若不想想办法，于禁中取事，以后那老太太一死，大树一倒，这世上还有咱活的路吗？"

"哥，下一步怎么办？"一听说将来可以有机会做皇帝，张昌宗喜不自胜，跃跃欲试。

张易之拿着一个玉佩，在地上划拉着说："头一步，先把魏元忠这老小子灭了。至于下一步棋怎么走，我先找一个术士给咱占占相，排排六爻卦，再确定下一步目标。"

女皇年龄大了，三天两头的犯些头痛脑热。常常为之辍朝，不能视事。这天女皇又觉得有些头晕，正躺在龙床上静养。

张昌宗在床前不停地嘀嘀咕咕，自言自语："说吧，皇上正病着，不利于老人家休息；不说吧，情势又非常的危险……哎呀，真让我昌宗左右为难啊。"

"什么事让你这么难开口？"女皇歪过头来问。

"皇上，我还是不说了吧，免得惹您老人家生气。"张昌宗趴在女皇的耳边说。

"说。"女皇命令道。

张昌宗装出一副无可奈何的样子，对女皇说："魏元忠凌强欺弱，皇上还以为他是能人，屡屡护着他。如今养虎成患，魏元忠已露出反状来了。”

一听有反状，女皇青筋暴露的手不由抖了一下，抓住张昌宗的手忙问："什么反状？谁有反状？"

张昌宗这才慢慢道出："魏元忠与司礼丞高戬私下密谋，云：'主上老矣，吾属当挟太子而令天下'。"

不听这话则已，一听这话，女皇气得在床上直喘气，喘了半天才说："魏元忠数度流配，朕不以为责，又数度把他召回朝堂，委以重任，何又负朕如此深也。"

"事不宜迟，迟则生变，皇上应马上下旨把魏元忠、高戬抓起来。"张昌宗在一旁撺掇道。

女皇颤颤地从床上坐起来，手哆嗦着："叫上官婉儿……"

"婉儿出去了，有事皇上直接给我说就行了，我为皇上传旨。"张昌宗扶住女皇说。

"好。传朕的口谕，马上把魏元忠、高戬逮捕入狱。"

"遵旨！"话音刚落，张昌宗人早已蹿到了殿外。

魏元忠和二张较劲，这事人人皆知。二张陷魏元忠，也算人之常情。至于司礼丞高戬因经常训责属下张同休（二张的哥哥），而得罪了二张。但高戬也不是寻常之辈，他有一至交好友，那就是鼎鼎大名的太平公主。

这日下午，高戬刚和太平公主倾谈回来，前脚刚迈进家门，埋伏在院中的御史台甲士就扑了上来，一下子把高戬撂倒在地，结结实实地捆了起来。

见是御史台的人，高戬一阵惊慌，待明白逮捕他的原因之后，顾不得多想，急令随身仆人，骑快马飞报太平公主。

皇上钦定的谋反大案，太平公主也不敢贸然去救高戬，但她清楚魏、高谋反纯粹无中生有，纯粹是张易之、昌宗的有意陷害。要想救出高戬，须走迂回才行。主意打定，太平公主驱车来到了皇宫。趁二张不在，和母皇谈起魏、高一案来。女皇依旧愤愤地说："朕好几年没有杀人了，竟有人以为朕软弱可欺，以为有机可乘，阴谋篡逆。"

"是啊，是啊！"太平公主附和道，又轻轻地给老娘捶捶背，捋捋背，说，"确实好几年没兴大狱了。魏、高谋反一案，要审得实在，审在当面上，这样，朝臣们才会心服口服，不至于说三道四。"

"法网恢恢，疏而不漏，只要有大逆不道的言行，跑不掉他们。"女皇对女儿说。

"当然跑不掉他们，"太平公主说："但若能在母皇的监督下，让他们当堂对质，则可以更好地警示众朝臣，昭义于天下。"

"好！朕这就传旨，让原被告明天在朝堂上当庭对质。"

二张一听皇上要他们明天当庭对质，有些意外，张昌宗惊慌不已，搓着手说："这可怎么办？这可怎么办？"

以为这一对证就露了馅儿。还是当哥的张易之脑子好使，眉头一皱，计上心来，说："怕什么？对质就对质，无非是找一个伪证罢了。"

"对，跟咱混饭吃的这么多人，拉一个过来就行了。"张昌宗说。

张易之摇摇头，他考虑问题一向比较全面，说："官小的人不行，说服力不大。必须找一个官职高，又依附咱的人。"

"找杨再思，"昌宗说，"这老家伙三朝元老，又是当朝宰相，平时好拍咱们的小马屁，找他肯定行。"

张易之笑着摇了摇头，说杨再思："这才是一个老狐狸呢，历次风波都弄不倒他。这老小子嘴上甜，碰到一些重要问题，他却往后缩，找他不保险。我看找张说吧，他当过内供奉，沾过咱们不少的光，他这个凤阁舍人，还是皇上看在我的面子上才授予他的。"

"赶快去找他！"张昌宗急不可待地说。

张易之走到门口，招手叫过来一个手下："速把凤阁舍人张说接来。"

次日辰时正，太阳刚刚冒头，御审准时开始。朝堂之上，女皇高坐在龙椅上。太子显、相王和诸位宰相分坐两旁。

先由张六郎指证：某年某月某日，凤阁侍郎、同凤阁鸾台平章事魏元忠到礼部视察，司礼丞高戬负责接待，俩人站在司礼府的二楼上，指点着皇城说："主上老矣，吾属当挟太子而令天下。"

高戬一听这话就急了，叫道："司礼府的主楼年久失修，我和魏宰相说，想让他批些钱维修一下，何时说过'主上老矣挟太子以令天下'之语？"

"你俩就说这话了。当时天还有些阴，司礼府的人都看见你俩上楼的。司礼少卿张同休想跟上去，让你高戬给拦住了。"张易之在旁边有鼻子有眼地说。

"张同休言语粗俗，我怕他惹魏宰相生气，故不让他陪同上楼的。"高戬说。

张昌宗一听来了气："我哥人虽粗些，但对皇上忠心不二，哪像你，外表一副正人君子相，其实满肚子都是狼子野心。"

"你，你怎么张嘴骂人？"高戬叫道。

"骂人？我还想要揍你呢！"张昌宗卷着袖子，逼了上来。

高戬让太平公主宠惯了，见状毫不示弱，拉了个架子说："你揍我试试？"

张昌宗试了几试没敢上去。御案后的女皇说："好了，好了，你俩都不要斗气了。让魏元忠说。"

魏元忠说："当时我确实和高戬一起登上司礼府的小楼，但那是查看房屋损坏情况的，看看能批给他多少钱。"

"钱批了没有？"女皇问。

"批了。皇上若不信，可以查查当时批钱的原始批文。"

"批钱是掩人耳目，"张易之叫道，"批钱是助纣为虐，想加固司礼府的院墙，作为魏元忠将来造反的总府。"

魏元忠冷笑道："真乃无稽之谈，我堂堂的三品宰相，自有自己的官衙，若想取事，何必跑到一个小小的司礼府。"

张五郎、张六郎一口咬定魏元忠、高戬说了那句大逆不道的话，魏、高二人就矢口否认自己没说。一时间，双方唇枪舌剑，展开了拉锯战。朝堂门口，也围满了关注此案的人们。

张五郎见天也不早了，一时又难以定案，决定适时抛出自己的"王牌"。

"陛下，任魏元忠、高戬狡辩，臣有第三人证。"

"谁？快说出来。"女皇急切地说。

"凤阁舍人张说，当时陪同魏元忠视察，亲耳闻听元忠言，请召问之。"女皇点点头，当即下令，"传张说上殿对证！"

旁边的近侍也随之吆喝一句，喊声此起彼伏，一道门，二道门，各门一个高嗓门的太监，把这句旨令迅速地传了出去。

张说早已被二张安排在朝堂外贵宾休息室等候，闻听传他上殿，喝完最后一口茶，站起身来，整整衣冠，迈着八字步，从容上殿。到了朝堂门口，张昌宗早就在那急不可待地招手叫唤："快，快，快过来，等你半天了，动作这么慢，快把你知道的一切都说出来。"

张说上了殿堂，先不着急，先给女皇磕个头，又给太子、相王两殿下及诸宰相见过礼，才慢腾腾地找属于自己的位置站定。张易之、张昌宗早已急不可待，跳过来用手直推张说："快说，快说！说魏元忠在哪儿对高戬说的那话。"

张说嘴张了几张，欲言又止，气得二张围着张说又是威逼又是恐吓。张昌宗揪住张说的衣领说："张说，你快说，若有半点差错，你小心你自己。"

经再三催逼，张说终于开口了，但矛头却直指二张："陛下视之，在陛下前，犹逼臣如是，况在外乎？臣今对广朝，不敢不以实对。臣实不闻元忠有实言，但昌宗逼臣使证之耳！"

朝臣们一听，交头接耳，议论纷纷，一齐谴责张易之、张昌宗的霸道行径。

二张愣了几愣，方觉上了张说的当，不由得气急败坏，对女皇喊道："张说与魏元忠同反！"

事情来个一百八十度的大转弯，把女皇也搞糊涂了，即问二张："反状何在？"

二张交换了一下意见说："张说尝谓元忠为伊、周，伊尹放太甲，周公摄王位，非欲反而何？"

女皇转向张说，严厉地问道："这话你说了？"

"这话我倒是说了。"张说老老实实地承认自己。却又向着女皇驳斥二张说："易之兄弟小人，徒闻伊、周之语，安知伊、周之道！日者元忠初衣紫，臣以郎官往贺，元忠语客曰：'无功受宠，不胜惭惧。'臣实言曰：'明公居伊、周之任，何愧三品？'彼伊尹、周公皆为臣至忠，古今仰慕。陛下用宰相，不使学伊、周之任，尚使学谁邪？且臣岂不知今日附昌宗立取台衡，附元忠立致诛灭！但臣畏元忠冤魂，不敢诬之耳。"

张说不愧为能言善辩之士，一番话说得滴水不漏，有理有节，堂下的朝臣们一听，都禁不住地长出了一口气。众朝臣一齐拱手道："案情业已真相大白，请圣上无罪开释元忠等。"

女皇眼一瞪："诸卿想同反吗？"

大伙儿一听，只得默默低下头，女皇一甩袖子说："退堂。"

隔了几日，女皇又把张说从牢里拉出来引问，张说仍硬着脖子不改旧词。女皇恼羞成怒，即命诸宰相与河内王武懿宗共同推鞠此案。武懿宗见女皇已八十多岁的高龄，浑身是病，朝不保夕，在皇位上也待不了多久了。在诸宰相的有意暗示下，武懿宗为将来着想，也不敢动粗的，升堂问了几回，见问不出什么新东西，仍旧把案子往上一推了事。

在小情郎枕头风的吹拂下，女皇头昏脑涨，一意孤行，笔头一挥，判魏元忠等人死刑。

判决一出，举朝震惊。正谏大夫、同凤阁鸾台平章事朱敬则，在朝堂上叩头出血，为魏元忠等人抗疏审理："元忠素称忠直，张说所坐无名，若令抵罪，岂不失天下人之望？"

女皇也觉自己有些过分，悻悻然收回成命，拉着长腔说："死罪可免，活罪难逃。看在卿的面子上，免其死罪，贬魏元忠为高要县尉，张说、高戬流放岭南。"

长安四年（704年）春正月，在梁王武三思的建议下，毁仅建了四年不到的三阳宫，以其材作兴泰宫于万安山。万安宫工费甚广，百姓苦之，左拾遗卢藏用具表以为：左右近臣多以顺意为忠，朝廷具僚皆以犯忤为戒，致陛下不知百姓失业，伤陛下之仁。陛下诚能以劳人为辞，为制罢之，则天下皆知陛下苦己而爱人也。

疏奏，不从。夏五月，兴泰宫成，武则天幸兴泰宫。

且说张氏五兄弟虽目不识丁，才不能理政，却依仗女皇这个靠山，位列公卿。按苏安恒的说法，此兄弟五个理应"饮冰怀惧，酌水思清，夙夜兢兢，以答恩造"。然则此五人却欲鬓其志，豺狼其心，干起种种卖官鬻爵的勾当。且欺压良善，强夺民产，掠夺民妇，无所不为。直弄得长安城内，里巷汹汹；朝野上下，怨声载道。

值此女皇携二张去兴泰宫避暑之机，朝臣们积极搜集诸张贪赃枉法的材料，以期告倒诸张。

八月十一日，倦政怡养几达三月的女皇，自兴泰宫返回神都宫城。主管政法工作的宰相韦安石，就把厚达尺余指控诸张的材料，摆在了女皇的御案上。

指控材料翔实有力，时间、地点、人证、物证，一应俱全。女皇翻看了一会儿，心有护短之意，拍拍材料，摇摇头说："此五兄弟一向挺好，若真有这事，朕还真不相信。"

旁边的御史大夫李承嘉奏道："张易之、昌宗兄弟竟以豪侈相胜。拿其弟张易仪来说吧，经常仗势到吏部为人邀官。请属无不从。尝早朝，有选人姓薛，半路上截住张昌仪，以金五十两并状而赂之。昌仪受金，至朝堂，以状授天官侍郎张锡。数日，锡失其状，以问昌仪，昌仪骂曰：'不了事人！我亦不记，但姓薛者即与之'。锡退，索在铨姓薛者六十余人，番留住宫。此种劣迹，比比皆是，人所共知，若不严惩诸张，臣恐人心生变。"

事实清楚，无可避。女皇半晌才说："张同休、昌仪、昌期以贪赃罪下狱，交左、右台共审。"

"张易之、张昌宗为何不亦命同鞫？"韦安石责问道。

女皇打个哈欠说："易之、昌宗，兴泰宫伴驾，夙兴夜寐，三月有余，朕已命他二人回家休息。同鞫一事，以后再说吧。"

"陛下，这样处事，朝臣怎服？"韦安石不依不饶地说。

宗楚客向来党附二张，见状忙上来打圆场："韦宰相，圣上自兴泰宫返都，一路辛苦，让她老人家静静脑子吧，你就别再烦她老人家了。"

躲了初一，躲不了十五。韦安石拱拱手，辞别女皇，出了朝堂，立即指挥左右台的甲士将张同休、张昌仪、张昌期逮捕入狱。同时选派得力预审人员，连夜突审。

面对这么多翔实的指控，身陷牢狱的三张不敢不承认，只是把所有的罪名，一股脑往张易之、昌宗身上推，说都是他俩指使干的。三张以为，御史台的人动得了他们，却动不了女皇裙裾间的张五郎、张六郎。

十三日早朝，韦安石拿着三张的供词，要求女皇陛下，立即下敕将二张逮捕入狱。女皇仔细查看了三张的供词，见实在躲不过去，只得降敕："张易之、张昌宗作威作福，亦命同鞫。"

领敕后，韦安石当即派人把躲在小明堂的张昌宗、张易之抓了起来，投到大狱中，特令御史大夫李承嘉和御史中丞桓彦范推鞫二张。下午，张昌宗、张易之关入大牢还不到三个时辰，夏官侍郎、同凤阁鸾台平章事宗楚客，赶着二辆大车来到御史台，拿出一道敕书对韦安石说："这里的事交由我负责。昨夜大风拔木，皇上命你到京郊察看灾情。"

韦安石看了敕书，无奈，只得叮嘱了李承嘉、桓彦范一番，领人下乡察看灾情去了。

韦安石一走，宗楚客急忙来到牢中。

牢狱里，宗楚客陪着二张好吃好喝，与入狱前无二。闷了，宗楚客召来武懿宗、武攸宜等人，陪张五郎、张六郎玩耍。二张的牢狱生活，就这样有滋有味地过来了。第六天，即八月十八日。在宗楚客的安排下，司刑正贾敬言拿着关于对二张的审查结果及处理意见，来到了朝堂，向女皇当面禀报。

"易之、昌宗到底有没有作威作福，贪赃枉法？"女皇当着群臣的面问老贾。

"沾点边。"贾敬言说。

"处理他俩应该轻还是重？"

"说轻也不轻，说重也挺重。"

"念。"女皇指着贾敬言手里的那张纸说。

贾敬言咳嗽了两声，举着判决书，有意让群臣听见，高声念道："张昌宗强市人田，应征铜二十斤！"

此判决书一出，朝堂上一片嗡嗡声，数朝臣愤愤不平。

有的说："此乃牛身上拔根毛。"

有的说："这简直是挠痒痒。"

有的说："逗圣上一乐而已。"

贾敬言向女皇作了个揖，奏说："此判决确实有些重，但宗楚客大人说，不如此重判，不足以儆戒后来者。"

女皇点点头，降旨曰："此处理甚合朕心。"

见案子已判，御史台监牢里，许多阿谀奉承者，赶来迎接光荣出狱的张六郎。武懿宗背着张六郎的被子，在后面说："交铜走人。"

张六郎鼻孔朝天，大摇大摆地踱出牢门。贾敬言组织一些狱卒看守，分列在甬道两道，鞠躬施礼与张六郎送行："六郎您老人家走好！"

宗楚客则留在牢房里，不停地劝说着暂时还不能出狱的张五郎："干什么事情也得一步一步来，出了六郎，还能出不了你五郎。这样的安排说到底是为了遮人耳目。透一句口风，这也是皇上她老人家的意思。”

张易之愤愤不平地说："同样在龙床上，何又厚他而薄我？"

张昌宗既为司法所鞫，罚铜岂能了事，御史中丞桓彦范大笔一挥，判道："张同休兄弟赃共四千余缗，张昌宗法应免官。"

张昌宗一听说监察部门断解其职，慌慌张张，跑到朝堂上，跪在女皇的脚下，抗表称冤："臣有功于国，所犯不应免官。"

女皇意将申理昌宗，廷问宰臣道："昌宗有功否？"

宰臣们一听，都愣住了，面面相觑，不知所云。左思右想，也想不出张昌宗身有何功，功在何方。

朝堂上的空气一时凝滞起来，这时拍马天才杨再思出场了，他迈着八字步慢慢走上来。

女皇忙问："卿知道昌宗功在何处？"

杨再思手捋花白的胡须，慢慢道出："昌宗合炼神丹，圣躬服之有验，此莫大之功也。"

朝臣们一听，一片哗然。张昌宗站在女皇身边扬扬得意。

女皇听了，道："昌宗既有功，可以功抵罪，官复其职。"

杨再思诚为无耻之尤，时人甚轻之。左补阙戴令言作《两脚狐赋》以讥刺之。再思闻之甚怒，出令言为长社令。

两天后，韦安石从附近区县视察灾情回来，见张易之等人在牢房里，锦衣美食，吃喝玩乐，有滋有味地活着。韦宰相勃然大怒，当即下令将诸张剥去锦衣，换上囚服，移于别室关押，而后用车拉着诸张在狱中的豪华用具，直奔朝堂。

朝堂上，韦安石将那些东西一字摆开，对女皇说："皇上，您自己看看，张易之几个是蹲监狱吗？"

女皇看着那些金银用具，锦被御酒，还有绘着美人图的檀木屏风，惊讶地说："谁人把这些奢具送入牢中，乱我法度？"

"堂堂的三品宰相、夏官侍郎宗楚客！"韦安石指着堂下的宗楚客气愤地说。

宗楚客急忙上来叩头跪奏道："张氏兄弟一向养尊处优，细皮嫩肉，臣怕他们受不了牢狱之苦，故好心而为之。"

韦安石拱手道："国家法度堕落于此，怎不令天下人耻笑！臣请对诸张一案速作处理，并把党附二张的宗楚客一并治罪。"

"皇上，臣冤枉。"宗楚客跪地哭道。

事情到了这种地步，众目睽睽之下，女皇再也不好不讲理、和稀泥了。决定采取丢卒保车的举措，于是下令道："张同休贬为岐山丞，张昌仪贬为博望丞。佞相宗楚客左迁为原州都督，充灵武道行军大总管。"

"那张易之、张昌期怎么办？"韦安石穷追不舍。

"一并交由你和唐休再行鞠问。"女皇不耐烦地说。

管她耐烦不耐烦，下了朝，韦安石即和左庶子、宰相唐休赶往御史台。

到了御史台，韦、唐二位宰相在大堂上坐定，连口气也来不及喘，刚要发签提审张易之，就见大门口有两个黄袍内使飞马赶到。下了马，一路小跑来到大堂上，叫道："圣旨到！"

韦安石等人不敢怠慢，急忙跪地听旨，但听那内使的娘娘腔念道："边关有事，命韦安石检校扬州刺史，唐休兼幽营都督、安东都护。接旨后，从速赴任。"

韦、唐两位宰相相互望了一眼，苦笑一声，磕个头说："遵旨！"

随着两位宰相的离京赴镇，对二张的鞠问，不了了之，二张也随之无罪开释。

时光已进入长安四年秋天。武则天已八十一岁的高龄。年老体衰，倦于政事，常蛰居长生殿，伏枕养病，十天八天上回朝也是常事，有时竟然累月不出。

这日，女皇拖着老迈的身躯前来视事。

凤阁侍郎同凤阁鸾台平章事姚崇从宰相班里走出来，拱手奏道："陛下，臣母老矣，年迈多病，行动不便。养老之恩，成于圣代，臣请解去职务，回家侍养家母。"

武则天望着姚崇，有些不高兴，老半天才说："卿欲抛弃朕，而去侍养另一个老太婆？"

姚崇撩衣跪地，叩头施礼道："陛下有众多贤臣良相环侍御前，而家母只有臣一子。"

"朕好不容易得卿一良相，怎可轻易放归。"

"朝臣中才德过臣者多矣。"

"卿不必说了，"女皇欠了欠身子，喘了几口气说，"孝子之情，朕且难违。准卿一月假期，停知政事，暂任相王府长史。"

姚崇不敢再多说一些，只得磕了个头，口称谢主隆恩，退了下来。女皇的一双老眼，像罩上了一层模糊的雾，她缓缓地扫视了群臣一眼，说："朕在深宫，卧养病体。卿等宜勤于政务，忠于职守，勿负朕心。"

群臣一听，急忙躬腰拱手："谨遵陛下教诲。"

凤阁侍郎、银青光禄大夫同凤阁鸾台平章事崔玄暐出班奏道："皇太子、相王，仁明孝友，足侍汤药，宫禁事重，伏愿不令异姓出入。""异姓"者，二张也。

站在皇帝身后的张易之、张昌宗听了崔宰相的话，犹如身上长了虱子，局促不安。皇帝则对着崔玄暐慈祥地一笑，说："德卿厚意。"

见女皇没有明确表示采纳自己的意见，崔玄暐又奏道："臣请皇太子从东宫移居北宫，以便随时听从召唤，入内侍汤药。"

女皇看着不远处站立的老儿子，不冷不热地说："你有这份孝心？"

太子显急忙走过来，伏地叩首道："养老之恩，成于圣代。儿臣愿于北宫侍汤药。"

女皇笑道："学姚崇之语，何其快矣。"

太子显只得讪讪地退到了一边。

散朝后，秋官侍郎张柬之和姚崇走在一块儿，见左右无人，张柬之问："何辞宰相一职也？"

"为公让位，惜未成。"姚崇答道。

女皇对姚崇信任有加，姚崇一月假期未满，一道诏书，复姚崇凤阁鸾台平章事一职，并以夏官尚书的身份兼任相王府长史。任命一出，相王李旦非常高兴，在相王府大摆酒席，为姚崇庆贺。

相王举杯道："卿以尚书身份兼任我相王府长史，是我相王府的荣耀啊。"

姚崇笑笑，不置一词。席上的张柬之看出苗头，席间悄悄地问："公不愿为夏官尚书？"

"非不为也，奈何瓜田李下，恐为人所嫉。"姚崇答道。

再一天，女皇临朝，姚崇上奏道："臣事相王，不宜典兵马，恐不益于王。"

女皇不以为然，说："有朕为卿做主，谁敢说一个'不'字？"

姚崇道："近日突厥叱列元崇反，臣愿充灵武道行军大总管，以讨突厥。"

没等武则天说话，秋官侍郎张柬之在一旁帮腔说："突厥叱列皆名元崇，此非姚崇不能克。"

女皇点点头："依卿所请，授姚崇灵武道行军大总管。择日启程，速战速决，早去早回。"

姚崇将行，特往宫中拜陛辞行，谈了一些边关的情况后，姚崇对女皇从容进言道："陛下年事已高，朝中须有一老成持重之人压阵。"

女皇点点头："卿与朕不谋而合，奈何像故国老仁杰那样的良辅已不多见矣。"

姚崇这才推出他心中的目的，拱手向女皇说："张柬之沉厚有谋，能断大事，且其人已老，唯陛下急用之。"

女皇说："昔故国老亦向朕数度荐之，奈何他政绩平平，向无建树，又无建言，且年已八旬，朕所以不用之。"

姚崇拱手道："张柬之为人不偏不倚，从不拉帮结派。柬之为相，可以很好地处理各方面的关系，使大事化小，小事化了，为陛下分忧。"

女皇点点头："这点他倒是个人才，朕见他既不惹易之、昌宗，也不惹武氏诸王，和朝臣们也相处得挺好。"

"唯陛下急用之。"姚崇叩头道。

"好，就依卿所请，拜张柬之以秋官侍郎同凤阁鸾台平章事。"

张柬之虽为相，该有麻烦事，还有麻烦事。

这天女皇拖着老迈之躯刚刚在朝堂上坐定，御史大夫李承嘉，手拿几张纸上来奏道："今有许州人杨元嗣，投匦上书，所言皆非常事变，臣不敢不以闻。"

"念！"大帝命令道。

"杨元嗣上书告状曰：春宫侍郎张昌宗，召术士李弘泰占相，弘泰言昌宗有天子相，劝于定州造佛寺，则天下归心。另外……"李承嘉说着，又拿出几张纸，"另外外间屡有人为飞书及片旁其于通衢，言易之兄弟谋反。"

如此言之凿凿的谋反大事，女皇却不以为然，回头冲着二张兄弟笑道："你俩又惹事啦？"

张易之、张昌宗忙过来叩首道："陛下，这是诬陷，彻底的诬陷。是有人看到俺兄弟俩日夜侍奉圣上，心里嫉妒啊。"

新任凤阁侍郎同凤阁鸾台平章事韦承庆是个小巴结，也上来帮腔说："是啊，飞书告人，国有常禁，历来是无识之人，务行谗毁，交乱君臣之道也。"

御史中丞桓彦范上前奏道："告者有名有姓，言之凿凿，且月前张易之移京城大德僧十人配定州私置寺，僧等诣阙苦诉，人人皆知。若不按察此等谋反大案，臣恐天下人心生变。"

女皇见很难躲过这一关，于是指指小巴结韦承庆说："由卿打头，会同司刑崔神庆、御史中丞宋璟等人共同推鞫此案。"

"遵旨。"韦承庆磕了头起身来到二张跟前，鞠二个躬说，"请易之、昌宗两位大人纡尊降贵，暂且到御史台委屈一下。"

见把自己交给韦承庆这样的软骨头审问，二张胆子也壮了，头昂得高高的，说："去就去，心里没有鬼，不怕鬼敲门。"

一行人到了御史台，宋璟二话不说，先发签把术士李弘泰捉拿归案。三推六问，李弘泰乖乖承认，二张找他算卦的事。且二张确向他询问自己有天子相否。李弘泰唯恐审讯官们不信，还把当时所判的卦词也拿了出来。

人证、物证、时间、地点一应俱全，二张见无法抵赖，狡辩说："弘泰之语，俺兄弟俩已和皇上说了。根据我大周法律，自首者理应免罪。"

韦承庆频频点头，同意二张的狡辩，且不由分说，不跟宋等商量，大笔一挥，判道："张易之、张昌宗无罪释放，李弘泰妖言迷惑大臣，入狱待决。"

接着，韦承庆、崔神庆拿着这份处理意见，背着宗等，悄悄溜到了皇宫，向武则天禀告说："昌宗款称'弘泰之语，寻已奏闻'，准法首原，弘泰妖言，请收行法。"

女皇也不管张六郎是否向自己汇报过此事，但只要能救出小情郎，默认它就是了。

女皇对二位"庆"先生的处理意见，感到很满意，刚想准奏，一同办案的宋璟和大理丞封全祯尾随而来，当面抗诉起来："昌宗宠荣如是，复召术士占相，志欲何求！弘泰称筮得《纯乾》，天子之卦。昌宗倘以弘泰为妖妄，何不执送有司！虽云'奏闻'，终是包藏祸心，法当处斩破家。请收付狱，穷理其罪。"

宋、封所言，合理合法，一针见血，直指张六郎的要害处，直欲置二张于死地。武则天听了，大费踌躇，半天不说话。宋璟见状，进一步奏道："倘不即收系，恐其摇动众心。"

女皇无奈之下，对宋说："卿且退下，容我想想再说。"

宋璟把手中的审讯笔录呈上，却并不退下，站在一旁静静地等。女皇把材料翻得哗哗的，翻了好几遍，还是不表态。

左拾遗李邕上来说："向观宋所奏，志安社稷，非为身谋，愿陛下可其奏。"

女皇点点头，却打起了哈哈："是啊，是啊，这案子当然要处理的，但干什么事也得慢慢来，不可操之过急。"

宋璟义正词严地说："易之等事露自陈，情在难恕，且谋反大逆，无容首免，请立即勒就御史台勘当，以明国法。"

女皇想了一会儿，却对宋璟说："宋爱卿，这案子交与韦承庆他们办吧，你去扬州检查吏务去吧。"

"臣已派监察御史前往扬州。"宋璟不为所动。

"那你去幽州按察幽州都督屈突仲翔赃污案吧。"

"亦已派人去查。"

"那你和宰相李峤一块儿去安抚陇、蜀之地吧。"

"李峤足以行其事，且人早已离京，臣追之不及。"

"怎么叫你干什么你都不去？"武则天发火了。

宋璟拱手道："非臣抗旨。故事，州县官有罪，品高则侍御史，卑则监察御史按之。中丞非有军国大事，不当出使。今陇、蜀无变，不识陛下遣臣出外何也？臣皆不敢奉制。"

女皇一听，无言以对。

这时司刑少卿桓彦范又走了上来，拱手道："昌宗无功荷宠，而包藏祸心，自招其咎，此乃皇天降恶；陛下不忍加诛，则违天不祥。且昌宗既云奏讫，则不当更与弘泰往还，使之求福禳灾，是则初无悔心，所以奏者，疑事发则云先已奏陈，不发则俟时为逆。此乃奸臣诡计，若云可舍，谁为可刑！况事已再发，陛下皆释不问，使昌宗益自负得计，天下亦以为天命不死，此乃陛下养成其乱也。苟逆臣不诛，社稷亡也，请付鸾台凤阁三司，考究其罪。"

桓彦范说得再明白不过，武则天见再也不好遮挡，有些气急败坏地说："你们说该怎么处理昌宗？"

宰相崔玄暐的弟弟，司刑少卿崔升说："按我大周律法，应对张昌宗处以大辟！"

大辟就是把人大卸八块。宋璟也知上来就大辟也是不可能的，于是再次奏道："谋反大逆，无容首免，请速将张昌宗下狱，交御史台按问。"

武则天转眼之间换上一副笑脸，温和地对宋说："宋爱卿且莫生气，朕一定会处理昌宗，但像你这样不依不饶，穷追不舍，也不是个好办法。"

"昌宗分外承恩，臣知言出祸从，然义激于心，虽死不惜。"宋璟毅然地说，毫不理睬女皇的那一套。

杨再思见状，挺身而出，为女皇解围，摆出宰相的威风，指着宋璟喝道："你数度逆旨，惹圣上生气，你给我下去！"

宋璟鄙视地看了杨再思一眼，说："天颜咫尺，亲奉德言，不烦宰相擅宣敕令。"

"你……"杨再思被抢白地脸上一阵红一阵白，却又无可奈何，只得讪讪地退了下去。

已被群臣缠得头晕脑涨的女皇，挥挥手："宋璟，你去吧，你爱怎么办他就怎么办他吧，朕不管了，朕让你这些人也气够了。"

宋璟一挥手，过来两个殿前御史，伸手把躲在女皇背后的张昌宗、张易之拉了出来，推推搡搡，扬长而去。

见人真的被带走了，皇上看着旁边一直默不作声的宰相张柬之，说："宰相啊，昌宗、易之被宋带走，还不得被扒下一层皮，你快想想办法，救救他俩。"

张柬之拱手道："遣一中使召昌宗、易之，特敕赦之可也。"

"对，对，特赦，特赦。"女皇忙命旁边的上官婉儿书写特赦书。

且说宋璟大获全胜，兴奋得合不拢嘴，押着二张直奔御史台，来不及升堂，站在院子里就审问起来。

二张也失去了往日的张狂，低眉顺眼，低声下气，有问必答。被讯问人的基本情况还没问完，就听大门外一阵马蹄声，两个黄袍特使飞马而来，直冲进院子，滚鞍下马，掏出圣旨就念："特赦张昌宗、张易之无罪释放，速随来使回宫中奉驾。"

圣旨一下，不可违抗，宋璟眼睁睁地看着中使拥二张而去。扼腕叹息道：

"不先击小子脑裂，负此恨也。"

朝散后，宰相崔玄暐对老朋友张柬之出主意救二张深怀不满，鄙视地看着他说："公任秋官侍郎，又新为宰相，不主持正义，反助虐为纣，何其圆滑也。"

张柬之见周围没人，拉拉崔玄暐的胳膊说："到我家里去一趟，我有话要和你说。"

"没空！"

"我有重要的事，必须与公一谈。"

崔玄暐见张柬之表情不一般，好像真的有什么重要的事，便答应下来。两个人同乘一辆车，奔张府而去。

冬天来了，街道两旁高大的槐树已经脱光了叶子。坚硬的路面上，白毛风卷起一阵阵浮尘；街上的行人，以袖掩面，匆匆而行。远方，巍峨挺秀的龙门山淹没在一片浑浊的雾霭之中。

望着车窗外的风景，张柬之轻轻地叹道："又是一年快要过去了。"

马车驶过宽阔的兴武门大街，拐过通天坊，来到位于大隅口的张柬之相府。车子一步未停，直接从角门驶进了府内。

两人下了车，来到了位于后院的书房，屏退从人后，张柬之又引崔玄暐来到里间的一个密室里。

看到张柬之神神秘秘的样子，崔玄暐有心要问，却又忍住了。宾主坐下后，张柬之接续原来的话题说："不是我有意讨好皇上，放走二张，只是现在还不到动他俩的时候。"

崔玄暐愤愤地说："皇上年高，二张狼子野心，日夜伴侍左右。这种局面很不正常，必须想办法改变。"

"万一皇上有个三长两短，明公认为太子殿下能够顺利接班吗？"张柬之探问道。

"危险。"崔玄暐摇摇头说，"内有二张，外有诸武，太子羸弱，将很难得登宝位，控制大局。"

"柬之找明公到密室里，就是为了商议此事。"张柬之把目的一点点透出。

"天下归唐之心久矣，若太子不能登大位，天下势必大乱，老百姓也要跟着受苦了。"崔玄暐忧心忡忡地说。

"明公考虑怎样预防这种惨痛的结局？"张柬之盯着崔玄暐问。

"皇上年老，一意孤行，听不进劝谏，只有……"崔玄暐看着张柬之，话说了半截，又咽了下去。

"你我共掌相权，悉心奉国，若有利于江山社稷，又有何话不能说？"

听张柬之这一说，崔玄暐一拍桌子，说道："只有在必要的时候，采取断然措施，才能保证太子殿下的顺利登基。"

张柬之听了大喜，以手加额说："我引公为知己，等的就是明公这句话。"

说着，张柬之走过去，从密室的壁柜底下摸出一个卷成笔筒状的小纸团，小心地展开来，递给崔玄暐说："此乃国老狄仁杰的临终遗命。"

崔玄暐把纸条捧在手中，望空拜了几拜，而后用颤巍巍的手，庄重地打开，但见小面用蝇头小楷写道：圣上不豫时，要保证太子显顺利登基。若情况复杂，可采取断然措施。

崔玄暐看后，眼泪当时就下来了，捏着小纸条，抹着眼泪，半天说不出话来。末了，才感慨地对张柬之说："昔狄国老荐我入朝时，曾跟我说'天步多艰，爰仗经纶之才'，斯人已故，言犹在耳。暐这才明白国老话里之深意矣。"

张柬之重新把纸条收起，出门令人送酒菜进来。时候不大，酒菜送到。两人关起门来，吃菜喝酒，慢慢地密议起来。

时光飞逝，严酷的冬天在梦里又像流星一样地划过。文明古老，阅尽人间沧桑事变的神都洛阳，又迎来了新一年的春节。

今年的春节大不比往年。由于女皇陛下身体不好，只是在正月初一，组织了在京正四品以上的重臣，到长生殿谒见了病中的女皇陛下。

女皇真的老了，宽宽的椭圆形的脸上布满皱纹，有些浮肿；黯淡的眼睛流露出对生的渴望和对死的恐惧。短短半个时辰的接见时间，她竟有些支撑不住，显得异常的疲乏。她叮嘱了张柬之等几个宰相一些勤勉为政的话，就挥挥手让大家出去了。

皇帝伏枕养病，政令不通，朝臣们跟放了羊似的，趁着春节，你来我往，今天到你家，明天到我家，轮番喝起酒来。一时间，竟也呈现出一种歌舞升平的景象。

与此同时，张柬之、崔玄暐的秘密活动也在紧锣密鼓地进行，经过细密的分析和考察，御史中丞桓彦范，中台右丞敬晖、宋璟，以及冬官侍郎朱敬则等人，分别进入了张、崔二人的视野，分别予以秘密召谈，共图大计，引为知己。

大年初二，张柬之以拜年的名义，亲自来到羽林大将军李多祚的家中。

李多祚原为靺鞨酋长，骁勇善射，意气感激。以军功被高宗李治迁为右羽林大将军，前后掌禁兵北门宿卫二十余年。李老将军见当朝宰相屈尊来给自己拜年，高兴得不得了，忙令人安排酒宴，予以款待。

说了一会儿家常话，见酒菜已上桌，张柬之说："咱们还是挪到书房吃吧，我喜欢书房的气氛，另外，咱老哥俩也好好地说说话。"

李多祚一听张宰相和他称兄道弟，更加高兴，忙命人把饭桌抬进书房。而后两个人关起门来，喝酒谈话。喝了一些酒，两个人又拉了一些多祚老家的事，又拉了当前政坛上一些不好的现象，当话题扯到张易之兄弟身上的时候，李多祚也非常看不惯二张，对其所作所为，气得直摇头，直骂娘。

见时机成熟，张柬之话头一转，问李多祚："将军在北门几年？"

"三十年矣！"李大将军不假思索地答道，话语中不无自豪之感。

"将军击鼓鼎食，金章紫绶，贵宠当代，位极武臣，岂非高宗大帝之恩？"张柬之眼盯着李多祚问。

"当然了！"李多祚回忆说，"当年高宗大帝不以我为夷人，力排众议，破格提拔我为羽林大将军，对大帝的恩遇，我多祚到死也忘不了，死了也要去地下保卫大帝。"

张柬之点点头："人言将军以忠报国，意气感激，果然如此。但将军既感大帝殊泽，能有报乎？大帝之子现在东宫，逆竖张易之兄弟专擅朝权，朝夕威逼。将军诚能报恩，正在今日！"

李多祚一拍桌子，端起一觞酒一饮而尽，用手抹一把胡子上的酒渍，慨然道："若能诛灭张易之兄弟，还太子于宝位，多祚唯相公所使，终不顾妻子性命。"

张柬之这才把诛张易之兄弟的计划和盘托出，李多祚听了，频频点头，激动地直搓手，跃跃欲试。张柬之又叮嘱他说："虽然我们的人已经控制了军权、政权和司法大权，也取得你禁军的支持，但有成功，也可能有失败，望李将军一定拿定好主意。"

李多祚一听这话，眼一睁："宰相不信任我多祚？"

说着，李多祚抽出佩刀，削指出血，滴于酒中。张柬之一见，也引刀刺指出血，和于酒中。两酒相和，分成两杯两人端起来起誓道："诛灭逆乱，还位太子，上符天意，下顺人心。既定此谋，当不顾性命，全力为之，若中途而废，天诛地灭，不复为人！"

取得女皇的信任又取得二张的信任，又把羽林大将军李多祚争取过来，张柬之紧接着开始实施下一步计划，即让同党分领禁卫大权。其中敬晖被安插为左羽林卫将军，桓彦范为检校左羽林卫将军，杨元琰为右羽林将军，李义府的儿子右散骑侍郎李湛为左羽林卫将军。

过了几天，张柬之、崔玄晖一起来到相王府，给相王李旦拜年。谈到皇帝陛下不豫和相王、太子不能入侍汤药时，张、崔二人言发流涕，大骂张易之兄弟欲行逆乱的豺狼野心。

相王见此情景，忙止住二人，把两人请入密室，说："大过年的，二位宰相上来就说这话，若让外人听了，岂不招惹是非？"

"王爷，"崔玄晖拱手道："皇帝不豫，内有二张，外有诸武，李氏江山，如之奈何？"

相王听了，默默不语，半天才说："你俩说该怎么办？"

"当断不断，反受其乱。臣和柬之宰相以为，当采取非常措施，扶太子登位！"

听了这话，相王忙说："稍等等。"

一会儿把相王府司马袁恕之引了进来，相王指着袁恕之和自己说："本王和恕之唯听二公驱使。"

"怎么？你们……"

相王点点头："恕之早已做了本王的工作，且早已在王府中训练武士，以备非常。"

张柬之留下崔玄暐与相王计议，自己径直去宫城军府去找桓彦范、敬晖。

根据张柬之的安排，晚上，桓彦范、敬晖来到东宫，请太子显屏退左右，然后向他通报了准备发动军事政变，拥立太子登基的情况，李显听了，眼眨巴眨巴，半天不说话。桓彦范说："相王、柬之、玄暐等大人已经从各个方面准备就绪，就等殿下您的一声令下。"

李显嗫嚅着嘴唇说："你们干你们的，不应该跟我说。"

敬晖说："为了你李唐的江山社稷，为了你能登大位，不跟你说跟谁说？请殿下不必犹豫，全面批准政变计划。"

"我……我听你们的，几………几时动手。"

"二十日，亦即明日清晨就动手，请殿下待在东宫，哪儿都不要去。"

"白……白天动手，不怕人看见？再说禁军头目武攸宜也不跟咱们一条心。"李显担忧地问。

"放心吧，早已算好了，明天是大雾天气。武攸宜也正好不当班。"

果没算错，三更天的时候，一团团白色的雾露，不知从哪里，漫卷而来，又渐渐地升起，弥漫开来。一会儿工夫，天空、树木、房屋、地上所有的一切，都笼罩在这湿冷腻滞的早春的大雾之中.

这正是长安五年（705年）正月二十日。浓浓的晨雾中，张柬之、崔玄暐、桓彦范及左羽林卫将军薛思行等率领左右羽林兵五百余人，伫立在玄武门下，焦急地等待着李多祚以及驸马都尉王同皎等人。

东宫门口。李多祚一行人，正在拍门叫人，拍了半天，才有一个内侍站在门里头胆怯地问："谁？"

"我，驸马爷王同皎，有急事禀告太子殿下。"

内侍一听是太子的女婿，忙把门打开，说："请偏房等一下，我去禀告殿下。"

"不用了！"王同皎一把把门房内侍推开，领着一行人，排闼直入。

正殿里，太子李显已穿好衣服，在那等着，见王同皎一行人闯进来，却又把身子往后缩了缩，赔着笑说："我，我还是不去吧，你们干你们的。"

王驸马一听，急得头上冒火，慷慨激昂道："先帝以神器付殿下，横遭幽废，人神共愤，二十三年矣。今天诱其哀，北门、南牙、同心协力，诛凶竖，复李氏社稷，愿陛下暂至玄武门以副众望。"

"我，我……"李显扶着桌子说，"凶竖诚当夷灭，然上体不安，得无惊悸，诸公更为后图。"

随即而来的李湛闻言气愤难当，冲到李显的跟前说："诸将相不顾身家性命以徇社稷，殿下奈何欲纳之鼎镬乎？请殿下自出止之。"

"我，我……"李显一拍大腿，"可都是你们硬逼我去的。"

出了门来，李显两腿直打战，上了几次马都没上去，最后还是女婿王同皎将他抱上了马。

迎仙宫的长生殿里，女皇龙床不远的地方，张易之、张昌宗正呼呼大睡。睡着睡着，张昌宗突然跳起来，推着张易之小声叫："哥，哥，醒醒，醒醒。"

"什么事？"

张昌宗趴在哥的耳朵眼上悄声说："我刚才做了个梦，梦见咱俩南面称君了。你也是皇帝，我也是皇帝，正接受张柬之他们的朝贺呢。"

"天无二日，人无二主，咱两个人还能都当皇帝？"

"我也挺奇怪，可我梦里就是这样的。"

"后来呢？"

"后来……后来那龙椅不结实，让咱们给压塌了。"

"什么梦！"张易之气呼呼地爬起来，披着衣服来到殿外的廊下。

廊外大雾弥漫，猩红色的廊柱在翻腾缭绕的雾气中闪烁迷离。雾像巨大的白帐子，将宽大的长廊严严实实地罩了起来。

"哥，你生气了？"张昌宗不知什么时候也来到了廊下。

"别说话！"张易之止住了张昌宗，歪着头，支起了耳朵。他似乎听见有衣甲的碰撞声，杂乱的脚步声，这声音像鼓声在他心里敲起，并且越来越响，越来越大。

"哥！"张昌宗惊恐地抓住了张易之的胳膊，但见长廊两头，人影幢幢，许多的利刃，闪烁着白光。

张易之大叫："什么人？"

话音未落，两旁的窗棂突然破裂，门户疾开，十多名羽林军士跳了进来，一拥而上，把张易之兄弟按倒在地，破布麻利地封上了两人的嘴。

二张瞪着眼睛，惊恐地看着众人。左羽林卫将军薛思行走过去，拨拉一下二张的脸，察看一下，回头张柬之等人说："正是他俩！"

张柬之一言不发，把手掌往下一挥。随着他的这个动作，几名羽林军校尉的刀，已鸣的一声砍了下去。

张易之当即一命呜呼。一个校尉跟进一个透心凉，一刀插进张六郎的心窝里，悠悠一魂，直追他易之哥去了。

龙床上的女皇也听见了外面的响声，只是晕晕忽忽，一时半时没有睁开眼，及睁开眼，却发现床周围环绕侍卫，站满了黑压压的人。

女皇惊得欠起身子，问："谁作乱啊？"

众人同声说道："张易之、昌宗兄弟谋反，臣等奉太子令诛之，恐有漏泄，故不敢以闻。称兵宫禁，罪当万死。"

女皇挣扎着坐起来，看见了站在床前的太子，说："他俩既然已经被杀了，你可以回东宫了。"

太子李显支支吾吾说不出话来。张柬之朝桓彦范点点头，桓彦范走上来，按剑挺立，以威逼的口气对床上的女皇说："太子安得更归！昔天皇以爱子托陛下，今年龄已长，久居东宫，天意人心，久思李氏，群臣不忘太宗、天皇之德，故奉太子诛贼臣。愿陛下传位太子，以顺天人之望。"

刀枪闪着寒光，直逼她的双眼，女皇情知大势已去。她缓缓地看过众人的脸，看到李义府的儿子李湛时，说："你亦为诛易之将军吗？我待你父不薄，你才有今日！"

李湛听了，惭愧得说不出话来。

女皇又把目光扫到崔玄晖的脸上，诘问道："他人皆因人以进，唯卿朕所自擢，你也来了？"

崔宰相老练，上前一步，拱手对曰："我正以此作为报陛下之大德。"

根据政变指挥部的安排，左羽林将军薛思行飞马赶到南牙。统兵南牙，以备非常的相王李旦和袁恕已急忙迎上来，着急地问："得手了没有？"

薛将军飞身跳下马，打一个响指，得意地说："彻底得手了，皇上已经同意传位太子了。"

袁恕已顾不得高兴，转身来到正整装待命的军士们，发布作战命令："第一营随相王坐镇南牙，维持宫城外治安；第二营随薛将军接管洛阳四门，在城中主要路口布置警戒；第三营随我去抓捕张昌期、张同休，韦神庆、杨再思等二张死党……"

话还没说完，只见杨再思带着数名家丁从迷雾中闪出，跪倒在地上说："相王，袁大人，再思特来助战！"

袁恕已看看手中的搜捕名单，再看看地上跪着的杨再思，大惑不解。这老狐狸怎么知道今天事变？来得正好，袁恕之命令军士："把杨再思给我抓起来。"

相王止住说："算了，他既然知道今天来助战，可见素有忠心，以功折罪。"

"看在相王的面子上饶过你。"袁恕之命令道，"马上随我去抓捕张昌期、韦承庆他们。"

"是！"杨再思跟着众人跑去，边跑边擦着额上的冷汗，对身旁的家丁说，"亏我嗅觉灵敏，历练成精，不然，成二张的陪葬品了。"

一个时辰不到，韦承庆、崔神庆、宋之问、阎朝隐等人皆被捕入狱。张昌期、张同休、张昌仪被立斩于家中，与张易之、张昌宗并枭首于天津桥南。

二十一日，亦即政变的次日，以武则天的名义下达《命太子监国制》，大赦天下，分遣十道使持玺书宣慰诸州。

二十三日，太子李显正式复位，号为中宗。皇族先配没者，子孙皆复属籍，仍量叙官爵。

二十四日，徙女皇于上阳宫，李湛留为宿卫。上尊号曰则天大圣皇帝。

二月，复国号曰唐。郊庙、社稷、陵寝、百官、旗帜、服色、文字皆如永淳以前故事。

神龙元年（705年）十一月初二，一代女皇武则天在洛阳上阳宫溘然长逝，终年八十二岁。临终遗制：去帝号，称则天大圣皇后，王、萧二族及褚遂良、韩瑗亲属皆赦之。

神龙二年（706年）二月，武则天的灵柩在皇帝和百官的护送下来到长安，五月举行隆重的葬礼，与其夫高宗合葬于位于长安西北的乾陵。

在乾陵的朱雀楼前，屹立着两座高大的青灰色石碑，左为唐高宗的"述圣记碑"，右为武则天的"无字碑"。武则天临终遗命，立碑不留一字，千秋功过，任由后人评说。